La conspiration de l'Ombre

du même auteur
au cherche midi

Le Troisième Secret, traduit de l'anglais (États-Unis) par Jean-Luc Piningre.

L'Héritage des Templiers, traduit de l'anglais (États-Unis) par Françoise Smith.

L'Énigme Alexandrie, traduit de l'anglais (États-Unis) par Françoise Smith.

La Conspiration du Temple, traduit de l'anglais (États-Unis) par Françoise Smith.

La Prophétie Charlemagne, traduit de l'anglais (États-Unis) par Diniz Galhos.

Le Musée perdu, traduit de l'anglais (États-Unis) par Gilles Morris-Dumoulin.

Le Mystère Napoléon, traduit de l'anglais (États-Unis) par Danièle Mazingarbe.

Le Complot Romanov, traduit de l'anglais (États-Unis) par Gilles Morris-Dumoulin.

Le Monastère oublié, traduit de l'anglais (États-Unis) par Danièle Mazingarbe.

Le Code Jefferson, traduit de l'anglais (États-Unis) par Danièle Mazingarbe.

Le Temple de Jérusalem, traduit de l'anglais (États-Unis) par Danièle Mazingarbe.

Le Secret des rois, traduit de l'anglais (États-Unis) par Danièle Mazingarbe.

L'Héritage occulte, traduit de l'anglais (États-Unis) par Danièle Mazingarbe.

Le Complot Malone, traduit de l'anglais (États-Unis) par Philippe Szczeciner.

La 14e Colonie, traduit de l'anglais (États-Unis) par Philippe Szczeciner.

L'Héritage Malone, traduit de l'anglais (États-Unis) par Philippe Szczeciner.

La Conspiration Hoover, traduit de l'anglais (États-Unis) par Philippe Szczeciner.

Le Dernier Secret du Vatican, traduit de l'anglais (États-Unis) par Sophie Aslanides.

Les Saintes Reliques, traduit de l'anglais (États-Unis) par Philippe Szczeciner.

Steve Berry

La conspiration de l'Ombre

TRADUIT DE L'ANGLAIS (ÉTATS-UNIS)
PAR **PHILIPPE SZCZECINER**

le cherche midi

Vous pouvez consulter notre catalogue général
et l'annonce de nos prochaines parutions sur notre site :
www.cherche-midi.com

Ouvrage publié sous la direction d'Arnaud Hofmarcher
avec la collaboration de Roland Brénin

Titre original : *The Kaiser's Web*
Éditeur original : Hodder & Stoughton

92, avenue de France
75013 Paris

Mis en pages par Nord Compo
Dépôt légal : juin 2021
ISBN 978-2-7491-6828-9

Pour Kelley Ragland,
une responsable éditoriale de grande classe
et une personnalité de plus grande classe encore.

Les masses n'ont pas le temps de réfléchir.
Et l'homme moderne fait preuve
d'une disposition stupéfiante à la crédulité !

ADOLF HITLER

PROLOGUE

Land de Bavière, Allemagne

Samedi 8 juin
10 h 40

Danny Daniels appréciait la liberté qui était la sienne depuis qu'il n'était plus président des États-Unis. Ne nous trompons pas : il avait adoré exercer sa charge et l'avait fait au mieux de ses capacités huit années durant. Mais il chérissait vraiment sa nouvelle vie, cette faculté retrouvée de circuler sans entrave, d'aller où il le voulait, quand il le voulait.

Il avait refusé la protection des services secrets offerte de droit aux ex-présidents. Il prétendait avoir le souci d'économiser l'argent du contribuable, mais en réalité il préférait tout simplement se promener sans nounou. Si des gens désiraient lui faire des misères, qu'ils y viennent : il était loin d'être sans défense. Et, de toute façon, depuis quand les ex-présidents constituaient-ils une menace pour qui que ce soit ?

Bien sûr, on le reconnaissait dans la rue, c'était inévitable.

Et quand cela arrivait, il se montrait sociable et courtois, en garçon bien élevé par sa mère. Mais ici, au cœur de la Bavière méridionale, par un samedi matin pluvieux de fin de printemps, il y avait peu de chances que ça se produise. De plus, six mois s'étaient écoulés depuis l'achèvement de son mandat. Pratiquement une éternité en politique. À présent, il n'était plus que le sénateur « junior » du légendaire État du Tennessee. Et il se trouvait là pour aider une amie.

Pourquoi ?

Parce que les amis sont faits pour s'entraider.

Il avait localisé sans problème le commissariat de Partenkirchen. La petite ville alpine et sa voisine Garmisch étaient si intimement mêlées qu'il était difficile de savoir où finissait l'une et où commençait l'autre. Le bâtiment de granit était tout proche de l'ancienne patinoire olympique, construite, il l'avait appris, en 1936, quand les Allemands avaient accueilli pour la dernière fois les Jeux d'hiver. Au-delà de celle-ci, au loin, la neige achevait de fondre sur les pentes couvertes de sapins et sillonnées de pistes de ski.

Il était venu pour avoir une conversation avec une femme incarcérée sur ordre direct de la chancelière allemande. L'intéressée s'appelait Hanna Cress. La veille, une enquête d'Europol avait permis d'établir qu'il s'agissait d'une citoyenne biélorusse sans casier judiciaire. Des recherches sur internet avaient également révélé qu'elle était propriétaire d'un appartement dans un immeuble haut de gamme de Minsk, qu'elle se déplaçait en Mercedes classe C et avait effectué quatorze voyages hors de Biélorussie au cours des douze derniers mois, le tout sans source de revenus connus.

Apparemment, personne ne lui avait enseigné l'art de la discrétion.

Quelque chose de grave se tramait. Son instinct le lui disait.

Ce n'était sûrement pas pour rien que sa vieille amie la chancelière allemande en personne avait sollicité son aide.

Une démarche qui l'avait flatté, d'ailleurs : il aimait se sentir indispensable.

Il trouva Hanna Cress dans une petite salle d'interrogatoire aveugle, crûment éclairée, dont le sol était revêtu d'un carrelage granuleux. La détenue, assise à une table, tenait une cigarette. L'air était saturé d'une fumée bleue qui brûlait les yeux. Danny entra seul dans la pièce et en referma la porte après avoir précisé que l'entretien ne devait être ni surveillé ni enregistré, conformément aux instructions de la chancelière.

« Pourquoi suis-je enfermée ici ? demanda la Biélorusse d'un ton détaché dans un anglais acceptable.

– Quelqu'un a dû juger l'endroit idéal pour un tête-à-tête entre nous », répliqua-t-il, soucieux de ne pas la laisser prendre l'ascendant.

Elle souffla un nouveau nuage de fumée.

« Pourquoi envoyer un président américain pour me parler ? Vous n'êtes pas concerné. »

Il haussa les épaules et s'assit en posant sur la table une enveloppe en papier kraft. Pour ce qui était de l'incognito, c'était raté.

« Je ne suis plus président. Juste un citoyen lambda.

– Ça revient à affirmer que l'or est un métal comme un autre », dit-elle en s'esclaffant.

Bonne remarque.

« Je suis venue en Allemagne pour remettre ceci, reprit-elle en désignant l'enveloppe. Pas pour me faire arrêter. Et maintenant un président américain veut me parler ?

– On dirait que c'est votre jour de gloire. Je suis ici à la demande d'une amie. Marie Eisenhuth.

– *Oma* ? La chancelière allemande bien-aimée ? »

Oma. Le surnom le fit sourire. Grand-mère. La grand-mère de la nation. Un sobriquet qui faisait sans doute référence tout autant à l'âge de Marie Eisenhuth qu'à sa longévité dans ses fonctions. Le nombre de mandats n'était pas limité, en Allemagne. On restait en poste tant que les gens voulaient de vous. Un système qui plaisait bien à Danny, en fait.

Hanna Cress tira une dernière bouffée de sa cigarette puis écrasa le mégot dans un cendrier.

« Vous êtes venu parler. Alors parlons. Ensuite, vous me laisserez peut-être partir. »

La Biélorusse avait débarqué la veille à Garmisch pour un rendez-vous fixé en conclusion d'une série de courriels envoyés à la chancellerie par un certain Gerhard Schüb. Censée jouer les messagères et transmettre des documents de la part de ce monsieur, elle avait effectivement rempli sa mission – d'où l'enveloppe – mais avait été placée en garde à vue dans la foulée. Pourquoi ? Là-dessus, *Oma* ne lui avait pas fourni de véritable explication, mais il était trop content de se retrouver au cœur de l'action pour chicaner sa vieille amie sur un point de méthode.

« Qui est Gerhard Schüb ? » s'enquit-il.

Hanna Cress sourit et cela fit ressortir, sur le côté droit de son visage, une ecchymose qui déparait ses traits par ailleurs remarquables. Elle avait une peau d'une blancheur de lait et le dessin de ses lèvres et de son nez lui conférait un charme austère malgré la froideur de son regard bleu voilé.

« Un homme qui cherche à se rendre utile. »

Pas une réponse.

« Je vous repose la question. Qui est Gerhard Schüb ?

– Quelqu'un qui est bien renseigné et qui souhaite partager une partie de son savoir, répliqua-t-elle en montrant l'enveloppe.

– Pourquoi ne le fait-il pas lui-même ?

– Il ne veut pas qu'on sache où il est. Pas même *Oma*… ni un ex-président. C'est pourquoi il m'envoie. » Elle le regarda droit dans les yeux avant d'ajouter, sarcastique : « Vous ne comprenez décidément rien à tout ceci, n'est-ce pas ? »

Il perçut le sous-entendu : cette histoire est plus complexe que vous le pensez.

« Il y a des gens et des événements du passé qui pèsent encore sur le présent, poursuivit-elle. Qui pèsent même lourd, comme la chancelière le découvrira… si elle donne suite. Dites à *Oma* de faire ce qu'il faut.

– Ce qu'il faut pour quoi ?

– Pour gagner. »

Une réponse déroutante, mais il ne releva pas et prit l'enveloppe.

« Il y a là-dedans une feuille avec des nombres qui ressemblent à des coordonnées GPS. C'est bien de ça qu'il s'agit ?

– Oui. Elles donnent la position d'un endroit où vous devez vous rendre, à ce qu'on m'a dit.

– Pourquoi dois-je m'y rendre ?

– Comment le saurais-je ? Je ne suis que la messagère.

– Vous n'avez fait allusion à rien de tout ça, hier.

– On ne m'en a pas laissé le temps. J'ai été tout de suite arrêtée et frappée au visage. »

Ce qui expliquait son bleu à la joue.

« J'ai lu les autres papiers que contient l'enveloppe, reprit-il. Il y est question d'événements d'une époque révolue : la Seconde Guerre mondiale, Hitler, les nazis… »

Elle eut un rire bref, sans chaleur.

« C'est fou, l'importance que peut avoir l'histoire, parfois. Soyez attentif, monsieur l'ex-président, vous pourriez apprendre des choses. »

Danny comprit qu'elle n'allait pas lui faciliter la tâche. Mais il s'était fait une spécialité des cas difficiles.

« Et c'est Gerhard Schüb qui me les apprendra, ces choses ?

– *Herr* Schüb essaye seulement d'apporter son aide.

– Dans quel but ?

– Celui de découvrir la vérité, répondit-elle avec un sourire. Quoi d'autre ? »

Elle tendit la main vers le paquet de Marlboro. Jugeant qu'une dose de nicotine supplémentaire lui délierait peut-être la langue, il la laissa faire. Elle alluma rapidement sa nouvelle cigarette et parut se détendre après avoir inhalé deux profondes bouffées.

Il fallait qu'il en sache davantage. Surtout sur l'origine des documents contenus dans l'enveloppe.

Ce fut dans les yeux d'Hanna Cress que le changement s'opéra pour commencer. La mélancolie pensive de son regard laissa soudain place à la peur, à la douleur et enfin à l'angoisse. Les muscles de son visage se contractèrent et se tordirent dans un rictus de souffrance atroce. Elle lâcha la cigarette pour porter les mains à sa gorge. Sa langue jaillit de sa bouche et elle eut un haut-le-cœur, tentant désespérément de respirer. De la mousse se mit à couler entre ses lèvres.

Il se leva d'un bond pour essayer de la secourir. Elle empoigna à deux mains le blouson qu'il portait, les yeux agrandis par l'épouvante.

« *Kai… ser.* »

Elle eut un ultime soupir étranglé, puis les muscles de son cou cessèrent de résister et sa tête retomba sur le côté. Ses doigts lâchèrent prise. Elle s'affaissa en arrière sur sa chaise. Une vague odeur d'amande amère s'exhala avec son dernier souffle.

Une odeur qu'il reconnut aussitôt.

Celle du cyanure.

Il regarda le paquet de cigarettes sur la table puis le mégot qui continuait à se consumer sur le sol.

Qu'est-ce que c'était que cette histoire de dingue ?

Et qu'avait-elle voulu dire par « *Kaiser* » ?

Trois jours plus tard

1

RÉPUBLIQUE DE BIÉLORUSSIE,
MARDI 11 JUIN
8 H 50

Cotton Malone savait reconnaître les signes annonciateurs d'une complication. Ce qui n'avait rien d'étonnant, vu qu'il passait le plus clair de son temps à vivre dangereusement. Aujourd'hui, par exemple. La matinée avait commencé bien innocemment par un petit déjeuner au magnifique Beijing Hotel. Une touche orientale dans un pays de l'ex-bloc soviétique. Le grand luxe, comme il se devait puisqu'il voyageait cette fois en charmante compagnie.

« Je déteste les avions, déclara Cassiopée Vitt.

– On ne peut pas appeler ça un scoop », répondit-il en souriant.

Ils volaient à mille cinq cents mètres d'altitude en direction du sud-ouest et de la Pologne. Des kilomètres de forêt déserte s'étendaient sous eux, émaillés de rares villages clairsemés. Ils étaient venus à Minsk pour rendre service à l'ex-président Danny Daniels, qui leur était tombé dessus à Copenhague deux jours plus tôt avec un problème sur les bras. La chancelière allemande cherchait à localiser un certain Gerhard Schüb. Une citoyenne biélorusse du nom d'Hanna Cress était apparue en Bavière, porteuse d'informations incroyables émanant de ce Schüb, et elle avait été assassinée. Mais elle avait eu le temps de prononcer un mot avant de mourir.

Kaiser.

« J'avais dans l'idée que vous pourriez peut-être faire un saut à Minsk, tous les deux, pour essayer d'en apprendre davantage sur cette femme et sur Gerhard Schüb », avait dit Daniels.

Ils avaient donc loué un Cessna au Danemark lundi et s'étaient envolés pour Minsk, où ils avaient passé toute la journée à enquêter.

Ce qui avait attiré l'attention.

« Tu penses qu'on va réussir à sortir du pays en un seul morceau ? demanda Cassiopée.

– Je dirais que nous avons une chance sur deux.

– Il y a plus rassurant comme pourcentage.

– Jusqu'ici, tout va bien », plaisanta-t-il.

Ils étaient parvenus à s'enfuir de justesse quand la *militsiya* avait fait irruption dans l'hôtel pour les arrêter. Après cela, arrivés à l'aéroport avec un peu d'avance sur leurs poursuivants, ils avaient découvert que leur coucou avait été confisqué. Il avait donc fait ce qu'on pouvait attendre d'un libraire entreprenant et ex-officier de renseignement au service du ministère de la Justice américain : il en avait volé un autre.

« Non, vraiment, j'ai horreur des avions, répéta Cassiopée. Surtout ceux où on peut à peine bouger. »

Devant le choix limité de taxis qui s'offrait, il avait opté pour un GA8 Airvan : fabrication australienne, monomoteur, ailes hautes haubanées, entièrement métallique, forme curieusement asymétrique – la comparaison avec une caisse à savon serait peut-être plus parlante. Conçu pour atterrir sur des pistes rustiques ou en plein bush. Il en avait déjà piloté un quelques années plus tôt et en gardait un bon souvenir. Sur ce modèle, les huit sièges passagers avaient été ôtés, ce qui rendait la cabine assez spacieuse à l'arrière. Des publicités sur le fuselage attestaient que l'appareil appartenait à un club de parachutisme. Démarrer le moteur en mettant les fils en contact avait été un jeu d'enfant.

« Ce n'est quand même pas si terrible que ça, dit-il en la voyant scruter le plancher des vaches à travers les vitres.

– Tout est relatif. »

Elle était sublime. Le croisement de gènes latins et arabes produisait décidément des femmes d'un charme exceptionnel. Si l'on ajoutait à cela une intelligence subtile et un courage de lionne, qu'y aurait-il eu à jeter chez elle ? Peu de choses la perturbaient, si ce n'est le froid et le vertige, auquel elle était sujette comme lui à la claustrophobie – des ennemis intérieurs que les circonstances semblaient par malheur prendre un malin plaisir à placer régulièrement sur leur chemin.

« Tu sais où nous sommes ? demanda-t-elle.

– À mon avis, quelque part au nord de Brest, qui est sur la frontière polonaise. J'espérais apercevoir la ville, vers le sud. »

Il naviguait à l'estime, s'arrangeant pour avoir le soleil matinal dans le dos et se fiant à la boussole du tableau de bord pour maintenir un cap sud-ouest. S'ils allaient trop loin vers le nord, ils se retrouveraient en Lituanie, où ils risqueraient de voir leurs ennuis se prolonger. C'était en Pologne qu'ils seraient vraiment en sûreté. Le commissariat à la sécurité d'État de la république de Biélorussie était ce qui subsistait de plus ressemblant à l'ancien KGB soviétique. Il en avait même conservé le sigle et, à ce qui se disait, la place au tout premier rang des violateurs des droits humains. Torture, exécutions sommaires, passages à tabac, ces types ne reculaient devant rien. Il préférait donc éviter de faire personnellement l'expérience de leurs méthodes.

Il tenait mollement le manche à balai, qui était fixé au plancher et non au tableau de bord. Le pare-brise et les fenêtres latérales offraient une excellente visibilité. Le ciel était bien dégagé devant lui ; en dessous défilait un océan de verdure compacte. Une route formait un sombre sillon sinueux au milieu des arbres, qui laissaient çà et là place à une ferme.

Il adorait voler.

À ses yeux, un avion était comme un être à part entière. À une époque, il avait été censé faire carrière dans l'aéronavale. Mais il arrivait que les choses changent. Ce qui était peu dire s'il considérait la vie qu'il avait menée.

Il procéda rapidement aux vérifications d'usage. Vitesse vraie : 150 km/h. Carburant : 170 litres. Circuits électriques : RAS. Commandes : réactives.

À l'horizon, vers le sud, la ville de Brest apparut.

Parfait.

« Là, notre point de repère, indiqua-t-il. La frontière n'est plus loin. »

Il ne leur avait pas fallu trop longtemps pour parcourir les deux cents kilomètres qui les séparaient à présent de Minsk. Une fois en territoire polonais, il trouverait un aéroport où atterrir et ils quitteraient le pays à bord du premier vol commercial disponible. Il serait beaucoup trop risqué de poursuivre leur route avec un avion « emprunté ».

Il réduisit les gaz, ralentit et ajusta les volets pour faire descendre l'Airvan à trois cents mètres. Il comptait franchir la frontière à basse altitude, sous les radars.

« Et c'est parti », lança-t-il tout en veillant à la stabilité de l'assiette.

Le bruit de l'hélice bipale demeurait constant. Le moteur tournait rond sans protester. La voilure ondulait légèrement sous l'effet de quelques chocs dus à la densité de l'air, mais rien d'inquiétant.

C'est alors qu'il vit l'éclair.

Parmi les arbres.

Suivi d'un projectile qui jaillit soudain des frondaisons pour foncer droit sur eux.

Il bascula le manche d'un coup sec et précis, amorçant un virage serré qui amena les ailes dans un plan presque perpendiculaire au sol. Par bonheur, l'Airvan avait suffisamment de ressource pour supporter une telle manœuvre, mais leur vitesse réduite jouait contre eux et ils commencèrent à décrocher. Le missile explosa au-dessus d'eux.

« Un RPG, dit-il tout en actionnant le manche et en poussant les gaz. Apparemment, ces messieurs ne nous ont pas oubliés. »

Il rétablit l'assiette pour regagner de l'altitude. Tant pis pour les radars : on les prenait pour cible.

« Des roquettes ! cria Cassiopée, le regard rivé sur le pare-brise.

– Où ça ?

– Deux. Une de chaque côté ! »

Génial.

Il tira à fond la manette des gaz et positionna les volets pour grimper au plus vite.

Deux explosions se succédèrent. La première, lointaine, ne causa aucun dommage. Mais la seconde laissa un trou fumant dans un des plans.

Le moteur se mit à tousser.

Il coupa l'alimentation en carburant provenant des réservoirs de l'aile droite dans l'espoir que cela empêcherait l'air de s'introduire dans le circuit. Ils grimpaient toujours, mais la mécanique peinait de plus en plus.

« On est mal, commenta Cassiopée.

– On peut le dire. »

Il luttait contre les soubresauts et les à-coups en s'efforçant de maîtriser les secousses du manche entre ses jambes.

« Je sais que tu n'as pas envie d'entendre ça, mais on va se crasher. »

2

Cassiopée n'avait effectivement pas – mais alors pas du tout – envie d'entendre ce genre de chose.

L'avion continuait son vol chaotique. Le scénario ne s'arrangeait manifestement pas. Un coup d'œil à l'altimètre lui apprit qu'ils étaient à près de mille mètres.

« Pourquoi est-ce qu'on monte ? » demanda-t-elle.

Cotton se débattait avec les commandes, qui semblaient résister à toutes ses sollicitations.

« Parce que ça vaut bien mieux que de descendre, répondit-il. Détache-toi et va voir à l'arrière si tu trouves des parachutes. »

Elle le regarda un instant, incrédule, mais eut assez de jugeote pour ne pas discuter. Il faisait tout son possible pour qu'ils continuent à voler, et, rien que pour ça, elle lui était reconnaissante. Elle déboucla sa ceinture et s'en dégagea.

L'appareil fit une violente embardée.

S'agrippant au dossier de son siège, elle se leva puis gagna en trébuchant la cabine arrière. Celle-ci ne renfermait rien d'autre que deux banquettes disposées face à face le long de la carlingue.

« Il n'y a rien ici, cria-t-elle.

– Regarde à l'intérieur des banquettes. »

Elle se lança vers celle qui bordait le côté droit et s'y cramponna pour s'agenouiller. L'assise était un abattant, qu'elle souleva. Le coffre en dessous contenait un unique parachute. Elle le sortit puis alla ouvrir la banquette opposée. Vide.

Un seul parachute ?

C'était une blague ?

Cotton continuait à batailler.

Il parvenait à contrôler le roulis et le tangage, mais non sans efforts. Et il devait veiller à ce que le moteur ne cale pas. Il rentra les volets, gagnant de la vitesse. On jugeait un avion à trois critères : la charge qu'il était capable de transporter, sur quelle distance, et en combien de temps. Étant donné les circonstances, l'Airvan s'en tirait plutôt bien.

Le missile avait endommagé l'aile droite et ses gouvernes. Du carburant s'échappait de la zone dévastée, vidant une partie des réservoirs qui n'étaient déjà qu'à moitié pleins au décollage. Le moteur peinait de plus en plus. L'hélice ne mordait plus vraiment l'air, elle le mâchouillait. Le manche à balai était devenu lâche entre ses genoux, ce qui signifiait qu'il avait dû abîmer les volets pendant la montée. Il réussit néanmoins à stabiliser l'appareil bien à plat à un peu moins de mille deux cents mètres.

Ils se dirigeaient toujours vers le sud-ouest.

Aucun nouveau projectile n'avait été tiré contre eux. Cela voulait-il dire qu'ils avaient franchi la frontière ? Il l'espérait, mais rien ne permettait d'en être sûr, car il ne voyait que des arbres sous lui.

Le manche lui échappa soudain des mains et l'avion cessa de voler. Les témoins s'affolèrent. Les indicateurs de pression et d'huile tombèrent à zéro. L'appareil commença à ruer comme un taureau de rodéo.

« Il n'y a qu'un parachute, s'exclama Cassiopée.

– Mets-le !
– Pardon ?
– Enfile-le, je te dis ! »

Cassiopée n'avait jamais touché – et encore moins endossé – un parachute de sa vie. Sauter d'un avion en vol était bien la dernière chose qu'elle se serait attendue à faire un jour.

Le plancher tressautait sous ses pieds, comme secoué par un tremblement de terre. Le moteur faisait de son mieux pour les maintenir dans le ciel, la gravité pour les renvoyer au sol. Elle passa les bras dans le harnais d'épaules, ramena la sangle restante entre ses jambes puis boucla les attaches métalliques.

« Ouvre la portière latérale ! cria Cotton. Dépêche-toi ! Cet engin ne va pas continuer à m'obéir bien longtemps. »

Elle tourna la poignée, fit coulisser le panneau sur ses rails et le verrouilla. Un souffle chaud s'engouffra dans la carlingue en rugissant. En dessous, le sol défilait à toute vitesse. Très, très, très loin.

« Il faut qu'on saute », déclara Cotton d'une voix assez forte pour couvrir le bruit.

Avait-elle bien entendu ?

« On n'a pas le choix, ajouta-t-il. Je n'arriverai pas à poser ce truc et il ne tiendra pas en l'air cent sept ans.

– Je ne peux pas.

– Bien sûr que si. »

Non. Elle en était incapable. Monter à bord de ce coucou avait déjà exigé d'elle un effort surhumain. Mais sauter dans le vide ? En plein ciel ?

Cotton déboucla sa ceinture et quitta son siège. Tandis que l'avion, privé de pilote, piquait du nez, puis se redressait, il vint jusqu'à elle en trébuchant et l'entoura de ses bras, joignant ses mains entre le parachute et son dos. Ils se tenaient à présent face à face. Soudés.

Il l'entraîna vers la portière en se dandinant d'un pied sur l'autre.

« Cotton…

– Passe tes doigts dans la poignée en forme de D, compte jusqu'à cinq et tire dessus, ordonna-t-il avant d'ajouter, lisant à l'évidence la terreur dans son regard : Comme tu me l'as dit une fois quand c'était moi qui paniquais, il n'y a que nous deux, ici, et je suis là pour toi. »

Puis il l'embrassa. Et ils basculèrent hors de l'avion.

Cotton avait déjà sauté en parachute, mais jamais en tandem, accroché à une autre personne, sans harnais ni lunettes et à si basse altitude.

Ils se mirent à tournoyer sur eux-mêmes dès qu'ils quittèrent la protection de la cabine. Un violent courant d'air torride et assourdissant emportait sa voix au loin. Une âcreté lui brûlait la gorge et les yeux. Il avait l'impression d'être ballotté dans un sèche-linge. Mais il restait lucide et espérait que Cassiopée l'était suffisamment, elle aussi, pour compter jusqu'à cinq et actionner l'extracteur manuel. Il ne pouvait en effet pas le faire à sa place, obligé qu'il était de mobiliser l'intégralité de ses forces pour maintenir ses bras serrés autour d'elle.

Comme leur mouvement de rotation s'atténuait, il aperçut l'Airvan, qui s'éloignait en plongeant vers la terre. Une bonne chose, car il importait que la distance soit la plus grande possible entre eux et la machine folle.

Sa tête fut tout d'un coup rejetée en arrière sous l'effet d'une traction brutale : Cassiopée savait donc encore compter jusqu'à cinq. Le parachute jaillit du sac et les suspentes se raidirent au fur et à mesure que la voilure se gonflait d'air. Ils furent violemment tirés vers le haut, puis se stabilisèrent et commencèrent à descendre lentement dans la quiétude matinale retrouvée.

« Ça va ? » s'enquit-il, la bouche contre son oreille.

Elle acquiesça.

« Je vais te demander d'attraper les suspentes au-dessus de toi et de les manœuvrer pour nous guider.

– Explique-moi ce que je dois faire », dit-elle après avoir empoigné les cordelettes.

Il était impressionné par le sang-froid dont elle faisait preuve. Pour une personne sujette comme elle à l'acrophobie, ce qu'elle était en train de subir était sûrement le pire des cauchemars.

« Tire fort avec ton bras gauche. »

Elle s'exécuta, ce qui eut pour effet de dévier leur trajectoire tout en les rapprochant de la verticale. Il visait une clairière qu'il avait repérée au milieu des arbres. Mieux valait atterrir dans un endroit dégagé que de se faire étriller par des branches.

« Plus fort », ordonna-t-il.

Elle obéit. Mais ils ne s'orientaient pas encore suffisamment vers la cible. Et le sol n'était plus très loin. Jugeant plus avisé de prendre le relais, il relâcha son étreinte autour d'elle un bras après l'autre pour agripper aussitôt tour à tour les deux faisceaux de suspentes. Puis il pesa sur elles de tout son poids pour jouer sur les élévateurs et rectifier leur angle de descente.

Plus que quelques secondes de chute.

Il s'accrochait avec l'énergie du désespoir, son corps entier se contorsionnant à chaque effort. Seule la force de ses dix doigts les préservait d'une plongée vers la mort. Prenant conscience du danger, Cassiopée noua ses bras autour de sa taille et serra tant qu'elle put.

Reconnaissant de ce coup de pouce bienvenu, il s'escrima de plus belle et parvint à éviter les arbres.

« Quand on touchera terre, plie les genoux, dit-il. N'essaye pas de résister à l'impact. Laisse-toi aller. »

Le sol montait vers eux à toute vitesse.

« Lâche-moi, maintenant ! » hurla-t-il.

Ce qu'elle fit aussitôt. Et ce fut le choc de l'arrivée.

Elle fut entraînée par la voilure tandis qu'il chutait sur le flanc droit un peu plus loin qu'elle avant d'effectuer un roulé-boulé sur le terrain rocailleux.

Il s'arrêta enfin et chassa l'air de ses poumons pour se calmer les nerfs.

Rien de cassé, apparemment. Il n'en revenait pas que son corps de presque quinquagénaire soit encore en mesure d'absorber de tels coups.

Cassiopée était allongée par terre, le parachute finissait de s'affaisser à quelques pas d'elle.

Une explosion se fit entendre au loin.

L'Airvan venait de se crasher.

3

Cassiopée s'efforçait de maîtriser sa respiration. Au cours de son existence, elle s'était colletée avec toutes sortes de dangers : incendies, noyade, explosifs, armes en tout genre. Rien, cependant, absolument rien, ne soutenait la comparaison avec cette dernière expérience. Bien que le vertige ait toujours été un problème pour elle, elle avait jusqu'ici été en mesure de garder le contrôle quand elle avait eu à l'affronter. Mais jamais elle n'avait seulement imaginé avoir un jour à dégringoler de plus de mille mètres en plein ciel avec une autre personne agrippée à elle sous un unique parachute !

« Tu vas bien ? demanda Cotton, qui arrivait vers elle en courant.

– Non, je ne vais pas bien, répondit-elle d'une voix qui montait dans les aigus, sa respiration refusant décidément de se calmer. Je viens de sauter d'une saleté d'avion. Tu vas peut-être me dire que tu trouves ça normal ? Ça passe tout ce que j'aurais pu imaginer de pire ! »

Son cerveau répétait la scène en boucle et les mots se bousculaient sur ses lèvres.

« J'ai sauté d'un avion ! Ou plutôt, non, on m'a tirée de force dans le vide ! »

Il s'agenouilla devant elle.

« Au moins, je t'ai embrassée avant, murmura-t-il.

– Vraiment ? Et ça change quelque chose ?

– Je te comprends », assura-t-il en prenant son visage entre ses mains.

Trois mots qui disaient tout. Le regard de Cassiopée se perdit dans les yeux verts de Cotton tandis que lui revenait le souvenir de ce qui s'était passé une fois, dans un souterrain, à Washington, où les rôles étaient inversés et où c'était lui qui paniquait, en proie à sa pire hantise.

Que lui avait-elle dit, à ce moment-là ? *Il n'y a personne d'autre que nous, ici, et je suis là pour toi.* Les paroles mêmes qu'il lui avait adressées avant qu'ils sautent.

Il avait raison. Il la comprenait parfaitement. Luttant contre son affolement, elle lui toucha la main.

« Je le sais bien, dit-elle.

– Il n'y avait pas de temps pour discuter, expliqua-t-il. Il fallait abandonner l'avion. Il allait partir en vrille. Si ça s'était produit, on n'aurait jamais pu sauter. » Il tourna son regard vers le ciel matinal, puis vers la clairière et les arbres avant d'ajouter : « J'espère seulement que nous avons passé la frontière. »

Elle le souhaitait aussi.

Il l'aida à se mettre debout et lui déboucla son harnais. Le sac vide tomba lourdement sur le sol. La voilure blanche gisait à quelques mètres, affalée sur elle-même.

Elle enlaça Cotton, respirant son odeur, tandis qu'il la serrait contre lui.

Elle avait connu beaucoup d'hommes, dont certains lui étaient devenus très proches, mais aucun n'était comparable à Harold Earl « Cotton » Malone. Il était grand, large d'épaules, et portait courts ses cheveux ondulés aux tons brunis qui rappelaient la patine des vieilles pierres. Franc et direct, il manifestait des goûts affirmés et des convictions qui ne l'étaient pas moins. Mais l'ombre d'un sourire amusé s'attardait souvent sur ses lèvres, révélant chez lui un côté pas très sage qu'elle savait être particulièrement stimulant. Il était de bonne souche. Sa mère était une sudiste, native de Géorgie ; son père, officier de carrière, passé par l'académie navale d'Annapolis, avait acquis le grade de capitaine de frégate avant d'être porté disparu en mer lors du naufrage de son sous-marin. Cotton, marchant sur ses pas, avait lui-même fréquenté l'académie navale, puis l'école de l'air, où il avait suivi une formation de pilote de chasse.

Mais il n'était jamais allé jusqu'au bout.

À mi-parcours, il avait brusquement sollicité son affectation à la justice militaire et avait été admis à la faculté de droit de l'université de Georgetown, d'où il était sorti diplômé. Après quoi, il avait servi comme avocat dans la marine.

Puis il avait effectué un nouveau virage et travaillé pour le ministère de la Justice, au sein d'une cellule spéciale, la division Magellan, dirigée par une certaine Stéphanie Nelle, pour qui il avait le plus profond respect. Il y était resté douze ans, avant de prendre une retraite anticipée, de divorcer d'avec sa femme et de s'expatrier au Danemark pour devenir propriétaire d'une vieille librairie.

Un changement de cap radical.

Mais Cotton était un homme qui savait ce qu'il voulait. Et comment l'obtenir.

Ils ne s'étaient pas appréciés outre mesure lors de leur première rencontre, en France, quelques années plus tôt. Ce qui ne les empêchait pas d'être amoureux maintenant. De former un couple. Ils avaient connu des hauts et des bas, mais avaient trouvé le moyen d'affronter les tempêtes. Elle n'avait confiance en personne plus qu'en lui, comme le prouvaient assez les événements de ces dernières minutes.

Ils s'écartèrent l'un de l'autre.

« Le crash de l'avion va attirer l'attention, remarqua-t-il. Je crois que nous avons intérêt à nous éloigner.

– C'est aussi mon avis, acquiesça-t-elle. Et tu as un coup de fil à passer. »

Cotton sortit son portable de sa poche. Un appareil fourni par la division Magellan, conçu pour transmettre des messages codés et doté d'un traceur GPS ultra-perfectionné. Stéphanie Nelle lui avait permis de le conserver bien qu'il ne fît plus partie de ses agents. Sans doute dans l'idée de pouvoir le localiser plus facilement quand elle avait un service à lui demander.

Ce qui était arrivé très souvent jusqu'ici, mais risquait de ne plus se produire.

Après l'affaire de la semaine précédente, en Pologne, il doutait en effet que les autorités américaines fassent appel à lui avant longtemps. Lui et l'actuel président, Warner Fox, avaient de sérieuses divergences de vues. Mieux valait que leurs chemins ne se croisent pas. Une éventualité d'ailleurs bien improbable puisque Fox l'avait déclaré *persona non grata*. Plus de missions rémunératrices à attendre de Washington, donc.

Cependant, comme le chantait Doris Day dans *L'Homme qui en savait trop* : *Que sera, sera…*

Certes, la conjoncture était plutôt merdique, mais, avec un peu de chance, des agences de renseignement étrangères continueraient à louer ses services de temps en temps. Tout n'était peut-être pas totalement perdu.

Il essaya le téléphone. Pas de réseau. Il ramassa le sac par terre et commença à rouler le parachute en boule avec l'intention de balancer le tout parmi les arbres. Il devait bien y avoir une route quelconque, dans le secteur. Une ferme. Un village. Quelque chose. Un endroit où son portable ou celui de quelqu'un d'autre capterait un signal. Quoi qu'il en soit, s'il devait rester coincé dans la forêt, ce serait au moins au côté de la personne dont la compagnie lui faisait le plus grand plaisir. Il avait été marié longtemps avec sa première femme. Ils avaient partagé beaucoup de joies et de peines. Ils avaient même un enfant. Un fils,

Gary. Quand ils avaient divorcé, il ne pensait sincèrement pas rencontrer de nouveau l'amour. Puis Cassiopée était apparue. Littéralement. En pleine nuit.

En train de lui tirer dessus.

Il sourit à l'évocation de ces débuts flamboyants.

Ensuite, une chose en avait amené une autre, puis une autre, et ils formaient à présent une équipe.

Sur plus d'un plan.

Pendant qu'ils ramassaient ensemble la voilure, le calme du matin fut troublé par une pulsation sourde et lointaine.

Un son grave qu'il connaissait bien. Celui d'un rotor d'hélicoptère. Vers l'ouest.

« C'est de plus en plus fort, dit Cassiopée.

– Il vient par ici. »

Ils se hâtèrent de gagner le couvert du sous-bois et cachèrent le parachute dans les fourrés. Le bourdonnement rythmé s'amplifia jusqu'à ce qu'un NH90 frappé du sigle de l'OTAN surgisse au-dessus des arbres.

Confirmation qu'ils étaient bien arrivés en Pologne.

L'appareil rasa la canopée dans un bruit de tonnerre avant de se poser au milieu de la clairière. La portière latérale s'ouvrit et un personnage à l'épaisse tignasse blanche, de grande taille et de forte carrure, fit son apparition. En tenue décontractée, bottes, jean et veste bleu marine, il vint vers eux avec l'allure décidée de l'homme de pouvoir qu'il avait été.

« Danny Daniels ! » souffla Cassiopée.

4

Cotton sortit du bois, suivi de Cassiopée. Il était ravi de voir Danny, qui avait toujours eu le chic pour faire son entrée. Il ne manquait que les tambours et les trompettes. Le colosse s'avança jusqu'à eux et étreignit Cassiopée, qui l'embrassa. Elle et lui avaient de tout temps eu une relation particulière. Rien de romantique. Plutôt une sorte de lien père-fille. Elle éprouvait de l'admiration pour Danny, et cela semblait réciproque.

« Vous allez bien, tous les deux ? s'enquit l'ex-président. La matinée n'a pas été de tout repos pour vous, j'ai l'impression.

– Comment nous avez-vous trouvés ? demanda Cotton.

– J'ai tracé votre téléphone. J'étais sur notre base de Grafenwöhr. »

Cotton connaissait par ouï-dire ce site militaire, situé non loin de la frontière germano-tchèque, qui abritait le plus vaste champ de manœuvre d'Europe.

« Tout le monde ne parlait que de vous, ce matin, continua Danny. Les postes d'écoute de l'OTAN ont intercepté des messages où il était question de votre fuite à bord d'un avion volé. Ils ont suivi toutes les transmissions. Les Biélorusses étaient en embuscade pour vous abattre.

– Vous auriez pu nous prévenir.

– Vous connaissez la musique : ne rien faire pour que ceux qu'on surveille se sachent surveillés. Tout ce cirque a un rapport avec notre affaire ?

– Ça ne fait aucun doute.

– J'ai l'impression que cette histoire est plus compliquée qu'il n'y paraît, commenta Danny avec un petit rire. Heureusement, ces bons messieurs de Grafenwöhr ont eu l'obligeance de mettre un moyen de transport à ma disposition pour que je puisse venir constater sur place ce qui vous était arrivé.

– Nous vous sommes reconnaissants de vous soucier de notre sort.

– Je vous ai vus cacher un parachute, mais où est l'autre ? s'enquit Danny après avoir jeté un regard alentour.

– Il n'y en avait qu'un, répondit Cassiopée. Nous partageons tout à l'exception des brosses à dents et des cornets de glace. »

Danny secoua la tête.

« Ça a dû être…

– Affreux, oui. Mais indispensable au vu des circonstances.

– Une façon bien optimiste de voir les choses !

– Vous avez déjà eu le bonheur de sauter d'un avion, vous aussi ?

– Une fois. Il y a belle lurette. À l'armée. Et je me suis bien juré de ne jamais recommencer.

– Eh bien, moi, c'est pareil. »

Cotton accordait à son vieil ami le privilège de prendre son temps pour aborder le sujet réel de ses préoccupations. Il sentait bien que le problème évoqué par Danny quarante-huit heures plus tôt n'avait rien perdu de sa gravité.

« Vous avez trouvé quelque chose sur Hanna Cress ? demanda enfin l'ex-président.

– Des bribes d'informations. Il nous aurait fallu une journée supplémentaire, ou plus. Nous avons essayé de ne pas attirer l'attention, mais ça n'a visiblement pas marché.

– Cette affaire est un vrai sac de nœuds. Depuis que j'ai vu cette femme mourir sous mes yeux en allumant une cigarette empoisonnée au cyanure, nous avons appris que le paquet avait été fourni par le flic de garde. Il affirme qu'un autre inspecteur, prétendument venu de Berlin, le lui avait procuré parce qu'elle réclamait de quoi fumer. Or personne, apparemment, ne sait quoi que ce soit de ce fameux inspecteur berlinois. Qui ? Quoi ? Où ? Quand ? Aucune réponse. Le type avait, paraît-il, l'air et le comportement d'un vrai fonctionnaire. Sauf qu'il est introuvable à présent.

– Pas de caméras ?

– Des tas. Mais pas une seule vue de son visage. Le gars a pris ses précautions.

– Un pro, donc.

– Exactement. »

L'hélico attendait dans la clairière. Ses pales tournaient au ralenti, agitant les broussailles.

« Ah, j'allais oublier, ajouta Danny. Le président Czajkowski vous adresse son bonjour de Varsovie. Je l'ai appelé pour lui demander la permission de pénétrer dans l'espace aérien polonais en souvenir d'une petite dette qu'il avait envers moi. Curieusement, dès qu'il a su que vous étiez dans le coup, il m'a autorisé à faire tout ce que je voulais. Vous pourriez m'expliquer ce mystère ?

– Vous n'êtes pas le seul à qui des gens sont redevables, répondit Cotton en souriant.

– Il va falloir que vous m'en disiez plus là-dessus. Mais en attendant, l'heure tourne, et j'ai toujours autant besoin de votre aide. »

Danny Daniels était l'une des personnes les plus subtiles que Cotton eût jamais rencontrées. Il avait été élu à la Maison-Blanche par deux fois haut la main. Ils se connaissaient depuis longtemps, surtout du fait de la relation étroite que Danny entretenait avec la division Magellan et Stéphanie Nelle. Les rapports entre le désormais ex-président et Stéphanie, d'abord purement professionnels, s'étaient mués en attachement sentimental. Et maintenant divorcé d'avec sa femme, Danny vivait son nouvel amour au grand jour.

La division Magellan avait été créée de toutes pièces par Stéphanie. Il s'agissait d'une unité spéciale au sein de l'administration de la Justice constituée de douze agents, la plupart militaires ou juristes expérimentés, qui menaient, exclusivement sous ses ordres, les missions les plus sensibles dépendant du ministère. Daniels l'avait utilisée comme agence à tout faire quand il avait un problème à résoudre. Mais ce n'était plus la même chanson avec Warner Fox, le nouveau président. En vérité, les jours de la division étaient probablement comptés.

« Où en est Stéphanie ? demanda Cotton.

– Toujours suspendue de ses fonctions, mais pas virée à proprement parler. Elle m'a dit sans ambages qu'elle n'avait pas besoin de mon aide et que je devais rester à l'écart de ses démêlés avec la Maison-Blanche. Totalement. Dieu m'est témoin que ce n'est pas facile, mais je me tiens à ses exigences. »

La semaine précédente, pendant que Cotton s'assurait une certaine créance morale auprès du chef de l'État polonais, Stéphanie s'était attiré les foudres du président américain, qui avait promis de la flanquer à la porte.

« Fox la laisse mijoter, poursuivit Danny. C'est son genre. Au crédit de Stéphanie, elle gère parfaitement la situation. Dieu merci, elle est fonctionnaire, et de ce fait elle a le droit de plaider sa cause. Ce n'est pas pour demain, ça aura lieu à huis clos et ce sera classé secret, mais elle pourra quand même défendre son point de vue. Pour ma part, je ne peux rien faire du tout, si ce n'est observer ce qui se passe.

– Pour un spectateur impuissant, vous vous débrouillez pas mal, remarqua Cassiopée. Ce n'est pas à la portée de tout le monde de se faire prêter un hélico de l'OTAN pour aller faire un tour dans la forêt polonaise.

– Il y a certains avantages à être ce que je suis, admit Danny en riant.

– Nous nous sommes engagés dans cette histoire sans aucune visibilité, dit Cotton. Dans notre esprit, il s'agissait de glaner quelques renseignements comme on peut le faire autour de la machine à café. Ce n'est manifestement pas ça du tout. Que diriez-vous d'éclairer notre lanterne ?

– Il va bientôt y avoir des législatives, en Allemagne. Vous étiez au courant ? » Cotton et Cassiopée firent non de la tête. « Une fois élu, le nouveau Bundestag se réunira pour choisir un chancelier. S'il veut accéder à ce poste, un candidat doit obtenir un vote majoritaire sur l'ensemble des députés. Pas seulement la majorité des membres de son parti, mais celle de *tous* les représentants. Les Allemands appellent ça la *Kanzlermehrheit*, la majorité du chancelier.

– Il doit être difficile d'y arriver, commenta Cotton.

– Très difficile, vu le nombre de formations politiques que compte l'Allemagne. Une quarantaine, en ce moment. Pire, le scrutin se déroule à bulletin secret. Donc, un député ne sait pas comment votent les autres, ce qui favorise toutes sortes de changements d'alliances. »

Tout le contraire du Congrès américain, où l'élection du président de la Chambre est publique, chaque représentant devant déclarer ouvertement son soutien ou son opposition.

« Mais le vrai problème, continua Danny, c'est que le candidat à la chancellerie se présente sur proposition du président de la République. Celui-ci désigne généralement le chef du parti qui a remporté les législatives. Mais si cette personne ne parvient pas à rassembler une *Kanzlermehrheit*, c'est alors au Bundestag qu'il revient de choisir son propre prétendant. Dans le cas où les députés n'arrivent pas à se mettre d'accord, ça se gâte pour de bon. Par chance, tous les chanceliers depuis 1949 ont obtenu une majorité dès le premier tour de scrutin, si bien que jusqu'ici seul le scénario classique s'est appliqué.

– Jusqu'ici

– Oui. Les choses menacent de mal tourner, cette fois. Un vrai cirque. Un bazar monstre qui pourrait bien exploser dans toutes les directions. Et ce sera encore pire dans six mois, quand viendront les élections au Parlement européen, qui surviennent tous les cinq ans. On peut craindre de sérieuses complications à ce moment-là. Ce qui se profile en Allemagne risque de se reproduire dans toute l'Union européenne. »

Cotton commençait à mesurer la gravité de la situation.

« Le chancelier ou la chancelière allemande est aussi investi de pouvoirs très étendus, poursuivit Danny. C'est lui, ou elle, qui désigne tous les ministres. La coloration du gouvernement dépend donc de la personne qui détient ce poste. Pour l'heure, la chancelière est Marie Eisenhuth. Une amie des États-Unis. Et quelqu'un de bien qui s'efforce de faire de son mieux pour son pays. Mais il y a un autre candidat, qui aimerait bien prendre sa place.

– Et c'est lui qui pose problème ? demanda Cassiopée.

– C'est un euphémisme.

– Et comment s'appelle-t-il ?

– Theodor Pohl. »

5

Cologne, Allemagne

11 h

Theodor Pohl prit conscience qu'il y avait un problème. Pas avec le meeting, qui se déroulait sans anicroche, l'enthousiasme de la foule s'exprimant à travers un dosage idéal d'applaudissements et d'acclamations. La configuration parfaite pour les caméras des médias, qui le suivaient partout et étaient en ce moment braquées sur l'estrade où il se tenait.

Son message était le même à chaque étape de sa tournée.

L'Allemagne aux Allemands.

Les politiques laxistes imposées par les Alliés à la nation en matière d'immigration et de naturalisation depuis la guerre devaient cesser. Plus question de quémander encore et toujours le pardon du reste du monde pour des événements vieux de près d'un siècle ! Plus question que l'Allemagne continue à être gouvernée par des Allemands pour le bien des étrangers ! Le mot d'ordre résumé de son programme avait été soigneusement pesé : l'unité nouvelle de la patrie est née de la discorde, mais se perpétuera par la force.

Rien de militariste là-dedans, toutefois.

Il veillait scrupuleusement à édulcorer sa rhétorique. Le message signifiait simplement que la puissance de la nation reposait sur la puissance de son économie. Mais pas avec l'euro comme monnaie. Car le choix de l'euro avait, lui aussi, été imposé par cette culture de la conciliation à tout prix. La devise de l'Allemagne était le mark. Elle l'avait toujours été et le serait toujours. Une idée qu'illustrait à merveille son slogan principal, imaginé par ses consultants grassement payés.

Zurück in die Zukunft.

Retour vers le futur.

Des mots qui semblaient avoir un écho, car ses meetings attiraient de plus en plus de monde. Le spectacle de la foule rassemblée devant lui aujourd'hui était particulièrement encourageant. Il appréciait surtout l'une des pancartes qu'il voyait de plus en plus souvent fleurir lors de ses réunions publiques et qui proclamait : WIR SIND DAS VOLK, « Nous sommes le peuple ».

Le podium était installé à l'ombre des flèches jumelles de la cathédrale gothique de Cologne dont la façade imposante s'ornait d'une impressionnante dentelle de pierre. Le monument s'élevait à proximité de la gare, au milieu d'un océan de commerces. Seules venaient troubler sa sérénité les allées et venues des passants et la rumeur de la circulation. Vingt mille personnes au bas mot se pressaient sur le parvis du vénérable édifice, qui constituait selon les puristes le cœur et l'âme de Cologne.

Des puristes qu'il n'allait pas contredire.

« Regardez derrière moi ! cria-t-il dans le micro. Regardez ce monument qui témoigne de ce que l'esprit et la main de l'homme sont capables d'accomplir ! Regardez ces imposants massifs de pierre dont la taille même ne symbolise rien d'autre que la puissance absolue ! » Il marqua une pause pour ménager son effet avant d'ajouter : « C'est l'âme de Cologne que vous avez devant vous ! »

La foule clama son approbation avec un enthousiasme auquel il s'habituait de plus en plus.

N'empêche qu'il y avait un problème.

En attestait l'expression de Josef Engel, seul, à l'écart, près de l'entrée d'une des boutiques qui bordaient la place. L'attitude inquiète de son bras droit, d'ordinaire impassible, avait attiré l'attention de Pohl à l'instant même où il était monté sur le podium. Était-ce la façon dont se tenait Engel ? Son indifférence au déroulement du meeting ? Impossible de dire ce qui avait frappé Pohl, pourtant une chose était certaine : il se passait quelque chose.

Mais il ne pouvait pas se laisser distraire par ce genre de préoccupation pour le moment et se concentra de nouveau sur les gens qui avaient mis leurs occupations entre parenthèses pour venir écouter son message.

« Si j'ambitionne de devenir chancelier de notre pays, si mon parti ambitionne d'obtenir le contrôle du Bundestag, c'est parce que nous avons pour l'Allemagne une vision qui, j'en suis convaincu, est aussi la vôtre. Le temps où nous nous sentions coupables pour les errements d'une autre génération est révolu. Nous avons expié les fautes du dernier Reich. Ses protagonistes sont morts et enterrés, retournés à la poussière. Il n'y aura jamais de IVe Reich. Penser le contraire serait absurde… Pendant trois quarts de siècle, notre nation s'est vue contrainte d'accueillir tous les gens dont le reste du monde jugeait bon de se débarrasser. Il est temps que ce scandale cesse. »

Avec une telle déclaration, il était sûr de toucher une corde sensible. Cent mille immigrants turcs vivaient dans la région de Cologne, et leur présence n'était guère appréciée. Après la guerre, les Alliés avaient imposé à l'Allemagne un article constitutionnel qui forçait celle-ci à s'ouvrir à une immigration pratiquement incontrôlée. La thématique de Pohl était simple. Le multiculturalisme constituait une menace pour l'âme allemande. Il hurla le slogan qu'il avait déjà martelé aux quatre coins du pays : *Ausländer raus !* Les étrangers dehors !

Un rugissement approbateur lui répondit.

Son attention fut de nouveau attirée par Engel, toujours debout devant l'entrée de la boutique. Son acolyte, originaire de l'ancienne RDA, était pétri de l'insensibilité qui caractérisait la plupart des ex-communistes. Il portait mal son nom, qui signifiait « ange ». Engel avait réussi à surmonter les barrières sociales que la réunification avait mine de rien dressées sur la route des ressortissants de l'Est. Son énergie de quinquagénaire se doublait d'une distinction trompeuse que lui conféraient un bronzage perpétuel et une barbiche poivre et sel de gentleman-farmer.

Le regard de Pohl revint vers la foule.

« Et n'oublions pas l'influence américaine, qui détruit notre riche héritage germanique, reprit-il. Habitudes alimentaires, programmes télévisés, films, livres, tout nous vient d'Amérique. Gavée de ces influences étrangères, notre jeunesse perd toute mémoire d'une époque où la germanité comptait pour quelque chose. La nouvelle génération sait seulement qu'une guerre a eu lieu, pendant laquelle des horreurs ont été perpétrées, et que nous devons payer ces erreurs au prix fort… »

Acclamations redoublées.

« Ne vous méprenez pas, je ne suis pas en train de prôner quoi que ce soit qui puisse ressembler au “Reich de mille ans”, dont les choix maléfiques me sont tous odieux. Je ne donnerai jamais mon aval à aucune forme de violence politique. Pas plus demain qu'aujourd'hui. Tout ce que je réclame, c'est qu'il soit permis à l'Allemagne d'exister selon des modalités souhaitées par la majorité des Allemands. »

Il balaya du regard la foule de visages et y lut les attentes que ses paroles faisaient naître. Le moment était venu de conclure. Il tendit la main dans un geste englobant.

« Retour vers le futur, mes amis ! Tel est mon but. Et tel est le but que je vous demande de faire vôtre ! »

L'assistance éclata en applaudissements.

Les caméras de la télévision ne perdirent rien du spectacle. Tout en levant les deux bras en réponse bienveillante aux vivats, il capta le regard d'Engel, qu'il fixa avec insistance pour lui signifier qu'il voulait lui parler. Le sbire se dirigea vers une limousine garée aux abords de la place.

Quittant l'estrade, Pohl rejoignit à son tour la voiture, dans laquelle il monta.

« Hanna Cress est morte », lui annonça Engel avec un sourire.

L'apparition de la Biélorusse au grand jour avait été totalement inopinée, ce qui avait requis une solution définitive.

« C'est vous qui vous en êtes occupé ? »

Engel acquiesça.

« Dans ce cas, qu'est-ce qui vous chiffonne ?

– Les Américains sont entrés dans la danse.

– Mais encore ? » demanda Pohl, troublé.

Engel expliqua que Danny Daniels, l'ex-président des États-Unis maintenant simple sénateur, était venu à Partenkirchen interroger Hanna Cress et qu'il l'avait vue mourir devant lui.

Une complication dont l'origine ne faisait aucun doute.

Marie Eisenhuth.

6

Centre nord de l'Allemagne

13 h

La chancelière Marie Eisenhuth regardait défiler le paysage par la fenêtre de l'hélicoptère. Elle avait demandé à survoler la zone, située à soixante-cinq kilomètres au nord de Bayreuth, de sorte qu'elle puisse se rendre compte par elle-même de l'abomination avant d'atterrir.

Sous ses pieds s'élevaient les vieux sommets érodés du Harz aux pentes couvertes d'épicéas et sillonnées de vallées piquetées de villages blottis au bord de lacs profonds ou de rivières tranquilles. Elle connaissait bien le battage promotionnel qui présentait la région comme un royaume mythique de fées et de sorcières, où les enfants se transformaient par magie en princes ou en princesses. Elle entendait encore son père lui raconter la légende de la fontaine de Goslar, dont il suffisait de frapper par trois fois la vasque inférieure à minuit pour faire apparaître le diable.

Elle souriait toujours quand elle évoquait son père. Elle ne s'était jamais vraiment consolée de sa mort, il y avait près de cinquante ans.

L'appareil vira à droite. Le site se trouvait droit devant.

Au cours de l'automne précédent, quelqu'un avait découvert un curieux spectacle au milieu d'une forêt de pins tapissant le flanc d'une montagne. Dans un lointain passé, une cinquantaine de mélèzes avaient été plantés intentionnellement de façon à dessiner en grandissant une gigantesque croix gammée. À l'approche de l'arrière-saison, les mélèzes en dormance s'étaient colorés de safran et d'orangés, formant un vif contraste avec le vert des autres résineux environnants, ce qui avait permis au symbole abject de s'afficher fièrement dans le paysage. Un pilote avait aperçu le mémorial et avisé les autorités. Le fait que les arbres n'aient pas attiré l'attention plus tôt avait suscité l'étonnement. L'explication la plus plausible était qu'ils n'avaient encore jamais jauni de façon suffisamment synchrone pour que le dessin entier puisse être vu du ciel. Il avait finalement été décidé de les abattre et Marie Eisenhuth, sachant flairer un scoop à son avantage, avait demandé à son équipe de lui ménager, à l'occasion de sa tournée électorale, une halte sur les lieux qui lui vaudrait sans doute une respectable couverture médiatique au niveau national.

Elle regarda les mélèzes, en bas. La plupart avaient déjà été coupés, mais la croix gammée était encore visible en creux. Il était prévu que quelques arbres voisins soient aussi sacrifiés de sorte que la figure maudite soit à jamais déformée. Des lustres s'étaient écoulés depuis la chute du nazisme, mais il en persistait des vestiges tenaces. Et le tableau qu'elle avait sous les yeux semblait bien inoffensif, comparé à la triste recrudescence de haine ethnique et de violence aveugle à l'égard des étrangers.

Elle fit signe au pilote de se poser. L'hélicoptère atterrit et elle en descendit.

Aucune escorte de conseillers dans ses jambes, aujourd'hui. Elle était seule face à l'histoire. Une troupe de journalistes l'entoura, parmi lesquels elle reconnut beaucoup d'habitués de ses points de presse.

« Étrange vision, commenta la correspondante d'un quotidien de Francfort.

– Un mémorial oublié en hommage à une funeste erreur, dit-elle avec la circonspection qu'elle observait toujours pour parler du passé. Gardons cependant à l'esprit que ce n'est pas parce que les nazis étaient nombreux qu'Hitler a pu accéder au pouvoir, mais tout simplement parce que trop de démocrates manquaient à l'appel. »

Son thème de campagne : le peuple est responsable du gouvernement qu'il se choisit.

Une tactique prudente comparée à l'acharnement de son adversaire pour l'enfermer dans un débat moral autour de l'ethnicité. Mais ce n'était pas en se laissant prendre à ce genre de piège qu'elle avait pu rester chancelière seize années durant.

Elle s'éloigna, entraînant la presse dans son sillage.

Les bois alentour appartenaient à plusieurs sociétés domaniales, certaines gérant leurs parcelles de façon durable. Mais la plus grande partie des terres avaient été achetées il y avait longtemps pour une bouchée de pain. Le mémorial sylvestre avait apparemment été planté par un contingent des Jeunesses hitlériennes, qui avaient jadis fait de la région du Harz un de leurs nombreux lieux de retraite en plein air où l'on inculquait la doctrine nationale-socialiste à des adolescents hypnotisés par un adroit dosage de sport, de musique et de camaraderie.

Elle pénétra sous le couvert des pins. Devant elle se dressait un superbe mélèze, le dernier des arbres incriminés encore debout. Il semblait dommage de détruire une telle splendeur. Mais, de même que le nazisme avait contaminé les cœurs et les esprits des meilleurs parmi les Allemands, de même ces mélèzes déparaient tout ce qu'il pouvait y avoir de beau autour d'eux.

Non pas à cause d'une tare que chacun d'eux aurait portée en lui, mais à cause de ce qu'ils signifiaient collectivement. Un aphorisme qu'elle avait entendu quelque part lui revint en mémoire : seul, un nazi ne représentait rien ; à quarante, ils constituaient un désagrément ; à quarante mille, ils furent à deux doigts de gouverner l'Europe.

Son regard glissa vers le sol. Aucun buisson. Là encore, le symbole était évident : rien n'avait pu pousser non plus dans l'ombre d'Hitler.

« Je souhaite faire une déclaration », dit-elle en se tournant vers les caméras.

Les journalistes firent cercle autour d'elle.

« Mon adversaire prend un malin plaisir à clamer son slogan "retour vers le futur". Ce faisant, certes, il ne se revendique pas activement d'un certain passé ni ne préconise d'en revenir aux politiques d'alors. Il se contente de nous rappeler ce passé à chaque occasion, de mettre constamment et complaisamment en avant le nationalisme allemand, d'affirmer que notre identité n'existe qu'à l'abri de nos frontières. Avec tout ceci, je suis en complet désaccord. »

Elle prenait un risque en lançant cette attaque. Mais un risque calculé. Comme ses conseillers politiques le lui répétaient à l'envi, la stratégie de Pohl reposait sur la population âgée. La plupart de ses partisans étaient au moins sexagénaires. Pohl lui-même avait presque soixante-dix ans et elle allait en avoir soixante-quinze. La presse avait poliment qualifié leur lutte pour le pouvoir de « bataille des expériences ». Une formulation élégante pour ne pas dire crûment qu'ils étaient vieux tous les deux. Il était néanmoins intéressant de noter que sa base électorale à elle était surtout constituée de jeunes, de femmes et de diplômés du supérieur. Autre différence fondamentale entre eux, elle était catholique, lui protestant, dans un pays où la religion n'était pas sans importance aux yeux des citoyens.

« Vous voulez dire que Pohl est un extrémiste de droite ? demanda l'un des reporters.

– Je veux simplement dire qu'il professe des opinions trop tranchées concernant les maux dont souffre l'Allemagne, répondit-elle. À l'entendre, l'immigration serait à l'origine de tous nos problèmes et la réunification aurait détruit notre économie. Je soutiens, moi, que la diversité est une bonne chose. Pour tout le monde », ajouta-t-elle avec un sourire à l'adresse de l'ensemble des journalistes.

Elle suivit un instant des yeux des bûcherons qui s'approchaient du mélèze, tronçonneuse en main, puis se tourna de nouveau vers son auditoire.

« Nous avons des problèmes, je ne le nie pas. Nos partis politiques s'affaiblissent. Les syndicats sont sur le déclin. Les églises se vident. Nous sommes le deuxième exportateur mondial, mais avons les coûts de main-d'œuvre les plus élevés de toutes les nations industrialisées. Nous sommes malades de notre pessimisme, qui paralyse notre motivation. Mon adversaire ne fait rien pour apaiser ces tensions. Il les utilise, au contraire, ravi de voir le pays en proie à la colère et au désarroi. »

Les ouvriers, qui avaient pris position au pied de l'arbre, regardaient dans sa direction, attendant apparemment qu'elle ait terminé.

« *Keine Experimente !* lança-t-elle. Pas d'initiatives hasardeuses ! Tel est mon credo. “Retour vers le futur” ne laisse rien présager d'autre que des problèmes supplémentaires. Ma vision à moi est tout entière orientée vers l'avenir. »

Elle adressa un signe aux bûcherons. Les tronçonneuses s'animèrent avec des vrombissements, puis les lames mordirent le tronc.

Elle imagina la scène qui s'était déroulée en ce lieu quatre-vingts ans plus tôt, quand de jeunes gens au regard ardent avaient repiqué les plants avec un soin quasi mystique, en hommage à un personnage qu'ils considéraient comme un dieu et à un idéal qu'aucun d'entre eux ne comprenait.

Les caméras enregistraient en continu l'agression que subissait l'arbre.

L'une des scies se bloqua, coincée dans le bois. Le bûcheron dégagea la lame d'une secousse avant de repartir à l'assaut, mais l'acte de résistance du vénérable mélèze fit sourire Marie Eisenhuth.

Restait à espérer que le peuple allemand accueillerait avec la même réaction de rejet le subtil message de haine distillé par Theodor Pohl.

7

Cotton avait pris place en compagnie de Cassiopée et de Danny Daniels à l'arrière de l'hélicoptère qui survolait la Pologne en direction de l'Allemagne. Chacun d'eux portait un casque relié à un système audio en circuit fermé de sorte que personne ne puisse écouter leur conversation.

« Theodor Pohl a effectué six mandats au Bundestag, dit Danny. Il est originaire du Land de Hesse, où il possède un vaste domaine appelé Löwenberg. »

Löwenberg, la montagne du lion, traduisit mentalement Cotton.

« Il est censé être un fervent anticommuniste, même si j'ai des doutes là-dessus. Il n'est devenu un candidat sérieux à la chancellerie qu'il y a trois ans de ça, quand son parti a raflé près d'un quart des sièges au Bundestag.

– Et on ne peut pas ne pas tenir compte de quelqu'un qui bénéficie d'un tel poids à l'Assemblée, ajouta Cotton.

– Exactement. Il a une voix de démagogue, une tête de prophète, et son discours prend. C'est purement et simplement un populiste qui joue sur les craintes xénophobes. Il exploite les thèmes de la nouvelle droite tout en gardant ses distances avec les éléments les plus radicaux. L'immigration est un sujet sensible, en Allemagne, mais il s'ingénie à titiller ce nerf à vif. Rien de pronazi ni d'approchant dans son discours, toutefois. Tout juste une petite musique nationaliste. »

Rien d'étonnant à cela, songea Cotton, sachant que la loi allemande interdisait tout parti politique prônant la violence. Pas question de salut hitlérien, de croix gammée ni de quoi que ce soit qui puisse rappeler le IIIe Reich en République fédérale. Mais cela n'empêchait pas certaines idées de perdurer dans les têtes.

Un vieux dicton lui revint en mémoire : bien maligne est la langue qui peut s'exprimer sans parler.

« La nouvelle droite monte en puissance partout en Europe, continua Danny. Même dans votre pays d'adoption. »

Cotton était familier de la politique du Danemark, dont certaines lois anti-immigration figuraient parmi les plus sévères en Europe. Le système de prestations sociales, qui couvrait tous les âges de la vie, étant l'un des meilleurs au monde, les conservateurs jouaient sur du velours quand ils prêchaient l'isolationnisme. Il était devenu pratiquement impossible pour un étranger d'obtenir asile ou titre de séjour, comme de toucher des allocations. Son propre permis de résidence restait temporaire et sujet à révocation sans préavis.

« Comme je vous le disais, poursuivit Danny, après les élections allemandes viendront les européennes. Un scrutin à l'échelle du continent. Des craintes sérieuses existent d'une prise en main du Parlement de l'UE par la nouvelle droite. Cela fait plusieurs années, maintenant, que ces gens-là œuvrent dans ce but. Bien qu'ils en rêvent, ils se rendent compte qu'ils ne pourront pas se débarrasser de l'UE, trop enracinée. Ils ne peuvent pas non plus en sortir individuellement, un pays après l'autre : l'exemple de la Grande-Bretagne a suffisamment montré l'absurdité d'une telle stratégie. Ils ont donc décidé de transformer radicalement les choses de l'intérieur. Pour y parvenir, bien sûr, ils ont besoin de s'assurer des voix au sein du Parlement. Et c'est à ça qu'ils travaillent. »

Au cours des quelques années qui venaient de s'écouler, Cotton avait consacré du temps à assimiler l'histoire de l'Union européenne. Celle-ci reposait depuis l'origine – le traité de Rome de 1957 – sur une approche empirique. En rassemblant d'abord six, puis, progressivement, vingt-huit pays fortement liés entre eux par une monnaie unique et une zone de libre-échange aux frontières ouvertes, l'idée avait été de rendre impossible à l'avenir tout conflit armé entre eux en détournant les peuples du nationalisme. Or, aux dernières élections européennes, cinq ans plus tôt, seuls 40 % des inscrits s'étaient déplacés pour voter. Un fiasco. Malheureusement, bon nombre des partis européens les plus modérés, vieillissants, manquaient de l'énergie nécessaire pour combattre l'enthousiasme suscité par la nouvelle droite. Problème : quiconque détenait au moins un tiers des sièges au Parlement était en mesure de bloquer des nominations cruciales, d'empêcher l'adoption de telle ou telle politique et de faciliter l'accès d'éléments radicaux à des postes clés, bref, d'exercer une influence dans toutes sortes de domaines, y compris le commerce et l'immigration. Pour ne rien arranger, les nations d'Europe de l'Ouest étaient en conflit avec les adhérents les plus récents à l'UE, tous situés à l'Est et ex-satellites de l'Union soviétique, dont la main-d'œuvre bon marché et la fiscalité attractive favorisaient le chômage et la désindustrialisation des premières.

Une bataille Est-Ouest d'un nouveau genre que l'Ouest était en train de perdre.

« Theodor Pohl excelle dans l'art d'exploiter les colères, dit Danny. Il se pose en *Macher*, en homme d'action. Et c'est ce qu'il est, hélas. Il sait faire bouger les choses. Marie Eisenhuth est plutôt une *Seherin*, une visionnaire.

– Votre connaissance de l'allemand m'épate, railla Cassiopée.

– Il m'arrive de m'étonner moi-même… Mais, pour en revenir à Pohl, il a plusieurs cordes à son arc et cela fait de lui quelqu'un de dangereux. Il est intelligent, pas naïf pour un sou, résolu, et, surtout, il est doué d'une éloquence très convaincante. Ses idées nationalistes gagnent du terrain dans toute l'Allemagne et son parti pourrait engranger un bon nombre de sièges au Bundestag. »

L'hélicoptère continuait de tracer sa route vers l'ouest sans à-coups dans le ciel de l'après-midi. Même Cassiopée semblait se satisfaire des conditions de vol. Ils avaient appris que l'Airvan s'était écrasé en forêt sans faire aucune victime au sol.

« Chaque pays européen possède sa propre figure charismatique de la nouvelle droite, reprit Danny. En Allemagne, c'est Theodor Pohl, qui souffle sur les braises de l'ultraconservatisme et exacerbe les craintes. Le système allemand rend le problème encore plus aigu. Avec un tel nombre de partis, il est douteux que qui que ce soit obtienne une majorité absolue. Il y aura donc un gouvernement de coalition. Pohl a passé des accords avec les démocrates-chrétiens et les libéraux-démocrates, ce qui suffira à lui garantir la chancellerie. Mais avant d'en arriver là, lui et sa formation doivent remporter les prochaines élections face à Marie Eisenhuth. Ses partenaires potentiels attendent de voir le résultat du vote pour finaliser leur alliance avec lui. Ils se droitiseraient volontiers, mais ils veulent tout autant s'assurer que c'est le bon choix à faire.

– Je suppose qu'Eisenhuth aussi se pose la question de savoir quels partis se rallieront à elle en cas de victoire, remarqua Cassiopée.

– Absolument.

– Mais en quoi tout ça nous concerne-t-il ? demanda Cotton.

– L'élection, qui s'annonce très serrée, se tiendra dans un peu plus de deux mois. Or, il y a trois semaines de ça, la chancelière Eisenhuth a reçu un e-mail… puis encore deux autres après celui-là. Tous provenaient d'un dénommé Gerhard Schüb. Le contenu de ces courriers l'a alarmée et rendez-vous a été pris pour une entrevue, qui a eu lieu vendredi dernier, au cours de laquelle un lot de documents a été remis en mains propres à un envoyé de la chancellerie. La porteuse du message était Hanna Cress, la femme qui a été arrêtée, puis assassinée. Et il y a autre chose. Nous avons déjà eu affaire à un Gerhard Schüb. Par l'intermédiaire de Jonathan Wyatt. »

Un nom que Cotton connaissait bien. Celui d'un ex-agent de renseignement américain qui n'avait jamais été son ami et avait même été son ennemi pour un temps, jusqu'à ce qu'ils se retrouvent face à face sur une île, au Canada, et règlent leur différend.

« Juste avant cet épisode désagréable, il y a quelques années, à New York, où on a tenté de m'assassiner, Wyatt avait eu maille à partir avec un certain Gerhard Schüb au Chili et il avait rédigé un rapport sur ce qui s'était passé. Quand la chancelière m'a exposé son problème, elle m'a demandé si nous avions quelque chose sur ce Schüb. J'ai prié Stéphanie de se renseigner et elle m'a parlé de cette histoire, au Chili. D'après le récit de Wyatt, Schüb se serait suicidé, là-bas.

– Wyatt est un électron libre, observa Cotton. Il a toujours été imprévisible. Son compte rendu était mensonger, à votre avis ?

– J'ai plutôt l'impression qu'il a été roulé dans la farine. Nous pensons que quelqu'un lui a fait croire à la mort de Schüb. J'ai son rapport sur moi. (Danny Daniels jeta un coup d'œil à sa montre.) Il y en a encore pour à peu près une demi-heure de vol. Avant l'atterrissage, j'aimerais que vous preniez connaissance de ce qu'a écrit Wyatt, tous les deux. Et aussi de certains extraits de ce qu'a apporté Hanna Cress vendredi dernier. »

Danny sortit quelques feuillets de sous sa veste et les leur tendit.

Ils se penchèrent ensemble sur les documents.

8

30 avril 1945. L'humeur du Führer s'assombrit progressivement depuis que les généraux lui ont annoncé, hier, que Berlin est perdue et qu'une contre-offensive de la 11ᵉ division de panzers, censée selon lui sauver le Reich, n'a pas été lancée. Il entre dans une colère noire en apprenant qu'Himmler a entamé de façon indépendante des négociations de paix avec les Alliés. Cette révélation le conduit à se défier de tout ce qui a un rapport avec la SS, y compris les capsules de cyanure que celle-ci a fournies pour les occupants du bunker.

« Elles sont factices, hurle-t-il. Cet éleveur de poulets d'Himmler tient à ce que je sois pris vivant pour que les Russes puissent m'exhiber comme un animal dans un zoo. »

Après avoir palpé une des capsules, il déclare qu'elles ne contiennent rien d'autre qu'un sédatif et déplore :

« Le mal est partout. »

En fin de matinée, afin de tester le poison, il monte dans les jardins et fait administrer une capsule sous ses yeux à sa chienne bien-aimée. Le berger allemand succombant rapidement, le Führer semble convaincu par l'expérience. Il redescend alors dans le bunker, où il donne une capsule à chacune de ses deux secrétaires particulières en leur assurant qu'il aurait préféré leur faire un plus beau cadeau d'adieu. Elles le remercient pour sa gentillesse et il les complimente pour leur dévouement, tout en regrettant que ses généraux ne lui aient pas été aussi loyaux qu'elles.

Plus tôt, vers 2 heures du matin, tout le monde – hommes, femmes, officiers – avait été convoqué dans le bunker. Hitler fait son entrée, accompagné de Bormann. Il a le même regard vitreux et embrumé que les jours précédents. Une mèche de cheveux collée à son front en sueur, il avance en traînant les pieds, voûté comme s'il souffrait du dos. Ses épaules sont tellement mouchetées de pellicules qu'on les dirait couvertes de poussière. Le côté gauche de son corps est agité de tremblements incontrôlables. Le peuple allemand serait stupéfait de constater la déchéance physique de son chef suprême. Nous nous sommes alignés et il commence à nous serrer la main l'un après l'autre. Il bave. Bormann observe la scène en silence. J'entends Hitler marmonner « Alles in Ordnung » *– tout est en ordre – quand il sort.*

Nous sentons tous que le dénouement est proche. Que cet homme qui, par la seule force de sa personnalité, a dominé une nation entière est sur le point de mettre fin à ses jours. Le soulagement est tel que nous remontons tous en courant au rez-de-chaussée pour organiser un bal dans le réfectoire de la chancellerie. Des officiers supérieurs qui n'auraient même pas fait mine de nous voir quelques heures plus tôt viennent nous serrer la main et nous parler ouvertement. Il est clair pour chacun que l'Allemagne d'après-guerre sera bien différente de celle que nous avons connue. Des réajustements s'imposeront, non seulement au niveau individuel, mais aussi dans la hiérarchie sociale. Tous ceux qui assistent à ce bal semblent avoir pris conscience de cette réalité et je regarde avec amusement les ego se déliter.

Quand arrive midi, les nouvelles ne sont pas bonnes. Les troupes russes occupent une partie de la chancellerie. Le zoo est tombé. La Potsdamer Platz et le pont Weidendammer sont perdus. Hitler accueille ces informations avec indifférence. À 14 heures, il déjeune avec ses secrétaires et sa cuisinière. Son épouse Eva, qui prend normalement ses repas avec lui, n'est pas là. Ils ne sont mariés que depuis un peu plus d'une journée et son absence auprès de lui suscite des interrogations. Quelles curieuses noces que les leurs, au son du vacarme étouffé de la bataille qui se déroulait au-dessus de leurs têtes, entre des murs de béton froids et gris, dans la puanteur de moisi et d'humidité qui règne dans ces lieux confinés ! Après avoir déclaré être de pure souche aryenne et indemne de toute maladie héréditaire devant Goebbels et Bormann, qui servaient de témoins officiels, les époux ont à peine souri en échangeant leurs vœux. Un étrange aboutissement en plein cœur d'un naufrage apocalyptique.

Après le repas, nous sommes tous une fois de plus appelés à nous rassembler en présence d'Hitler et de sa femme, de nouveau réunis, pour un nouvel adieu. Ce cérémonial sans grande émotion terminé, le couple regagne ses appartements privés. Nous sommes alors congédiés, à l'exception de quelques personnes. À peine quelques minutes plus tard, une unique détonation retentit.

Dans l'hélicoptère qui poursuivait son chemin vers l'ouest, Cotton leva les yeux de sa lecture.

« Il n'y a rien de neuf là-dedans, dit-il. J'ai déjà eu sous les yeux des témoignages de ce genre : Eva Braun qui croque une capsule de cyanure et Hitler qui se tire une balle ; les cadavres qu'on remonte du bunker pour être incinérés, puis enterrés ; la découverte des restes par les Russes, qui n'informent personne et les transportent à Moscou sur ordre de Staline pour faire croire qu'Hitler a survécu et justifier l'occupation de l'Europe de l'Est en endormant la vigilance des Alliés… Tous les détails sont apparus au grand jour dans les années 1990, quand les archives sont devenues accessibles après la chute de l'Union soviétique. Mais le récit qui figure là-dedans semble de première main. D'où viennent ces documents ?

– De Moscou, répondit Danny avec un haussement d'épaules. De ces fameuses archives soviétiques, justement. Les spécialistes pensent depuis longtemps qu'il y avait un espion soviétique dans le *Führerbunker*. Hitler lui-même en était persuadé. »

Cotton connaissait l'histoire de *das Leck* – la taupe. De nombreuses hypothèses avaient été avancées quant à l'identité de cet espion, de la même manière qu'on s'était perdu en conjectures sur la personne qui se cachait sous le pseudonyme de Gorge profonde à l'époque du Watergate. Mais, si ce dernier mystère avait fini par être résolu, on ignorait toujours qui était *das Leck.*

« Continuez à lire », dit Danny.

C'est Bormann qui entre le premier dans la pièce après le coup de feu. Des émanations de cyanure brûlent les yeux, forçant les gens qui sont là à ressortir un moment, le temps que l'air s'assainisse. Hitler gît à l'extrémité gauche du canapé, un trou de la taille d'un mark en argent dans le crâne. Eva Braun est étendue à l'extrémité droite du même canapé. L'eau d'un vase de tulipes et de narcisses blancs tombé d'une table contiguë forme une tache sur sa robe bleue au niveau des cuisses. Aucune trace de sang n'est visible sur elle, mais les fragments d'une ampoule en verre saupoudrent ses lèvres. Quelqu'un apporte un plaid dans lequel on enveloppe le corps d'Hitler. Le valet de chambre du Führer, Linge, et le docteur Stumpfegger transportent le cadavre en haut, dans les jardins. Bormann roule Eva Braun dans une autre couverture avant de la hisser sur son épaule et de la sortir de la pièce. L'un des gardes l'ayant appelé, il s'arrête dans le couloir puis dépose son fardeau dans une antichambre attenante pour s'éloigner un instant avec l'homme. Après en avoir terminé avec le garde, il revient chercher la morte, qu'il remet à Kempka. Celui-ci, à son tour, la confie à Günsche, qui la transmet à un officier SS. C'est ce dernier qui la monte dans le jardin de la chancellerie.

Là, les deux dépouilles sont étendues côte à côte et aspergées d'essence. Les canons russes tonnent au loin et quelqu'un indique que des éléments ennemis sont à moins de deux cents mètres, près de la station de métro Stadtmitte. L'explosion d'une bombe force l'assistance à chercher refuge sous un porche. Bormann, Burgdorf, Goebbels, Günsche, Linge et Kempka sont tous présents. Je suis la scène depuis l'entrée du bunker. Günsche trempe un chiffon dans l'essence, l'allume, puis le jette sur les corps. Un mur de feu s'élève aussitôt. Tous se mettent au garde-à-vous, saluent, puis se retirent. Je suis le dernier à redescendre. Avant de refermer la porte, je reste un moment là à regarder les flammes. Une image tourne en boucle dans ma tête. Un détail que je me promets de ne jamais oublier : quand le corps d'Eva Braun a été déposé sur l'herbe, sa robe bleue était sèche.

« C'est la première fois que j'entends parler de ça, commenta Cassiopée. J'ai lu *Les Derniers Jours d'Hitler*, de Trevor-Roper, et d'autres publications qui font autorité sur le sujet, mais aucun auteur ne fait état de ce qui est écrit là à propos d'Eva Braun.

– Les spécialistes allemands disent comme vous, confirma Danny. Il s'agit d'une information inédite transmise, du moins c'est ce qu'on suppose, par un espion soviétique qui se trouvait sur place. Ce que vous avez entre les mains est une traduction en anglais du rapport original en russe. Hanna Cress a remis une enveloppe remplie de documents en fac-similé qui portaient tous le sceau et les tampons soviétiques. Mais il y a plus curieux. Ces documents ont été livrés vendredi dernier. Or un résumé des renseignements qu'ils renferment, rédigé de la main de Jonathan Wyatt, figure dans son rapport, archivé à Washington, sur ce qui s'est passé au Chili il y a quelques années. Les détails qu'il relate sont pratiquement identiques, ce qui porte à croire que lui aussi a eu accès au récit que vous avez là. Un récit qui a pu lui être transmis par un certain Gerhard Schüb. »

Cotton tira aussitôt la conclusion logique de ce qu'il venait d'entendre.

« Vous pensez que Schüb était *das Leck* ? Que c'est lui qui a écrit ça ? demanda-t-il en agitant les feuillets.

– Nous ne sommes sûrs de rien. Tout ce que nous savons, c'est qu'à l'heure qu'il est, ce témoignage de première main a fait surface à deux reprises, sur deux continents différents, avec pour dénominateur commun ce fameux Gerhard Schüb… »

Il fallait admettre que la coïncidence était plus que troublante.

« La chancelière Eisenhuth m'a demandé de parler avec Hanna Cress en son nom et d'en apprendre le plus possible. Elle tenait à la discrétion, d'où sa volonté d'avoir recours à un tiers plutôt qu'à ses propres services. J'ai essayé d'interroger Cress sans en tirer davantage que ce que je vous ai déjà rapporté. Mais, avant de mourir, elle a prononcé un mot : *Kaiser*. Inutile de préciser que tout ça excède mes compétences. C'est pourquoi j'ai appelé les spécialistes à la rescousse. »

Ce qui expliquait l'apparition de Danny à Copenhague dimanche, puis en Pologne aujourd'hui.

« Vous pensez qu'Eva Braun a survécu ? demanda Cotton. Qu'elle est parvenue d'une façon ou d'une autre à s'échapper du bunker ?

– Pourquoi pas ? Personne n'a la moindre idée de ce qui s'est passé dans ce blockhaus. Les dépositions des témoins après la guerre se contredisent toutes. Il n'existe aucune preuve médico-légale de quoi que ce soit. Aucun corps. Rien. Les Soviétiques ont pollué tous les indices qui pouvaient se trouver là. Et puis autre chose mérite réflexion. Braun est rentrée à Berlin le 15 avril 1945, en provenance des Alpes, au sud, où Hitler l'avait envoyée pour la mettre à l'abri. On est toujours parti du principe qu'elle avait fait ça par amour et par loyauté. En fait, ce retour au moment où la ville s'apprêtait à tomber aux mains des Russes était une des plus énormes conneries qu'on ait jamais vues. Elle serait revenue se fourrer volontairement dans la gueule du loup ? Avec en perspective une mort quasi certaine, ou l'emprisonnement ? Et tout ça par amour et par loyauté vis-à-vis d'Hitler ? »

Assez invraisemblable, certes, mais…

« Qu'est-ce que vous avez omis de nous dire ?

– Eh bien… Je sais que ça va vous paraître farfelu mais, d'après certains documents fournis par Hanna Cress, il se pourrait qu'Eva Braun ait été enceinte. Elle serait revenue pour légitimer son enfant en contractant un mariage légal avec Hitler.

– C'est rocambolesque ! s'exclama Cassiopée.

– Peut-être, mais il n'empêche qu'à en croire les informations communiquées par Hanna Cress, Braun et Bormann auraient reçu l'ordre de quitter le bunker, avec pour mission d'assurer la survie du rejeton d'Hitler.

– Pourquoi Hitler lui-même ne s'est-il pas enfui ? demanda Cotton.

– Ça, je n'en ai pas la moindre idée. Et il n'y a pas d'explication là-dessus dans le matériel dont nous disposons.

– Et cet enfant a vu le jour ? voulut savoir Cassiopée.

– Nous l'ignorons. Les documents ne le précisent pas. En revanche, nous avons ceci. »

Danny sortit de sa poche une feuille et la tendit à Cotton, qui la déplia avant de se pencher dessus avec Cassiopée.

« C'est l'acte de naissance de Theodor Pohl, indiqua Danny. Il est censé être né en Hesse le 23 décembre 1952, de Wilfrid et Cornelia Pohl. Des spécialistes ont analysé discrètement les registres, hier. Ils ont décelé des divergences, des falsifications possibles. Il se pourrait en fait que Pohl n'ait pas vu le jour en Hesse.

– Quel âge a-t-il ? s'enquit Cassiopée.

– Soixante-neuf ans, d'après sa bio.

– On peut donc exclure que Theodor Pohl soit le fils d'Hitler, dit-elle.

– Absolument. Mais il ressort de nos sources qu'il pourrait être celui de Martin Bormann, puisqu'il est né près d'une décennie après la guerre. »

Cotton mesura immédiatement les conséquences d'une telle révélation.

« De quoi assurer la victoire d'Eisenhuth et de son parti aux élections, dit-il.

– Exactement. Vous comprenez, maintenant, pourquoi cette affaire lui tient tant à cœur.

– Oui, bien sûr. Mais tout ça est quand même un peu tiré par les cheveux.

– Peut-être pas tant que ça. Surtout si l'on prend en compte ce qui s'est passé au Chili il y a quelques années. Jonathan Wyatt en a vu des vertes et des pas mûres, là-bas, à l'en croire. Son rapport fait état d'un manoir rempli de souvenirs nazis, avec deux cercueils au sous-sol censés contenir les corps de Braun et de Bormann, de la mort de Gerhard Schüb ainsi que d'un autre agent américain, Christopher Combs, et d'une cache d'or nazi – des lingots répartis sur six palettes et empilés sur un mètre cinquante de haut, paraît-il. D'après Stéphanie, le tuyau étant trop important pour être ignoré, une équipe a été envoyée pour enquêter sur place. La maison était bien à l'emplacement exact indiqué par Wyatt. Elle appartenait prétendument au frère de Schüb, mais c'était faux. Les propriétaires étaient un vieux couple qui vit en Équateur. Quoi qu'il en soit, la baraque avait été récemment détruite par un incendie. Il n'en restait que des cendres, et rien de ce que Wyatt avait décrit n'a été trouvé.

– Je me souviens de Chris Combs, dit Cotton. Directeur adjoint de la CIA. Il a disparu.

– Et n'a jamais refait surface à ce jour, compléta Danny. Wyatt prétend que Combs a été tué par Gerhard Schüb.

– Wyatt est un éléphant dans un magasin de porcelaine, mais ce n'est pas un menteur, remarqua Cotton.

– C'est aussi l'opinion de Stéphanie. Et donc une autre raison de ma présence ici. Pour nous, cette histoire était classée. Il s'agissait d'un dysfonctionnement sans importance réelle. Nous ne sommes plus si sûrs de ça. L'affaire pourrait être plus sérieuse qu'il n'y paraît. »

Bormann. Braun. Savoir ce qui s'était vraiment passé dans le *Führerbunker* à la fin de la guerre. Un enfant caché d'Hitler. Un fils qu'aurait eu Bormann… Des ingrédients bien alléchants, songea Cotton.

« La Grande-Bretagne a quitté l'UE, reprit Danny. L'extrême gauche a plongé l'économie grecque dans le chaos. En Hongrie, un parti néonazi pousse le gouvernement vers une autre sorte d'extrémisme. L'afflux d'immigrants le plus massif depuis la Seconde Guerre mondiale met à mal les ressources de presque tous les pays de l'Union. La Suède, l'Italie, la Hongrie et l'Autriche ont viré à droite. La Grèce, l'Irlande, le Portugal et l'Espagne sont en quasi-faillite. Si on ajoute à ça une croissance pratiquement équivalente à zéro depuis dix ans et la montée en puissance à vue d'œil de la Russie, on peut dire que l'Union européenne est un baril de poudre qui ne demande qu'à exploser. »

Une perspective peu encourageante.

« L'Allemagne possède la plus grande population et l'économie la plus forte d'Europe. Les choix qu'elle fera seront aussi ceux que fera l'UE. Or les plus récents sondages donnent 25 % d'indécis parmi les électeurs allemands, le reste se répartissant à parts égales entre Eisenhuth et Pohl. Ça va se jouer à un cheveu.

– Et donc, n'importe quoi pourrait faire pencher la balance, dit Cotton.

– Oui, absolument n'importe quoi, y compris les rumeurs infondées les plus invraisemblables. Nous ne pouvons pas permettre à Theodor Pohl de s'emparer de la chancellerie.

– Pourquoi la Maison-Blanche ne s'en mêle-t-elle pas ?

– Elle le fait. Seulement, Fox n'a pas perdu de temps pour se mettre Marie Eisenhuth à dos. Il est même allé jusqu'à laisser entendre publiquement qu'il soutenait Pohl. C'est aussi pour ça que j'ai besoin de votre aide. Nous devons faire en sorte qu'Eisenhuth l'emporte… Pour ne rien vous cacher, je ne dispose d'aucun fonds pour rémunérer vos services. Vous devrez travailler à l'œil. C'est une faveur que je vous demande. Je vous serai redevable à tous les deux. »

Cotton aimait beaucoup se trouver dans la position du créancier.

« Je ne vous ai pas encore donné tous les éléments, continua Danny. Mais avant de vous en dire plus, j'ai besoin de savoir si vous êtes partants ou non. À vous de décider. »

Cotton interrogea Cassiopée du regard. Elle lui adressa en retour son gracieux haussement d'épaules qui signifiait : si tu es prêt à y aller, je te suis.

L'hélicoptère fit une légère embardée, comme pour donner son assentiment lui aussi. Cotton se tourna de nouveau vers Danny.

« Bon, d'accord, nous en sommes », dit-il.

9

Ce qui suit est le récit d'une visite que j'ai rendue à Martin Bormann pendant l'été 1955. C'est à l'occasion du troisième anniversaire de son fils qu'a eu lieu cette rencontre, au cours d'une fête qui réunissait des voisins autour d'un gâteau et de chopes de bière. Bormann m'a interrogé sur les procès de Nuremberg, depuis longtemps terminés. Il trouvait très amusant que les Alliés aient publié un avis dans la presse pour lui notifier sa condamnation à mort par contumace. Être sous le coup d'un mandat d'arrêt ne le préoccupe nullement. Concernant Gerda, sa première épouse, il a exprimé des regrets pour sa disparition, mais le ton était plutôt celui d'un fugitif déçu par un échec que celui d'un homme brisé qui pleure son amour perdu. Il savait qu'elle était décédée d'un cancer en mars 1946, mais il s'est dit particulièrement choqué qu'elle se soit convertie au catholicisme, et qu'elle ait confié leurs enfants aux soins d'un curé. Il se demande ce que deviennent ses descendants tout en étant conscient qu'ils le croient mort, à l'instar de tout un chacun. Il se consacre désormais exclusivement à sa nouvelle famille et à la responsabilité dont il a été investi.

Avant de disparaître, Hitler a fait part de ses dernières volontés dans un testament. Ce document a été rendu public dans le monde entier et ce qu'il proclame est connu de tous. Bormann y est désigné comme exécuteur testamentaire. Pendant notre conversation, il ne s'est pas fait prier pour citer le texte dans les termes exacts utilisés par Hitler. « Je meurs le cœur content, assuré que germera la graine d'où renaîtra dans toute sa gloire le mouvement national-socialiste. » *Bormann se gausse de ce fantasme. Il n'aspire aucunement à un renouveau du nazisme. Il m'a déclaré, très pragmatique, que les idées d'Hitler étaient mal ficelées et avaient été mises en œuvre en dépit du bon sens. Bien sûr, a-t-il concédé, c'est rétrospectivement que lui sont apparues toutes les erreurs commises. Il était étonnant de l'entendre tenir ce discours à propos d'un homme qui avait été témoin à son mariage avec Gerda et qui avait été le parrain de son premier-né, prénommé Adolf en son honneur. D'un homme qu'il avait servi avec la fidélité d'un chien de garde, s'associant sans réserve à toutes les initiatives de son maître.*

Comme je lui demandais de préciser sa pensée, il m'a répondu que le national-socialisme était mort. Le communisme, a-t-il remarqué, ne tarderait pas à subir le même sort. Les régimes fantoches d'Europe de l'Est sont selon lui voués à l'échec. Un dénouement prédit par Hitler, avec qui Bormann était d'accord sur ce point. L'Ouest va dominer le monde, il n'en doute pas. Il ne s'en réjouit pas forcément, mais affirme seulement que le vainqueur a déjà été désigné par l'histoire et la politique. À ses dires, tout gouvernement qui en est réduit à user de la force pour maintenir la population à l'intérieur de ses frontières est condamné d'entrée de jeu. Là encore, un commentaire bien étonnant dans la bouche d'un homme qui a participé à l'extermination de millions de gens, dont beaucoup étaient ses propres concitoyens.

Je voulais le questionner davantage, afin de comprendre ce qui avait pu induire une telle évolution chez lui, que j'avais connu obsédé par le pouvoir. Mais je m'en suis abstenu, me contentant de l'écouter pérorer.

Il avait changé physiquement. Bien qu'ayant conservé le teint blafard, le même visage rond et plein, avec ses narines larges, ses yeux plissés en permanence et le regard noir et vide dont j'avais gardé le souvenir depuis la guerre, il avait perdu de l'embonpoint, et, plus musclé, il trahissait par sa posture une évidente satisfaction de soi. Toujours aussi soucieux de sa mise, il arborait une veste en cachemire, un pantalon de bonne coupe et des bottes cirées. Il m'est revenu en mémoire ce que j'avais entendu Hitler dire de lui un jour : « Ce qu'il entreprend, il le termine. Il veille à ce que les ordres soient exécutés. C'est un homme brutal. » *Je m'efforçais donc de ne pas oublier que le gentilhomme campagnard affable qui me faisait face était en réalité un démon.*

Ce jour-là, toutefois, Bormann était d'humeur joviale. Son fils fêtait ses trois ans et s'était vu offrir un poney élevé dans une ferme des environs, dont le propriétaire, répétait le père avec fierté, avait tenu à lui faire cadeau. Sur place, où la guerre est apparemment sortie des mémoires, personne ne connaît la véritable identité de Bormann. Il n'est qu'un des innombrables immigrants allemands qui peuplent les montagnes et les vallées de la région, certains venus là pour des motifs clairement liés à la guerre, la plupart cultivant le mystère autour de leur passé.

Le garçon semblait beaucoup aimer son poney. L'affection de Bormann pour le petit n'était pas feinte. Jamais je ne l'aurais cru capable d'émotion. Et pourtant, avec l'enfant, il en fait preuve. Parce qu'il ne lui reste rien d'autre, peut-être ? Mais, si c'est le cas, cela ne l'empêche pas de demeurer combatif. Il a répété avec force que le national-socialisme était mort et enterré, mais pour affirmer aussitôt qu'il existe un espace pour autre chose. Pour un mouvement qui irait plus loin qu'une prise de pouvoir aventureuse. Je lui ai demandé ce qu'il entendait par là, mais il a refusé de s'expliquer.

Cotton acheva de lire à haute voix les nouveaux feuillets que Danny lui avait communiqués. Ceux-ci, tapés à la machine dans une police différente des précédents, n'étaient pas revêtus du sceau soviétique.

Après les avoir déposés en Bavière, à un endroit où les attendait une voiture, Danny était reparti à bord de l'hélicoptère. Cassiopée au volant, ils cheminaient à présent parmi les contreforts préalpins, au sud-est de Munich. À l'évidence, si les informations figurant sur ces pages étaient fiables, l'auteur faisait partie du tout premier cercle. Aussi inconcevable que cela pût paraître, ce témoin s'était entretenu avec Martin Bormann en 1955 ! Et d'autres pièces faisaient état d'entrevues survenues en 1957, 1959, 1962 et 1964, chacune relatée en détail avec des commentaires personnels.

« Si ces documents sont authentiques, dit-il en se tournant vers Cassiopée, ça signifie que Bormann a survécu de nombreuses années après la guerre. C'est incroyable ! »

En regardant à travers les vitres de la voiture les hauteurs saupoudrées de neige qui encadraient la route goudronnée, il se remémora un passage des *Confessions*, dont il avait acquis quelques mois plus tôt, à Milan, une édition du XIXe siècle reliée plein cuir. Jean-Jacques Rousseau y évoquait les Alpes. « Jamais pays de plaine, quelque beau qu'il fût, ne parut tel à mes yeux. Il me faut des torrents, des rochers, des sapins, des bois noirs, des montagnes, des chemins raboteux à monter et à descendre, des précipices à mes côtés qui me fassent bien peur. »

Le paysage était indéniablement majestueux.

Ils traversèrent plusieurs villages ensommeillés dans la torpeur de l'après-midi finissant. Quelques kilomètres au nord-est de l'un d'eux, à travers les frondaisons du printemps bien avancé, ils aperçurent un lac qu'enserraient d'imposantes montagnes. Des falaises grises se dressaient à la verticale au-dessus des eaux dormantes. Des névés subsistaient sur les plus hautes cimes, mais c'était surtout le lac lui-même qui retenait l'attention. Une tache d'un indigo éclatant, longue d'à peu près quinze cents mètres, au milieu d'un paysage par ailleurs désolé, si bleue que l'eau paraissait égaler en profondeur l'altitude des pics environnants. Cela rappelait les fjords norvégiens, où la mer semble pareillement emprisonnée au pied de parois vertigineuses.

Se conformant aux instructions de Danny, Cassiopée suivit la rive avant de quitter la route pour s'engager sur un chemin de terre. La piste menait à un appontement en ciment formant saillie sur l'eau, qui devait être glaciale. Quand ils se garèrent, Cotton vit une maison sur la berge opposée. Trop modeste pour mériter le nom de château, trop majestueuse pour un simple refuge. Ses murs de granit étaient recouverts d'un crépi granuleux. Elle comprenait deux étages. Une coupole octogonale s'élevait en son milieu. Elle se dressait au sommet d'un coteau avec, à l'arrière-plan, une épaisse forêt de pins et de mélèzes et, devant, une pelouse verdoyante. Entièrement cernée par des montagnes, elle n'était accessible que par bateau. Elle flamboyait dans le soleil déclinant telle une chandelle dans l'obscurité d'une chambre close. La teinte d'encre du lac se confondait avec celle de l'ombre projetée des arbres au-delà. Un paysage de carte postale digne de figurer avec plusieurs étoiles dans les meilleurs guides touristiques.

Danny leur avait expliqué que la propriété appartenait à Marie Eisenhuth. Un héritage familial.

L'appel lointain d'un coucou rompit le silence.

Ils s'avancèrent jusqu'au ponton, au bout duquel était amarré un petit sloop. Deux gardes armés les attendaient. Quelques instants plus tard, ils filaient vers l'autre côté du lac.

Cotton était soucieux. Selon les prétendues informations qui circulaient, Theodor Pohl était peut-être le fils de Martin Bormann. Pourquoi les gens prenaient-ils tous cette histoire au sérieux ? Simple. Parce qu'ils voulaient y croire.

Il avait encore dans l'oreille le portrait que leur avait brossé Danny de Marie Eisenhuth. Une femme brillante, compétente et déterminée qui avait résisté à bien des tempêtes politiques. Vingt ans plus tôt, une série de scandales financiers avait pratiquement décapité son parti, plongeant la hiérarchie dans le chaos. Après s'être élevée au-dessus de la mêlée, elle avait fini par prendre les rênes pour diriger son pays pendant seize années consécutives en tant que chancelière. Seuls Helmut Kohl et Angela Merkel pouvaient rivaliser avec elle sur le terrain de la longévité. C'était une Bavaroise, issue de la célèbre famille Herzog, liée à la très ancienne maison de Wittelsbach. Elle était plus précisément originaire du district de Haute-Bavière, de forte tradition catholique. Son père, entrepreneur actif pendant la guerre, avait été jugé à Nuremberg, mais acquitté. Par la suite, sa société, Herzog Konzern, avait contribué à la reconstruction du pays dans le cadre du pardon accordé par l'Ouest à de nombreux Allemands eu égard à la menace prioritaire que représentait le communisme. On avait grand besoin du concours de complexes industriels tel celui d'Albert Herzog pour ressusciter l'économie en miettes de la RFA. À la trappe, donc, le travail forcé et les violations des droits de la personne de l'époque précédente ! La guerre était finie, l'Ouest voulait avoir ses champions et les bénéfices escomptés étaient clairement énormes.

Cotton songeait à tout cela en regardant le superbe manoir de l'autre côté du lac.

Mais une question continuait à le tarauder. Pour quelle raison véritable l'actuelle chancelière allemande et l'ex-président des États-Unis attachaient-ils tant d'importance à cette histoire ?

10

Cassiopée était très impressionnée par le château, très admirative de la façon dont une autre riche héritière qu'elle avait su concrétiser sa bonne fortune. À l'instar du château qu'elle-même possédait en France, la propriété de Marie Eisenhuth avait été restaurée et décorée dans le respect des plus anciennes traditions.

On les fit entrer dans un salon-bibliothèque entièrement garni de rayonnages en chêne ouvragé. Un tapis aux tons vifs protégeait un sol parqueté et à l'insolite coloris bleu pâle des murs répondait le vieux rose des fauteuils et du sofa en tissu. Des portraits assombris par le temps d'ancêtres à l'air farouche complétaient l'ensemble.

Marie Eisenhuth se leva du canapé.

C'était une dame âgée – soixante-quinze ans, d'après Danny –, toute menue et d'allure très sérieuse avec ses cheveux argentés coupés au carré et le coordonné en lainage noir qu'elle portait. Elle les jaugea d'un regard assuré, indice d'une grande énergie. Elle était, avait expliqué Danny, d'un abord sans façon qui plaisait beaucoup aux gens.

Et Danny savait de quoi il parlait, lui dont la bonhomie équivalait à une marque de fabrique.

La simplicité de la chancelière n'avait rien d'apprêté. Elle reflétait tout bonnement une profonde honnêteté que personne ne contestait. Il suffisait pour s'en convaincre de se rappeler qu'elle avait survécu à quatre élections très disputées tout en acquérant le surnom affectueux d'*Oma* – mamie.

« Je suis très heureuse que vous soyez là, dit-elle dans un anglais teinté d'accent allemand. Danny et moi, nous nous connaissons depuis pas mal de temps, maintenant, et je me fie à son jugement. Il m'a assuré que vous étiez très compétents dans votre domaine et que l'on pouvait compter sur vous. »

Ils se serrèrent la main et s'assirent.

« Il m'a également informée, reprit-elle, que le président Fox ne figurait pas – je le cite – sur la liste des gens à qui vous envoyez des cartes à Noël.

– La formule est diplomatique, mais exacte, confirma Cotton en souriant.

– Je ne le compte pas non plus parmi mes amis. Pour Dieu sait quelle raison, il a fait surveiller mes appels téléphoniques. »

Ce qui avait fait la une des médias. Quelques mois plus tôt, en effet, un lanceur d'alerte avait révélé que la NSA avait mis sur écoute les portables de plusieurs chefs d'État étrangers, dont Eisenhuth. Pourquoi ? Aucune explication n'avait été fournie. Mais la Maison-Blanche n'avait pas non plus démenti. Une trahison pure et simple, rien ne pouvant justifier qu'on espionne ses amis.

« Je n'ai tout simplement aucune confiance en lui, ajouta la chancelière.

– Permettez-moi quand même de vous poser une question. Pourquoi ne pas recourir à votre propre agence de renseignement pour s'occuper de cette affaire ? Pourquoi auriez-vous besoin de nous ?

– Disons que mes relations avec le Bundesnachrichtendienst sont, au mieux… tendues. Au pire, inexistantes. Le BND désapprouve bon nombre des politiques que je mets en œuvre et fait parfois son possible pour les saboter. Nous avons aussi de bonnes raisons de penser qu'il a facilité la tâche de Washington pour épier mes appels. J'ai donc décidé de ne pas l'associer à cette enquête, qui doit être conduite dans la plus grande discrétion.

– Mais le BND est tout de même à votre service, objecta Cassiopée.

– Une notion de plus en plus floue, de nos jours. Les gens ont tous leurs propres objectifs cachés. Je préfère que cette affaire reste confidentielle, c'est pourquoi je suis très reconnaissante à Danny pour son aide. Avez-vous lu les documents qu'il vous a remis ?

– Nous l'avons fait en chemin, dit Cotton.

– Et ils sont à présent enregistrés dans votre fameuse mémoire absolue, ou eidétique, comme on dit aussi ?

– En effet, tout est gravé là. Un don que je tiens de ma famille maternelle.

– Un bien précieux atout... Je dois avouer qu'au départ, j'ai pris toute cette histoire pour une plaisanterie, rien de plus qu'une supercherie montée de toutes pièces par un opportuniste qui voulait se faire valoir. Mais je n'en suis plus si certaine, après le meurtre de cette femme à Partenkirchen.

– Croyez-vous sincèrement que Martin Bormann et Eva Braun aient survécu à la guerre ? demanda Cassiopée.

– Pourquoi pas ? Les exemples de criminels qui en ont réchappé ne manquent pas : Mengele, Eichmann, Barbie et tant d'autres.

– Les Israéliens ont recherché les nazis pendant des décennies. Des gens comme Simon Wiesenthal les ont traqués à titre privé. Bormann n'aurait-il pas dû logiquement finir par être repéré ?

– Que savez-vous au juste de Martin Bormann ?

– J'ai lu pas mal de choses sur son compte, répondit Cotton. Cassiopée aussi, d'ailleurs. »

Celle-ci acquiesça.

« Bormann était un homme extrêmement secret, dit la chancelière. C'était le secrétaire particulier d'Hitler, son ombre, l'éminence grise du parti qui rôdait toujours à l'arrière-plan. En tout état de cause, il excellait dans l'art de jouer les passe-murailles. C'était aussi le gardien du sérail. Nul ne pouvait parler à Hitler sans son autorisation. Il possédait un réseau d'informateurs couvrant toute l'Allemagne qui le tenaient au courant d'absolument tout. Chacun d'eux lui adressait un rapport écrit tous les samedis soir. J'en ai lu certains, dernièrement. Ils sont tellement détaillés que c'en est fascinant. Bormann contrôlait également tous les *Gauleiter*, les responsables des circonscriptions administratives, y compris dans les territoires annexés. Cela lui conférait un pouvoir immense.

« Dès février 1943, Bormann savait la guerre perdue. C'est alors qu'il a commencé à mettre sur pied deux plans. Le premier était baptisé *Aktion Adlerflucht* – "opération envol de l'aigle". Une machination complexe visant à faire sortir clandestinement d'Allemagne de l'or, des pierres précieuses, des actions et toutes sortes d'actifs. Le second, *Aktion Feuerland* – "opération Terre de Feu" – avait pour but de procurer à des nazis privilégiés un asile sûr en Amérique du Sud. »

Des programmes dont Cotton avait appris l'existence par ses lectures.

« Nous savons avec certitude que d'énormes masses d'argent et d'objets de valeur ont été transférées hors d'Allemagne à l'époque. Pendant le conflit, les nazis ont pillé les banques centrales de tous les pays conquis. Les archives montrent que les réserves d'or de l'Argentine sont passées de 346 tonnes en 1940 à 1 173 tonnes en 1945. Un accroissement colossal alors que la guerre faisait rage sur toute la planète, et tout venait d'Allemagne. Or c'était Bormann qui avait en charge les finances du parti. Il savait où trouver tel ou tel actif. Il connaissait toutes les cachettes.

– Mais tout le monde s'accorde pour admettre qu'il est mort en avril 1945 en tentant de fuir Berlin, rappela Cotton. Après le décès d'Hitler. J'ai lu les dépositions qui ont été enregistrées à Nuremberg. Des témoins oculaires ont affirmé qu'il avait été tué par une explosion. Et, si je ne me trompe pas, des tests ADN effectués sur des ossements retrouvés à Berlin dans les années 1970 ont confirmé qu'il s'agissait de son squelette.

– Tous les récits qui relatent sa mort ont été mis en doute, dit la chancelière. Il est impossible de savoir ce qui s'est passé au juste quand Bormann a essayé de quitter la ville. L'armée russe était partout. Il était encerclé.

– Dans ce cas, comment s'est-il faufilé à travers les mailles du filet ?

– Ça, je l'ignore.

– Et l'ADN ? insista Cotton.

– En 1998, quand ces tests ont été pratiqués, nous avons un peu menti. Nous tenions à ce que Bormann soit mort. Il n'y avait rien à gagner en perpétuant le mythe de sa survie. Les restes ont par conséquent été "identifiés" grâce à l'ADN comme étant les siens. Nous cherchions aussi par ce subterfuge à susciter un démenti de Moscou, sous la forme d'une divulgation de ses archives classifiées qui auraient contredit nos prétendus résultats. Mais rien de tel ne s'est produit. Les Russes sont demeurés silencieux. Nous avons donc incinéré la dépouille et éparpillé les cendres dans la Baltique pour mettre un point final à l'affaire. »

Et pour que ces ossements ne puissent plus jamais être analysés, compléta Cotton dans son for intérieur.

« Or, voilà qu'on me communique sans que j'aie rien demandé des documents nouveaux sur le sujet. Des documents qui, si j'en crois nos experts, sont authentiques et proviennent en droite ligne des archives soviétiques classifiées auxquelles je faisais allusion.

– Pensez-vous que ce Gerhard Schüb ait été une taupe des Soviétiques pendant la guerre ?

– C'est possible. Comme il est possible qu'il vive actuellement en Biélorussie. Mais, à ce qu'on m'a rapporté, vous n'avez pas appris grand-chose, là-bas.

– C'est un euphémisme, intervint Cassiopée. Nous avons seulement appris à sauter d'un avion avec un parachute pour deux.

– Ça a l'air stimulant.

– Ça l'est.

– Et concernant Eva Braun, reprit Cotton, les informations qui vous sont parvenues expliquent-elles de quelle façon elle aurait fui le bunker ?

– Elles ne donnent pas de détails. Mais ne perdez pas de vue que jamais à ce jour aucun reste humain n'a été formellement identifié comme appartenant à Eva Braun. Absolument aucun. Et le fragment de crâne d'Hitler, prétendument trouvé en 1945 à l'endroit où il avait été enterré, a été soumis à un test ADN il y a quelques années. Les résultats ont révélé que ce n'était pas celui d'Hitler, mais celui d'une femme de moins de quarante ans qui n'était pas non plus Eva Braun. Bref, la conclusion qu'Hitler ou Braun sont morts dans le bunker ne repose sur aucune preuve médico-légale.

– Mais en revanche, vous jugez authentiques des informations anonymes transmises par quelqu'un qui connaissait quelqu'un ? intervint Cassiopée sans faire mystère de son scepticisme.

– Si ces documents sont des faux, pourquoi Hanna Cress a-t-elle été supprimée ? Qui était prêt à aller jusque-là pour la faire taire ? Et au moyen de cigarettes empoisonnées au cyanure ? Une méthode pour le moins recherchée, vous ne trouvez pas ? »

Indéniablement.

« Jouons cartes sur table, dit Cotton. Vous comptez mettre un terme à la carrière politique de Theodor Pohl en révélant qu'il est le fils de Martin Bormann ?

– Cela m'a effleurée, en effet. Y aurait-il du mal à ça ?

– À vous de me le dire.

– Décidément, vous allez droit au but, commenta la chancelière avec un sourire.

– Déformation professionnelle. Surtout quand une personne me demande – nous demande – de prendre des risques inconsidérés pour elle.

– Une remarque légitime… Alors, oui, je veux briser la carrière de Pohl. Par tous les moyens. Avec tous les problèmes qui touchent à l'immigration, au chômage de masse et à l'inflation qui sape notre économie, le peuple allemand est réceptif à son discours.

– Et donc, vous choisissez la solution de facilité pour vous assurer la victoire : salir votre adversaire. »

Le visage d'Eisenhuth s'empourpra sous le coup de la colère, mais elle reprit aussitôt le contrôle d'elle-même.

« Vous vous trompez, *Herr* Malone. Je m'efforce de découvrir la vérité. Mes compatriotes ne méritent pas moins, vous n'êtes pas d'accord avec ça ?

– Si. Et c'est en partie ce qui explique que je sois encore assis là. Qu'attendez-vous de nous ?

– J'ai besoin d'avoir confirmation de tous ces renseignements par quelqu'un d'indépendant. Et il semblerait que cette confirmation puisse être trouvée au Chili. Après la première prise de contact, j'ai engagé quelqu'un pour enquêter, sur mes propres deniers. Cet homme est maintenant au Chili, mais ses recherches ne progressent guère. Je veux que vous alliez là-bas et que vous lui prêtiez main-forte. Il faut absolument que je sache si les informations dont je dispose sont fiables ou mensongères. Une allégation non fondée serait un désastre… pour tout le monde.

– Et si nous découvrons que ces informations sont exactes ?

– Dans ce cas, nous laisserons les Allemands décider s'ils souhaitent avoir le fils de Martin Bormann comme chancelier. »

11

Cotton dévisagea Marie Eisenhuth dans le silence qui était tombé sur le salon. Dehors, l'appel du coucou se fit de nouveau entendre au loin.

« Je suis consciente que tout ceci doit vous sembler extravagant, reprit enfin la chancelière. Seulement, nous savons que, grâce au projet Terre de Feu, des milliers de nazis sont allés s'installer en Argentine après la guerre. Pourquoi Bormann et Braun, ou même Hitler lui-même, n'auraient-ils pas pu en faire autant ? Et croyez bien que j'étais moi aussi prête à balayer d'un revers de main cette histoire comme une pure affabulation jusqu'au meurtre d'Hanna Cress. Cette femme n'a pas été tuée sans raison, et je tiens au moins à la connaître, cette raison.

– Voilà bien les premiers propos sensés que j'entends sur cette affaire », commenta Cotton, dont le regard se tourna vers la fenêtre et le lac au-delà.

Eisenhuth quitta son fauteuil pour aller jusqu'à une table à l'autre bout de la pièce. Des cadres avec pied contenant des photos étaient disposés sur le plateau verni.

« S'il vous plaît… » dit-elle en leur faisant signe d'approcher.

Ils se levèrent et la rejoignirent.

Elle désigna un vieux cliché en noir et blanc représentant une fillette et un homme dans la force de l'âge.

« C'est mon père que vous voyez là. Bien qu'il ait été acquitté à Nuremberg, il n'a jamais oublié l'humiliation d'avoir été traîné devant des juges. Les lâches qui avaient dirigé le pays et causé tous ces malheurs étaient pendus, quand ils ne s'étaient pas suicidés ou enfuis. Les autres, ceux qui avaient participé à leur corps défendant, comme mon père, étaient condamnés à rester là et à subir leur châtiment. »

Cotton examina la photo.

De taille modeste, carré, Albert Herzog avait le visage tanné et des cheveux noirs clairsemés. Son regard n'avait rien d'arrogant ni d'assuré. Enserrant de son bras droit l'épaule de sa fille, il fixait l'objectif avec l'air d'un bon papa affectueux. L'ébauche d'un sourire jouait sur ses lèvres minces. Combien de patrons allemands avaient succombé aux sirènes du travail forcé et des débouchés tout prêts ? Hitler leur offrait les deux : des esclaves pour servir de main-d'œuvre dans leurs usines et une machine de guerre pour consommer leurs produits. Comment résister à la perspective de profits juteux et facilement accessibles ? Constructeurs automobiles, sidérurgistes, fabricants d'armes, banques, entreprises de travaux publics, confectionneurs, laboratoires de recherche et autres industriels de tout poil ne pouvaient tout simplement pas refuser les cadeaux du IIIe Reich. Et aucun de tous ceux-ci, à la connaissance de Cotton, n'avait de son plein gré remboursé le moindre mark à titre de dédommagement après la guerre. Albert Herzog avait-il agi différemment de ses congénères ? Cela demeurerait sans doute un mystère. L'important, pour l'heure, était que sa fille voyait en lui une victime.

Sur les traits de Marie Eisenhuth se lisaient la combativité et la volonté d'une femme habituée à lutter jusqu'au bout pour ses convictions.

Des qualités qu'il admirait.

« Il faut que je sache si Martin Bormann a survécu à la guerre, dit-elle. Je suis ulcérée à l'idée qu'il ait pu vieillir tranquille. Et encore plus quand je pense que, si c'est le cas, son train de vie et celui de ses semblables ont pu être financés grâce à des capitaux volés à des pays mis au pillage et à un nombre incalculable de martyrs. J'espère qu'il n'en est rien. Mais je veux savoir s'il y a la moindre once de vérité dans cette histoire.

– Jugez-vous crédible qu'Eva Braun ait été enceinte, ait épousé Hitler dans le bunker, puis soit repartie avec Martin Bormann pour accoucher ? demanda Cotton.

– Je ne peux pas être affirmative, *Herr* Malone. Sur ces points, les renseignements que nous avons sont plutôt sommaires. Mais il ne me paraît pas du tout invraisemblable que Bormann et elle aient pu s'échapper, comme l'indiquent les documents. Le fait est que nous ignorons tout de ce qui s'est passé dans ce bunker. Nous savons seulement ce qu'on nous en a dit.

– Même si Bormann a survécu, il aurait plus de cent ans, maintenant. On peut penser qu'il est mort depuis longtemps.

– Lui, oui, mais son fils peut très bien être encore de ce monde. Les documents que vous avez lus stipulent que ce fils a vu le jour en 1952. Or Theodor Pohl est lui aussi né cette année-là. De plus, vous l'ignorez peut-être, mais le père de Bormann se prénommait Theodor. Autre chose : le dernier mot adressé à Danny par la femme qui a été assassinée hier était *Kaiser*. Eh bien, figurez-vous que c'est le surnom que donnent à Pohl les membres de son proche entourage. Le *Kaiser* – l'empereur. Une marque de respect, à ce que j'ai cru comprendre. Et pour finir, ne trouvez-vous pas bizarre que les renseignements dont nous parlons aient déjà pour une bonne partie d'entre eux fait surface au Chili il y a quelques années, comme Danny vous l'a sans doute dit, fournis par la même source – Gerhard Schüb – à un autre agent américain ? »

Cela était curieux, en effet. Et méritait qu'on se pose des questions.

« J'imagine que vous avez passé au crible le passé de Pohl, dit Cotton.

– C'est la première chose que nous avons faite. Les registres le donnent comme natif de la Hesse et fils d'un couple établi là depuis longtemps. Mais, ainsi qu'on vous l'a expliqué, ces registres peuvent être inexacts. On s'interroge à leur sujet. Les documents administratifs datant de la guerre et de l'après-guerre fourmillent d'incohérences. Indications manquantes, fichiers lacunaires, falsifications, certifications douteuses… En tant qu'adulte, Pohl a mené une existence plutôt transparente. Étudiant à l'université d'Heidelberg, puis créateur d'entreprises commerciales qui se sont révélées très rentables.

– Il a de l'argent, je suppose ?

– Pas mal, oui. Il a racheté plusieurs maisons d'édition à une époque où le secteur connaissait des difficultés. Puis il les a fusionnées au bout d'un moment et a fini par devenir l'un des plus gros éditeurs du pays. Il a aussi beaucoup investi dans la banque et siège dans les conseils d'administration de plusieurs sociétés. Je peux vous fournir un dossier complet.

– Est-ce qu'il paye ses impôts ? demanda Cassiopée, consciente, comme Cotton, que les embarras avec le fisc étaient le talon d'Achille de la plupart des gens en vue.

– Oui, et les audits n'ont rien révélé de suspect sur ce plan. Tout est en ordre. Il n'y a qu'en politique qu'il joue avec les limites. Et dans ce domaine, en bon populiste qu'il est, il tend vers l'extrémisme. Vous comprenez mieux, à présent, j'en suis sûre, ce qui a pu piquer ma curiosité dans cet imbroglio. »

Cotton devait bien l'admettre, lui aussi était intrigué. L'énigme n'avait rien de banal.

« Depuis la fin de la guerre, il y a trois quarts de siècle, l'Allemagne n'a pas été à la fête, reprit la chancelière. Après les nazis, ce sont les communistes qui nous ont divisés et brutalisés. Et maintenant, les héritages de ces deux extrémismes semblent s'être rejoints dans la hargne de la nouvelle droite. Avant la réunification, la RFA œuvrait ouvertement à détourner les gens du fanatisme. La RDA, elle, avait opté pour une approche différente : la censure tous azimuts. Pour les communistes, il suffisait de nier l'existence de la haine pour l'éradiquer. Après la réunification, avec la fin de cette politique du non-dit, on a vu fleurir toutes sortes de groupes violents venus de l'ex-RDA. Et des opportunistes du genre Theodor Pohl exploitent ces frustrations collectives. »

La sincérité de la chancelière ne faisait aucun doute. Cette femme issue d'une classe privilégiée, propriétaire d'un domaine bien isolé sur la rive d'un lac alpin, avait à l'évidence pris la mesure des maux dont souffrait son pays.

« En 1920, poursuivit-elle, le parti national-socialiste était considéré comme une plaisanterie ; en 1933, il gouvernait l'Allemagne. Si l'histoire nous a enseigné une seule chose, c'est que nous devons nous défendre contre l'extrémisme dès qu'il se manifeste. »

Une saine logique qu'il était difficile de réfuter.

« Avec le temps, les souillures du passé ont malheureusement tendance à s'effacer des mémoires. Si les informations qui m'ont été fournies se révèlent ne serait-ce qu'en partie exactes, cela pourrait mettre un coup d'arrêt à la montée de la nouvelle droite non seulement ici, mais aussi partout dans l'Union européenne. Du moins peut-on l'espérer.

– Sauf si le contraire se produit et que Pohl devient le panache auquel tout le monde se rallie, objecta Cotton, se faisant l'avocat du diable.

– C'est un risque, en effet. Mais je ne veux pas qu'il soit dit que j'aurai conduit mon pays au désastre en ne faisant rien pour empêcher un homme comme Theodor Pohl d'accéder au pouvoir.

– Nous avons déjà promis au président Daniels que nous ferions notre possible. C'est le genre de personne à qui on ne peut rien refuser. Comme vous.

– Vous êtes un charmeur, dit la chancelière en souriant. On m'avait prévenue… Mais je suis ravie de pouvoir compter sur votre aide. Quand pouvez-vous partir pour l'Amérique du Sud ?

– Tout de suite », répondit Cassiopée.

Marie Eisenhuth regarda par la fenêtre de la bibliothèque le bateau dans lequel avaient pris place Cassiopée Vitt et Cotton Malone quitter lentement l'appontement et s'éloigner sur le lac. Quelques membres de son service de sécurité assistaient également au départ de l'embarcation.

Ses sentiments oscillaient entre crainte et soulagement à l'idée qu'elle en saurait peut-être bientôt plus sur l'ascendance de son adversaire. Avait-elle raison de faire ce qu'elle faisait ? Peut-être aurait-il mieux valu laisser les choses suivre leur cours.

Qu'avait dit Hanna Cress à Danny Daniels ? « Il y a des gens et des événements du passé qui pèsent encore sur le présent. Dites à *Oma* de tout faire pour gagner. »

Un étrange avertissement.

Elle se tourna vers la table et les photos de ses parents. Que penseraient-ils d'elle ? Tous les deux étaient morts depuis longtemps. Ni l'un ni l'autre n'avait vécu assez vieux pour être témoin de son ascension en politique, et jamais il ne leur serait venu à l'esprit qu'elle pût un jour devenir chancelière. Elle se souvint d'un poème que son père citait souvent et dont les mots avaient marqué sa conscience de façon indélébile.

Les tours sont en flamme
L'église à terre
La maison commune en ruine
Les fidèles taillés en pièces
Les vierges déflorées

Et partout le spectacle qu'offrent
Incendie, peste et mort
Étreint les cœurs et les âmes.

Une description de l'Allemagne après la Seconde Guerre mondiale ? De la RDA après la chute du communisme ? Pas du tout. L'auteur, Andreas Gryphius, avait écrit ces vers en 1648, à la fin de la guerre de Trente Ans !

Elle connaissait bien l'histoire de son pays.

Un tiers de la population massacré, à l'époque, une nation dévastée, des villes rasées, un esprit collectif abîmé par la haine et la violence. Et ce genre de folie semblait être le cours normal des choses en Allemagne. Chez certains, les rêves de domination et d'expansion demeuraient irrépressibles. Mais au moment même où la victoire paraissait à leur portée, l'avidité et l'arrogance finissaient toujours par causer leur perte. Cela avait été vrai des empereurs du Saint Empire, des rois de Prusse, de Bismarck, d'Hitler… Tout en prêchant le culte du passé, aucun ne tirait jamais les leçons des erreurs commises par ses prédécesseurs. Or l'Allemagne à présent réunifiée avait une nouvelle chance d'exister en tant qu'entité politique.

Et cela faisait peur au monde entier.

« J'aime tellement l'Allemagne que je suis ravi qu'il y en ait deux », avait dit François Mauriac.

Mais la réflexion de Malone continuait elle aussi de résonner à ses oreilles.

« Vous choisissez la solution de facilité pour vous assurer la victoire. »

Et Dieu sait si elle la voulait, cette victoire ! Elle ne pouvait pas le nier. Elle n'était pas prête à se laisser mettre sur la touche. Et s'il fallait, pour ternir la réputation de Theodor Pohl et le faire chuter, apporter la preuve qu'il était le fils d'un monstre, alors, oui, elle choisirait la solution de facilité.

D'un autre côté, Malone n'avait peut-être pas tort d'envisager que des révélations sur les origines de Pohl puissent galvaniser ses partisans et le leur rendre encore plus sympathique.

Les Allemands avaient des réactions curieuses à cet égard.

Les sondages étaient serrés, la population divisée à parts égales. Et son sort, celui de l'Allemagne et éventuellement celui de l'Union européenne dépendaient peut-être entièrement d'un événement qui avait eu lieu, ou pas, en 1945.

Elle laissa de nouveau son regard errer sur le lac en réfléchissant à ce que réservaient les prochaines semaines. Tant de possibilités. Aucune garantie.

Des risques de toutes sortes.

« Dieu nous vienne en aide », murmura-t-elle.

12

Land de Hesse, Allemagne

20 h

Pohl dégustait son verre, assis près de la fenêtre. Le vin était issu de cépages locaux cultivés en terrasses au-dessus du Rhin, sur un terroir où l'on faisait pousser la vigne depuis l'Antiquité romaine. Il affectionnait cet assemblage, astringent, mais sans âpreté, qui lui rappelait ses années à l'université. C'est en effet là qu'il avait pris conscience pour la première fois, en buvant un cru semblable, de son désir de gouverner l'Allemagne.

Il profitait d'une de ses rares soirées de tranquillité après son discours de Cologne. Un marathon incluant plusieurs Länder était programmé pour les six jours à venir. D'abord Brême, au nord, ensuite le Mecklembourg, à l'est, puis une incursion au sud, à Stuttgart, pour finir par deux étapes en Saxe, dont une à Dresde. Il s'habituait à ce style de campagne à l'américaine. Mais les complexités du processus électoral allemand ne facilitaient pas les choses. Pas de primaires. Les candidats étaient désignés par les formations politiques lors d'un vote interne. Les financements passaient exclusivement par les partis et toute contribution individuelle était interdite. Même la manière dont les fonds pouvaient être dépensés faisait l'objet d'un contrôle très strict. L'affichage, les tracts, le publipostage et les meetings étaient autorisés, les spots télévisés pratiquement gratuits. Des règles conçues pour décourager les démagogues.

Et pourtant, le système se prêtait parfaitement aux manipulations.

Il suffisait d'investir suffisamment d'argent de façon avisée dans les contacts directs avec les électeurs – courriers, démarchages, réunions publiques – pour s'adjuger la victoire dans n'importe quel scrutin ou presque, à condition, toutefois, que l'adversaire n'en fasse pas autant avec une énergie supérieure.

Et c'était précisément la stratégie qu'il entendait mettre en œuvre.

Il but une nouvelle gorgée de vin.

Il était installé dans un bow-window de style Renaissance qui dominait la cour du château. Il avait acquis ce dernier vingt-cinq ans plus tôt, après qu'une succession de propriétaires en avait négligé l'entretien. Des squatters avaient peu à peu envahi les lieux, cloisonné l'intérieur comme une ruche, arraché des équipements, supprimé des portes et même brûlé les lambris pour se chauffer. Ces mauvais traitements, combinés à des siècles d'exposition au vent et aux intempéries, avaient fait des dégâts. Il lui avait fallu dix ans pour rénover les vieux bâtiments en les dotant d'un système de climatisation et en faisant mettre aux normes la plomberie et l'électricité.

Enchanté du résultat final, il avait baptisé l'édifice du nom tout à fait approprié de Löwenberg – le mont du lion.

Du haut de son belvédère, bordé sur trois côtés par des précipices vertigineux, la vue plongeait sur des étendues infinies de forêt. Il adorait la Hesse, si exquisément variée. Entre les collines basses du Taunus, au sud, avec leurs bois de hêtres et leurs larges vallons, et les magnifiques forêts du Westerwald, au nord, se trouvait le plus beau site de la région, la vallée de la Lahn et ses coteaux qui se couvraient de myrtilles en été et de champignons à l'automne. L'endroit regorgeait de citadelles et de villages médiévaux, ainsi que de villes d'eaux datant de l'époque des rois de Prusse.

Le fief où il avait passé toute sa vie.

Il était très content de lui. Et comment aurait-il pu en être autrement ? Sa campagne se déroulait exactement selon ses plans. Les sondages et la dynamique lui étaient clairement favorables. Il se félicitait d'avoir engagé des consultants. Jusqu'à présent, ils avaient amplement mérité leur salaire, et, même si leurs capacités devaient être mises à rude épreuve dans les semaines à venir, ils semblaient à la hauteur de la tâche.

Même sa nouvelle apparence lui donnait satisfaction.

Ses conseillers lui avaient recommandé de perdre une dizaine de kilos et d'égayer petit à petit de touches châtains ses cheveux argentés. Résultat, le presque septuagénaire qu'il était paraissait avoir rajeuni de dix ans. Son regard bleu, jadis voilé, avait gagné en vivacité grâce au talent d'un chirurgien esthétique qui avait imperceptiblement retendu ses paupières. Une autre intervention lui avait permis de se passer de lunettes et un nutritionniste lui avait expliqué comment acquérir de l'endurance par la vertu d'une alimentation végétarienne – un régime avec lequel il lui arrivait toutefois de prendre secrètement quelques libertés. Son image, qui s'affichait sur tous les murs d'Allemagne, était à présent celle d'un homme d'État énergique et déterminé. Il y avait dans son nez en bec d'aigle, ses pommettes saillantes et son front massif quelque chose qui en imposait. Quelque chose de germanique à tous points de vue.

Il s'octroya une goutte de vin supplémentaire et goûta l'effet bienfaisant de l'alcool sur sa gorge irritée. Il avait perdu le compte des discours qu'il avait prononcés au cours des quelques dernières semaines. Il avait l'impression de passer tout son temps à convaincre tel ou tel de la justesse de sa vision pour l'Allemagne.

Il serait sans doute bientôt chancelier.

En bas, une voiture entra doucement dans la cour et se gara. Les phares s'éteignirent, la portière s'ouvrit et Josef Engel sortit du véhicule, éclairé par les projecteurs extérieurs.

Après être revenu avec lui de Cologne, Engel était reparti de Löwenberg deux heures plus tôt. Pohl ne demandait jamais à son collaborateur de précisions sur la façon dont il faisait son travail, et Engel ne lui en fournissait jamais de lui-même. Il se contentait de remplir ses missions avec la rigueur d'un spécialiste.

Et Pohl appréciait son dévouement. Il avait besoin de mystiques de ce genre, qui agissaient selon des principes aussi intimement mêlés à leur psyché que du sable à du béton. Une telle disposition produisait un ingrédient indispensable qu'il attendait non seulement de ses employés, mais également des Allemands dans leur ensemble : une loyauté absolue.

Il finit son verre et continua de savourer son moment de tranquillité.

Ceux-ci étaient si rares, dans sa vie ! Depuis son divorce, vingt ans plus tôt, les femmes lui apparaissaient comme des empêcheuses de tourner en rond. Le mariage avait été une nécessité pour franchir le cap des premières années, où l'image primait l'expérience. Les citoyens se sentaient tout simplement moins à l'aise, à l'époque, avec les politiciens célibataires. Mais de nombreux exemples d'hommes publics affligés de problèmes conjugaux dont certains menaient à des séparations houleuses avaient vacciné le peuple, et c'en était fini de l'a priori tacite selon lequel seuls des chefs de famille pouvaient se porter candidats à une élection. Il était heureux que cette hypocrisie n'ait plus cours. Les secondes noces, voire les troisièmes, étaient la norme, désormais, et les Allemands, à l'instar des citoyens de tous les autres pays occidentaux, semblaient prêts à tolérer chez leurs leaders les mêmes libertés de mœurs qu'ils s'accordaient à eux-mêmes.

Il y avait là de quoi se réjouir.

Il lui avait paru impératif de se débarrasser de Gabriele, qui était devenue un fardeau avec son désir d'enfants. Une descendance était bien la dernière chose dont il avait besoin. Ce qui l'intéressait, lui, c'était de diriger le parti et de remporter des élections. Et pas de justesse. Il voulait des investitures, des victoires qui envoyaient un signal de changement. Mais pas un nouveau Reich. Ce mot lui-même était encore imprégné de la puanteur de l'échec, qui constituait à ses yeux la mauvaise part de l'héritage hitlérien.

Toute la législation allemande avait été conçue pour empêcher l'usurpation des droits de chacun au profit de l'État, l'idée étant de rendre impossible à l'avenir l'utilisation du nationalisme comme point de convergence. Mais cela n'avait aucunement conduit au triomphe de l'individu. Le seul résultat était que des bureaucrates, des juges, des administrateurs locaux, des fonctionnaires chargés de faire appliquer concrètement la loi, pouvaient désormais s'affranchir des règles, ou les modifier pour qu'elles s'accordent à leur propre perception de ce qui était souhaitable pour le pays. D'où la croissance régulière des violences ethniques, surtout dans l'ex-RDA, que Marie Eisenhuth se montrait incapable d'enrayer.

Un des points faibles de la chancelière, parmi d'autres, qu'il avait bien l'intention d'exploiter.

La lourde porte de chêne s'ouvrit sans bruit à l'autre bout de la pièce. La fenêtre assombrie à laquelle il faisait face lui renvoya le reflet d'Engel, qui entrait.

« Alors ? Que s'est-il passé ? demanda-t-il en se tournant vers lui.

– Eisenhuth a reçu deux Américains dans son château. Un homme nommé Cotton Malone et une femme, Cassiopée Vitt. L'entretien a duré une heure. Malone et Vitt sont maintenant en route pour le Chili. »

Dieu merci, ils disposaient d'excellents espions dans l'entourage de la chancelière.

« Elle n'a pas perdu de temps pour faire appel aux Américains. Curieux…

– L'ex-président Daniels est de ses amis, rappela Engel. Elle n'a qu'une confiance limitée dans nos agences de renseignement, et même dans son propre service de sécurité. Il semblerait que les graines de paranoïa que nous avons semées commencent à germer. »

Pohl sourit. Le piège qu'ils avaient si soigneusement dressé se révélait efficace.

« Je me suis informé sur ce Malone, continua Engel. C'est un ex-agent. Tenu en haute estime. Pas un amateur. Vitt aussi a de l'expérience. Elle est l'unique propriétaire de Terra. »

Pohl avait entendu parler de ce conglomérat français.

« Ils sont partis sur les traces du barbouze qu'Eisenhuth a envoyé à Santiago.

– Arrangeons-nous pour qu'ils trouvent son cadavre.

– Je m'en occupe, promit Engel, rassurant.

– Le gouvernement américain est-il dans le coup ?

– Rien ne l'indique. Il semble qu'il s'agisse d'une initiative privée entre la chancelière et Daniels. Du moins pour l'instant. Rien d'étonnant à ça, d'ailleurs. Eisenhuth ne tient sûrement pas à ce que l'affaire s'ébruite. Elle fera en sorte que rien ne transpire, comme nous l'avons prévu. »

Jusqu'à ce que tout éclate au grand jour sous la pression des circonstances.

« Servez-vous donc un verre de vin, proposa Pohl à son bras droit, qui accepta et s'approcha de la table où était posée la carafe. Dites m'en plus sur la conversation avec ces Américains.

– La chancelière brûle d'avoir des précisions sur ce qu'il en est de vous et de Martin Bormann. Elle a parlé de son père à Malone et lui a montré des photos. Comme nous le savions déjà, elle éprouve de la rancœur pour ce qu'il a subi.

– Donc, les Américains n'ignorent pas à quoi ressemblait Albert Herzog ?

– Non. Ils ont vu les photos. Nous n'aurons par conséquent pas besoin de trouver un moyen de leur faire parvenir l'information. »

Pohl n'aurait pas pu être plus satisfait. Tout se passait exactement comme ils l'avaient voulu.

« Son coup médiatique avec les arbres et la croix gammée a fait un tabac dans les journaux du soir, dit-il. Elle s'imagine sûrement que je me retirerai de la course si elle dévoile mes origines supposées et se voit déjà réélue pour un cinquième mandat. Personne n'a réussi un exploit pareil depuis Helmut Kohl. La perspective doit lui faire venir l'eau à la bouche. Ça devrait largement suffire pour qu'elle gobe le leurre que nous lui mettons sous le nez.

– La présence des Américains risque de poser des problèmes, tempéra Engel après avoir goûté le vin. Nous ne nous attendions pas à ce qu'Eisenhuth bénéficie d'une aide d'un tel niveau. Il est déjà fâcheux que nous ayons dû nous occuper d'Hanna Cress.

– Sait-on ce que cette femme a dit à Daniels avant de mourir ?

– Il semblerait que ça se résume à un seul mot.

– Lequel ?

– *Kaiser.* »

Pohl n'ignorait pas que Cress avait été recrutée contre rémunération en Biélorussie pour servir de messagère et transmettre les renseignements voulus à Eisenhuth. Tôt ou tard, en effet, il allait bien falloir fournir des documents originaux à la chancelière. Le moment en était venu le vendredi précédent, et Cress avait été arrêtée, ce qui avait constitué une petite surprise, même si l'éventualité avait été envisagée. Ils avaient donc échafaudé un scénario pour la faire mourir de façon spectaculaire. Un geste de nature à aiguiser à lui seul la curiosité d'Eisenhuth et à l'envoyer sur une fausse piste.

« *Kaiser* ? Pourquoi Cress aurait-elle prononcé ce nom ?

– Elle avait apparemment fait des recherches et appris que c'était un sobriquet qu'on vous attribuait.

– Mais comment pouvait-elle savoir que j'étais impliqué ? »

Ni lui ni Engel n'avaient jamais parlé à Cress, avec qui ils n'avaient communiqué que par l'intermédiaire de tiers.

« Ça, je l'ignore. »

Ce qui était inquiétant. Ce surnom n'était utilisé qu'à Löwenberg, et uniquement par quelques-uns de ses plus proches collaborateurs – des hommes et des femmes avides de tirer bénéfice de son accession au pouvoir. Comment avait-il pu venir aux oreilles d'Hanna Cress ? Était-il même certain qu'elle ait fait allusion à lui ?

« C'est une bonne chose qu'elle soit morte, dit Pohl.

– Reste le problème des Américains.

– Je ne vois pas en quoi ils pourraient constituer un problème. Nous les manipulerons, eux aussi. Et pour finir, M. Malone et Mlle Vitt seront comptabilisés comme deux nouvelles victimes de l'ambition d'Eisenhuth. Je vous fais confiance pour adapter votre piège de sorte à inclure leur décès.

– Sauf que les Américains pourraient se procurer des renseignements que ni nous ni Eisenhuth ne possédons. Ils disposent de vastes ressources et de la possibilité d'accéder à de nombreuses autres. Sans parler de leurs liens diplomatiques avec des pays susceptibles de leur ouvrir des banques de données classifiées.

– En Amérique du Sud ?

– Exactement. Le succès de notre entreprise dépend entièrement de notre capacité à contrôler le flux d'informations.

– Ce qui revient à dire que nous devons les aiguillonner pour les forcer à aller vite, afin qu'ils n'aient pas le loisir d'en apprendre davantage que ce qui sert nos intérêts.

– Je pars pour Santiago dans deux heures, en jet privé. »

Pohl alla se verser un autre verre de vin.

« Ne négligez rien, Josef, dit-il. Il est impératif que tout se passe selon nos plans, et dans les délais prévus.

– Ces deux Américains ne se laisseront peut-être pas mener si facilement.

– Tout dépendra de ce qu'ils trouveront, répliqua Pohl, refusant de prêter l'oreille à toute considération pessimiste. Arrangez-vous pour que ce soit alléchant. Irrésistible. Gardez à l'esprit qu'ils sont sous pression et qu'eux aussi sont engagés dans une course contre la montre. L'élection approche à grands pas. »

Il prit une gorgée de vin et réfléchit un instant, jaugeant mentalement ses adversaires.

« Ils mordront à l'appât, j'en suis certain, conclut-il. Mais quand ils auront cessé d'être utiles, supprimez-les tous les deux. »

13

Chili, région des Lacs

Mercredi 12 juin
15 h 40

Cotton se félicita d'avoir dormi dans l'avion. Danny Daniels avait pu organiser pour eux un transfert direct de la base aérienne de Ramstein jusqu'à Santiago à bord d'un appareil militaire. Le voyage n'avait pas été de tout repos et il avait fallu à Cassiopée un peu de temps pour s'accoutumer aux conditions de vol, mais, quand ils avaient atteint leur altitude de croisière au-dessus de l'Atlantique, elle s'était déjà assoupie après être parvenue à vaincre ses appréhensions à grand renfort d'eau minérale et de musique en baladodiffusion.

Pour finir, ils avaient effectué le millier de kilomètres entre Santiago et Puerto Montt, capitale de la très touristique région des Lacs, au sud, en empruntant une navette de la LATAM Airlines Chile. Depuis le ciel, ils avaient pu admirer un paysage de forêts verdoyantes, de lacs d'un violet profond et de volcans imposants dont les sommets enneigés se teintaient de rouge rubis. Un 4x4 sans chauffeur les attendait à l'aéroport. Cotton prit le volant et, après avoir quitté la ville, ils se dirigèrent vers le nord.

« Quelle distance jusqu'au point indiqué par les coordonnées ? demanda-t-il à Cassiopée.

– Environ une heure de route. C'est près du lac Puyehue, presque à la frontière avec l'Argentine. »

Dans les documents fournis par Hanna Cress figuraient les coordonnées GPS d'un lieu situé dans la région des Lacs chilienne. Une vérification sur Google Maps avait confirmé qu'il y avait bien là une demeure – une hacienda, pour utiliser le terme local. Le plan était de s'y rendre d'abord, puis de retourner à Santiago le lendemain pour y rencontrer l'enquêteur recruté par Eisenhuth. Ils avaient pris contact avec lui par téléphone et lui avaient communiqué tout ce qu'ils savaient, y compris sur ce qui s'était passé quelques années auparavant, au Chili même, avec Jonathan Wyatt. Il s'était dit d'accord avec leur programme, ajoutant qu'il travaillait sur certains éléments et serait sans doute en mesure de leur faire part de ses découvertes quand ils se verraient.

Ils parvinrent à une bifurcation et, sur un signe de Cassiopée, Cotton tourna à droite.

Ils se dirigeaient maintenant vers le nord-est et prenaient de l'altitude. De part et d'autre du ruban d'asphalte noir poussaient des arbres immenses – des *ulmos* –, sous lesquels foisonnait une épaisse sous-végétation composée de bambous appelés *quilas* et de fuchsias. Une mouffette traversa la route devant eux.

« Toutes ces histoires à propos de Bormann m'ont fait penser à Henrik », dit Cotton.

Leur vieil ami danois Henrik Thorvaldsen, tué à Paris, n'était plus de ce monde depuis un moment, maintenant, et il lui manquait. Ils ne s'étaient pas quittés en très bons termes, ce qui laisserait à Cotton des regrets jusqu'à la fin de ses jours.

Henrik avait eu les Allemands en horreur. Et non sans raison.

À 4 heures du matin, le 9 avril 1940, quatre-vingt mille soldats de la Wehrmacht s'étaient rués en masse sur le sud du Jutland après avoir franchi la frontière germano-danoise. Au même moment, des milliers d'autres émergeaient des cales de navires charbonniers qui mouillaient dans le port de Copenhague. Des parachutistes s'étaient mis à descendre du ciel piqueté de bombardiers. Le régiment des Gardes royaux avait défendu le palais pour protéger le roi Christian, mais le monarque ordonnait la fin des combats dès 6 h 30, ouvrant la voie à l'occupation du pays. En 1943, celle-ci était devenue brutale et de nombreux Danois étaient massacrés dans des opérations de répression.

« C'est Martin Bormann qui a ordonné de s'en prendre à la population danoise. Les Allemands ont expédié les policiers locaux dans des camps de concentration, tourné leurs mitrailleuses contre les civils, et envoyé des commandos partout sur le territoire pour faire régner la terreur. C'est pendant cette période de démence que le père, la mère, l'oncle, la tante et trois cousins d'Henrik furent abattus.

– Je n'en ai jamais rien su, dit Cassiopée.

– Il parlait rarement de ça. Mais il m'a raconté toute l'histoire, une fois. »

Un camion chargé de grumes les croisa dans un grondement de moteur. Devant eux, une charrette tirée par des bœufs avançait sur le bas-côté et Cotton se déporta sur la voie de gauche pour éviter l'homme coiffé d'un grand sombrero qui menait l'attelage. Un lac aux berges verdoyantes couvertes d'arbres serrés apparut un peu plus loin.

« Je suis heureux que tu sois là, dit-il.

– Paroles valorisantes ? demanda-t-elle avec un sourire.

– Oui. Pourquoi ? C'est mal ? »

Il savait qu'elle avait récemment lu un livre intitulé *Les Cinq Langages de l'amour*, dont l'auteur affirmait qu'il existait cinq manières de susciter chez son partenaire le sentiment d'être aimé – les moments de qualité, les cadeaux, les gestes de complicité, le toucher physique et les paroles valorisantes. L'ouvrage comportait un test pour déterminer laquelle des cinq s'appliquait le mieux à chacun et ils l'avaient fait tous les deux. Il avait découvert que son « langage » à lui était le toucher physique. Se tenir par la main, prodiguer de petites caresses, être assis l'un contre l'autre… C'était à ce genre de gestes qu'il était le plus sensible. Pour elle, le mode privilégié était les paroles valorisantes : les compliments simples, directs, qui font que l'on se sent estimé. Par exemple, justement, « Je suis heureux que tu sois là ».

« J'étais sincère en te disant ça, assura-t-il.

– Je ne m'étais pas rendu compte que tu étais si attentif à mes besoins.

– Mon attention est toujours en éveil quand il s'agit de toi.

– Oh, mais c'est que tu deviens bon, à ce jeu !

– J'apprends vite.

– Attention, c'est là qu'on tourne », indiqua-t-elle en désignant l'embranchement d'un chemin après avoir consulté le téléphone de Cotton, sur lequel s'affichait leur itinéraire.

Il ralentit pour s'engager sur une piste rocailleuse qui escaladait une courte côte en serpentant. Une centaine de mètres plus loin, des arbres barraient le passage. Il s'arrêta et ouvrit sa portière.

« J'ai l'impression qu'on va devoir continuer à pied », dit-il.

Ils n'étaient qu'à une vingtaine de kilomètres de la frontière argentine. La fraîcheur et la légèreté de l'air rappelaient les Alpes. Le ciel était entièrement dégagé en cette fin d'après-midi. Heureusement, ils s'étaient habillés en prévision avec des bottes et des doudounes à manches longues. Ils partirent à travers bois en suivant un sentier bien marqué. Au bout de dix minutes de marche, presque toujours en montée, ils parvinrent à la lisière. Comme cela leur avait été indiqué, une hacienda s'élevait là, au bord d'un escarpement herbeux. Au-delà, à des kilomètres, se dressait la pyramide bleutée d'un volcan aux pentes abruptes revêtues d'un manteau forestier.

« Quel cadre ! commenta Cassiopée. Et quel isolement idéal ! »

Il était bien d'accord. L'endroit puait le piège à plein nez.

Ils avancèrent en direction de la bâtisse tout en sortant chacun de sous sa veste l'automatique avec lequel ils avaient pu commodément entrer dans le pays en tant que passagers d'un vol militaire sous immunité diplomatique.

Les champs entourant la maison étaient hérissés de graminées sèches jaillissant d'un tapis de mauvaises herbes. Les piquets en bois d'une clôture de corral dont les barbelés avaient depuis longtemps été rongés par la rouille gisaient éparpillés çà et là. Quelques fenêtres avaient des carreaux cassés. Une large fissure zébrait l'un des murs extérieurs, souvenir, pensa Cotton, des séismes qui ébranlaient parfois la région. Ils gagnèrent l'arrière du bâtiment, d'où la vue sur les montagnes était encore plus spectaculaire. Une véranda de brique colonisée par le chiendent conduisait à une porte entrouverte.

« Personne n'a vécu ici depuis longtemps », remarqua Cotton en poussant le battant.

À l'intérieur régnait une pénombre glaciale.

Ils traversèrent une vaste cuisine jonchée de débris et se dirigèrent vers l'avant de la maison. Dans les pièces, le mobilier, sommaire, était recouvert de draps moisis et chargés de poussière d'où émanait une odeur aigre de renfermé. Au fond de ce qui devait être un salon, un mur était percé de verrières aux vitres épaisses encadrant un panorama à couper le souffle avec, au premier plan, une immense pâture et, au loin, des pics couronnés de glaciers.

Le site, perché sur un plateau balayé par les vents, n'était pas sans rappeler le Berghof, la résidence secondaire d'Hitler, dans les Alpes. Même genre de maison blanchie à la chaux, avec de grandes pièces, des tapis épais et une terrasse offrant des coups d'œil sublimes sur les montagnes. Peu de différence visuelle entre les volcans des Andes et les sommets en dents de scie des Alpes. L'aspect des forêts était pratiquement identique. *Robles*, *ulmos*, *raulís* et autres *tinéos* avaient un feuillage tout aussi persistant que des pins et des sapins. Même image symbolique de lointains majestueux dans les deux cas. Une image dont Hitler usait volontiers pour communiquer à ses visiteurs l'idée que le dirigeant de l'Allemagne régnait en maître sur tout ce qui lui tombait sous les yeux.

Dehors, les arbres continuaient de bruire, maltraités par le vent. Cotton examina la poussière du sol à la recherche de traces éventuelles, mais seules les leurs y étaient inscrites.

Ils quittèrent le séjour, franchirent un vestibule et, suivant un couloir qui retournait vers l'arrière du bâtiment, passèrent devant d'autres pièces au mobilier enveloppé dans des toiles. Les revêtements des cloisons cloquaient sous l'effet de l'humidité. Une cheminée en marbre rouge particulièrement ouvragée suscita un instant leur curiosité. Cachés par des draps, les tableaux accrochés aux murs semblaient des représentations du néant.

Ils s'attardèrent brièvement dans la salle à manger pour inspecter les lambris de bois défraîchis qui se désagrégeaient par endroits, rongés par des insectes. Leurs regards se portèrent ensuite vers l'extrémité d'un long couloir, aimantés par une porte ouverte. Cotton prit soin d'examiner une fois de plus le plancher, dont la surface était comme givrée par la poussière. Aucune trace de pas.

Ils s'avancèrent jusqu'au seuil de la pièce qui avait attiré leur attention et s'arrêtèrent pour découvrir un cabinet de travail où, comme dans le séjour, une baie vitrée ternie offrait une vue imprenable sur les sommets déchiquetés des Andes.

Au loin, un condor évoluait dans les airs.

Comme partout dans la maison, les meubles étaient revêtus de housses. Un bureau, ou ce qui semblait en être un, leur faisait face, adossé à la fenêtre. Les murs taupe étaient décorés de massacres de cerfs.

Ils entrèrent. Des bâches brunes, tendues devant des rayonnages, s'étaient en partie détachées, laissant apparaître une bibliothèque en bois noir festonnée de toiles d'araignées et encombrée de vieux volumes. Publications sur l'art et l'architecture. Ouvrages philosophiques de Nietzsche et Schopenhauer. Traités d'histoire grecque, romaine et allemande. Romans de Goethe, drames d'Ibsen. Livrets d'opéras de Wagner. Travaux sur la mythologie scandinave, sur l'histoire militaire…

Il y avait là quelque chose de familier qui titillait la mémoire absolue de Cotton.

De l'autre côté de la pièce, Cassiopée fit glisser à terre l'un des draps chargés de moutons, révélant une hampe de bois sur laquelle était emmanché un aigle en métal perché sur une croix gammée entourée d'une couronne. L'emblème comportait aussi un cartouche noir et argent auquel étaient suspendus les lambeaux d'un fanion en soie rouge bordé d'un liseré élimé noir, blanc et rouge, aux franges encroûtées de poussière. Sur la bannière, un svastika noir dans un cercle blanc où était écrit, en haut, DEUTSCHLAND, en bas, ERWACHE.

Allemagne, réveille-toi.

Sur le cartouche, deux mots.

ADOLF HITLER.

« Ce n'est pas le genre de truc qu'on voit tous les jours », remarqua Cassiopée.

Cotton acquiesça. Puis le souvenir qui rôdait en marge de sa mémoire se précisa.

« Ces bouquins comptaient tous parmi les préférés d'Hitler, dit-il. Je suis surpris qu'il n'y en ait pas un seul de Karl May, son auteur de prédilection, qui racontait des histoires de cow-boys situées dans un Far West fantasmé où il n'avait jamais mis les pieds. J'en ai trois dans ma boutique. Les collectionneurs sont prêts à débourser des fortunes pour en avoir. »

Il scruta de nouveau les étagères avant de poursuivre :

« Hitler avait une passion pour les livres. Il possédait une importante bibliothèque personnelle qu'il faisait mettre en caisses et expédier sur les lieux où il devait séjourner quelque temps. La plus grande partie a été saisie par nos troupes quand elles sont entrées en Bavière. »

Il prit un volume, l'ouvrit, puis le replaça.

« Mais ces exemplaires-ci ne font pas partie de ceux qui lui appartenaient : ils étaient tous marqués de son ex-libris. »

Il parcourut la pièce des yeux, puis contempla les arbres qui s'agitaient dans la brise fraîchissante à travers les vitres encrassées. Quelque chose attira son regard dans un coin. Un objet qui reflétait vaguement le soleil. Il s'approcha et se pencha pour voir de quoi il s'agissait. C'était un soldat de plomb. Un SS dont chaque élément de l'uniforme était peint de la couleur appropriée : noir, marron ou argenté. Il le ramassa et souffla dessus pour le débarrasser de sa gangue de poussière.

« Le jouet idéal pour un nazi en herbe des années 1930, commenta-t-il quand Cassiopée l'eut rejoint.

– Et qui surgit là quatre-vingt-cinq ans plus tard, en plein cœur du Chili », ajouta-t-elle.

Un fracas soudain retentit dans les profondeurs de la maison. Pistolet en main, ils se tournèrent vers la porte à la vitesse de l'éclair.

« On dirait que nous avons de la compagnie », chuchota Malone.

14

SANTIAGO, CHILI

16 H 30

Josef Engel suivait un boulevard planté d'arbres sur les pas de sa cible, surpris de voir vers quelle destination celle-ci se dirigeait.

L'emplacement où se trouvait jadis la librairie de livres anciens.

Celui-ci était situé non loin de la Plaza de Armas, en plein centre de la ville, à peu près à mi-longueur d'un alignement de boutiques pittoresques. Le commerce mitoyen de l'endroit en question était une brasserie qui présentait dans sa vitrine un bel assortiment de camemberts et de cheddars. Il avait dîné là plusieurs fois lors de visites précédentes et avait beaucoup aimé les saucisses aux herbes et le salami, « faits maison », selon le patron. Engel avait des doutes sur ce dernier point, mais il avait fini par admirer comme une qualité le culot qu'il fallait avoir pour allécher ainsi le client.

Il savait que Cotton Malone et Cassiopée Vitt se trouvaient au Chili. La veille, il s'était assuré que tout était prêt dans la région des Lacs, et il attendait un premier rapport d'un moment à l'autre.

Parfait. Une bonne préparation produisait de bons résultats.

À l'autre bout du boulevard, le carillon d'une église sonna la demie. Des nuages d'orage venus de l'ouest et des volcans envahissaient le ciel, et le soleil disparaissait peu à peu derrière une épaisse couche de cumulus. Il pleuvrait sûrement avant la nuit.

La cible s'arrêta et étudia la rue.

La librairie n'était plus là.

Elle avait été détruite par une explosion il y avait quelques années, quand les Américains avaient commencé à s'y intéresser de trop près. Son propriétaire, un Chilien nommé Gamero Dichiato, était le fils d'un immigrant allemand qui, comme tant d'autres, avait discrètement trouvé refuge au Chili dans les années d'après-guerre. Certains de ces gens avaient de la famille dans la région, au centre du pays – des descendants de la première vague d'émigrés allemands venus en masse à la fin du XIXe siècle à l'instigation du gouvernement. Le père de Gamero, diplomate haut placé au ministère des Affaires étrangères nazi, avait eu la chance de passer la guerre en poste dans des ambassades, particulièrement en Amérique du Sud, ce qui lui avait permis par la suite de nier toute implication dans des crimes contre l'humanité et d'échapper aux poursuites. La librairie avait constitué un point d'attraction pour les fidèles du régime, l'un de leurs nombreux havres disséminés un peu partout sur le continent. Malheureusement, à cause d'un agent américain nommé Jonathan Wyatt, Gamero avait dû être sacrifié.

Rien que de très normal : le réseau avait toujours eu besoin d'être protégé.

Gamero avait donc été tué et sa boutique entièrement détruite par le feu pour décourager toute velléité d'enquêtes plus approfondies. À l'époque, il s'était agi de préserver le secret. Aujourd'hui, le but était tout à fait autre.

Les déplacements de la cible, un détective recruté par Marie Eisenhuth, avaient été suivis en permanence dès son arrivée au Chili, qui datait de plus d'une semaine. L'homme, apparemment pas surpris par l'absence de la librairie, avait certainement été mis au courant des épisodes passés. Les Américains étaient-ils pour quelque chose dans sa récente initiation ? Ils connaissaient à coup sûr l'existence de ce site. Ils étaient parfaitement capables d'avoir accès à des renseignements de ce niveau. Et Engel avait précisément appelé Pohl à s'en méfier.

Il nota que le terrain qu'avait occupé la boutique était resté vide. Il était curieux que personne ne s'en soit porté acquéreur pour y construire quelque chose. À une époque lointaine, la librairie avait comporté une chambre forte abritant huit classeurs remplis de documents anciens parfaitement rangés et référencés. Des archives bien trop sensibles pour être sorties du Chili. Des efforts considérables avaient été mis en œuvre pour les garder secrètes, et il n'était pas question de courir le risque qu'elles soient découvertes inopinément par un douanier ou, pire encore, qu'elles soient perdues ou détruites. Il existait des caches de ce genre un peu partout au Chili, mais aussi en Argentine, au Paraguay et au Brésil. Peu de gens connaissaient leurs emplacements exacts alors, et encore moins maintenant.

Les classeurs de la librairie avaient disparu, brûlés dans l'incendie. Mais la plus grande partie de leur contenu avait été préservée. Dieu merci, car ces dossiers avaient de nouveau un rôle à jouer.

C'était Engel en personne qui avait piloté la destruction de la boutique, désolé de devoir faire périr son propriétaire, mais conscient que cela était nécessaire.

Et il était de retour à cette même place aujourd'hui, à la recherche d'un nouvel appât pour leurrer de nouveaux prédateurs.

Il avait dîné avant l'heure dans un des restaurants de *picadas* du coin, au milieu des familles qui occupaient la plupart des tables dans une atmosphère chaleureuse et détendue. Il se demandait ce qui l'attirait vers ce genre de lieu paisible. Peut-être le contraste qu'ils offraient avec son expérience à lui, qui avait une relation très lointaine avec sa mère et n'avait pas connu son vrai père. Son beau-père, communiste convaincu, s'était ingénié à intégrer sa nouvelle communauté domestique dans la société est-allemande. Ils avaient tous fini par être façonnés à l'image de l'État, froids et rationnels. Il avait appris dès l'enfance que seul le résultat comptait. Il s'était surpassé tant à l'école primaire qu'au lycée, à l'armée, et enfin comme agent de la Stasi, ce qui lui avait valu d'être distingué.

Son ange gardien actuel, Theodor Pohl, était tout aussi amoral, féroce et dépourvu de conscience que ses anciens patrons communistes. Ce qui facilitait grandement les choses, les principes ayant une fâcheuse tendance à affecter négativement les résultats.

Les *empanadas* dont il s'était régalé un peu plus tôt se rappelèrent à son souvenir. Le serveur lui avait recommandé une farce à la viande de bœuf hachée mélangée à des oignons, des olives et de l'œuf dur. Une suggestion qui s'était révélée excellente. Il avait dégusté trois de ces chaussons fourrés, et, en hommage à sa patrie, avait choisi comme dessert un *Streuselkuchen* couronné de chantilly. Les Chiliens eux-mêmes appelaient cette pâtisserie *kuchen*, l'un des nombreux témoignages de l'influence allemande à l'œuvre dans la contrée. Il se souvenait que même les communistes avaient échoué à lui en faire passer le goût quand il était enfant.

La soirée s'annonçait fraîche. L'hiver approchait, dans l'hémisphère Sud. Il avait beaucoup voyagé au Chili, en Argentine et au Brésil. Des pays très semblables à l'Allemagne, bien que différents quant au niveau d'exigence. Les fonctionnaires y étaient, globalement, d'une grande vénalité. Une aubaine, car, pour satisfaire les demandes de Pohl, il était nécessaire de se faire des amis dans certains cercles. Surtout à l'heure actuelle où il fallait faire face à un programme chargé.

La cible se remit en mouvement et s'éloigna dans la rue.

Il était primordial pour Engel de garder en ligne de mire en même temps l'enquêteur d'Eisenhuth, ici à Santiago, et Malone et Vitt dans le Sud. Comme l'avait dit Pohl, il devait « s'arranger » pour que ces derniers trouvent le cadavre du premier.

Ce qui, en tout état de cause, ne devrait poser aucun problème.

15

Cassiopée alla prendre position à droite de la porte. Cotton à gauche, silencieusement. Le fracas qui les avait alertés ne s'était pas reproduit. Pistolet pointé, elle sortit de la pièce dans le corridor obscur. Un frisson la parcourut, provoqué tant par l'appréhension que par la fraîcheur de l'air confiné. Cotton la rejoignit et ils avancèrent tout doucement jusqu'au vestibule, au bout du couloir, où ils s'immobilisèrent.

Un bruit se fit de nouveau entendre. Un raclement.

Qui venait de la droite.

Passant devant Cotton, elle se baissa le plus possible et traversa le hall plongé dans l'ombre jusqu'à une embrasure cintrée qui donnait dans ce qui avait dû être un salon d'apparat. Animée par une détermination sans faille, elle braqua son arme. Elle était tendue, sur ses gardes, mais n'avait pas vraiment peur : Cotton la couvrait.

Un grincement. Métal contre métal.

Provenant cette fois de l'arrière de la maison.

Un deuxième intrus ?

Concentrant son attention sur sa droite, elle scruta le passage qu'ils avaient emprunté pour venir de la cuisine et fit signe à Cotton de se focaliser sur le salon pendant qu'elle s'occupait de l'autre visiteur. Elle ne voulait pas laisser leur flanc sans protection. Cotton acquiesça d'un hochement de tête.

Elle commença de progresser lentement le long du couloir, puis s'avisa qu'un assaut au pas de course lui donnerait peut-être l'avantage de la surprise, d'autant plus que l'intrus continuait de signaler sa présence par des raclements répétés. Elle inspira donc à fond, assura sa prise sur la crosse de son automatique, et bondit dans la cuisine.

Sur l'un des plans de travail, à trois mètres d'elle, un puma la regardait. Le félin mesurait environ un mètre, sans compter sa queue, longue de la moitié de sa taille. Avec ses oreilles rondes qui couronnaient sa tête fine, son pelage roussâtre, plus clair sur le ventre, sa gorge et son menton blancs, c'était la grâce même.

Un feulement filtra par la gueule entrouverte de l'animal. Ses canines aiguisées apparurent. Les muscles de ses pattes arrière se contractèrent.

L'idée de l'abattre lui traversa l'esprit, mais elle ne souhaitait vraiment pas en arriver là sauf absolue nécessité. Après tout, c'était elle qui était entrée sans invitation.

Un cri perçant lui parvint de l'avant de la maison. Pas humain. Animal. Suivi d'une série de sifflements et de grognements sourds.

Une détonation retentit.

Le puma sauta de son perchoir et fila dehors par la porte ouverte de la cuisine. Elle accompagna un instant la fuite de la bête avec le canon de son pistolet puis regagna en courant l'autre côté de la demeure.

Elle comprenait, maintenant. Ce n'était pas un, mais deux fauves qui avaient pénétré dans le bâtiment. Rien de vraiment surprenant à ça, d'ailleurs, la propriété abandonnée offrant un abri idéal.

Cotton était invisible. Elle fonça jusqu'à l'arche qui commandait l'accès au grand salon. Personne.

« Où es-tu ? cria-t-elle.

– Ici ! »

Elle enfila le couloir menant à la bibliothèque et trouva Cotton dans une des chambres, debout près de la porte.

« J'ai tiré pour faire déguerpir un puma, expliqua-t-il.

– Le mien est parti de son plein gré. »

La pièce contenait pour tout mobilier un lit à baldaquin sans matelas, une petite commode et une table de chevet. Le tout protégé par des housses. Des photos encadrées ornaient les murs. Des clichés en noir et blanc de divers formats, salis, abîmés par le temps, des images à gros grains, fanées, sous des plaques de verre maculées.

Ils les examinèrent.

Des habitants du coin immortalisés sur leurs lieux de vie, comme semblait l'indiquer le décor familier de montagnes et d'arbres propres à la région. Sur l'une des photos, un homme debout tenait dans ses bras un petit garçon. Cotton sortit son téléphone et afficha sur l'écran les portraits de Martin Bormann qu'Eisenhuth lui avait fournis.

« C'est lui, dit-il. Aucun doute. »

L'enfant ne pouvait pas avoir plus de deux ou trois ans.

« Ça date d'après la guerre, reprit-il. Son apparence physique a changé. »

Cassiopée compara les deux images. Sur l'écran, Bormann, massif et large d'épaules, avait les genoux cagneux et de fines mèches de cheveux foncés. Le visage, un peu bouffi, était marqué d'une cicatrice sur la joue gauche.

« Il n'a plus de bajoues, commenta-t-elle en montrant le cliché sur le mur. Il a beaucoup maigri. Ses cheveux sont toujours aussi clairsemés, mais plus longs. En revanche, regarde ça : sa cicatrice a disparu.

– On savait remédier à ce genre de chose, même à l'époque. »

Il désigna un autre sous-verre, dans lequel on voyait une femme aux longs cheveux bruns ondulés. Elle portait une jupe froncée avec un motif floral. Un chemisier ajusté à manches courtes habillait sa poitrine étroite. Un tablier de couleur claire drapait sa taille. Elle avait les pommettes hautes, le front droit, des sourcils fins et un nez plutôt petit.

« Et voilà Eva Braun. Ses cheveux sont plus longs et plus foncés, son visage un peu défraîchi, mais c'est bien elle. Après-guerre. »

Il fit apparaître sur son téléphone une photo d'Eva Braun au côté d'Hitler.

« Elle n'a pas changé tant que ça », constata Cassiopée.

Le cadrage serré du portrait suspendu au mur ne révélait pratiquement rien de l'arrière-plan, si ce n'est que Braun était en plein air et posait devant une sorte de structure en bois.

Certains des autres clichés, ceux qui montraient Bormann en compagnie du garçonnet, ou Braun et Bormann ensemble, présentaient la même particularité. Aucun d'eux ne dévoilait grand-chose de l'environnement, ni ne comportait une quelconque légende écrite au recto ou au verso permettant de la situer dans le temps ou l'espace.

« C'est pour nous faire découvrir ça qu'on nous a incités à venir ici », dit Cotton.

Cassiopée était bien de cet avis.

Un nouveau bruit perturba le silence. Un moteur de voiture. Des grincements de boîte de vitesses qui se rapprochaient.

Ils allèrent jusqu'à une fenêtre et virent un pick-up en train de grimper péniblement la côte en direction de la maison à travers les hautes herbes, son châssis recevant son comptant de coups et de frictions. Il était trop loin pour qu'ils puissent en distinguer les détails, mais deux hommes se tenaient debout sur le plateau arrière. Quand il fut à trente mètres, le véhicule vira brutalement à droite et stoppa. Des fusils apparurent entre les mains des deux passagers, qui ouvrirent le feu sur l'hacienda. Un projectile fracassa un carreau dans la chambre voisine.

Cassiopée et Cotton se baissèrent, s'apprêtant à riposter, mais, avant qu'ils aient pu le faire, le camion filait déjà à grand bruit vers le couvert des arbres.

Ils se ruèrent dehors.

« Qui étaient ces guignols ? demanda Cassiopée.

– Excellente question. »

16

Munich, Allemagne

21 h

Marie Eisenhuth était fatiguée, mais il n'était pas question qu'elle permette à son auditoire de s'en rendre compte. Les dernières heures avaient été éreintantes. Elle avait prononcé quatre discours dans différentes parties de la ville avant de participer à un énorme meeting sur le champ de foire, où elle avait passé plusieurs heures à serrer des mains. Après un dîner dans le quartier de Schwabing, au nord de l'université, elle enchaînait, pour son ultime apparition de la journée, sur un débat animé avec de jeunes intellectuels.

« En quoi la nouvelle droite représenterait-elle un danger, selon vous ? demanda une blonde aux cheveux en bataille qui portait un piercing d'argent au nez.

– Dites-moi, répliqua Eisenhuth en faisant face à son interlocutrice, l'Allemagne a-t-elle jamais été sérieusement menacée par un parti d'extrême droite depuis la guerre ? »

Elle laissa passer un instant, le temps que l'assemblée prenne la mesure de cette question rhétorique, puis :

« Eh bien, la réponse est non. Certes, l'extrême droite nous abreuve de propos au vitriol, mais elle porte sur elle les stigmates de l'hitlérisme et, Dieu merci, il n'existe aucun moyen pour elle de les effacer. Son message en est irrémédiablement entaché. Il faut déplorer, toutefois, que cela n'empêche pas les gens d'y prêter l'oreille. C'est pourquoi nous devons veiller à faire en sorte que cette idéologie malsaine ne s'enracine pas.

– Et la violence qu'exercent ces activistes ? intervint quelqu'un. C'est tout de même autre chose que des mots.

– Avant la chute du mur, répliqua-t-elle, sa réponse toute prête, ces extrémistes criaient à qui voulait les entendre que personne hormis eux n'avait la volonté ni la capacité de réunifier le pays. Ils se présentaient comme la solution à tous nos problèmes. Mais c'est le peuple lui-même qui a chassé les communistes et permis l'émergence d'une Allemagne unie. L'extrême droite n'a eu que très peu de part, voire aucune, à ce processus. Et maintenant, son avatar, la *nouvelle* droite, doit absolument trouver un autre os à ronger, une façon inédite d'attiser les haines. Parce que c'est son fonds de commerce et qu'il y va de sa survie. Elle a donc décidé de canaliser les colères en direction des immigrés et des étrangers, qu'elle accuse d'être responsables de tous les maux dont, prétend-elle, souffre l'Allemagne. Ce sont là des méthodes qui conviennent à des lâches, pas à des patriotes. La violence n'est que la manifestation des frustrations de ces gens. Elle est en augmentation, c'est vrai. Mais, ensemble, nous pouvons y mettre un terme. »

Elle devait être prudente dans le choix de ses mots.

La Bavière était un fief de Theodor Pohl. La région avait toujours incliné vers le conservatisme. Le parti nazi était né à cinq kilomètres à peine de l'endroit où elle se trouvait. Les brasseries locales se vantaient encore sans le moindre semblant de culpabilité d'avoir eu Hitler comme client. Nuremberg, plus au nord, était devenue un haut lieu de la liturgie nazie et avait donné son nom aux odieuses lois raciales qui y avaient été adoptées. Ses propres sondages d'opinion attribuaient à Pohl une avance d'une douzaine de points dans ce Land, mais elle était bien décidée à grignoter cet acquis.

« Souhaitez-vous que cette nation, que notre Allemagne unifiée, retombe dans la disgrâce ? demanda-t-elle à la foule. Ne nous leurrons pas ! La xénophobie prend clairement de l'ampleur. Il ne se passe pas une semaine sans qu'un cimetière juif soit profané. Des monuments commémoratifs ont été vandalisés dans certains camps de concentration. Les attaques contre les minorités ethniques sont en hausse. Devons-nous pour autant tolérer que des terroristes régentent notre société ? L'Allemagne doit-elle être connue du monde pour sa malveillance ou pour sa dignité ? Notre pays, notre nation ne puise sa force que dans l'engagement de ses citoyens en faveur de la paix et de la liberté. »

Elle perçut quelques hochements de tête approbateurs. Tout compte fait, l'assistance se montrait bien moins rétive qu'elle l'avait craint.

Elle jeta un coup d'œil à la pendule accrochée au fond de la salle. Cela faisait presque deux heures qu'elle se prêtait au jeu des questions-réponses, et, si ses années d'expérience politique lui avaient enseigné une seule chose, c'était de savoir quand le moment était venu de se taire. Elle remercia donc le public, serra quelques mains, puis sortit pour s'engouffrer dans une voiture qui l'attendait et partit aussitôt vers le centre de la ville.

« Et pour demain ? lui demanda un conseiller assis en face d'elle. Toujours circonspecte ?

– Pour le moins. Que disent les derniers sondages ?

– Vous menez de trois points au niveau national. Mais la marge d'erreur étant de quatre, ça se joue encore dans un mouchoir de poche.

– Ce que je vais faire demain tient du saut dans l'inconnu. De mémoire, jamais personne n'a fait preuve d'une telle audace dans la course à la chancellerie. Il pourrait y avoir un retour de bâton », remarqua-t-elle, sincèrement préoccupée.

La voiture vira dans Maximilianstrasse et s'inséra dans le flot dense et rapide de la circulation nocturne.

« Le discours de Pohl est en train de prendre, dit le conseiller. Il rencontre un écho inquiétant. Garder le silence dans ce contexte pourrait être fatal.

– Comme pourrait être fatal ce que j'ai l'intention de dire demain. »

Il lui tardait d'avoir des nouvelles de Malone et de Vitt, et de savoir ce qui se passait au Chili. Le salut viendrait peut-être de là. Malheureusement, elle n'avait reçu aucune information de l'autre côté de l'Atlantique jusqu'à présent.

Elle n'avait plus vraiment le choix.

Ne pas agir maintenant risquait de constituer la pire erreur de toutes.

Un quart d'heure après, elle montait un escalier en chêne qui menait au premier étage du Karlshof, un élégant hôtel de deux cents chambres qui offrait des vues spectaculaires sur la Karlsplatz toute proche. Sa suite comprenait trois pièces. Une bonne chose, sachant que son mari, Kurt, était venu avec elle de leur résidence voisine au bord du lac.

« *Guten Abend* », dit-il quand elle entra.

Elle referma la porte et se tourna vers lui. Bien calé dans un des fauteuils de style Régence anglaise qui meublaient le salon, il lisait le journal de Munich.

« Je suis parti après le dîner, continua-t-il. J'ai pensé que tu t'en doutais. Cette faune n'était vraiment pas mon genre. »

Elle l'avait en effet vu s'esquiver et s'en était réjouie. Il avait tendance à parler beaucoup trop quand il avait bu.

Il plia le journal et la dévisagea.

« As-tu fait attention au type qui nous servait à table, tout à l'heure ? Il cherchait à tout prix à lier conversation avec moi. Pour quelle raison ? Dieu seul le sait. Répugnant. Le pays est infesté de bronzés. Ces jean-foutre détruisent le tissu même de notre société. »

Elle aussi avait remarqué ce garçon, avec qui elle avait échangé quelques mots. Il était né en Allemagne de parents venus de Turquie quarante ans plus tôt, portés par une des premières vagues de travailleurs étrangers invités à pallier un manque de main-d'œuvre locale dramatique à l'époque. La famille était restée là après l'expiration de son visa et considérait désormais l'Allemagne comme sa patrie.

« J'espère au moins que tu continues à limiter ce genre de remarque insultante aux moments où tu es seul avec moi.

– Oh, pour ça, sois sans crainte ! Je ne ferai jamais rien qui puisse nuire à ta fonction ou à ta campagne. Je suis l'époux de la chancelière et je garde mes opinions pour moi. »

Elle ne voyait pas bien comment huit millions de Turcs pourraient noyer sous leur flot soixante-dix millions d'Allemands, mais, malheureusement, les idées xénophobes de son mari étaient partagées par une quantité alarmante de gens. Et le taux de natalité en déclin des Allemands ne faisait qu'alimenter ce fantasme. Là où les Turcs, les Kurdes et bien d'autres immigrés faisaient le choix de la famille pléthorique, les Allemands « de souche » semblaient privilégier l'option inverse. Selon l'un des cris de ralliement les plus récents de la nouvelle droite, il suffirait de quelques décennies pour que les Allemands deviennent une minorité sur leur propre sol.

« Pourquoi as-tu un tel besoin de haïr ? lui demanda-t-elle, posant la question qu'elle aurait voulu adresser à la nation tout entière.

– Mais je n'ai de haine pour personne, assura-t-il en jetant son journal sur un guéridon. En aucune manière. J'aimerais simplement comprendre pourquoi notre pays devrait servir de dépotoir à toute l'Europe.

– Peut-être l'Allemagne se doit-elle de recueillir tous ces laissés-pour-compte à titre de réparation pour nos deux tentatives de domination du continent en un demi-siècle. Sans parler des six millions de Juifs et des millions d'autres victimes que nous avons massacrés pendant les deux guerres mondiales. »

Un sentiment de dette morale qui avait guidé son choix d'offrir l'asile à plus d'un million d'étrangers fuyant la violence et l'oppression au cours de ses mandats. Qu'ils soient syriens, afghans ou africains. Mais cette politique de la porte ouverte avait fourni à ses adversaires un terrain d'entente, provoquant une polarisation des oppositions que Pohl s'était empressé d'exploiter.

« Mais enfin, Marie ! dit Kurt en lui adressant un de ces sourires condescendants dont il avait le secret. Ce sont nos pères et nos grands-pères qui sont responsables des atrocités dont tu parles. Pas nous. Toi, moi et 99 % des Allemands qui vivent aujourd'hui n'avons jamais fait de mal à qui que ce soit. Et pourtant, nous continuons de payer pour les erreurs de nos aînés. »

Elle s'assit dans un fauteuil, fatiguée, mais encore remplie de l'énergie que lui avait donnée la réunion publique à l'université.

« Tu me fais vraiment peur, Kurt. Toi et tous ceux qui éprouvent le besoin de piétiner des gens pour avoir l'impression d'être forts. En quoi est-ce nécessaire ? Vous êtes incapables de vous sentir fiers de vous-mêmes si ce n'est pas au détriment de quelqu'un d'autre. C'est une véritable infirmité.

– Écoute, j'ai soixante-seize ans et, oui, je suis fier d'être allemand. Je te le répète, jamais il ne me viendrait à l'idée de faire du mal à quiconque. Je mets simplement en cause la nécessité qu'il y aurait à laisser nos frontières ouvertes à un flot continu d'immigration incontrôlée. »

Elle prit le quotidien qu'il avait posé. Un peu plus tôt, un de ses conseillers lui avait fait un résumé des événements de la journée.

« As-tu lu ce qui s'est passé en Thuringe, ce matin ? demanda-t-elle. Une quarantaine de skinheads – des gamins de seize à vingt-quatre ans – déchaînés ont attaqué un commerçant turc et lui ont volé son argent, puis ils ont agressé physiquement trois touristes espagnols. Pour finir, ils sont allés à Buchenwald et ont vandalisé le camp deux heures durant avant que la police ne se décide enfin à les arrêter. Après quoi ils ont tous été relâchés et les plaintes classées sans suite. Et tu ne vois pas de problème là-dedans ?

– Que veux-tu, comme je te l'ai déjà dit, les gens en ont assez de racheter les péchés d'une génération qui n'est pas la leur. La présence des étrangers leur rappelle constamment cette injustice. C'est plutôt toi qui ne vois pas le problème. À demander perpétuellement pardon, on ne fait qu'attiser les mécontentements. Ce que rapporte ce journal est l'exemple parfait de ce que j'avance. Les comportements violents de ce genre sont simplement le reflet de frustrations collectives. »

Elle considéra son mari avec perplexité. Il ne tenait ouvertement ce type de discours que depuis une vingtaine d'années. Mais son extrémisme nauséabond s'apparentait à celui des jeunes gens qui, dans les années 1920, avaient conçu le national-socialisme et fini par convaincre un pays entier de se rallier à eux.

C'était sur ce dernier point qu'elle nourrissait les plus grandes craintes. Les Allemands se laissaient trop facilement entraîner. Seuls quelques-uns osaient assumer des rôles de chefs, mais tous les autres, telles des fourmis, se rangeaient aveuglément derrière eux. Un travers national dont elle avait eu une illustration frappante quand son spécialiste en sondages lui avait appris qu'en dépit des dommages incommensurables infligés à la RDA par les communistes, une part étonnamment importante de la population de l'Est souhaitait les voir revenir. L'argument le plus souvent invoqué pouvant se résumer à « moins de choix ; moins de tracas ».

Une tare fondamentale de la société allemande, assurément.

Là où les Américains ou les Britanniques n'accordaient jamais une confiance inconditionnelle à leurs gouvernants et savaient les maintenir à distance en faisant bon usage du scepticisme, les Allemands, semblait-il, vouaient à leurs dirigeants une dévotion sans limites.

L'homme qui était assis en face d'elle représentait parfaitement cet état d'esprit. Le père de Kurt avait été un fervent nazi. Un industriel qui, non content de financer Hitler, était devenu l'un de ses collaborateurs enthousiastes. La seule chose qui lui avait permis d'échapper à l'emprisonnement après la guerre était que le concours de son entreprise, Eisenhuth-Industrie, avait été jugé vital pour la reconstruction de la nouvelle Allemagne de l'Ouest. On avait donc épargné à la famille la confiscation de ses actifs en échange de sa coopération, mais quand le beau-père de Marie Eisenhuth était décédé, il y avait vingt-cinq ans, il croyait encore dur comme fer qu'Hitler avait eu raison.

« Tu as toujours l'intention d'aller là-bas demain ? » s'enquit-il d'un ton résigné.

Le sachant incapable de comprendre, elle ignora la question.

« Ton absence de réponse signifie que oui, j'imagine. Dieu te vienne en aide, Marie. Tu commets une erreur colossale.

– C'est ton opinion. Garde-la pour toi. Comme toutes les autres », répliqua-t-elle, excédée.

Elle se leva et se dirigea vers sa chambre. Que Kurt ne partageait pas. Il y avait longtemps qu'ils ne dormaient plus dans le même lit.

« Oh, je les garde pour moi, mes opinions ! dit-il. Mais l'avantage de ta sacro-sainte démocratie, c'est que je peux quand même penser ce que je veux. Tu as le droit d'avoir tes convictions, et moi les miennes. »

Discuter ne menait à rien, comme d'habitude. Ils avaient déjà eu des conversations de ce genre. Elles s'étaient toutes terminées de la même façon, lui maniant la dérision, elle quittant les lieux. L'homme qu'elle avait épousé quarante ans plus tôt s'était mué en un parfait étranger. Elle l'avait longtemps cru progressiste, différent de la lignée dont il était issu. Un fils de nazi qui n'avait pas hérité des idéaux malsains de son géniteur. Mais il s'était révélé être un véritable clone de son père. Heureusement, il était inoffensif. Il se contentait de contrôler de loin les entreprises familiales, de lire ses journaux et de polémiquer avec elle. Tant que son engagement politique se bornait à cela, elle n'y voyait pas d'inconvénient majeur.

Ce que son conseiller lui avait dit dans la voiture lui revint en mémoire. « Garder le silence dans ce contexte pourrait être fatal. »

Il était donc impératif qu'elle agisse comme elle avait prévu de le faire le lendemain.

Son conflit avec Kurt mettait en lumière les frictions qui existaient au sein de nombreuses familles allemandes, déchirées entre des conceptions philosophiques, des aspirations divergentes. Partout dans le pays, des maris et leur femme, des enfants et leurs parents campaient sur des positions opposées de l'échiquier politique et la permanence de ces fractures avait quelque chose de désespérant qui la glaçait.

Mais une autre réalité l'attristait plus encore : Kurt lui faisait vraiment peur.

17

Région des Lacs, Chili

18 h 40

Cotton au volant du 4x4, ils entrèrent dans un village qu'un panneau identifiait comme Arana. La route goudronnée séparait le bourg à peu près en deux, des maisons du côté sud, des boutiques au nord. Il y avait une place centrale plantée de tilleuls. Le cône d'un volcan se dressait au loin, pile entre les deux tours d'une église. Les rues étaient calmes, la journée de travail terminée.

Il se gara près d'un café animé, où ils entrèrent et s'installèrent. Leur commande passée, ils se mirent à examiner les clichés qu'ils avaient extraits de leurs cadres à l'hacienda.

« Ces photos confirment en partie les renseignements qui ont été transmis à Eisenhuth, dit Cassiopée.

– À condition qu'elles soient authentiques.

– Ce ne sera pas difficile à déterminer. »

Vrai.

Il reporta son attention sur le sandwich qu'on venait de lui servir. La viande, bien épicée, était excellente, le pain tout frais. Il ne s'était pas rendu compte qu'il avait faim à ce point. Son regard tomba sur un homme attablé non loin d'eux avec un petit garçon dont il essuyait le visage barbouillé de sauce à l'aide d'une serviette. Trente-sept ans s'étaient écoulés depuis le jour où deux officiers de la Flotte s'étaient présentés chez lui, le lendemain de son dixième anniversaire. Assis au côté de sa mère dans le salon, il les avait écoutés expliquer que le sous-marin que commandait son père avait sombré avec tout son équipage. Son cœur se serrait inévitablement au souvenir des larmes qu'avait versées sa mère. Le corps de son père et l'épave du navire n'avaient été retrouvés que des décennies plus tard. Son père lui manquait toujours, même s'il avait fini par accepter cette perte. La vie lui avait appris que chacun faisait ses choix dans l'existence. Bons ou mauvais. Lui-même en avait effectué un nombre appréciable.

Son père aussi.

Cassiopée prit les photos sur la table et les réexamina avec soin.

« On a quand même là la preuve que Martin Bormann et Eva Braun ont survécu à la guerre, commenta-t-elle.

– Mais quel a été le sort du petit garçon ? demanda Cotton après avoir bu une gorgée de son eau minérale. Est-il devenu Theodor Pohl une fois adulte ?

– Mystère. »

Ce qu'il avait dit à Cassiopée dans la voiture était vrai. Il était heureux qu'elle soit à son côté. Si Danny Daniels ne leur était pas tombé inopinément dessus le dimanche précédent, elle serait déjà de retour en France après un week-end prolongé au Danemark. Leur relation semblait se résumer à peu de chose. Quelques jours ensemble par-ci, par-là. Une mission en commun de temps en temps. Certes, ce mode de fonctionnement avait pour corollaire des retrouvailles plus qu'agréables, mais, il devait se l'avouer, elle lui manquait de plus en plus quand elle n'était pas là. Il comptait peu d'amis – un état de fait imputable autant à la nature de sa profession antérieure qu'à sa volonté délibérée de s'isoler en allant s'établir au Danemark. Son fils Gary, resté très proche de lui, venait le voir au moins trois fois par an, ce qu'il appréciait énormément.

À seulement dix-sept ans, le garçon avait la tête sur les épaules. Ils avaient un peu parlé de son avenir et, à la surprise de Cotton, il avait cité la marine comme carrière envisageable. Bien sûr, il avait lui-même fait ce choix, en son temps. Mais c'était en réaction à la mort de son père, à qui il s'efforçait de rendre hommage de toutes les façons possibles. Quelle était la motivation de Gary ? Difficile à dire. Il était resté muet sur le sujet. Rien ne pressait, d'ailleurs, car il disposait encore d'une année de réflexion avant de devoir prendre une décision définitive. Quoi qu'il en soit, Cotton ne pouvait pas nier la joie que lui procurait la perspective de voir son fils s'engager dans la marine.

La porte de la rue s'ouvrit en grinçant et deux *carabineros* entrèrent en roulant les épaules. Tous deux jeunes, ils portaient des pistolets dans leurs étuis. Ils allèrent jusqu'au comptoir et échangèrent quelques mots avec l'homme qui avait pris les commandes quelques minutes plus tôt. Cotton surveillait les deux policiers du coin de l'œil tout en terminant son sandwich.

Ceux-ci se tournèrent et désignèrent Cotton et Cassiopée. Le serveur acquiesça et les flics vinrent vers eux.

« Excusez-moi, dit l'un des deux en anglais. Nous avons à vous parler.

– Et de quoi ? s'enquit Cotton après s'être essuyé les lèvres avec sa serviette.

– D'armes, répondit l'autre en esquissant un sourire. Vous en avez sur vous ? »

L'échange prenait une fâcheuse tournure.

« En effet, admit Cotton.

– Veuillez les poser sur la table.

– Nous avons l'autorisation de les porter, intervint Cassiopée.

– C'est possible, convint le second *carabinero.* Mais nous voulons que vous les mettiez sur la table.

– Et si nous refusons ? » demanda Cotton.

Le type dégaina son revolver et le pointa sur lui.

« Dans ce cas, nous nous y prendrons autrement. »

18

Löwenberg, Land de Hesse, Allemagne

22 h 15

Theodor Pohl regarda le personnage assis en face de lui. Un petit gros bedonnant avec des cheveux bruns clairsemés sur une tête de morse. Peu engageant. Mais on lui avait donné l'assurance que Waltraud Klein, un juge haut placé du tribunal local, était quelqu'un de raisonnable. Et il avait besoin à ce moment précis d'un juriste malléable.

« Je dois l'avouer, *Herr* Pohl, je suis honoré que vous ayez pris sur votre temps pour vous entretenir avec moi », déclara son invité.

Un relent de tabac accompagnait les paroles de Klein. Pohl détestait cette odeur, signe d'accoutumance et de faiblesse, mais il ne laissa rien paraître de son dégoût. Ce type n'avait pas à savoir ce qu'il ressentait vraiment.

« Je vous ai prié de venir ici, chez moi, pour vous parler du procès qui doit s'ouvrir la semaine prochaine devant votre cour », dit-il.

Un fonctionnaire municipal avait été accusé d'incitation à la haine pour avoir adressé une lettre incendiaire au président du consistoire israélite. Dans ce courrier, il engageait ledit président à quitter l'Allemagne en emmenant avec lui tous les membres de son assemblée. De tels propos étant depuis longtemps interdits par la loi allemande, l'employé avait été rapidement arrêté. L'affaire avait suscité l'intérêt du pays entier et les partis n'avaient, pour la plupart, pas tardé à prendre position dans le débat.

« Un procès hors norme, commenta Klein, manifestement très fier d'être de la fête.

– J'ai ouï dire que vous aviez tourné le dos depuis un certain nombre d'années aux courants politiques dominants, glissa Pohl, décidant d'aller droit au but.

– En effet. Les gouvernements de ces derniers temps se sont montrés bien trop accommodants à mon goût avec les communistes.

– Nous sommes d'accord sur ce point. J'ai moi aussi la conviction qu'Helmut Kohl et ses successeurs étaient des sympathisants marxistes. »

Il marqua une pause, espérant avoir correctement jaugé son interlocuteur, avant d'ajouter :

« Il m'est également venu aux oreilles que vous faites partie des… croyants. »

Le visage replet de Klein resta de marbre. Il se contenta d'observer Pohl d'un œil trouble.

« Mon père était membre du parti nazi, ainsi que mon grand-père, répondit-il enfin. Ce sont deux hommes pour qui j'ai le plus grand respect.

– Avec juste raison. Mais partagez-vous leurs convictions ? insista Pohl pour en avoir le cœur net.

– Absolument, dit Klein, de la crânerie dans la voix.

– Il paraît que de nombreux magistrats professent la même opinion. Je me trompe ?

– D'autres que moi s'accordent à penser que le passé n'était pas si terrible. »

Des statistiques que Pohl avait mémorisées lui traversèrent l'esprit. Selon de récents sondages conduits au niveau national, 42 % des Allemands estimaient qu'il y avait eu du bon et du mauvais chez les nazis, 60 % étaient convaincus que les préjugés antisémites ne cesseraient pas d'exister, 40 % se reconnaissaient comme sympathisants de droite, 27 % jugeaient que l'Allemagne était supérieure aux autres pays alors que 17 % ne se prononçaient pas sur ce point. Plus de la moitié de la population disait vibrer au son du mot « patrie », et un quart des personnes interrogées étaient persuadées que des nazis vivaient encore parmi elles.

Pohl débita tous ces chiffres à l'intention de Klein avant d'ajouter :

« Et le plus révélateur est que 7 % des Allemands voteraient de nouveau Hitler si c'était à refaire. Près de 30 % pensent qu'il aurait été qualifié de grand homme d'État s'il n'y avait pas eu la guerre et la question juive. Je suis outré que nos gouvernements successifs aient masqué leur incompétence en perpétuant l'idée que nous avons encore une dette envers le monde pour ce qui s'est passé il y a quatre-vingts ans.

– Si tant est que cela se soit vraiment passé.

– Précisément. »

Pohl ne croyait assurément pas que l'Holocauste fût une vue de l'esprit. Mais il était conscient que bon nombre de ses concitoyens, à l'instar du juge adipeux qu'il avait devant lui, considéraient l'extermination des Juifs comme un « détail », quand ils ne contestaient pas purement et simplement sa réalité, alléguant qu'il s'agissait d'un mythe forgé de toutes pièces par les Alliés pour rabattre le caquet des nationalistes allemands d'après-guerre. Il avait pris connaissance des motivations invoquées par Klein pour rendre ses arrêts au cours de ses vingt-quatre années au service de son tribunal local. Le juge avait qualifié au moins une fois l'Holocauste de « thèse historique » et déplorait l'obligation faite à l'Allemagne d'expier sans fin alors que d'autres pays massacraient des gens sans avoir à en subir les conséquences.

« Le prévenu qui fait l'objet de ce prochain procès est une personne respectable, reprit Pohl. Ses convictions politiques sont sincères. Ce n'est ni un terroriste ni un nazi.

– C'est ce qui m'est venu aux oreilles, en effet, dit le magistrat avec un regard calculateur. Mais puis-je m'enquérir de votre intérêt particulier dans cette affaire ?

– L'audience électorale, monsieur le juge. Une large partie de la population voit dans ce procès une injustice. À l'instar de nombreux pays qui en jouissent, nous nous réclamons de la liberté de parole, mais cela ne nous empêche pas de censurer systématiquement les pensées et les sentiments de beaucoup de nos concitoyens, ce dont ce malheureux accusé constitue un exemple flagrant. Il ne faisait après tout qu'exprimer son opinion. »

Klein ne répondit pas tout de suite, et le silence s'installa dans la pièce. Pohl savait que le juge avait dîné tard et seul dans un hôtel proche avant d'être conduit au château dans le plus grand secret. La discrétion était un élément primordial. Ni l'un ni l'autre des deux hommes n'avait intérêt à ce qu'un journaliste soupçonneux rôde dans les parages.

« J'ai suivi votre campagne avec beaucoup d'attention, dit enfin Klein. Vos arguments sont marqués au coin du bon sens. »

Les paroles mêmes que Pohl voulait entendre.

« J'ai besoin de votre aide. Votre accusé doit être acquitté. Accompagnez votre décision d'une déclaration qui fasse date. Fixez des limites. Je me suis renseigné : moins d'un demi pour cent de vos jugements aboutit à un arrêt d'annulation, ce qui est remarquable. Arrangez-vous pour que votre verdict soit à l'abri de toute procédure d'appel. Formulez vos attendus avec prudence, mais faites en sorte que le message soit clair.

– Cela pourrait déclencher des troubles.

– En quoi serait-ce un problème ? »

Klein eut un sourire entendu.

« Des manifestations que vous condamneriez pour leur violence, mais pas sur le principe. Une façon d'en appeler aux deux bords.

– Et surtout au centre, monsieur le juge. Dans l'état actuel des choses, la course au contrôle du Bundestag est trop serrée. La décision définitive sera entre les mains des électeurs modérés. Ceux qui, au fond, sont bien d'accord avec nous, mais ne l'admettraient jamais ouvertement. Sauf que la voix de ces Allemands-là peut avoir une résonance considérable dans les urnes. Une fois dans l'isoloir, Dieu seul sait ce qu'ils votent. Mon pari est qu'ils suivront nos recommandations : "l'Allemagne aux Allemands ; les étrangers dehors". »

Il prit un classeur sur la table qui jouxtait son fauteuil. Son équipe avait fait un excellent travail préparatoire. Les hypothèses de ses conseillers concernant Waltraud Klein s'étaient révélées exactes.

« Êtes-vous au fait d'autres affaires criminelles en attente ? demanda-t-il.

– Analogues à celle dont nous parlions ? »

Il acquiesça, ouvrit le dossier et expliqua ce à quoi il faisait allusion.

Six jeunes de Stuttgart avaient battu un homme à mort chez lui à coups de battes de base-ball – un Croate d'origine résidant en Allemagne depuis vingt ans que ses agresseurs qualifiaient d'« élément inférieur ». Ils étaient sur le point d'être jugés pour homicide volontaire.

Trois autres, membres d'un groupe d'extrême droite ciblant les demandeurs d'asile, avaient mis le feu à un immeuble dans une bourgade proche de la frontière tchèque. Une fillette de dix ans avait été sortie horriblement mutilée du brasier. Les trois protagonistes allaient comparaître pour incendie criminel. Dans cette affaire, le juge avait déjà écarté la charge de meurtre avec préméditation.

L'incident le plus sérieux de tous s'était produit dans un tout petit village au sud-ouest de Berlin, où soixante-treize

Africains avaient été logés par les autorités dans un bâtiment abandonné. Les habitants, ouvertement opposés à cette initiative, avaient multiplié pétitions, meetings et courriers. En vain. Dans la crainte d'éventuels actes de violence, des gardes avaient été déployés autour du foyer. Mais une nuit du mois d'avril précédent, alors que les plantons étaient inexplicablement absents, des cocktails Molotov avaient été lancés à travers les fenêtres. Il avait fallu vingt minutes aux pompiers du secteur pour réagir, et, quand ils étaient arrivés sur place, ils s'étaient contentés d'empêcher le feu de s'étendre aux alentours, mais avaient laissé l'édifice se consumer entièrement. Aucun des Africains n'avait été blessé, et ils avaient tous été transférés ensuite dans une ville voisine, mais deux habitants du village étaient accusés d'être à l'origine du sinistre et l'ouverture de leur procès était programmée quelques semaines plus tard.

« Je connais assez bien cette dernière affaire, dit Klein. Pour autant que je sache, les prévenus ont de bons alibis.

– Tout à fait. Il devrait donc être facile de leur obtenir l'acquittement.

– Mais en veillant à ce que l'agitation perdure ?

– C'est l'idée. Ensuite, une fois les élections passées, nous nous occuperons sérieusement de tous ces "demandeurs d'asile" et nous résoudrons le conflit de façon définitive. »

Klein croisa ses mains boudinées sur son giron. Pohl savait pertinemment à qui il avait affaire. Un avocat de cinquième zone devenu juge grâce aux interventions de divers acolytes politiques qui voyaient en lui une personnalité manipulable.

« Un remake du putsch de la Brasserie, en quelque sorte », commenta Klein, qui connaissait ses classiques.

Pohl se félicita qu'il s'identifie avec ces événements historiques. Les fanatiques avaient besoin de se sentir liés à ce genre d'épisode. À leurs yeux, cela conférait une légitimité à des revendications qui pouvaient, faute de référence, leur paraître trop téméraires. Il n'ignorait pas que certains continuaient de vénérer avec une ferveur quasi religieuse le putsch du 9 novembre 1923 qui avait vu Hitler, Göring, Himmler et Hesse, alors jeunes, mener une troupe d'assaut forte de trois mille hommes vers le ministère de la Guerre, à Munich, dans une tentative de renversement du gouvernement bavarois. La police avait fini par s'interposer et des échanges de tirs avaient eu lieu, au cours desquels Göring avait été touché et Hitler victime d'une luxation de l'épaule. Ce dernier, arrêté, avait été condamné à cinq ans d'emprisonnement, dont il n'avait effectué qu'une année, un autre juge ayant interprété la loi en fonction de ses propres inclinations politiques.

« Vous aussi tenez là l'occasion de jouer un rôle dans l'avènement d'une ère nouvelle capitale pour l'avenir de notre nation, assura-t-il.

– Je ne suis pas un nazi », déclara Klein.

Pohl réprima un sourire. Combien étaient-ils, ceux qui adhéraient aux thèses des nazis tout en refusant d'être étiquetés comme tels ?

« Moi non plus, dit-il. Les nazis appartiennent au passé. Leur mouvement fut un échec et ne ressuscitera jamais. Mais cela ne signifie pas que leurs idées soient toutes stériles.

– Que souhaiteriez-vous que je fasse, plus particulièrement ?

– Beaucoup de choses, monsieur le juge, répondit-il avec un petit sourire. Beaucoup de choses en vérité. »

19

Arana, Chili

18 h

Cotton et Cassiopée sortirent du café sous la menace du pistolet braqué par le flic et furent conduits en voiture à quelques kilomètres de la ville, jusqu'à un chalet d'allure typiquement bavaroise situé en pleine forêt. Cotton se souvenait bien de ses expériences antérieures avec le vénérable corps des *Carabineros de Chile*, chargé du maintien de l'ordre à l'échelon national. Il avait eu par deux fois l'occasion de travailler avec le ministère de la Sécurité publique du pays, dont tous les agents lui avaient paru d'une efficacité et d'un professionnalisme bien au-dessus de la moyenne. Mais cela se passait à Santiago. Or il se trouvait à présent à près de mille kilomètres au sud de la capitale, au cœur d'une région rurale marquée par une influence allemande qui remontait au XIXe siècle.

« Commandant Malone, *señorita* Vitt, veuillez prendre place. »

Leur hôte se tenait au centre d'une vaste pièce sans autre plafond que le toit à deux pentes de la maison. Sec et mince, vêtu d'un costume sombre et près du corps dans le style européen, il avait de longs cheveux noirs ondulés qui luisaient sous l'effet de brossages répétés. Il possédait en outre un nez aristocratique, une moustache et des mains toutes petites. Les deux *carabineros* se retirèrent très vite, ce qui signifiait que le bonhomme était une huile.

« Je me présente : Juan Vergara, sous-directeur du Service d'enquête de la police chilienne. Je vous prie de m'excuser d'avoir interrompu ainsi votre dîner, mais j'étais curieux de savoir pour quelle raison un avocat du ministère de la Justice américain et une milliardaire venue de France se trouvaient sur le territoire de mon pays sans que j'en aie été informé, et armés de surcroît. »

Il s'exprimait dans un anglais très clair, presque dépourvu d'accent, et se comportait avec une civilité qui cadrait mal avec la force dont il avait usé pour les arrêter.

« Quant à moi, dit Cotton, je suis curieux de savoir pour quelle raison le sous-directeur de la police judiciaire chilienne s'intéresse tant à nous. Vous avez sûrement mieux à faire.

– Votre voiture a été aperçue non loin d'une hacienda de la région, un peu plus tôt cet après-midi. Une propriété qui retient notre attention depuis quelque temps. Il a été fait mention de coups de feu à cet endroit. Un fermier consciencieux a noté votre numéro d'immatriculation. Nous avons pu déterminer qu'il s'agissait d'un véhicule loué par une société d'import-export dont je sais par ailleurs qu'elle est utilisée comme paravent par le renseignement américain… »

D'accord. Cotton voyait mieux à présent en quoi ils pouvaient intéresser ce fonctionnaire.

« Nous sommes des alliés, commandant Malone. Mon gouvernement et le vôtre coopèrent dans toutes sortes de domaines. Même si je ne comprends pas toujours pourquoi, et s'il m'arrive de ne pas me sentir en phase avec la politique suivie, je demeure un fidèle serviteur de l'État. Mais là, nous ne sommes au courant de rien. Alors, je vous en prie, informez-moi de ce que vous faites au Chili.

– Commandant ? Vous semblez en savoir long sur mon compte, remarqua Cotton en s'asseyant. Il y a des lustres que je ne suis plus dans la marine.

– Il n'en reste pas moins que vous êtes quelqu'un qu'on s'arrache.

– Il est toujours agréable de se sentir apprécié. Oh, à propos, j'ai également démissionné du ministère de la Justice, vous êtes au courant ?

– Vous avez une façon originale d'occuper votre retraite. »

Cotton saisit l'ironie, mais ne releva pas.

« Où sont nos armes ? s'enquit Cassiopée en s'asseyant à son tour.

– Elles vous seront restituées quand vous aurez répondu à mes questions », repartit Vergara sur le ton d'un homme qui ne s'en laisse pas conter.

S'avisant qu'ils avaient davantage à gagner en coopérant, Cotton rapporta à son vis-à-vis tout ce qui s'était passé puis il sortit les photos de sa poche.

« Vous reconnaissez quelqu'un là-dessus ? demanda-t-il en les montrant au Chilien, qui les examina soigneusement.

– Ces clichés paraissent bien vieux, commenta ce dernier. Je n'ai que quarante et un ans, et ils semblent avoir été pris bien avant ma naissance. »

Cette approche ne menant manifestement nulle part, Cotton changea de tactique.

« Pourquoi tout ce numéro avec les *carabineros* et leurs armes ?

– Nous ignorions quelles étaient vos intentions. Êtes-vous ici à titre officiel ? Ou, puisque vous vous dites retraité, êtes-vous des francs-tireurs venus fomenter des troubles sur notre territoire ? La prudence semblait de mise jusqu'à ce que j'en sache plus.

– Vos services conservent-ils des registres d'immigration remontant aux années 1940 ? demanda Cotton, changeant de nouveau d'angle d'attaque.

– Quelle curieuse requête ! En quoi des informations sur un sujet aussi obscur pourraient-elles vous être utiles ?

– Elles sont en rapport avec ce qui nous amène ici.

– Tant que vous ne m'aurez pas éclairé là-dessus, je m'abstiendrai de répondre à vos questions. C'est vous, en revanche, qui allez répondre aux miennes.

– Nous sommes en mission pour le compte du gouvernement allemand, répliqua Cotton. Prenez tous les renseignements que vous estimerez nécessaires auprès de Berlin par la voie officielle. La chancelière elle-même est à la manœuvre. Je vous conseillerais de prendre directement contact avec son cabinet. Et ensuite, il me faudra une réponse à la question que je vous ai posée. »

Il jugea préférable de ne pas mentionner Danny Daniels. Du moins dans l'immédiat.

« Je vais faire ce que vous suggérez », assura Vergara avant de quitter la pièce sans ajouter un mot.

« Il en sait plus sur nous que ce qu'il laisse paraître, chuchota Cassiopée, ce qui semblait l'évidence même.

– Impressionnante, cette maison », dit Cotton en observant le mélange original de pin bavarois et de mobilier scandinave manifestement pas sorti d'une brocante de troisième zone.

Il se demanda si le chalet appartenait à Vergara ou à l'État. Autre question : quelqu'un avait-il vraiment vu leur voiture près de l'hacienda et mémorisé le numéro d'immatriculation ? Un peu difficile à croire.

Vingt minutes s'écoulèrent avant le retour du haut fonctionnaire.

« J'ai été mis directement en contact avec la chancelière, déclara celui-ci en s'asseyant. Une femme charmante. Elle a levé tous les doutes sur votre présence et a requis notre assistance. Comme je le remarquais tout à l'heure, vous vivez une retraite passionnante, commandant Malone. Quant à vous, *señorita* Vitt, vous avez également une façon intéressante d'occuper votre temps pour quelqu'un qui est seul maître à bord d'une grande multinationale européenne. Mais, quoi qu'il en soit, que peuvent faire mes services, à présent, pour vous venir en aide à tous les deux ? »

Une bienveillance un peu soudaine au goût de Cotton, qui décida toutefois de jouer le jeu.

« Nous sommes sur les traces de deux Allemands qui ont émigré au Chili après la guerre, dit-il. L'homme et la femme qui figurent sur les photos. Il est cependant peu probable qu'ils aient franchi la frontière sous leur véritable identité. Ils ont dû faire usage de faux noms.

– Et qui seraient-ils, ces Allemands ? »

Cotton hésita un instant, mais à quoi bon louvoyer, après tout ?

« Martin Bormann et Eva Braun. »

Une expression amusée se peignit fugitivement sur les traits du haut fonctionnaire.

« Vous plaisantez, j'imagine.

– Oserais-je me moquer de vous ? dit Cotton, dont l'ironie échappa manifestement à Vergara. Comme vous le faisiez remarquer, poursuivit-il en montrant les photos, ces clichés ont été pris il y a très longtemps. Au début des années 1950, d'après nous.

– Mais ces deux personnes ont fait l'objet d'une traque dans le monde entier.

– Justement non, monsieur le directeur. Tous deux étaient présumés morts. Eva Braun parce qu'elle s'était suicidée dans le bunker avec Hitler ; Bormann parce qu'il avait été tué le lendemain par l'artillerie russe en tentant de s'enfuir du même bunker. Personne ne les a jamais sérieusement recherchés ni l'un ni l'autre. »

Il garda pour lui ce qu'il avait lu dans l'avion en venant. À savoir que Bormann avait en réalité été jugé par contumace à Nuremberg en 1947, reconnu coupable et condamné à la peine capitale. Un traitement insolite que l'on n'accordait généralement pas à un défunt avéré. Et il y avait autre chose :

« Bormann n'a été déclaré légalement décédé qu'en 1973. Le registre officiel comportait même une étrange réserve stipulant que le décès n'était pas "formellement établi". »

Vergara resta assis un moment sans rien dire, arborant un air stoïque qui n'avait pas grand-chose de naturel, comme s'il s'appliquait à mettre en œuvre une routine bien apprise.

« Il se pourrait que je possède des renseignements sur ce point, dit-il enfin. Il y avait un Bavarois qui vivait ici dans les années 1930. Un certain Peter Graf. C'était un fonctionnaire allemand subalterne que les nazis avaient privé de toutes ses responsabilités en arrivant au pouvoir. Il s'était donc exilé au Chili, où il s'occupait en publiant un bulletin d'information sur la politique et l'économie. Je sais cela parce qu'il se trouve que son dossier a atterri un jour sur mon bureau dans le cadre d'une enquête à laquelle je participais, quand j'étais jeune *carabinero*. Et comme l'histoire est un de mes passe-temps… En 1948, Graf séjournait chez le comte von Reichenbach, un autre réfugié allemand qui possédait un vaste domaine dans le Sud, non loin de la frontière avec l'Argentine. Au cours d'une promenade en forêt près de la propriété, Graf vit apparaître trois cavaliers portant ponchos et sombreros. Il reconnut dans l'un d'eux Martin Bormann, qu'il avait croisé avant-guerre. Bormann le reconnut aussi, cria son nom, puis s'enfuit en direction de la frontière. Graf signala l'incident, mais l'affaire en resta là à ma connaissance.

– Ce n'est sûrement pas la seule rencontre dont les archives chiliennes font état, remarqua Cassiopée.

– En effet. J'ai lu des rapports qui en mentionnent d'autres et il en existe encore davantage, d'après ce qu'on m'a raconté. Et pas uniquement concernant le *señor* Bormann. On suppose que de nombreux criminels ont choisi de se réfugier au Chili après-guerre. Nous autres policiers étions tous au courant de cette réalité. À l'époque, les autorités de mon pays se montraient très compréhensives à leur égard. Pourquoi ? Je l'ignore. Les attitudes ont évolué, de nos jours. C'est avec joie que nous avons prêté assistance à des gouvernements étrangers en appréhendant et en extradant à leur demande quiconque était suspecté de crimes de guerre. L'hacienda que vous avez visitée aujourd'hui a longtemps été un lieu prisé des Allemands. C'est pourquoi nous continuons d'y jeter un coup d'œil de temps en temps.

– On chasse encore les nazis, ici ?

– Plus tellement. Ils sont tous morts, maintenant. Mais, comme je vous le disais, il nous arrive parfois de coopérer avec des États qui, eux, les traquent toujours. C'est d'ailleurs ce que je suis en train de faire en ce moment même.

– A-t-on jamais vraiment cherché à déterminer si Bormann se trouvait au Chili ? s'enquit Cassiopée.

– Ça, je n'en ai aucune idée. Il faudrait que je me renseigne pour le savoir.

– Nous vous en serions très reconnaissants, dit Cotton.

– Je le ferai avec plaisir. Nous n'avons plus aucune raison de nous faire des cachotteries. »

Peut-être pas. Mais certains points restaient à élucider. L'assassinat d'une femme dans un commissariat bavarois, par exemple. Ou la communication à la chancelière allemande de documents révélant la grossesse d'Eva Braun et l'existence d'un fils de Martin Bormann. Ou encore l'accumulation de photos, de livres et autres souvenirs que Cotton et Cassiopée avaient eux-mêmes été amenés à découvrir au terme d'un jeu de piste savamment orchestré.

« Avez-vous une explication concernant la présence de tout cet attirail nazi à l'hacienda ?

– Ça n'a rien d'exceptionnel. Il est fréquent que des pièces de collection de ce genre fassent surface. Il s'en vend couramment par l'intermédiaire de trafiquants. Ce commerce est depuis longtemps interdit et nous appliquons la loi. Mais la pratique perdure. »

Cotton se souvint d'avoir lu quelques années plus tôt dans la presse argentine un article relatant la découverte dans une maison de Buenos Aires d'une chambre secrète renfermant soixante-quinze objets nazis. Le plus important dépôt de ce genre jamais mis au jour dans le monde.

« À qui appartient cette hacienda ?

– À un immigré allemand décédé il y a vingt ans. La famille en est toujours propriétaire, mais ne réside pas au Chili. C'est souvent le cas, ici.

– Pourtant, nous avons eu l'impression que quelqu'un utilise les lieux, remarqua Cassiopée.

– J'ai déjà donné l'ordre de surveiller le site. »

Cotton était fatigué. La journée avait été longue, l'effet du décalage horaire se faisait sentir et le lendemain ne s'annonçait pas plus reposant.

« Si nous en avons terminé, pourriez-vous nous reconduire en ville ? demanda-t-il. Nous avons besoin de dormir.

– Inutile de faire le déplacement. Vous pouvez rester là. Je retourne à Santiago ce soir, en avion, mais je laisserai à votre disposition les deux policiers qui vous ont amenés ici. Ils iront récupérer votre véhicule. »

Un geste appréciable.

« Et pour ce qui est de nos armes ? » s'enquit Cassiopée.

Les yeux marron au regard froid de Vergara s'animèrent d'une lueur de gaieté, puis ses lèvres s'étirèrent dans un sourire affable.

« Elles vont vous être rendues, assura-t-il. Cela va sans dire. »

Cotton perçut toutefois une nuance d'agacement dans sa voix.

Infime.

Mais présente.

20

JEUDI 13 JUIN
7 H 40

Cotton sortit de la douche et attrapa un drap de bain. Il avait dormi comme un loir et l'eau chaude lui avait fait du bien. Comme à l'accoutumée, il s'était rasé sous la douche, une habitude qu'il avait contractée dans la marine, car non seulement cela facilitait l'étanchement du sang quand on se coupait, mais, surtout, cela prenait moins de temps, le rasage figurant sur sa liste d'activités préférées juste en dessous du traitement radiculaire chez le dentiste.

Le chalet comprenait un étage doté de deux grandes chambres, même s'ils n'en avaient besoin que d'une. Vergara, ainsi qu'il l'avait annoncé, était parti la veille au soir, et les deux *carabineros* avaient couché en bas. Cotton n'avait rien remarqué de particulier au cours de la nuit et Vergara leur avait rendu leurs armes comme promis. Cotton n'était pas emballé outre mesure par monsieur le sous-directeur du Service d'enquête de la police chilienne, qui laissait trop de questions sans réponses. Jugeant nécessaire de reprendre contact avec Danny Daniels, il s'attacha une serviette autour de la taille et retourna dans la chambre, où Cassiopée attendait son tour, assise au bord du lit.

« Alors, matelot, nouveau en ville ? lança-t-elle en lui adressant un clin d'œil.

– La douche est libre », dit-il en lui donnant un baiser rapide.

Elle sourit, se leva, mais, en passant à côté de lui, elle trouva le moyen de lui défaire le nœud de sa serviette, qui glissa sur le sol. Il secoua la tête et la ramassa.

Elle enveloppa son torse nu d'un regard appréciatif puis pointa du doigt une cicatrice irrégulière et glabre qu'il avait sous le pectoral gauche.

« À chaque fois que je vois ça, dit-elle, je ne peux pas m'empêcher de faire la grimace. Ça a dû être douloureux. »

Il jeta un coup d'œil à l'ancienne blessure.

« Quarante points de suture », précisa-t-il.

Un souvenir de sa dernière mission à Mexico pour le compte de la division Magellan. Une tâche annoncée comme « pépère » et sans risque. Travail juridique, interrogatoires de témoins. Un boulot d'avocat, et non d'agent de terrain. À ce détail près que l'affaire avait mal tourné. Quatre personnes abattues. Il avait réussi à éliminer trois des tireurs, mais l'un d'eux l'avait touché.

« Et si je faisais ce qu'il faut pour que ça guérisse tout à fait, un peu plus tard…

– Une proposition que je ne manquerai pas de te rappeler », assura-t-il en souriant.

Quand elle fut dans la salle de bains, il sortit son ordinateur portable fourni par la division Magellan et programmé spécialement pour les transmissions codées. Téléphone, montre, Stéphanie l'avait doté de tout le matériel dernier cri. Une des règles en vigueur à la division exigeait que les agents fassent parvenir régulièrement des rapports à la patronne, qui aimait être tenue au courant en temps réel de ce que chacun faisait. Elle voulait surtout avoir vent des problèmes avant que ceux-ci ne tournent à la catastrophe. Il ne travaillait plus pour elle, mais il partait du principe que Danny Daniels avait les mêmes exigences.

Il dactylographia l'adresse que Daniels lui avait confiée et entama une conversation cryptée avec l'ex-président.

« Vous êtes là ?

— Je commençais à me demander ce que vous fabriquiez. Eisenhuth m'a appris qu'un type de la police chilienne a pris contact avec elle hier soir pour se renseigner à votre sujet.

— Juan Vergara. Le genre petit chef qui pose beaucoup de questions, mais donne peu d'infos. Nous a fait ramener chez lui par deux de ses sbires sous la menace d'une arme. On ne peut pas vraiment appeler ça dérouler le tapis rouge. Il a fini par nous faire un numéro de charme, nous a prêté son chalet pour la nuit sous la garde de ses deux baby-sitters et il est retourné à Santiago en avion. Vous avez des renseignements à son sujet ?

— Depuis peu, oui. D'après des gens que j'ai interrogés, il a tendance à s'y croire, mais il est compétent.

— Nous avons eu confirmation des infos que vous nous avez transmises. Des photos. Apparemment authentiques. Je vous enverrai des copies.

— Parfait. Travaillez avec Vergara. Nous avons besoin d'une assistance locale. Faites usage de votre légendaire charme d'ours en peluche que tout le monde s'accorde à trouver irrésistible. Je fais passer tout ceci à la chancelière. Restez en contact.

— Entendu, monsieur. »

Il supprima l'échange. Il savait qu'aucune copie ne traînerait dans une corbeille ni sur un serveur quelconque. Ce qu'il venait d'effacer avait disparu à jamais, grâce à une fonction intégrée à l'ordinateur selon le cahier des charges de l'administration.

La douche étant encore en train de couler dans la salle de bains, il décida de mettre à profit le moment dont il disposait pour parfaire ses connaissances. On n'était jamais assez informé. Il tapa « Eva Braun » dans un moteur de recherche et trouva des articles analogues à ceux qu'il lui était déjà arrivé de lire au fil des ans, où elle apparaissait comme une simple figurante auprès d'Hitler et de ses comparses. Puis il tomba sur une page entièrement dédiée à la femme qui était devenue Mme Adolf Hitler en avril 1945.

Née à Munich en 1912 au sein d'une famille de la petite bourgeoisie catholique, elle était la fille d'un instituteur. C'est dans le studio d'Heinrich Hoffmann, l'ami photographe d'Hitler, qu'elle rencontra celui-ci pour la première fois, en 1929. Elle le décrivit à sa sœur comme « un monsieur d'un certain âge portant une drôle de moustache et coiffé d'un grand feutre ». À l'époque employée de bureau d'Hoffmann, elle fut promue technicienne et eut à retoucher des photos d'Hitler. Blonde, teint frais, athlétique, elle aimait le ski, l'alpinisme, la gymnastique et la danse.

Après le décès de Geli Raubal, la nièce d'Hitler, avec laquelle il avait entretenu des relations troubles, Braun devint sa maîtresse et vécut avec lui dans son appartement de Munich malgré l'opposition de son père. En 1935, après qu'elle eut tenté de se suicider, Hitler la logea dans une villa de la banlieue de Munich proche de chez lui. En 1936, il la fit emménager à Berchtesgaden, où elle jouait le rôle d'hôtesse d'accueil. Elle mena une vie recluse dans sa retraite montagnarde, puis plus tard à Berlin. Tout était mis en œuvre pour cacher sa liaison avec Hitler, le Führer étant censé se consacrer exclusivement à la nation. Peu d'Allemands connaissaient son existence. Même les plus proches collaborateurs d'Hitler nourrissaient des doutes quant à la nature de leur relation, Hitler veillant à éviter tout ce qui aurait pu suggérer une intimité entre eux et ne se montrant jamais tout à fait détendu en sa compagnie. En vérité, il lui arrivait souvent de la dénigrer et de déprécier son intelligence. Elle passait le plus clair de son temps à faire de l'exercice, ruminer ses pensées, lire des romans de quatre sous, regarder des films à l'eau de rose ou se préoccuper de son apparence. Mais sa loyauté à l'égard d'Hitler ne faiblit jamais. Quand il réchappa de la tentative d'assassinat, en avril 1945, elle lui envoya une lettre remplie d'émotion où elle écrivait : « Depuis notre première rencontre, j'ai fait le serment de vous suivre partout, jusque dans la mort. Je ne vis que pour votre amour. »

En avril 1945, elle rejoignit Hitler dans le *Führerbunker,* où elle termina sa vie à son côté dans le cadre d'un pacte suicidaire. On rapporte l'avoir entendue affirmer : « Mieux vaut que dix mille personnes périssent plutôt qu'il soit perdu pour l'Allemagne. » Les autres membres de sa famille survécurent à la guerre. Sa mère, Franziska, qui habitait une vieille ferme à Ruhpolding, en Bavière, décéda à l'âge de quatre-vingt-seize ans, en janvier 1976.

Cotton tapa une nouvelle demande dans le moteur de recherche et parcourut rapidement trois fiches concernant Martin Bormann avant de trouver un résumé concis.

Bormann, né à Halberstadt le 17 juin 1900, était le fils d'un sergent-major de l'armée prussienne reconverti par la suite en employé des postes. Il abandonna l'école pour travailler dans une ferme du Mecklembourg. Après avoir brièvement servi comme canonnier dans un régiment d'artillerie de campagne à la fin de la Première Guerre mondiale, il rejoignit la milice d'extrême droite appelée *Freikorps Rossbach*, dans le Mecklembourg. En mars 1924, il fut condamné à un an d'emprisonnement pour complicité dans le meurtre sauvage – à titre de représailles – de Walther Kadow (son ancien instituteur), soupçonné d'avoir livré un martyr nazi aux autorités d'occupation françaises de la Ruhr.

Une fois libéré, il s'inscrivit au parti national-socialiste, dont il devint l'attaché de presse pour la Thuringe avant d'être nommé chargé d'affaires. De 1928 à 1930, il faisait partie du commandement suprême des SA et, en 1933, il obtint le grade de *Reichsleiter* du parti. Un mois plus tard, il était élu comme député nazi au Reichstag. De juillet 1933 à 1941, il occupa les fonctions de chef de cabinet et de secrétaire particulier auprès de l'adjoint du Führer, Rudolf Hess.

Au cours de cette période, grâce à sa méticulosité, sa souplesse et son efficacité, Bormann amorça son imperceptible ascension vers le centre du pouvoir, acquérant peu à peu la maîtrise de l'appareil bureaucratique nazi et gagnant la confiance personnelle d'Hitler. Outre le privilège de gérer ses finances privées, il obtint celui de contrôler le niveau de vie des *Gauleiter* et des *Reichsleiter*, les hommes chargés d'administrer les différentes subdivisions du Reich. Sa brutalité, sa grossièreté, son inculture et son apparente insignifiance induisirent les dignitaires nazis à sous-estimer ses capacités. La fuite en Grande-Bretagne de son mentor Rudolf Hess lui permit d'endosser les habits de celui-ci et de prendre la tête du parti en mai 1941. Jusqu'aux derniers jours de la guerre, œuvrant dans l'anonymat d'un poste sans forte visibilité, il se mua en gardien de l'orthodoxie. Il faisait preuve d'un fanatisme exacerbé en matière de politique raciale, d'antisémitisme et de *Kirchenkampf* – la mise au pas des différentes confessions pour les rendre compatibles avec l'idéologie nazie.

C'était lui qui, de plus en plus, avait la haute main sur la sécurité du régime, la législation, les nominations et les promotions, en particulier celles qui concernaient le personnel du parti. Rien ne se faisait sans son accord. Fin 1942, Bormann était le secrétaire particulier d'Hitler. Toujours présent, il se chargeait des tâches administratives fastidieuses et s'employait par la bande à obtenir l'approbation de son patron pour lancer ses propres projets. Il parvint en fin de compte à écarter tous ses rivaux, y compris Goebbels, Speer et même Eva Braun elle-même. Ayant reçu d'Hitler l'ordre de « placer les intérêts de la nation au-dessus de ses propres sentiments et de sauver sa personne », Bormann s'enfuit du *Führerbunker* le 30 avril 1945.

Les récits relatant les événements qui suivirent sont largement contradictoires. D'après Erich Kempka, le chauffeur d'Hitler, Bormann fut tué par un obus antichar en tentant de franchir les lignes russes. Des doutes subsistent, cependant, et de nombreux témoins ont rapporté avoir vu Bormann dès 1946. Cette même année, sa femme Gerda mourut d'un cancer, mais ses dix enfants survécurent à la guerre. Selon un informateur, Bormann aurait gagné l'Amérique du Sud et se serait fixé en Argentine. À en croire d'autres, il aurait été aperçu au Brésil et au Chili. Aucun de ces dires ne reçut jamais confirmation.

Deux personnages fascinants dont chacun avait joué un rôle dans un projet funeste qui avait terrifié le monde pendant douze longues années.

Y avait-il autre chose à découvrir sur leur compte ?

Ses réflexions furent interrompues par la sonnerie de son téléphone. L'écran affichait le nom de Vergara, avec qui il avait échangé son numéro.

Il décrocha.

« Un homme a été assassiné ici, à Santiago, cette nuit, annonça le Chilien. Poignardé à mort. Il s'agit de l'individu dont m'avait parlé la chancelière hier soir. Un enquêteur à sa solde. Elle m'avait informé qu'il s'apprêtait à travailler avec vous et la *señorita* Vitt, et m'avait prié de le faire bénéficier des mêmes avantages que vous.

– Où cela s'est-il produit ?

– Dans sa chambre d'hôtel. Je vous envoie une photo. »

Le cliché apparut aussitôt sur son téléphone. Le profil d'un corps remplissant le côté droit de l'écran. Le sol couvert de sang. Et, sur la gauche du cadavre, un couteau. Ou plutôt, non. Une dague. Il grossit l'image en écartant les doigts. L'objet était noir et argenté, la lame décorée du sigle SS, le manche gravé de runes et d'aigles. Il savait de quoi il s'agissait. Créés par Himmler lui-même, ces poignards étaient remis à chaque nouvelle recrue SS lors d'une cérémonie dans un château de Thuringe. Il en avait déjà vu des photos, mais jamais un exemplaire réel.

« Vous savez à quoi correspond cette arme ? demanda-t-il à Vergara.

– On me l'a expliqué. Et c'est une des deux raisons pour lesquelles je vous appelle.

– Et la seconde ?

– Il y a ici des choses que vous feriez bien de venir examiner.

– Vous ne pouvez rien m'en dire ?

– Pas par téléphone. Je vous envoie un avion.

– D'accord. L'un de nous deux au moins fera le voyage.

– Et l'autre.

– Il ou elle restera au chalet pour le cas où un imprévu se présenterait. »

21

Dachau, Allemagne

14 h 40

Marie Eisenhuth franchit les grilles et pénétra dans le camp de concentration. Elle était en proie à un tourbillon d'émotions qui allaient de la peur à l'inquiétude et à la franche colère. Le slogan qui accueillait jadis tous les nouveaux arrivants à l'entrée du camp surgit dans son esprit.

Arbeit macht frei. Le travail rend libre.

Un autre mensonge nazi.

Elle jouait gros en entreprenant ce pèlerinage dans un des rares vestiges du nazisme encore debout. Dachau occupait une place à part dans l'histoire nationale, car c'était là qu'avait été construite la première en date des usines de mort d'Hitler, qui avait servi de modèle à toutes celles qui avaient suivi.

La conversation qu'elle avait eue avec Kurt la veille au soir continuait de la tourmenter. Elle s'était réveillée plusieurs fois au cours de la nuit, troublée par l'attitude qu'il avait adoptée et aussi par l'indifférence qu'il semblait lui inspirer. Elle en était à se demander si elle avait encore de l'affection pour lui. Pis, cette façon qu'il avait de cultiver une colère sans fondement qui obscurcissait son jugement suscitait en elle de la pitié.

Malheureusement, il était loin d'être le seul à nourrir de tels sentiments.

Theodor Pohl s'employait à gratter une plaie qui n'avait jamais cicatrisé. Sa politique de haine enveloppée dans un discours patriotique aurait pour unique résultat de renvoyer l'Allemagne des décennies en arrière. Il fallait que quelqu'un dénonce cette manœuvre. Et pour l'heure personne d'autre qu'elle ne disposait d'une audience nationale suffisante pour le faire.

Mais le risque était grand.

Les Allemands d'aujourd'hui étaient des pacifistes convaincus. Ils ne voulaient plus entendre parler des guerres du passé, directement ou pas. Ils étaient dans l'ensemble rongés par la culpabilité liée à leur histoire, mais leur angoisse suintait d'eux sous forme de contentement de soi.

L'abcès était-il guérissable ?

Les quarante-huit prochaines heures apporteraient peut-être une réponse à cette question, mais les trente minutes de route qu'elle venait d'effectuer entre Munich et Dachau avaient de quoi doucher ses espérances. C'était à peine si elle avait vu un panneau indiquant la direction du camp : comme si tout était fait pour en nier l'existence. Ses conseillers avaient noté une chute nette du nombre de visiteurs allemands sur le site au cours des années récentes. La grande majorité des entrées était le fait de touristes et de scolaires. Et encore ces derniers fréquentaient-ils les lieux seulement parce que la loi les y contraignait. Pohl préconisait d'ailleurs ouvertement que ces voyages éducatifs soient rendus facultatifs, une suggestion approuvée par 40 % de la population selon les sondages.

Une autre tendance alarmante s'il en était besoin.

Elle se souvint de sa propre excursion obligatoire au camp, quand elle avait onze ans. Sa mère avait essayé de lui expliquer ce qu'avait été cette folie, et elle avait réagi avec l'innocence d'une enfant. Elle avait grandi dans l'Allemagne d'après-guerre, une nation en ruine. Elle avait vu les villes renaître de leurs cendres, les campagnes se relever de l'anéantissement.

Et elle avait assisté au pire : la création de deux Allemagnes.

L'une libre, l'autre réduite en esclavage. L'une tournée vers l'Ouest, l'autre vers l'Est. Des chevaux de frise, des mines et des gardes armés maintenant une des deux populations sous le boisseau tout en empêchant l'autre d'y changer quoi que ce soit.

Un gâchis absolu. Et tout ça pour rien.

Elle concentra de nouveau son attention sur la scène qui s'offrait à elle. Il faisait doux. Un amoncellement de cumulus couleur d'étain descendus des Alpes ourlait l'horizon vers le sud. L'enceinte de barbelés, les bâtiments administratifs en ciment et les miradors du camp étaient encore en place. Mais les baraquements avaient disparu, incendiés par les Alliés lors de la libération. Ne demeuraient de ces blocs que des alignements de rectangles gravillonnés marquant les emplacements des anciennes fondations, tels des cercueils à demi enterrés, et une réplique reconstruite à l'identique pour illustrer l'horreur qu'avait été Dachau.

À l'invitation d'un de ses conseillers, elle fit quelques pas vers un mémorial constitué d'une sculpture métallique représentant des corps tordus dans des positions grotesques, emmêlés comme des nœuds dans les barbelés d'une clôture. Une estrade avait été dressée face au sud. Le camp apparaîtrait en arrière-plan quand les caméras braquées sur elle commenceraient à filmer. Elle avait pour habitude d'improviser ses discours, mais, cette fois, des notes manuscrites l'attendaient sur le podium.

Elle s'avança et s'immobilisa, bien droite face aux journalistes.

« *Guten Tag.* Si je suis venue ici aujourd'hui, dans ce lieu de désolation, c'est pour exprimer le fond de ma pensée. Mes réflexions ne plairont pas à tous, mais il est des circonstances où une personne se doit de s'engager sur le chemin que tout le monde évite… Je souhaite continuer à diriger ce pays, non seulement pour le mener vers un brillant avenir, mais aussi pour l'éloigner d'un passé honteux. Et je suis convaincue que la meilleure façon de nous débarrasser d'un fardeau imposé à nous de façon inconsidérée par une autre génération est d'affronter ce passé et de regarder la vérité en face. (Elle désigna d'un geste l'espace derrière elle.) Comment un endroit semblable a-t-il pu voir le jour ? Comment est-il possible qu'une telle horreur ait surgi là où, des siècles durant, des paysans avaient innocemment cultivé leur terre et des créateurs exercé leur art ? »

Elle continua en évoquant l'issue de la Première Guerre mondiale et le diktat de Versailles qui avait exigé la fermeture d'une usine d'armement du coin, faisant de Dachau la ville allemande au plus fort taux de chômage.

« Et Hitler ne se fit pas faute d'exploiter cette infortune en utilisant le désespoir général pour servir ses propres intérêts politiques. Aussi la joie fut-elle à son comble parmi les autorités municipales quand, en 1933, elles furent informées qu'un camp de concentration allait être construit à proximité, entraînant la création de trois mille emplois. »

Elle brandit un exemplaire du *Dachauer Zeitung*, le journal local de l'époque.

« La presse qualifia l'initiative d'“atout économique majeur”. Les habitants virent dans le camp une “institution légitime”, où les déviants sociaux – communistes, socialistes, dirigeants syndicaux, gens d'Église et, plus tard, Juifs – pourraient prétendument être rééduqués. »

Elle hésita, mais choisit de ne pas reformuler, partant du principe que tout le monde savait pertinemment ce que recouvrait le verbe « rééduquer ».

« Permettez-moi de vous lire quelques lignes imprimées dans le *Dachauer Zeitung* du 15 juin 1933 : *À 11 heures du matin, un concert en plein air fut donné devant le camp de concentration. Agglutinés derrière le portail, les prisonniers écoutaient avec enthousiasme la musique dispensée par l'harmonie d'une section d'assaut qui ne manquait pas de panache. Vers 15 heures, toujours aux accents de la fanfare, un fort détachement de la SS emboîta le pas à la section d'assaut pour se rendre en procession à travers la ville jusqu'au restaurant le Ziegelkeller, où eut lieu un grand divertissement musical. Le commandant du camp, à cheval, ouvrait la marche. Un spectacle à faire battre les cœurs.* »

Elle leva les yeux vers l'assistance et les caméras.

« Bien sûr, vous pourriez objecter que ce sont là les propos d'une presse angoissée à l'idée de publier quoi que ce soit qui pût contredire les positions du parti nazi, mais cela ne rendrait pas compte de toute la réalité. Il existait en ce temps-là une concurrence féroce entre les municipalités de Dachau et les villages voisins de Prittlbach et d'Etzenhausen pour savoir à qui il reviendrait d'administrer le camp. Les éditoriaux font allusion aux taxes perceptibles sur la bière et les divers articles vendus au camp, et à l'amélioration des relations entre la population et le personnel… »

Elle eut encore un instant d'indécision, puis se lança de nouveau.

« Mais ce n'est malheureusement pas tout. Chaque jour, entre 1942 et 1945, un millier au moins de prisonniers étaient menés dans des usines et des entreprises de la région pour y travailler comme esclaves. Les internés russes et polonais étaient régulièrement battus quand ils traversaient la ville en venant de la gare. J'ai lu le témoignage d'un détenu polonais qui écrivait : *Les gens nous crachaient dessus tout au long de Friedenstrasse. Certains nous menaçaient de leurs poings et devaient être retenus par les SS. Des femmes, des enfants et surtout de jeunes hommes nous crachaient dessus. C'était terrible.* »

Quelques-uns des journalistes, ceux qui l'avaient suivie régulièrement ces quelques derniers mois, la regardaient avec un ébahissement admiratif. Elle imaginait sans peine ce qu'ils pensaient. Jamais prétendant ou prétendante à la magistrature suprême n'avait osé aborder avec une telle franchise le passé national. Mais elle misait sur les conclusions de ses experts en sondages, selon lesquelles une vaste majorité des Allemands ne reviendrait jamais en arrière, aussi séduisante la rhétorique de Theodor Pohl soit-elle. Par sa présence en ce lieu où trente mille personnes avaient été soigneusement massacrées, sans compter les innombrables Russes et Polonais abattus dès leur arrivée, elle espérait se différencier radicalement de son adversaire.

« Qu'une chose soit bien claire, poursuivit-elle. Je ne laisserai pas dire qu'aucun acte de compassion ou de résistance ne fut jamais accompli par de braves gens conscients de l'abjection que représentait Dachau. Des témoignages signalent des fournitures clandestines de nourriture aux travailleurs forcés. Certains récits rapportent même des cas de SS prenant en pitié ceux dont ils avaient la garde. Mais, malheureusement, ces exemples restent isolés. »

Elle arrivait au cœur de son message. Ce qui devait servir d'appât au fils supposé de Martin Bormann. Un peu plus tôt, un appel de Danny Daniels avait confirmé l'existence de preuves photographiques susceptibles de corroborer des accusations contre Pohl. Eva Braun et Martin Bormann pouvaient effectivement avoir eu un descendant.

Mais était-ce Pohl ? Cela restait à voir.

Elle brandit un exemplaire du *National-Zeitung*, un journal créé dans les années 1950 et qui devint plus tard l'organe du parti d'extrême droite DVU.

« Nous avons ici des élucubrations absurdes selon lesquelles les Alliés ont obligé des prisonniers SS, après la guerre, à construire les chambres à gaz et les fours crématoires de Dachau. Les éléments qui en subsistent à ce jour – la chambre à gaz sans fenêtre et les quatre fours en brique – sont qualifiés, je cite, de "faux sans valeur documentaire" ».

Elle fit signe à un de ses collaborateurs resté à l'autre extrémité du mémorial, qui vint jusqu'au podium en poussant un chariot métallique recouvert d'une étoffe rouge. Les roues faisaient un bruit sourd sur les pavés irréguliers. L'homme s'arrêta, ôta le drap du wagonnet, révélant des piles de livres, puis se retira.

« Tous ces ouvrages nient d'une façon ou d'une autre ce que l'histoire a clairement établi », dit-elle.

Elle se baissa pour prendre sous l'estrade un volume qu'un membre de son équipe avait placé là en prévision de ce moment et le leva bien haut.

« Tous sont du même tonneau que cette publication-ci : *L'Allemagne à travers les âges.* Dans ces pages, les camps de concentration sont décrits comme "nécessaires" et le massacre des Juifs comme un simple "acte d'irrespect". L'auteur ne s'insurge pas non plus, loin de là, contre l'affirmation que les chambres à gaz de Dachau ont été bâties par des prisonniers SS après-guerre. Il exprime aussi des doutes quant à l'équité des procès intentés par la suite à quarante gardiens du camp. Il prétend que les accusateurs étaient des "dénonciateurs professionnels" et que les surveillants n'avaient aucune chance, car aucun témoin à décharge ne put être trouvé pour les défendre. Ce qui est faire peu de cas des quatre-vingt-quatorze personnes qui déposèrent en leur faveur à l'occasion de cette procédure, et dont il n'est pas fait mention. Puis le texte se poursuit dans la même veine, assimilant l'exécution de vingt-huit des gardiens à un "meurtre de masse". »

Elle baissa le livre.

« Cette prétendue analyse, *L'Allemagne à travers les âges,* ainsi que tous les ouvrages entassés ici devant moi ont été publiés par mon adversaire, Theodor Pohl. C'est le genre d'affabulation dont il fait son miel. Le genre de contes à dormir debout auxquels il attribue une valeur historique. Et c'est ce monsieur qui ambitionne de diriger l'Allemagne. »

Elle s'interrompit pour reprendre son souffle et rassembler ses idées.

Le défi était lancé, la ligne rouge tracée. Aucun retour possible.

« Les gens de ce pays n'ont qu'une question simple à se poser. Sont-ils – êtes-vous – prêts à vous hausser au-dessus des infamies que nos aînés nous ont imposées en partage ? Pour y parvenir, nous devons être honnêtes avec nous-mêmes. Nier les faits revient à les cautionner. Nous sommes un grand peuple, une nation puissante. Notre histoire est faite de réussites prestigieuses et nous ne pouvons pas, nous ne devons pas tolérer que douze années de IIIe Reich effacent totalement notre culture séculaire. Un tel désastre ne pourra se produire que si nous tous, en tant que peuple, succombons à la tentation du déni et aux sirènes de l'affabulation. Ce qui est arrivé est arrivé. Nous n'y pouvons rien. Aucune réparation ne serait même envisageable, tant le crime fut abominable. Ce qui est à notre portée, en revanche, c'est de n'autoriser personne à exploiter nos émotions, exacerber nos craintes, mettre en cause les valeurs qui fondent notre savoir-vivre. Ceux d'entre nous qui manipulent la peur et la haine pour s'élever au-dessus de la mêlée doivent absolument être rejetés. C'est la seule façon d'assurer notre avenir. »

Elle redescendit de l'estrade sans prendre de questions, comme le lui avait recommandé son attachée de presse. Son message tenait tout entier dans ce qu'elle venait de dire. Au lieu de répondre aux journalistes, ce qui ne pourrait qu'atténuer l'impact de son plaidoyer hors du commun, elle allait à présent effectuer la visite du camp qu'on avait programmée pour elle. On la verrait s'intéresser à la chambre à gaz, examiner les fours, déambuler devant le mémorial international. Après quoi, elle quitterait la

Bavière pour entamer une tournée de deux jours dans l'ouest du pays.

Demain, elle serait soit largement en tête dans la course à la chancellerie, soit si loin à la traîne que cela n'aurait plus d'importance.

22

Santiago, Chili
11 h 30

Cassiopée descendit de voiture au milieu d'un fourmillement de passants. Un ensemble impressionnant de grands buildings s'élevait partout alentour, mais un smog épais lui brûlait la gorge à chaque inspiration. La Plaza de Armas était encombrée de gens qui faisaient leurs courses de la mi-journée, la ville entière grouillait, en pleine activité. L'entrée de l'hôtel se trouvait à quelques mètres, gardée par un policier en uniforme. Juan Vergara patientait au bord du trottoir en fumant une cigarette à l'ombre d'un orme. Comme il l'avait promis, un avion était venu la chercher au sud du pays pour la ramener dans la capitale. Elle se chargerait de la partie urbaine de l'affaire, Cotton du volet provincial.

« Soyez la bienvenue, *señorita*, dit Vergara avec un sourire qu'elle jugea aussitôt plus agaçant que poli. Je vois que c'est le *señor* Malone qui est demeuré là-bas, ajouta-t-il en écrasant son mégot contre le tronc de l'arbre. J'espère que sa journée sera profitable. Pour ce qui nous concerne, le corps a été enlevé il y a plusieurs heures, mais tout le reste a été laissé intact dans l'attente de votre arrivée. »

Elle le suivit à l'intérieur de l'établissement.

Des grains de poussière dansaient dans les rais de soleil bleutés qui filtraient à travers les fenêtres ternies. La façade extérieure, étroite, cachait en fait un vaste hall lambrissé et haut de plafond, quelque peu décrépit, mais au charme suranné. Un escalier menait à l'étage, où un autre policier montait la garde devant une porte ouverte. Dès le seuil, le plancher de bois était marqué d'une grande tache sombre au contour irrégulier. La victime avait visiblement perdu beaucoup de sang.

« C'est là qu'a été découvert le corps, indiqua Vergara en désignant le sol. Poignardé en pleine poitrine, puis la lame a été poussée jusqu'au cœur. Comme vous pouvez l'imaginer, la blessure a saigné abondamment. »

Il alla prendre un sac en plastique sur un fauteuil en rotin.

« Voici ce qu'on a trouvé à côté du corps. »

Elle examina la dague SS ensanglantée.

« Ces trucs-là ne courent pas les rues, remarqua-t-il. Plutôt exceptionnel, comme arme de crime.

– Des témoins ?

– Pas que l'on sache. Malheureusement, l'hôtel est ancien et dépourvu de caméras. Le décès a eu lieu tôt ce matin ou tard hier soir. Personne ne s'est manifesté jusqu'à présent, mais l'enquête ne fait que commencer.

– Nous n'avons pas eu l'occasion de rencontrer l'homme qui a été tué, dit Cassiopée, devançant la question que brûlait à l'évidence de lui poser le policier. Comme vous le savez, il était employé directement par la chancelière. Nous étions censés entrer en contact avec lui aujourd'hui.

– Peut-être l'a-t-on assassiné hier soir précisément pour éviter que cela ne se produise. »

Une hypothèse tout à fait vraisemblable, en effet.

« A-t-on trouvé quoi que ce soit d'autre, ici ? Notes ? Documents ? PC ? Téléphone portable ?

– Rien du tout. On peut supposer que le meurtrier a tout emporté. Envisagez-vous de m'en dire plus ? La situation a pris une tournure pour le moins… préoccupante.

– Nous vous informerons dès que possible. Il paraît que vous souhaitiez nous montrer quelque chose, d'après Cotton ?

– La victime a passé quelques coups de fil d'ici. Nous avons pu déterminer que le numéro appelé correspond à un appartement à l'autre bout de la ville. C'est là que je comptais vous emmener, mais je voulais que vous voyiez d'abord cette chambre. »

Cassiopée se laissa conduire par Vergara jusqu'à Providencia, une zone résidentielle tranquille proche du centre-ville où la circulation était quasi nulle. Boutiques et restaurants occupaient la plus grande partie de l'espace, mêlés à quantité d'immeubles d'habitation neufs et anciens.

Elle sortit de la voiture. Les feuilles mortes filaient avec des bruissements métalliques le long des trottoirs.

« Ce sont surtout des personnes d'un certain âge qui vivent dans le quartier, dit Vergara en la rejoignant. À quelques rues d'où nous sommes, on trouve les vieilles maisons les plus chères de la ville, converties en bureaux pour la plupart. C'est aussi là que sont établies bon nombre d'ambassades étrangères. »

Le bâtiment de brique de quatre étages au pied duquel elle se tenait devait compter parmi les plus anciens, mais il était en excellent état. Un policier en uniforme était de faction devant l'édifice.

« Ce que vous voulez me faire comprendre, c'est qu'il faut être riche pour vivre ici ?

– Exactement. »

Ils entrèrent et gagnèrent par l'escalier le deuxième niveau, où un autre planton montait la garde devant la porte ouverte d'un appartement.

« Nous sommes à la recherche du locataire, indiqua Vergara.

– Vous pensez que c'est lui l'assassin ?

– C'est possible.

– Si c'est le cas, il ne s'est pas donné grand mal pour camoufler sa piste.

– Pour le moment, nous voulons seulement lui parler », assura le Chilien en souriant.

Elle observa les lieux parfaitement entretenus. Le logement comportait un salon, une salle à manger, une cuisine, une buanderie, deux chambres et deux salles de bains. Murs clairs dans les tons crème, planchers en bois stratifié, le décor était pour l'essentiel moderne et comprenait tous les équipements et éléments de confort imaginables, y compris une stéréo intégrée très perfectionnée. Les fenêtres offraient une vue saisissante.

« Celui ou celle qui habite ici ne se refuse rien, constata Cassiopée. C'est magnifique.

– J'ai procédé à quelques vérifications auprès du propriétaire. L'occupant paye son loyer en liquide tous les mois en temps et en heure. Il vit là depuis six ans.

– Que vouliez-vous me montrer ?

– Par ici. »

Empruntant un court passage, il la conduisit jusqu'à une chambre convertie en cabinet de travail et meublée d'un petit bureau, d'un canapé et de trois vitrines où était exposée une collection de bibelots.

Certains de ceux-ci retinrent son attention.

Entre autres, un plastron en argent en forme de cœur sur lequel était fixé un astre à huit rayons renfermant dans sa circonférence un aigle et un *Sonnenrad.* Elle n'ignorait pas que cette roue solaire composée de svastikas avait été un ornement apprécié des nazis. À côté de cette parure étaient disposés une cartouchière et plusieurs gantelets ; sur une autre étagère une machine à écrire noire au capot métallique rouillé et cabossé. Elle observa le clavier. La rangée des chiffres assurait sa double fonction habituelle, la touche majuscule permettant de remplacer ceux-ci par les signes de ponctuation. Mais au-dessus du 5 apparaissait la double rune *Sieg*, l'insigne de la SS. Une machine bien singulière.

Une statuette en porcelaine trônait sur la tablette supérieure. La déesse Athéna vêtue d'une robe à fleurs, tenant dans sa paume ouverte une colonne. Elle souleva l'objet et regarda le dessous du socle. Deux runes *Sieg* imbriquées y étaient gravées, ce qui signifiait que la pièce avait été produite par un esclave dans le cadre des activités industrielles dont les SS tiraient des gains d'appoint.

« Tout ceci est immonde, dit-elle.

– Tout à fait d'accord. Nous avons interrogé les voisins. Aucun d'eux ne soupçonnait le locataire d'être un nazi fanatique. Mais aucun non plus n'était jamais entré ici. »

Cassiopée commençait à s'impatienter de ces informations distillées au compte-gouttes.

« J'imagine que vous ne m'avez pas fait venir jusqu'ici seulement pour me montrer ça ?

– Il y a autre chose, en effet, confirma Vergara en désignant un meuble métallique. Tous les documents que contiennent les quatre tiroirs de ce classeur ont trait à la guerre.

– Vous les avez étudiés ? »

Il écarta la question d'un geste.

« Je n'y ai jeté qu'un coup d'œil rapide, mais suffisant toutefois pour me convaincre qu'ils vous intéresseraient. Allez-y, je vous en prie », dit-il en l'invitant à s'approcher.

Elle ouvrit un premier tiroir, rempli de dossiers serrés les uns contre les autres. Elle en sortit quelques-uns pris au milieu d'une rangée, alla les poser sur le bureau et feuilleta les pages cassantes. Toutes dactylographiées. Des copies carbone pour l'essentiel. Beaucoup d'entre elles portant l'estampille du IIIe Reich. Surtout des rapports concernant des transactions financières. Des transferts d'or. La plus grande partie provenant de la Deutsche Bank, de la

Deutsche Orientbank, de la Banco Alemán Transátlantico et de la Banco Germánico. Les dates allant de 1942 à 1951.

D'autres feuillets comportaient des noms d'entreprises.

Siemens. Krupp. Mannesmann. Thyssen. IG Farben. Rien que des firmes ayant soutenu l'effort de guerre nazi. Et aussi la Schweitzerische Kreditanstalt, une banque zurichoise qui gérait les transferts de ces compagnies vers des établissements chiliens.

« Qu'est-ce que ça dit ? s'enquit Vergara qui lisait par-dessus son épaule.

– Vous ne savez pas l'allemand ?

– Seulement l'espagnol et l'anglais. Et vous ? Vous le parlez couramment ?

– Oui. Comment avez-vous compris en quoi consistaient ces documents ?

– J'ai fait appel à un traducteur officiel qui m'a donné un aperçu de leur contenu. »

Elle continua son examen. Quatre mots retinrent son attention sur une des pages : *Spende der Deutschen Wirtschaft* – fonds de l'industrie allemande.

Autrement dit, pour reprendre la formulation de certains historiens, « le bonus d'Hitler ».

Des sommes attribuées par des patrons allemands – certains contributeurs volontaires, d'autres nécessitant quelques encouragements – en remerciement pour le privilège qui leur était accordé de profiter des bienfaits du Reich. Ces redevances finirent par constituer le trésor personnel d'Hitler, faisant de lui l'homme le plus riche d'Europe.

« Un témoignage de gratitude envers le chef », avait-elle lu quelque part en guise d'explication.

Ces prélèvements prenaient la forme d'une taxe de 0,5 % sur la masse salariale de l'entreprise, à laquelle s'ajoutait un droit sur chaque tonne d'acier ou chaque baril de pétrole produit, le tout payable directement au Führer. Tous les spécialistes s'accordaient à affirmer que Martin Bormann administrait seul cette cagnotte de plusieurs centaines de millions de marks, qui disparut après la guerre. Et Cassiopée avait sous les yeux la preuve irréfutable de virements sur des banques étrangères, avec numéros de comptes et codes d'agrément, la plupart provenant de ce fameux fonds et approuvés par Martin Bormann dont la signature était griffonnée au bas des documents.

« Des révélations importantes ? demanda Vergara, manifestement conscient de l'intérêt qu'elle portait à la découverte.

– Pas jusqu'à présent, assura-t-elle, préférant mentir. Mais je tiens à tout lire avant de conclure que c'est une perte de temps. »

Elle consacra les deux heures suivantes à éplucher les dossiers. Il y avait là des centaines de transferts d'actifs ainsi que des titres de propriété relatifs à des biens immobiliers sis au Paraguay, en Uruguay, au Brésil, en Argentine et au Chili. Elle trouva également des documents concernant une entité nommée « Fonds culturel », chargée de recueillir les versements de particuliers et d'entreprises qui utilisaient l'image d'Hitler sur des affiches, des timbres ou autres, ce qui représentait un apport de plusieurs millions de marks supplémentaires. Les derniers transferts, effectués vers le Chili et l'Argentine, étaient tous postérieurs à 1944.

Vergara, qui circulait dans l'appartement et prenait sûrement en partie note de ce qu'elle faisait, lui fichait globalement la paix.

Elle devait absolument parler à Cotton. Mais pas tout de suite.

« Il va falloir que je range tout ça dans des boîtes », lança-t-elle à l'adresse du Chilien.

Il entra dans le bureau et elle jugea opportun de ne pas le laisser complètement dans l'ignorance.

« Ces fichiers reflètent d'énormes mouvements de capitaux entre l'Allemagne et l'Amérique du Sud, dit-elle. Quand vous aurez retrouvé le locataire de l'appartement, nous aurons beaucoup de questions à lui poser.

– Je comprends. Nous le recherchons sans relâche et nos efforts ne devraient pas tarder à être récompensés. Je dois vous informer que j'ai moi-même eu à traiter ce genre d'affaire financière au cours de ma carrière. L'une de nos institutions, la Banco del Estado, a été impliquée à de multiples reprises dans des transactions liées à la guerre et je sais que plusieurs enquêtes ont été menées sur ses activités passées. »

La Banco del Estado. Le nom lui était familier. Certains des rapports qu'elle venait d'examiner mentionnaient des transferts vers cet établissement dans les années 1940. Une visite à cette banque pourrait se révéler fructueuse.

« J'aimerais bien m'entretenir avec ces gens-là », dit-elle.

Le visage de Vergara resta impassible, et elle se demanda combien d'années d'entraînement étaient nécessaires pour arriver à contrôler ses émotions avec une telle facilité.

« Très bien, *señorita*, je peux arranger ça. »

23

Brême, Allemagne

16 h 30

Pohl n'en revenait pas. Il n'aurait jamais cru Marie Eisenhuth capable de prendre une initiative politique aussi risquée que de dénoncer les ouvrages qu'il avait publiés en l'accusant implicitement de révisionnisme. Il l'avait à l'évidence sous-estimée, et il se promettait bien de ne plus commettre cette erreur à l'avenir.

« Sommes-nous prêts ? demanda-t-il à un de ses conseillers.

– Nous le serons avant 17 heures, comme prévu.

– Vous avez rassemblé la presse ?

– Les journalistes attendent. »

Il rajusta sa cravate et peigna en arrière ses cheveux ondulés. S'il était sujet à une tension élevée et à des fluctuations de poids, jamais il n'avait eu à s'inquiéter d'une éventuelle calvitie. Il s'approcha de la table roulante sur laquelle une collation avait été préparée à son intention par l'hôtel. Bien qu'il n'ait pas jusqu'à présent pâti d'un excès de cholestérol, ses médecins lui avaient recommandé un régime strictement végétarien. Ce qui était malheureusement incompatible avec son goût immodéré pour le jambon de Westphalie du cru, si riche et rustique, dont il se tailla une tranche, ainsi qu'un quignon de *Pumpernickel*, avant d'aller s'installer dans un fauteuil près de la fenêtre pour se régaler de son sandwich.

Dehors, de l'autre côté de la rue, les ormes, les chênes et les hêtres du Bürgerpark saluaient en verdissant l'arrivée de la belle saison. Seuls les canards ridaient la surface du lac au-delà.

Brême était un des plus beaux coins d'Allemagne. Une municipalité libre, constituée en Land autonome. Le plus petit du pays. Une ville dont la fondation remontait à l'époque de Charlemagne.

Pohl vouait une immense admiration à l'indépendance politique.

À dose homéopathique, celle-ci constituait un excellent carburant pour alimenter de vastes mouvements sociaux. À trop fortes doses, en revanche, elle pouvait se révéler désastreuse. Les gens avaient certes besoin de liberté d'action, mais aussi de discipline. Son souhait le plus cher était de voir restaurée la grandeur qu'avait connue l'Allemagne avant la Première Guerre mondiale, avant l'humiliation de Versailles et la république de Weimar, avant les absurdités de la Seconde Guerre. D'en revenir au point où les espoirs et les rêves n'étaient pas pollués par la bêtise et l'avidité. Hitler s'était comporté en politicien psychopathe qui avait gâché une belle idée et détruit toute chance qu'elle triomphe un jour.

Il importait de passer outre ses errements nuisibles. Mais sans en faire abstraction pour autant.

Car, chez bon nombre de personnes, le seul nom d'Hitler suscitait l'éveil d'un profond sens du devoir, et l'obéissance n'était pas une force à négliger. Pour tout dire, cette docilité était l'unique trait du caractère allemand sur lequel il tablait absolument.

Son sandwich terminé, il retourna au chariot de victuailles, se versa un demi-verre de schnaps et avala d'un coup le liquide translucide et brûlant.

Un autre de ses conseillers frappa à la porte pour lui annoncer que l'heure était venue de partir.

Parfait. Il était prêt.

Ils gagnèrent en voiture la Marktplatz sans échanger une parole.

Son équipe de campagne, composée d'éléments brillants et compétents, avait rapidement analysé la situation et imaginé une riposte efficace à la démonstration d'Eisenhuth à Dachau. Leur stratégie obéissait à un principe emprunté à la politique américaine : ne jamais laisser le dernier mot à l'adversaire.

Ignorer cette règle était la façon la plus sûre de perdre une élection.

L'opinion publique restait fluctuante. L'époque de Josef Goebbels ou du Politburo soviétique était révolue, où un petit nombre de gens pouvait facilement contrôler les idées de millions d'autres. La presse d'aujourd'hui était plurielle et insatiable, alimentée de surcroît par des sociétés indépendantes disposant de capitaux astronomiques. De plus, internet était venu bouleverser l'art de la propagande, en bien comme en mal. Dans le monde contemporain, manipuler les esprits requerrait des talents multiples mêlant la virtuosité d'un metteur en scène au savoir-faire d'un acteur en passant par la sagacité d'un professeur de philosophie.

Une tâche exigeante, mais dans laquelle il excellait chaque jour davantage.

La voiture s'arrêta sur la place et il descendit. Le *Rathaus* de Brême – la mairie – dressait d'un côté sa masse imposante surchargée de bas-reliefs, la cathédrale gothique de la ville fermait l'autre extrémité. Les deux monuments lui serviraient de décor, comme Dachau pour Eisenhuth. Mais, là où son adversaire avait choisi en guise de point de mire un mémorial consacré à des victimes, son équipe à lui avait opté pour la statue de Roland qui ornait l'esplanade. Un podium avait été installé à l'ombre de la sculpture. Au pied de celui-ci, faisant face à une foule de journalistes, étaient exposées des piles de livres totalisant environ deux cents ouvrages.

Pohl marcha droit vers l'estrade d'un pas assuré tout en boutonnant la veste de son costume Evan-Picone. Il leva les yeux vers la statue de pierre haute de plus de cinq mètres qui représentait Roland, le neveu de Charlemagne, brandissant une épée de justice et un bouclier sur lequel on pouvait lire JE VOUS ACCORDE LA LIBERTÉ À LA FACE DU MONDE.

Un symbolisme tout à fait adapté.

« *Guten Abend*, dit-il quand il eut pris place devant les micros. Un peu plus tôt dans la journée, mon adversaire a cru bon de m'accuser sans détour d'être un sympathisant du nazisme qui tire des bénéfices financiers de la publication d'œuvres négationnistes. Elle a exhibé des exemplaires d'ouvrages édités au fil des ans par des maisons dont je suis propriétaire ou actionnaire. (Il marqua une pause en fixant la foule sans ciller.) Je ne nie pas ses incriminations. Comment le pourrais-je ? Ces livres existent bel et bien. Ils ont effectivement été mis sur le marché et ont généré des profits. C'est ainsi que va le monde des affaires, et je n'ai pas à m'en excuser. »

Il parcourut du regard la cohorte de journalistes et les caméras braquées sur lui.

« Qu'il me soit toutefois permis de trouver surprenante cette attaque *ad hominem*. Voici une femme qui prône la liberté de débattre et préconise la discussion sans tabou comme un bon moyen d'affronter notre passé et de gérer notre héritage… Dans ce cas, pourquoi s'insurge-t-elle contre des ouvrages qui fondent leur thèse sur des postulats si évidemment contraires à ce que professe l'histoire officielle ? Les auteurs de ces livres n'auraient-ils pas le même droit que les autres de faire connaître leurs positions ? La liberté d'expression ne signifie pas que nous devions censurer des idées qui, à titre personnel, peuvent nous sembler ridicules, absurdes, voire offensantes. La libre parole est l'apanage de tout en chacun, sans réserve, et les sociétés que je dirige ne se sont jamais érigées en juges. »

Il désigna les volumes empilés sur les pavés devant l'estrade.

« Tous les livres que vous voyez là ont également été publiés par des entreprises qui m'appartiennent. Ils sont les œuvres d'historiens de renom ou de défenseurs de la mémoire juive et relatent avec un luxe de détails ce qui s'est passé entre 1933 et 1945. Leurs enseignements ne sont en rien flatteurs pour notre nation, mais chaque livre reflète ce que son auteur a conclu être la vérité. Beaucoup d'entre eux ont été couronnés par des prix et sont reconnus comme des sommes indépassables dans leur domaine. »

Il hésita, puis reprit son élan.

« Derrière moi se dresse la statue de Roland, symbole de votre ville et de sa tradition ancestrale d'indépendance et de tolérance. Selon l'adage, tant que cette statue sera debout, Brême restera libre. J'ai foi dans la liberté. Elle constitue l'alpha et l'oméga de ma philosophie politique. Mais, contrairement à mon adversaire, je ne vois pas la nécessité de filtrer cette vérité à travers un crible qui retiendrait les idées trop choquantes pour mon goût personnel. Je fais, moi, confiance à mes compatriotes pour lire, s'informer et trancher sur les sujets qu'ils veulent, quand ils le veulent et comme ils le veulent. Récuser l'absurde, souscrire au rationnel, tel est votre droit le plus strict. »

Plusieurs des journalistes dont il avait depuis longtemps déduit qu'ils lui étaient favorables hochèrent la tête de concert. La séquence se terminait en fin de compte sur une note des plus positives, surtout depuis l'annonce par Josef

Engel que tout se déroulait exactement selon le plan prévu au Chili. Encore quelques jours, et les médias du monde entier pourraient sortir un scoop homérique corroboré par un avocat retraité du ministère de la Justice américain et un ex-président des États-Unis. La tentative dérisoire de Marie Eisenhuth pour doper sa cote de popularité serait complètement oubliée.

Il décrivit un arc de cercle avec son bras et désigna la statue derrière lui.

« Sur ce monument est gravé un serment : JE VOUS ACCORDE LA LIBERTÉ À LA FACE DU MONDE. La cité-État de Brême en a fait sa devise et ses habitants en tirent profit depuis des siècles. Roland était un personnage audacieux et entreprenant. Commander ne lui faisait pas peur, mais son courage résidait tout autant dans la confiance qu'il vouait aux gens. Je partage cette vision des choses. Pour chaque nazi, néonazi, sympathisant d'extrême droite ou hitlérien fanatique, il y a des dizaines de milliers de citoyens qui pensent différemment. L'insulte effrontée que mon adversaire a infligée aux habitants de Dachau, ses jérémiades à propos de leur prétendue indifférence aux souffrances des détenus, toutes ces accusations étaient aussi stériles que totalement injustifiées. »

Il regarda droit dans l'objectif des caméras avant d'asséner la petite phrase qui, de l'avis de ses spécialistes en relations publiques, ferait la une des médias.

« Vouloir remporter une élection n'autorise pas à jeter le discrédit sur une grande nation. »

Satisfait, il descendit de l'estrade et, contrairement à Marie Eisenhuth, fit savoir qu'il acceptait les questions. Une nuée de journalistes se serra aussitôt autour de lui, micros et caméras tendus. Les nouvelles du soir comporteraient à présent deux reportages et non un seul. Celui de Dachau, dans le sud, celui de Brême, dans le nord. Les téléspectateurs pourraient décider par eux-mêmes à quel message se rallier et les sondages de la nuit confirmeraient leur choix.

Le lendemain avait désormais vraiment des chances d'être différent de la veille.

24

Région des Lacs, Chili

12 h 15

Cotton déboucha d'un sentier en sous-bois au sommet de la butte herbeuse où se trouvait l'hacienda. Tout était trempé à la suite d'un épisode pluvieux qui avait affecté la région pendant la nuit. Un reliquat de nuages gris et bas laissait passer des rayons de soleil dont les traits d'or frappaient les cimes des montagnes lointaines avant de se perdre dans les vastes forêts de conifères en contrebas. Des multitudes d'oiseaux aux couleurs pastel voletaient dans l'air humide dont la fraîcheur, bien que tempérée, annonçait un hiver précoce.

Il était venu en voiture d'Arana. Sans escorte.

L'un des *carabineros* avait reconduit Cassiopée à l'aéroport de Puerto Montt. L'autre avait proposé d'accompagner Cotton à l'hacienda, mais il avait décliné l'offre, préférant opérer seul. Bizarrement, le policier n'en avait pas fait une affaire et avait promis d'attendre le retour de Cotton au chalet, lui communiquant même un numéro de téléphone en cas de besoin.

La maison semblait tout aussi tranquille que la veille. Il étudia les alentours et remarqua, du côté ouest, un pré envahi par les mauvaises herbes.

Était-il en présence d'une cache nazie ? D'un refuge où des hommes fuyant la justice après-guerre avaient trouvé le moyen de se dissimuler dans l'ombre en empruntant des réseaux bien à eux ? Le nombre de transfuges qui s'étaient empressés de tourner le dos à la cause après s'être engagés de si bonne grâce passait l'entendement. Bien peu avaient continué d'adhérer à leurs prétendues convictions une fois le conflit terminé, leur enthousiasme déclinant en proportion directe de leur perte de pouvoir et de statut. Cette hacienda était-elle un des asiles qui avaient accueilli ces rats quittant le navire ?

Peut-être. Il se sentait gagné par le démon de la traque, et il adorait ça. Ce n'était pas sans rapport avec son nouveau métier de libraire, qui tenait aussi de l'art de la chasse. Trois semaines après avoir ouvert sa boutique, il avait eu la chance de trouver une édition de 1806 du tout premier recueil de poèmes de lord Byron, *Fugitive Pieces.* Puis il avait mis la main sur un excellent premier tirage d'*Une étude en rouge* d'Arthur Conan Doyle, et d'un autre du *Twilight* de Robert Frost. Il avait vendu le tout à des collectionneurs pour près de trois cent mille euros, une somme qui lui avait permis de franchir sans encombre sa première année dans la profession. Ces transactions lui avaient en outre forgé une réputation de dénicheur hors pair.

Exactement la qualité requise pour sa présente mission.

Un mouvement près de la maison attira son attention.

Un homme. Entre deux âges.

Le souvenir des deux tireurs de la veille l'incitant à la prudence, il plaça sa main derrière son dos, prêt à saisir le pistolet qu'il avait calé dans sa ceinture au niveau des reins.

Une forte brise soulevait le poncho havane que portait l'inconnu, mais le chapeau noir démesuré qui lui coiffait la tête restait immobile, maintenu par une jugulaire serrée. Un tablier du même ton que sa peau basanée lui ceignait la taille et un couteau glissé dans un fourreau pendait de sa hanche gauche. Une moustache que surplombait un nez en bec d'aigle ombrait son visage sillonné de rides. Il était occupé à inspecter les murs de la bâtisse.

« *¡ Buenas tardes !* lança Cotton au nouveau venu, qui se tourna, le vit et marcha vers lui à travers l'herbe mouillée. Vous parlez l'anglais ?

– Bien sûr ! Qui ne le parle pas, de nos jours ? répondit l'autre avec un sourire qui découvrit une dentition du haut si chaotique qu'on l'aurait dite plantée sur deux rangs.

– Vous êtes un gaucho ? demanda Cotton, croyant, au vu de la tenue, avoir affaire à un des célèbres bergers des pampas venu d'une ferme voisine.

– Pas vraiment, non. Les gauchos font partie du folklore touristique, à présent. Mais il fut un temps où j'aurais bien aimé en être un. »

Cotton se présenta et expliqua la raison de sa présence.

« Je veille sur cette propriété, indiqua l'homme. Des *carabineros* sont passés me voir, hier, pour m'interroger sur des objets nazis qui se trouvaient dans la maison.

– Que leur avez-vous répondu ?

– Que ces trucs n'étaient pas là la dernière fois.

– Et cette fois-là datait de quand ?

– Une quinzaine de jours… Je ne viens que quand c'est nécessaire.

– Pourquoi cela ? » s'enquit Cotton, intrigué.

À cet instant, à l'orée de l'épaisse forêt qui s'étendait à l'est, un policier en uniforme émergea des fourrés, son fusil suspendu à l'épaule. Cotton se rappela ce que Vergara lui avait expliqué à propos de la surveillance des lieux.

« J'ai repéré ce policier dès que je suis arrivé, dit le gardien. Cet endroit n'apporte rien de bon. C'est un *racupillán*… Un mot mapuche qui signifie "maison du diable", précisa-t-il devant le regard perplexe de Cotton.

– J'ai l'impression que vous connaissez bien la région.

– J'y ai passé toute ma vie. Tout le coin que vous voyez là appartenait à des Allemands qui avaient acheté les terres il y a longtemps.

– Où sont les propriétaires ?

– Ils ne vivent pas au Chili. Le pays n'est pas assez bien pour eux.

– S'ils vous inspirent ce genre de sentiment, pourquoi prendre soin de leur bien ? »

L'homme repoussa en arrière son chapeau, que la mentonnière maintint contre son dos. Il passa ses doigts dans ses cheveux gras d'un blond cendré, saupoudrant ses vêtements de pellicules. Il semblait avoir autant de griefs sur le cœur que de peaux mortes sur les épaules.

« Ce n'était qu'un lieu de villégiature. Ils venaient ici pour pique-niquer, faire du cheval… Rien de sérieux. Mais j'ai besoin de travail.

– Il n'y a plus grand-chose à surveiller, on dirait. La baraque est une ruine. Les pumas ont pris le relais.

– Je les laisse squatter depuis belle lurette, admit le factotum avec un petit rire. Ils font d'excellents concierges. Mais vous avez raison, la maison est en train de s'écrouler. Surtout dernièrement. L'argent manque pour les réparations, ce n'est plus comme avant.

– Quand a-t-elle été occupée pour la dernière fois ?

– Il y a plusieurs dizaines d'années. C'était un défilé continuel d'Allemands, à l'époque. Ils étaient nombreux. Ils restaient un moment, puis repartaient. Je travaillais ici. Je prenais soin des vaches et des chevaux. C'était une belle hacienda dans ce temps-là. »

Cotton sortit les photos de sa poche et lui tendit celle qui représentait Bormann et Braun.

« Vous avez vu ces deux-là, ici ? »

L'homme examina les clichés puis secoua la tête.

« Non. De qui s'agit-il ?

– Des gens que je recherche », éluda Cotton, jugeant que son interlocuteur, tout au plus quinquagénaire, était trop jeune pour avoir des tuyaux de première main sur le Chili d'après-guerre. Connaissez-vous quelqu'un qui vivait dans la région dans les années 1940 et pourrait identifier les personnes sur ces photos ?

– Vous êtes de la police ?

– Non, je m'informe, c'est tout.

– On voit débarquer des types comme vous de temps en temps, par ici. Ils ne me sont pas plus sympathiques que les Allemands. »

On ne pouvait pas être plus clair.

« Ne vous méprenez pas, je ne suis pas un chasseur de primes, ou un truc de ce genre. Je suis simplement à la recherche d'informations. »

L'ex-garçon de ferme demeura silencieux un moment et Cotton commença à douter qu'il sût vraiment quoi que ce soit.

« Il y aurait bien Ada, qui vivait ici à ce moment-là... déclara pourtant le Chilien.

– Où habite-t-elle ? s'enquit Cotton, intéressé.

– À Tilcara. C'est à quarante kilomètres au sud par la route. Il se pourrait qu'elle ait croisé les gens de la photo.

– Qu'est-ce qui vous fait dire ça ?

– Ada est âgée. Elle connaissait tous les Allemands et eux aussi la connaissaient. »

25

Cotton ralentit à l'entrée de Tilcara. Boutiques, cafés, hôtels et agences de voyages en nombre occupaient l'essentiel de l'agglomération. La simplicité des constructions grises, entre rusticité villageoise et élégance urbaine vieillotte, ne manquait pas de charme. Un volcan dominait l'horizon et un lac bleu poussait indiscrètement son mufle dans la partie sud du bourg. Des palmiers et des mimosas conféraient à l'ensemble une atmosphère plus espagnole que chilienne.

Il se rendit directement à l'église Notre-Dame, où, d'après les explications du gaucho, il trouverait Ada. L'édifice s'élevait, solitaire, juste à l'extérieur des limites de la commune. Il se composait d'une façade peinte à fresque entre deux clochers, à laquelle faisait suite un long corps de bâtiment bas en brique chaulée. Un couvent y était attaché. Il servait de résidence à des sœurs du Bon Pasteur d'Angers qui tenaient une maison de repos voisine pour personnes âgées. Ada, lui avait-on dit, ne faisait pas partie de la congrégation, mais aidait depuis longtemps les religieuses à faire fonctionner l'établissement.

Ce dernier se résumait à peu de chose. Un bloc de plain-pied en parpaings badigeonnés de bleu pâle et couvert d'un toit de tuiles sur pignons. Il était perdu parmi les arbres et chaque fenêtre s'ornait d'une jardinière. Modeste, mais bien entretenu. Cotton songea à sa mère qui, par chance, n'aurait jamais à vivre dans ce genre de lieu. Veuve depuis longtemps, elle avait appris à se débrouiller seule et continuait à cultiver les oignons sur le domaine familial, au cœur de la Géorgie, comme elle le faisait depuis le décès du grand-père. Financièrement, elle était à l'abri du besoin, voire plutôt aisée. Ils se téléphonaient environ une fois par mois, et il s'en voulait de ne pas l'appeler plus souvent. Mais, après tout, il fallait être deux pour communiquer, et elle-même ne semblait pas particulièrement désireuse de forcer le rythme.

Il entra dans le bâtiment, où on l'informa qu'Ada était dans l'église. Il traversa la route et poussa les lourdes portes de chêne que surmontait un tympan orné d'un Christ à demi effacé et d'anges aux visages douloureux. L'intérieur consistait en une large nef unique, haute de plafond, dont les murs présentaient un mélange de styles disparates. Une femme était agenouillée là sur un banc, un rosaire entre les doigts, la tête couverte de la capuche blanche de son manteau. Ses lèvres remuaient comme si elle marmonnait un sort.

Cotton s'assit sur un autre banc pour attendre.

« *Buenas tardes, señor Malone.* »

Le bonjour inattendu le fit sursauter.

« Quelqu'un m'a appelée pour m'annoncer votre visite, reprit la vieille dame d'une voix rauque dans un anglais fortement coloré d'accent espagnol.

– Si je comprends bien, votre ami le gaucho n'était pas là par hasard ? »

Elle se leva non sans effort et se tourna vers lui.

« Je souhaitais vous parler. Sans témoins. Par chance, vous êtes revenu à l'hacienda sans vos anges gardiens, aujourd'hui, ce qui a facilité les choses pour transmettre mon invitation. »

Il fallait bien l'admettre, le prétendu garçon de ferme lui avait joué la comédie avec l'aplomb d'un acteur de premier ordre qui connaissait son texte sur le bout des doigts.

« Vous avez quelque chose contre la police ?

– Bien au contraire ! Je la soutiens fermement. »

Elle vint vers lui et repoussa son capuchon, révélant, sous un front bas, un visage émacié aux joues creuses et à la peau parcheminée par le grand âge qu'éclairaient des yeux bleus. Une robe noire à la ligne vague faisait de son mieux pour cacher ses épaules tordues. Un foulard argenté nouait ses cheveux gris en queue de cheval.

Il la regarda approcher sans quitter son siège.

« En quoi consiste votre travail, ici ? s'enquit-il.

– Je passe du temps avec les pensionnaires. Je les promène et je prends part à diverses activités. J'aide à la cuisine, je seconde le personnel, rends visite aux résidents qui doivent être hospitalisés… C'est une vie très gratifiante pour une veuve.

– Depuis quand vivez-vous dans la région ?

– Ça fait plus de soixante-dix ans. Mes parents sont arrivés après la guerre. »

Puisqu'il se révélait que c'était elle qui avait voulu le voir, il n'hésita pas à sortir les photos trouvées à l'hacienda et à les lui montrer.

« Je constate que vous avez découvert ce que j'avais mis là à votre intention, dit-elle – un aveu qui ne le surprit pas. Ces deux-là, poursuivit-elle en agitant les clichés après s'être assise à côté de lui, habitaient près du lac Todos los Santos, à la frontière avec l'Argentine.

– Comment s'appelaient-ils ?

– Lui, on le nommait l'"éminence brune". »

Il fit tout de suite le lien. Le sobriquet était celui de Martin Bormann pendant la guerre, en raison de l'influence qu'il exerçait sur Hitler. Il avait été forgé sur l'expression « éminence rouge », désignant le Premier ministre du roi Louis XIII, le cardinal de Richelieu, qui imposait ses vues au monarque et gouvernait de fait la France. Le conseiller de Richelieu, le père Joseph, lui-même baptisé l'« éminence grise », était, comme son supérieur, un acteur de l'ombre adepte de la diplomatie secrète et de la pratique clandestine du pouvoir. Le rouge et le gris faisaient référence à la couleur des robes de ces prélats ; le brun à celle de l'uniforme nazi.

« Ils habitaient une ferme à l'écart et ne voyaient personne. L'homme se faisait appeler Luis Soreno, mais mon père connaissait sa véritable identité. C'était lui qui gérait les affaires de l'"éminence brune".

– Et la femme ?

– Rikka était le nom qu'elle se donnait, mais nous savions tous qu'elle était la veuve d'Hitler, Eva Braun.

– L'enfant qui est sur cette photo est né ici ?

– Non. C'est là que la vérité s'écarte de l'histoire suggérée par ces images. Il n'y avait pas d'enfant, ici... Ou plutôt, il y en avait un, mais il avait vu le jour ailleurs.

– Où ça ? »

Elle garda le silence un instant, semblant hésiter, puis répondit :

« En Afrique.

– Ça, vous n'étiez pas censée me le dire ?

– Ce que j'étais censée vous dire, c'est que l'enfant, un garçon, est mort ici.

– Et donc qu'il n'y aurait plus de fils vivant de Martin Bormann à chercher ?

– Exactement. C'était en partie l'objectif du piège mis en place par le Kaiser : vous empêcher de découvrir cette piste.

– Vous connaissez Theodor Pohl ?

– Oui, pour mon malheur.

– Vous ne le portez pas dans votre cœur, on dirait.

– Pas vraiment, non. C'est un homme mauvais. »

Il reviendrait sur ce point plus tard. Pour l'heure, il lui importait surtout de savoir la fin de l'histoire.

« Que sont devenus Bormann et Braun ?

– Ils sont restés ici quelque temps, puis ils sont partis. L'"éminence brune" avait constamment peur d'être reconnue. Il était complètement paranoïaque. Personne ne se souciait de la veuve. Peu de gens connaissaient son visage ou son nom. Mais lui, ce *quetrupillán*, beaucoup de monde aurait aimé qu'il rende des comptes.

– *Quetrupillán* ?

– Un diable en sommeil », traduisit Ada.

L'univers des années 1940, Cotton en prenait à présent pleinement conscience, était bien différent de l'actuel. Pas de télévision omniprésente. Pas d'internet. Se cacher posait moins de problèmes, alors. Nombreux étaient les criminels de guerre qui parvenaient tout simplement à s'évanouir dans la nature. Et il était d'autant plus facile d'organiser la disparition de deux personnes que le monde entier ou presque les croyait déjà mortes.

« Où sont-ils partis ?

– Comme je vous le disais, en Afrique.

– Comment le savez-vous ? »

Elle fixa un instant sur lui un regard apparemment embué derrière ses paupières mi-closes.

« Mon frère les a accompagnés là-bas et s'est occupé d'eux... »

Il attendit la suite.

« Quand il a quitté le Chili, il a cessé d'utiliser son nom espagnol, celui qu'on nous attribuait à chacun au moment de notre arrivée. Il s'est de nouveau prévalu de son héritage allemand et il est redevenu Gerhard Schüb. »

Ce nom qui revenait sans cesse. Mais il savait à présent de qui il s'agissait.

À moins que la vieille femme ne cherche, elle aussi, à le tromper.

Il scruta son visage aux traits si banals et si peu marquants qu'il se demanda s'ils n'étaient pas volontairement inexpressifs. Mais son instinct lui soufflait qu'elle ne simulait pas.

« Pourquoi me racontez-vous tout ça ?

– Parce que le Kaiser ne doit pas réussir son coup. Il se prend pour un empereur, pour un nouveau César, j'imagine. Eh bien, voilà ce que je pense de lui – elle cracha par terre. On vous manipule. Le Kaiser est en train de tendre un piège vers lequel il vous entraîne. Regardez autour de vous. Cette église a été construite par les jésuites en 1672. Elle a été razziée, détruite par des bandits, brûlée, ravagée par des séismes. Pourtant, elle est toujours là. Et elle n'est pas la seule, ici, à avoir subi tant d'outrages et à se tenir encore debout. »

Elle s'interrompit, mais il était évident qu'elle n'en avait pas terminé.

« Je suis une vieille femme que les plaisirs de la vie n'amusent plus. Les bons plats me ruinent l'estomac. Jouer me stresse. Et mes souvenirs me soulèvent le cœur. J'ai sacrifié mon existence entière au devoir, et j'en ai assez d'obéir. Mon esprit s'est libéré petit à petit du moule de préjugés dans lequel il avait été coulé. La tâche a été rude, mais j'en vois le bout. Je suis consciente que vous n'avez aucune raison de me croire sur parole. Aussi, dites-moi, *Herr* Malone, des écrits originaux contribueraient-ils à vous convaincre de ma sincérité ? »

Pourquoi pas ? Au point où il en était… Il acquiesça.

« J'en ai beaucoup à vous montrer.

– Font-ils partie du piège du Kaiser, comme le reste ?

– Certains étaient censés en faire partie, admit-elle avec un sourire.

– Mais pas tous, si je comprends bien.

– Loin de là, en effet.

– Dans ce cas, j'aimerais bien les voir, ces écrits. »

26

Santiago

13 h

Cassiopée suivit Vergara à l'intérieur de la Banco del Estado, dont l'élégance était quelque peu ternie par la teinte jaunâtre peu flatteuse de sa façade néoclassique. Sur une place ombragée, de l'autre côté de la rue, une fanfare jouait pour un groupe de badauds. Les flonflons s'estompèrent quand les lourdes portes de verre se refermèrent doucement derrière elle.

En chemin, Vergara lui avait expliqué que la banque était une vénérable institution chilienne du XIXe siècle qui avait survécu à une pléthore de révolutions et même au communisme. Les documents qu'ils avaient épluchés indiquant qu'elle avait été destinataire de nombreux virements, Vergara avait fait usage de son autorité pour obtenir promptement un rendez-vous avec le directeur. Celui-ci les attendait et on les mena sans tarder dans un bureau du premier étage où un grand échalas aux cheveux bruns clairsemés les accueillit en leur serrant la main et se présenta comme Vicente Donoso. Il était vêtu d'un costume en lequel elle reconnut un Fabio Inghirami hors de prix accompagné d'une cravate Gucci peu discrète.

« J'ai transmis à notre conseiller juridique votre requête concernant la consultation de documents et j'ai été prié de bavarder avec vous pendant qu'il traite votre demande, dit Donoso en anglais. Notre établissement se flatte de coopérer avec la police et d'entretenir depuis longtemps d'excellentes relations avec l'État. Alors, expliquez-moi précisément en quoi nous pouvons vous être utiles. »

Cassiopée s'installa dans le fauteuil que lui présentait le directeur et lui parla des fichiers qu'elle avait examinés au cours des dernières heures.

« J'ai en ma possession des dossiers allemands datant de la guerre et de l'immédiat après-guerre indiquant que plusieurs comptes ont été créés dans cette banque entre 1942 et 1951, dit-elle pour finir. Ils sont au nom de toutes sortes de personnes physiques et morales.

– Pourrais-je voir ces pièces ? »

Elle ouvrit la mallette que lui avait procurée Vergara et en sortit une liasse de vingt feuillets. Elle avait fait le tri, limitant son choix à des protocoles d'accord, tous signés par Martin Bormann, autorisant le transfert d'Allemagne vers la Banco del Estado de diverses sommes en or et en liquide. Elle remit les papiers à Donoso, qui commença à les parcourir l'un après l'autre avec un intérêt évident.

« Vous comprenez l'allemand ? demanda-t-elle.

– Ma mère a tenu absolument à ce que j'apprenne sa langue maternelle. »

Il lui sourit de toutes ses dents avant de se replonger dans sa lecture.

« Fascinant ! s'exclama-t-il quand il eut fini. J'avais une connaissance livresque de ces transferts d'argent nazi à l'étranger, mais je n'avais encore jamais eu entre les mains la preuve réelle de leur existence. Et la plupart sont agréés par Martin Bormann lui-même. Extraordinaire !

– Bormann gérait personnellement le trésor d'Hitler, dit-elle en reprenant les documents. Cela représentait des centaines de millions de marks et lui seul pouvait décider de la destination de ces fonds. Vos archives remontent-elles jusqu'aux années 1940 ? J'ai ici quelques numéros de comptes de votre banque.

– Assurons-nous-en tout de suite.

– Je croyais que nous devions attendre le feu vert de votre consultant.

– Je ne pense pas que cela ne nuise en aucune façon si je jette un coup d'œil, n'est-ce pas votre avis ? Pouvez-vous me communiquer ces numéros ? »

Elle lui tendit une feuille. Il se tourna vers un ordinateur de bureau, tapa les renseignements sur le clavier, puis scruta l'écran.

« La plupart des comptes concernés sont clôturés depuis longtemps. Mais quelques-uns sont encore actifs, annonça-t-il.

– Encore actifs ? répéta-t-elle, n'en croyant pas ses oreilles.

– Oui. Trois de ceux que vous avez identifiés le sont.

– Vous voulez dire que de l'argent y entre et en sort ?

– Vous comprendrez qu'il m'est impossible de répondre à cette question sans l'autorisation de notre conseiller. Je ne vois pas d'inconvénient à parler de comptes fermés ou restés dormants depuis cinquante ans. Mais, s'agissant des autres, c'est tout à fait différent.

– *Señor* Donoso, intervint Vergara. Nous avons impérativement besoin des informations relatives à ces comptes. Elles constituent des éléments importants dans une enquête pour meurtre. Suis-je assez clair ?

– Absolument, monsieur le sous-directeur, mais le code m'interdit de révéler quoi que ce soit au sujet d'un compte qui n'a pas été déclaré inactif. Vous n'attendez tout de même pas de moi que j'enfreigne la loi ?

– Je ne recommanderais jamais à qui que ce soit de faire une chose pareille, répondit Vergara en se redressant dans son fauteuil. Mais je peux obtenir le mandat d'un juge nous autorisant à perquisitionner dans vos archives.

– Mon conseiller juridique m'a effectivement informé de cette possibilité avant votre arrivée, et je suggère que vous ayez recours à cette procédure. »

Vergara désigna le terminal informatique attenant au bureau de Donoso.

« Si vous voulez bien consulter votre courrier électronique, je pense que vous y trouverez déjà un mandat que j'ai réclamé il y a trois heures et dont la cour m'a assuré qu'il serait transmis directement ici. »

Le banquier leur adressa un regard indéchiffrable avant de faire rouler son fauteuil en cuir jusque devant le terminal, dont il frappa de nouveau les touches. Un instant plus tard, il leva les yeux de son écran, que Cassiopée ne pouvait pas voir, et déclara :

« Vous aviez raison. Le mandat est là, dûment signé, autorisant une inspection complète. L'original papier suit en ce moment même.

– Y a-t-il lieu d'attendre plus longtemps ? demanda Vergara.

– Ce n'est pas nécessaire, monsieur le sous-directeur. Tout semble réglé sur le plan juridique. »

Le banquier appuya sur le bouton d'une console téléphonique et Cassiopée l'entendit donner en espagnol l'ordre à un assistant de rassembler les documents voulus.

« Cela ne prendra que quelques instants, assura Donoso après avoir raccroché. Nous avons déjà rencontré ce genre de problème par le passé. Il y a une dizaine d'années de cela, nous avons reçu un mandat analogue nous obligeant à ouvrir nos archives dans le cadre d'une action en justice internationale. C'est moi qui me suis occupé de cette affaire pour la banque. C'était captivant d'apprendre ce qui s'était produit pendant la guerre. Les documents que vous venez de me donner à lire m'ont remis cet épisode en mémoire. L'expression *Aktion Adlerflucht* vous est-elle familière ? »

Cassiopée se souvint d'avoir entendu Marie Eisenhuth prononcer ces mots.

« L'opération "envol de l'aigle" ? Le plan de Bormann pour faire sortir de l'argent d'Allemagne ?

– C'est cela même. Une entreprise gigantesque. Et ingénieuse. J'ai appris son existence à l'occasion de ce procès. »

Donoso expliqua de quelle manière, entre 1943 et 1945, plus de deux cents firmes allemandes avaient monté des filiales en Amérique du Sud, et plus particulièrement au Chili et en Argentine. Des sommes en liquide et des actifs transitaient par des sociétés paravents en Suisse, en Espagne et au Portugal pour aboutir dans des succursales sud-américaines de banques allemandes. Ces fonds servaient à construire des usines sur place, à racheter des commerces ou à en ouvrir de nouveaux.

« Je connaissais bien le cas de Mercedes-Benz, dit-il. C'est en Argentine qu'ils ont créé leur première unité de production hors d'Allemagne. Et ils avaient mis au point un système de blanchiment d'argent très astucieux. La branche argentine de Mercedes-Benz facturait à la branche allemande des frais plus élevés que la normale pour chaque véhicule sorti de ses ateliers. Si le prix de revient réel d'une voiture se montait à, disons, trois mille marks, Mercedes-Benz Allemagne en déboursait cinq mille pour les pièces détachées nécessaires à sa fabrication. La différence était virée secrètement sur des banques sud-américaines afin d'être utilisée plus tard, après la guerre. Des centaines de millions de marks ont été mis en réserve de cette manière, le tout impossible à tracer. Bien sûr, quand une machination de ce type bénéficie de la coopération pleine et entière des établissements financiers et du gouvernement, on peut faire tout ce qu'on veut… »

L'évidence même.

« Et, cerise sur le gâteau, toutes les sociétés allemandes qui œuvraient sur le continent sud-américain fournissaient des emplois aux criminels en fuite. Eichmann, par exemple, exerçait des fonctions dans l'usine argentine de Mercedes-Benz quand il a été capturé.

– Vous en savez long sur le sujet, remarqua-t-elle.

– Je me suis toujours intéressé à la Seconde Guerre mondiale. »

Donoso reprit son exposé, qu'elle écouta attentivement.

« Le 10 août 1944, Bormann organisa une grande réunion d'industriels allemands, de chefs d'entreprise et d'officiels du parti à l'hôtel Maison rouge de Strasbourg. Il y avait là des représentants de Krupp, Messerschmitt, Rheinmetall, Büssing, IG Farben, Volkswagen et de nombreuses autres compagnies. Bormann lui-même était absent, mais il avait envoyé un émissaire pour informer l'assemblée que la guerre était perdue, que la capitulation n'était plus qu'une question de temps, que seule comptait désormais la survie de l'Allemagne après la fin des combats et qu'il était exclu de livrer en pâture aux vainqueurs les ressources du pays comme en 1919, à la suite du premier conflit mondial.

« Dans cette optique, les alliances avec des sociétés étrangères furent encouragées, des déplacements d'espèces et de capitaux organisés. Pour faciliter les choses, Bormann renonça à appliquer la loi sur les traîtres à la nation, votée en 1933, qui punissait de mort tout Allemand coupable d'avoir violé les règles sur les opérations de change.

« Et ce fut le début de l'hémorragie. Des flux énormes de valeurs se déversèrent hors d'Allemagne. Or, argent, platine, pierres précieuses, actions, brevets, obligations au porteur… Tout ça transféré dans des banques et des coffres-forts un peu partout dans le monde, et surtout en Amérique du Sud.

– J'ignorais que ça avait été à ce point systématique.

– Même la main-d'œuvre hautement qualifiée fut expatriée, en particulier dans des pays neutres, afin qu'il demeure le moins de richesses possible sur place dont les Alliés victorieux pourraient faire leurs choux gras. Et, de fait, il ne restait pratiquement rien, à la fin. Concrètement, ce furent les Alliés eux-mêmes qui reconstruisirent l'Allemagne avec leurs propres deniers. »

Quelques coups légers furent frappés à la porte et une dame aux cheveux auburn entra pour déposer trois épaisses chemises sur le bureau.

« J'ai demandé qu'on m'imprime un historique des mouvements effectués au cours des cinquante dernières années sur les trois comptes encore actifs, dit Donoso, qui ouvrit le premier dossier et examina les pages qu'il contenait. Ils ont tous les trois été créés fin 1946 et correspondent à d'importants approvisionnements en lingots d'or, annonça-t-il. Avant même 1970, ces stocks avaient été entièrement convertis en espèces – en dollars américains, pour être exact – et leur valeur avait fortement augmenté.

– De combien ? s'enquit Cassiopée.

– De près de sept cents millions de dollars en tout.

– Comment est-ce possible ? demanda-t-elle, plus que surprise.

– Le simple accroissement du prix de l'or explique en grande partie ces gains. Le métal jaune, après tout, ne rapportait pas autant à l'époque qu'aujourd'hui. Mais ils sont également le fruit de placements qui ont généré de jolis profits. Certains de ces investissements ont d'ailleurs été effectués sous la houlette de notre établissement, qui s'enorgueillit de ses compétences en matière de gestion de portefeuille. Ces bénéfices sont donc aussi la preuve de notre savoir-faire.

– Quelqu'un continue-t-il à se servir de ces comptes ? demanda-t-elle, absolument pas intéressée par l'exercice d'autosatisfaction du banquier.

– Il semblerait que oui. »

Vergara tendit le bras au-dessus du bureau.

« Puis-je voir ? »

Donoso poussa les dossiers vers le sous-directeur, qui entreprit d'en lire chaque page avec soin. Cassiopée remarqua que tout était écrit en espagnol – sa première langue, puisqu'elle avait été élevée près de Barcelone.

« Et les comptes fermés ? s'enquit Vergara. Que leur est-il arrivé ?

– D'après nos annales, ils étaient tous dormants dès avant 1980, leur solde réduit à zéro. Seuls ces trois-là demeurent. Malheureusement, nos archives de l'époque ne précisaient pas si un compte avait simplement été clôturé, ou si l'argent avait été viré sur un autre compte, voire dans une autre banque.

– Je vois ici que les trois comptes ont tous été ouverts par un certain Luis Soreno, dit Vergara.

– Ce nom vous est familier ? lui demanda Cassiopée.

– De 1946 à 1953, l'hacienda où vous vous êtes rendue hier appartenait à quelqu'un qui s'appelait L. Soreno. »

Elle se tourna vers le banquier.

« Les mouvements sont-ils fréquents sur ces trois comptes ?

– Il n'y en a pas eu beaucoup au cours des cinquante dernières années, mais les retraits ont été plus nombreux pendant les vingt plus récentes que pendant les trente plus anciennes. Plusieurs entreprises en ont été bénéficiaires.

– Pas de personnes physiques ?

– Aucune n'est mentionnée. Tous les virements ont été effectués vers des comptes de sociétés. »

Elle essaya de se rappeler ce que lui avait expliqué Marie Eisenhuth à propos des activités commerciales de Theodor Pohl. Il était propriétaire de quatre conglomérats allemands, tous liés au secteur de l'édition, ainsi que de deux entités hollandaises et une belge. Il détenait également des intérêts dans trois banques allemandes. Elle avait le dossier dans son téléphone, sous forme de pièce jointe.

« Ça ne vous ennuie pas si je jette un coup d'œil à ces bordereaux ? »

Vergara lui donna les chemises. À son tour, elle parcourut les documents, qui faisaient effectivement état de transactions financières.

Elle se concentra sur les lieux de destination des fonds.

La Suisse en faisait partie, comme elle s'y attendait, mais aussi Rome, Londres, New York, les îles Caïmans, Andorre et le Luxembourg. La société bénéficiaire de chaque opération était citée dans une colonne séparée. Elle ouvrit la pièce jointe sur son téléphone et compara les informations. Aucune des désignations figurant dans les relevés de la banque ne correspondait à celles qui s'affichaient sur son écran.

Jusqu'au moment où deux des virements mentionnés sur les feuilles retinrent son attention.

Des noms qu'elle connaissait.

Eisenhuth-Industrie, Hanovre.

Herzog Konzern, Francfort.

Puis ces deux raisons sociales apparurent sur d'autres fiches. Et sur d'autres encore. Elle dénombra plus de vingt transferts de la Banco del Estado vers des institutions financières sises en Allemagne dans lesquelles ces deux entreprises possédaient des comptes.

Elle était sous le choc.

Une recherche rapide sur son téléphone lui apprit qu'Eisenhuth-Industrie était sous le contrôle direct de son propriétaire, Kurt Eisenhuth, le mari de la chancelière allemande, et qu'Herzog Konzern avait jadis appartenu à Albert Herzog, le père de la même chancelière, qui les avait envoyés, Cotton et elle, au Chili pour découvrir la vérité !

« Ce n'est pas vrai ! » s'exclama-t-elle entre ses dents.

27

Région des Lacs, Chili

12 h 45

Cotton suivit Ada jusqu'au fond de l'église, où ils franchirent une porte pour se retrouver dans un préau gazonné de forme ovale entouré d'un mur en pierre brute. Le sol était recouvert d'herbe flétrie et pelé par endroits. Une allée cimentée menait vers le couvent, mais, au lieu de la prendre, ils s'engagèrent sur un chemin sinueux qui conduisait à une maisonnette nichée parmi les arbres.

« Mon chez-moi », dit la vieille femme comme ils s'en approchaient.

C'était un cottage pittoresque aux murs faits de briques et de galets formant une sorte de canevas. Le toit de tuiles était piqué de chiens-assis à meneaux de pierre. L'intérieur, où dominaient le vert et le doré, était typique du style prisé de la petite bourgeoisie bavaroise, avec ses tables massives, ses coffres et ses fauteuils en tapisserie. La plupart des meubles étaient gaiement décorés de peintures naïves ou de motifs géométriques. Ils prirent place dans un salon encombré du bric-à-brac de toute une vie. Deux fenêtres obscurcies par des rideaux à fleurs laissaient filtrer le soleil du milieu de journée. Des grains de poussière scintillants dansaient dans les ombres fraîches.

« On vous prend pour un imbécile, déclara tout de go l'occupante des lieux, ce qui ne constituait pas vraiment un scoop.

– Qui ?

– L'"éminence brune".

– Il est mort depuis longtemps.

– Lui, oui, mais pas ses successeurs.

– Vous faites allusion à Theodor Pohl ? »

Il vit ses joues se colorer très légèrement.

« Ces gens-là ne veulent pas que vous entendiez parler de l'Afrique. Leur but est de vous faire croire que Bormann et Braun ont fini leur vie ici. Mais c'est faux. »

N'étaient les événements des derniers jours, il l'aurait simplement considérée comme une folle.

« Quel âge me donnez-vous ? » demanda-t-elle, le regard sombre.

Une question qu'il se posait lui-même depuis leur rencontre.

« Entre quatre-vingts et quatre-vingt-cinq ans. »

Elle sourit. Une première.

« Vous me flattez, *Herr* Malone. J'en ai quatre-vingt-treize.

– Vous ne les faites pas.

– Mes gènes aryens, peut-être… Bien que je n'aie jamais cru à toutes ces sornettes sur la supériorité raciale. Mon père travaillait pour l'Office central de la sûreté du Reich, au quartier général de la Gestapo de Stuttgart. C'était une sorte de délégué qui voyageait dans toute l'Europe, dans le cadre de missions diverses et variées. Quelles étaient au juste ses fonctions ? Je serais incapable de le dire. J'avais seize ans à la fin de la guerre. Autour de nous, c'était le chaos. Un jour de 1945, mon père est parti, et il n'est jamais revenu. Ni ma mère, ni mon frère, ni moi n'avions la moindre idée de ce qui lui était arrivé. Était-il mort ? Vivant ? Nous ne savions rien, sauf qu'il n'était plus là.

Puis, en 1947, maman nous a annoncé que nous allions quitter l'Allemagne pour nous installer en Argentine. J'étais abasourdie. Je ne m'étais jamais aventurée à plus de cent kilomètres de Stuttgart. Mais je dois avouer que je n'étais pas mécontente de prendre le large. L'Allemagne était un champ de ruines.

« Nous sommes d'abord allés en Italie, d'où nous sommes partis en bateau pour Buenos Aires. En Argentine, on nous a attribué de nouveaux noms, de nouvelles identités. Une expérience très étrange. J'étais devenue Margarita. Mais je me suis affranchie de cette fable il y a longtemps pour reprendre mon nom de baptême : Ada. Quelques jours après notre arrivée, mon père a reparu. Sain et sauf, en pleine forme. C'était stupéfiant. Il nous a fait monter en voiture et nous a emmenés vers l'ouest jusqu'aux Andes. Là, après avoir cheminé parmi les premiers contreforts des montagnes, nous nous sommes arrêtés devant un portail de fer que des hommes armés ont ouvert pour nous laisser entrer. Quelques jours plus tard, nous sommes venus au Chili.

– Et vous n'en avez pas bougé depuis ?

– En effet. J'étais jeune et un tantinet naïve, en ce temps-là. J'étais contente d'avoir tourné le dos à la guerre et je ne voyais pas plus loin. L'expérience m'a appris que les hommes de pouvoir ont besoin d'autres personnes pour arriver à leurs fins. Ces auxiliaires ne sont pas importants en eux-mêmes ; ce sont simplement des gens sur qui les puissants savent pouvoir compter. C'est ce qu'était mon père pour Martin Bormann. »

Cotton sentit son intérêt s'éveiller.

« Il se chargeait de toutes sortes de tâches, aussi bien domestiques que commerciales. L'une de ses responsabilités était d'assurer la protection de Bormann. À cet effet, il créa de nombreux doubles de son patron, tant en Europe qu'en Asie et un peu partout en Amérique du Sud. Ceux qui étaient sur les traces de l'éminence brune parvinrent à débusquer la plupart de ces avatars, mais jamais à s'approcher du modèle lui-même. »

Il se souvint de ce qu'il avait lu plus tôt sur internet. Pendant des décennies après la guerre, des témoignages de gens ayant cru apercevoir Bormann avaient fleuri aux quatre coins du Brésil, de l'Argentine, de la Bolivie et du Paraguay. Vergara lui-même pensait l'avoir croisé. Quelques Bormann se livrèrent même aux autorités, réclamant la clémence en raison de leur âge avancé, mais, vérification faite, tous se révélèrent atteints de troubles mentaux. Aucune piste sérieuse ne s'était jamais dessinée pour étayer l'hypothèse que Martin Bormann était encore vivant.

« Votre père a fait du bon travail, commenta Cotton.

– Assurément. C'est lui qui a eu l'idée d'envoyer Bormann et Braun en Afrique après avoir entendu parler de l'État libre d'Orange. Bormann a fini par accepter de partir. »

Il s'efforçait de la jauger, de décider s'il pouvait ou non la croire après qu'elle s'était donné tant de mal pour le faire venir jusqu'à elle.

« Je déteste les nazis, affirma-t-elle.

– Votre père en était un.

– C'est vrai. Et ça ne facilite pas les choses pour une fille qui tient à garder de lui un souvenir affectueux. »

Comprenant qu'elle s'engageait sur la voie des confidences, il la laissa parler.

« Je suis allée une fois écouter un discours d'Hitler, reprit-elle d'un ton empreint de tristesse à l'évocation de ce moment. Il est entré dans la salle en paradant sur un fond de marche militaire entraînante, vêtu de son uniforme à chemise brune et chaussé des bottes les plus étincelantes que j'aie jamais vues. Tout le monde se tenait debout pendant qu'il parlait. C'était la règle. Sa voix résonnait comme le tonnerre et il prenait grand plaisir à tourner ses adversaires en ridicule et à s'indigner des affronts infligés à la patrie. Il renvoyait sans cesse à la mythologie et à l'Antiquité pour marteler l'idée d'un destin glorieux. La foule riait, applaudissait, criait son approbation. Cela a duré deux heures. C'était affreux. »

Ses inflexions mêmes traduisaient un réel dégoût.

« C'était un homme mauvais qui méprisait les femmes. Il est venu chez nous, une fois. Je l'ai entendu expliquer à ma mère qu'elle se devait d'être une jolie petite chose ingénue, câline et niaise, toute tendresse et douceur. Que son devoir était de donner naissance à des enfants et de satisfaire son mari. Hitler était un porc.

– Et Bormann ? »

Elle cracha de nouveau sur le sol.

« Il était encore pire. C'était un type immonde. Il traitait Evi d'une façon abjecte, répondit-elle, utilisant pour parler d'Eva Braun le surnom – Evi – dont seuls ses amis intimes se servaient, nota Cotton. À cette époque-là, la vie ici, au sud du Chili, n'était en rien différente de celle que nous avions connue en Allemagne. Tout le monde s'exprimait en allemand à l'école. Les murs de nos classes étaient décorés de croix gammées et de portraits d'Hitler. Nous étions tous inscrits à l'organisation de jeunesse où nous apprenions à travailler dur et à respecter l'autorité. Nous lisions *Mein Kampf* et de vieux exemplaires de *Das Reich*. On nous faisait étudier les discours de Goebbels et on nous inculquait l'esprit de revanche en nous expliquant qu'un jour nous prendrions part au prochain grand combat pour une Allemagne nouvelle. Quelle absurdité ! Mais, en attendant, nous vivions tous regroupés en produisant notre propre nourriture et en nous serrant les coudes dans ce que beaucoup appelaient la Vallée d'Hitler. Une zone qui traversait la Patagonie et comprenait trois communautés principales : *Deutschland*, *Heimat* et *Vaterland* – Allemagne, Nation et Patrie. C'était un très joli coin. Bormann était aux commandes de l'ensemble. Après son départ, c'est mon père qui a pris la suite. Et quand mon père est décédé, c'est moi qui ai hérité de toutes les responsabilités. »

Elle dévisagea Cotton d'un air aussi triomphant qu'effronté avant de poursuivre :

« Nombreux sont ceux qui sont venus fouiller par ici avant vous, et nous avons toujours su nous charger d'eux. La dernière intrusion s'est produite il y a quelques années. Deux Américains. L'un est mort ; l'autre a été mystifié. »

Jonathan Wyatt et Chris Combs.

« Vous avez trempé dans cette affaire ?

– C'est moi qui ai orchestré la mystification du début à la fin.

– Pour quelle raison ?

– Ça faisait partie de mon devoir. Mais le Kaiser a ordonné qu'une de mes amies soit tuée au cours de l'opération. Une femme merveilleuse qui s'appelait Isabel. Et ça, je ne le lui pardonnerai jamais. Je ne dois plus rien à ce personnage répugnant.

– Dans ce cas, pourquoi avez-vous accepté de prendre part à ce qui se trame en ce moment ?

– C'est la dernière occasion pour moi de rendre au Kaiser la monnaie de sa pièce, répondit-elle en souriant.

– C'est Pohl qui nous manipule depuis le début et qui nous a fait venir jusqu'ici ? »

Elle acquiesça. Son visage respirait l'assurance et le calme.

« Mais c'est moi qui tiens votre laisse, désormais.

– Quel est votre but ? »

Elle balaya la question d'un revers de main dédaigneux puis pointa son doigt.

« Ça, vous le découvrirez dans le bac en plastique qui se trouve là-bas. »

Il regarda dans la direction indiquée. Au-delà d'un passage voûté qui donnait sur une petite salle à manger, il vit effectivement une boîte sur une table.

« Je l'ai préparé à votre intention, ajouta-t-elle. Maintenant, s'il vous plaît, allez le chercher et sortez. »

De l'art d'en prendre à son aise !

L'entretien étant apparemment terminé, il se leva et se saisit de la boîte. Avant de partir, toutefois, il tira de sa poche le soldat de plomb qu'il avait trouvé à l'hacienda et le posa sur la table.

« Je pense que ceci vous appartient. »

28

Région des Lacs, Chili

15 h 15

Engel longea au ralenti une voiture stationnée sur l'accotement, dans un bois touffu d'araucarias. Il stoppa à la hauteur de la portière avant, dont la fenêtre était déjà ouverte, et baissa sa propre vitre.

« Quelles sont les nouvelles ? demanda-t-il au conducteur.

– Malone est passé il y a trois heures. Ada et lui ont discuté dans l'église. J'ai pu entrer par une petite porte et m'avancer suffisamment pour écouter leur conversation. »

L'espion rapporta ce qu'il avait entendu.

Rien d'encourageant.

« Malone n'est pas arrivé ici en suivant la piste prévue, ajouta le sbire. C'est Ada qui a fait en sorte qu'il vienne jusqu'à elle. »

Encore pire !

« Après lui avoir parlé dans le sanctuaire, elle l'a emmené chez elle. Et là, impossible de m'approcher sans être vu. »

Engel ne saurait donc pas ce qu'ils s'étaient dit de plus.

Ada était, au mieux, quelqu'un de contrariant. C'est pourquoi, pour plus de sécurité, il avait ordonné cette surveillance supplémentaire. Il n'avait pas eu d'autre choix que de la mettre dans le coup. Il était impératif que le message soit transmis par une personne ayant l'âge et l'origine qui convenaient. Presque tous les membres de la communauté initiale étaient décédés. Il n'en subsistait qu'une poignée, et aucun n'habitait dans la région des Lacs, à l'exception d'Ada.

« Ils sont restés dans la maison environ une demi-heure, puis Malone est ressorti avec une espèce de bac en plastique sous le bras. »

Un bac qui contenait quoi ? Encore une mauvaise nouvelle.

« Autre chose ?

– Non, tout est resté calme depuis », répondit l'homme en secouant la tête.

Il n'y avait donc plus qu'une solution.

Engel regagna la grand-route et roula jusqu'au couvent Notre-Dame, qui était à peine à deux kilomètres. Une fois là, il traversa l'église et fonça chez Ada. Il entra en coup de vent sans prendre la peine de frapper. La vieille était assise sur un grand canapé en satin bleu.

Elle l'attendait.

« Tu te crois maligne ? s'exclama-t-il en allemand.

– Je te connais comme si je t'avais fait, Josef.

– Quel besoin avais-tu de parler de l'Afrique ? Ou de *Herr* Pohl ? À quoi joues-tu, Ada ?

– Et toi, quel besoin avais-tu de m'espionner ?

– Il fallait que je m'assure de ta déloyauté.

– Ton Kaiser ne parviendra pas à ses fins. »

Les craintes d'Engel se concrétisaient de seconde en seconde. Ada n'avait pas bougé de sa place et semblait par moments à des années-lumière.

« Qu'est-ce que tu as dit à Malone ? demanda-t-il, s'efforçant de garder son calme.

– Que Bormann et Braun sont allés vivre en Afrique.

– Il était censé apprendre que le fils était mort ici, rien de plus, dit-il, conscient que son plan si bien échafaudé était maintenant fortement compromis. Et qu'en est-il de la boîte avec laquelle il est parti ? Qu'est-ce que tu lui as donné ?

– Des informations qu'il avait besoin de connaître. »

Jamais encore elle ne s'était montrée si téméraire.

« Qu'est-ce qui a changé, Ada ?

– Tout, répondit-elle en le transperçant du regard. Et c'est toi qui en es responsable, Josef. Parce que tu as abattu Isabel sans autre raison que de protéger ton précieux piège. Je te remercie de m'offrir la possibilité de redresser ce tort.

– Tu n'as absolument pas protesté à propos d'Isabel quand ça s'est passé.

– Non. Je me suis contentée de l'enterrer, puis de me jurer de la venger à la première occasion. Contrairement à toi, je connaissais l'éminence brune. C'était un homme épouvantable. Mais j'ai appris de lui à ne rien révéler de mes intentions. »

Dans ce domaine, elle avait parfaitement réussi !

« Il fallait que cette vieille femme meure, rappela-t-il. Pour que les Américains soient convaincus.

– Cette vieille femme avait un nom : Isabel. Et elle m'était très chère. C'était mon amie la plus proche. Elle participait à cette opération uniquement pour me rendre service. »

Engel commençait à perdre patience. Il avait à l'évidence commis une énorme bourde en sollicitant l'aide de ce fossile, et il allait devoir rendre compte à Theodor Pohl de cette erreur de jugement. En mettant les choses au mieux, leur calendrier serait bouleversé. Au pire, c'était le projet entier qui risquait de tomber à l'eau. Or l'élection approchait vite et Pohl n'avait pas l'habitude d'échouer.

Lui non plus.

L'être pétri de rancœur qui était là, en train de le dévisager d'un air tranquille, venait de leur asséner un rude coup. Son regard ne trahissait rien d'autre que de la haine et de l'animosité.

« J'espère que toi, ton Kaiser et l'éminence brune irez tous pourrir en enfer », siffla-t-elle.

Ada avait reçu pour mission d'organiser la mise en scène de l'hacienda en y disposant les photos et divers souvenirs, puis d'aiguillonner Malone et Vitt de sorte qu'ils entrent en contact avec elle aujourd'hui et qu'elle puisse les informer que le fils de Martin Bormann et d'Eva Braun, censé figurer sur un des clichés, était décédé. L'étape suivante du plan soigneusement élaboré par Engel était déjà en place, prête à débuter, mais elle allait maintenant devoir être reportée *sine die*. Il ne pouvait pas se permettre de laisser cette folle continuer ses petites manœuvres avec Malone.

Il était plus que temps de régler le problème.

Il plongea la main sous sa veste et la referma sur la crosse du Browning qu'il s'était procuré à Santiago. L'heure n'était plus aux tergiversations. Il pointa l'arme.

Et entendit un déclic.

Derrière lui.

Il se retourna.

Deux hommes se tenaient debout dans le passage qui menait à la salle à manger, chacun braquant un fusil sur lui. Les deux jeunes blonds qui avaient été payés pour venir en pick-up tirer sur l'hacienda, la veille, afin d'inciter Malone et Vitt à aller de l'avant.

« Mauvaise idée, Josef », dit Ada.

Il abaissa l'automatique.

« Je ne suis pas Isabel, reprit-elle. Te tuer ici et maintenant ne suffirait pas à assouvir ma colère. Je veux que tu savoures ta déconfiture. Ensuite, le Kaiser décidera de ton sort. Explique-lui bien que cette histoire ne se terminera pas comme il le prévoyait. »

Il sentit tout le poids de la menace. Il était clair qu'elle ne parlait pas en l'air.

« Il peut dire adieu à son piège diabolique », ajouta-t-elle en conclusion.

29

15 H 30

Cotton retourna au chalet, à côté d'Arana. Le policier qui lui servait de baby-sitter lui lança un regard curieux quand il laissa tomber le bac en plastique sur le carrelage près de la table de la salle à manger. Il s'était arrêté dans le village en chemin pour déjeuner sur le pouce. Cassiopée n'avait toujours pas fait signe, et il se demandait ce qui se passait à Santiago, mais il partait du principe qu'elle se manifesterait dès qu'elle aurait du nouveau.

Il tira une chaise jusqu'à la table, s'assit et se baissa pour ouvrir la boîte, qui était remplie d'enveloppes blanches défraîchies, toutes adressées à Ada et portant le sigle SAU sur le cachet postal.

SAU, il le savait, signifiait « South African Union » – Union sud-africaine –, le nom qui avait désigné l'Afrique du Sud jusqu'à ce qu'elle devienne la république d'Afrique du Sud en 1961, à la suite d'une réforme politique. Il prit l'enveloppe qui occupait le dessus de la pile et en sortit trois feuillets bleu pâle en excellent état de conservation, qu'il déplia avec précaution.

Le texte était entièrement rédigé en allemand, l'écriture féminine. Il parcourut le premier paragraphe, mais buta sur la traduction. Ce n'était pas l'allemand standard dont il avait l'habitude. L'expression était plus brute, les liens entre les mots pas évidents. Cela faisait penser à une sorte d'argot.

« Ça ne va pas me mener bien loin, dit-il au policier qui s'était approché. Je ne capte pas grand-chose. »

L'homme se pencha par-dessus son épaule et jeta un coup d'œil à la lettre.

« J'espère que ces lignes te trouveront en bonne santé, déchiffra-t-il. Je regrette de ne pas pouvoir te...

– Vous ne souffrez pas de mon handicap, à ce que j'entends.

– J'ai étudié les langues, à l'université, déclara le *carabinero*, visiblement fier de pouvoir faire montre de ses talents. C'est de l'allemand ancien, assez verbeux. Ça peut paraître obscur quand on n'a pas l'habitude.

– Si vous y comprenez quelque chose, vous pourriez peut-être m'aider ?

– C'est pour ça que je suis là, répondit l'autre en souriant.

– Dans ce cas, prenez une chaise et lisez-moi tout ça à haute voix. »

Cotton regarda sa montre. Presque 19 heures.

Cela faisait bientôt trois heures qu'il écoutait le policier. Les lettres étaient apparemment toutes de la main d'Eva Braun et signées du pseudonyme Rikka Soreno auquel Ada avait fait allusion. Elles avaient été envoyées à Ada entre fin 1949 et 1952. Il semblait que Braun et Bormann aient quitté le Chili en 1947 pour chercher refuge dans l'État libre d'Orange, qui faisait partie de ce qui était alors l'Union sud-africaine. Un choix à première vue étonnant. Il mobilisa ce qu'il avait pu apprendre sur cette province connue à présent sous le nom simplifié d'État libre.

Des pionniers blancs – plus tard appelés Boers – fuirent la colonie néerlandaise du Cap au XVIIIe siècle pour s'installer dans une région située au nord-ouest de l'actuelle

Afrique du Sud. Dans les années 1850, ils fondèrent plusieurs républiques boers vouées à la cause du suprématisme blanc et de la ségrégation raciale, dont l'État libre d'Orange, et obtinrent leur indépendance totale de la colonie du Cap, alors devenue britannique. Même pour une nation qui se revendiquait de l'apartheid, l'État libre d'Orange pratiquait une politique à l'extrême de l'extrême. Les femmes n'avaient pas le droit de vote, les Africains aucun droit du tout. Quant aux Asiatiques, ils avaient l'interdiction de séjourner plus de vingt-quatre heures sur le territoire. Au tournant du XXe siècle, une guerre sanglante ramena les Boers sous le joug britannique. Mais ce ne fut que dans les années 1990, avec la prise du pouvoir par le Congrès national africain, l'ANC, que la province, épurée par un gouvernement issu de la majorité noire, vit son nom amputé du terme « Orange », évocateur du racisme hollandais d'antan.

Avant cette époque, toutefois, il n'était pas vraiment surprenant qu'un des criminels nazis les plus recherchés au monde ait pu considérer la région comme un sanctuaire quasi parfait. En Afrique, la Seconde Guerre mondiale se résumait à peu de chose près à ce qu'on pouvait en lire dans la presse, le conflit ne s'étendant guère au-delà de l'espace saharien, plusieurs milliers de kilomètres au nord. Au sud du continent, Martin Bormann aurait été un quidam parmi d'autres, et Luis Soreno avait dû passer encore plus inaperçu. D'après ce que décrivait Eva Braun alias Rikka Soreno, Bormann s'en était toujours tenu à sa politique du temps de guerre, consistant à éviter la lumière des projecteurs. Les lettres parlaient de girafes, d'antilopes, de zèbres et de springboks. Les Soreno habitaient une ferme avec des murs en grès et un toit en tôle ondulée. Ils disposaient d'une véranda panoramique qui donnait sur un paysage de hauts plateaux et sur des cerisaies qui embaumaient. Mais il se dégageait de cette prose une tristesse suggérant une vie perturbée.

« Qui était cette femme ? » demanda le policier après avoir terminé la lecture d'une nième lettre.

Il n'était bien sûr pas question de lui révéler la vérité.

« Une épouse déçue. Malheureuse.

– Le mari a tout l'air d'une brute. »

Difficile de prétendre le contraire, surtout s'agissant d'un individu qui avait inscrit l'Holocauste à son palmarès.

Cotton sortit de la boîte les deux derniers paquets de lettres qu'elle contenait. Au fond, il vit une unique feuille de papier blanc sur laquelle étaient rédigées quelques lignes. L'encre bleue était encore chatoyante, la calligraphie féminine.

Le mot, à l'évidence récent, était en anglais. Il le prit et lut.

Vous mesurez à présent quelles souffrances a endurées la Veuve par amour pour son vrai mari. Elle serait morte avec lui dans le bunker s'il ne lui avait pas ordonné de fuir. Comme le faisait une épouse en ce temps-là, elle a obéi, mais vivre sans lui était pour elle une douleur perpétuelle. Quels que puissent être nos sentiments à l'égard d'Hitler, elle l'aimait. Allez là-bas, en Afrique, à l'endroit dont il est question dans ces lettres. Quand vous y serez, tout vous paraîtra clair. Vous me croyez sans doute obsédée, ou folle. Qui pourrait vous le reprocher ? Vous êtes d'autant plus fondé à ne pas me faire confiance que mon unique raison de croiser votre chemin était de vous tromper. Néanmoins, je persiste à affirmer que je hais le Kaiser et que vous êtes l'objet d'une manipulation. Si vous le voulez bien, permettez-moi de vous fournir une dernière preuve de ce que j'avance. Dans les montagnes proches d'ici, sur la rive nord du lac Girasol, se trouve un château où les fidèles se réunissaient, jadis. C'est un vieux château dont seuls quelques-uns connaissent l'existence. Si vous vous y rendez, vous comprendrez que je ne vous mens pas.

Un nouveau coup d'éperon pour les inciter à continuer d'avancer sur une piste soigneusement choisie ? Une composante du piège du Kaiser ? Ou une offre loyale d'apporter des éléments convaincants ?

Bien malin qui aurait pu le deviner.

Ses pensées furent soudain interrompues par l'ouverture de la porte de devant. Il leva la tête et vit entrer Cassiopée, suivie de Vergara. Elle avait un regard inquiet qui n'annonçait rien de bon.

« Un problème ? » demanda-t-il.

Elle acquiesça, puis ils montèrent à l'étage où ils pouvaient s'entretenir en privé dans leur chambre. Elle lui expliqua qu'elle avait détecté dans les archives de la banque des traces de transactions financières en lien avec les firmes Eisenhuth-Industrie et Herzog Konzern.

« À combien s'élèvent les transferts ? s'enquit-il.

– Près de cent millions d'euros sur une longue période.

– Je comprends mieux, maintenant. C'est pour que nous trouvions ces archives qu'on nous a incités à venir ici, pas pour découvrir si Pohl est ou non le fils de Bormann. La cible est Marie Eisenhuth. Nous sommes là pour dénicher des preuves qui entraîneront sa chute à *elle.* »

Il la mit au courant du double jeu auquel se livrait Ada.

« Pohl a fait passer le prétendu renseignement le concernant à la chancelière en utilisant le nom de Gerhard Schüb comme appât, expliqua-t-il. Ensuite, il a ordonné les meurtres d'Hanna Cress et de l'enquêteur d'Eisenhuth à Santiago pour maintenir notre intérêt en éveil, et il a fait en sorte que nous arrivions jusqu'à ces archives bancaires. Il semble que seules les improvisations d'Ada n'aient pas été prévues au programme.

– Donc, il n'existe probablement aucun fils de Bormann et Braun, dit Cassiopée en s'asseyant sur le bord du lit. Alors pourquoi Pohl aurait-il pris l'initiative de faire croire le contraire au risque d'être incriminé lui-même ?

– Il ne courait aucun risque. Il s'agissait pour lui de montrer que les familles Herzog et Eisenhuth avaient un rapport avec le trésor des nazis. Et quelle meilleure façon de prouver la réalité de ce rapport que de le faire découvrir par nous ? »

Il parla de la note manuscrite d'Ada avant de conclure :

« À mon avis, elle dit la vérité. Les documents envoyés à Marie Eisenhuth ne font pas allusion à l'Afrique. Mais, quand j'y repense, ils ne mentionnent pas vraiment de lieux, quels qu'ils soient. Ils relatent simplement des détails concernant des rencontres qui auraient pu se dérouler n'importe où. D'après Ada, Bormann et Braun ont quitté le Chili en 1947 pour ne jamais y revenir. Et les lettres de Braun confirment cette allégation.

– Oui, si elles sont authentiques.

– Elles le sont, j'en suis certain.

– Ça signifie que les informations financières sur le mari et le père de Marie Eisenhuth sont exactes. Sinon, à quoi bon nous les faire dénicher ? »

Il acquiesça. Elle avait raison, bien sûr.

« Il nous faut des éclaircissements », dit-il.

Et il savait où les obtenir.

« Retournons rendre une petite visite à Ada. »

30

20 H 15

Le soleil était couché quand Cotton et Cassiopée quittèrent le chalet pour se rendre à Tilcara, à quarante minutes de voiture par des routes de montagne obscures bordées de forêts. Vergara avait proposé de les accompagner, mais ils avaient décliné son offre.

C'était un déplacement qu'ils devaient effectuer en toute indépendance.

Cotton leva le pied à l'entrée du bourg, qu'ils traversèrent à vitesse réduite, passant devant des maisons plongées dans l'ombre. Seuls les carrefours étaient illuminés par des lampadaires. Puis il accéléra à la sortie, et les phares percèrent la nuit de leurs cônes précis.

Il aperçut bientôt l'église, dont chaque fenêtre formait un rectangle blême. Si la demi-lune perchée bien haut dans le ciel de l'est ne l'avait pas baigné de sa clarté, le bâtiment n'aurait été qu'une tache dans le noir. Comme il l'avait fait plus tôt dans la journée, il se gara en face et ils gagnèrent à pied le cottage d'Ada. Aucune ampoule ne brûlait ici non plus, mais la porte était entrebâillée. Cassiopée dut elle aussi pressentir un problème, car ils glissèrent en même temps la main sous leurs vestes pour empoigner leurs armes.

« Je passe par-devant, articula-t-il sans proférer un son. Fais le tour par-derrière pour voir s'il y a un autre accès. »

Il s'avança jusqu'à la porte pendant que Cassiopée disparaissait au coin de la maison, puis il s'immobilisa, l'oreille aux aguets. Aucun souffle de vent n'agitait les arbres. Au loin, des grenouilles coassaient en chœur, accompagnées par les stridulations des grillons. Il se plaqua contre le jambage et essaya de scruter l'intérieur, mais il faisait trop noir dans le salon pour qu'il discerne quoi que ce soit. Il se remémora les détails que son esprit avait enregistrés lors de sa première visite. Pas de plafonnier. Seulement des lampes posées sur des guéridons. Impossible d'en allumer une sans pénétrer dans la pièce, et donc s'exposer.

Il opta pour la méthode directe.

« Ada ! appela-t-il. C'est Cotton Malone. »

Il attendit. Aucune réponse.

« Ada ! »

Toujours rien.

Puis l'intérieur s'éclaira soudain comme en plein jour.

« Tu peux venir », fit la voix de Cassiopée.

Il entra. Elle était debout au fond du salon, pistolet au côté.

Un homme gisait sur le sol. Jeune. Vêtu d'un jean, d'une chemise et d'un blouson. Il avait une marque rouge au front. Ses mains, croisées sur sa poitrine, tenaient une feuille de papier sur laquelle était écrit POUR ISABEL.

« Si je ne me trompe pas, dit Cotton, il travaillait pour celui ou celle que Pohl a recruté pour diriger l'opération. Ada reprochait à ces gens-là d'avoir assassiné son amie. Elle leur aura rendu la politesse.

– Ça fait quand même beaucoup pour une bonne vieille qui œuvre dans le bénévolat », remarqua Cassiopée.

En effet. Ils avaient indéniablement affaire à quelque chose de bien plus profond. Mais avant tout…

« Commençons par fouiller cette baraque. »

Josef Engel se gara devant le chalet.

Depuis la route, il avait regardé Cassiopée Vitt et Cotton Malone partir en 4x4. Il était encore sous le choc de son entrevue avec Ada. Il allait devoir faire son rapport à Pohl, et cette perspective ne l'enchantait pas du tout. Mais il fallait d'abord qu'il traite une autre question.

Il sortit de sa voiture et suivit une allée de graviers jusqu'à la porte d'entrée, à laquelle il frappa. Le sous-directeur du Service d'enquête, Juan Vergara, vint lui ouvrir un instant plus tard.

« Où se rendent-ils ? demanda-t-il.

– Ils sont retournés voir la vieille femme quand Malone a eu fini de lire les lettres. »

Parfait. L'homme à qui il avait ordonné de surveiller le cottage d'Ada serait là pour observer ce qui se passerait.

« Où sont-elles, ces lettres ? »

Vergara le conduisit dans une autre pièce, où une boîte en plastique ouverte était posée sur le sol, près d'une table jonchée d'enveloppes. Assis sur une des chaises, un policier en uniforme était tranquillement en train de lire.

De mieux en mieux !

« Quelque chose d'intéressant ? demanda-t-il au *carabinero* en espagnol avec un sourire.

– *Sí, señor*, beaucoup de choses, même. C'est une Allemande qui a écrit ça. Fière. Mais très malheureuse. »

Les états d'âme de l'Allemande, Engel s'en moquait pas mal. Ce dont il ne se moquait pas, en revanche, était que cet inconnu en sache plus long que lui. Il se tourna vers Vergara.

« Expliquez-moi ce qu'ont fait Malone et Vitt.

– Ils sont montés dans leur chambre quand nous sommes revenus de Santiago et ils ont discuté en privé.

J'imagine que Vitt racontait ce qu'elle avait appris là-bas. Ils ont filé tout de suite après en disant qu'ils voulaient avoir un nouvel entretien avec Ada.

– Et à Santiago ? Que s'est-il passé ?

– Vitt a trouvé les documents concernant les transactions financières, ainsi que vous le souhaitiez, et la banque a validé les données. Le *señor* Donoso, de la Banco del Estado, a parfaitement joué son rôle, mais je n'en attendais pas moins de sa part.

– Qu'avez-vous fait ensuite ?

– J'ai raconté à Vitt que la loi chilienne m'imposait d'effectuer une demande d'information officielle dans toute affaire touchant au nazisme. J'ai alors pris contact avec le Bundesnachrichtendienst et je les ai avertis des découvertes qui venaient d'être faites. Je leur ai communiqué les documents par mail en sollicitant une enquête de leur part. »

Tout à fait ce qu'il voulait. Les spécialistes du contre-espionnage allemand auraient tôt fait de confirmer que les renseignements étaient exacts – ce qu'ils étaient, après tout. Et ceci contribuerait à alimenter l'incendie qu'il avait allumé et qui était déjà hors de contrôle.

Enfin quelque chose qui n'allait pas de travers !

Il avait fait la connaissance de Vergara cinq ans auparavant et l'individu lui avait déplu dès le début. Il n'éprouvait que dégoût pour les hommes trop avides et sans principes bien définis. Or Vergara cochait largement les deux cases.

Sans compter qu'il faisait preuve d'une curiosité insatiable.

Le sous-directeur du Service d'enquête ne devait son poste qu'à l'intervention de Theodor Pohl auprès de certains hauts fonctionnaires chiliens. Mais cette collusion n'impliquait en aucun cas que Vergara, ou tout autre de ses compatriotes, pût avoir librement accès à un si grand nombre d'éléments confidentiels, surtout quand ceux-ci ne faisaient pas partie du plan initial – telles ces lettres conservées par une vieille femme animée par un esprit de vengeance.

« Il y a autre chose, ajouta Vergara en lui tendant une note manuscrite. Cette feuille était au fond de la boîte. »

Il se saisit du papier, visiblement de la main d'Ada, et lut le message qu'il contenait.

Nom d'un chien ! Le désastre !

La propriété proche du lac Girasol était zone interdite. Jamais Cotton Malone et Cassiopée Vitt n'auraient dû avoir vent de son existence.

Même chose pour ce qui concernait l'Afrique.

Ada avait vraiment tout saboté.

Il prit une décision. Du genre de celles que lui recommandaient jadis ses mentors de la Stasi dans les cas où la balance penchait bien plus en faveur des risques que des bénéfices. Il avait appris la leçon il y avait bien longtemps, mais il l'avait retenue.

On ne gagnait jamais rien à être négligent.

Il n'y avait donc aucun doute sur la voie à suivre.

31

Cotton entra dans une des pièces, Cassiopée dans une autre. La maison faisait à peine cent mètres carrés.

Il remarqua des éléments décoratifs typiquement allemands qui ne lui avaient pas sauté aux yeux la première fois. Un pichet en porcelaine sur lequel était représenté un moulin à eau dans des tons défraîchis de blanc et de marron. Des lampes à abat-jour brodés. Des bougeoirs peints. Un crucifix en bois, sur un mur, abrité sous un petit toit pointu en cyprès ou en cèdre. Il en avait vu de semblables un peu partout en Bavière.

Dans la chambre à coucher, il y avait une coiffeuse ancienne avec un miroir ovale. Des ustensiles de toilette et des cosmétiques étaient rangés sur la tablette. Une collection de bibelots manifestement chargée de sens encombrait le plateau d'une commode. Cotton décida de commencer par là et entreprit de fouiller les tiroirs du meuble. Ils étaient remplis de quantité de vêtements, mais, dans celui du bas, il tomba sur un vieil album photo dont la couverture en cuir partait en lambeaux. Cela faisait longtemps qu'il n'en avait pas eu de semblable entre les mains. Des coins noirs collés maintenaient les clichés en place sur les feuillets en lin rigidifié. Sa grand-mère avait utilisé le même procédé de fixation dans ses albums à elle, en Géorgie.

L'une des pages retint aussitôt son attention. Elle comportait un portrait en noir et blanc d'Adolf Hitler se tenant dans une pose belliqueuse. Pas une image de série, créée pour les besoins de la propagande, mais une photo prise par un particulier.

Ada n'avait-elle pas dit qu'Hitler était venu un jour chez elle ?

Il lui revint en mémoire une devinette en vogue dans les années 1940 qui décrivait très bien le glorieux Führer. Il gouverne à la russe, se coiffe à la française, taille sa moustache à l'anglaise, est autrichien de naissance, nous enseigne le salut romain et demande à nos femmes d'avoir beaucoup d'enfants alors qu'il est incapable d'en faire un lui-même. Qui est-il ? Le chef de l'État allemand.

« Ce n'est pas le genre de truc qu'on voit tous les jours », commenta Cassiopée, qui venait d'entrer dans la chambre et de voir la photo.

Il acquiesça et continua de feuilleter l'album.

Parmi la pléthore de photos de gens et de lieux en noir et blanc que celui-ci contenait, bon nombre étaient estompées par le temps. Un personnage revenait souvent : un homme de haute taille et d'allure virile portant l'uniforme SS. Ses yeux vides n'exprimaient aucune émotion, comme s'il craignait de se faire mal en souriant. De grands arbres l'entouraient et la rive d'un lac se profilait à l'arrière-plan.

Une autre image arrêta son regard.

Elle représentait des enfants, tous âgés de sept ou huit ans. Deux garçons et trois filles habillés comme pour la messe, costumes pour eux, jupes pour elles. Ils posaient ensemble, l'air heureux. Il scruta les jeunes visages, mais ne reconnut en aucun celui du fils supposé de Bormann qu'il avait vu sur les portraits de l'hacienda.

Il poursuivit son exploration et s'attarda sur une photo qui occupait une pleine page.

Deux hommes. L'un était le SS des clichés précédents, mais il avait troqué l'uniforme pour une *Lederhose* – la culotte de peau bavaroise – dont les bretelles étaient jointes par une bande de cuir ornée, entre autres, d'une croix gammée étincelante. Il portait en outre une chemise claire, des bas montant aux genoux et une cape de laine. Cette fois, il souriait.

L'autre homme, plus âgé, petit, mais trapu, avait des cheveux bruns clairsemés. Il était vêtu d'un costume croisé et un brassard nazi entourait son biceps gauche. Lui aussi souriait, mais de façon contrainte, lèvres serrées, mâchoires crispées, expression circonspecte.

Cotton avait déjà vu ce visage.

« Je ne me trompe pas ? demanda-t-il à Cassiopée.

– Non, c'est bien le père de Marie Eisenhuth, Albert Herzog. »

Dont cette dernière leur avait montré la photo en les recevant dans son château.

« D'abord, les transferts d'argent, maintenant ceci, dit Cotton en regardant autour de lui. La chancelière ne va pas aimer.

– Il faut que nous lui parlions.

– Je crois que nous devrions vérifier une chose au préalable. Ada s'est donné beaucoup de mal pour nous aiguiller vers le château du lac Girasol. Nous lui devons bien d'aller y faire un tour. Pourquoi pas demain ?

– Ça pourrait être un piège, tu t'en rends compte ?

– J'en suis conscient. Mais nous passons notre vie à affronter le danger.

– Ça, ce n'est pas faux », admit-elle avec un petit rire.

Ils achevèrent leur fouille et quittèrent la maison en emportant l'album. Quand ils arrivèrent à leur voiture, il remarqua quelque chose sur le siège conducteur. Quelque chose qui n'était pas là quelques minutes plus tôt. Une pile d'enveloppes.

Tous ses sens furent aussitôt en alerte.

« J'ai l'impression que notre seconde visite était escomptée, comme le reste. Quelqu'un a fait en sorte que nous trouvions ce corps, l'album et maintenant ces lettres. »

Il ôta l'élastique qui ceignait le paquet et compta cinquante-trois enveloppes. Toutes portaient le cachet de la poste sud-africaine, mais, cette fois, elles étaient adressées à Ada, à Tilcara, et l'écriture était masculine. Il en ouvrit une et parcourut le feuillet manuscrit qu'elle contenait à la lueur des plafonniers du 4x4.

« C'est signé Gerhard.

– Quelles sont les dates d'envoi ? s'enquit Cassiopée.

– Très variées, répondit-il après avoir rapidement vérifié. Ça va de la fin des années 1940 aux années 1960.

– À l'évidence, elle veut que nous lisions aussi ce courrier-là. »

Il était bien d'accord. Mais la question du jour était : pourquoi ?

Cotton émergea graduellement d'un sommeil agité, peuplé de rêves confus. Il jeta un coup d'œil au cadran lumineux de sa montre, qui indiquait 3 h 45. Il s'était reposé environ deux heures depuis leur retour de Tilcara. Ils avaient signalé la présence du cadavre chez Ada, mais gardé pour eux l'album et les nouvelles enveloppes, qu'ils avaient cachés sous leur lit après les avoir glissés dans un sac à dos en toile trouvé dans le 4x4.

Cassiopée dormait paisiblement à son côté.

Les événements se précipitaient, et il ne parvenait pas à mettre de l'ordre dans ses idées embrouillées. Pourquoi s'obstinait-il à passer les meilleures années de sa vie à parcourir le globe pour résoudre des problèmes qui n'étaient pas les siens ? Il avait jadis été un avocat d'un genre très particulier qui défendait non pas des individus venus dans son bureau exposer leurs soucis, mais des causes, des stratégies nationales.

Il avait joué son rôle dans un jeu planétaire.

Le cabinet au sein duquel il avait exercé ses fonctions était la division Magellan, son associée principale Stéphanie

Nelle, et ses missions figuraient parmi les plus difficiles que ce service se voyait attribuer.

Pourquoi Stéphanie les lui assignait-elle ? Parce qu'elle le pensait capable et avait confiance en lui. La même confiance que lui témoignait à son tour la chancelière allemande.

Il repoussa la couette toute douce en laine de vigogne et se leva. La pièce était dans le noir. Seul un rai de lumière filtrait sous la porte donnant sur le couloir.

Quelque chose l'avait réveillé.

Un bruit.

Après avoir pris son pistolet sur la table de chevet, il alla à pas de loup, en caleçon et maillot de corps, jusqu'à la porte, dont il tourna silencieusement la poignée. Le corridor était éclairé par des appliques murales qui projetaient une lueur ambrée vers le haut. Il passa la tête par-delà l'encadrement et jeta un coup d'œil de chaque côté.

Personne en vue.

Le chalet était construit sur le modèle alpin, avec plafond à deux pans, fenêtres nombreuses et beaucoup d'espace. Une rambarde en bois surplombait la grande pièce du rez-de-chaussée. Il se glissa jusque-là et, son arme contre la cuisse, il regarda en bas tout en prenant soin de rester en retrait de la rampe.

Affalés sur les canapés, les deux *carabineros* dormaient à poings fermés. Une partie du salon était éclairée par la lumière de la salle à manger attenante, où Vergara, assis à la table, s'absorbait dans la lecture des lettres d'Eva Braun.

Un portable se mit à vibrer près du coude du policier. Sous l'effet des trépidations, le téléphone se déplaça sur le plateau de chêne en produisant un son dans lequel Cotton reconnut celui qui l'avait tiré du sommeil. Vergara prit l'appareil et répondit.

« *Ja.* Que se passe-t-il ? »

En allemand. Une langue que le sous-directeur du Service d'enquête n'était pas censé posséder, d'après Cassiopée. Intéressant.

Il y eut un blanc pendant que le correspondant s'exprimait, puis Vergara, toujours en allemand, proféra à voix basse un torrent de mots dont Cotton ne saisit que des bribes.

« Un… s'est assuré… m'emmener… nécessaire… si cela ne se passait pas dans mon pays… »

Une nouvelle pause, puis :

« Ma responsabilité… gratitude… avion… tout sera… »

Vergara mit un terme à la conversation et se replongea dans sa lecture.

Ils avaient parlé au Chilien du lac Girasol et lui avaient montré la note d'Ada. Il avait dit connaître le site, mais ignorer s'il existait une propriété sur la rive nord, précisant qu'il s'agissait d'une zone peu peuplée, proche de la frontière argentine et contiguë à l'un des nombreux parcs nationaux qui émaillaient la région. Il leur avait proposé d'envoyer une équipe enquêter là-bas, mais ils avaient décliné, préférant se rendre eux-mêmes sur place. Ils avaient en revanche accepté son offre de leur procurer un moyen de transport et de leur fournir tous les renseignements supplémentaires dont ils pourraient avoir besoin concernant les lieux.

Des signaux d'alarme se déclenchèrent dans le cerveau de Cotton, s'ajoutant aux précédents. Il resta encore un moment à son poste d'observation, puis regagna la chambre et referma la porte sans bruit.

« Qu'est-ce qu'il y a ? demanda Cassiopée qui s'était réveillée et l'attendait.

– De nouveaux problèmes en perspective. »

32

Vendredi 14 juin
6 h 45

Cotton termina un second muffin tartiné de miel de palme et avala un verre de jus d'orange acidulé. Il avait été réveillé une demi-heure plus tôt par des oiseaux qui chantaient dans un mimosa voisin. Le calme trompeur du cadre ne devait pas lui faire oublier qu'il était entouré d'ennemis. Au premier rang desquels figurait à coup sûr Vergara. S'il fallait en croire Ada, quelqu'un savait à l'avance pratiquement tout ce que Cassiopée et lui allaient entreprendre. Et il y avait de fortes chances pour que le sous-directeur du Service des enquêtes y soit pour quelque chose. Malheureusement, s'ils voulaient retourner la situation à leur profit, ils n'avaient d'autre choix que de faire comme si de rien n'était et effectuer l'excursion au lac Girasol, ne serait-ce que pour étayer leurs soupçons à l'égard de Juan Vergara.

« On y va ? demanda-t-il à Cassiopée, qui avait, elle aussi, pris un second petit pain.

– Qu'est-ce qu'on fait des lettres ? s'enquit-elle en montrant la boîte en plastique d'Ada toujours posée sur le sol et les feuillets empilés sur la table.

– On les laisse ici.

– Tu penses qu'elles ne risquent rien ?

– Si quelque chose avait dû leur arriver, ce serait déjà fait, répondit-il en songeant qu'il aurait bien aimé pouvoir en dire autant pour ce qui les concernait eux-mêmes. Tu as vu notre hôte, ce matin ? »

Pendant qu'ils prenaient leur petit déjeuner, qui les attendait dans la salle à manger quand ils étaient descendus de leur chambre, les deux *carabineros*, omniprésents, se prélassaient dans le grand salon tout proche.

« Je l'ai entendu partir il y a à peu près une heure. Nous avons intérêt à rester sur nos gardes. Les pièges sont rarement des endroits confortables.

– Surtout pour les proies », confirma-t-il avec un sourire.

La sonnerie feutrée d'un téléphone vibra dans le séjour, suivie d'un bip, puis d'un bruit de pas. Le plus grand des deux policiers entra nonchalamment dans la salle à manger.

« Le *señor* Vergara vous attend au lac, à Arana, déclara-t-il. L'avion est arrivé.

– Très bien, dit Cotton. Conduisez-nous là-bas. »

Il leur fallut moins d'un quart d'heure en voiture pour atteindre le lac, qui s'étendait au nord de la Grand-Place du bourg. Les eaux tranquilles, normalement bleu cobalt, se vaporisaient en un léger brouillard qui filtrait la lumière et leur donnait la teinte grise de l'étain. Loin vers l'ouest, au-dessus de la brume, le soleil levant éclaboussait le cône tronqué d'un volcan, dont les flancs colorés de rouge semblaient ensanglantés. Le ciel était moucheté de nuages nacrés.

L'appareil annoncé était un hydravion bimoteur à ailes hautes, un vieux Twin Bee construit à la manière des citernes, avec de longs alignements de rivets, de solides entretoises et d'épaisses parois de tôle. La coque reposait dans l'eau comme celle d'un bateau, léchée par les vaguelettes, ses surfaces brillantes reflétant la lumière.

« Voilà qui évoque des souvenirs », dit Cassiopée.

Ils avaient en effet volé ensemble sur un Twin Bee identique en Chine, quelques années plus tôt.

« Je te rappelle que j'ai déjà été abattue en plein ciel une fois cette semaine, ajouta-t-elle.

– Je tâcherai de faire plus attention, cette fois », promit-il.

Vergara les attendait au pied d'une courte passerelle qui menait à un ponton revêtu de caoutchouc.

« D'après la météo, le brouillard est bas et se sera dissipé avant 9 heures. Vous ne devriez pas rencontrer de difficultés pour vous poser au lac Girasol. Il est situé haut dans les montagnes, où l'air est moins dense. Vous êtes sûr que vous n'avez pas besoin d'un pilote ?

– Je connais les commandes de ces avions, répondit Cotton, qui ne voulait surtout pas d'un énième baby-sitter. Du nouveau à propos du corps que nous avons trouvé chez Ada hier soir ?

– Il a été identifié. C'est quelqu'un du coin. Nous essayons d'établir ses liens avec la vieille femme... qui a disparu, elle aussi. »

Il ne se faisait pas de souci pour Ada. Il était évident qu'elle savait mener sa barque. Le véritable problème était le type qui se tenait devant lui.

« Le lac Girasol est à cent vingt kilomètres d'ici en direction du nord-est, expliqua Vergara. Il y a une carte à bord, que j'ai annotée. J'imagine que vous avez aussi des rudiments de navigation ?

– Nous avons eu un ou deux cours sur le sujet à l'école navale, répondit Cotton, qui ajouta un petit sourire pour faire bonne mesure.

– Oh, mais bien sûr ! Excusez-moi pour cette question idiote... J'ai vérifié, il y a bien une maison au fond d'une crique sur la rive nord. Elle n'est desservie par aucune route. On ne peut y accéder qu'à partir du lac. Elle est très isolée. Je vous ai laissé quelques informations à son propos dans l'avion, ainsi que des images de Google Maps.

– Le plein est fait ?

– Oui, j'y ai veillé moi-même. »

Pas de quoi se tranquilliser !

« Bon vol, dit le Chilien. Je serais curieux d'entendre votre compte rendu. »

Cotton suivit Cassiopée sur le ponton. C'était elle qui portait le sac à dos contenant l'album, les lettres qui avaient été déposées dans leur 4x4 et les photos trouvées à l'hacienda.

Ils grimpèrent dans l'habitacle, doté de deux sièges en cuir contigus et d'une banquette à l'arrière. Le tableau de bord ne se prolongeait pas du côté passager, ce qui permettait d'avoir une vue dégagée à travers les fenêtres avant. Cotton boucla sa ceinture, examina les instruments, puis ajusta les commandes des gaz, des hélices et du mélange air-carburant, situées au-dessus de sa tête. Après avoir jeté un coup d'œil aux bouchons de quille et constaté que le compartiment semblait bien étanche, il lança les moteurs et rectifia la teneur en air du carburant jusqu'à ce que les hélices tournent bien rond. Puis il régla les gouvernes de profondeur et de direction.

L'avion s'éloigna sans heurts du ponton.

Empoignant le manche à deux mains, Cotton orienta l'engin vers le large. Le lac mesurant plusieurs kilomètres de long, il y avait largement la place pour manœuvrer. Le léger brouillard n'était pas gênant. Le Twin Bee glissa un moment sur l'eau, puis la portance s'exerça sur les ailes, les commandes se raidirent et il s'éleva en douceur.

Ils atteignirent l'extrémité du lac et ce furent ensuite des forêts qui défilèrent sous eux.

Ils sortirent de la brume et trouvèrent le plein soleil à deux cents mètres d'altitude. Les volcans lointains qui hérissaient le paysage tels des boutons de fièvre disparurent bientôt, remplacés à travers le pare-brise par un ciel couleur saumon virant rapidement au bleu. Il obliqua à droite et mit le cap au nord-est.

Cassiopée, qui s'accommodait apparemment de sa façon de piloter, étudiait la carte.

« Nous allons passer au-dessus de plusieurs lacs et de deux agglomérations », dit-elle.

Au-dessous d'eux, la forêt, fortement odorante, s'étendait à l'infini. Les bancs de brume étaient localisés dans les endroits humides.

« Ça devrait nous permettre de naviguer à vue à l'aller comme au retour.

– À condition que le parcours tracé soit exact, objecta-t-elle, non sans raison. Les assurances que nous a données Vergara ne me rassurent qu'à moitié. »

Cotton, qui savourait le plaisir de voler de nouveau, désigna le tableau de bord.

« À moins qu'il n'ait trafiqué la jauge, nous disposons de trois cents litres dans le réservoir principal, plus soixante dans l'auxiliaire. Les deux sont remplis. Et puis, il ne manque pas d'endroits où se poser, il y a de l'eau partout, en bas. Alors mettons un peu nos appréhensions entre parenthèses. Que dirais-tu de me lire deux ou trois des lettres de Gerhard Schüb ? »

33

Engel observait Vergara, qui téléphonait sur un portable. Un récepteur radio trônait sur la table de la salle à manger au milieu des lettres d'Ada rangées par piles. L'un des deux autres policiers, qui avaient apporté l'appareil au chalet quelques minutes plus tôt, s'employait à brancher une antenne tandis que son collègue cherchait une rallonge.

Il avait jusque-là passé le temps en lisant le courrier remis à Malone et à Vitt par Ada. Si le nom de Rikka Soreno et le lieu d'expédition, en Afrique du Sud, lui étaient familiers, jamais Pohl ne l'avait avisé, à l'occasion de leurs nombreuses réunions préparatoires, qu'Eva Braun avait entretenu des contacts à ce point suivis avec l'Amérique du Sud ni qu'il avait existé une amitié durable entre elle et Ada. Mais pourquoi s'en étonner ? Trop d'intervenants. Trop d'eau sous les ponts. Trop peu d'informations. Impossible de tout savoir.

Le cadavre trouvé chez Ada s'était révélé être celui de l'homme qu'il avait mis en place pour la surveiller. La vieille pie l'avait abattu et clairement affiché ses sentiments.

POUR ISABEL.

Une autre ancêtre qu'il avait éliminée quelques années auparavant pour bloquer une piste que deux Américains essayaient de suivre. Il ne lui était jamais venu à l'esprit que cette mort eût constitué un tel problème. À sa connaissance, personne au Chili n'avait exprimé son désaccord à propos de cette opération. Mais il n'en restait pas moins vrai qu'Ada lui en voulait. Il fallait absolument qu'il la trouve.

Et vite.

De la même manière, il ne pouvait pas laisser Malone et Vitt quitter le Chili vivants. Pohl lui avait ordonné de régler leur sort dès le moment où ils cesseraient d'être utiles.

Eh bien, ce moment était venu.

Il concentra de nouveau son attention sur la conversation téléphonique.

« Ici Vergara. On m'informe à l'instant qu'un transport aérien de drogue est en cours en direction de la frontière argentine. Une tentative d'empêcher l'avion de prendre l'air a échoué. J'ai les coordonnées du trajet et une description de l'appareil. J'ai besoin qu'un intercepteur décolle immédiatement... *Bueno, gracias...* Parfait. Je me mets à l'écoute des communications. Vous avez mon numéro de téléphone. Je fais en sorte qu'il soit toujours accessible. Qu'il en soit de même pour le vôtre. »

Le Chilien raccrocha et se tourna vers lui.

« Un chasseur est en route.

– Quelle est la procédure ? s'enquit Engel, avide de détails.

– Nous avons des accords avec les Argentins concernant la couverture radar. Il y a beaucoup de vols non autorisés tout au long de la frontière. Nous avons même l'aide des Américains, qui ont une plateforme radar mobile par ici.

– Vous les avez mis dans le coup ?

– Pas nécessaire. Cette opération est conduite sur mon ordre, et avec des moyens locaux.

– Qu'en est-il des contacts avec l'hydravion ?

– Le capitaine de frégate Malone et la *señorita* Vitt vont avoir la surprise de découvrir que leur radio reçoit, mais ne transmet pas.

– Il n'est pas inhabituel que des trafiquants de drogue pratiquent le black-out radio, j'imagine ?

– C'est même très fréquent. Ils cherchent ainsi à éviter l'interception. Certains d'entre eux maîtrisent très bien la navigation en montagne. D'autres moins.

– Le chasseur a-t-il compris ce qu'il doit faire ?

– Son supérieur l'a compris… » répondit Vergara, dont les lèvres minces s'étirèrent en un sourire sournois.

Cotton écouta Cassiopée lire à haute voix quelques-unes des lettres. Elles constituaient le témoignage fascinant d'un homme exilé au bout du monde, loin de sa sœur, pour servir une cause qu'il comprenait à peine.

7 février 1949

… arrivés sans encombre à Bloemfontein. C'est un lieu étrange, à près de quinze cents mètres d'altitude. L'air est clair, raréfié. Ici, l'Europe est partout : roues à aubes, fermes, roseraies, constructions robustes… Nous menons une bataille quasi perpétuelle contre la sécheresse, les insectes nuisibles et les banquiers. Luis n'arrête pas de se plaindre. Il n'apprécie pas particulièrement le point de chute choisi. L'Union sud-africaine est une curieuse nation qui possède quatre capitales. Johannesburg, au nord, qui est le grand centre politique, Bloemfontein, ici, dans l'État libre d'Orange, où siège le pouvoir judiciaire, Pretoria, la capitale administrative, et Le Cap, la capitale législative. Personne n'est capable d'expliquer de façon satisfaisante cette particularité, mais il est question de tout regrouper à Bloemfontein. L'État libre d'Orange se ressent beaucoup de l'influence hollandaise. Ce sont les Hollandais, devenus Boers, qui ont colonisé la région. Beaucoup de gens parlent encore de la guerre des Boers contre les Anglais, qui a pris fin il y a moins de cinquante ans. Ils se souviennent

aussi des camps de concentration. Luis se plaît à me répéter que le concept en a été inventé ici même par les Britanniques, qui y ont massacré des milliers de femmes et d'enfants pendant cette guerre. Tout ce qui peut rappeler les Britanniques fait l'objet d'une haine passionnée, ce dont Luis se réjouit beaucoup.

Si tu voyais ce pays ! Il est vraiment magnifique. Des plaines gris-brun piquetées de poivriers. Des étendues plates rompues par des collines gris fer que les habitants du cru nomment des *kopjes*. Des montagnes aux sommets rabotés bordent l'horizon. Il arrive que des orages stationnent au-dessus de la région pendant des heures, l'arrosant de trombes d'eau. Mais au matin, le ciel se dégage sous l'effet d'un soleil bienfaisant. Nous avons pris une maison à la périphérie de la ville, à l'ombre des pins et des gommiers. Tu aimerais les bougainvillées qui grimpent sur les murs. Il y a une grange et une étable à l'arrière du corps de logis. Des moulins actionnés par des ruisseaux remplissent des citernes et rendent la vie possible. Sans eau, il n'y aurait que de la savane aride à des centaines de kilomètres à la ronde. La nuit est le moment le plus agréable. Le veld se tait et prend des tons argentés au clair de lune. Dans l'obscurité totale, les arbres se découpent comme des silhouettes en carton. Nos chiens se rassemblent sous nos fenêtres ouvertes. C'est une bonne chose qu'ils soient là ; ils éloignent les lions. Ils n'ont peur de rien et j'envie leur courage.

23 mai 1949

Ici, le temps qui passe n'a presque pas d'importance. À bien des égards, ce pays oublié est un véritable paradis. Les Blancs contrôlent tout, tandis que les Africains triment aux champs. J'ai été témoin d'une scène curieuse, l'autre jour. Luis et moi sommes allés en voiture jusqu'à un village quelques kilomètres à l'ouest de chez nous. Il n'y avait pas grand-chose là, mis à part un bazar au toit rouge, une église du culte réformé néerlandais et une station-service. Une petite ferme était mise à l'encan et Luis voulait être présent à la vente. C'était un étrange spectacle. Les meubles entassés en plein soleil, le prêteur qui menait les enchères, le débiteur en haillons, sa femme et ses enfants en pleurs, leur maison et tous leurs biens perdus. Il n'y aurait bientôt plus pour séparer cette famille de ses voisins africains qu'une haie de figuiers de Barbarie. J'ai demandé à Luis son avis sur l'événement. Son offre ayant été jugée insuffisante, il avait échoué à acquérir la propriété et il n'était pas de bonne humeur. Il m'a fait la leçon en m'expliquant qu'il n'y a pas de place dans ce monde pour les faibles. Ils font peser sur les forts le fardeau de la compassion et doivent pour cela être éliminés, m'a-t-il dit. Il n'éprouvait rien pour ces gens qui allaient devoir dormir dès la nuit suivante à même la terre et sans un toit au-dessus de leurs têtes. Moi, en revanche, j'avais de la peine pour eux. Comment aurait-il pu en être autrement ? Mais Luis semblait ne ressentir que du mépris à leur égard. C'est un homme dur qui se nourrit de haine et, plus encore, de regrets. Rikka n'est pas à la fête. Il refuse de l'emmener au complexe touristique de Mazelspoort pour se baigner, faire un tour en bateau sur la rivière ou passer simplement une bonne journée assise à l'ombre des arbres. Elle s'efforce de rendre la vie supportable, sinon pour lui, du moins pour elle-même. Il croit lui faire plaisir en l'entourant de luxe. Leur maison est pleine d'argenterie, de meubles en acajou et de livres. Mais personne ne vient les voir. Il interdit toute visite. Il est de plus en plus soupçonneux depuis notre arrivée. Sa méfiance est une phobie qui ronge chaque instant de ses journées. Curieusement, il ne peut rien faire sans moi. Je n'en reviens pas qu'un personnage si riche et puissant puisse avoir besoin de mon aide à ce point. Je suis ses yeux, ses oreilles, ses jambes. Comme il est incapable d'agir, de parler, de voir, je fais tout ça à sa place. Il est paralysé par la peur, et une partie de moi s'en réjouit.

14 janvier 1951

Nous avons encore déménagé. Cette fois, nous nous sommes rapprochés de la frontière du Basutoland, dans les hautes terres de l'Est. Les années ne passent pas vite. J'avais reçu la promesse d'être libéré de mon service avant Noël, mais j'ai appris que Luis refusait de me laisser partir. Il est toujours dépendant de moi. Il semble que je sois la seule personne en qui il ait confiance, si tant est qu'on puisse utiliser ce mot concernant un homme comme lui. Il ne veut pas que je le quitte, mais j'ai bien l'intention d'aborder de nouveau la question avec lui d'ici peu.

La ferme où nous vivons maintenant est très jolie. C'est une propriété acquise grâce aux profits tirés des mines d'or. Luis a eu le nez creux dans ses investissements et il a gagné une fortune, mais il continue à mener une existence solitaire. Je suis toujours chargé d'aller à Bloemfontein et d'en rapporter les nouvelles du moment. Ma tâche principale est de lui procurer des livres. Il en dévore plus d'une douzaine par mois. Je passe commande de ce qu'il veut et me rends en voiture à Bloemfontein toutes les trois semaines, quand une cargaison arrive. Ce sont surtout les œuvres recommandées par les clubs de lecture américains qu'il apprécie. Lire est son unique plaisir, et Rikka l'y encourage, car cela lui épargne les colères qu'il assouvit sur elle lorsqu'il s'ennuie. C'est un homme foncièrement mauvais, je n'ai aucun doute là-dessus. Il ne mérite pas l'existence de pacha qu'il mène. Si je n'étais pas tenu de faire mon devoir, je mettrais un terme à cette comédie. Mais cela m'est impossible, comme tu le comprends certainement. Car ce n'est pas dans ma nature.

Captivé, Cotton écoutait Cassiopée poursuivre son déchiffrage du récit que faisait Gerhard Schüb de sa vie en

Afrique australe. Les lettres, toutes en allemand, couvraient une vaste période. Les observations de Schüb concernant son employeur étaient d'une grande perspicacité. Il était clair qu'il n'appréciait pas Martin Bormann, même s'il continuait à accomplir assidûment son devoir. Tous les plis se terminaient par la formule « Ton frère qui t'aime, Gerhard ».

« J'ai l'impression que Schüb haïssait Bormann, commenta Cassiopée.

– C'est tout le paradoxe, avec le nazisme. Beaucoup de gens détestaient l'idéologie, mais ça ne les empêchait pas de s'y abandonner sans état d'âme.

– La dernière a été postée en 1961 », indiqua Cassiopée après avoir feuilleté les enveloppes restantes.

Droit devant, Cotton aperçut une grande étendue d'eau bleu cobalt encadrée par des rives couvertes de broussailles verdoyantes et de hêtres pourpres. Un voile de brume en suspension repoussait en scintillant les assauts du soleil brûlant. Le lac était fermé sur trois de ses côtés par des montagnes abruptes colorées de gris et de violet qui abritaient des maisons dans leurs replis. Au-delà, une épaisse forêt d'allure alpestre débordait de tous côtés, conférant au paysage suintant d'humidité une sombre teinte émeraude. La nappe d'eau devait mesurer plusieurs kilomètres de long sur autant de large.

Le lac Girasol.

Il vit une crique. Étroite, elle s'enfonçait dans la végétation dense qui étreignait la berge. L'embouchure était protégée par une petite île boisée au sommet de laquelle se dressait une tour maçonnée.

« Un poste de guet », supposa Cassiopée comme ils survolaient le site insolite.

Elle avait raison. Cela rappelait les donjons qui surplombaient la vallée du Rhin, en Allemagne.

Le château lui-même apparut bientôt, tapi parmi les arbres. Similaire par son aspect à celui de Marie Eisenhuth.

Massif. Solitaire. Inaccessible. Bâti en pierre dans un style bien plus européen que sud-américain. La forêt l'environnait entièrement, sauf sur son côté sud, le seul visible depuis le lac. Aucun signe d'une présence humaine n'était décelable. Ni véhicules ni fumée sortant des cheminées. Rien.

Un appontement faisait saillie sur l'eau bleue.

« On n'a qu'à s'amarrer là, dit Cotton », qui amorça la manœuvre d'amerrissage.

34

Engel observait Vergara, visiblement satisfait de ce que transmettait la radio.

« Cible posée sur le lac, dit en espagnol la voix du pilote de chasse dans l'appareil. Deux personnes descendent à terre et se dirigent vers une grande maison. »

Vergara accueillit l'information d'un hochement de tête.

« Ces communications sont suivies par pas mal de services gouvernementaux, signala-t-il. Il nous faut absolument accréditer l'idée que des trafiquants de drogue étaient en route pour la frontière. Ils se sont arrêtés juste avant pour Dieu sait quelle raison. Contact radio impossible, la cible ne répondant pas aux sommations. Dans des cas comme celui-là, le protocole chilien stipule que l'avion doit être amené à atterrir. La procédure normale n'est pas d'abattre l'appareil en vol, ce qui représenterait un risque pour la population, mais de le forcer à se poser.

– Sauf qu'il est déjà au sol.

– Ce qui est une très bonne chose pour nous. Maintenant, nous pouvons régler votre problème. »

Cassiopée suivit Cotton à terre, prenant avec elle le sac à dos contenant les lettres, l'album et les photos – des éléments de preuve qu'ils ne voulaient surtout pas laisser traîner.

Ils s'arrêtèrent pour observer la superbe demeure, un bâtiment de deux étages en pierre brossée agrémenté d'ornementations rococo en métal. Des rangées de fenêtres, toutes protégées par de solides barreaux en fer forgé, donnaient sur le domaine et sur le lac. Un écriteau, au bout du ponton, proclamait en espagnol PROPRIÉTÉ PRIVÉE.

« Il n'y a pas de toits mansardés de ce genre en Amérique du Sud, remarqua-t-elle. C'est surtout en Europe qu'on en voit. »

Ils s'engagèrent sur une pente couverte d'un gazon impeccable qui montait vers une terrasse dallée. De grands arbres aux fûts bien droits délimitaient un périmètre autour de la pelouse que jalonnaient de loin en loin des statues baroques bordées de massifs de fleurs d'automne. L'absence d'activité était surprenante, le silence qui régnait dans l'air frisquet un peu troublant.

« C'est très beau, et bien entretenu, dit-elle.

– Ce qui pose question. »

Un rossignol lança son chant envoûtant, comme un avertissement. Le ciel avait pris la teinte gris sale de ces jours couverts annonciateurs d'une pluie qui ne vient jamais. Une brise fraîche et persistante soufflant des montagnes leur balayait désagréablement le visage. L'air était chargé d'effluves de pin. Sur la terrasse immaculée était disposé du mobilier de jardin abrité sous des housses en toile. Pas la moindre trace de moisissure à signaler.

Cotton s'approcha des portes vitrées. Verrouillées.

« Je ne vois aucune raison de faire dans la dentelle », déclara-t-il.

Elle non plus n'en voyait pas.

Il sortit son pistolet et s'en servit pour briser un carreau. Puis, glissant sa main par l'ouverture, il tira la targette.

L'intérieur était à couper le souffle.

Une grande salle occupait une bonne partie du rez-de-chaussée. Des trophées de chasse brun foncé contrastaient avec les murs crème, dont deux étaient recouverts de tentures représentant essentiellement des scènes cynégétiques. Les plafonds étaient ornés de décors en stuc qui figuraient des oiseaux et des animaux. Des tapis bigarrés protégeaient le sol parqueté. Un poêle en céramique blanche, tout en hauteur et pourvu d'une porte en cuivre rutilante, trônait dans l'un des angles. Il régnait là une atmosphère médiévale. La pesanteur du style dénotait l'opulence et la puissance.

« Ça respire la vieille Europe », commenta Cotton.

Elle n'aurait pas dit mieux. Dans la salle à manger attenante, un vase de fleurs fraîchement coupées garnissait le centre d'une grande table recouverte d'une nappe.

« Tu penses qu'on les a mises là pour nous ? » demanda-t-il.

La question méritait en effet d'être posée.

Ils continuèrent d'explorer le rez-de-chaussée, qui n'en finissait pas. Outre la salle à manger, aussi spacieuse que lumineuse, il y avait une vaste cuisine, une salle de jeu avec un billard, et une bibliothèque. Cette dernière rappelait celle de l'hacienda en beaucoup plus grande. Des rayonnages en chêne blond en déterminaient l'ambiance, complétés par le velours rouge des fauteuils et le brun clair des murs. Au-dessus des étagères étaient accrochés des tableaux enchâssés dans de lourds cadres en bois.

« Qu'est-ce que c'est ? demanda Cassiopée à Cotton, qui passait les toiles en revue.

– Ça, répondit-il en désignant un portrait, c'est Richard Wagner, le compositeur préféré d'Hitler. Les deux huiles que tu vois là-bas sont de Franz von Stuck et de Carl Spitzweg. Encore des bien-aimés du Führer. Quant aux trois représentations de moines ivres, de l'autre côté, elles sont d'Eduard von Grützner, qu'Hitler appréciait beaucoup aussi.

– Tu t'y connais en art nazi, dis-moi !

– Juste quelques souvenirs de lecture qui sont restés imprimés dans mon cerveau. Il est bon qu'ils sortent de temps en temps. Aucun de ces peintres n'a jamais vraiment atteint la célébrité, ce qui n'a pas manqué de décevoir Hitler. As-tu remarqué les bouquins, sur cette étagère ? »

Elle se rapprocha pour les examiner.

Les premiers étaient consacrés à toutes sortes de sujets allant de la littérature à l'histoire en passant par les sciences et l'architecture. Puis elle vit une rangée qui lui parut familière. Des ouvrages sur l'art. Des œuvres philosophiques de Nietzsche et Schopenhauer. Des traités d'histoire grecque, romaine et allemande. Goethe. Ibsen. Des livrets d'opéras de Wagner. De la mythologie nordique. De l'histoire militaire.

« Ce sont les mêmes qu'à l'hacienda, conclut-elle.

– Exactement les mêmes exemplaires, à mon avis. Transportés là-bas par Ada à notre intention puis rapportés ici. »

Elle alla jusqu'aux fenêtres. Le soleil était revenu et filtrait entre les lattes des stores. Un énorme fauteuil en acajou encombré d'épais coussins était disposé devant une des ouvertures, tourné vers l'extérieur.

« Je me demande qui s'asseyait là-dedans, dit-elle. On dirait un trône. »

L'endroit lui faisait penser à une autre demeure dont elle avait lu des descriptions. Située, elle, en Argentine, près de San Carlos de Bariloche, dans les contreforts des Andes, sur la rive sud du lac Nahuel Huapi, celle-ci s'appelait la Residencia Inalco.

Le bruit courait qu'Hitler et Eva Braun avaient vécu là quelque temps en 1945 après avoir réussi à fuir le bunker du Führer et à gagner l'Argentine. La plupart des gens s'accordaient à dire qu'il s'agissait d'une affabulation conçue pour attirer davantage de touristes en Patagonie, mais l'histoire perdurait, portée par toutes sortes de publications et de chroniques télévisées plus prodigues de supputations que de preuves. Pourtant, Bariloche avait bel et bien servi de refuge à des criminels de guerre. Et même à beaucoup d'entre eux. Car ils devaient se sentir chez eux dans ce cadre architectural modelé dans le style alpin par les émigrés allemands de la fin du XIXe siècle. Avec son climat frais, ses lacs d'un bleu profond et ses montagnes aux sommets enneigés, la région était un véritable morceau de Bavière transplanté. L'histoire avait retenu que Juan Perón, qui dirigeait l'Argentine après la guerre, avait permis à environ treize cents nazis fuyant l'Europe de s'établir secrètement dans son pays. Et voilà qu'elle se trouvait à présent au bord d'un autre lac sud-américain plus que suspect, dans un manoir aussi inhabité et dépourvu de chaleur humaine qu'un musée. Qu'est-ce que c'était que ce château ? Un lieu de séjour ? De réunion ? Un mémorial ? Financé grâce à l'or caché dans des banques sud-américaines par d'anciens nazis déterminés à faire de vieux os ?

Et, surtout, pourquoi cet endroit existait-il toujours ?

La Seconde Guerre mondiale était terminée depuis longtemps. Pratiquement tous les Allemands qui y avaient participé étaient morts. Ceux qui vivaient encore ne pouvaient avoir été que des sans-grade, des subalternes parmi les subalternes, recrutés pendant l'agonie du IIIe Reich. Des gens très jeunes, à l'époque, souvent des enfants, qui essayaient d'impressionner leur Führer en massacrant des civils. Nuremberg avait qualifié leurs agissements de crimes contre l'humanité et, depuis, ils étaient traqués. Peut-être pas avec le même acharnement que pour un Mengele, un Eichmann ou un Klaus Barbie, mais traqués tout de même.

« Ça me fait froid dans le dos, dit-elle.

– À moi aussi. Tout respire le IIIe Reich, ici, mais de façon subtile. Rien de manifeste. Il faut savoir interpréter ce qu'on a sous les yeux. Allons voir les étages. »

Ils entendirent soudain une porte qui s'ouvrait quelque part dans le bâtiment. Un bruit retentissant. Pas du tout discret.

Ils sortirent leurs pistolets.

Des pas résonnèrent dans le couloir, se rapprochant de la bibliothèque.

Aucune cachette possible. Ils prirent position derrière la porte ouverte qui communiquait avec le couloir, automatiques en main.

Deux hommes armés de fusils surgirent.

Puis ils virent entrer Ada.

« *Guten Morgen*, dit-elle. Il faut que nous partions. Tout de suite. »

35

Stuttgart, Allemagne

13 h

Pohl était satisfait de la dernière interview d'une heure qu'il venait de donner. Une bonne couverture médiatique était à l'évidence l'outil électoral le plus efficace en Allemagne. La publicité télévisuelle était soumise à des règles stupides qui limitaient le nombre de spots politiques ainsi que leurs heures de diffusion et exigeaient qu'ils soient accompagnés d'un avertissement sinistre précisant leur qualité de prises de position partisanes. Bien entendu, ces messages étaient peu regardés, et encore moins écoutés.

Par chance, les talk-shows, interviews et programmes d'information, de même que l'internet, n'étaient pas astreints à ce genre de restrictions, ce qui en faisait des instruments de transmission parfaits pour la propagande. La méthode qu'il avait faite sienne dès le premier jour de sa campagne était de se réserver au moins une heure quotidiennement pour répondre aux questions des médias. Naturellement, il sélectionnait les correspondants à qui il souhaitait accorder son temps et son équipe octroyait discrètement ce privilège en échange d'une couverture bienveillante. C'était une façon parmi d'autres de faciliter la tâche des journalistes : en décrochant une interview, ils s'attiraient les bonnes grâces de leur rédacteur en chef. Et, jusqu'à présent, ce groupe d'heureux élus avait payé de retour sa générosité en le faisant bénéficier d'une pluie de reportages complaisants qui s'étaient traduits par une hausse dans les sondages.

Rien de bien étonnant à cela, d'ailleurs. Car, contrairement à la presse américaine ou britannique, majoritairement de gauche, le quatrième pouvoir penchait à droite, en Allemagne. Ce qui lui valait l'éternelle reconnaissance du conservateur qu'il était.

Il jeta un coup d'œil à sa montre. L'interview, face à un pool de journalistes hambourgeois, avait duré un peu plus longtemps que prévu. Il avait besoin de quelques minutes de tranquillité, aussi pria-t-il son équipe de le laisser seul au prétexte qu'il voulait faire une petite sieste. La suite de la journée ne s'annonçait pas de tout repos. En perspective, une étape au Killesbergpark, une deuxième à l'université, et, pour finir, l'institut des relations internationales, où il devait parler après dîner. Le lendemain, direction l'usine Daimler, dans la banlieue est, où il serrerait quelques mains devant le portail d'entrée. Stuttgart et sa périphérie comptaient six cent mille habitants. Deux de ses maisons d'édition avaient leur siège au sud de la ville, comme une bonne partie de ce qui restait d'autres éditeurs allemands. Le fait d'être un pourvoyeur d'emplois locaux bien introduit dans le monde politique municipal et de caracoler en tête des plus récents sondages tant dans le Stuttgart intra-muros que dans les campagnes environnantes ne l'avait pas empêché de programmer deux journées complètes dans la région. À quoi bon courir des risques ? Et il avait bien l'intention de saturer les gazettes et la télévision de sa présence pendant ces quarante-huit heures.

Il avait pris ses quartiers à l'hôtel Steigenberger. Le propriétaire, un soutien de la première heure, lui avait attribué une suite au premier étage donnant sur le jardin du palais.

Pendant que les derniers membres de son équipe quittaient la pièce, Pohl sortit son téléphone et composa un numéro qu'il avait mémorisé depuis longtemps. Son appel, annoncé la veille au soir par un de ses assistants, devait être attendu.

Une sonnerie… Deux…

« C'est bien aimable à vous d'être ponctuel, dit la voix dans l'écouteur après la troisième.

– La ponctualité est une vertu, à ce qu'il paraît.

– Vous en avez bien d'autres ! assura Kurt Eisenhuth en riant.

– Je ne suis qu'un humble éditeur, pas un grand industriel comme vous.

– Vous me flattez, Theodor. Mais parlons sérieusement. Nous avons un problème.

– Je m'en suis douté quand j'ai su que vous souhaitiez avoir une conversation d'urgence avec moi.

– C'est à propos de Marie.

– Comment va *Oma*, aujourd'hui ? Elle ne doit pas être ravie. »

Les sondages de la soirée précédente, dont il était déjà informé, indiquaient une avance de deux points supplémentaires en sa faveur. Il était clairement sorti gagnant de la « bataille des livres », comme les médias avaient baptisé l'escarmouche de la veille.

« Elle a l'intention de persévérer dans la tactique qu'elle a mise en œuvre hier, à Dachau. Elle ne s'avoue pas vaincue.

– Excellent ! dit-il, sincèrement réjoui. Encouragez-la dans cette voie !

– Vous faites trop peu de cas de ses capacités.

– Voilà qui est parlé en mari dévoué ! Mais, non, Kurt, je vous assure que je ne sous-estime pas votre femme. On ne se maintient pas, comme elle, si longtemps au pouvoir sans être compétent et intelligent – une combinaison redoutable chez un adversaire politique… Mais j'imagine que ce n'était pas seulement de ça que vous vouliez m'entretenir. Votre message parlait d'une “importante complication”.

– Je suis tombé sur des notes qu'elle a prises lors d'une conversation téléphonique. D'après ce que j'ai compris, deux Américains sont en ce moment même au Chili en train d'enquêter sur une affaire vous concernant. J'ignore tout des tenants et des aboutissants, mais j'ai jugé préférable de vous avertir. »

Ne pouvant pas avouer qu'il était déjà au courant pour la bonne raison qu'il était lui-même l'instigateur de ce qui se passait outre-Atlantique, Pohl se contenta d'un évasif :

« Intéressant…

– Les notes mentionnaient la découverte d'un certain nombre de photos, rien de plus. Savez-vous de quoi il s'agit ?

– Il n'y a pas lieu de s'inquiéter. Ce n'est sûrement pas moi qui suis visé », assura-t-il.

En cela, il ne mentait pas, comme Marie Eisenhuth et le malheureux imbécile qu'il avait au bout du fil n'allaient pas tarder à le comprendre.

« Elle est très agitée. Fébrile, même, insista Kurt.

– À juste titre. Son coup d'éclat d'hier était une bêtise. Donc, je vous en prie encore une fois, poussez-la à renouveler ce genre d'initiative.

– Je crains qu'elle ne tienne guère compte de mes suggestions.

– Là, vous vous trompez, mon vieil ami. Elle les écoute et fait aussitôt le contraire de ce que vous lui recommandez. Souvenez-vous : c'est par la queue qu'il faut prendre un chien qui veut mordre.

– Un conseil que je n'oublierai pas, promit Kurt en riant. Mais vous ne semblez pas vous inquiéter d'être l'objet d'une enquête.

– Si c'est le cas, ce ne serait pas la première fois, et ce ne sera sans doute pas la dernière. C'est le genre de chose qui arrive quand on prend part à une élection. Mais si ces gens-là veulent enquêter, qu'ils le fassent ! Je n'ai rien à cacher.

– Vous allez la gagner, cette élection ?

– C'est l'idée.

– Marie voit en vous une véritable incarnation du Malin. Vous représentez tout ce qu'elle exècre. »

Comme s'il en avait quelque chose à faire !

« Elle est infichue de comprendre ce qui s'écarte de ses propres convictions centristes. À ses yeux, tout ce qui s'oppose à sa doctrine constitue un retour au passé. Mais elle va bientôt apprendre que l'Allemagne est plus forte qu'elle le pense.

– Assez forte pour survivre à ce que vous envisagez ?

– Croyez-moi, Kurt, ce pays a les reins suffisamment solides pour supporter n'importe quoi, comme l'histoire l'a montré. »

Les Kurt Eisenhuth de ce monde ne seraient jamais à même de percevoir l'ampleur de son projet. Ils n'étaient que des disciples. Lui était le chef. L'empereur.

Le Kaiser.

« Des propos dignes d'un futur chancelier, dit Kurt. Mais j'ai assez abusé de votre temps. Je pensais simplement que vous aimeriez avoir connaissance de l'information, ajouta-t-il sur un ton quelque peu résigné.

– J'apprécie votre démarche », assura Pohl avant de raccrocher.

36

Cotton et Cassiopée retraversèrent le manoir sur les pas d'Ada et des deux hommes aux fusils. L'expression alarmée de la vieille femme indiquant clairement qu'il y avait urgence et qu'elle était là pour les aider, ils n'avaient fait aucune difficulté pour la suivre.

« On m'a informée que cette maison est devenue une cible, dit-elle. Il faut nous dépêcher de partir. »

Ils parcoururent le rez-de-chaussée jusqu'à la cuisine. Celle-ci était flanquée d'une resserre dont une porte donnait sur un escalier menant à une cave. Des lampes à incandescence les éclairèrent tandis qu'ils descendaient les marches. L'air se rafraîchissait au fur et à mesure de leur avance.

« Que se passe-t-il ? demanda Cotton.

– Le sous-directeur est en train d'exécuter les ordres du Kaiser, Theodor Pohl, qui veut vous éliminer. Tout de suite. »

Le genre d'annonce de nature à déstabiliser n'importe qui.

Ils arrivèrent en bas et se trouvèrent dans un immense sous-sol qui paraissait couvrir toute la superficie du bâtiment. Des outils et divers équipements étaient rangés avec soin un peu partout. Des portes ouvertes desservaient une buanderie, une cave à vin réfrigérée et une chaufferie. D'autres portes étaient cadenassées. Ada, qui avait l'air de savoir exactement ce qu'elle faisait, les mena vers un mur de parpaings à l'extrémité du local.

« La construction date des années 1940, dit-elle. Mais elle a été modernisée plusieurs fois depuis. »

Elle s'arrêta au pied du mur et fit signe à un de leurs deux accompagnateurs qui, lui aussi, semblait averti de ce qu'il avait à faire. Le jeune homme passa son arme à son collègue, sauta et s'accrocha à un tuyau métallique qui courait sous les poutrelles de soutien du plafond. Puis, après s'être hissé à la force des bras, il frappa de son poing le côté de l'une d'elles.

Un panneau pivota aussitôt dans le mur.

« Les gens qui ont fréquenté cet endroit pendant des dizaines d'années avaient besoin d'une sortie de secours, expliqua Ada. En cas de problème.

– Comme l'arrivée imminente de chasseurs de nazis ? suggéra Cotton.

– Par exemple. »

Ils s'engouffrèrent sans tarder dans l'ouverture, qui donnait accès à un tunnel d'un mètre de large sur deux de haut éclairé par une ampoule tous les cinq ou six mètres. Le boyau filait tout droit sur une bonne distance.

« Passez devant, ordonna Ada. Ne vous inquiétez pas pour moi, je vous suis. »

Elle portait une robe couleur café qui descendait en dessous du genou et une veste épaisse. Elle avait aussi une canne, dont elle s'aidait apparemment pour conserver l'équilibre, ce qui ne l'empêchait pas de se mouvoir à une vitesse surprenante pour une nonagénaire.

Le panneau se referma derrière eux, les emprisonnant dans un espace étriqué, sans rien d'autre autour d'eux que de la terre et de la roche.

Un sentiment familier de panique s'empara de Malone. La main rassurante de Cassiopée se posa aussitôt sur son épaule. Elle savait à quel point il avait horreur d'être emmuré de la sorte. Ce n'était pourtant pas le moment de céder à des phobies. Heureusement, rien n'entravait leur marche et ils avançaient vite dans la galerie qui les éloignait du château tout en suivant une pente descendante.

Pour détourner son esprit du malaise qu'il éprouvait, il se mit à étudier la structure de l'ouvrage. Section en fer à cheval. Grossières parois de brique. Sol de terre battue. Vraisemblablement pas un véritable tunnel. Plutôt une tranchée creusée à partir de la maison, puis recouverte de façon à être cachée…

Faire l'état des lieux ne lui procurait décidément aucun réconfort.

Ils marchèrent encore sur une cinquantaine de mètres, jusqu'à un léger coude vers la gauche après lequel la déclivité s'accentuait fortement. La galerie se poursuivait sur plus de trente mètres, toujours éclairée par des ampoules.

Il prit sur lui et parvint à conserver son allure.

Une échelle métallique se dressait à l'extrémité du tronçon. L'un des jeunes hommes escalada les barreaux et poussa le battant de bois d'une trappe dans le plafond.

Ils grimpèrent tous à sa suite pour se retrouver dans ce qui ressemblait à une grange. Deux tracteurs, des outils de jardinage et une tondeuse autoportée se discernaient dans l'ombre. La seule lumière provenait d'une lucarne à la vitre crasseuse percée tout en haut d'un des murs.

« La remise où nous sommes est loin de la maison, expliqua Ada. Et en contrebas, du côté opposé d'une butte. »

Cotton adressa un signe de tête à Cassiopée et ils sortirent tous les deux leurs pistolets, qu'ils braquèrent sur les trois autres.

« Maintenant, posez ces fusils, ordonna-t-il. Sans gestes brusques. »

Les deux types s'exécutèrent.

« *Herr* Malone, dit Ada, cette précaution est inutile.

– Vous m'excuserez si je suis un peu méfiant.

– Pourrions-nous aller dehors ? demanda la vieille femme. Il y a quelque chose que vous gagneriez à voir et à entendre. »

Il interrogea du regard Cassiopée, qui lui signifia son assentiment d'un haussement d'épaules.

« D'accord, acquiesça-t-il. Passez devant. »

Un des sbires ouvrit une porte latérale et ils sortirent dans l'air frais du matin. De vieux arbres entremêlaient leurs branches au-dessus de leurs têtes, formant une claire-voie contre le ciel changeant. Cotton vit qu'ils se trouvaient effectivement assez loin et en contrebas de la demeure, dont ils étaient séparés par un tertre boisé. À l'opposé de cette butte, un étroit chemin de terre partait de la grange et s'enfonçait sous les frondaisons, à travers lesquelles filtraient des rayons de soleil. Un grondement distant ébranla l'air.

Un son familier.

« Un avion de chasse ? demanda-t-il à Ada.

– Oui. Il vous a pistés jusqu'ici sur ordre de Vergara. »

Il n'aimait pas ça du tout.

Un fracas de tonnerre retentit soudain, suivi d'une vague brûlante qui les submergea.

Une explosion.

Instinctivement, ils se baissèrent tous et se protégèrent le visage.

Les cimes des arbres se couchèrent, giflées par les ondulations de l'air mis en mouvement. Heureusement, ils étaient eux-mêmes suffisamment éloignés et en dessous du niveau de la déflagration pour ne pas subir l'effet de souffle. Il y eut des bruits d'écroulements, des crépitements d'incendie, puis des froissements provoqués par des débris qui retombaient dans les bois.

Cotton attendit que le calme revienne avant de grimper jusqu'au sommet du talus. Cassiopée lui emboîta le pas.

Le château, en proie aux flammes, n'était plus qu'une forme rougeoyante, effondrée sur elle-même, souvenir calciné de ce qu'avait été cette demeure si raffinée. Des langues de feu fouillaient la fumée opaque qui s'élevait en volutes tourbillonnantes. Le terrain était jonché de décombres.

« Missile air-sol », commenta-t-il.

Le grondement se fit de nouveau entendre. De plus en plus fort.

Ils restèrent tapis entre les arbres.

Des munitions de gros calibre se mirent à pleuvoir sur la fournaise et à frapper la terre humide au-delà. L'appareil passa telle une tornade au-dessus d'eux avant de disparaître parmi les nuages bas.

« Il ne laisse vraiment rien au hasard pour avoir notre peau », grommela-t-il, l'œil rivé sur les ruines embrasées.

Une odeur âcre de bois brûlé saturait l'atmosphère.

Puis le chasseur revint, mais en restant à une certaine distance, cette fois. Et l'air fut secoué par une seconde explosion.

« Votre hydravion, cria Ada depuis le pied de la butte.

– Vous saviez ce qui allait se passer ? s'enquit Cotton en se tournant vers elle.

– Une chance pour vous que des amis m'aient avertie. »

Une chance ? On pouvait le dire !

Ils rejoignirent les trois autres en bas.

« Et maintenant ? demanda-t-il.

– Un peu de marche à pied. »

Ada et ses acolytes ouvrant la voie, ils empruntèrent le chemin jusqu'à une piste en terre compactée serpentant à travers bois. Ils suivirent celle-ci sur quelques centaines de mètres et parvinrent à un sentier bien marqué qui s'en écartait et sur lequel ils s'engagèrent. Le layon traversait un paysage lunaire couvert de fougères et de bruyère. Un épais tapis de feuilles étouffait le bruit de leurs pas, ce qui permettait d'entendre le chant des oiseaux. Après un rétrécissement, la trace débouchait sur une sorte de cuvette, où elle se terminait. Un ibis rose s'enfuit en bondissant, ses ailes magnifiques battant l'air, cherchant un appui. Des fleurs sauvages coloraient le pourtour de la clairière. Parmi les hautes herbes gisaient des blocs épars d'ardoise et de granit.

« Ce sont des tombes », expliqua Ada.

Cotton s'avança dans le cimetière et remarqua tout de suite que les stèles avaient été martelées. Il s'accroupit pour examiner ce qu'il en restait.

« J'imagine qu'un certain nombre de dossiers pour crimes de guerre pourraient être bouclés si on pouvait identifier les morts qui reposent ici, dit-il.

– Tout à fait, confirma la vieille femme. »

Il jeta le fragment de pierre qu'il avait ramassé et parcourut des yeux les sommets des grands hêtres et des araucarias au feuillage bien fourni qui se dressaient alentour, barrés par les rayons dorés du soleil.

« Mais qui êtes-vous donc, bon sang ? demanda-t-il.

– Quelqu'un qui vient de vous sauver la vie. »

Engel regarda Vergara, qui parlait dans son portable. Le dernier rapport du pilote de chasse indiquait que la maison avait été anéantie.

Le Chilien raccrocha.

« L'hydravion a lui aussi été pulvérisé, comme vous le désiriez. Le pilote affirme qu'il ne reste rien de l'appareil ni du manoir. Il a également mitraillé les ruines avec des obus de 30 mm. »

Malheureusement, il n'y avait pas eu d'autre choix que de raser totalement le château pour qu'il n'en demeure aucune trace. Cela le chagrinait, car lui-même s'y était rendu plusieurs fois et avait trouvé l'endroit splendide. De plus, Pohl n'allait pas être content. Mais c'était la seule option possible. Il avait également été nécessaire de liquider Malone et Vitt, afin que la piste qu'ils suivaient s'arrêtât là, comme cela était déjà arrivé par le passé pour éliminer des fouineurs qui s'aventuraient trop près.

« Les *carabineros* du coin ont été avertis de l'explosion par des plaisanciers, continua Vergara. Ils sont en route, mais ils doivent traverser le lac et le trajet jusqu'au site leur prendra au moins une heure. Nous pourrons mettre la destruction de la maison sur le compte d'un tir manqué… Ce sont des choses qui arrivent, ajouta-t-il avec un sourire. Eh bien, *señor* Engel, on dirait que votre problème est résolu !

– Et je vous suis très reconnaissant pour ce service. Le résultat dépasse de loin ce que nous attendions de vous.

– *Gracias.* C'est toujours un plaisir de collaborer avec un généreux bienfaiteur comme *Herr* Pohl. »

Assis de l'autre côté de la table, les deux policiers en uniforme avaient écouté toute la conversation avec un intérêt non dissimulé. Il savait que les deux hommes n'étaient pas de simples fonctionnaires, mais des membres de l'équipe personnelle de Vergara qui émargeaient eux aussi au budget privé de Pohl. Leur mission, au cours des quelques derniers jours, avait été de surveiller Malone et Vitt et de rendre compte de ce qu'ils voyaient. Mais ils avaient outrepassé leurs attributions en lisant les lettres d'Ada. Ce qui faisait d'eux des dangers en puissance. Comme Vergara. Par chance, tout, dans ce qui s'était passé, pouvait être imputé à ces trois hommes.

Rien ne permettait de remonter jusqu'à lui ni jusqu'à Pohl.

Plongeant la main sous sa veste, il empoigna son automatique, dont il avait déjà ôté le cran de sûreté. Puis il sortit l'arme et tira une balle dans le front de chacun des policiers. Visiblement abasourdi dans un premier temps, Vergara voulut dégainer son revolver. Engel lui logea deux projectiles dans la poitrine, suivis, pour faire bonne mesure, d'un troisième à la racine du nez qui envoya le sous-directeur du Service d'enquête rouler sur le sol.

Il tâta le pouls des Chiliens.

Rien.

En résumé, Vergara et ses sous-fifres indiscrets n'étaient plus disponibles pour interrogatoire. Cotton Malone et Cassiopée Vitt avaient eux aussi été réduits au silence. La maison du lac n'existait plus. Et toutes les archives bancaires que Vitt avait prélevées dans l'appartement de Providencia, la veille, se trouvaient dans le bureau de Vergara, à Santiago – une excellente chose, puisque le but de la manœuvre était précisément de faire en sorte que ces documents soient découverts et rendus publics.

Avec un peu de chance, un lien serait établi entre ces archives et la mort de Vergara. Les échantillons que le Chilien avait fait parvenir par mail au BND allemand joueraient le rôle qui leur avait été dévolu en incitant les autorités allemandes à pousser plus loin leurs recherches. Restait le problème posé par Ada et le courrier qu'elle avait montré aux Américains, mais la vieille bique était probablement terrée quelque part, à présent, et il serait aussi risqué que difficile de lui mettre la main dessus.

Il s'occuperait d'elle après l'élection.

En attendant, il y avait une autre urgence.

Qu'il traiterait au cours de son voyage de retour en Allemagne.

Avant de quitter le chalet, il jeta tranquillement les lettres dans la boîte en plastique, dont il referma le couvercle. Il les brûlerait en chemin, s'octroierait un repas rapide en ville, puis prendrait l'avion pour l'Afrique.

37

Cotton et les autres avaient repris leur marche. Ada allait devant, criblant la terre de trous en piquant à chaque pas l'embout pointu de sa canne rustique. Cassiopée venait derrière lui, le sac à dos toujours sur les épaules. Il entendit un murmure d'eau courante, puis le sentier qu'ils suivaient rejoignit un ruisseau en crue dont ils longèrent la berge au milieu d'un fouillis de broussailles touffues. Ils continuaient à s'éloigner du château d'où une épaisse fumée noire montait dans le ciel gris. Pour finir, ils atteignirent l'orée du bois et s'arrêtèrent au bord d'une large piste forestière qui ramenait vers le lac.

« Nous n'avons guère eu le temps de faire les présentations dans les formes, dit Ada. Vous êtes *Fräulein* Vitt, je présume. Ravie de faire votre connaissance.

– Pas tant que moi de faire la vôtre ! Merci de nous avoir tirés de ce pétrin.

– J'ai écrit cette note pour vous inciter à venir ici sans savoir au juste comment réagirait Vergara. Mais j'ai ensuite été avisée par un coup de téléphone des ordres qu'il avait donnés et nous nous sommes mis en route sur-le-champ.

– Vous êtes étonnamment bien informée, remarqua Cotton. Surtout pour une simple employée de maison de repos.

– Réjouissez-vous que je ne me limite pas à un seul centre d'intérêt, lança-t-elle non sans humour. Par chance, nous disposions de suffisamment de temps pour agir.

D'après mes renseignements, leur plan était d'attendre que vous soyez depuis quelques minutes à l'intérieur du bâtiment pour tirer le missile. Ils voulaient vous anéantir, vous, mais aussi le château.

– Parce que vous nous en aviez révélé l'existence alors que vous n'auriez pas dû, c'est bien ça ?

– Tout à fait. En vous en parlant, j'étais sûre de déclencher une réaction de la part de Vergara. Laquelle ? Je l'ignorais. Mais j'avais également la certitude qu'ils chercheraient à vous empêcher d'aller en Afrique.

– Qui ça, *ils* ?

– Theodor Pohl et sa clique.

– Pohl veut faire savoir à Marie Eisenhuth par notre intermédiaire que son père et son mari ont quelque chose à voir avec le trésor perdu des nazis, intervint Cassiopée. Il veut aussi que les documents les incriminant soient rendus publics pour que les citoyens allemands apprennent la vérité. Vergara n'avait qu'une hâte quand nous étions à la banque : regagner son bureau pour faire son rapport officiel et prendre contact avec le BND.

– La question est de savoir si vous allez permettre à Pohl d'arriver à ses fins.

– Comment pourrions-nous l'en empêcher ? demanda Cotton.

– Allez en Afrique.

– Pourquoi ?

– Parce que la vérité vous y attend.

– Les lettres que vous aviez laissées à notre intention attestent que votre frère, Gerhard Schüb, a vécu longtemps en Afrique du Sud. Mais la dernière date d'il y a plus de cinquante ans. Que s'est-il passé là-bas depuis ? Et comment pouvez-vous être informée de ce qui s'y passe maintenant ?

– L'important n'est-il pas que je le sois ?

– Écoutez, dit Cotton, qui commençait à perdre patience. Nous sommes là, dans les bois, près de ce qui était encore il y a quelques minutes un sanctuaire nazi qui n'avait aucun secret pour vous. Je vois aussi deux garçons armés qui vous obéissent manifestement au doigt et à l'œil. Vous avez vous-même admis avoir pris le relais de votre père, qui travaillait pour Bormann, et…

– *Herr* Malone, cette région à cheval sur le Chili et l'Argentine a été à une époque peuplée d'Allemands qui avaient connu la guerre. Bon nombre d'entre eux étaient de simples réfugiés qui fuyaient leur pays détruit. Ceux-là n'étaient pas nazis. Beaucoup d'autres venaient clandestinement pour se cacher et s'efforçaient de passer inaperçus. Pour ça, ils avaient besoin d'aide…

– Certains étaient tout de même des criminels de guerre !

– Dont la plupart ont fini par être pris. Bormann avait conçu les projets *Adlerflucht* et *Feuerland* pour faire sortir d'Allemagne des actifs financiers et des hommes clés, et, c'est vrai, mon père était responsable de la mise en œuvre de ces dispositifs ici, au Chili, même si c'est à mon frère qu'a été assignée la mission la plus difficile par la suite. Oui, nous étions les personnes de confiance des nazis. Mais Gerhard et moi ne remplissions nos obligations que par respect pour notre père, qui nous était très cher.

– À quoi servait le château du lac ?

– C'était un centre de loisirs pour nos anciens. Peu sont encore en vie, mais ils continuaient à y venir de temps en temps. Tous les 20 avril, en particulier.

– L'anniversaire d'Hitler.

– C'est cela. Je vois que vous avez appris l'histoire.

– J'ai surtout appris à savoir quand on cherche à me rouler dans la farine. Et on nous y roule copieusement depuis le début de cette affaire. Mais nous avons laissé faire dans l'espoir que ça nous aiderait à progresser.

– J'ai fait en sorte que vous ne soyez plus manipulé.

– Allons donc ! s'exclama Cotton en riant. Vous avez simplement changé le disque pour nous faire danser sur un air de votre choix.

– *Herr* Malone, on m'a demandé de me charger de la mise en scène à l'hacienda et je me suis acquittée de cette tâche, je le reconnais.

– En y apportant quelques livres sélectionnés dans la bibliothèque d'ici ?

– Oui. Et aussi la bannière. Il ne manquait pas d'objets de collection de ce genre dans le sous-sol du château du lac. Mais tout ça a disparu, à présent.

– Ça n'a pas vraiment l'air de vous affecter, remarqua Cassiopée.

– C'est comme d'être débarrassé d'un cancer, dit la vieille femme avec justesse. J'avais également pour instruction de susciter votre curiosité en vous poussant à quitter l'hacienda en catastrophe, d'où les coups de feu tirés contre la façade par ces jeunes gens. Enfin, je devais disposer des photos à l'intérieur en m'arrangeant pour que leur présence semble naturelle. Ce sont celles que vous avez découvertes accrochées aux murs. Elles représentent Bormann et Braun. Mais elles n'ont pas été prises ici. L'enfant que vous avez vu avec Bormann est un inconnu. J'étais censée vous fournir des lettres à l'appui de mes déclarations selon lesquelles il n'y avait pas de fils Bormann à chercher… Sauf que j'ai apporté quelques modifications à cette partie-là du scénario, ajouta-t-elle avec un petit sourire.

– En remplaçant ces lettres par celles que vous avez déposées dans notre voiture hier soir ?

– Tout à fait. Il était important que vous les lisiez. Le Kaiser ignore qu'elles existent. Il ne sait pas non plus qu'Eva Braun et moi avons entretenu une correspondance en secret pendant des années. Avec la complicité de mon frère, en Afrique. Evi avait besoin d'une amie. D'une confidente. Je lui en ai tenu lieu. »

Cassiopée fit glisser le sac à dos de ses épaules et en sortit l'album.

« Vous souhaitiez aussi que nous mettions la main là-dessus ?

– Oui. J'ai ordonné qu'on abatte l'espion du Kaiser et qu'on laisse son corps chez moi en guise de message à l'adresse du collaborateur de Pohl, qui l'avait envoyé. Je comptais que vous reviendriez à Tilcara pour me parler et que vous fouilleriez ma maison. Alors j'ai mis cet album dans un tiroir à votre intention.

– Vous désirez le récupérer ? s'enquit Cotton.

– Non, gardez-le. Vous en aurez besoin.

– Qu'en est-il des documents bancaires ? demanda Cassiopée.

– Ceux-là, ils voulaient vraiment que vous les trouviez. C'est pourquoi Vergara vous a menée directement là où ils étaient. L'enquêteur de la chancelière a été assassiné à la seule fin d'attiser votre curiosité. Le poignard utilisé comme arme du crime provenait d'un autre dépôt de reliques. Vous seriez étonnés de la quantité d'objets nazis que recèle encore ce continent.

« Malheureusement, ces archives bancaires suffisent largement à faire rejaillir sur l'actuelle chancelière la souillure du IIIe Reich. Ce ne sont pas des faux. Les informations qu'elles contiennent sont toutes exactes et Mme Eisenhuth devra s'accommoder de cette triste réalité… Si mon attitude vous surprend, disons simplement que ma vision des choses a changé. S'il fut un temps où je rendais volontiers service à celui qui aime se faire appeler le Kaiser, ce n'est plus le cas. Je cours un très grand risque en vous aidant. Un risque qui pourrait même me coûter la vie. Et, comme vous venez de le constater, vous êtes, vous aussi, en danger de mort. Mais, d'après mes renseignements, vous êtes tous les deux plus que capables de vous tirer d'affaire.

– Qui vous les a fournis, ces renseignements ? voulut savoir Cassiopée ?

– Quelqu'un de bien informé.

– Madame est la reine du mystère, ironisa Cotton.

– La subtilité est un art qui se perd… répliqua Ada. Mais il y a autre chose. »

Sur un geste d'elle, l'un des deux gardes du corps lui tendit un téléphone portable, qu'elle donna à Cotton. La photo d'un homme était affichée sur l'écran. La cinquantaine. Bronzé. Une barbiche striée d'argent.

« Il s'appelle Josef Engel, reprit-elle. Retenez bien ce visage. Engel est le bras droit du Kaiser. C'est lui qui a assassiné mon amie Isabel. Et aussi le détective que la chancelière avait dépêché à Santiago. C'est pour lui que travaillait l'homme que j'ai fait exécuter hier soir, et c'est encore lui qui a soudoyé Vergara pour qu'il vous tue. Quand il apprendra que Vergara a échoué, croyez-moi, il essayera de nouveau de vous éliminer. »

Cotton grava l'image dans son esprit.

« Mon père a servi Bormann jusqu'au départ de celui-ci, en 1947. Je n'ai jamais revu l'éminence brune, ni Evi. C'est mon frère qui était désormais chargé de s'occuper d'eux. Mon père a continué de pourvoir aux besoins des autres réfugiés. Bormann avait ouvert un grand nombre de comptes dans toutes sortes de banques et c'était mon père qui avait les signatures. Il veillait à l'approvisionnement de tous ces comptes, dans lesquels il puisait pour financer les dépenses nécessaires. Il transmettait régulièrement des rapports en Afrique et Bormann restait maître des décisions importantes. Mais quand mon père est décédé, c'est moi qui ai été désignée pour prendre sa suite, et j'ai résolu de ne plus envoyer de rapports. Comme cela ne me valait aucune remontrance, j'en ai déduit que Bormann devait être mort, lui aussi. Cela fait longtemps que je joue ce rôle de *Regler*, de contrôleur. Le *señor* Donoso, que vous avez rencontré hier à la banque, est un personnage peu recommandable qui est prêt à travailler pour n'importe qui en échange de pots-de-vin. Vergara lui graisse la patte depuis des années.

– Vous n'êtes donc pas intervenue pour empêcher que ces archives sortent au grand jour ? demanda Cassiopée.

– En faisant ça, j'aurais interrompu le processus qui est en marche. La chancelière Eisenhuth devra payer le prix de ces révélations, et j'en suis navrée, mais le solde des comptes n'a que trop tardé. Il est temps qu'elle apprenne la vérité.

– Comment connaissez-vous Theodor Pohl ? s'enquit Cotton.

– Lui et moi sommes associés depuis des lustres. Il me priait de temps en temps de lui rendre des services. Cela arrivait principalement quand des gens venaient ici enquêter sur le passé. Il y en a eu de toutes sortes. Agents de renseignement, chasseurs de primes, écrivains, journalistes, metteurs en scène. Nous avons même eu le producteur américain d'une série télévisée basée sur une théorie à dormir debout selon laquelle Hitler aurait coulé de longues années tranquilles dans la région. Nous les avons tous découragés les uns après les autres en les envoyant courir après des chimères.

– Pour sauvegarder l'argent ? suggéra Cotton.

– Non, pour sauvegarder le passé. Le dernier problème est survenu il y a quelques années. Deux agents américains. Mais cet épisode-là s'est terminé par le meurtre d'Isabel. J'ai su tout de suite que je ferais payer le Kaiser un jour ou l'autre pour cet acte indigne. Ne nous y trompons pas, Juan Vergara, lui aussi, a trempé dans l'assassinat d'Isabel. Il est responsable au même titre que Pohl. Ils seront tous punis.

– On sent beaucoup d'amertume, chez vous, remarqua Cotton.

– Le fruit d'une existence entière de choix douteux.

– Qu'attendez-vous de nous ? demanda Cassiopée.

– Utilisez les lettres que je vous ai remises. Elles vous serviront de guides en Afrique.

– Donnez-nous une bonne raison de vous croire, dit Cotton.

– Je viens de vous sauver la vie. Si j'avais voulu votre mort, vous ne seriez plus là. »

Ça, il n'y avait pas lieu d'en douter !

« Pourquoi les contacts se sont-ils interrompus entre votre frère et vous ? s'enquit Cassiopée.

– Je n'ai jamais prétendu que c'était le cas.

– Votre frère est donc toujours vivant ?

– Vous aurez la réponse à cette question si vous allez en Afrique. Permettez-moi de vous dire que les enjeux sont bien plus considérables que vous le pensez, dans cette histoire. Quand Pohl a décidé de mettre Marie Eisenhuth sur la piste de ces documents bancaires, il n'avait pas idée de ce qui l'attendait derrière la porte qu'il poussait. Il n'a jamais mesuré le degré de haine et de ressentiment auquel il s'exposait. Comme tous les pédants imbéciles et arrogants, il s'est cru plus malin que tout le monde. Il a tissé une toile qui est tout emmêlée, maintenant. Il ne vous reste qu'à la démêler. À vous, et à vous seuls de voir si vous souhaitez ou non vous atteler à cette tâche… Faites le bon choix. »

On les conduisit en bateau de l'autre côté du lac Girasol, puis en voiture jusqu'au ponton d'où ils étaient partis en hydravion le matin, cent vingt kilomètres au sud-ouest. Leur 4x4 était à l'endroit où ils l'avaient laissé et ils le prirent pour regagner le chalet. Deux véhicules de police étaient garés devant la maison, ce qui signifiait que Vergara et les deux policiers étaient là. Ils s'approchèrent prudemment du bâtiment et le contournèrent pour jeter un coup d'œil à l'intérieur à travers les baies vitrées donnant sur la terrasse. Vergara allait être surpris de les voir. Surtout s'il était mêlé à la tentative d'assassinat sur leurs personnes, comme l'avait affirmé Ada.

Le salon était vide, mais il n'en allait pas de même pour la salle à manger. Les deux policiers étaient affalés dans des fauteuils, Vergara gisait sur le sol.

Les trois corps portaient des traces de balles.

« Qui a fait ça, à ton avis ? demanda Cassiopée. Ada ou Engel, le compère de Pohl ?

– Je parierais plutôt sur le second. Il a dû faire le ménage. »

Ils entrèrent par la porte-fenêtre, qui n'était pas verrouillée.

Un récepteur radio était posé sur la table.

« Ce truc n'était pas là avant », remarqua Cassiopée.

En effet.

Puis ils constatèrent en même temps que les lettres avaient disparu.

« La preuve par A plus B que c'est bien le copain de Pohl qui a fait le coup, dit-elle. Ada voulait que nous les ayons, ces lettres. Lui, non. »

CQFD.

Heureusement, la mémoire absolue de Cotton avait enregistré chaque phrase au fur et à mesure que le *carabinero* les lui traduisait. Des dates se succédèrent en rafale dans son esprit : 1949, 1951, 1962. Puis des noms de lieux et de gens. Et ils avaient toujours l'album, les photos et le courrier envoyé à Ada par son frère.

Il consulta sa montre. 14 h 35.

« Le côté positif, c'est que nous sommes morts, reprit Cassiopée. Même si ce n'est pas d'une façon aussi définitive que ces trois messieurs.

– Reste la question à un million de dollars : est-ce qu'on va en Afrique ou non ?

– Au point où nous en sommes... » répondit-elle en acquiesçant d'un hochement de tête.

Il partageait tout à fait ce point de vue.

38

Allemagne

15 h 30

Marie Eisenhuth redoutait l'été. Plus jeune, elle avait toujours accueilli le mois de juin avec soulagement après la morne saison froide. C'était le retour du soleil bienfaisant, des soirées agréables où il faisait clair jusque tard dans la nuit.

Mais tout cela avait changé une cinquantaine d'années plus tôt.

Un 14 juin.

Le jour de la mort de ses parents.

Un Boeing 707 qui faisait la liaison entre Athènes et Rome s'était écrasé en mer Ionienne à la suite de l'explosion d'une bombe placée dans la soute à bagages. Aucun des quatre-vingt-huit passagers n'avait survécu.

En cause, la situation au Proche-Orient.

Chassée de Jordanie, l'Organisation de libération de la Palestine avait transféré son quartier général dans le sud du Liban, où elle pouvait facilement recruter des activistes dans les camps de réfugiés voisins. En ce temps-là, cette région avait été surnommée Fatah Land parce qu'elle était sous la domination d'organisations militantes qui lançaient depuis son territoire des attaques contre Israël. On avait soupçonné le plus impitoyable de ces groupes de fedayin, le Fatah, d'être derrière l'attentat, mais aucune preuve formelle n'avait pu être apportée.

Toujours était-il que quatre-vingt-huit personnes avaient disparu.

Au nombre desquelles les deux êtres qui comptaient le plus pour elle.

Et surtout son père, qu'elle idolâtrait.

Avant le début de la campagne, elle avait avisé son équipe de ne rien prévoir pour l'après-midi et la soirée du 14 juin. Elle n'avait fourni aucune explication, et personne ne lui en avait demandé. Elle effectuait chaque année à cette date un pèlerinage au cimetière. Celui-ci jouxtait le vénérable Kloster Egern, un grand monastère fondé à l'époque du Saint Empire, qui abritait toujours une communauté de bénédictins. Depuis quarante-six ans, elle entrait dans l'église, y allumait un cierge, puis allait déposer des roses jaunes sur les tombes en hommage à ses parents arrachés bien trop tôt à son affection. Longtemps, Kurt l'avait accompagnée, mais il ne le faisait plus systématiquement depuis une dizaine d'années.

Elle frotta une allumette et approcha la flamme vacillante de la mèche, qui mit un petit moment à prendre. La lueur incertaine de la bougie perçait à peine la pénombre environnante. L'église était un modèle de simplicité avec ses murs en pierre rousse et son décor plein de dignité. Un endroit tranquille où venir une fois l'an interroger le ciel sur le pourquoi de ces morts tellement prématurées.

Elle s'agenouilla sur un des bancs.

Les moines avaient la délicatesse de fermer le sanctuaire pour l'après-midi afin qu'elle ne soit pas dérangée. Seuls deux membres de son service de sécurité l'avaient escortée. Ils montaient la garde à l'extérieur, devant l'entrée. Elle ne priait pas souvent. Si ses parents avaient tous les deux été de fervents catholiques, la religion n'avait jamais occupé une place prépondérante dans sa propre vie.

Mais elle y demeurait attachée.

Elle entendit le grincement d'une porte latérale qui s'ouvrait. Se demandant qui venait l'interrompre dans ses dévotions, elle tourna la tête et vit son mari debout à l'entrée de la chapelle où elle se trouvait. Il la rejoignit.

« Je pensais que tu ne sacrifierais peut-être pas à la tradition cette année à cause de la campagne électorale.

– Et moi, je m'interroge sur la raison de ta présence, répondit-elle en se levant.

– Crois-tu vraiment qu'il soit sain de te replonger ainsi dans ta douleur une fois par an ?

– J'apprécie ta sollicitude, mais il s'agissait de mes parents.

– Je ne voulais pas t'offenser. Je voulais seulement dire que beaucoup de temps a passé depuis leur disparition. »

L'observation n'était pas sans fondement : il venait un moment où les vivants devaient cesser de s'accrocher aux morts. Mais…

« Je n'arriverai peut-être jamais à prendre mes distances vis-à-vis d'eux. Ils ont été assassinés pour rien, dit-elle sans chercher à masquer son amertume.

– Je sais ce que tu ressens. Ils me manquent, à moi aussi. »

C'était dans des instants comme celui-ci que Kurt se rapprochait le plus de l'homme dont elle gardait un lointain souvenir. Beau. Élégant. Plein d'audace. Ils s'étaient mariés jeunes. Deux rejetons de familles riches et puissantes, héritières de vieilles fortunes. Ils avaient toujours mené une vie de privilégiés, et elle était parvenue à transformer cet avantage en carrière exemplaire au service de l'État. Mais, en prenant de l'âge, Kurt était tout simplement devenu un étranger pour elle. Là où elle cultivait la compassion et une vision ouverte du monde, il s'enfermait dans des préjugés et un nationalisme étroits. Elle avait renoncé à essayer de comprendre cette curieuse métamorphose et ils avaient continué à s'écarter l'un de l'autre en suivant des chemins opposés. Ils avaient fini par ressembler aux pôles d'un aimant, irrémédiablement liés tout en étant à jamais séparés par des forces sur lesquelles ils n'avaient aucun pouvoir. À cette minute précise, pourtant, pendant qu'elle le dévisageait dans la lumière pâle de l'église, les bons souvenirs la poussaient à lui prendre la main pour le réconforter… Mais les mauvais lui rappelaient avec fermeté qu'il était trop tard.

Aussi se contenta-t-elle de répondre :

« Ils ont été victimes de la haine. Dieu merci, le Proche-Orient n'est plus ce qu'il était il y a cinquante ans. Les choses ont évolué positivement.

– Marie, les Juifs et les Arabes s'entre-tuent depuis des siècles ! Ça ne cessera jamais. Leur haine a débordé sur le monde entier, et ça non plus, ce n'est pas près de s'arrêter. Je me demande ce que ton père aurait pensé de ton action en tant que chancelière. »

Le fait de se trouver à proximité immédiate des restes de ses parents semblait toujours lui apporter un surcroît de force. Peut-être était-ce aussi pour cela qu'elle continuait à venir chaque année. Parce qu'elle avait besoin de se régénérer. Même à son âge.

« Il en aurait été fier, assura-t-elle.

– Tu ne parles pas sérieusement ! Ton père n'aurait certainement pas donné son aval à une politique d'ouverture des frontières qui autorise n'importe qui à entrer chez nous. Et, à ta place, il n'aurait sûrement pas non plus cédé aux diktats des États-Unis ni mené une diplomatie d'apaisement à l'égard de la Russie. Il avait l'OTAN en horreur et ne supportait pas l'idée que l'Allemagne soit entièrement dépendante de puissances étrangères pour sa défense extérieure. Lui et moi avons plus d'une fois discuté de tous ces sujets.

– Mon père était d'une autre époque, où on pensait différemment. Mais c'était avant tout un patriote, comme moi.

– Comme toi qui te bats pour ta survie politique. Ton numéro de Dachau a été tout sauf productif. La moitié de la Bavière s'est sentie offensée. Qu'est-ce qui t'a pris d'aller taxer les gens de racisme et d'indifférence ? C'est ça, ta façon de gouverner ? Insulter la nation ? Tu as facilité la tâche à Pohl, c'est tout !

– Si je comprends bien, il a fini par te convaincre de voter pour lui.

– Et nous y revoilà ! s'exclama-t-il en secouant la tête. Si je ne suis pas d'accord avec toi, tu en conclus aussitôt que je suis ton ennemi. »

Elle sentit la colère monter en elle.

« Ce n'est ni l'endroit ni le moment pour une discussion politique. Restons-en là, tu veux bien ?

– Ton père serait peut-être curieux d'entendre tes arguments.

– Mes parents auraient approuvé mes choix, quels qu'ils soient, affirma-t-elle, agacée par cette insistance.

– Tu peux vraiment soutenir une chose pareille sans que ça te pose un cas de conscience ? »

N'ayant aucune intention de débattre avec lui dans ce lieu sacré et en un jour si solennel, elle fit un pas vers la grille pour sortir, mais il se mit sur son chemin.

« Tu t'enfuiras aussi du Bundestag quand les députés te demanderont des comptes sur ta politique ? La contestation t'est donc insupportable à ce point ? »

Elle se sentit soudain mal à l'aise.

« Laisse-moi passer, dit-elle.

– Es-tu seulement consciente de ce que tu es en train de faire ? »

Elle n'avait pas l'habitude d'être prise à partie de la sorte. Surtout par son mari.

« Va au diable, Kurt.

– Le diable ? J'ai l'impression d'être à sa table depuis longtemps, répliqua-t-il avec une hargne inaccoutumée qui l'intrigua.

– Qu'est-ce qui te tourmente, Kurt ? »

Pas de réponse.

« Si je te rebute, veux-tu que nous vivions séparés ?

– C'est déjà le cas.

– Souhaites-tu divorcer ?

– Pas du tout.

– Dans ce cas, pourquoi me chapitrer ? Me dénigrer ? Je dirige le pays depuis seize ans. L'Allemagne est forte, dynamique. Ma façon de gouverner me vaut le respect du monde entier. Je sais exactement ce que je fais. Alors, ne peux-tu pas te contenter de me ficher la paix ? De vivre ta vie selon tes idées et de me permettre de vivre la mienne ?

– Si seulement les choses étaient aussi simples. »

Il y avait soudain chez lui une tristesse qu'elle ne lui connaissait pas et qui la déconcertait. Mais à quoi bon creuser le sujet ? Tout cela ne l'intéressait tout bonnement plus.

« Maintenant, j'aimerais aller me recueillir sur la tombe de mes parents, dit-elle. Pourrais-tu avoir la gentillesse de t'écarter de cette grille et de me laisser sortir ? Ou dois-je appeler mon service de sécurité ?

– Pour te protéger de ton propre mari ?

– S'il le faut… »

Il demeurait figé sur place. Il aurait tellement mieux valu qu'ils se séparent. Pour leur bien à tous les deux. Malheureusement, les circonstances les en empêchaient.

Il finit par s'écarter, mais, quand elle passa près de lui, il l'arrêta en lui empoignant le bras et la regarda droit dans les yeux.

« Continue comme ça, siffla-t-il, et tu causeras notre perte à tous. »

Elle se dégagea brutalement et poursuivit son chemin.

39

État libre, Afrique du Sud

Samedi 15 juin
12 h 30

Cotton concentra son attention sur le panorama qu'il voyait défiler à travers la fenêtre latérale du petit avion. Il avait loué le Cessna biplace à l'arrivée de l'interminable vol Santiago-Durban effectué à bord du même aéronef militaire qui les avait transportés de l'Allemagne au Chili. Il avait suffi d'un coup de fil à Danny Daniels pour que l'appareil soit immédiatement mis à leur disposition. Ils en avaient profité pour informer l'ex-président des derniers développements, sans omettre de mentionner les documents bancaires préjudiciables, voire potentiellement fatals pour Eisenhuth, que Vergara avait fait parvenir en Allemagne. Danny avait promis de traiter ce volet de l'affaire de son côté.

L'État libre se trouvait à environ cinq cents kilomètres à l'ouest de Durban, à l'intérieur des terres. Les reliefs qu'il fallait traverser pour y accéder figurant parmi les plus accidentés d'Afrique du Sud, il était plus rapide et plus sûr de s'y rendre par la voie des airs. D'après la carte, ils avaient franchi la limite orientale de la province quelques minutes auparavant. Sous eux s'étendait un paysage tourmenté mêlant affleurements gréseux, à-pics vertigineux et ravines profondes. Le soleil, non pas doré, mais blanc, répandait sa lumière sur le sol rocheux avec l'intensité d'un éclairage au magnésium. Oryx, kobs et antilopes grises paissaient sur les pentes des collines entre des *kloven* – des combes – où poussaient des arbres clairsemés. Au loin, les coteaux boisés cédaient la place à des prairies, à des mesas qui faisaient penser à des tables, et à d'autres formations gréseuses.

Une agglomération apparut.

Ramassée, dépourvue de végétation et d'ombre à cause du soleil qui déversait sur elle ses rayons accablants à la verticale. La chaleur se réverbérait sur l'asphalte de la rue principale et sur les tuiles rouges des toits. Sur le flanc d'une butte, au-delà du village, un troupeau de chèvres noir et feu s'égailla parmi les rochers, sans doute effrayé par l'avion. Le site évoquait le fond d'un aquarium vidé de son eau. N'était la faune typique, il aurait pu se croire dans le Sud-Ouest américain.

Il suivit une courbe de la rivière Modder en direction de Bloemfontein, la capitale tentaculaire de l'État libre. Le ciel était dégagé, à l'exception de quelques nuages d'altitude épars. Les ailes bien à l'horizontale, l'assiette positive, l'avion volait sans à-coups. Cassiopée était en train de traduire à haute voix les lettres dans lesquelles Gerhard Schüb révélait à sa sœur ses pensées et ses sentiments les plus intimes. Au cours du voyage transatlantique, elle avait fait un tri entre les cinquante-trois missives données par Ada et ne relisait que des extraits de celles qui lui avaient semblé les plus intéressantes.

19 novembre 1951

(…) Ce pays n'est pas fait pour les végétariens. C'est en revanche un paradis pour les carnivores. J'ai appris que les steaks, côtes ou côtelettes grillés en plein air au barbecue et mangés avec les doigts à la belle étoile sont bien plus succulents que tout ce qu'on peut déguster à l'intérieur dans une assiette. Je me suis accoutumé à vivre dehors, même si le temps est imprévisible, par ici. Des orages terribles éclatent au-dessus des montagnes. Les éclairs sont les plus aveuglants que j'aie jamais vus. Le tonnerre claque comme des coups de canon et fait trembler le sol. La pluie tombe à flots, mais peut cesser en l'espace d'un instant. Après le déluge, des milliers de grenouilles expriment leur joie par des concerts de coassements assourdissants. Oh, Ada, ce pays est magnifique !

Voici deux jours, nous avons été invités à déjeuner dans une ferme, au sud, mais sur le territoire de l'État libre d'Orange, d'où Luis ne s'éloigne jamais beaucoup. Un autre convive nous a recommandé de ne pas parler de la guerre des Boers, expliquant que la famille d'agriculteurs afrikaners qui nous recevait avait perdu pendant ce conflit certains de ses membres, tués de manière humiliante par les Britanniques, à qui elle continuait à vouer un profond ressentiment. Cette guerre étant terminée depuis cinquante ans, le conseil m'a semblé surprenant. Quoi qu'il en soit, malgré nos efforts pour éviter le sujet, c'est notre hôte lui-même qui l'a abordé. Il nous a raconté la façon dont les Anglais rassemblaient de force les femmes et les enfants et les enfermaient dans des camps, où trente mille moururent de faim et de maladie. C'est ainsi qu'ils pensaient briser la résistance armée des Boers et les contraindre à se rendre. Mais ce fut l'inverse qui se produisit : les insurgés redoublèrent de combativité. Ce fut seulement en promettant de libérer les êtres chers des Boers faits prisonniers pour les inciter à se retourner contre leurs compatriotes que les Britanniques parvinrent à leurs fins. De nombreux rebelles acceptèrent en effet ce marché, et ce fut leur trahison qui coûta aux Boers la victoire. Notre hôte avait un nom pour ces transfuges : « hensoppers ». Quand je lui ai demandé le sens de ce mot, il m'a dit que c'était une déformation de l'anglais « hands up » – mains en l'air –, et il a craché par terre pour me montrer ce qu'il pensait d'eux.

15 mars 1952

Je suis allé en voiture à Johannesburg chercher les livres de Luis à la poste restante et faire quelques emplettes pour Rikka. Elle s'est découvert dernièrement un intérêt pour le crochet. Ses créations sont très jolies, même s'il n'y a guère besoin d'écharpes et de chandails sous ce climat. J'ai l'impression qu'elle s'adonne à cette activité dans le seul but d'agacer Luis, qui lui reproche sans arrêt de perdre son temps à des bêtises. Elle semble prendre plaisir à le contrarier.

Johannesburg est très différente de l'État libre d'Orange. C'est une ville récente – moins de soixante ans – avec partout des gratte-ciel, des bus, des trams, des enseignes au néon, des boutiques et des limousines. Le spectacle le plus étrange est peut-être celui des pyramides que l'on aperçoit au bout des longues avenues. Ce sont les terrils des mines d'or, constitués de minerai extrait qui attend d'être traité. Ils sont à Johannesburg ce que l'acropole est à Athènes. Ils attirent sans cesse l'œil et symbolisent la richesse colossale de la région. Luis a investi beaucoup d'argent dans les mines et il en tire d'énormes profits. Les dividendes sont tellement substantiels qu'il est allé jusqu'à partager avec moi un morceau de sa fortune. Minuscule, mais suffisant pour que je puisse m'acheter un lopin de terre et y faire bâtir une maison. C'est une construction en grès avec un toit de tuiles entourée d'une cerisaie. Il y a aussi un stoep – un perron – où je m'assieds le soir pour observer les zèbres, les antilopes et les gazelles. Ce sont des artisans indiens qui ont aménagé l'intérieur. Je suis là chez moi et, pour une fois, j'éprouve de la reconnaissance pour Luis.

23 juin 1956

Luis est d'une humeur massacrante depuis plusieurs semaines. Depuis qu'il a lu dans un livre sur la guerre une citation de Goebbels, qui aurait dit : « Bormann n'est pas un homme du peuple. Il n'est pas qualifié pour mener à bien un véritable travail de chef. Il n'est qu'un administrateur, un gratte-papier, rien de plus. » Luis, furieux, a lancé que c'était là des paroles bien impudentes dans la bouche d'un couard qui s'était suicidé, entraînant avec lui dans la mort sa femme et ses enfants, pour complaire à un braillard dérangé du cerveau. Il dit pis que pendre du Führer, pour qui il n'a que mépris. Il m'explique que tout mouvement politique a besoin d'un révolutionnaire à même de s'assurer le pouvoir par n'importe quel moyen. Mais qu'une fois acquis, ce pouvoir doit passer peu à peu aux mains de ceux qui savent organiser, contrôler, administrer, et qui finissent par gouverner eux-mêmes. « Sois fier d'être un bureaucrate, me répète-t-il. Car ce sont eux qui mènent le monde. »

Hitler, selon lui, vivait dans un univers de fantasmes et il était facile d'avoir barre sur lui. Surtout quand on connaissait ses défauts et le moyen de le conforter dans sa fatuité.

« Ne dévoile jamais tes faiblesses, me conseille-t-il. C'est une erreur fatale. »

Il s'amuse en revanche beaucoup des inexactitudes contenues dans un autre volume, qui lui est consacré. « Il devrait être donné à chacun de s'enrichir en lisant sa nécrologie », plaisante-t-il. L'auteur y parle de lui comme d'une « personnalité dépourvue d'aspirations propres » et le qualifie d'« exécutant excessivement zélé, naturellement porté à adopter les idées d'autrui sans les modifier en fonction des siennes ». Il trouve cette conclusion particulièrement divertissante. Le national-socialisme, m'a-t-il déclaré, n'était qu'un instrument au service de son ambition et non une cause justifiant qu'il se sacrifie pour elle.

D'où le fait qu'il ait survécu alors qu'Hitler, Goebbels, Göring, Himmler et tous les autres sont morts. Il ne me révèle rien de ses intentions. Je sais qu'il rencontre régulièrement un groupe d'hommes qui vivent par ici, mais je ne suis pas admis à prendre part à leurs discussions. Et cela me convient tout à fait, car je préfère rester dans l'ignorance.

Pas très loin devant eux, un vautour de couleur rouille battait des ailes en plein ciel.

Cotton fit virer le Cessna et ils survolèrent la zone urbaine de Bloemfontein. La ville, qui comptait près de six cent mille habitants, se présentait architecturalement comme un charmant méli-mélo de styles différents, alliant le britannique au méditerranéen et la Renaissance au classique. Une place arborée marquait le centre de ce qui semblait être la partie la plus ancienne de la cité. Voitures, camions et bus encombraient les avenues telles des colonnes de fourmis sur des troncs.

L'aéroport était à une petite dizaine de kilomètres à l'est de l'agglomération. Cotton prit contact par radio avec la tour pour demander la permission d'atterrir. Un contrôleur lui répondit qu'il devait parcourir une fois le circuit d'attente avant de recevoir des instructions, deux vols commerciaux ayant priorité sur lui.

Il mit le cap au nord et entama une longue boucle autour des pistes.

Quelques kilomètres à l'est, un Airbus des SAA en approche finale descendait lourdement vers le tarmac fendillé.

La tour lui donna pour consigne de se poser dans le sillage du mastodonte.

40

Engel détacha sa ceinture et se leva. Le voyage Le Cap-Bloemfontein dans le vieil Airbus des SAA n'avait pas été de tout repos. Rien à voir avec la paisible traversée de l'Atlantique à bord du jet privé qu'il avait pris à Buenos Aires après avoir effectué un saut de puce au-dessus de l'Argentine depuis Puerto Montt sur un vol navette des LATAM Airlines. Enfin, il s'estimait heureux d'avoir obtenu une place. Sa douloureuse expérience avec Ada avait au moins eu le mérite de lui rappeler les vertus de la vigilance et du pragmatisme.

Debout au bord de la travée exiguë, il laissa passer les voyageurs qui se dirigeaient vers la sortie. N'étant pas pressé, il n'avait aucun intérêt à faire semblant de l'être. La réprimande que lui avait adressée Theodor Pohl résonnait encore à ses oreilles. Il avait appelé son patron la veille et lui avait fait part de toutes les morts et autres mauvaises nouvelles.

« Vous mesurez bien que nous avons peu de chances de redémarrer cette opération à temps, avait dit Pohl. Cette vieille folle pourrait me coûter la chancellerie.

– Nous avions déjà eu recours à ses services sans que cela pose le moindre problème, avait-il objecté. Seulement, la dernière fois, il a fallu tuer quelqu'un – avec votre aval –, et elle l'a mal pris. »

L'annonce de la perte du château n'avait pas été très bien reçue, elle non plus.

« Cette maison était là depuis soixante ans ! s'était exclamé son employeur. C'était un lieu très spécial.

– Mais qui représentait un risque depuis qu'Ada en avait révélé l'existence. J'ai donc jugé plus sage de le faire disparaître.

– Vous en prenez bien à votre aise avec nos richesses ! Ce château valait des millions. Et qu'en est-il d'Ada ?

– Je m'occuperai d'elle quand tout ceci sera terminé. Pour l'heure, j'ai réservé un vol pour Le Cap. Je serai en Afrique demain.

– Vérifiez s'il n'y a vraiment rien là-bas qui nécessite qu'on s'y intéresse. Logiquement, ça ne devrait pas être le cas, puisque Gerhard Schüb est mort, mais cette vieille en sait plus qu'elle ne devrait, et ça m'inquiète. Quoi qu'il en soit, je ne veux en aucune façon voir remonter à la surface de nouvelles preuves de première main ! Plus de lettres ! plus d'écrits, quels qu'ils soient ! C'est bien compris ?

– Absolument.

– Assurez-vous que l'Afrique ne nous réserve pas de surprises. L'élément positif, c'est que la manœuvre est enclenchée pour ce qui concerne les révélations financières. Ça, au moins, ce n'est pas un échec et ça peut nous suffire pour atteindre notre but. En attendant, faites ce qu'il faut sur place… Et encore une chose, Josef… (Engel n'avait pas eu besoin d'être grand clerc pour deviner ce qui allait suivre) ne me décevez pas une fois de plus. »

Les derniers passagers se dirigeaient en file indienne vers l'avant de l'appareil. Il leur emboîta le pas.

Non, il ne décevrait pas Pohl. Plus important, il ne se décevrait pas lui-même. Il n'avait pourtant rien laissé au hasard. Son plan aurait dû fonctionner. Il fonctionnait, d'ailleurs, si l'on omettait la petite erreur de calcul à propos d'Ada. Il avait tout de même éliminé Cotton Malone et Cassiopée Vitt. Sans parler de Juan Vergara et de ses fouinards de sous-fifres. Seul restait à traiter le volet africain.

Et cela ne présentait a priori pas de difficulté.

Il passa mentalement en revue tout ce qu'il avait à faire dans les prochaines heures.

Franchir la douane. Récupérer ses bagages. Louer une voiture.

Puis prendre la route du sud jusqu'à Nohana.

Et, une fois là-bas, faire en sorte qu'il ne demeure rien à découvrir.

Cotton était au volant du Range Rover qu'ils avaient loué à l'aéroport. Assise sur le siège passager, Cassiopée le guidait dans President Brand Street, en plein centre de Bloemfontein. Ils avançaient au ralenti sur l'avenue congestionnée. Ils avaient fait une halte dans un grand magasin pour s'acheter des vêtements plus adaptés à la chaleur de l'Afrique australe qu'à la relative fraîcheur des montagnes chiliennes d'où ils venaient : des chemises et des pantalons légers en coton, un lot de chaussettes fines et des chaussures de randonnée. Cotton avait aussi fait un crochet jusqu'à un distributeur automatique de billets d'où il avait tiré une quantité suffisante de rands pour couvrir leurs frais pendant les quelques jours à venir.

Ils ne disposaient que d'informations sommaires et incertaines.

Apparemment, Martin Bormann et Eva Braun, alias Luis et Rikka Soreno, ainsi que Gerhard Schüb, avaient vécu à Bloemfontein et dans la région depuis leur arrivée, en 1949, jusqu'à une date indéterminée de 1952 où ils avaient déménagé pour s'installer au cœur de ce qu'on appelait alors l'État libre d'Orange. Dans ses lettres, Gerhard Schüb mentionnait régulièrement une localité nommée Paarl, qui ne figurait malheureusement sur aucune des cartes de l'État libre actuel. La première chose à faire était donc d'établir sous quelle désignation ce patelin était à présent connu.

Après s'être garés dans une petite rue, Cotton et Cassiopée entreprirent une tournée des bâtiments administratifs en béton gris dont le quartier était truffé, mais tous étaient fermés pour le week-end. Enfin, ils dénichèrent un office du tourisme ouvert où défilait une noria de visiteurs. Là, une Africaine très affable déplia diverses cartes de la province en usage au cours du XXe siècle et trouva Paarl à environ quatre-vingts kilomètres au sud-est de Bloemfontein. L'endroit avait été rebaptisé à la fin des années 1980.

« Ça s'appelle Nohana, aujourd'hui, indiqua l'employée. C'est un très joli village, proche des montagnes où il fait frais. J'aimerais bien y être en ce moment !

– Y a-t-il des fermes, par-là ? demanda Cotton.

– Plein. C'est une campagne fertile, avec des collines et beaucoup d'arbres. J'y suis souvent allée. »

Après leur avoir donné quelques informations supplémentaires à propos du site, elle leur suggéra un itinéraire pour s'y rendre en empruntant la N6 vers le sud, puis la R26 qui les mènerait vers les montagnes. Quand ils ressortirent dans la chaleur étouffante de midi après l'avoir remerciée, Cotton, lui aussi, se prit à rêver d'alpages et de fraîcheur.

« On aurait dû lui demander où s'adresser, lundi, pour consulter les registres d'état civil où figurent les décès, dit Cassiopée. On ne sait jamais. Avec un peu de chance… »

Elle avait raison. Ils retournèrent donc dans l'établissement pour interroger l'hôtesse d'accueil. Celle-ci leur apprit que le service d'état civil de l'ensemble du pays était centralisé dans un bâtiment qui se trouvait trois rues plus loin.

« Mais les entrées concernant l'époque qui vous intéresse ne sont pas forcément à jour, ajouta-t-elle. Le gouvernement n'a adopté que récemment un système d'enregistrement efficace. Avant, beaucoup de gens mouraient dans le veld sans que leur décès soit signalé à l'administration. »

Et il aurait été plus qu'étonnant que celui de Luis ou de Rikka Soreno ait été déclaré. Après qu'il avait pris un tel soin de son vivant pour préserver son anonymat, on voyait mal Martin Bormann laisser une trace permettant de le retrouver facilement après sa disparition. Lui, comme Braun, avaient probablement terminé leurs jours dans le veld et reposaient à présent dans une tombe anonyme.

Quand ils ressortirent dans la rue chauffée à blanc par le soleil, Cotton dut aussitôt s'essuyer le front d'un revers de main.

« Plus qu'une chose à faire, dit Cassiopée. Cap au sud, direction Nohana par la N6, comme nous l'a conseillé la dame. »

Il regarda le ciel d'une clarté aveuglante. La chaleur l'enveloppait de toutes parts, pesant sur lui comme un couvercle sur une casserole d'eau bouillante. Cela n'était pas sans lui rappeler les étés de son adolescence dans le centre de la Géorgie.

« En espérant qu'il fera meilleur dans les montagnes », soupira-t-il.

41

Château des Herzog, Bavière

12 h 30

Marie Eisenhuth finit de s'habiller en enfilant sa veste. La veille au soir, elle avait fait une chose tout à fait inédite pour elle.

Elle avait verrouillé la porte de sa chambre.

Depuis plus de dix ans, Kurt et elle vivaient sous le même toit, mais séparés, chacun se satisfaisant de cet éloignement. Pourtant, un peu après minuit, au milieu des grondements de tonnerre et des crépitements de pluie d'un orage d'été, elle s'était glissée hors de son lit pour aller tourner la clé dans la serrure. Son esprit oscillant entre le songe et la réalité, elle s'était d'abord figuré avoir rêvé.

Pourquoi aurait-elle fait une chose pareille ?

Dans son demi-sommeil, elle avait été ramenée un quart de siècle en arrière, à une époque où Kurt et elle étaient bien ensemble, où leur relation comportait une dimension passionnelle à laquelle ils tenaient autant l'un que l'autre. Mais tout avait changé depuis. Comme l'illustrait tout particulièrement l'épisode de l'église. Elle sentait encore la poigne de son mari autour de son bras.

Ils avaient longtemps essayé d'avoir un enfant.

Puis des tests avaient révélé que le problème était partagé. Sperme déficient chez lui ; ovules non viables chez elle. La science n'était pas aussi avancée à l'époque que maintenant et, quand des progrès avaient enfin été réalisés dans ce domaine, ils étaient trop vieux pour être parents.

Elle s'était souvent dit que cet insuccès avait conduit à la déliquescence de leur couple.

Possible.

À moins que leur union n'ait été une mauvaise idée dès le départ.

Kurt était le premier homme à qui elle s'était donnée, et il serait le dernier. À soixante-quatorze ans, elle n'était plus depuis longtemps dans ce qu'il était convenu d'appeler la fleur de l'âge. Vieille ? Non. Au bout du rouleau ? Encore moins. Mais fatiguée, oui. Indiscutablement. Pourtant, en regardant son reflet dans le miroir, elle pouvait se dire que les ans n'avaient pas été trop cruels avec elle, lui épargnant l'outrage d'un ventre protubérant et d'une peau marquée de plis comme du papier défroissé. Physiquement, elle surmontait plutôt bien les épreuves de la vie. Émotionnellement, c'était fonction des saisons.

Juin avait toujours été un mois de renouveau pour elle.

Elle regrettait de ne pas avoir sondé Kurt, la veille, afin de découvrir la cause de son dédain pour elle. De ne pas l'avoir interrogé sur les raisons de sa hargne et de son amertume. De ne pas avoir cherché à comprendre sa rancœur à l'égard de tout ce qui venait de l'étranger.

Elle avait gardé le silence, comme d'habitude.

À peine réveillée, elle était vite allée ôter le verrou, honteuse de son accès de défiance. Par chance, personne n'avait été témoin de cet écart.

Quelques coups légers frappés à sa porte la ramenèrent à la réalité du présent. Elle entendit le battant s'ouvrir, puis se refermer.

Elle sortit du dressing et vit Kurt qui venait vers elle. Il était vêtu d'un costume Zanetti très distingué avec veste à trois boutons, d'une chemise Charvet blanche et d'une cravate en soie Façonnable.

« Je tiens à te présenter mes excuses pour hier, dit-il. Je me suis conduit de manière déplacée en te parlant et en t'attrapant par le bras comme je l'ai fait.

– “Inapproprié” est le terme exact, ne put-elle s'empêcher de répondre, bien qu'elle fût sensible à la démarche.

– Ça ne se reproduira pas, assura-t-il avec un air de sincérité qui ne semblait pas feint. Tu es ravissante. »

Pour la reprise de sa tournée électorale, elle avait choisi une tenue classique composée d'une veste bleu marine ajustée, d'une jupe plissée et d'un chemisier en soie ivoire.

« La pluie a-t-elle cessé ? demanda-t-elle sur le ton du bavardage anodin.

– Je viens de faire un tour dehors. Il fait beau et chaud. Pas un nuage. »

Lui aussi semblait marcher sur des œufs. La situation était étrange. Ils se comportaient comme deux adolescents après leur premier rendez-vous. C'était à la fois comique et tragique.

Elle fouilla dans son coffret à bijoux et en sortit un rang de perles de chez Mikimoto que Kurt lui avait offert pour Noël des décennies plus tôt.

« Laisse-moi t'aider », proposa-t-il.

Il s'approcha et elle sentit les effluves familiers de son après-rasage, de son tabac à pipe et des chewing-gums aux clous de girofle qu'il affectionnait. Se plaçant derrière elle, il avança ses bras au-dessus de ses épaules pour saisir délicatement le collier, dont il lui entoura le cou avant d'actionner l'attache. Puis il déposa un léger baiser sous son oreille droite. Elle ferma les yeux à ce contact, tout en se réjouissant qu'il ne puisse pas voir sa réaction.

C'en était trop.

Elle s'écarta et lui fit face.

« Qu'est-ce que ça signifie ? demanda-t-elle, adressant la question autant à elle-même qu'à lui.

– Un mari ne peut-il pas manifester son affection à sa femme ? répondit-il avec une suavité suspecte.

– Après ce qui s'est passé hier ?

– Un incident pour lequel je viens de faire amende honorable.

– Et je t'en remercie. Mais ça n'efface pas ce qui s'est produit. »

Il se joignit les mains derrière le dos et se raidit dans une posture guerrière.

Et c'est reparti ! songea-t-elle, traversée par un frisson d'appréhension.

« Marie, nous sommes tous les deux vieux et le temps nous est compté. Avant de disparaître, pourquoi ne pas essayer de mettre de côté la politique et tous nos désaccords pour profiter du peu de vie qui nous reste ?

– Je ne t'ai jamais connu de pulsions suicidaires et, avec ta santé insolente, tu pourrais vivre encore vingt ans.

– Non, Marie. Il se peut que je respire encore vingt ans. Mais vivre est une tout autre histoire.

– Où veux-tu en venir, Kurt ? Tu peux quand même concevoir que ton attitude me rende perplexe. »

Il alla jusqu'à la fenêtre et se tint là, tête basse. Il y avait dans sa posture quelque chose d'enfantin en complet décalage avec sa résolution d'adulte. Il semblait en proie à un dilemme et elle aurait réellement aimé comprendre de quoi il retournait.

« Marie, dit-il. Tu es peut-être sur le point de devenir la dirigeante allemande qui aura passé le plus grand nombre d'années au pouvoir. As-tu pris la mesure exacte de ce que cela impliquerait ?

– Je n'ai pas envie d'avoir un débat philosophique avec toi.

– Moi non plus. Mais je veux que nous regardions la réalité en face. Nous sommes à la croisée des chemins, tous les deux. Ta vie pourrait atteindre son apogée dans les semaines à venir.

– Pourrait ? Sur le point de ? Je suis touchée de constater à quel point mon mari a foi dans mes chances de l'emporter ! »

Les traits de Kurt s'affaissèrent.

« Je ne voulais pas te froisser. Bien sûr que je souhaite ta victoire.

– C'est bien la première fois que je te l'entends dire.

– Je ne suis pas ton ennemi. »

Elle ne demandait qu'à le croire, mais la souffrance qu'il lui infligeait depuis des années avec ses remontrances et ses préjugés avait fini par l'anesthésier et par constituer entre eux un obstacle infranchissable. Curieusement, sa carrière politique avait pris son essor alors que son mariage battait de l'aile. Et elle avait trouvé dans la soif de pouvoir un puissant barbiturique qui, lui aussi, avait un effet anesthésiant, y compris sur l'intérêt qu'elle portait à Kurt. L'homme qui se tenait devant elle, avec ses airs d'aristocrate, était à bien des égards un inconnu pour elle. Toujours était-il que, contrairement à lui, elle n'avait pas trahi sa conscience.

Et elle demeurait plus que circonspecte.

Pour quelle raison ? Elle n'aurait pas pu le dire.

« Tu affirmes ne pas être mon ennemi. Alors qui l'est ? »

Le visage de Kurt ne laissa rien paraître. Il semblait chercher la réplique juste. L'espace d'un instant, elle éprouva de la compassion pour les Allemands qui s'étaient trouvés dans la même situation inconfortable qu'elle, au sein de familles où chacun se méfiait des autres, où l'on ne savait jamais à qui on pouvait se fier, ou quand. D'où une paranoïa collective, encouragée par les autorités, qui avait fini par paralyser l'ensemble de la société.

Qu'avait dit Martin Bormann, déjà ? *La peur est nécessaire.*

Les yeux de Kurt se plissèrent, son regard se fit dur comme l'acier.

« La réponse à ta question est très simple, dit-il. Tu n'as pas besoin d'ennemis. Tu joues toi-même le rôle à la perfection. »

Sur ces mots, il se dirigea vers la porte et sortit.

42

État libre, Afrique du Sud

14 h

Cotton fut surpris par la physionomie de Nohana. Il s'était plus ou moins attendu à voir un hameau désolé du Far West, un concentré de pauvreté aux maisons délabrées. Au lieu de quoi il découvrit une ville dynamique de près de dix mille habitants remplie de galeries d'art branchées où s'exposait l'artisanat basotho de la région. Bon nombre des commerces de bouche mettaient à l'honneur les cerises et les asperges provenant des fermes locales. Il y avait aussi un quincaillier, un bureau de tabac et deux églises, une hollandaise, une anglicane. Les bâtiments en grès se détachaient sur la toile de fond spectaculaire des monts Drakensberg et brillaient tellement dans le soleil qu'on les aurait crus faits de métal. Les accents d'une musique traditionnelle que jouait un ensemble sur la place centrale apportaient une contribution supplémentaire à l'atmosphère festive de l'endroit.

L'air frais embaumait. Un changement bienvenu après la chaleur étouffante et la désagréable odeur de soufre qui régnaient à Bloemfontein. Dans une des boutiques d'artisanat, ils apprirent que bon nombre des gens qui travaillaient sur les chantiers tout proches du projet d'approvisionnement en eau des hauts plateaux étaient hébergés à Nohana et dans les environs. Ces chantiers, consacrés à la construction de plusieurs barrages, étaient situés de l'autre côté de la frontière, sur le territoire du Lesotho voisin. Cotton faillit interroger la vendeuse à propos de Gerhard Schüb et des Soreno, mais il se ravisa : inutile d'affoler les populations. Sur les conseils de la jeune femme, ils décidèrent de s'octroyer un moment de repos dans un café en face du magasin en buvant un thé et en dégustant quelques pâtisseries boers selon elle délicieuses.

Ils traversèrent la rue, pénétrèrent dans l'établissement et s'installèrent à une table haute en devanture pour déjeuner sur le pouce. Leur voiture était bien en vue en face de la baie vitrée, portières verrouillées, le sac à dos renfermant toutes les preuves bien à l'abri à l'intérieur.

« Il va falloir être prudents, dit Cotton.

– Pas comme à Minsk… railla Cassiopée.

– Décidément, tu ne me passes rien ! s'exclama-t-il en riant.

– Parce que tu me passes beaucoup de choses, toi ?

– Non, sérieusement, deux étrangers qui se renseignent sur des gens morts depuis des décennies ne peuvent qu'éveiller les soupçons. »

Il parlait à mi-voix bien que le cafetier fût occupé dans sa cuisine et la salle à peu près déserte à l'exception de deux couples assis à des tables éloignées et qui ne s'intéressaient visiblement à rien d'autre qu'eux-mêmes.

Lui-même et son ex-femme avaient, eux aussi, été des amoureux seuls au monde. Puis les choses avaient changé. Lentement mais sûrement. Jusqu'à l'adultère – mutuel –, puis jusqu'au divorce. Que se produisait-il quand deux êtres partageaient tout ? L'intimité portait-elle oui ou non en germe les ferments de la division ? C'était précisément cette incertitude qui l'empêchait de franchir le pas avec Cassiopée. Il n'était pas facile d'entremêler deux destins.

Les personnalités ne s'accordaient jamais parfaitement. Et l'ordinaire de la vie, les contraintes quotidiennes et, plus souvent, de simples fredaines détachaient de force les gens les uns des autres. Lui-même s'était laissé aller à un écart de conduite. Et son ex-femme aussi, même si elle répugnait à l'admettre.

« Séparons-nous et retrouvons-nous ici dans une heure, proposa-t-il après avoir bu sa dernière gorgée de thé. Nous serons moins suspects en prospectant les magasins chacun de notre côté. Avec un peu de chance, si nous nous y prenons bien, quelqu'un se souviendra de Luis Soreno ou de Gerhard Schüb. »

Cassiopée jeta son dévolu pour commencer sur une des galeries d'art qui faisaient face au café. L'intérieur était encombré d'un mélange éclectique de sculptures, boucliers zoulous et autres écheveaux de laine teinte présentés dans des cadres. La propriétaire, une grande femme longiligne aux cheveux blancs coupés court, était particulièrement fière de sa collection de peintures rupestres aux motifs animaux, humains ou surnaturels. Des répliques exécutées par des artisans locaux d'après des œuvres authentiques des environs, expliqua-t-elle.

« Tout à fait extraordinaire ! s'exclama Cassiopée.

– Les originaux datent de plusieurs milliers d'années. N'hésitez pas à aller les voir, si vous avez le temps.

– Je le ferai peut-être. Je suis là pour étudier les artistes de la région. Avez-vous des productions de Gerhard Schüb ? demanda-t-elle tout en épiant une éventuelle réaction, qui ne vint pas.

– Ce nom ne me dit rien. C'est quelqu'un d'ici ?

– On m'a dit qu'il vivait dans le coin il y a quelque temps et qu'il avait beaucoup de talent.

– J'ai passé toute ma vie à Nohana et je n'en ai jamais entendu parler.

– Et Luis Soreno ? D'après mes informations, son travail à lui aussi est remarquable. »

La dame fit non de la tête.

« Je ne sais pas qui vous a renseignée, mais ce doit être une erreur. Je ne connais pas ce nom-là non plus, et je me flatte pourtant d'être assez calée sur tous les créateurs de la région. »

La petite ruse de Cassiopée avait échoué : rien dans les paroles ou l'attitude de la galeriste ne suggérait une quelconque duplicité. Elle fit mine de s'intéresser aux objets présentés pendant un moment, puis la remercia et sortit. Elle visita deux autres galeries sans plus de succès. La quatrième occupait une jolie maison blanche précédée d'un perron soutenu par une structure ornementale en fer forgé et couvert, comme le reste du bâtiment, d'un toit en tôle ondulée. Elle proposait une exposition photographique très élaborée sur les tribus bantoues, zouloues et swazies. Les clichés, en noir et blanc, sortaient vraiment de l'ordinaire, et elle se laissa captiver par leur caractère rustique.

« La plupart ont été prises au XIXe siècle avec des chambres à soufflets rudimentaires, expliqua le jeune homme qui veillait sur les lieux. C'est à ça que ressemblaient les indigènes avant l'influence européenne, quand les Boers et les colons des années 1820 les découvrirent pour la première fois. De nos jours, il n'est plus possible de photographier ces gens sans qu'un élément d'origine occidentale apparaisse sur le cliché, que ce soit dans les vêtements, l'allure générale ou le patrimoine architectural. »

Elle continua d'examiner les images, fascinée. Le garçon la suivait pas à pas, flairant peut-être une vente. Un panneau indiquait en effet que l'on pouvait acheter des copies des œuvres présentées.

« Une fois qu'un Africain s'est mis un bout de tissu européen sur le dos, il ne le quitte plus, ajouta le type. Les traditions ont vite fait de se perdre. »

Elle s'apprêtait à lui parler de Schüb et de Soreno, recourant pour la quatrième fois au même stratagème, quand elle regarda machinalement la rue animée à travers la vitrine. Un coupé de couleur claire achevait de se garer sur une place libre. La portière s'ouvrit et un homme descendit de la voiture. Grand. La quarantaine. Bronzé. Ses cheveux et sa barbiche aile de corbeau étaient mouchetés de blanc. Il portait une chemise kaki en tissu léger et un pantalon bleu en coton.

Elle reconnut aussitôt son visage.

Celui qu'Ada leur avait montré sur son téléphone.

Josef Engel.

43

Engel consacra un moment à observer la ville qui s'était appelée Paarl et se nommait à présent Nohana. Outre les deux églises de rigueur, elle comprenait un cabinet d'avocat, une école, une poste, des cafés, plusieurs magasins spécialisés dans les fournitures agricoles et l'alimentation animale, et un nombre incalculable de galeries d'art et d'artisanat. Elle avait tout le charme d'une petite cité de caractère et de tradition qui avait su prospérer, comme le suggéraient la propreté des rues, les massifs parfaitement entretenus et les arbres taillés. Apparemment, l'opulence était bien implantée dans ce coin d'Afrique australe.

Il avait loué une voiture à l'aéroport de Bloemfontein et pris directement la route du sud. Pohl lui avait raconté tout ce qui s'était passé ici après la guerre, mais c'était la première fois qu'il posait le pied sur le continent africain. Il devait détecter la persistance d'éventuels problèmes, y remédier, puis regagner l'Allemagne. Un peu plus tôt, au téléphone, Pohl l'avait fermement prié de revenir pour mettre au point une stratégie alternative. Son patron montait dans les sondages grâce aux bourdes d'Eisenhuth, ce qui était encourageant, mais il n'était pas prêt à tout miser sur les fautes de son adversaire pour remporter l'élection.

« C'est la meilleure façon de perdre, avait-il dit. Cette victoire, il faut aller la chercher ! »

Et Engel était bien de cet avis.

Un coup d'œil à sa montre lui apprit qu'il allait bientôt être 15 heures. Le repas qu'il avait pris dans l'avion au-dessus de l'Atlantique était loin. Il décida de passer un moment dans le café qu'il avait aperçu de l'autre côté de la rue.

Rien ne le pressait.

Le temps de cette escapade lui appartenait entièrement.

Cassiopée s'approcha de la vitrine en se plaçant de façon à voir Engel sans être vue de lui. Le galeriste, toujours planté devant une des photos, continuait de jacasser à propos de son authenticité, mais elle ne l'écoutait plus. Elle épiait l'Allemand, qui levait les yeux vers le ciel bleu sans nuages après avoir jeté un regard circulaire sur les environs. Il semblait tout à fait détendu et ne craignait manifestement pas d'être reconnu. Ce qui se comprenait, puisque, dans son esprit, Cotton et elle gisaient morts dans le château du lac, à six mille kilomètres à l'ouest.

Mais alors, que faisait-il là ?

Elle prit soudain conscience de la présence du jeune homme à son côté.

« Il se passe quelque chose, dehors ? demanda-t-il.

– Non, j'étais simplement en train d'admirer les lieux, répondit-elle avec un sourire. C'est vraiment joli.

– Oui, et nous en sommes très fiers, déclara-t-il en se rengorgeant. Nohana a su évoluer pour devenir une petite ville florissante. »

Quand elle reporta son attention sur la rue, Engel se dirigeait tranquillement vers le café où Cotton et elle avaient déjeuné un moment plus tôt.

Et où ils étaient convenus de se retrouver !

Il ne fallait absolument pas qu'Engel les repère maintenant qu'ils avaient enfin l'avantage de la surprise.

« Je vais continuer à explorer le coin et je reviendrai un peu plus tard, dit-elle, se tournant de nouveau vers le jeune homme. Je vous remercie pour votre bon accueil. »

Elle ouvrit la porte et sortit à l'instant précis où Engel pénétrait dans le café en face. Elle gagna rapidement le perron couvert de ce qui semblait être un bâtiment administratif fermé, à deux maisons de la galerie. Là, elle se posta dans le renfoncement de l'entrée, d'où elle avait une vue dégagée à la fois sur le café et la rue, dans les deux directions.

Ne pouvant pas prendre le risque de quitter sa cachette pour partir à la recherche de Cotton, elle voulut l'appeler sur son portable.

Pas de réseau.

Ne restait plus qu'à se tenir à couvert en espérant l'apercevoir avant Engel.

Cotton flaira un parfum d'Allemagne dans les rues de Nohana. En passant devant un café, à deux pâtés de maisons de celui que Cassiopée et lui venaient de quitter, il entendit un client héler le serveur en l'appelant *Herr Ober*. Plusieurs restaurants affichaient des menus sur lesquels figuraient des bières allemandes et des plats typiquement germaniques. Dans les vitrines étaient exposés des harmonicas Hohner, des pendules à coucou et des instruments d'optique Zeiss. Il passa devant un club allemand apparemment haut de gamme, un théâtre et même une petite salle de concert. Deux joailleries présentaient en devanture toutes sortes de pierres fines dont, surtout, des grenats, abondants dans le sud de l'Allemagne.

À côté d'une blanchisserie, il tomba sur un curieux établissement qui portait le nom racoleur de « Maison du Boer ». Il tourna la poignée de cuivre de la porte et entra dans ce qui ressemblait à un musée. La salle était remplie de cartouchières, animaux sauvages empaillés, fragments de roches, fossiles et aussi de photos, livres, coupures de journaux et autres objets témoignant de l'histoire régionale. Pensant qu'il y avait peut-être dans les locaux un conservateur susceptible de le renseigner, il commença à examiner les pièces exposées, son cerveau enregistrant tout jusqu'au moindre détail.

En lisant les panonceaux explicatifs, il comprit que le terme « Afrikaner » était trompeur. Il ne désignait pas du tout un Noir d'Afrique, mais un Blanc d'ascendance non britannique parlant une langue dérivée du néerlandais appelée afrikaans. La plupart des Afrikaners descendaient de pionniers hollandais, flamands, huguenots et – ce qui était plus intéressant – allemands. Les Boers étaient les colons d'origine hollandaise, fermiers pour l'essentiel, qui avaient fondé l'État libre d'Orange. Les Boers détestaient les Britanniques, qui le leur rendaient bien, et les uns comme les autres détestaient les Noirs, qu'ils qualifiaient d'indigènes.

Les illustrations montraient, par ordre chronologique, des campements de toile exubérants et surpeuplés, puis des villages qui prenaient forme dans une explosion de vie, et enfin l'arrivée des magnats blancs. Le point de vue était indiscutablement celui des Boers et les camps de concentration édifiés par les Anglais pendant la guerre des Boers étaient représentés de manière saisissante. Comme l'avait écrit Gerhard Schüb dans ses lettres à Ada, des milliers de femmes et d'enfants avaient péri dans ces camps entre 1899 et 1902. De façon révélatrice, si certaines photos attestaient que des Noirs aussi avaient été internés, il n'était pratiquement pas fait mention des souffrances qu'ils avaient endurées.

Malgré tout, la culture africaine n'était pas absente de l'exposition. Peut-être une concession au gouvernement issu de la majorité noire qui dirigeait maintenant l'Afrique du Sud et l'État libre. Sur les images granuleuses, les Africains avaient belle allure, avec leur nez aquilin, leurs fronts têtus et leurs expressions austères. Les femmes portaient des robes de l'époque victorienne qui balayaient le sol et les hommes impressionnaient par leur prestance aristocratique. Cotton remarqua que les légendes qui accompagnaient les clichés établissaient, sans doute inconsciemment, un parallèle entre les « indigènes » et les Boers.

Les uns comme les autres avaient recherché la paix et la liberté et se les étaient vu refuser.

La prière du chef d'une tribu locale, qui était citée, aurait parfaitement pu convenir aux deux communautés.

Seigneur, viens-nous en aide dans nos errances. Viens-nous en aide, à nous qui avons été jetés sur la terre d'Afrique et n'avons plus de maison. Redonne-nous une maison où vivre, ô, Seigneur tout puissant sur la terre comme au ciel.

« Quelque chose pour votre service ? »

Cotton se retourna. Un Blanc corpulent d'une cinquantaine d'années dont le visage semblait cuirassé par de la colle solidifiée se tenait devant lui. Il s'était exprimé en anglais, avec un accent mi-cockney, mi-allemand.

« J'essayais de goûter les saveurs locales, répondit Cotton sur un ton enjoué qui ne dérida en rien son interlocuteur.

– Vous ne trouverez rien ici qui flatte le palais.

– Votre exposition est pourtant très instructive.

– Que de la propagande. Ça nous est imposé. »

Un curieux commentaire dans la bouche d'un Blanc d'Afrique.

« Notre nouveau gouvernement exige l'impartialité dans tous les domaines. Nous sommes tenus de présenter une vision équilibrée de notre héritage, ajouta l'homme, sarcastique.

– J'ai l'impression que vous n'appréciez pas vraiment la règle de la majorité.

– Je ne suis pas un gauchiste. »

Cotton s'en serait douté.

« Connaissez-vous un certain Gerhard Schüb ? demanda-t-il, estimant que l'approche directe serait peut-être la plus payante.

– Jamais entendu ce nom, répondit son vis-à-vis en secouant sa tête en forme de bulbe.

– Et quelqu'un qui s'appelle Luis Soreno ?

– Non. Désolé.

– Bon. Je crois que je vais jeter encore un coup d'œil, si vous n'y voyez pas d'inconvénient, dit Cotton, constatant que la conversation ne menait à rien.

– Faites-vous plaisir », répliqua le conservateur avec un grand geste circulaire avant de s'éloigner vers le fond de la salle.

Cotton reprit son exploration et arriva à une série de photos sur le thème de l'or. L'extraction du minerai et l'exportation très lucrative du métal précieux n'avaient acquis une dimension industrielle qu'après la guerre, en 1947. Propriétés exclusives des Blancs, mais exploitées par une main-d'œuvre uniquement noire, les mines avaient transformé l'État libre d'Orange en un vaste bastion de l'apartheid le plus radical. Comme à l'époque de la ruée vers l'or dans l'Ouest américain, des villes entières avaient dû leur existence à la proximité d'un gisement, mais il nota que Paarl, alias Nohana, ne faisait pas partie de ces dernières, pour la plupart localisées dans l'ouest et le nord de la province.

Il s'intéressait à une suite de clichés concernant l'extraction des diamants quand l'un d'eux retint son attention. Trois hommes posaient debout dans un salon sur le plancher duquel étaient jetées des peaux de lions et de zèbres. Ils portaient des chemises de safari, des pantalons de toile claire et des chapeaux à larges bords. Tous les trois, grands et minces, semblaient fanfaronner. Il y avait de l'insouciance dans leur expression, comme si les problèmes qui tourmentaient le commun des mortels – famine, pauvreté, oppression – ne signifiaient rien pour eux. C'était le personnage central, plus petit que les deux autres, qu'il avait reconnu.

Albert Herzog.

Le père de Marie Eisenhuth.

Il regarda de plus près pour s'assurer qu'il ne se trompait pas.

Les yeux, le nez, la bouche. C'était bien le visage qu'il avait vu en photo chez Ada et dans le château de la chancelière. Et, apparemment, tous ces portraits dataient à peu près de la même époque.

Celle de l'après-guerre.

Un lien supplémentaire.

Le dossier Marie Eisenhuth n'allait pas être facile à plaider.

L'idée lui vint d'interroger le conservateur à propos du cliché, mais, se disant que l'homme ne parlerait vraisemblablement pas quand bien même il saurait quelque chose, il décida d'aller rejoindre Cassiopée.

Ils verraient ensemble ce qu'il convenait de faire.

44

Cassiopée se serrait contre la paroi en bois de l'embrasure comme si elle cherchait à se protéger du soleil, mais elle continuait à concentrer son attention sur le café, en face, où Josef Engel se trouvait depuis un quart d'heure. Elle avait vu quelques clients entrer et sortir. Lui en revanche n'avait pas bougé.

Les hypothèses se bousculaient dans son esprit.

Engel n'était pas là par hasard, et sa présence à Nohana avait sûrement un lien avec Gerhard Schüb. Comment la justifier autrement ? C'était la seule explication qui tenait debout. Engel détenait certainement davantage d'informations que Cotton et elle avaient pu en glaner. De quels éléments inconnus d'eux disposait-il ? Dans ses lettres, Schüb semblait n'apporter son concours qu'avec réticence aux grands desseins de Bormann. Mais s'agissant des nazis, convaincus ou enrôlés contre leur gré, il était plus prudent de ne pas tirer de conclusions hâtives.

N'empêche…

Josef Engel était bel et bien là, aujourd'hui, à Nohana, de l'autre côté de la rue.

Elle passa la main sous sa veste et toucha son pistolet. Il était à sa place, niché contre sa hanche, rassurant. Cotton et elle avaient décidé de garder leurs armes et ils avaient bien fait. Surtout s'ils devaient affronter un type qui avait sans doute tué le détective de Marie Eisenhuth, un officier de la police chilienne et deux *carabineros* en prime.

Elle consulta sa montre. 15 h 35.

Leur voiture était toujours garée devant le café. Elle fouilla la rue du regard, cherchant à apercevoir Cotton parmi les nombreux badauds qui allaient et venaient. Ils s'étaient donné une heure pour enquêter chacun de son côté, et le temps imparti touchait à sa fin. Il n'était pas question qu'Engel les repère.

Elle devait absolument intercepter Cotton.

Mais elle ne le voyait nulle part.

Elle remarqua un calicot tendu sur la devanture d'un magasin. La banderole, rédigée en anglais, avisait le public de la tenue quelques jours plus tard d'un cross avec arrivée au sommet d'une montagne voisine. Une affiche annonçait aussi une fête de la cerise. Au-delà des bâtiments bas s'étendait une plaine dont la monotonie était rompue par des collines herbeuses, au loin. On distinguait des fermes parmi les arbres et des roues à aubes qui tournaient. Si l'on faisait abstraction de la faune et de la topographie, l'endroit n'était pas très différent de l'Allemagne du Sud ou de la région des Lacs au Chili. Deux contrées verdoyantes et fraîches proches des montagnes et apparemment très prisées des Aryens.

Elle risqua de nouveau un coup d'œil.

Toujours aucun mouvement du côté du café.

Elle ne pouvait pas traverser la rue, car Engel devait avoir une vue dégagée à travers la baie vitrée de la brasserie. Même s'ils ne s'étaient jamais croisés, il connaissait sûrement leur visage comme eux le sien.

Il constituait peut-être leur meilleure piste pour découvrir ce qu'il y avait à découvrir ici. Il était donc indispensable que ce soit eux qui le traquent, et non l'inverse.

Elle vérifia l'heure encore une fois.

Cotton déboucha d'un coin de rue.

Et se dirigea droit sur le café.

Engel dégustait avec satisfaction le demi-pain de mie farci de poulet au curry, haricots et riz qu'il avait commandé pour son déjeuner. Savoureux et assurément nourrissant, quoiqu'un peu épicé. Il fit descendre le tout avec une bière blonde légère plutôt fade, mais bien glacée et rafraîchissante. Il appréciait les plaisirs de la table. Par chance, son patron se montrait généreux et l'autorisait à dépenser ce qu'il fallait pour accomplir ses missions dans les meilleures conditions de confort. Ne s'estimant pas à l'abri d'un problème de surpoids, il s'astreignait religieusement à un programme d'exercice physique. L'existence trépidante qu'il menait stimulait également son métabolisme. Les mois qui venaient de s'écouler avaient été particulièrement bien remplis. Pohl l'avait d'ailleurs averti que sa charge de travail serait lourde. Ils avaient investi deux années dans la préparation de l'élection depuis que Pohl avait décidé de se présenter, et ils n'étaient plus qu'à à peine soixante jours du scrutin. Malheureusement, rien ou presque ne s'était déroulé comme prévu, et il n'y aurait pas trop de ces deux mois pour remettre le projet sur les rails. Il y avait pourtant un point positif : à elles seules, les révélations de nature financière pouvaient suffire à faire pencher la balance. Mais Pohl avait paru inquiet lors des deux conversations qu'ils avaient eues depuis la veille.

« Assurez-vous qu'il ne subsiste rien en Afrique qui soit susceptible de nous nuire, avait-il ordonné, sans plus de détail. Ce n'est sûrement pas sans raison que cette vieille femme a suggéré à Malone et Vitt de s'y rendre. »

Il présumait qu'ils auraient recours cette fois encore au même genre de tactique qu'ils avaient employée par le passé. À savoir un cocktail de chantage politique, de corruption et d'intimidation, plus un trait de violence – juste ce qu'il fallait pour déstabiliser l'opposition sans perdre le contrôle des événements. Pohl devait son ascension régulière à un subtil dosage de ces éléments. Résultat, il avait rassemblé derrière lui une petite clique de fonctionnaires, ministres, journalistes et hommes publics qui lui étaient redevables d'une manière ou d'une autre. Cela suffirait-il à le propulser jusqu'à la chancellerie ?

Ses propres efforts n'ayant pas porté leurs fruits, Engel ne pouvait que l'espérer.

Il se leva en jetant quelques rands sur la table puis se dirigea vers la porte.

Inutile de se poser trop de questions pour le moment.

Il était temps de se mettre à l'ouvrage.

45

LÖWENBERG

14 H 40

Pohl quitta son fauteuil rococo en regardant la tapisserie flamande du XVIIe siècle qui ornait le mur du fond. Il aimait la scène qu'elle dépeignait. Le départ d'une chasse à courre, en automne, avec tous les détails : chiens surexcités, forêt touffue, nobles cavaliers impatients de s'élancer. Un cadeau qui lui avait été fait à l'occasion de sa pendaison de crémaillère par un de ses affidés rhénans assez riche pour acquérir ce genre d'œuvre. Il appréciait les hommes d'argent. Ils respiraient l'assurance de ceux qui ont l'habitude d'obtenir ce qu'ils désirent.

Dans quelques heures, sa campagne prendrait une tournure high-tech grâce à une action menée sur internet. Un dialogue en ligne avec des participants rassemblés dans la grande salle d'une mairie.

L'idée lui plaisait.

Plus besoin de se déplacer de ville en ville.

Il était bien plus commode de s'adresser à la nation tout entière en même temps.

Il avait demandé à ne pas être dérangé pendant au moins une heure et il savait que son intendant, le régisseur de Löwenberg, ferait en sorte qu'il ne le soit pas. Il alla jusqu'à une table au plateau recouvert de cordouan qui occupait un coin de la salle tout en longueur et prit une pomme dans une coupe en étain. Ses vergers les produisaient à pleins boisseaux chaque année.

Un énorme poêle en faïence portant la date de 1651 touchait presque le plafond soutenu par des poutres équarries à la main. Son lit, gigantesque lui aussi, reposait sur de solides pieds en acajou. De modestes angelots aux joues rebondies, avec des ailes qui leur sortaient des oreilles, ornaient les quatre colonnes du baldaquin. Il était tombé sous le charme de leur bouille sérieuse dès qu'il les avait vus chez un antiquaire de Francfort.

Il traversa la chambre et entra dans un réduit qui avait jadis servi de cabinet d'aisances. Il y avait eu là un siège taillé dans la muraille extérieure et percé d'une ouverture à travers laquelle les déjections s'évacuaient par simple gravité pour choir dans un collecteur deux étages plus bas. Une méthode primitive, sans doute, mais certainement un progrès par rapport au trou dans la terre au-dessus duquel il fallait s'accroupir. La latrine et son orifice avaient disparu, remplacés par un banc décoratif niché sous une fenêtre à meneaux d'où l'on avait une vue splendide sur la vallée boisée.

Mais un autre dispositif datant des temps anciens avait, lui, survécu.

Les seigneurs qui avaient bâti le château au XVe siècle étaient maladivement angoissés à l'idée de se retrouver piégés dans leur enceinte par des assiégeants. En conséquence, ils avaient doté la moindre pièce d'au moins deux sorties. Sa chambre à coucher ne faisait pas exception. En fait, elle était équipée de ce qu'on faisait de mieux à l'époque en matière de système de sécurité : une issue secrète.

Il s'approcha d'un des murs de l'ancienne bretèche, posa sa paume sur une des pierres et exerça la pression requise. Une partie de la paroi pivota, révélant le départ d'un escalier en spirale très raide qui s'enfonçait vers les profondeurs en sens inverse des aiguilles d'une montre.

Il actionna un interrupteur fixé à l'intérieur et un chapelet de lampes basse tension s'alluma, éclairant le colimaçon. Il entra, puis referma d'une poussée le panneau derrière lui.

Les marches étaient étroites, la descente presque verticale. La découverte de ce passage et des grandes salles souterraines où il menait n'avait pas été pour rien dans sa décision d'acheter la propriété. À l'époque, il existait un second accès au sous-sol, depuis le rez-de-chaussée, mais il l'avait fait condamner récemment. Seul l'escalier permettait maintenant de s'y rendre.

Une fois en bas, il appuya sur un autre interrupteur et ce furent des appliques décoratives en étain qui illuminèrent l'obscurité. L'air était climatisé, l'hygrométrie contrôlée par un humidificateur industriel de sorte qu'aucune moisissure ne puisse s'implanter durablement. Le sol était pavé de dalles d'ardoise polies qu'encadraient des joints noirs très fins.

Sortant un canif de sa poche, il entama la pomme. Ce couteau avait une histoire. Il lui avait été offert par son père, et il prenait un grand plaisir à l'aiguiser régulièrement, à lubrifier la lame, à en prendre soin comme un joaillier de ses outils. Tout en marchant dans le silence, il glissa dans sa bouche un quartier du fruit juteux.

C'était ici qu'il venait quand il avait besoin de réfléchir. Tant de choses étaient sur le point de s'accomplir. Et il méditait sa stratégie depuis des lustres. Il était impératif qu'il retienne toutes les leçons qu'il avait apprises, surtout celles qui concernaient le IIIe Reich.

Une période où l'on avait su, comme lui, élaborer des plans précis. Des plans qui auraient pu être couronnés de succès si leurs promoteurs n'avaient pas fait preuve d'une avidité inconsidérée et d'une incompréhensible stupidité. Il s'était souvent demandé ce qui faisait que les fanatiques ne restaient jamais longtemps au pouvoir. La réponse était évidente. Le jugement de ces gens était obscurci soit par leurs débordements incontrôlés, soit par des faiblesses inhérentes à leur nature. Deux écueils fatals à tous les coups, d'autant que les despotes ne reconnaissaient jamais leurs erreurs. Le processus démocratique, si chaotique fût-il, imposait aux dirigeants d'affronter la réalité de leurs manquements. Il leur fallait se soumettre à des débats, à la vigilance du public, aux règles du spectacle.

Cette bataille en elle-même affûtait l'esprit.

Aucun dictateur ne pouvait survivre sous le feu des projecteurs.

Le pouvoir absolu exigeait une honnêteté absolue vis-à-vis de soi-même et une capacité d'autocritique malheureusement incompatibles avec la personnalité d'un autocrate ou de quiconque était justement en mesure d'accéder au pouvoir absolu. Tout se passait comme si l'air raréfié qu'on respirait sur les sommets finissait toujours par brouiller le cerveau.

Il se tailla un autre morceau de pomme et sourit.

Le tout était de ne pas se laisser griser. Il s'imagina sur le balcon du Berghof, avec les Alpes au loin, Hitler creusant sa dernière idée, des officiers en uniforme allant et venant autour de lui en savourant un vin du Rhin ou un champagne de France, suspendus à ses lèvres. Une vision bien romantique ! Mais, après tout, n'était-ce pas cela, la force du nazisme ? Plaquer de belles images sur une réalité pourrie ? Hitler avait été un maître en la matière. Meneur d'un putsch raté en 1923. Emprisonné en 1924. Chancelier du Reich en 1933. Pouvoir absolu acquis en 1934.

Une ascension politique hors pair. Un cas d'école.

De quoi être vert de jalousie.

Entre 1933 et 1941, Hitler avait réussi pratiquement tout ce qu'il entreprenait. 1935, rétablissement de la conscription militaire au mépris du traité de Versailles. 1936, remilitarisation de la Rhénanie en violation du traité de Locarno. 1938, rattachement de l'Autriche sans le moindre combat et annexion des Sudètes avec la bénédiction de la France et de la Grande-Bretagne. 1939, occupation de la Bohème, de la Moravie et du territoire de Memel, et victoire sur la Pologne. 1940, conquête du Danemark, de la Norvège, de la Hollande, de la Belgique, du Luxembourg et de la France sans grand effort. 1941, invasion de la Grèce et de la Yougoslavie.

Domination totale de l'Europe avant 1942. Un bilan remarquable pour un homme aux idées bizarres, pour la plupart empruntées à d'autres, qui ne faisait rien de plus que de proclamer la fin du désespoir.

Pohl jeta le trognon de la pomme dans une poubelle en métal près de laquelle il passait.

Si seulement Hitler en était resté là.

Il replia la lame du canif, qu'il remit dans sa poche.

Douze années de victoires suivies de quatre autres d'échec complet. Qu'est-ce qui avait changé ? Certainement pas Hitler, qui était demeuré résolu jusqu'au moment où il avait appuyé sur la détente, dans le bunker. Non, ce qui avait changé, c'était la force de ses ennemis. Hélas, les seuls adversaires qu'il était capable de défaire étaient ceux qui vacillaient déjà et avaient un pied dans la tombe. Mais son talent, le véritable génie d'Adolf Hitler était son aptitude extraordinaire à repérer leurs faiblesses.

Et si Pohl devait retenir une chose de l'expérience nazie, c'était celle-là : utiliser les failles des autres à son profit. Il songea à ce qu'était l'Allemagne réunifiée. Trois cent cinquante-sept mille kilomètres carrés. Une moitié en terres agricoles, un tiers en forêts. Quatre-vingt-trois millions d'habitants, dont quatre-vingt-un pour cent d'Allemands de souche, le reste un patchwork. Quatre-vingt-dix-neuf pour cent de la population sachant lire et écrire. Un PNB se chiffrant en milliers de milliards d'euros. Moins de deux pour cent d'inflation et un peu plus de cinq pour cent de chômage.

Dans ces conditions, où était la faille à exploiter ?

Les dix-neuf pour cent d'étrangers.

Un mélange d'Européens, d'Asiatiques, d'Africains, de Turcs et d'Arabes.

La xénophobie était déjà là, sous-jacente. Il suffisait de souffler sur les braises pour déclencher l'incendie. Hitler s'était montré habile en attisant une haine des Juifs qui remontait à Martin Luther et à la Réforme. Mais au XXIe siècle, s'il voulait récolter les fruits d'une haine collective, Pohl devait adopter une autre approche.

Et choisir l'ennemi avec soin.

Ces dix-neuf pour cent d'étrangers comprenaient les Turcs qui, pour l'essentiel, étaient musulmans. Or, non seulement certains d'entre eux étaient foncièrement antisémites, mais leur présence contribuait à diluer un peu plus l'influence politique des rares Juifs qui vivaient encore en Allemagne.

Les Allemands d'aujourd'hui n'avaient pas besoin de détester les Juifs.

Certains Turcs semblaient plus que désireux de reprendre le flambeau.

Eh bien, qu'ils ne s'en privent pas !

L'Allemagne n'avait peut-être plus les moyens militaires d'imposer une idéologie, mais Pohl était sûr d'une chose qu'il devait toujours garder à l'esprit : la psyché de ses compatriotes avait peu évolué depuis la guerre. Pour sauver les apparences, l'État qu'il dirigerait devrait réprimer l'antisémitisme, car le reste du monde ne se satisferait pas de moins. Mais la même communauté internationale semblait beaucoup moins s'offusquer quand les opprimés étaient musulmans.

La voie était donc toute tracée.

Que les Turcs exècrent les Juifs, et que les Allemands prennent les Turcs en grippe ! Jouer habilement sur ces deux extrémismes lui permettrait de conquérir le pouvoir et aussi de le conserver. Cependant, pour mener à bien son projet, il devait tirer les leçons d'une des bévues commises par Hitler. À force d'instrumentaliser les peurs des Allemands et de les dresser les uns contre les autres pour assurer sa domination, le Führer avait réussi l'exploit de vider le pays d'une de ses plus précieuses ressources.

L'intelligence.

Avant la guerre de 1914-1918, un tiers des lauréats du Nobel étaient des Allemands. Mais la plupart de ceux-ci préférèrent s'exiler en Amérique ou en Grande-Bretagne après 1933. Physiciens, chimistes, biologistes, mathématiciens, biochimistes, ingénieurs... Vingt-sept d'entre eux devaient plus tard obtenir un prix Nobel. Les noms de ces bannis finirent par constituer le gotha de l'élite internationale : Max Born, Felix Bloch, Fritz Haber, Albert Einstein, Fritz Stern, Wolfgang Pauli, Edward Teller... C'est en partie grâce à des cerveaux allemands que les États-Unis avaient pu fabriquer la bombe, aller sur la Lune et devenir une superpuissance.

Pas question de répéter la même bêtise.

De laisser le monde s'épanouir tandis que l'Allemagne s'étiolait.

Mais le monde, songea-t-il en souriant, avait lui aussi des erreurs à son actif.

Que s'était-il passé après que les génocidaires avaient mis en œuvre l'Holocauste avec une précision d'horloger ? Moins de dix ans après la fin de la guerre, la souveraineté allemande était rétablie et le pays reconstruit avec l'argent des Alliés. Bon nombre de ceux qui avaient été complices des atrocités furent enrôlés pour combattre Staline. L'Allemagne aurait dû être anéantie, rayée des cartes, son territoire partagé entre ses voisins sans aucune chance de renaître. Mais non. La crainte du communisme l'avait emporté sur le bon sens et l'Allemagne avait survécu.

L'idiotie complète.

Il savait ce qu'il lui restait à faire. Mettre le feu. Jeter de l'huile dessus. Veiller à ce que le brasier n'échappe pas à son contrôle. Et se souvenir des paroles d'Hitler : plus votre mensonge est gros, plus il est simple, plus vous le répétez, plus vous avez de chances que les gens finissent par y croire.

Le souterrain labyrinthique le mena à une unique porte en bois au-delà de laquelle se trouvait sa véritable source d'inspiration.

C'était là le but rituel de ses visites au sous-sol.

Il s'avança, saisit la corde qui servait de poignée… et se prépara.

46

État libre, Afrique du Sud

15 h 50

Cotton espérait que Cassiopée l'attendait déjà dans le café. Il se sentait ragaillardi après avoir vu la photo d'Albert Herzog au musée. Au moins, ils étaient au bon endroit et sur la bonne piste.

Tout en marchant, il leva les yeux vers le ciel uniformément bleu. À l'ouest, le soleil éclatant commençait à descendre vers l'horizon, conférant aux montagnes voisines des teintes extraordinaires qui allaient du pourpre au gris taupe. Il tourna un coin de rue et fut pris dans un nuage de poussière aux odeurs de gasoil soulevé par trois camions qui se dirigeaient pesamment vers la sortie de la ville et la grand-route, comme s'ils poursuivaient le soleil.

Il vit le Range Rover, toujours garé à quelques mètres du café. Sur les trottoirs grouillait une foule bigarrée où se mêlaient Noirs, Indiens et Blancs, les hommes en tenue tropicale légère, certains coiffés de casques coloniaux, les femmes en robes colorées leur couvrant les genoux. Tout le monde discutait cordialement avec tout le monde, en anglais ou en afrikaans. Cotton ne comprenait pas du tout l'afrikaans, une langue difficile qui semblait être au néerlandais ce que l'argot était à l'anglais, un dialecte synthétique qui empruntait au flamand, au français et à l'allemand.

Comme il concentrait de nouveau son attention sur la rue, il aperçut soudain Cassiopée, en face. Elle sortait d'un renfoncement au sommet d'un perron couvert et lui faisait signe de s'éloigner.

« Fais demi-tour ! ordonna-t-elle d'une voix contenue. Tourne le coin et attends ! »

Avant qu'il ait eu le temps d'enregistrer la directive et de réagir, elle avait déjà battu en retraite dans l'ombre. En s'efforçant de ne pas se faire remarquer, il revint sur ses pas comme elle le lui avait demandé. Il fit quelques mètres dans la rue adjacente, laissa passer deux femmes chargées de cabas, puis rebroussa chemin jusqu'au bâtiment bas qui se trouvait à l'angle pour jeter un coup d'œil discret au-delà.

Pas de Cassiopée.

Bizarre.

C'est alors qu'un homme sortit du café pour monter dans une petite Ford. Sur le pare-brise apparaissait le même autocollant orange que sur celui du Range Rover, signalant un véhicule de location. La carrosserie beige était couverte de poussière. Le type démarra, manœuvra et partit en direction de l'ouest et de la grand-route.

Cotton l'avait tout de suite reconnu : Josef Engel.

Il vit Cassiopée traverser la rue en courant vers le Range Rover. Il la suivit.

Elle était déjà au volant en train de mettre le contact quand il ouvrit la portière et sauta sur le siège passager. Après avoir mis le moteur en marche, elle fit demi-tour pour s'élancer elle aussi vers l'ouest.

« On dirait que nous progressons », commenta-t-il.

Engel se conforma aux indications que lui avait données Theodor Pohl la veille au téléphone. Il roula plein ouest sur six kilomètres avant de prendre vers le nord une route d'une qualité surprenante, bordée de part et d'autre de gommiers, d'acacias et d'épais bosquets de flamboyants bleus.

Il montait régulièrement au fur et à mesure qu'il s'enfonçait dans les montagnes et se rapprochait de la frontière avec le Lesotho indépendant. Il imagina ce que cela avait dû être de vivre ici après la guerre, quand l'Afrique du Sud n'était qu'une union fragile dont les composantes n'avaient pas grand-chose de plus en commun que la haine. Il s'était un peu documenté sur l'histoire du pays. Contrairement aux nazis, les nationalistes sud-africains avaient réussi à maintenir en place pendant près d'un siècle une séparation stricte entre les populations, Blancs d'un côté, Noirs de l'autre.

Quel dommage qu'une telle entreprise ait fait long feu.

En voyant les fermes opulentes devant lesquelles il passait, il se demanda ce que l'actuel gouvernement issu de la majorité noire allait faire de toute cette richesse. Il avait entendu Pohl parler du sujet et connaissait son opinion sur la suprématie blanche. Mais comment se situait-il lui-même par rapport à cette question ?

Difficile à dire.

Pourtant, le simple fait de se trouver là, de ressentir l'attrait puissant que cette terre exerçait apparemment depuis des siècles sur les hommes blancs l'incitait à penser que ce combat était digne d'être mené.

Cotton gardait les yeux braqués sur la route, à travers le pare-brise.

« Je l'ai vu entrer dans le café, dit Cassiopée. Il était détendu, pas du tout sur ses gardes. »

À son tour, il lui parla de la Maison du Boer et de la photo d'Albert Herzog en concluant :

« Un élément de plus à porter au passif de Marie Eisenhuth.

– Mais pourquoi Engel est-il ici ? Pour trouver Gerhard Schüb ? Dans quel but ? On ne sait même pas s'il est encore de ce monde.

– Il est vrai qu'Ada est restée fermée comme une huître au sujet de son frère. Déporte-toi un peu vers le bas-côté, que je puisse voir ce qui se passe devant le camion qu'on suit. »

Elle laissa le 4x4 dériver vers la gauche et il aperçut la Ford d'Engel qui continuait de rouler tranquillement à deux voitures de distance devant le poids lourd. Ils reprirent leur place au milieu de la voie.

« Nous allons vers le nord et les montagnes », remarqua-t-il.

Le paysage, au loin, rappelait à la fois le Pays de Galles et la Suisse. Des bribes d'Europe apparaissaient un peu partout. Roues à aubes, champs, fermes pimpantes, même une roseraie attenante à une maison…

« À mon avis, il est là pour faire le ménage, avança Cassiopée. Soit Schüb est vivant, et il veut l'éliminer, soit Schüb est mort, et il est à la recherche d'éventuelles traces qu'il aurait laissées derrière lui pour les effacer. Ada n'était pas censée nous parler de l'Afrique, donc il est venu s'assurer que le calme règne sur ce secteur du front. »

Cela semblait se tenir.

Ils traversèrent un pont métallique dont les poutrelles entrecroisées se profilaient en ombres chinoises sur la surface d'une rivière boueuse plusieurs dizaines de mètres plus bas. La végétation se densifia sur les deux côtés de la chaussée pour se transformer en une épaisse forêt accrochée aux pentes de montagnes de plus en plus élevées.

Cotton trouva une carte dans la boîte à gants et vit que la route menait vers le nord-est, franchissait la frontière du Lesotho et continuait vers les chantiers du projet d'approvisionnement en eau des hauts plateaux, ce qui expliquait la présence d'un énorme camion-benne sur l'itinéraire.

« Engel semble savoir où il va, dit Cassiopée après avoir dévié légèrement sur la droite pour jeter un coup d'œil au-delà du semi-remorque.

– Tant mieux. Ça en fait au moins un. Nous sommes tout près du Lesotho. »

Il était déjà venu au Lesotho. Un royaume de montagnes. Farouchement indépendant. Si féroce que même les nationalistes sud-africains d'antan ne s'y frottaient pas. Lors d'une mission, quelques années plus tôt, il avait eu maille à partir avec les policiers locaux, qui s'étaient révélés aussi cruels que corruptibles. Deux d'entre eux avaient été tués au cours de l'épisode, et seule l'intervention du ministère des Affaires étrangères américain avait pu calmer le jeu.

« Ce n'est pas un endroit où j'ai envie de retourner, marmonna-t-il.

– Nous risquons de ne pas avoir le choix », observa Cassiopée.

Elle avait raison. Il leur faudrait bien aller là où Engel les mènerait.

47

Engel rétrograda pour négocier un virage en épingle à cheveux. La route, que bordait d'un côté un muret en pierre et de l'autre des arbres et des éboulis, escaladait en zigzag une pente raide. La transmission protesta bruyamment, avec des hurlements de métal qu'on affûte sur une meule. Il cherchait le chemin de terre qui, d'après les indications de Pohl, devait apparaître d'un instant à l'autre.

Les consignes qu'il avait reçues étaient claires. Analyser la situation. Évaluer le risque. Rendre compte.

Il était venu sans arme. En toute logique, il ne devrait pas en avoir besoin puisque tous les protagonistes africains étaient censés être morts. Y compris Gerhard Schüb, décédé, semblait-il, deux ans plus tôt. Raison pour laquelle ils avaient utilisé son nom dans les messages adressés à Eisenhuth. Il n'en restait pas moins qu'Ada avait suggéré à Malone et Vitt de se rendre en Afrique. Pourquoi avait-elle fait une chose pareille ? Pohl n'ignorait pas que Schüb et Ada étaient frère et sœur. La vieille femme était-elle au courant de quelque chose qui leur aurait échappé ? Ou s'agissait-il simplement d'un stratagème destiné à envoyer Pohl sur une fausse piste pour lui faire perdre du temps ? Voire le pousser à la faute ? La situation devait être tirée au clair, mais les personnalités impliquées dans l'histoire présentaient un cocktail explosif de fanatisme et d'ingéniosité.

Leur interaction ne pouvait que provoquer des étincelles, comme la rencontre de deux charges électriques opposées.

Il devait donc rester sur le qui-vive. Prêt à toute éventualité.

Il avait prévu de se trouver un bon hôtel dès qu'il aurait posé un premier diagnostic. À Nohana, le patron du café lui avait recommandé un motel de charme niché au cœur d'une vallée toute proche, avec des paillotes au milieu d'un verger de pêchers, qui proposait, avait-il affirmé, une cuisine remarquable. Une nuit de repos serait la bienvenue.

Habituellement, ses déplacements n'allaient pas sans une bonne dose de stress, voire d'anxiété. Le perfectionnisme était un maître exigeant.

Les semaines qui suivraient son retour en Allemagne allaient être particulièrement trépidantes. À la demande de Pohl, il lui faudrait courir d'une personne à l'autre pour s'assurer de la loyauté de chacune. En vérité, il excellait dans l'art de persuader les gens, et encore plus dans celui de suggérer qu'il ne plaisantait pas.

Il vit à quelque distance devant lui une allée gravillonnée flanquée de murs en pierre qui s'écartaient en entonnoir pour former une entrée de propriété. Exactement ce qu'avait décrit Pohl.

Il ralentit.

Cotton pointa son doigt.

« Il tourne ! » signala-t-il.

Cassiopée leva le pied.

« Non, continue ! » dit-il.

Elle accéléra et recolla au camion qui roulait toujours devant eux. Il suivit des yeux la Ford d'Engel, qui virait à gauche. Quand ils furent à la hauteur de l'embranchement, il se pencha légèrement en avant pour épier les lieux sans en avoir l'air. L'arrière de la Ford disparaissait derrière le nuage de poussière qu'elle soulevait.

Cassiopée roula encore un petit kilomètre, puis fit demi-tour, revint en arrière et s'arrêta à la hauteur de l'allée. Fixée sur un des élégants murs de pierre encadrant l'entrée, une pancarte en bois sculpté portait le mot ALLESVERLOREN.

« Qu'est-ce que ça veut dire ? demanda-t-elle.

– Ça doit être le nom de la propriété, j'imagine. »

Il prit son téléphone et tapa le terme sur Google pour en avoir la traduction.

« "Tout est perdu", lut-il.

– Drôle de nom pour une maison, tu ne trouves pas ?

– Quelqu'un cherche peut-être à faire passer un message.

– Il faut qu'on sache qui vit ici. »

Elle avait raison. Il regarda sa montre. Presque 17 heures.

« Va te garer plus loin, sous ces arbres », commanda-t-il.

Cassiopée redémarra, parcourut quelques centaines de mètres, puis se rangea sur le bas-côté.

« Toi, tu restes là et tu surveilles l'entrée, dit-il.

– Et toi, qu'est-ce que tu fais ?

– Je retourne en ville vérifier une intuition et pêcher quelques renseignements. J'en ai pour à peine une heure. »

Elle ouvrit sa portière et descendit.

« D'accord, Sherlock. Ça ne coûte rien d'essayer. »

Il se glissa de sa place sur le siège conducteur.

« Espérons qu'il n'y a pas d'autre issue par où Engel pourrait sortir.

– Et s'il s'en va avant que tu ne reviennes ?

– Dans ce cas, c'est fichu. »

Il empoigna le volant, fit ronfler le moteur et partit vers Nohana.

« *Allesverloren* – tout est perdu… Pas banal », songea-t-il.

Engel roula jusqu'au bout de l'allée bordée de saules. Devant lui, une maison de plain-pied s'étalait sous le couvert d'arbres touffus. Au-delà, le terrain dévalait vers un torrent parsemé de rochers. Il suivit des yeux un vol d'hirondelles qui plongeait sous un pont de bois enjambant le cours d'eau. Vers l'ouest s'étendait une plaine uniforme, si l'on exceptait une petite colline basse. L'État libre déroulait dans cette direction son immense savane jusqu'à un horizon de crêtes bleutées qui, dans l'air cristallin, semblaient à portée de main, mais se trouvaient sans doute à des kilomètres. Une cerisaie occupait le côté sud. Des autruches promenaient leur dégaine empruntée dans un enclos.

Il se gara et sortit dans la fraîcheur de la fin d'après-midi.

Son souffle court lui rappela aussitôt qu'il était en altitude et devait s'adapter – un défi plutôt agréable à relever. La demeure et le panorama lui firent l'une et l'autre grosse impression.

Quelle propriété !

Le traditionnel perron couvert, partie intégrante, semblait-il, de toute maison de l'État libre digne de ce nom, était ici particulièrement spacieux. Plusieurs rocking-chairs y étaient installés, certains tournés vers l'ouest et la vue spectaculaire, d'autres vers les champs et les montagnes.

Un homme sortit en trombe sur le seuil, puis traversa le porche en martelant le plancher de bois. Adipeux, teint pâle, grosses mains, il était presque chauve et portait des lunettes. Son visage tendu respirait l'autorité. Engel devina tout de suite un tempérament bouillant et un esprit froid, un personnage aussi fermé qu'une huître.

« *Goeinaand*, lança le bonhomme.

– Désolé, je ne comprends pas l'afrikaans, répondit-il en allemand pour tâter le terrain.

– Ah, alors… *Guten Abend*.

– Vous parlez couramment ma langue ? demanda Engel, toujours en allemand.

– J'ai pris le temps de l'apprendre », dit l'autre avec un haussement d'épaules.

Il descendit les marches, badigeonnées, comme les rocking-chairs, d'une épaisse couche de peinture grise, et s'arrêta au pied du perron. Un rottweiler qui dormait contre la rambarde retint l'attention d'Engel. L'hôte s'en aperçut.

« Soyez sans crainte, elle est très docile, assura-t-il. La plupart du temps.

– Êtes-vous apparenté à Gerhard Schüb ? » s'enquit Engel, décidant d'aller droit au but.

L'homme le jaugea un instant du regard.

« Voilà une bien curieuse façon de se présenter, remarqua-t-il.

– Je m'appelle Josef Engel. Je viens de la part de Theodor Pohl. »

Le chant lointain des grillons remplit le silence prolongé qui suivit, symptôme évident de méfiance. De l'inquiétude se peignit sur le visage rond de l'inconnu.

« Un nom que je n'avais pas entendu depuis longtemps, dit-il enfin.

– Il faut que je vous parle. En privé. »

Le gros homme eut un petit rire.

« Dans ce cas, entrez et discutons, *Herr* Engel, proposa-t-il en désignant la porte d'un geste de ses fortes mains. Peut-être vous confierai-je ce que je sais… Ou peut-être pas. »

48

Cotton alla directement à la Maison du Boer, déterminé à savoir si le conservateur laconique pouvait l'informer sur le propriétaire d'Allesverloren. Il espérait que le musée ne fermait pas à 17 heures et découvrit avec plaisir qu'il restait ouvert jusqu'à 18 heures.

« Vous vous souvenez de moi ? demanda-t-il en entrant au maître des lieux, qui était seul dans la salle.

– Si ce n'est pas le monsieur curieux de tout qui est passé tout à l'heure ! Avez-vous trouvé Gerhard Schüb ? »

Il se rappelait donc le nom… Intéressant. L'intuition de Cotton ne l'avait peut-être pas trompé.

« Cessons de tourner autour du pot, d'accord ? » dit-il.

Il se présenta, expliqua les raisons de sa présence, puis sortit de sa poche sept cents rands prélevés sur la somme qu'il avait tirée au distributeur.

« Il y a sûrement là davantage que ce que vous avez gagné aujourd'hui. Et aussi plus qu'assez pour que vous vous décidiez à m'aider.

– Tous les Américains s'imaginent-ils pouvoir acheter n'importe qui ?

– Pas tous, seulement moi. Je suis plus subtil, d'ordinaire, mais, là, je suis pressé, et j'ai comme une idée que vous pouvez m'apprendre des choses. »

Il laissa tomber les billets craquants sur le comptoir. L'autre les ratissa avec des doigts boudinés aux ongles douteux.

« Que souhaitez-vous savoir ?

– Qui habite à Allesverloren ?

– Bigre, vous n'avez pas perdu de temps ! C'est à quinze kilomètres d'ici.

– Je ne suis pas venu pour une leçon de géographie. Répondez à ma question.

– La propriété appartient à Jan Bruin. Un patriote boer. Sa famille l'a acquise il y a longtemps.

– Depuis la dernière guerre ?

– Juste après.

– Drôle de façon d'appeler une maison "Tout est perdu"…

– J'ignorais que vous parliez l'afrikaans. Peu de gens s'intéressent à notre langue. Surtout parmi les Américains.

– Mettons que c'est mon dada. Maintenant, répondez : qu'y a-t-il derrière ce nom ?

– Ça, je ne pourrais pas vous le dire. Je suppose qu'il signifie quelque chose de particulier pour la famille. La plupart des grandes fermes ont des noms personnalisés de ce genre.

– Dites-m'en plus sur Jan Bruin.

– Sa mère descendait des pionniers boers, des *Voortrekkers.* D'origine hollandaise. C'était une femme très douce, qui jouait merveilleusement du violon. Son père était allemand. »

Cotton dressa l'oreille.

« Comment s'appelait-il ?

– Thomas.

– Thomas Bruin ? Ça ne sonne pas très allemand.

– Vous me permettrez de trouver la remarque un peu stéréotypée. Tous les Allemands ne sont pas tenus de s'appeler Hans Meyer ou Dieter Schultz.

– Que savez-vous de lui ? demanda Cotton, ignorant la critique.

– En quoi est-ce si important ? »

La patience de Cotton atteignait ses limites.

« C'était un immigrant ?

– Ah, je vois ! Quelqu'un qui aurait fui l'Allemagne après la chute du Reich, c'est ça ? Un a priori un peu éculé, vous ne trouvez pas ?

– Faites-moi plaisir, répondez.

– Je ne sais vraiment pas grand-chose de lui. Il est mort il y a deux ans. La mère était déjà décédée depuis quelques années. En revanche, je peux vous parler du fils. Il fait partie des bienfaiteurs de ce musée et nous verse une généreuse contribution chaque année au nom de sa mère. C'est un monsieur dont je ne peux que faire l'éloge.

– Je vous écoute. »

Le conservateur afficha un air contrarié et émit un son qui tenait à la fois du toussotement et du ricanement. Le message ne laissait guère de doute : remettez un sou dans la machine !

Cotton le gratifia de quelques rands supplémentaires.

« Jan est né ici, dans l'État libre, et a fait ses études en Angleterre, reprit le bonhomme. Il a débuté dans le commerce du diamant comme employé de bureau chez Dunkelsbuhler & Company, une grande maison de courtage londonienne. Il est revenu ici gérer les gisements pour la firme et a fini par acheter lui-même des mines. Il a été quelque temps maire de cette ville et il est maintenant député de l'État libre.

– Quel âge a-t-il ?

– C'est un quadragénaire, comme moi… (L'homme désigna le fond de la salle.) Venez, je voudrais vous montrer quelque chose. »

Cotton le suivit jusqu'à un ensemble de photos, dont une représentait un diamant bleuté.

« Quarante-six carats, dit son informateur. Il n'existe que trois diamants bleus de cette taille au monde. Celui-ci a été découvert dans une des mines de Bruin. Extraordinaire, non ? »

Cotton examina le gros plan de la pierre qui étincelait sous une lumière dure. Il y avait dans la couleur d'acier du minéral quelque chose de vaguement sinistre, de menaçant, même. Comme son propriétaire ? Il se tourna vers le conservateur.

« Je vous ai déjà posé la question, mais les noms de Gerhard Schüb et Luis Soreno vous sont-ils familiers ?

– Je ne cherchais pas à éluder, tout à l'heure. Je ne connais ni l'un ni l'autre.

– Ils sont censés avoir vécu par ici dans les années 1950 et 1960.

– C'était avant mon époque. Mais, ça ne fait rien, j'ai toujours vécu ici moi-même, et je n'ai jamais entendu parler de ces gens. »

Cotton sentit qu'il avait obtenu le maximum d'informations possible. Et il devait retourner auprès de Cassiopée.

« Merci de m'avoir consacré un peu de votre temps, dit-il, sincèrement reconnaissant, même s'il avait payé pour arriver à ses fins.

– Revenez quand vous voudrez. C'est un plaisir de faire affaire avec vous. »

Une fois dehors, il fit quelques pas en direction du Range Rover, mais une petite voix dans sa tête lui souffla de ne pas se précipiter. Il contourna le véhicule et s'approcha d'une des fenêtres du musée qui donnaient sur la rue. Se tenant bien à l'écart du cadre, il regarda à l'intérieur.

Comme il s'y attendait, le conservateur était en train de composer un numéro de téléphone.

49

WORMS, ALLEMAGNE

18 H

Marie Eisenhuth déplia la note que sa conseillère venait de lui remettre. Le mot l'informait qu'un monsieur désirait la voir. Il avait fait le déplacement en voiture depuis Francfort, qui était à soixante-quinze kilomètres, et l'avait patiemment attendue toute la journée à l'hôtel où elle était descendue. Quand elle lut le nom, elle décida aussitôt de se libérer pour le rejoindre, car il ne se manifestait jamais à moins d'avoir quelque chose d'important à lui dire. Elle se tourna vers sa conseillère, lui donna un ordre à voix basse, puis focalisa de nouveau son attention sur les gens qui l'entouraient.

Elle était depuis deux heures dans la plus vieille synagogue du pays, en compagnie d'environ douze cents personnes venues participer à un forum d'échanges. Le lieu de culte, bâti pour la première fois au XIe siècle pour accueillir une population juive alors nombreuse, avait été rasé par les nazis en 1938. Sa reconstruction avait débuté près d'un quart de siècle plus tard et l'édifice, achevé dans les années 1970, était impressionnant. Un musée attenant retraçait l'histoire de la communauté juive de la ville, empreinte tour à tour de douleur, de chagrin, d'attentes et de joie. On avait sollicité sa venue plusieurs semaines auparavant et, après son discours de Dachau, son équipe avait jugé sa présence à ce colloque indispensable pour renforcer le message d'espoir et de vérité qu'elle avait délivré dans le camp de concentration. Les Juifs ne constituaient qu'un pourcentage infime de la population allemande, mais, dans une élection serrée, chaque voix comptait. Et ses experts en sondages ne cessaient de l'avertir qu'il y avait trop peu d'écart entre elle et son adversaire pour qu'ils puissent pronostiquer l'issue du scrutin.

Il fallait absolument qu'elle arrive à se concentrer.

Mais le souvenir de la scène avec Kurt, le matin, l'avait tracassée toute la journée. Pourquoi était-il sorti de la chambre en claquant la porte avant de quitter le château sans tarder ?

Avait-elle été trop dure avec lui ?

Peut-être avait-il raison.

Ils vieillissaient, l'un comme l'autre, et ne seraient bientôt plus de ce monde. Elle l'avait aimé, jadis. Peut-être l'aimait-elle encore. Peut-être même pourrait-elle continuer à l'aimer. Ou pas. Leurs divergences étaient profondes, et la politique semblait conditionner leur relation en permanence… Mais à quoi bon se soucier de lui ? Il avait disparu de la circulation, pour le moment. Et, si elle en croyait son expérience, il resterait absent quelques jours avant de reparaître sans faire la moindre allusion à la dispute qui avait causé son départ. Elle s'était souvent demandé ce qu'il faisait pendant ces escapades.

Y avait-il d'autres femmes ?

Probablement.

À une époque, elle avait failli louer les services d'un détective pour en avoir le cœur net, puis elle avait renoncé, se disant qu'il était préférable de ne pas savoir. Elle n'était pas meilleure épouse qu'il était bon mari ; rejeter la faute sur lui n'aurait rimé à rien. En définitive, peut-être valait-il mieux qu'il ait une maîtresse, tant qu'il restait discret. Qu'il satisfasse ses besoins était une chose, qu'elle soit au courant en était une autre, mais l'idée que le public puisse avoir vent de quoi que ce soit était intolérable.

Elle s'attarda encore une vingtaine de minutes avant de s'excuser et de quitter les lieux. Elle n'eut pas à attendre plus de quelques instants dans la rue pour voir arriver la limousine qu'elle avait prié sa conseillère de faire venir. Le véhicule stoppa à sa hauteur, la portière arrière s'ouvrit et elle monta. Son équipe de sécurité suivait dans une autre voiture.

Erwin Brümmer était confortablement installé sur la banquette de cuir noir.

« Tu es un homme patient, dit-elle en s'asseyant près de lui.

– C'est moi qui abuse de ton temps. Tu es une dame très occupée. »

La légendaire basse profonde de Brümmer s'était altérée, quatre-vingts années de vie n'étant pas sans effet sur des cordes vocales. Son corps lui aussi semblait payer son tribut à l'âge, même si son regard sombre qui ne cillait pas avait conservé son expression moqueuse et ses cheveux leur habituel désordre. Peut-être pâtissait-il de son tabagisme assumé, ou du diabète qui, elle ne l'ignorait pas, lui ravageait les reins. Il n'en restait pas moins que le vénérable avocat s'accrochait à la vie et n'avait rien perdu de sa vivacité d'esprit. Albert Herzog l'avait pris comme conseil pour défendre les intérêts de la famille quand elle n'était encore qu'une petite fille, et il avait toujours été là depuis. Après le décès de son père, il était devenu pour elle une sorte de tuteur dont elle avait appris à respecter les avis et les recommandations.

Elle brûlait de connaître le motif de sa venue, mais elle savait qu'il lui en ferait part quand il serait prêt et pas avant. On ne bousculait pas Erwin Brümmer. Jamais.

La limousine démarra et le chauffeur leva la cloison en Plexiglas qui permettait d'isoler le compartiment arrière.

« On m'a communiqué certaines informations troublantes, dit le vieil avocat. J'ai jugé préférable de t'en parler avant d'aborder le sujet avec Kurt. »

Un préambule qui avait de quoi retenir l'attention.

Brümmer exprimait depuis longtemps des craintes à propos de Kurt, qui dirigeait seul à la fois Eisenhuth-Industrie et Herzog Konzern. Concernant la firme Herzog, l'attribution du pouvoir à Kurt figurait parmi les dernières volontés d'Albert, bien que Brümmer ait été désigné comme exécuteur testamentaire. C'était elle, en revanche, qui avait désiré la fusion des deux présidences. Brümmer avait, bien entendu, toujours eu un œil vigilant sur les décisions importantes, surtout quand elles affectaient la partie Herzog du dispositif, mais, si elle pouvait reprocher à son mari ses errements politiques, elle devait admettre qu'il avait jusqu'ici plutôt bien géré les deux compagnies. Ce qu'elle trouvait inquiétant était qu'Erwin Brümmer s'adressât directement à elle, chose rarissime. Il était en effet de la vieille école qui exigeait un respect scrupuleux de la chaîne de commandement.

Or Kurt était précisément un maillon de cette chaîne.

Elle attendit qu'il développe.

« Le BND est en train de mener des enquêtes auprès de nos banques, reprit-il. Et cela pour donner suite à une demande officielle de renseignements émanant d'un représentant de la police chilienne nommé Juan Vergara. Certains aspects de nos transactions financières font l'objet de mandats de vérification. Ces démarches sont censées rester secrètes, mais les banques ont jugé bon de m'en faire part… C'est que nous sommes d'excellents clients, vois-tu.

– Quel genre de transactions financières ?

– Des transferts internationaux en liquide sur nos comptes de sociétés. Provenant en particulier d'un compte ouvert dans un établissement chilien par Martin Bormann dans les années 1950.

– Erwin, il va falloir que tu sois plus clair, dit-elle sans chercher à cacher sa stupéfaction.

– Plusieurs millions d'euros en provenance de la Banco del Estado, à Santiago, ont atterri ici, en Allemagne, sur des comptes bancaires appartenant à nos entreprises, après avoir transité par le Luxembourg, le Liechtenstein, les Pays-Bas et la Suisse. En général, il n'y a absolument rien de suspect là-dedans. Nos comptes sont crédités de virements internationaux tous les jours, effectués par nos filiales à l'étranger. Mais ce qui singularise les opérations en question est le fait qu'elles soient directement liées à Martin Bormann et au trésor d'Hitler. Inutile de te préciser ce que cela implique… »

Pas besoin d'un dessin, en effet.

Elle ne comprenait pas ce qui se passait.

Cassiopée Vitt et Cotton Malone étaient censés établir qu'il existait une filiation entre Theodor Pohl et Martin Bormann. Elle n'avait aucune nouvelle d'eux ni de Danny Daniels. Et voilà qu'apparaissaient des éléments qui l'incriminaient, *elle* ! Des éléments qu'il suffirait à n'importe qui d'invoquer pour couler sa candidature !

« Où sont passées ces sommes ? demanda-t-elle.

– Impossible de le déterminer avec certitude. Les fonds ont été amalgamés à d'autres actifs de nos portefeuilles. Aucun de nos comptables ne s'est formalisé de ces virements. Comme je te l'ai dit, ils n'avaient rien d'exceptionnel.

– Comment peux-tu être sûr qu'il s'agit d'argent sale ?

– Mes sources au sein du BND m'ont confirmé l'existence d'investigations en cours portant à la fois sur Eisenhuth-Industrie et Herzog Konzern. Les Chiliens ont fourni à notre service de renseignement d'anciens documents nazis qui établissent de façon incontestable l'origine de l'argent et ils exigent que quelque chose soit fait. L'enquête du BND étant classée sensible, peu de gens en ont connaissance, et cela pourrait aider à tenir les médias à l'écart dans un premier temps… »

Le vieil homme sembla hésiter et lui adressa un regard indéchiffrable avant de poursuivre.

« J'ai également été avisé qu'un ex-agent américain et une femme qui fait équipe avec lui sont en train de mener des recherches sur le terrain. À ta demande. Puis-je savoir ce qu'il en est ? »

Elle n'avait manifestement pas grand-chose à lui apprendre. Il était pratiquement au courant de tout. Comme toujours. Le fardeau qu'elle portait sur les épaules paraissait avoir doublé de poids en l'espace de quelques minutes. Cette histoire virait au cauchemar.

Pendant que la limousine roulait en douceur dans les rues de Worms vers le lieu de sa prochaine apparition publique, elle confia à Brümmer tout ce dont elle avait connaissance.

« Il semblerait que le chasseur soit devenu la proie, commenta-t-il quand elle eut terminé. Il est évident que cet argent suspect a été délibérément versé sur nos comptes.

– Il faut que je parle à mon mari.

– Cela va sans dire.

– Je t'assure que j'ignorais tout de ces transferts. Absolument tout.

– Je n'en doute pas. Pourquoi aurais-tu envoyé des enquêteurs chercher ce qui est susceptible de mener à ta perte ? Le problème est surtout que le temps presse. La lumière ne pourra pas être mise sous le boisseau éternellement. Tu as des ennemis au sein des forces de sécurité qui ne manqueront pas une si belle occasion de te nuire. »

Elle ne le savait que trop.

« Je vais trouver un moyen de joindre Kurt. »

Brümmer soupira et se laissa aller contre le dossier de la banquette.

« Fais ce que tu as à faire… Je n'aimerais pas être à ta place, Marie. Vraiment pas. »

50

État libre, Afrique du Sud

18 h 15

Engel s'absorba dans la contemplation de l'aquarium. Une énorme anémone de mer rose dansait dans le courant artificiel tandis qu'une compagnie de poissons-clowns orange et noir frétillait entre ses tentacules sombres. La salle de jeu tout en longueur qui occupait la partie est de la demeure était bordée d'aquariums intégrés. Chacun d'eux présentait un assortiment de poissons. De couleurs vives pour les variétés marines ; plus ternes pour les espèces d'eau douce. Des livres et des globes terrestres complétaient un cadre témoignant d'un goût certain pour l'aventure.

« Ce sont les poissons de rivière, dans les autres réservoirs, qui sont les plus chers, dit le maître de maison après lui avoir expliqué la différence. Ils sont tous africains, mais proviennent de milieux divers. Certains sont très rares. »

L'homme était apparemment un collectionneur passionné. Sur le trajet de l'entrée jusqu'à la salle où il se trouvait, Engel avait aperçu un Cézanne, un Van Gogh, deux Diego Rivera, des porcelaines chinoises de l'époque Kangxi et plusieurs objets d'art africain – un domaine qui ne lui était pas du tout familier. Il y avait aussi des niches murales et une vitrine en bois de camphrier remplies d'argenterie au décor chargé. Engel avait également appris que son hôte s'appelait Jan Bruin et qu'il était le propriétaire des lieux. La personne même à laquelle Pohl lui avait ordonné de s'intéresser.

Ils s'assirent. Un domestique noir fluet portant cravate et chemise empesée apparut, leur demanda ce qu'ils désiraient boire, puis ressortit. Le canapé sur lequel Engel avait pris place faisait face à un ensemble de fauteuils club en cuir. L'espace entre lui et ces sièges était occupé par une table basse très ornementée soutenue par quatre défenses d'ivoire polies, sur laquelle était posé un échiquier en nacre. Sur les murs, lambrissés dans le style élisabéthain, étaient accrochés des trophées et d'anciennes photos de chasse. La pièce semblait dédiée au souvenir.

Engel montra les pieds de la table et les têtes de lions, éléphants et autres rhinocéros suspendues aux murs.

« Un peu… politiquement incorrect, observa-t-il en allemand.

– On ne voit pas les choses comme ça, ici, répondit le gros homme en anglais. La chasse était un art de vivre, pour nous. Mais, vous avez raison, ces temps sont révolus. Aujourd'hui, c'est avec des caméras qu'on traque le gibier. Ce qui ne m'empêche pas de me rappeler l'état d'excitation dans lequel me mettait un safari quand j'étais enfant. »

Bruin lui jeta un regard perçant avant de poursuivre :

« Quand nous étions dehors, tout à l'heure, vous m'avez dit venir de la part de Theodor Pohl. Comment va le Kaiser ? »

Le majordome revint avec les boissons et Engel prit un instant pour goûter le vin, qui était à la fois nerveux et fruité.

« Excellent, commenta-t-il.

– Produit en Afrique du Sud… Mais pourriez-vous répondre à ma question ? »

Engel jugea que les préliminaires avaient assez duré. D'autant que son interlocuteur connaissait le sobriquet de Pohl.

« Il est engagé dans un combat électoral acharné pour devenir chancelier, dit-il.

– J'ai lu ça dans les journaux. Vous n'ignorez pas que lui et moi ne nous sommes jamais rencontrés.

– Je sais. Mais je sais aussi de qui vous descendez, *Herr* Bruin. Votre père s'appelait Gerhard Schüb. C'était un immigré qui avait quitté le Chili pour l'Afrique du Sud en compagnie d'un certain Luis Soreno et de la femme de celui-ci, Rikka. Je me suis laissé dire qu'il était décédé il y a deux ans.

– C'est exact. Après une vie bien remplie. Ma mère est morte avant lui. Elle a eu de la chance.

– De la chance ? En quoi ?

– Parce qu'elle a vécu longtemps, elle aussi. Qu'aurais-je pu vouloir dire d'autre ? »

Engel ne releva pas.

« Avez-vous été en contact avec votre tante Ada, qui habite au Chili ? demanda-t-il.

– Alors, là, vous me prenez au dépourvu. J'ignorais que j'avais une tante.

– Votre père ne vous en a jamais parlé ?

– C'était un homme très secret. Il gardait beaucoup de choses pour lui. Je n'aurais pas imaginé avoir des parents vivants du côté paternel.

– Votre père a-t-il laissé des papiers ? Des lettres, peut-être ? Qui auraient pu lui être envoyées par sa sœur Ada ?

– Ce n'était pas du tout son genre de conserver quoi que ce soit, assura Bruin avec un sourire amusé. Le Kaiser, qui le connaissait bien, pourrait vous le confirmer. Et, comme je viens de vous le dire, j'ignorais l'existence de cette tante. Donc, non, pas de lettres, que je sache.

– A-t-il laissé des documents concernant le Luis Soreno auquel je faisais allusion ?

– Ne m'avez-vous donc pas écouté ? Mon père n'a laissé aucun papier quand il est mort. Rien. En quoi cela vous préoccupe-t-il ? Je n'ai plus aucune nouvelle d'Allemagne depuis Dieu sait combien de temps. Alors que signifie cet interrogatoire ?

– Vous ai-je donné à entendre que j'étais préoccupé ? répondit Engel en riant.

– Vous n'avez pas eu besoin de le faire. Le simple fait que vous soyez là est assez révélateur. Qu'une chose soit claire, *Herr* Engel, je n'ai pas la moindre sympathie pour tout ce qui touche, même de loin, aux thèses de la nouvelle droite.

– Une prise de position plutôt inattendue de la part d'un habitant de l'État libre. Cette province n'a-t-elle pas été le premier bastion de l'apartheid ? Son lieu de naissance ?

– Ça, c'était avant mon époque, répondit Bruin, balayant l'objection d'un revers de sa grosse patte. Je n'ai jamais adhéré à cette politique. Tous les Sud-Africains blancs ne sont pas forcément des racistes ni des adeptes du suprémacisme. Mon père n'était ni l'un ni l'autre. C'était un homme bien qui a fait son devoir jusqu'au bout. Il n'a jamais été favorable à l'apartheid. Bien au contraire. Et, comme lui, je n'ai aucune complaisance à l'égard du fanatisme.

– Je ne défends pas le fanatisme.

– Ah, non ? Alors que vous vous présentez chez moi, en Afrique du Sud, pour me poser des questions sur des nazis ? Cette page est tournée depuis plus d'un demi-siècle, qu'en avons-nous à faire aujourd'hui ?

– Pourquoi parlez-vous de nazis ? »

Bruin secoua la tête, l'air dégoûté.

« Cessons de finasser. Vous et moi savons pertinemment ce qu'il en est de Luis Soreno et de Rikka. On m'a au moins mis au courant de ça. »

Engel laissa passer l'orage en dégustant une gorgée de vin.

« Je crois préférable que vous et moi restions discrets à leur sujet, dit-il enfin.

– Là-dessus, je suis bien d'accord. Je n'ai aucune envie de voir le monde entier débarquer dans cette maison. Que Luis Soreno et sa femme reposent en paix dans leur tombe. Il n'y a pas de danger que j'aille raconter quoi que ce soit sur eux. C'est bien la dernière chose que je souhaiterais faire.

– Comment avez-vous appris qui ils étaient ?

– C'est mon père qui me l'a révélé, juste avant de mourir. Ça n'avait déjà plus d'importance à ce moment-là puisque tout le monde était décédé. Mais il a bien précisé que c'était son problème à lui, pas le mien, et que toute cette affaire était terminée depuis longtemps. »

Soit, mais dans ce cas, pourquoi Ada avait-elle incité Malone et Vitt à se rendre en Afrique ?

« Allez rapporter au Kaiser qu'il n'a rien à craindre de moi, poursuivit Bruin. Qu'il devienne chancelier ne m'empêchera pas de dormir. Je fais de la politique, moi aussi. Je suis député de cette circonscription au Parlement, mais je n'exerce mes fonctions qu'avec un minimum de zèle. Je préfère rester chez moi, cultiver mes cerisiers et élever mes autruches. Ça me procure bien plus de satisfactions.

– Pas de femme ?

– Je ne me suis jamais marié. J'habite seul ici, si l'on excepte mes chiens, mes oiseaux, mes poissons et quelques employés, répondit le Sud-Africain, apparemment très fier de ses choix.

– Permettez-moi d'insister. Votre père n'a vraiment rien laissé ? Ni papiers ni correspondance ? Rien du tout ?

– *Herr* Engel, mon père était un homme réservé qui ne s'est confié à moi que pendant les derniers mois de sa vie. Ça lui a coûté de le faire, mais, avant de partir, il tenait à ce que je sache qui il était et quelles étaient ses convictions. Il avait le plus grand mépris pour Luis Soreno et tout ce que représentait… l'éminence brune. Mon père est venu en Afrique pour une raison précise, mais c'est pour une autre qu'il est resté.

– Laquelle ? s'enquit Engel après avoir bu une nouvelle gorgée de vin.

– Il aimait ce pays. Il s'y sentait chez lui. Il avait réussi à s'enrichir suffisamment pour pouvoir acheter ce domaine, qui vaut de l'or aujourd'hui. Il voulait que mon existence soit différente de la sienne, et elle l'a été. Que les nazis restent où ils sont, morts et enterrés. Que personne n'ait plus à s'inquiéter à cause d'eux. Pour ma part, je n'accorde même pas une pensée à leur délire… »

Bruin eut une hésitation, comme si un souvenir s'imposait à lui, puis s'effaçait.

« Et maintenant, pouvez-vous me donner la raison exacte de votre visite ? demanda-t-il.

– J'ai pour consigne de m'assurer que ce dont nous avons tous les deux connaissance ne puisse pas refaire surface.

– Je suis dans le secret depuis des années et je n'ai jamais rien dévoilé. Il n'y a pas lieu de craindre qu'il en aille différemment à l'avenir. »

Sur ce point, Engel ne s'était pas encore forgé une opinion.

Ada devait bien tenir ses informations d'une source quelconque. Cette source était-elle Bruin ?

Il était toutefois conscient que tuer Jan Bruin pouvait comporter des risques. L'homme avait été modeste. Il jouissait en réalité d'une certaine notoriété en tant que politicien. Ce n'était pas une célébrité constamment sous le feu des projecteurs, mais il était tout de même bien connu. Un meurtre était susceptible d'attirer l'attention. Le plus sage était peut-être de ne rien faire, comme le suggérait Bruin. Mais ce n'était pas à Engel d'en décider. Il devait en discuter avec Pohl, qui fixerait la prochaine étape. Il termina donc son vin, posa le verre sur la table et se leva du canapé.

« Vous avez raison, concéda-t-il. Laissons les choses en l'état. Je rapporterai à Pohl ce que vous avez dit. Je vous suis reconnaissant de m'avoir consacré un peu de votre temps. Et je vous remercie pour votre discrétion. »

Son hôte se mit debout à son tour et le raccompagna jusqu'au porche où le rottweiler sommeillait toujours contre la rambarde.

« Vous comptez passer la nuit à Nohana ? s'enquit Bruin.

– C'est ce que je pensais faire. Avant de reprendre la route demain. »

Engel remarqua une inscription gravée sur le linteau au-dessus de la porte.

RUST-EN-VREUGD.

« Repos et joie, traduisit Bruin, qui avait suivi son regard. C'est ce que mon père souhaitait à tous ceux qui entraient dans cette maison.

– Tout à fait de mise.

– C'est ce que j'ai toujours pensé. Et la formule me semble particulièrement appropriée dans les circonstances actuelles. »

Un message sans ambiguïté.

Le soir tombait. L'air fraîchissait au fur et à mesure que le soleil déclinait. Engel prit un instant pour contempler le veld verdoyant et les montagnes au loin.

Grandiose.

Il prit congé, puis se dirigea vers sa voiture. Comme il atteignait le pied du perron, le rottweiler, qui avait ouvert les yeux, se dressa.

Bruin descendit les marches et caressa l'animal.

« *Herr* Engel, dit-il, informez le Kaiser que je ne constitue pas une menace pour lui, mais que je peux me montrer redoutable si on me tire brutalement du sommeil. »

Un avertissement qu'il valait peut-être mieux ne pas prendre à la légère.

Il n'était jamais très bon de réveiller un chien assoupi, surtout s'il était du genre agressif et imprévisible, à l'instar du rottweiler dont Jan Bruin était maintenant en train de gratter le crâne.

51

Cotton quitta Nohana et prit la direction du nord pour retourner à Allesverloren. Il regardait attentivement les véhicules qu'il croisait, mais il ne vit pas la Ford d'Engel. Il retrouva Cassiopée où il l'avait laissée, dans les épais buissons qui bordaient la route.

Il consulta sa montre. 19 h 20.

Le soleil se couchait, les ombres s'allongeaient.

« Engel est parti il y a environ dix minutes, vers le nord et la frontière, annonça Cassiopée en montant dans le Range Rover. Tu as du neuf ? »

Il lui fit part de ce que lui avait raconté le conservateur du musée.

« J'imagine que c'est à notre tour de rendre visite à Jan Bruin, dit-elle quand il eut terminé.

– Exactement », confirma-t-il en dirigeant le 4x4 vers l'entrée du domaine.

Ils roulèrent quelques centaines de mètres sur le chemin de terre avant de se garer devant une vieille demeure d'allure accueillante aux superbes ornements de maçonnerie et de bois. Les murs de brique rouge, percés de nombreuses fenêtres à petits carreaux, disparaissaient par endroits sous une épaisse vigne vierge. L'absence de symétrie témoignait de transformations répétées sans doute conduites sur plusieurs décennies. Un des angles était paré d'une tourelle au toit de cuivre vert-de-grisé que surmontait une girouette tarabiscotée. Trois cheminées dressaient leurs souches de pierre vers le ciel crépusculaire. Les grésillements et les crépitements produits par une multitude d'insectes évoquaient ceux d'un feu de bois.

Un homme solidement charpenté descendit les degrés du perron couvert. Il portait un jean et une chemise à manches longues et ses cheveux clairsemés, sans doute souvent exposés au soleil, avaient la couleur du foin sec. Sa carrure était celle d'un travailleur de force. Il se présenta : Jan Bruin. Optant pour l'approche directe, Cotton lui expliqua rapidement la raison de leur venue.

« J'imagine que le conservateur de la Maison du Boer vous a appelé, dit-il en anglais. Il s'est jeté sur le téléphone dès qu'il m'a cru parti.

– En effet. Il voulait m'avertir que vous lui aviez posé des questions.

– C'est pour avoir les réponses que nous sommes là. Verriez-vous un inconvénient à ce que nous parlions ?

– Installons-nous sous le porche. Il fait si bon, dehors, à cette heure-ci. »

Ils gravirent les quelques marches à sa suite et prirent place dans des rocking-chairs à hauts dossiers qui semblaient faits en bois puant de la Réunion – un qualificatif que Cotton avait toujours trouvé étrange étant donné que ce bois n'avait aucune odeur particulière. Vers l'ouest, le globe rouge sang du soleil empourprait les crêtes lointaines.

« Le nom d'Ada vous dit-il quelque chose ? s'enquit Cotton à brûle-pourpoint. C'est celui d'une femme qui vit au Chili, dans la région des Lacs. »

Bruin parut réfléchir un moment à la question avant de déclarer :

« Je ne suis jamais allé au Chili.

– Ce n'est pas ce que je vous demande.

– La réponse est non. Ce nom m'est totalement inconnu.

– C'est cette dame qui nous a suggéré de venir ici, intervint Cassiopée. Ou plutôt, elle nous a persuadés de nous rendre en Afrique, et la piste nous a menés jusqu'à vous.

– La piste ? Quelle piste ? »

Peu désireux de dévoiler trop ses batteries, Cotton décida de tester la sincérité de leur hôte.

« Nous pensons qu'un certain Josef Engel a l'intention de vous rendre visite. Est-il déjà passé ?

– Je n'ai reçu personne de ce nom, assura Bruin en secouant la tête.

– Il est possible qu'il se soit présenté sous un pseudonyme, avança Cassiopée, qui brossa un portrait d'Engel tel qu'il leur était apparu une heure auparavant. Vous n'avez vu personne qui correspondrait à cette description ?

– La réponse est encore non, répéta le Sud-Africain en écartant la question d'un revers de main. D'ailleurs, je n'ai eu aucune visite depuis plusieurs jours. »

Cotton, imperturbable, observa Bruin, qui dissimulait son mensonge avec un art consommé sous un masque affable pendant que Cassiopée, elle aussi, demeurait impassible.

« Il se pourrait qu'il vienne, dit-il enfin. Nous avons de bonnes raisons de croire qu'il se trouve ici, à Nohana.

– Et que suis-je censé faire si cela se produit ?

– Nous voudrions que vous l'interrogiez pour déterminer ce qu'il cherche, puis que vous nous rapportiez ses réponses, déclara Cassiopée.

– Qu'est-ce que c'est que cette histoire ?

– Le monsieur de la Maison du Boer m'a appris que votre père s'appelait Thomas Bruin et que c'était un immigré allemand. Thomas était-il son vrai nom de baptême ?

– Là, monsieur Malone, je serais en droit de vous juger indiscret, répliqua Bruin avec un brin d'agacement.

– Il m'arrive parfois de l'être, en effet, admit Cotton, qui n'avait nullement l'intention de baisser pavillon. Mettons ça sur le compte de la déformation professionnelle. Mais pouvez-vous satisfaire ma curiosité ? »

Bruin parut se divertir de ce tacle.

« Mon père a été déclaré sous le nom de Thomas Bruin à Stuttgart, où il est né. Il a émigré en Afrique du Sud après la guerre. Comme bon nombre de ses concitoyens qui n'étaient ni des nazis ni des criminels, mais simplement des hommes et des femmes en quête d'un avenir meilleur sous d'autres cieux. L'Allemagne, après tout, n'était plus qu'un champ de ruines.

– Le nom de Gerhard Schüb vous est-il familier ? »

La question resta un instant en suspens, Bruin semblant hésiter sur la réponse à donner.

« Non, ça ne me dit rien, affirma-t-il enfin. S'agit-il d'un autre immigré ?

– Nous n'en sommes pas sûrs. Nous espérions que vous pourriez nous en apprendre plus.

– J'ai l'impression que vous n'êtes vraiment pas au courant de grand-chose, tous les deux.

– C'est précisément pour ça que nous avons effectué ce long voyage. Pour apprendre. »

Un glissement léger se fit entendre au-dessus de leurs têtes, suivi d'un lent battement d'ailes : une chouette qui regagnait son perchoir dans un arbre voisin. Les stridulations des insectes continuaient à remplir l'air de plus en plus frais. Un souffle de vent agitait la floraison jaune crème d'un buisson de roses qui masquait le pied du mur, de l'autre côté de la balustrade. À l'horizon, très loin sur le veld, un nuage de poussière s'éleva.

« Une harde de gnous qui va boire, expliqua Bruin. Des bêtes énormes, et d'une puissance ! J'aimais bien les chasser.

– Pourquoi avez-vous arrêté ? s'enquit Cassiopée.

– Je n'étais pas vraiment un passionné. »

Cotton trouva le commentaire étrange dans la bouche d'un homme qui vivait depuis sa plus tendre enfance dans un environnement si riche en gibier. Bruin continua de se balancer un moment sur son rocking-chair, le regard lointain, puis demanda :

« Autre chose ?

– Oui, dit Cotton, à propos du nom de votre propriété. *Allesverloren* – tout est perdu. Pourquoi ce choix ?

– Quel rapport avec le reste ?

– Aucun. Simple curiosité de ma part.

– C'est mon père qui l'a appelée comme ça. Il ne m'a jamais donné la raison.

– Et vous ne lui avez pas posé la question ?

– Je n'avais pas pour habitude de l'interroger.

– Une dernière chose, dit Cotton, qui avait gardé le meilleur pour la fin. Luis Soreno, ça vous parle ? »

La mâchoire de Bruin se contracta brièvement, comme s'il éprouvait de la répugnance, mais, pour le reste, son attitude resta détachée, son visage de marbre. Mise en scène ? Difficile de se prononcer, surtout vu le talent de menteur dont le bonhomme venait de faire preuve.

« Ce nom n'évoque rien non plus. Il sonne espagnol, et les Espagnols ne courent pas les rues, par ici. »

Il semblait évident que la discussion ne menait pas à grand-chose. L'approche frontale ne donnant rien, il allait falloir emprunter les voies détournées. Mais pas tout de suite. Plus tard.

Cotton se leva, imité par Bruin et Cassiopée.

« Bien. Nous ne vous dérangerons pas plus longtemps. Merci de nous avoir accordé votre attention. Si Josef Engel se montre, je vous conseille la prudence. Nous le soupçonnons d'avoir tué plusieurs personnes, dont un haut gradé de la police chilienne. Ce n'est pas le genre d'homme avec qui on plaisante.

– Votre sollicitude me touche, mais, comme vous, il perdrait son temps en venant me voir. Je ne suis au courant de rien, et c'est ce que je lui dirai s'il se présente. »

52

Francfort, Allemagne

19 h 30

Marie Eisenhuth avait eu moins de mal que prévu à retrouver la trace de Kurt. Un premier coup de fil au château lui avait appris que personne, là-bas, n'avait eu de nouvelles de lui. Un second appel, au siège d'Eisenhuth-Industrie, avait révélé qu'il avait quitté les lieux en début d'après-midi, mais en précisant qu'il comptait rester en ville quelques jours, dans l'appartement dont l'entreprise avait la jouissance, à Sachsenhausen, un des quartiers jouxtant le centre ancien, réputé pour ses tavernes, restaurants et boutiques. Prétextant une extinction de voix, elle avait aussitôt annulé ses rendez-vous de la soirée à Worms et, à la nuit tombée, elle avait emprunté la voiture d'un de ses conseillers pour se faire conduire à Francfort par deux des hommes de sa garde rapprochée.

Elle connaissait bien l'appartement, qui avait appartenu à ses parents.

Ils avaient vécu là après la guerre, une fois réparés les dégâts causés à l'immeuble par les bombardements. Ce n'était pas la maison de son enfance, qu'elle avait passée dans leur demeure des Alpes, mais simplement un endroit où son père et sa mère avaient résidé pendant une période plus avancée de leur vie.

La période où son père avait changé.

Il était devenu morose et introverti, parlait à peine, ne souriait presque plus, rongé de l'intérieur par un mal non identifié, mais toujours présent. Il n'était pas le seul dans son cas. Plus tard, les psychologues avaient inventé une expression pour nommer cette affection : syndrome de stress post-traumatique. Le terme désignait les séquelles psychiques prévisibles chez qui avait été exposé à un événement tragique soudain. Dans le monde chaotique de l'immédiat après-guerre, il n'existait aucun mot savant pour qualifier cette maladie. On était seulement conscient de ses effets, qui étaient réels et très répandus. Les huit mois que son père avait passés en prison, à Nuremberg, dans l'attente d'être jugé pour sa collaboration supposée avec les nazis, avaient apparemment eu un impact délétère sur son mental. Il n'avait plus jamais été le même ensuite. Sa réaction était-elle due à un sentiment de honte ? D'humiliation ? De culpabilité après l'horreur qu'avait été le IIIe Reich ? Si tel était le cas, il n'avait jamais prononcé un mot qui eût pu être interprété comme un aveu ou un repentir.

Elle n'avait que rarement mis les pieds dans l'appartement depuis trois ans. C'était essentiellement Kurt qui l'utilisait, lors de ses séjours à Francfort. S'en servait-il également comme garçonnière ? Elle ne souhaitait pas le savoir. Une de leurs conventions, tacites, mais que tous les deux observaient scrupuleusement, était de ne jamais empiéter sur leurs vies privées respectives. Une règle qui avait pu être fluctuante par le passé, mais s'était cristallisée au cours des dix dernières années.

Cette fois, cependant, l'affaire qui lui taraudait l'esprit était d'une tout autre nature que l'éventuelle infidélité de son mari. Le trésor d'Hitler, Martin Bormann, des comptes bancaires sud-américains, Eisenhuth-Industrie, Herzog Konzern… Si l'on joignait ces points apparemment sans lien entre eux, on obtenait une image abjecte. Elle avait appelé Danny Daniels et il l'avait informée qu'elle avait été piégée. On l'avait incitée à fureter du côté du Chili, ce qui avait mené à la découverte orchestrée de documents financiers accablants pour elle. Documents obligeamment servis à la police sur un plateau, assaisonnés avec le sang de son détective assassiné et celui de l'officiel chilien qui avait ordonné l'enquête. Quelle énorme bourde elle avait commise ! Mais que savait Kurt de tout cela ?

C'est ce qu'elle devait déterminer.

Le chauffeur la déposa devant l'immeuble, dans une petite rue proche des maisons de maître aux façades à pignons qui donnaient sa touche médiévale à cette partie de la ville. Quand elle enjoignit à l'autre garde du corps de ne pas entrer avec elle, il ne fut pas ravi, mais finit par obéir. Elle monta au premier étage, alla jusqu'à la porte moulurée et frappa doucement.

Rien ne bougea à l'intérieur.

Elle frappa de nouveau, un peu plus fort.

Toujours pas de réponse. Kurt était-il là, mais en galante compagnie ?

Elle entendit la porte de l'immeuble s'ouvrir, puis se refermer, au rez-de-chaussée, et des pas résonnèrent dans l'escalier de pierre à rampe de cuivre.

Elle attendit.

Un couple de personnes âgées aborda le palier et se dirigea vers la volée de marches suivante pour gagner le deuxième étage. Elle les regarda passer, puis frappa une troisième fois. Elle avait eu une clé, jadis, mais il y avait des années qu'elle l'avait égarée. Le monsieur et la dame interrompirent leur ascension et elle sentit qu'ils l'observaient.

Elle leur fit face.

« Il n'est pas là, *Frau Bundeskanzlerin*, dit l'homme, prenant soin d'utiliser la forme féminisée de *Kanzler* – chancelier. Il est en train de dîner au Knoblauch. Nous en venons. »

Un malaise s'installa. Elle faillit demander si Kurt était accompagné, mais elle eut la jugeote de s'abstenir. Paraissant deviner son embarras, le monsieur lui adressa le même regard narquois que lui réservait son père quand il la perçait à jour.

« Il y dîne régulièrement, quand il est ici, ajouta-t-il. Toujours seul, et avant 20 heures. Un être qui tient à ses habitudes, votre mari ! »

Sur ces paroles, il prit le bras de son épouse, qui n'avait pas prononcé un mot, et, lui tournant le dos, ils poursuivirent leur montée vers les étages supérieurs. Elle fut tentée de les retenir, de s'enquérir de leur nom, de les remercier, bref de jouer son rôle de candidate, mais elle se contenta d'écouter le bruit de leurs pas qui s'éloignaient.

Le Knoblauch se trouvait à trois rues de l'appartement. Le restaurant, avec son décor de tables en bois taillées à la serpe, de lustres en fer forgé et de bougies parfumées, occupait la cave d'un ancien carmel. On comprenait dès le seuil, en respirant l'air saturé de senteurs aromatiques appétissantes, d'où l'établissement tenait son nom, qui signifiait « l'ail ».

Kurt, installé dans un coin tout au fond de la salle, lisait un journal. Seules quelques-unes des autres tables étaient prises. Elle était entrée sans escorte ; ses anges gardiens l'attendaient dehors, dans la voiture. Ignorant le maître d'hôtel, elle alla droit à son mari. Il leva les yeux et la regarda sans manifester la moindre surprise, ce qui l'inquiéta.

Avait-il escompté cette visite ?

« Il faut que nous parlions, déclara-t-elle en s'asseyant.

– Je ne crois pas que l'endroit soit bien choisi pour débattre de notre vie privée.

– Ce n'est pas de ça qu'il s'agit, ni de ce qui s'est passé ce matin. »

Elle s'était exprimée à mi-voix, et une mélodie jouée par une harpiste à l'autre bout de la salle étoffait le fond sonore que composaient les conversations feutrées des clients. Malgré cela, il aurait été préférable qu'ils sortent. Mais elle comptait sur la présence de témoins pour empêcher Kurt de faire un esclandre et de la planter là.

« La police fédérale est en train de mener une enquête financière sur nos sociétés », dit-elle.

Il ouvrit de grands yeux, l'air incrédule. Visiblement, la nouvelle le surprenait et ne le laissait pas indifférent.

Toujours à voix basse, elle lui rapporta ce que Brümmer lui avait appris.

« Les autorités chiliennes ont formulé une requête officielle exigeant des éclaircissements et des mises en demeure vont nous être notifiées. Il faut que je sache, Kurt, y a-t-il quoi que ce soit de vrai là-dedans ? »

Le serveur arriva avec le plat qu'il avait commandé, mais il lui ordonna de le remporter en cuisine. Puis il avala une gorgée de son verre d'eau et lui demanda si elle désirait boire quelque chose. Elle déclina et réitéra sa question.

« Écoute, Marie, nous avons des clients au Chili, en Argentine, au Paraguay et au Brésil. Nous avons aussi des investisseurs et des comptes en banque partout en Amérique du Sud. Il n'est pas exceptionnel que de l'argent nous arrive de là-bas. Mais je n'ai connaissance d'aucun lien entre ces transactions et le trésor d'Hitler ou Martin Bormann. »

Elle s'efforçait de jauger la sincérité de sa réaction. Malheureusement, leur éloignement avait émoussé sa capacité à déterminer avec certitude s'il mentait ou non. Cela faisait si longtemps qu'elle l'ignorait, qu'elle le laissait mener sa vie à sa guise pourvu qu'il ne se mêle pas de ce qu'elle éprouvait elle. Elle s'en voulait d'avoir été indifférente à ce point.

« Tu mesures les conséquences possibles, j'imagine, dit-elle.

– Si c'est vrai, nous sommes fichus. Toi et moi. Comment se fait-il que Brümmer ait été informé avant moi ? J'ai passé la journée au siège et personne ne m'a soufflé mot de tout ça.

– Pour l'instant, les enquêtes ne touchent que les banques et elles sont tenues au secret. Elles ne peuvent rien révéler des investigations. Mais Erwin en a eu vent par des contacts qu'il a au sein de certains établissements.

– S'il est au courant, d'autres le sont aussi. Et peut-être même les médias, à l'heure qu'il est. »

Cette perspective la rendait malade.

« Aucun journaliste n'a interpellé mon service de presse là-dessus. »

Du moins pour le moment.

« Marie, nos sociétés sont sorties blanchies des procès en réparation après-guerre. Il y a eu d'innombrables poursuites, tu le sais bien, et beaucoup de compagnies ont été jugées responsables. Mais pas les nôtres. Alors tu me permettras de trouver étrange que nous soyons accusés aujourd'hui d'avoir un rapport avec l'argent d'Hitler. Ça ne peut être qu'une erreur. À moins qu'il ne s'agisse d'un coup bas de la part de ton adversaire ? »

Elle fut tentée de lui parler de l'information qui avait éveillé son intérêt au départ, de Cassiopée Vitt et Cotton Malone, en train d'enquêter quelque part au Chili. Elle était prête à lui dire qu'elle était vraisemblablement tombée dans un piège… Mais elle se ravisa. Il lui ferait simplement remarquer qu'elle ne pouvait s'en prendre qu'à elle-même, et, d'une certaine façon, il n'aurait pas tort.

Après tout, elle n'avait qu'à ne pas mordre à l'hameçon.

Manifestement, le postulat selon lequel Theodor Pohl était le fils de Martin Bormann et d'Eva Braun ne correspondait à aucune réalité.

Et maintenant tout se retournait contre elle.

« Kurt, cette affaire est grave. Pas seulement à cause de ses incidences politiques, mais aussi pour ses implications morales. S'il s'avère que nos sociétés ont, sciemment ou non, accepté de l'argent venu en droite ligne du IIIe Reich et de Martin Bormann, nous ne valons pas mieux qu'elles. Cela signifierait que notre fortune et notre existence même ont au moins partiellement pour origine le sang versé. Ce serait une marque d'infamie indélébile.

– Je ne suis pas un nazi, souffla-t-il.

– Ce qui n'empêche pas que toi et moi ayons peut-être tiré profit des horreurs dont les nazis se sont rendus coupables.

– Allons donc ! C'est risible. »

La naïveté dont il faisait preuve était plus qu'agaçante. Elle avait déjà du mal à supporter ses sous-entendus racistes et ses discours sur la supériorité allemande, mais s'il fallait ajouter à ces absurdités un total manque de lucidité politique, elle avait devant elle le type même de crétin que Theodor Pohl adorait voir à ses meetings.

« Kurt, tu peux être sûr que si ces allégations se vérifient, le résultat sera tout sauf risible. Inutile de te rappeler ce qui est arrivé aux sociétés assignées récemment en justice sur ce genre de dossier. »

Il était tout à fait conscient, elle ne l'ignorait pas, du retentissement néfaste de ces affaires, et des sommes astronomiques qu'avaient dû débourser une douzaine de firmes allemandes reconnues coupables d'avoir bénéficié du travail forcé pendant la guerre. Bien que ces actions aient été intentées cinquante ans après la signature de la paix, le venin des plaignants n'avait rien perdu de sa toxicité et ses effets avaient été dévastateurs.

« Soyons sérieux, Marie, ce n'est pas de moi que tu te soucies. C'est de ton avenir en politique. Tu te fiches pas mal de nos entreprises.

– Non, Kurt, répondit-elle, blessée d'être taxée d'égoïsme, si je me soucie d'une chose, c'est de faire la différence entre le bien et le mal. Je ne pourrais plus me regarder dans une glace si j'apprenais que nous devons quoi que ce soit au IIIe Reich.

– Que sais-tu au juste de ces transferts d'argent ? » demanda-t-il, apparemment pas du tout impressionné par ces considérations morales.

Ce brusque changement de terrain la prit au dépourvu. Était-ce une tactique délibérée ?

« D'après Erwin, ça fait soixante ans qu'ils se pratiquent. »

Il se laissa aller contre le dossier de sa chaise et la dévisagea avec une expression aussi déroutante qu'horripilante.

« Tu comprends ce que ça signifie, je suppose ? »

Si elle le comprenait !

« Mon père pourrait être impliqué. »

Albert Herzog avait dirigé personnellement son entreprise jusqu'au jour de sa mort. Avec l'aide d'un conseil d'administration et de plusieurs organes consultatifs, certes, mais il avait les pleins pouvoirs. Tout transfert d'argent antérieur à son décès avait nécessairement dû recevoir son aval.

Des souvenirs dérangeants se bousculaient dans sa tête. Les idées d'extrême droite de son père. Son refus constant de dénigrer le IIIe Reich. Sa conviction affichée et mainte fois répétée selon laquelle l'Allemagne d'après-guerre n'avait pas gagné au change par rapport à ce qu'elle était avant le conflit, la division du territoire en deux étant bien pire que tout ce qu'on pouvait reprocher à Hitler... Elle n'avait pas pris ces thèses au sérieux, y voyant le credo d'un homme qui avait connu une Allemagne d'un autre temps. Beaucoup d'Allemands de cette génération partageaient cette vision. Peu d'entre eux étaient encore de ce monde. Mais, quand elle était enfant, puis adolescente, c'étaient ces hommes et ces femmes-là qui avaient la haute main sur le pays.

« Tu dois faire attention où tu mets les pieds, dans cette affaire, chuchota Kurt.

– Je n'ai pas l'intention de dissimuler quoi que ce soit.

– Même si ça signe la fin de ta carrière politique ? Même si ta réputation et celle de ton père doivent s'en trouver salies ? »

Il y avait dans le ton de son mari quelque chose de déstabilisant.

« Tu ne m'as toujours pas dit si tu étais au courant de l'origine de ces fonds chiliens, observa-t-elle.

– Il me semble pourtant t'avoir affirmé que je n'avais pas connaissance d'un lien entre ces virements et le trésor d'Hitler ou de Martin Bormann.

– Ce qui ne justifie rien.

– J'imagine que ça soulage ta conscience de me considérer comme ton ennemi, dit-il en secouant la tête. Ça t'aide à te dédouaner d'avoir tourné le dos à notre mariage, et à moi par la même occasion ? »

Elle se rappela à temps qu'ils étaient en public et qu'il lui fallait maîtriser sa voix et son comportement. Il savait s'y prendre pour la provoquer… À elle de ne pas tomber dans le piège.

« Je n'ai tourné le dos à rien du tout, répliqua-t-elle sans élever le ton. C'est toi qui m'as retiré ton soutien.

– J'ai le droit d'avoir mes idées, comme toi d'avoir les tiennes.

– Nous n'en sommes plus à une confrontation d'idées, Kurt. Cette histoire a des incidences internationales.

– Qui ne me concernent en rien, répondit-il avec un haussement d'épaules.

– Ça te ferait plutôt plaisir, si je perdais, n'est-ce pas ?

– Je ne me réjouis pas de ce qui peut te faire du mal. Mais, pour en revenir au sujet, je ne suis pas un nazi. Et les nazis n'ont pas financé nos entreprises. Je mènerai personnellement mon enquête dès demain pour comprendre ce qui se passe. »

Elle aurait bien aimé le croire. Mais quelque chose l'alarmait dans la désinvolture de Kurt.

Qu'il pût exister une corrélation quelconque entre elle et Hitler la révulsait. Et l'idée que son père ait pu prendre part à l'horreur, et en tirer bénéfice, lui était odieuse. Mais elle avait un autre motif de tourment. Si elle se félicitait, pour une fois, d'avoir eu ce face-à-face avec son mari, d'avoir pu juger par elle-même de ses réactions en observant ses regards et ses expressions, elle tirait de l'expérience une conclusion problématique : il en savait plus qu'il ne voulait bien le dire.

53

État libre, Afrique du Sud

20 h 20

Cotton fut surpris par la classe du lodge. L'établissement se nichait dans une chênaie dominant un plateau plongé dans l'ombre. Chaque chambre occupait une des cases en grès réparties sur une vaste pelouse qui s'étendait sous les arbres. Le réceptionniste leur avait indiqué que la plus grande de ces « rondavelles » à toit de chaume, située à l'écart des autres, abritait le restaurant, où l'on servait un excellent dîner jusqu'à 22 heures.

Une fois installés, ils commencèrent par prendre chacun une bonne douche tant pour se décrasser que pour évacuer leur fatigue. Comme Cassiopée, apparemment ravie de ce moment de tranquillité, s'attardait sous l'eau chaude, Cotton en profita pour connecter son ordinateur portable à l'internet sans fil afin d'informer Danny des derniers développements et le prévenir qu'il lui enverrait un rapport plus complet le lendemain. Ceci fait, il se changea en choisissant parmi les vêtements qu'ils avaient achetés plus tôt dans la journée un chino mastic et une chemise unie. Cassiopée, qui avait manifestement décidé de se mettre sur son trente et un pour aller dîner, émergea de la salle de bains habillée d'un pantalon pied-de-poule et d'un chemisier en soie vaporeux, l'un et l'autre dans les tons gris et olive, d'allure très « sport » et taillés près du corps.

Debout au fond de la pièce, elle sécha ses longs cheveux noirs avec une serviette, qu'elle jeta de côté quand elle eut terminé pour prendre son arme, posée sur le lit, et en vérifier le chargeur. Cotton avait déjà inspecté son propre pistolet, qui était à présent glissé dans sa ceinture, caché sous le pan de la veste légère qu'il venait d'enfiler. Il passa près de Cassiopée, et le parfum de savon qui s'exhalait d'elle persista dans ses narines plus longtemps qu'il n'aurait fallu.

« Je pourrais facilement m'y faire, dit-il.

– À quoi ? À partager une chambre avec moi ?

– Pas seulement une chambre.

– Attention ! Tu es sur le point de prononcer l'affreux mot qui commence par un m. »

Il n'en était pas loin, en effet. Le regard de Cassiopée s'adoucit.

« Moi aussi, je pourrais facilement m'y faire », déclara-t-elle.

Et ils se contentèrent d'en rester là. Pour le moment.

« Tu n'as rien dit du mensonge de Jan Bruin », remarqua-t-elle.

Il n'avait pas évoqué le sujet, en effet. Parce qu'il n'avait toujours pas arrêté de stratégie.

« Il est évident qu'il est impliqué dans cette histoire. Sinon, pourquoi aurait-il joué la comédie ?

– L'ennui, c'est que nous ignorons de quel côté il est. Il pourrait parler de nous à Engel, et adieu notre avantage.

– Nous étions conscients du risque en allant le voir. Nous sommes sur son territoire, maintenant. Ça pourrait chauffer. »

Elle ramassa la serviette, finit d'éponger ses cheveux, puis alla se planter devant le miroir pour coiffer avec soin ses mèches encore humides.

« Alors, le mieux est d'aller dîner puis de s'octroyer un peu de repos à tour de rôle, dit-elle. Avec Engel et Bruin dans le secteur, on ne sera jamais assez prudent. J'assurerai la première garde, tu n'auras qu'à prendre la seconde.

– Et moi qui pensais faire une belle promenade avec toi dans le veld au clair de lune avant de rentrer et, éventuellement…

– Qui sait ? répondit-elle en lui adressant un sourire malicieux. Si tu es bien sage, il se pourrait que tu aies droit à la promenade. »

Le dîner, qui associait des saveurs d'Afrique et d'Europe, fut parfait. Et d'un prix abordable, ce qui ne gâtait rien. Consciente de la nécessité de garder les idées claires, Cassiopée fit l'impasse sur le vin. Quant à lui, il n'avait jamais pris goût à l'alcool et ne buvait pas du tout.

Il n'arrivait pas à décider d'un plan d'action.

Ils étaient à la croisée des chemins.

Peut-être était-il temps de mettre les services officiels dans la boucle. Danny pourrait alerter le ministère des Affaires étrangères en réclamant une intervention. Il existait toujours une subdivision dédiée à la poursuite des criminels de guerre au sein du ministère de la Justice, et des conventions d'extradition signées par divers pays, dont l'Afrique du Sud. Engel et Bruin pourraient être interrogés, les médias informés, et l'affaire se retrouver suffisamment exposée au feu des projecteurs pour que les zones d'ombre se dissipent et que Pohl soit inquiété.

Dieu merci, ils détenaient des preuves.

Les photos. L'album. Le courrier envoyé par Schüb. Tout cela était à l'abri dans le coffre-fort de l'hôtel. Les lettres d'Eva Braun qu'Ada leur avait confiées avaient disparu, mais il aurait pu réciter mot pour mot la traduction que lui en avait faite le *carabinero.* Malheureusement, sa mémoire absolue ne constituerait pas un élément propre à convaincre le tribunal de l'opinion publique, dont la décision seule importerait, à la fin des fins.

Quittant le restaurant, ils se dirigèrent vers leur rondavelle. Les étoiles scintillaient dans un ciel nocturne de toute splendeur et une brise légère berçait doucement les branches de son souffle apaisant. Un alignement de lanternes suspendues aux arbres projetait sur l'allée pavée de briques des ombres mouvantes. Les éclairages des cases les plus proches formaient des halos qui dissipaient l'obscurité. Un aboiement de chien résonna au loin, suivi du hurlement d'une hyène affamée.

« Nous tâcherons d'en apprendre davantage demain sur le compte de Jan Bruin, dit Cotton. Il est notre meilleur pari à ce stade.

– Et Engel ? »

Il aurait volontiers fait un sort à l'Allemand, mais il ne voulait pas que la piste s'interrompe là. Le gros lot demeurait Theodor Pohl, qui tirait les ficelles depuis le début.

Son portable vibra. Il regarda l'écran.

Danny. Appel direct. Non crypté. Mauvais signe.

Il répondit.

« C'est le bordel, déclara sans ambages l'ex-président. Le BND a lancé une enquête sur la chancelière et les transferts de fonds. Elle est dans de sales draps. Vous pouvez sauver les meubles de votre côté ?

– C'est à voir. On nous a aiguillés sur l'Afrique, il y a donc une raison. Mais laquelle ? Je n'en sais trop rien.

– Vous êtes la seule chance qui nous reste. Continuez à creuser !

– C'était notre intention. »

L'appel prit fin.

« Il n'est pas ravi.

– Il n'y a pas vraiment de quoi l'être, observa Cassiopée. Nous avons fourni à Pohl tous les atouts qu'il souhaitait. »

Ils avançaient sur le chemin illuminé de loin en loin par son chapelet de lanternes. Cotton voyait maintenant leur case, dont l'entrée était éclairée par la lueur ambrée d'une applique murale. Un vieil homme se tenait debout à côté du banc disposé au bord de l'allée, près de la porte. De petite taille, fluet, il était vêtu sans affectation.

« Bonsoir, dit-il quand ils furent à sa hauteur. Je suis Gerhard Schüb. Je crois que vous désirez me parler ? »

54

Engel s'installa dans le fauteuil près du lit et tapa le code pour l'Allemagne sur son téléphone portable. Il avait suivi le conseil du cafetier de Nohana et loué une des cases à toit de chaume du motel entouré de pêchers qui se trouvait à une vingtaine de kilomètres de la ville, non loin de la frontière du Lesotho. Comme annoncé, la cuisine de l'établissement s'était révélée remarquable. Particulièrement la queue de bœuf en sauce au vin rouge, arrosée d'une bière blonde bien forte qui lui avait évoqué le pays. Ne doutant guère de ce qu'allait lui dire son patron, il avait décidé de ne l'appeler qu'après dîner.

Le téléphone privé qui se trouvait dans la chambre à coucher de style hessois, à Löwenberg, sonna seulement deux fois avant que Pohl ne décroche.

« J'ai failli attendre », dit-il.

Engel lui conta par le menu ce qui s'était passé depuis son arrivée en Afrique du Sud.

« Pensez-vous que Bruin vous ait menti ? demanda Pohl. Qu'il ait pu avoir des contacts avec Ada ?

– Difficile à dire. Il a nié catégoriquement avoir ne serait-ce qu'eu connaissance de son existence. Il n'est pas exclu qu'il ait été sincère et que Schüb ne lui en ait jamais parlé.

– C'est possible, en effet. Le vieux n'était pas très bavard. Mais je ne peux pas courir ce risque. Il est trop élevé. Il faut régler le problème. »

En clair, tuer Jan Bruin.

« Cela pourrait être délicat. Bruin est un homme public, un élu de l'Assemblée nationale…

– L'insécurité règne, dans l'État libre. Comme partout en Afrique du Sud, d'ailleurs. Les drames sont monnaie courante, là-bas. Et puis, ce n'est pas comme si nous avions le choix. Bruin en sait trop. Ada et lui sont en relation. Je le sens. Son père est mort. Tous les autres le sont. Il ne reste que ce fils et sa tante.

– Et si des documents ont survécu ? Comme ceux qu'avait conservés Ada.

– Je n'ai jamais rencontré Bruin, mais je suis d'accord avec lui quand il affirme que Schüb n'était pas du genre à garder des papiers compromettants. De toute façon, si de telles pièces existent, mais que personne ne peut les authentifier, elles tombent dans le domaine de la spéculation intellectuelle et il n'y a pas lieu de s'inquiéter. Au pire, un auteur quelconque accouchera d'une énième théorie conspirationniste et une de mes maisons d'édition pourra publier son bouquin avec de sérieuses chances de faire du chiffre dessus. »

Si Engel n'éprouvait aucun scrupule à l'idée de supprimer Ada, il n'avait en revanche pas du tout envie de faire du mal à Jan Bruin. Ce dernier était tout de même le fils de Gerhard Schüb, un fidèle serviteur du IIIe Reich et de Martin Bormann. De la bonne graine. Ces gens-là avaient accompli leur devoir pendant des décennies. Rien n'autorisait à penser que Bruin allait faire preuve de déloyauté maintenant.

« C'est vraiment dans cette voie que vous souhaitez vous engager ? demanda-t-il.

– Je vous sens hésitant. Pourquoi ?

– Peut-être serait-il préférable de laisser les choses en l'état.

– Si vous n'aviez pas échoué au Chili, nous n'aurions pas eu à nous soucier de l'Afrique. Le projet tout entier est désormais grevé par des risques inacceptables. J'en ai assez de voir surgir des preuves et des témoins tous les quatre matins. Alors nous allons traiter l'affaire à ma façon. L'enquête sur Eisenhuth est lancée. Ce n'est qu'une question de temps avant que les médias ne l'apprennent et que les ennuis ne commencent pour elle. Faites en sorte que tout soit réglé, là-bas. Finissez votre mission. Ce soir même. Puis revenez ici demain. Nous nous occuperons d'Ada quand tout ça sera terminé et que je serai chancelier. »

Et Pohl coupa la communication.

Cotton observa le vieillard qui disait être Gerhard Schüb tout en évoquant le soldat viril en uniforme SS dont la photo, trouvée dans la commode d'Ada, était gravée dans sa mémoire.

Les ans avaient prélevé leur tribut. La peau grisâtre, sur laquelle ressortait clairement le réseau tortueux des veines, avait des reflets livides. Bien que le visage, pincé et tendu, semblât s'être effondré sur lui-même, le regard bleu pâle avait gardé sa vivacité. Des mèches ténues de cheveux blancs dessinaient des traînées sur le front bombé. Les mains étaient agitées d'un tremblement permanent. Soixante années séparaient l'homme de la photo de celui qui se tenait devant lui en chair et en os, mais il ne faisait aucun doute qu'il s'agissait de la même personne.

« Je pense que le moment est venu pour nous d'avoir une conversation », déclara Schüb d'une voix à peine audible.

Le chuchotement était-il intentionnel ? Une façon de sous-entendre qu'il n'avait pas pour habitude de se répéter ?

« Vous êtes censé être mort, remarqua Cassiopée.

– Tout comme vous.

– Ada vous a tenu au courant ? s'enquit Cotton.

– Ada est une sœur adorable et affectueuse. »

Parler semblait une souffrance, pour le vieil homme, qui butait sur les consonnes. Son timbre rauque était celui d'un grand fumeur.

« Jan est votre fils ? demanda Cassiopée.

– Oui. C'est un bon garçon. S'il vous a menti tout à l'heure, à propos d'Ada et moi, c'était à mon instigation. Je n'avais pas encore décidé quoi faire, à ce moment-là.

– Et maintenant ? interrogea Cotton.

– Tous les autres sont décédés. Il n'y a plus que moi. Peut-être me revient-il de mettre un point final à tout ceci.

– Et Ada ? s'étonna Cassiopée.

– Elle a fait du bon travail, au Chili. La suite m'incombe, à présent.

– Pourquoi n'êtes-vous pas retourné là-bas ? voulut savoir Cotton.

– Au milieu des années 1960, c'était devenu impensable pour moi. Je vivais ici depuis près de vingt ans et je me sentais chez moi. J'avais fini par avoir une propriété, des amis, une certaine notoriété…

– Et par vous marier, aussi, non ?

– En effet. Encore une femme admirable qui m'aimait. Puis Jan est né, et il représentait beaucoup pour moi. Alors j'ai pris la décision de rester. Ada et moi avons convenu de nous acquitter chacun de notre côté de notre devoir à l'égard de notre père.

– Pouvez-vous nous expliquer comment Bormann et Braun se sont retrouvés en Afrique ? » demanda Cotton, espérant sincèrement que Schüb accepterait de les faire bénéficier de ses lumières.

Le vieil homme demeura silencieux un moment avant de répondre de sa voix sépulcrale :

« Faisons quelques pas. Je vais vous raconter une histoire. »

À peine quelques heures après le suicide d'Hitler, Bormann revêtit un uniforme de général de division SS, fourra des papiers dans les poches de son manteau de cuir et quitta le Führerbunker. *Sur le pont Weidendammer, il fut pris sous des tirs de bazookas, mais il ne fut que légèrement blessé et parvint à s'échapper. Il réquisitionna un véhicule qui passait pour gagner un autre bunker construit en secret par Adolf Eichmann et pourvu de réserves d'eau, de nourriture et d'un générateur. Il s'y terra une journée, puis se glissa hors de la ville en direction du nord après avoir endossé un uniforme vert de garde forestier.*

À la frontière danoise, il rejoignit un groupe d'assistance positionné là plusieurs semaines auparavant en vue d'aider les nazis en débandade. Des mois plus tôt, en prévision de sa fuite, il avait aménagé deux caches souterraines remplies de pièces d'or, une au nord, une au sud. Il avait aussi transféré discrètement dans diverses salles des coffres de banques suisses des liasses de billets et des œuvres d'art susceptibles d'être monnayées plus tard. Et, encore bien avant cela, il avait supervisé le dépôt d'énormes sommes en or et en devises dans des établissements sud-américains. Sa stature politique lui permettant de requérir des avions, des cargos et des sous-marins, il avait profité de ce privilège pendant les premiers mois de 1945 pour transporter hors d'Allemagne tout ce qui pourrait lui servir dans les années à venir.

Les plans Adlerflucht *et* Feuerland *avaient été menés à bien. Ils allaient maintenant pouvoir accomplir leur fonction.*

Fin 1945, Bormann était en Espagne. Il y resta jusqu'en mars 1946. Sa physionomie étant peu connue, il put passer relativement inaperçu jusqu'en octobre 1945, date à laquelle, en raison de sa condamnation pour crimes de guerre, sa photo fut diffusée dans toute l'Europe. C'est à ce moment-là qu'il décida de s'exiler du Vieux Continent, mais pas avant de s'être occupé d'Eva Braun.

Pendant toute la durée du conflit, contrainte de séjourner presque en permanence dans les Alpes bavaroises, cette dernière avait été tenue éloignée des feux de la rampe. Seuls les familiers d'Hitler connaissaient son visage, il lui serait donc facile de se fondre dans le monde de l'après-guerre. Enfreignant les ordres de son amant, elle était revenue à Berlin le 15 avril pour lui apprendre qu'elle était enceinte. Hitler avait pris la nouvelle avec un calme surprenant, mais attendu quatorze jours pour l'épouser, mettant à profit ce délai pour préparer, avec Bormann, la fuite de celle qui n'était encore que sa maîtresse. Quand arriva le 22 avril, Hitler savait qu'il ne sortirait jamais vivant du bunker et il souhaita mourir en martyr. Braun protesta, disant qu'elle refusait de lui survivre et préférait l'accompagner dans la tombe. Mais le Führer ne voulut rien entendre, surtout compte tenu du fait qu'elle allait avoir un enfant.

Pour finir, elle accepta de faire ce qu'il lui demandait.

Une capitaine de la SS qui avait le même gabarit que Braun et lui ressemblait un peu se porta volontaire pour prendre sa place, fière d'être au côté d'Hitler dans ses instants ultimes. Cette femme entra dans le bunker le 30 avril aux environs de 13 heures, soit une heure avant le moment prévu pour qu'Hitler et Braun s'enferment prétendument ensemble en vue du baisser de rideau final. Dans la confusion qui régnait ce jour-là, au milieu des allées et venues incessantes, personne ne remarqua la substitution. Sous la surveillance de Bormann, la doublure croqua une capsule de cyanure et rendit son dernier souffle. Son corps, revêtu d'une robe bleue identique à celle que portait Braun, fut mis de côté dans l'antichambre.

Bormann fut la première personne à pénétrer dans la chambre à coucher proprement dite après le suicide du Führer.

Il recouvrit tout de suite Braun d'un drap au prétexte de préserver sa dignité. Il avait calculé que toute l'attention se concentrerait sur Hitler, et il ne s'était pas trompé. Braun avait pour consigne de se tenir immobile et de faire la morte. Ce fut Bormann qui la transporta hors de la pièce. Appelé par un garde, il dut la déposer un moment dans l'antichambre. Cet imprévu lui facilita en fait la tâche, lui permettant de laisser Braun cachée là pendant qu'il montait le corps de la remplaçante dans le jardin de la chancellerie, où il fut incinéré en même temps que celui d'Hitler. Dans le chaos qui suivit, Braun, grimée et portant l'uniforme de la capitaine SS arrivée des heures plus tôt, quitta le bunker.

Elle partit pour l'Autriche dans l'un des derniers avions qui s'envolaient de Berlin. D'Autriche, elle se rendit en Suisse par le train, une femme déplacée parmi des milliers d'autres. Ni son visage ni son nom n'étant connus, elle put voyager tranquille, d'autant que Bormann lui avait fourni de faux papiers et de l'argent.

Au bout d'un moment, elle rejoignit celui-ci en Espagne, où ils demeurèrent jusqu'au printemps 1946.

Un sympathisant grec organisa alors leur exfiltration à bord d'un pétrolier, qui les débarqua au Brésil un mois plus tard. Pour finir, ils gagnèrent le Chili, où les nazis convergeaient depuis la guerre, la plupart habitant des fermes fortifiées au sud de Santiago dans le cadre de l'opération Adlerflucht. *Ils s'établirent dans la région des Lacs, près de la frontière argentine, et ils vécurent là jusqu'à ce que l'attrait de l'Afrique les incite à retraverser l'Atlantique.*

« Dieu sait combien de fois Bormann m'a répété cette histoire, dit Schüb. Je l'ai si souvent entendue que je me rappelle le moindre détail. Quant à Eva Braun, il l'a tournée en ridicule jusqu'au jour de sa mort. Il la rabaissait, l'avilissait… Une horreur. Il tenait à ce qu'elle n'oublie jamais sa dette envers lui. Il prenait plaisir à dominer. Il aimait que les gens lui soient redevables… »

Cotton, écoutait ces révélations, sidéré.

« Ils ont fini par contracter un mariage légal ici, dans l'État libre, poursuivit le vieil homme. Sous leur nom d'emprunt, Luis et Rikka Soreno.

– Pourquoi est-elle restée avec lui, s'étonna Cassiopée. D'après les historiens, elle haïssait Bormann.

– Parce qu'elle est tombée de nouveau enceinte et qu'ils ne voulaient pas d'un enfant illégitime. Hélas, Braun aimait Hitler. Elle lui réservait une place à part dans son cœur. L'adage dit vrai, j'imagine : on trouve toujours chaussure à son pied. Même quand on est un monstre. Or, la volonté d'Hitler était qu'elle se mette en couple avec Bormann pour élever leur descendant. Elle a donc obéi. Mais Bormann voyait les choses autrement. Dieu sait s'il lui menait la vie dure ! Pourtant, elle ne se privait pas de se moquer de lui derrière son dos. Elle l'avait affublé d'un sobriquet : le crapaud obsédé du sexe.

– C'est parce qu'elle attendait un enfant de lui qu'elle l'a épousé, alors ?

– Oui, et lui aussi souhaitait ce mariage. Curieux personnage… Capable d'assassiner des millions de gens, mais inquiet à l'idée que sa progéniture puisse être montrée du doigt parce que illégitime.

– Et cet enfant, elle l'a eu ? s'enquit Cotton.

– Elle a accouché de jumeaux. Ce qui était tout à fait inattendu. Et problématique.

– Quand ?

– 1952. »

L'année de naissance supposée de Theodor Pohl.

« Et après, que s'est-il passé ?

– Il n'y a pas eu d'après… Braun est morte en couches. Dans une maison pas très loin d'ici. Elle était trop âgée pour supporter l'épreuve. Elle a fait une hémorragie et n'en a pas réchappé. »

Cotton se souvint qu'aucune des lettres d'Eva Braun à Ada ne portait de date postérieure à 1952, ce qui semblait corroborer le récit de Schüb.

« Et qu'est-il advenu de l'enfant d'Hitler ? demanda Cassiopée, devançant la question qu'il s'apprêtait lui-même à poser.

– Eva Braun a accouché en janvier 1946, en Espagne, d'un bébé robuste et en bonne santé. Elle est arrivée au Chili au début de 1947. Sans l'enfant. »

Cotton ne comprenait plus.

« Que voulez-vous dire ?

– Bormann a emmené le nouveau-né avant qu'elle ait pu le voir.

– Pourquoi ? s'enquit Cassiopée.

– Il n'avait que faire de la postérité d'Hitler.

– En agissant de la sorte, il allait à l'encontre de la volonté de son chef, si j'entends bien.

– Tout à fait. Bormann était censé prendre soin d'Eva Braun et de l'enfant. L'erreur d'Hitler a été de lui accorder sa confiance. »

Cotton y voyait plus clair, maintenant.

« Hitler disparu, Bormann a édicté ses propres règles, c'est ça ?

– Et Braun n'avait pas d'autre choix que d'accepter, ajouta Cassiopée.

– Exactement. On lui a assuré que l'enfant était mort-né. Personne ne savait si c'était vrai ou non, à part Bormann et la sage-femme qui avait procédé à l'accouchement.

– Bormann, la sage-femme… et vous, observa Cotton.

– Et moi, vous avez raison.

– Qu'est-il arrivé à ce bébé ? s'enquit Cassiopée.

– Bormann ne me l'a jamais dit. Le connaissant, toutefois, j'ai dans l'idée qu'il l'a tué.

– Vous ne savez même pas de quel sexe il était ? »

Schüb fit non de la tête. Le doute s'insinua dans l'esprit de Cotton.

« Nous avons une photo de Braun qui tient un nourrisson dans ses bras, au Chili », annonça-t-il.

Pour la première fois, le vieil homme manifesta de l'agacement.

« Un simple leurre. Aucun enfant d'Eva Braun n'a jamais

vu le Chili. Et elle-même n'a jamais vu aucun des enfants qu'elle a eus. »

Un glissement feutré se fit entendre au-dessus de leurs têtes, comme une brise. Cotton leva les yeux et aperçut des oiseaux qui passaient. Pas un vol rapide et désordonné, mais une procession tranquille d'ombres chinoises devant la lune.

« Des flamands, murmura Schüb.

– Où vont-ils ?

– La nuit est leur refuge. Ils reviendront à l'aube. »

Cotton continua d'admirer le spectacle jusqu'à ce que la dernière silhouette se fût fondue dans l'obscurité, puis il se tourna de nouveau vers Schüb.

« Nous avons aussi une photo de Bormann avec un petit garçon de trois ou quatre ans, dit-il.

– Il se laissait rarement prendre en photo, et seulement pour des raisons bien particulières. C'est moi qui ai fait celle dont vous parlez. Ici, en Afrique. Je l'ai envoyée à Ada il y a des années pour son usage personnel. Elle a dû faire en sorte que vous tombiez dessus.

– Vous êtes toujours restés en contact, tous les deux ? demanda Cassiopée.

– Constamment. Pendant longtemps nous avons correspondu par téléphone ou par courrier, mais maintenant, grâce à la technologie moderne, nous pouvons même nous voir quand nous nous parlons.

– Un vieux singe qui apprend à faire la grimace, sauf votre respect, commenta Cotton.

– Quelque chose dans ce goût-là, concéda l'Allemand en souriant. C'est moi qui lui ai suggéré de vous mettre sur ma piste. J'ai jugé que l'heure était venue pour moi de ressusciter.

– Pohl est-il au courant de ce qui vous unit ? s'enquit Cassiopée.

– Oui. Mais il croit dur comme fer que je suis mort.

– Et quel est le lien entre Pohl et vous ? demanda Cotton.

– Je n'ai jamais dit qu'il y en avait un.

– Nous n'avons pas eu besoin que vous nous le disiez pour deviner que c'est le cas. Ce n'est pas par hasard qu'il a envoyé son limier par ici. Engel est allé tout droit chez vous. »

Il y eut un silence hésitant, Schüb semblant reprendre son souffle. Sa poitrine creuse se soulevait à peine à chaque inspiration.

« C'est une longue histoire, dit-il enfin.

– Nous sommes tout ouïe. »

Schüb tourna la tête d'un côté et de l'autre, tel un hibou, comme s'il cherchait quelque chose, avant de déclarer :

« Un peu de patience. Je vais tout vous raconter. »

55

Engel traversa la prairie, foulant l'herbe rase et serrée, et pénétra sur le domaine d'Allesverloren sous le couvert de la nuit. Au fur et à mesure de son avance, il s'imprégnait des particularités de l'environnement : le bourdonnement sporadique d'un insecte, le gazouillis d'une chauve-souris, les stridulations des grillons qui couvraient le bruit de ses pas. Il n'avait pas oublié le rottweiler, et il supposait que d'autres chiens veillaient, mais il n'en avait encore aperçu aucun.

Il progressait en côtoyant les bosquets qui émaillaient la pâture, tout en maintenant le cap sur la masse noire de la maison qu'il distinguait devant lui. Il était un peu plus de 22 heures, et il constata qu'il avait vu juste concernant le mode de vie de Jan Bruin. L'homme était un couche-tôt, comme le prouvait l'absence de fenêtres éclairées. Il n'était pas d'accord avec la décision prise par son patron d'éliminer le Sud-Africain. Pour autant, n'ayant pas pour habitude de contester les ordres d'un supérieur, il s'était résolu à s'acquitter de sa tâche avec son efficacité coutumière, chiens de garde ou pas.

Il coupa à travers une cerisaie et parvint devant le porche.

À proximité, une chouette épancha ses tourments.

Il monta les marches.

Aucun son ne trahissait sa présence.

Lors de sa première visite, au moment où il prenait congé de Bruin et où celui-ci lui expliquait le sens de l'inscription RUST-EN-VREUGT, il avait noté que la porte d'entrée n'était équipée d'aucun verrou, loquet ou entrebâilleur. Tout en trouvant cela curieux, il s'était bien gardé d'en faire la remarque. Il avait simplement conclu qu'un homme comme Jan Bruin n'avait pas besoin de dispositifs de sécurité pour se sentir à l'abri. Ce qui impliquait que la protection d'Allesverloren était assurée par bien autre chose que des mécanismes en ferraille. Le message paraissait clair : venez si vous voulez, entrez sans autorisation si vous l'osez… À vos risques et périls.

Et cela l'inquiétait passablement.

Jan Bruin connaissait bien l'univers où il vivait. Pohl avait eu raison, au téléphone, l'Afrique du Sud était un lieu de violence. La brutalité délirante de son histoire en témoignait, même si un semblant de sens commun s'était récemment imposé dans le pays. Et Bruin savait pertinemment à quoi s'en tenir sur les mœurs locales. Mais un ordre était un ordre, et celui qu'avait reçu Engel était sans ambiguïté. Il s'approcha donc tout doucement de la porte et tourna la poignée en poussant le battant.

Qui s'ouvrit.

Il pénétra dans le vestibule obscur et referma sans bruit derrière lui.

Il faisait bon, à l'intérieur. Des effluves de tomate cuite et de cigare flottaient dans l'air. Il avança à pas de loup sur les dalles lisses jusqu'à un large couloir parqueté qui le mena, après être passé devant la serre et la salle de billard, à la vaste pièce ornée de trophées où Bruin et lui s'étaient entretenus. Tout respirait la tradition et la fortune ancienne. Il remarqua des plats en vieux Rouen ainsi que des porcelaines de Delft et de Limoges.

Les têtes d'animaux et les aquariums se dessinaient dans l'ombre silencieuse, que tempérait à peine la lueur d'un croissant de lune. Sa vision ayant eu le temps de s'adapter à la nuit, il put sans mal se faufiler entre les meubles vers un râtelier d'armes qu'il se souvenait avoir vu. Celui-ci était fait du même bois cossu que les lambris du salon. Sans doute de l'érable. Si la mémoire d'Engel ne le trompait pas, il contenait un assortiment d'une douzaine de fusils, plusieurs armes de poing et une arbalète.

Il s'en approcha et ouvrit la porte vitrée.

Cette fois encore ni verrou ni mauvaise surprise.

Il prit un revolver bien particulier qu'il avait repéré. Un Webley pour tir sportif – acier bleui, canon de six pouces, pas plus d'un kilo, crosse en bakélite. Un modèle qu'il connaissait bien et dont aucun exemplaire n'avait été produit après 1945.

Peut-être un souvenir de famille, songea-t-il.

Une odeur âcre de lubrifiant confirma que Bruin prenait grand soin de son arsenal. Il vérifia le barillet. Six balles. Comme il l'avait pressenti, Bruin n'était pas du genre à exposer des armes non chargées pour faire joli.

Le 11,43 bien en main, il quitta la salle par la sortie la plus proche. Ne connaissant pas la disposition des lieux, il se contenta de suivre un passage qui le conduisit à un deuxième couloir bordé des deux côtés de portes aux encadrements moulurés. Vu leur espacement, celles-ci devaient donner accès à des pièces de bonne superficie. À l'extrémité du corridor se trouvait une porte bien plus grande que les autres et surmontée d'un fronton.

Il se glissa jusqu'à elle et tourna lentement la poignée.

Le battant, épais et très ornementé, s'ouvrit sans bruit en pivotant sur des gonds parfaitement huilés. Il ne s'était pas trompé. La pièce dans laquelle il entra était bien une chambre à coucher. Et sans doute celle du maître du logis, s'il en croyait la dimension des meubles massifs et du lit à baldaquin dont il distinguait les silhouettes. Des vêtements épars jonchaient un canapé. Il y avait un tapis, mais cinq bons pas le séparaient de la moquette du couloir. Engel observa le lit. Sous les couvertures, un renflement d'une taille correspondant à celle de Jan Bruin signalait l'endroit où dormait le gros homme.

Il hésitait à s'approcher encore, craignant qu'un grincement de parquet ne trahisse sa présence. Alors qu'il réfléchissait à la meilleure façon de procéder, son attention fut attirée par un mouvement sur sa droite. Une forme noire, ramassée, surgit sur le seuil d'une porte latérale, puis se mit à foncer dans sa direction.

Un rottweiler.

Qu'il se serait attendu à rencontrer plus tôt.

L'animal se ruait vers lui en faisant entendre un grondement de plus en plus fort, ses griffes cliquetant sur le parquet. Ses crocs blancs apparurent soudain, étincelants sur le fond clair de sa langue. Voyant le monstre sur le point de bondir, Engel pointa l'arme et pressa la détente. Un glapissement pitoyable fit écho à la détonation assourdissante, preuve qu'il avait touché sa cible. Le chien roula sur le côté en poussant des cris de douleur.

Un second projectile le fit taire.

Avant que Bruin n'ait pu réagir, il fit feu à trois reprises à travers les couvertures. Le Sud-Africain n'eut pas le temps de se lever.

Il convenait d'agir vite, à présent.

La demeure était grande et, même si Bruin vivait seul comme il l'avait affirmé, certains serviteurs logeaient peut-être sur place. Son idée était de s'échapper par une des fenêtres pour disparaître dans le veld, rejoindre l'endroit où sa voiture l'attendait et quitter la région. Mais il devait au préalable s'assurer que Bruin était mort. Il alla jusqu'au lit et tendit les doigts vers les couvertures, prêt à tirer sa sixième et dernière balle.

La pièce s'illumina tout à coup.

Espérant donner à ses pupilles le temps de se contracter, il leva un bras pour se protéger des rayons agressifs qui lui brûlaient les yeux et se retourna. Debout sur le seuil entre la chambre et le couloir, Jan Bruin braquait un fusil sur lui. Trois hommes apparurent dans les embrasures des autres portes, bloquant toute possibilité de fuir. Des costauds bronzés d'allure rustique qui pointaient eux aussi des carabines dans sa direction.

« Vous m'avez donc cru stupide à ce point ? » demanda Bruin en allemand.

Engel ne répondit pas.

Le Sud-Africain entra, alla s'agenouiller près du rottweiler qui achevait de perdre son sang sur le plancher, le caressa en murmurant « Mon pauvre Goliath », puis se releva.

« J'ai dû sacrifier mon chien à cause de vous et ça me met très en colère. Les gens de votre espèce me dégoûtent. Maintenant, posez cette arme sur le lit », commanda-t-il.

Privé d'alternative, Engel s'exécuta en jetant le revolver, qu'il tenait encore, sur la courtepointe.

« Rien ne me ferait plus plaisir que de vous abattre, reprit Bruin. Mon père m'avait souvent mis en garde contre les types comme vous, qu'il connaissait bien. Des suivistes incapables de faire autre chose que d'obéir aveuglément aux ordres. Malheureusement pour moi, vous tuer ne ferait qu'attirer ici d'autres énergumènes dans votre genre, et je n'ai vraiment pas besoin de ça. »

Les yeux d'Engel s'étaient habitués à la lumière, à présent. Il se pencha et tira les couvertures, révélant un amas de coussins qui affectait la forme de Bruin.

« Comment avez-vous su que je viendrais ce soir ? demanda-t-il.

– Ce soir, demain, après-demain, j'avais le choix. Vous… ou plutôt votre patron ne pouvait pas se permettre de me laisser en vie une fois conscient que j'étais au courant de certaines choses. C'est pourquoi je vous ai parlé comme je l'ai fait. »

Engel coula un regard en direction des trois gaillards impassibles qui continuaient à le mettre en joue.

« Pas d'inquiétude, assura Bruin. Ils ne comprennent pas l'allemand. Cette conversation restera strictement entre nous.

– Et maintenant ? s'enquit Engel, sincèrement curieux d'entendre la réponse.

– Vous allez retourner en Allemagne et raconter à Pohl ce que bon vous semblera. Je me moque pas mal de ce que vous lui direz. Tout ce que je veux, c'est qu'on me foute la paix. »

Jouer le rôle peu enviable de la souris coincée dans une tapette ne l'enchantait guère, mais il n'était pas en position de marchander.

« Je suis payé pour faire ce que souhaite Pohl, de la même façon que vos hommes le sont pour vous obéir. J'imagine que vous exigez d'eux une parfaite loyauté. Il en va de même pour Pohl à mon égard. Ne voyez rien de personnel dans ce qui s'est passé.

– Ça, c'était personnel, monsieur Engel, répliqua Bruin en désignant le chien avec le canon de son fusil.

– Regrettable, mais nécessaire. Permettez-moi quand même de vous rappeler que c'est vous qui avez conçu ce stratagème. C'était votre idée d'y faire jouer un rôle à ce chien.

– Mon idée ? Vraiment ? Vous ne vous attendiez pas à vous trouver nez à nez avec lui à un moment ou à un autre, peut-être ?

– Étant donné la facilité avec laquelle j'étais arrivé jusqu'ici, je commençais à soupçonner un piège.

– Ce qui ne vous a pas empêché de continuer. Les hommes de votre acabit ne s'arrêtent pas comme ça. Reprenez le chemin de l'Allemagne. Cette nuit. Informez le Kaiser que je suis mort. Chantez-lui ce que vous voudrez. Mais ne remettez pas les pieds ici. Jamais.

– Et si je revenais quand même ?

– Dans ce cas, les lions du veld se délecteraient de votre carcasse. »

Il évalua la réalité de la menace et arriva à la conclusion qu'elle n'avait rien d'invraisemblable. Sans appui, en terre étrangère, il était trop désavantagé. Il prit donc le seul parti rationnel.

« Vous me donnez congé ?

– Ces garçons vont vous raccompagner à votre hôtel pour récupérer vos affaires, puis ils vous emmèneront à l'aéroport de Bloemfontein. Estimez-vous heureux de m'être plus précieux vivant que mort.

– Comment pouvez-vous être certain que je ne dirai pas la vérité à Pohl ?

– Vous n'êtes pas du genre à avouer vos échecs, surtout quand tous vos plans ont été anticipés par l'adversaire. Après votre débâcle au Chili, une déconfiture de plus pourrait signifier la fin du parcours, pour vous.

– Vous êtes bien renseigné.

– Mieux que vous ne pourrez jamais l'imaginer. Mais je ne représente pas une menace pour Pohl. Alors mentez-lui, monsieur Engel.

– Et votre tante ? Elle, elle est dangereuse.

– Je me charge de faire en sorte qu'elle ne vous pose plus de problèmes. Laissez-la tranquille.

– Ça risque de ne pas être possible.

– Dans ce cas, vous mourrez. Ainsi que tous ceux qui essayeront de lui faire du mal. »

Il était contrarié que Bruin ait pu lire en lui comme dans un livre ouvert. Était-il à ce point transparent ? N'empêche que le Sud-Africain n'avait pas tort. D'abord, le chaos semé par cette vieille folle d'Ada. Maintenant, ce fiasco. Peut-être était-il effectivement préférable d'ajouter foi aux assurances de Bruin et de laisser Pohl dans l'ignorance.

« Je ferai ce que vous suggérez. Je ne suis pas en mesure de discuter. Je ferai part à mon employeur de votre décès prématuré. »

Bruin adressa quelques mots aux trois colosses dans une langue qui devait être de l'afrikaans puis se tourna de nouveau vers lui.

« Soyez raisonnable, monsieur Engel, ne tentez rien. S'il se révélait que ces trois garçons ne sont pas à la hauteur, j'en ai beaucoup d'autres à ma disposition. »

Engel s'écarta du lit et se dirigea vers la porte, suivi par le trio.

Avant de sortir, toutefois, il s'arrêta et fit face à Bruin.

« Si les hommes comme moi n'ont pas de secrets pour vous, la réciproque est vraie aussi. J'ai mal évalué la situation, je l'admets. Mais, maintenant que je mesure votre degré d'implication, surtout vis-à-vis de votre tante, j'ai dans l'idée que la réalité est encore plus complexe qu'il n'y paraît. Quoi qu'il en soit, vous avez sans doute raison. Cette histoire est en sommeil depuis des décennies et il est préférable qu'il continue d'en être ainsi.

– Croyez-moi, ne rien faire est la meilleure stratégie. Surtout si votre employeur et vous-même tenez à votre santé. »

56

Cotton écoutait Schüb, qui avait repris son récit à propos de Bormann.

« Le Chili et l'Amérique du Sud dans son ensemble fourmillaient de chasseurs de primes après la guerre. Les Israéliens, en particulier, étaient aux aguets. Il était de plus en plus compliqué pour nous de rester dans l'ombre, même avec l'aide des gens du cru. Un autre émigré allemand nous a alors parlé de l'État libre d'Orange et, en 1947, nous avons fini par convaincre Bormann de venir s'établir ici.

– Une très bonne idée de cachette, à vrai dire.

– Tout à fait. La guerre avait épargné l'Afrique australe et n'avait eu que peu d'impact, voire aucun, sur la région. Beaucoup d'Allemands étaient déjà installés dans les territoires du sud-ouest depuis leur colonisation, des décennies plus tôt. Mais Bormann ne s'est jamais senti à l'aise ici. La Veuve, en revanche, aimait beaucoup le coin.

– À vous entendre, elle n'était pas la potiche que les historiens ont pu décrire.

– Peu de temps après notre arrivée, Luis et moi sommes allés à la chasse. La Veuve était avec nous, car il ne la laissait jamais s'éloigner trop de lui. Il a tué une belle lionne qui avait un seul petit. Nous avons pris le lionceau et l'avons rapporté au camp. Luis voulait le garder et le dresser, mais l'animal n'était pas coopératif. Il se rebiffait pour un oui ou pour un non, se cognait volontairement le crâne contre les barreaux de sa cage en bois, refusait de se nourrir, mordait les gens. Une nuit, il a donné un coup de boutoir assez fort pour déclouer une des lattes sur le dessus de la caisse. La planche a cédé, si bien qu'il a pu glisser la tête dans le trou pour goûter un peu à la liberté. Malheureusement, l'ouverture était trop étroite pour que le corps puisse passer. Il est donc resté pendu là, emprisonné, mais la tête à l'extérieur, et il a fini par mourir étranglé. C'est dans cette position que je l'ai trouvé le lendemain matin. L'image de cet animal m'a hanté pendant des années. La Veuve lui ressemblait : mi-libre, mi-captive. Et elle a fini par en mourir, comme lui.

– Pourquoi Bormann tenait-il à l'avoir près de lui ? intervint Cassiopée. D'après tous les historiens, il la jugeait ignorante et superficielle. Il aurait pu la laisser partir pour en être débarrassé.

– Elle appartenait à Hitler, et ça la rendait précieuse à ses yeux. Je me souviens du moment où il a appris qu'elle était de nouveau enceinte. Il s'est contenté de sourire, puis de lui signifier qu'ils allaient se marier. Il ne l'aimait pas. Il voulait simplement l'avoir à lui. Elle n'a jamais contesté cette disposition. Ce n'était pas comme ça qu'elle fonctionnait.

– Qu'est-il advenu des deux nourrissons après le décès de leur mère ? s'enquit Cotton, soucieux de revenir à l'essentiel.

– Luis en a fait adopter un et a élevé l'autre lui-même, jusqu'au jour où le garçon est mort des suites d'une chute.

– Où était le premier ? demanda Cassiopée.

– En Allemagne.

– Pourquoi a-t-il voulu en garder un avec lui ?

– Il avait eu dix enfants de sa première femme, et il en était très fier. Mais tous avaient rejeté publiquement le legs nazi et ça lui restait en travers de la gorge. Son aîné était même devenu prêtre après la guerre, ce qui l'ulcérait particulièrement. Ce nouveau bébé devait donc être l'héritier authentique, le disciple qui lui vouerait un culte absolu.

– Que s'est-il passé après la mort du petit ? voulut savoir Cotton.

– C'est la seule fois où j'ai vu Luis verser une larme. Un spectacle terrifiant, en vérité. La tristesse de Martin Bormann ! »

Le sarcasme et la rancœur de Schüb n'échappèrent pas à Cotton, qui décida de creuser un peu de ce côté.

« J'ai lu les lettres que vous avez envoyées à votre sœur. Pourquoi êtes-vous resté ici, si vous détestiez tant Bormann ?

– C'était mon devoir. J'étais jeune, alors, et ce concept avait un sens pour moi. Si j'y réfléchis, c'était peut-être idiot, mais ça ne me semblait pas l'être à l'époque. Luis se montrait d'une cruauté inimaginable à l'égard de cet enfant. Il lui interdisait de prononcer le moindre mot et le frappait avec le fouet qu'il utilisait pour les chiens, quand ce n'était pas à coups de pied. Il l'a battu, une fois, parce qu'il avait eu peur d'un gros dogue. Il appelait ça de la discipline, mais ce n'était rien d'autre que de la maltraitance. Le petit avait besoin de moi. Nous passions beaucoup de temps ensemble. Après sa mort, j'ai décidé de rester pour des raisons qui m'étaient propres. J'avais fait la connaissance de ma femme et j'étais tombé amoureux d'elle en même temps que de ce pays. Ici, j'étais quelqu'un. Thomas Bruin. Ailleurs, je n'aurais été personne.

– Pourquoi avez-vous simulé votre décès ?

– Il y a deux ans, Pohl a lancé sa campagne pour la chancellerie. Il a aussi commencé à m'importuner. Il posait des questions indiscrètes, exigeait toujours davantage d'informations, de soutien, d'argent. J'ai jugé préférable de sortir de scène. On a donc annoncé que j'étais mort de mort naturelle et des obsèques ont eu lieu. Après quoi, j'ai quitté le pays pour vivre ailleurs. Je ne reviens plus ici qu'à de rares occasions.

– Où habitez-vous ?

– En Suisse. Je suis encore quelqu'un d'autre, là-bas. Le vieil excentrique qui ne dérange personne. Mais l'idée que Theodor Pohl pourrait effectivement être élu à la tête de l'État me fait horreur. Il s'est quand même permis de se servir de mon nom pour inciter l'actuelle chancelière à envoyer des enquêteurs au Chili. Certes, il me croit mort, mais le piège qu'il a conçu compromet tout ce qu'Ada et moi faisons depuis soixante ans. Il n'est pas question que je le laisse réussir son coup. »

Schüb se sentait manifestement investi d'une mission.

« Vous êtes au courant de tout, si je comprends bien ? De tous les secrets ? »

Un bruit troubla le silence environnant, au-delà des arbres, et Cotton leva la tête pour écouter.

« Des hyènes, dit Schüb. Elles rôdent la nuit. Elles suivent les gazelles en guettant les plus faibles, comme les chacals, mais elles et eux ne chassent jamais ensemble. C'est le propre des prédateurs. »

Cotton regarda de nouveau le vieil homme, attendant la réponse à sa question.

« Oui, monsieur Malone, vous avez raison. Je suis la seule personne encore vivante qui soit au courant de tout. »

Schüb avançait sur le trottoir de brique. Le soleil africain à son zénith écrasait les rues et les toits de Johannesburg sous une chaleur torride. Il tenait le nouveau-né tendrement blotti entre ses bras, contre sa chemise trempée, veillant à ce que la peau d'une blancheur de lait ne soit à aucun moment exposée aux rayons brûlants.

Il s'arrêta un instant pour observer le petit être.

Enveloppé dans une couverture et vêtu de la robe de baptême que sa mère avait brodée des mois durant, il dormait. Tout le monde ignorait qu'Eva Braun portait des jumeaux et les compétences de la sage-femme avaient été mises à rude épreuve quand la délivrance s'était révélée difficile. Il avait suggéré à Bormann d'appeler un médecin, mais le monstre avait refusé et la Veuve n'avait pas survécu à la souffrance causée par la seconde expulsion. Bormann n'avait pas prononcé une parole. Il s'était contenté de jeter un bref coup d'œil au corps sans vie de Braun, puis avait entrepris d'examiner méticuleusement ses deux fils, observant leur peau légèrement cyanosée, essuyant à l'aide d'un linge humide le sang et les mucosités dont ils étaient maculés avant de scruter leurs traits comme un collectionneur se penche sur un objet d'art qu'il envisage d'acheter.

« Celui-ci me paraît plus résistant », avait-il déclaré en désignant celui de gauche.

Affecté par le décès de Braun, Schüb s'était forcé à détacher son regard de la dépouille qui gisait sur le lit pour lever les yeux vers le berceau fabriqué spécialement par l'un des domestiques africains.

« Est-ce important ?

– Très, avait répondu Bormann en le fixant.

– Votre épouse est morte.

– Inutile de me le rappeler. J'avais remarqué.

– Vous souhaitez toujours aller au bout de la transaction ?

– Bien sûr.

– Et pour ce qui concerne votre femme ?

– Enterrez-la quelque part. Là où ses restes ne risqueront pas d'être retrouvés.

– Ne conviendrait-il pas de perpétuer son souvenir ?

– Je prends celui-ci, avait répondu Bormann en sortant du berceau l'enfant qui se trouvait sur la gauche. C'est tout ce qu'il me faut comme souvenir. Prenez l'autre et allez à ce rendez-vous. »

Schüb continua un moment à regarder le poupon, maintenant en sécurité dans ses bras. Celui de droite, que Bormann n'avait pas choisi.

Le Proscrit.

Moins de quatre heures d'existence et il avait déjà effectué son premier trajet en voiture pour venir de l'État libre d'Orange. Eva Braun approchant du terme, le couple s'était installé à Johannesburg, où il attendait depuis un mois. Tout avait été planifié de longue date, après la découverte de la grossesse de Braun et son mariage avec Bormann. Si elle avait survécu, on lui aurait raconté que son enfant était mort-né. Schüb n'était pas du tout d'accord avec Bormann sur ce point, mais il avait sagement gardé ses objections pour lui. Son employeur n'était pas du genre à se prêter au débat et à la critique.

Il caressa doucement la joue minuscule. L'enfant se mit à téter dans le vide, comme s'il avait faim. N'ayant rien à lui donner, il serra un peu plus le petit corps contre lui et parcourut les derniers mètres qui le séparaient de l'hôtel Maseru. Au premier étage, il frappa à la porte d'une chambre d'angle et un homme lui ouvrit. Son crâne rond, de même que son visage avenant, était rasé de près. Il avait les membres épais, de grosses mains et les doigts boudinés. La femme qui se tenait à son côté, bien étoffée elle aussi, présentait une physionomie agréable, un peu aplatie et vaguement masculine.

« Guten Abend *», dit l'homme en refermant la porte.*

La femme se précipita pour regarder l'enfant.

« Oh ! Le trésor ! » s'exclama-t-elle en tendant les bras.

Schüb lui remit le petit.

« Liebling ! *Comme il est mignon ! susurra-t-elle, tandis que des larmes roulaient sur ses joues. Garçon ou fille ?*

– Garçon.

– Quelle merveille ! dit-elle en pleurant. Un garçon. Notre fils ! » ajouta-t-elle à l'adresse de son mari, au bord des larmes lui aussi.

Le monsieur s'approcha et caressa le petit crâne couvert de cheveux noirs emmêlés.

« C'est un miracle », murmura-t-il.

Schüb fut tenté de s'en tenir là, mais l'ordre qu'il avait reçu était clair.

« Il y a une condition. Concernant le prénom… »

La femme le regarda en souriant.

« Oui, nous sommes au courant. Comment faut-il l'appeler ?

– Theodor. »

57

« Theodor Pohl ? » demanda Cotton.
Schüb acquiesça.

« Dix années se sont écoulées avant que je ne revoie la famille Pohl, en Allemagne. À ce moment-là, le garçon était devenu un drôle de spécimen. Le don de Martin Bormann à l'humanité. Portant le prénom du père de Bormann. Même après avoir rejeté ce fils-là, Bormann tenait à en garder le contrôle d'une façon ou d'une autre. Il avait donc choisi lui-même les parents adoptifs et le prénom.

– Quel était l'intérêt pour lui de se séparer de ce garçon ? s'enquit Cassiopée.

– Il avait échafaudé son scénario longtemps avant de savoir qu'il allait avoir des jumeaux. Même si Eva Braun avait vécu, son enfant ne serait jamais resté en Afrique. Bormann s'était arrangé pour le faire adopter par une famille allemande fidèle au Reich. Mais quand elle est morte et qu'il a vu les deux bébés, il a pris ça pour un signe. Il était superstitieux dans bien des domaines. Il a donc décidé sur-le-champ d'en envoyer un en Allemagne pour conserver le lien avec le pays. Il se méfiait de l'Afrique. Il méprisait les Noirs et n'avait pas grande estime pour les Afrikaners. À ses yeux, les premiers étaient des sous-hommes et les seconds des simili-Aryens arrogants.

– Et il a gardé ici celui qu'il jugeait être le plus apte ? s'étonna Cotton.

– C'est cela. Il n'avait jamais fait confiance à la Veuve, d'où son plan d'origine de faire adopter l'enfant qu'elle aurait. Elle n'étant plus là, il s'est dit qu'il pouvait élever lui-même un des deux. Il avait de grands projets pour ce fils. À l'époque, je trouvais ses desseins ridicules. J'ai cependant fini par me rendre compte que ses fantasmes n'étaient peut-être pas si délirants que ça.

– Qui étaient les Pohl ?

– Wilfrid Pohl était un petit cadre du parti pendant la guerre, en Hesse. L'un des nombreux informateurs de Bormann. Il l'a récompensé, en quelque sorte. Mais n'oubliez pas que Bormann voyait dans ce garçon le plus faible des deux, celui dont il ne voulait pas. De son point de vue, donc, ce n'était pas vraiment un cadeau.

– Jusqu'au jour où l'autre est mort, remarqua Cassiopée.

– Précisément. Il a alors considéré que le Proscrit, le moins robuste des frères, pouvait représenter une seconde chance pour lui.

– Il avait conservé le contact ?

– Oui, pendant toutes les années d'enfance du petit. Puis, quand Theodor est allé à l'université, en Allemagne, après le décès de Wilfrid Pohl, Bormann lui a dit la vérité.

– Pohl sait donc qui est son géniteur ?

– Tout à fait. Et ils sont devenus très proches. Pendant les dernières années de Bormann, lui et moi nous sommes beaucoup occupés du garçon. Theodor idolâtrait son père. Bien sûr, il a toujours ignoré être seulement un second choix.

– Quand Bormann est-il mort ?

– Il a réussi à faire de vieux os. Son tabagisme n'a eu raison de lui qu'en 1981.

– Vous avez parlé de grands projets, rappela Cassiopée. Qu'est-ce que Bormann avait en tête ?

– Il espérait que son fils gouvernerait un jour une Allemagne réunifiée. Il haïssait les Soviétiques, méprisait les communistes et exécrait les Américains. Il souhaitait une Allemagne différente de celle rêvée par Hitler, mais comparable à bien des égards.

– Personne ne tolérerait un régime d'inspiration nazie de nos jours.

– N'en soyez pas si sûre. Les Juifs sont l'objet d'agressions un peu partout dans le pays depuis pas mal de temps. Les étrangers se font insulter, voire tuer. Les lois sont continuellement remaniées par petites touches à peine perceptibles, mais toujours dans le sens d'une dérive droitière. Et le phénomène existe à l'échelle européenne. Le cycle redémarre. Lentement, mais sûrement.

– La constitution allemande a mis en place des contre-pouvoirs qui empêchent un démagogue d'accéder aux responsabilités, objecta Cotton, pas du tout convaincu par les arguments de Schüb.

– Vous m'avez mal compris. Ce n'est pas d'un nouvel Hitler que je parlais. Ni même d'un dictateur. Non, Bormann admettait la nécessité pour un leader d'être porté au pouvoir à l'issue d'un combat électoral sans contraintes et ouvert à tous. Vous avez raison, le monde a changé. Bormann avait vu venir ce changement. Mais il avait également compris que le processus démocratique pouvait être un instrument de contrôle tout aussi efficace que le totalitarisme. Peut-être même plus, compte tenu du fait que le dirigeant élu à la loyale peut se prévaloir d'avoir été librement choisi parmi un éventail de concurrents véritables. Il bénéficie d'un authentique mandat populaire, si vous voulez. »

Schüb s'interrompit et Cotton écarta d'un geste un moustique qui zonzonnait près de son oreille. Puis le vieil homme eut un petit rire amer, comme s'il cherchait à évacuer un souvenir déplaisant.

« Je me rappelle une autre partie de chasse, reprit-il. Dans le territoire du Tanganyika, au nord d'ici. Une nuit, au bord d'une rivière, nous avons entendu des pas très lourds dans les fourrés et des bruits de branches cassées.

Bormann a allumé sa torche et le rayon s'est reflété dans les yeux d'un gros rhinocéros. La bête s'est aussitôt mise à trotter et s'est arrêtée à douze mètres de nous en s'ébrouant. Alors Bormann a commencé à promener le faisceau de sa lampe dans tous les sens, et ça a rendu l'animal fou furieux. Il courait de-ci de-là, chargeant les zones obscures que délimitait la lumière. Curieusement, il n'a jamais compris d'où celle-ci venait. Il continuait simplement à se précipiter à droite et à gauche, à disparaître, à revenir. Jusqu'au moment où il a reçu le rayon en pleine face. Cette fois, il s'est immobilisé et a baissé la tête, cornes pointées dans notre direction, prêt au combat. Il a fait deux pas en avant en martelant le sol de ses pattes grosses comme des souches d'arbres. Le voyant sur le point de nous foncer dessus, j'ai braqué mon fusil. Et là, Bormann a éteint sa torche. Nous nous sommes retrouvés dans le noir absolu, avec un rhino de la taille d'un autobus à dix mètres de nous. »

Cotton essaya d'imaginer le tableau. Guère engageant.

« Que s'est-il passé ?

– Eh bien, le rhinocéros est parti. Il n'a rien fait du tout. Il est parti, comme ça, tranquillement. Et j'entends encore la voix de Bormann s'adressant à moi dans la nuit, me recommandant de tirer des enseignements de ce que je venais de voir. Le message était simple : il est possible de manœuvrer n'importe quel animal. Le tout est de bien contrôler la méthode, d'avoir les moyens d'enclencher et de stopper le processus à sa guise et de faire en sorte que la cible ne se sache jamais manipulée. Qui maîtrise cet art-là maîtrise tout le reste. »

Cotton observait le vieil homme dont les yeux de faïence avaient été témoins de tant de choses.

« Bormann adorait faire la leçon, poursuivit Schüb. Il n'aimait pas du tout discuter avec la Veuve et, une fois celle-ci disparue, il n'a jamais rien fait pour nouer des liens avec d'autres femmes. Après l'accident de son fils, il n'avait plus que moi comme interlocuteur en attendant que Theodor grandisse. Il m'a donc beaucoup parlé. Il faisait souvent des prophéties sur toutes sortes de sujets. Dans son esprit, j'étais son élève.

– Et vous ne vous êtes jamais laissé influencer ? demanda Cassiopée.

– Comme vous le savez sûrement, les historiens l'ont surnommé "l'ombre d'Hitler". La métaphore a du sens, si l'on considère qu'une ombre est toujours plus sombre que celui qui la projette. Et elle est particulièrement bien trouvée dans le cas de Bormann. Je tremble à l'idée des atrocités supplémentaires qu'aurait pu commettre l'Allemagne si cet homme-là avait détenu l'intégralité du pouvoir. »

Un long hurlement de douleur déchira le silence paisible de la nuit.

Ils en savaient beaucoup plus à présent que quelques dizaines de minutes plus tôt, mais un point crucial restait à éclaircir.

« Où Bormann et Braun sont-ils enterrés ? » s'enquit Cotton.

Bizarrement, Schüb eut un haussement d'épaules désinvolte.

« Est-ce important ?

– C'est même indispensable. Personne ne croira à cette histoire sans preuves à l'appui. Et en matière de preuve, on fait difficilement mieux que des squelettes. Il est possible de comparer l'ADN contenu dans des os et celui de descendants présumés pour confirmer une filiation, ce qui permettra de confondre Pohl. Devoir admettre qu'on est le fils de Martin Bormann et d'Eva Braun ne pourra pas ne pas avoir de conséquences politiques. Mais il faut que la démonstration soit faite de manière concluante pour que personne au monde ne puisse la mettre en doute.

– Ne suis-je pas moi-même une preuve suffisante ?

– Pas vraiment. »

Le vieil homme resta un instant muet dans le noir.

« D'accord, dit-il enfin. Nous irons voir les tombes demain. »

58

Löwenberg

23 h 15

Pohl se préparait au premier des quatre débats télévisés qui devaient l'opposer à Marie Eisenhuth. Douze jours le séparaient encore de l'échéance, mais son équipe de campagne avait déjà concocté à son intention toute une série de carnets regorgeant de notes et de recommandations. Il était essentiel qu'il paraisse à la fois sûr de lui et bien informé. Le premier face-à-face porterait sur l'économie. Viendraient ensuite l'emploi, les affaires étrangères et, à sa demande pressante, l'immigration.

Il était surpris qu'Eisenhuth ait accepté le dernier thème.

Sur ce sujet, la posture de la chancelière était simple. L'Allemagne avait contracté une dette vis-à-vis du monde à cause de l'Holocauste, et elle s'en acquittait en ouvrant ses frontières. Mais aucune autre nation que l'Allemagne n'était assujettie à une telle exigence légale. Et tout ça en raison d'événements survenus trois générations plus tôt. Tous les sondages d'opinion montraient que les deux tiers de la population étaient favorables à un changement de politique en la matière, et il avait bien l'intention de se faire le chantre de ce changement. Fermeture des frontières.

Restriction de l'immigration. Limitation des droits accordés aux immigrés déjà présents sur le territoire dans l'espoir qu'ils retournent chez eux. Le tout sans avoir trop recours à la contrainte, cependant. Il était plus efficace d'exploiter les peurs xénophobes rampantes dans l'ensemble du continent. Si la France, la Belgique, la Hollande, le Danemark, l'Italie et l'Espagne lui emboîtaient le pas – et tout indiquait que ces nations y étaient prêtes –, sa démarche ne serait plus perçue comme de l'oppression, mais comme l'écho de la volonté populaire. Collectivement, les pays d'Europe atteindraient l'objectif qu'il leur était interdit de viser individuellement.

Seulement il faudrait faire preuve de prudence, de patience, de méthode. Ne pas perdre de vue les erreurs d'Hitler. Prendre son temps.

Il s'était enfermé au troisième étage du château, dans une pièce lambrissée avec du bois provenant des forêts de Hesse. Le plafond voûté était peint en diverses nuances de vert. Dans un coin trônait une horloge de Forêt-Noire dont le carillon sonnerait minuit dans moins de trois quarts d'heure. Des papiers jonchaient une table en chêne encadrée par quatre chaises à dossier droit. Jadis, c'était dans cette salle que les princes-électeurs se rassemblaient pour choisir l'empereur romain germanique, le propriétaire des lieux faisant partie des privilégiés admis à participer au vote. Pohl utilisait ce repaire haut perché et à l'abri des regards pour réunir son équipe de campagne.

Il prit le pichet de bière qu'il avait devant lui et remplit sa chope.

Ses yeux s'attardèrent sur les tableaux qui ornaient les murs. Les scènes représentées étaient variées. Des moines en prière. Un chevalier qui ne paraissait pas très heureux d'être en armure. Un seigneur et sa dame qui toisaient le spectateur d'un air désapprobateur. Rien que des originaux de quelque valeur. Pas des chefs-d'œuvre, mais des pièces de collection tout de même. Ils lui plaisaient, et c'est ce qui comptait. N'était-il pas important de s'entourer d'objets qu'on aimait ? Quelques coups légers frappés à la porte le tirèrent de sa rêverie. Un domestique entra.

« Il y a quelqu'un en bas qui demande à vous voir, annonça-t-il.

– À cette heure-ci ? Qui ? s'enquit-il avant de déguster une première gorgée de sa bière.

– Kurt Eisenhuth. »

Pohl parvint à cacher le mécontentement que lui inspirait la présence chez lui de ce crétin. Mais ce qui l'inquiétait davantage était qu'Eisenhuth n'était certainement pas venu sans raison.

Quelque chose clochait.

« Qu'il monte », ordonna-t-il.

Quand le serviteur fut reparti, il alla jusqu'à la fenêtre et regarda en bas. Il espérait que les journalistes qui avaient fait le siège du château tout l'après-midi avaient regagné leurs pénates pour la nuit. Ses gardes du corps l'avaient informé un peu plus tôt que plus aucun reporter ne stationnait au pied du chemin d'accès à la cour intérieure, chacun s'étant, semblait-il, fait à l'idée que le candidat ne sortirait plus de chez lui avant le matin. Ils viendraient reprendre leur poste dès l'aube, prêts pour une nouvelle journée sur les routes de la tournée. Lui aussi était prêt. Les choses commençaient à bouger.

Et maintenant, ce désagrément ?

Kurt Eisenhuth entra.

« Fermez la porte à clé, commanda Pohl, toujours face à la fenêtre, avant d'ajouter, quand il eut entendu le déclic du verrou : j'espère que vous ne me dérangez pas pour rien.

– Marie est venue m'interroger, tout à l'heure. Elle voulait se renseigner à propos de grosses sommes virées sur les comptes de nos sociétés à partir d'une banque chilienne. Selon elle, il s'agirait d'argent provenant du trésor d'Hitler. »

Pohl sourit dans sa barbe, écarta une mèche de son front, puis se retourna lentement.

« En quoi est-ce un problème ?

– Elle n'était pas censée avoir vent de ça un jour.

– Que voulez-vous, on n'est jamais à l'abri d'une fuite…

– Vous m'aviez affirmé qu'il n'y avait rien à craindre de cet inspecteur qu'elle a envoyé au Chili.

– Il était nécessaire qu'elle sache.

– Qu'entendez-vous par là ? »

La voix était montée dans les aigus, trahissant la colère. Intéressant.

« Rien de plus que ce que j'ai dit : il fallait qu'elle soit mise au courant.

– Êtes-vous tombé sur la tête ? Si quelqu'un apprend que nous avons un lien quelconque avec le passé, nous sommes finis, elle et moi ! »

Pohl alla prendre sa chope sur la table.

« Allons donc, Kurt ! Vous ne croyez pas que vous faites un peu dans le mélodrame ? Expliquez-lui que c'est son père qui est responsable de tout ça.

– Je l'ai fait. Mais elle a aussi connaissance de virements effectués après le décès d'Albert Herzog.

– Parce que vous tenez un compte exact de chaque euro qui entre dans les coffres de vos sociétés ? Bien sûr que non ! Vous n'avez qu'à dire qu'Herzog a tout manigancé et que vous êtes seulement maintenant en train de découvrir ce qu'il a fait. »

Kurt se rapprocha. Un peu trop.

« Vous savez aussi bien que moi que la plus grande partie de cet argent a été transférée après sa mort, qui ne date pas d'hier. »

Pohl but un peu de bière et prit la mesure de la menace avant de répliquer :

« Ce n'est pas le moment de jouer les vierges effarouchées. Cet argent vous a permis de pallier bon nombre de coups durs… sans parler d'erreurs de gestion. Et je ne me rappelle pas vous avoir entendu vous plaindre jusqu'à maintenant.

– C'est Albert qui avait inauguré cette pratique. J'ai seulement hérité des bénéfices et les ai fait fructifier.

– Mais vous avez accepté les fonds. C'est indéniable. Vous ne les avez pas refusés. Le trésor d'Hitler a été une aubaine, pour vous.

– Vous êtes malade ! Vous allez causer notre perte à tous !

– Il faut barrer la route à votre femme, asséna Pohl en reposant sa chope. Elle a fait son temps comme chancelière. *Oma* doit prendre sa retraite, qu'elle le veuille ou non. Elle essaye me faire passer pour un suppôt du nazisme, ou je ne sais quoi, mais c'est elle la véritable nazie, elle qui a touché les dividendes de cette abomination. Les Allemands comprendront quelle hypocrite elle est quand l'information éclatera au grand jour.

– Parce que vous avez l'intention d'ébruiter l'affaire ?

– Ce ne sera pas nécessaire. Le plus beau, dans le piège que je lui ai tendu, c'est qu'une fois les virements avérés et la source du renseignement authentifiée – deux conditions faciles à remplir –, votre femme se chargera pour moi de tout rendre public. Les idéalistes sont comme ça, voyez-vous ? La haute idée qu'ils se font de leur propre moralité les oblige à une honnêteté forcenée. Elle avouera tout sans que j'aie rien à faire, sinon exprimer mon indignation. Et mon parti sera porté au pouvoir par une lame de fond.

– Il se pourrait bien que vous sous-estimiez Marie.

– Votre loyauté à son égard vous honore et je vous en félicite. Même s'il ne m'a jamais sauté aux yeux que vous vous préoccupiez de son sort.

– Avez-vous l'intention de me sacrifier, moi aussi ? »

Ah ! Enfin la véritable raison de cette visite nocturne !

« Un peu de sérieux, Kurt, je vous en prie ! D'innombrables firmes allemandes ont profité de la guerre sans qu'il leur arrive autre chose que de devoir verser des indemnités symboliques à quelques victimes. Ces entreprises prospèrent et les gens oublient. Écoutez, je m'engage à rembourser toutes les sommes que vos sociétés pourraient avoir à payer à titre de réparation.

– Avec un peu plus d'argent sale ?

– Il n'a pas moins de valeur que le propre.

– Vous n'avez pas répondu à ma question. »

Pohl découvrait une composante de la personnalité de Kurt Eisenhuth qui ne s'était jamais manifestée jusqu'ici : son instinct de conservation. Mais pourquoi s'en étonner ? Même l'animal le plus faible était programmé pour survivre. Il décida de se montrer conciliant.

« Non, Kurt, je n'ai pas l'intention de vous sacrifier.

– Marie n'aura de cesse que toute la lumière soit faite. Il n'est pas question qu'elle découvre le rôle que j'ai joué dans cette histoire. Je sors d'une discussion pénible avec elle dont je n'ai pu me tirer que par un mensonge.

– Que craignez-vous ? Que votre complaisance vous diminue à ses yeux ? Qu'elle vous fasse baisser dans son estime ? Étant donné l'état déplorable de vos relations avec elle, je ne pensais pas que vous accordiez de l'importance à ce genre de détail.

– Vous ignorez tout de nos relations.

– Je sais au moins que votre mariage n'est plus qu'une fiction et que vous avez plusieurs maîtresses, répliqua Pohl en le regardant droit dans les yeux. Alors pourquoi ne repartiriez-vous pas de zéro ? Arrêtez de faire semblant, soyez vous-même ! Pourquoi cette hostilité à mon égard ?

– Vous voudriez que je m'en prenne à Marie ? Publiquement ?

– Pourquoi pas ? Plaidez l'ignorance ! Accusez son père ! Après tout, c'était un vrai nazi, lui.

– Elle le défendra envers et contre tous.

– Parfait. Ça jouera contre elle. »

Kurt parut se détendre, et sa colère retomber aussi vite qu'elle était montée. Pohl avait correctement cerné le personnage.

Il faillit sourire, comme s'il venait de résoudre une énigme particulièrement diabolique, mais il se retint. Percer à jour un Kurt Eisenhuth ne constituait tout de même pas un exploit ! Il ne lui restait plus qu'à pousser son avantage.

«Je suis l'espoir de ce pays, Kurt, reprit-il d'une voix douce, tel un père qui raisonne son enfant. Vous ne l'ignorez pas plus que moi. C'en est fini de quémander le pardon. Nous avons suffisamment expié. Marie est le produit d'une époque révolue. C'est à moi qu'il revient de veiller à ce que l'Allemagne accomplisse son destin. Nous devons nous plier à la réalité, Kurt. Que cette réalité nous plaise ou non, nous n'avons pas le choix. Marie est une calamité, nous le savons tous les deux. C'est d'ailleurs ce qui nous a rapprochés pour commencer.

– J'en suis bien conscient», concéda Kurt dans un souffle.

Kurt Eisenhuth était un outil, rien de plus. Et, sur ce chapitre, Hitler n'avait pas tort quand il disait : « Tels des fermiers méticuleux, faites bon usage de vos outils, prenez soin d'eux puis rangez-les en vue de vous en resservir un autre jour. »

Le moment était venu de ranger l'outil Eisenhuth.

« Kurt, nous devons faire preuve de persévérance. Je maîtrise la situation. Alors rentrez chez vous. Patientez. Et je vous promets que votre femme sera la seule à pâtir de cet épisode. »

59

État libre, Afrique du Sud

Dimanche 16 juin

7 h

Cotton sortit du lit sans réveiller Cassiopée, prit son ordinateur portable et l'alluma. Il voulait informer Danny Daniels des derniers développements, mais, avant cela, il souhaitait en savoir plus sur le vieux Gerhard Schüb, en supposant que c'était bien lui qu'ils avaient vu la nuit précédente. Un pénible constat se confirmait en effet à chaque étape de l'affaire : la réalité n'était jamais ce qu'elle semblait être. Bien sûr, le prétendu témoin privilégié qu'était Schüb leur avait fait bonne impression en attestant que Martin Bormann et Eva Braun avaient survécu à la guerre et eu un fils qui était maintenant candidat à la chancellerie en Allemagne – précisément ce qu'ils avaient pour mission d'établir.

Mais était-ce la vérité ?

Un petit travail de recherche s'imposait.

Il afficha le dossier sur Pohl que Marie Eisenhuth leur avait fourni et le relut.

Les registres d'état civil du Land de Hesse indiquent que Theodor Pohl est né le 15 mars 1952 de Wilfrid et Cornelia Pohl. Après la Première Guerre mondiale, Wilfrid Pohl, ancien étudiant en économie politique à l'université de Berlin, fonde avec d'autres le Parti démocrate allemand et milite pour la démocratie nationale. Il est contraint de quitter le parti à la suite d'un scandale interne. Il change de bord et se fait élire au Reichstag sous la bannière du Parti populaire allemand, classé à droite. Il entre au Conseil économique du Reich, puis dirige l'antenne francfortoise de la Reichsbank jusqu'en 1941. Il devient alors président du sénat de Hesse avec l'étiquette nationale-socialiste. Aucun crime avéré ne pouvant lui être imputé, il échappe aux poursuites dans l'après-guerre. On sait peu de choses de Cornelia Pohl.

Theodor, fils unique, est élevé dans le sud de la Hesse. Il commence ses études universitaires à Cologne, mais les termine à Munich. Résultats moyens. Pas de mention. Marié pendant quelque temps, il est à présent divorcé. On ne lui connaît pas d'enfants.

Trois témoignages de personnes ayant vécu en Hesse dans les années 1950 et 1960 confirment que les Pohl ont bien eu un fils prénommé Theodor. Aucun de ces témoins n'a toutefois pu donner de détails sur les circonstances de la naissance. Ils ont tous les trois imputé leur absence de souvenirs au désordre qui régnait à l'époque. Tous ont manifesté de la surprise à l'idée que l'enfant aurait pu ne pas être celui des Pohl. Mais tous ont aussi fait remarquer qu'il y avait dans ce temps-là beaucoup d'orphelins en manque de foyer et que beaucoup de couples faisaient une bonne action en les recueillant. Ils ont souligné unanimement que les Pohl étaient des gens tranquilles et réservés. Aucun ne se rappelait avoir entendu parler de polémiques les concernant.

Bien qu'ancien cadre du parti nazi, Wilfrid Pohl réintègre l'administration après-guerre et participe à la restauration du système bancaire allemand. Rien d'inhabituel à cela non plus : eu égard à la pénurie, de nombreux ex-nazis étaient en effet recrutés comme fonctionnaires dans ces années-là. Les Pohl vivent modestement. Wilfrid Pohl meurt en 1974, sa femme en 1977.

Theodor Pohl se lance dans les affaires dès sa sortie de l'université. Il s'adonne pendant plusieurs années à la spéculation immobilière et réalise des investissements très lucratifs à Francfort. Il finance quelques projets de construction qui lui rapportent encore aujourd'hui de confortables revenus locatifs. Il se reconvertit dans l'édition à l'âge de trente-cinq ans et dirige à présent un des plus importants conglomérats médiatiques d'Allemagne : livres, périodiques, radio, télévision, cinéma. Le magazine *Stern* a récemment estimé sa fortune après impôts à 2,5 milliards d'euros. Le registre des passeports fait apparaître…

Cassiopée s'assit dans le lit en secouant la tête pour chasser le sommeil. Comme lui, elle avait dormi habillée, prête à toute éventualité.

« Pohl a beaucoup voyagé, dit-il. Mais il n'a jamais mis les pieds ici. Relis ce qui est écrit là. »

Il lui donna le portable et passa dans la salle de bains pour s'asperger le visage d'eau tiède et se brosser les dents. Les journées qu'ils venaient de vivre avaient été longues et les effets du décalage horaire consécutifs à leur vol transatlantique continuaient à se faire sentir.

Les événements se précipitaient.

Et il était censé être à la retraite.

Il songea à sa librairie adorée, à la forte odeur de vieux papier et de cuir moisi qui en imprégnait l'air. Le propriétaire précédent n'ayant jamais été un adepte du classement, Cotton avait passé trois mois à tout réorganiser en puisant des idées chez des confrères de Copenhague avant d'ouvrir la boutique. Tenir une librairie s'apparentait à une forme d'art, au Danemark. L'écrit jouissait dans ce pays d'un respect qui avait fini par susciter son admiration. Rompant avec ses principes d'indépendance, il était même allé jusqu'à adhérer à l'Association danoise des libraires spécialisés dans l'ancien et mettait un point d'honneur à assister à toutes les réunions mensuelles. Il n'était pas inquiet, la boutique tournait certainement très bien en son absence, comme d'habitude, grâce au personnel compétent qu'il avait recruté.

Il retourna dans la chambre en se tapotant les joues avec une serviette-éponge.

« À mon avis, Schüb est bien celui qu'il prétend être, dit Cassiopée. Nous sommes en mesure d'en finir avec Theodor Pohl. Le problème est que ces archives bancaires vont simultanément signer la fin d'Eisenhuth.

– Je te tiens, tu me tiens par la barbichette, en quelque sorte… Mais quelque chose sonne faux, là-dedans. Ça m'a trotté dans la tête toute la nuit. Il y a plus en jeu que ce que nous avons sous le nez.

– Des hypothèses ? »

Avant qu'il n'ait pu répondre, quelqu'un frappa à la porte de la case. Un peu tôt pour une visite. Il alla jeter un coup d'œil par la fenêtre pendant que Cassiopée prenait son arme.

Jan Bruin, en jean et chemise de travail, se tenait sur le seuil. Seul.

Cotton signala d'un geste à Cassiopée qu'il n'y avait rien à craindre et il ouvrit.

« Bonjour, dit en anglais le colosse sud-africain. Je viens vous chercher de la part de mon père. »

Cotton s'écarta pour le laisser entrer. Schüb les avait avertis la veille que quelqu'un passerait les prendre.

« Il fait frais, ce matin. Ça annonce une journée chaude, déclara Bruin.

– Votre père semble tenir bon la barre, pour un mort, répliqua Cotton, peu intéressé par ces considérations météorologiques.

– Il est vrai que les cadavres ont plus mauvaise mine, d'ordinaire, admit Bruin avec un petit rire. Et pour ce qui est de tenir la barre, je lui donne toute latitude. Je m'incline devant le privilège de l'ancienneté. C'est mon père, après tout… Et bonjour à vous, *Fräulein* Vitt. Je vous prie d'accepter mes excuses pour la supercherie d'hier. J'imagine que vous n'avez pas été dupes de mon mensonge concernant Engel.

– En effet, convint Cotton.

– Et vous n'en avez rien laissé paraître. Bien joué !

– Vous ne vous débrouillez pas mal non plus en matière de dissimulation, remarqua Cassiopée.

– Nous devions évaluer la situation. Ma bien-aimée tante Ada nous a appelés pour nous avertir de votre visite éventuelle. Elle nous a expliqué tout ce qui avait eu lieu au Chili et a assuré que nous pouvions vous faire confiance. Seulement nous avons appris à être prudents. Cette nuit, je me suis occupé de Josef Engel. Je l'aurais volontiers abattu, mais Père a eu une bien meilleure idée. »

Bruin leur raconta ce qui s'était passé chez lui avant de conclure :

« Engel a été mis dans un avion à destination de Paris il y a six heures de ça.

– Pour se rendre ensuite en Allemagne ? demanda Cassiopée.

– À n'en pas douter. Père pense qu'Engel n'avouera pas à Pohl que je suis encore en vie, et, selon moi, il a raison.

– Bienvenue chez les cadavres, plaisanta Cotton. Maintenant, nous sommes tous morts, apparemment. Quelle est la prochaine étape ?

– Vous souhaitiez voir les tombes. Je suis là pour vous y conduire. Père nous retrouvera au cimetière. Et prenez vos affaires. Nous ne reviendrons pas ici. »

Cotton était déjà arrivé à la conclusion que l'épisode sud-africain touchait à sa fin.

« Si vous pouvez nous accorder une demi-heure ? dit-il. Une douche serait la bienvenue.

– Je suis tout à fait de cet avis », renchérit Cassiopée en se levant.

60

Cotton s'émerveilla des paysages qu'ils découvrirent en traversant l'État libre à partir de Nohana. Deux cent quarante kilomètres de terres blanchies émaillées d'énormes termitières couleur chocolat, certaines mesurant deux mètres de haut. Des fermes brisaient de loin en loin la monotonie du décor, le soleil brûlant faisant trembler l'air au-dessus de leurs toits en tôle ondulée.

Ils quittèrent l'État libre pour pénétrer dans la province voisine et atteindre Kimberley, juste après la frontière. Cotton connaissait l'endroit, cœur de l'industrie diamantaire du pays, où avait été fondée la première mine De Beers. D'un marron sale, la ville était sillonnée de rues qui semblaient avoir été tracées à la va-vite par des mineurs pressés dont les cabanes avaient à présent disparu, remplacées par des immeubles modernes agglutinés comme ces mêmes mineurs autour d'une belle trouvaille. La richesse de la région n'était évidemment pas la terre, mais ce qu'il y avait en dessous. À savoir de l'or, des diamants et autres minéraux suffisamment abondants pour avoir permis à certains d'accumuler des fortunes indécentes.

Cotton était au volant, Bruin à côté de lui et Cassiopée à l'arrière. Il suivait les instructions du Sud-Africain, qui lui fit traverser le dédale de Kimberley et prendre la direction du nord vers la rivière Vaal, qu'ils longèrent dans un paysage plat comme la main et d'un rouge incandescent. Puis le décor changea quand ils atteignirent le pittoresque village de Christiana. Des alignements de peupliers bordaient à présent les berges de la Vaal, dont l'eau, acheminée vers l'ouest par des kilomètres de canaux d'irrigation bétonnés, transformait le sol aride en une campagne verdoyante où l'on cultivait maïs, blé, luzerne et pommes de terre. Ils roulèrent jusqu'à un cimetière situé à l'est de l'agglomération et d'où l'on voyait la rivière. Un grand échalas blanc portant un casque colonial crasseux, une chemise flottante et un pantalon élimé sortit par un portail entrebâillé et s'approcha de la voiture. Bruin descendit pour lui parler, puis fit signe à Cotton d'avancer après que l'homme eut ouvert la grille en grand.

« Garez-vous là », enjoignit-il en désignant un emplacement.

Les pelouses bien vertes de la nécropole occupaient une vaste étendue ombragée de superbes gommiers. Un muret maçonné en marquait le pourtour. Des croix, des obélisques et des stèles rompaient la monotonie du terrain tout plat. Par endroits, des arbustes et des fleurs semblaient s'être rassemblés autour des tombes tels des proches endeuillés. Un peu partout se dressaient de petites chapelles et des mausolées.

« C'était jusqu'à récemment un cimetière réservé aux Blancs, indiqua Bruin.

– J'ai l'impression que c'est toujours le cas, je me trompe ? observa Cotton.

– Malheureusement, il y a encore beaucoup de nostalgiques de l'apartheid dans ce pays. Jusque dans la mort. »

Un orage se préparait, à l'ouest. D'épais nuages noirs semblaient se nourrir du soleil flamboyant qui refusait de se laisser masquer. Cotton vit Gerhard Schüb, debout près d'un mausolée de marbre dont le portillon était ouvert. Ils se dirigèrent tous les trois vers lui en passant devant des dalles funéraires en ardoise et des tombes à l'abandon.

« C'est moi qui ai décidé de les enterrer ici, indiqua le vieil homme quand ils arrivèrent à sa hauteur. Bormann possédait des parts dans plusieurs mines, à Kimberley, et il venait souvent dans le coin. Et puis c'était assez loin de Nohana.

– Je trouve étonnant que Bormann ait accepté l'idée d'être inhumé, dit Cassiopée.

– Lui aussi aurait été étonné. Il avait ordonné qu'on l'incinère, comme Hitler. Il ne voulait pas que ses restes puissent être retrouvés.

– Pourquoi avez-vous désobéi ? demanda Cassiopée.

– Il n'y avait plus personne pour exiger que je suive les consignes. Alors j'ai fait à mon idée. Je l'ai mis avec la Veuve et son fils. Il m'a semblé normal qu'il repose dans le même endroit banal qu'eux.

– Vous êtes un drôle de type, remarqua Cotton, au risque de blesser l'amour-propre de l'Allemand.

– Je ne prétendrai pas le contraire. Ma vie aura été pour le moins originale. Je dois avouer à ma grande honte que mes décisions ont été dictées par le loyalisme, la convoitise et l'orgueil. Mais si je ne les avais pas prises, je n'aurais pas eu Jan, qui est ma joie de vivre. »

Schüb sourit à son fils avant d'ajouter :

« Tous les pères n'ont pas ma chance. »

L'intéressé ne fit pas de commentaire. Cela aurait été superflu, tant leur complicité paraissait évidente.

« N'était-ce pas insultant à l'égard de Braun de lui imposer ici aussi la présence de Bormann ? dit Cassiopée.

– Cela n'avait plus grande importance. Ils étaient morts. Et le fait de les rassembler dans le même lieu facilitait mon travail de surveillance.

– De surveillance ? répéta Cotton. Quel danger aviez-vous à craindre ?

– Je n'en avais pas une idée très claire. J'avais seulement conscience que ma mission n'était pas terminée. Quelque chose me disait que ce qui se passe aujourd'hui se produirait tôt ou tard. »

Ils s'avancèrent jusqu'à l'entrée du mausolée et en examinèrent l'intérieur. Un simple décor impersonnel de marbre et de granit. Aucun signe religieux. Aucune inscription.

« Vous n'êtes pas croyant ? s'enquit Cotton.

– À en juger par ce que j'ai pu voir au cours de mon existence, s'il y a un dieu, il ne fait vraiment pas bien son boulot… La Veuve avait la hantise d'être enterrée dans le veld. Elle craignait que son corps ne serve de pâture à la faune sauvage. Elle répétait souvent qu'elle ne voulait surtout pas être ensevelie où les bêtes pourraient la trouver.

– Bormann ne s'est jamais soucié de savoir ce que vous aviez fait du cadavre de sa femme ? » s'enquit Cassiopée.

Cotton observa le vieil homme qui réfléchissait à la question. Il avait le regard des gens qui ont renoncé à attendre de bonnes nouvelles.

Et cela pouvait se comprendre.

« Il m'avait prié de me débarrasser du corps, et je l'ai fait. Il ne m'a jamais demandé où je l'avais mis. Cette sépulture était mon lieu à moi. Ma création. Inconnue de tous sauf de moi-même. Entrons, voulez-vous ? »

Ils passèrent en un pas de la chaleur étouffante à la fraîcheur. La lumière qui pénétrait par la porte ouverte formait un rectangle terne sur la paroi du fond. Les quatre murs délimitaient un quadrilatère de six mètres de longueur sur un peu moins de largeur. Trois tombeaux surélevés occupaient l'espace, deux grands et un petit – à l'évidence celui d'un enfant.

« J'ai eu un jour entre les mains une lettre que Bormann avait écrite à sa première femme, pendant la guerre, reprit Schüb. Dans un passage, il lui faisait part de son souhait d'avoir des obsèques sans cérémonie à grand spectacle. Ces shows de pacotille donnent une impression mensongère, expliquait-il. De ce point de vue, je crois avoir comblé ses vœux. Et pour ce qui est des inscriptions funéraires, elles sont rarement grandiloquentes, dans ce pays. »

Cotton fit un rapide calcul. Braun et l'enfant devaient être morts depuis près de soixante-dix ans, Bormann depuis plus de quarante. Malgré cela, il serait sûrement possible d'extraire des dépouilles suffisamment d'ADN exploitable pour établir scientifiquement un lien avec Pohl.

Il s'approcha du plus petit des trois sarcophages et déplaça de quelques centimètres le couvercle fait d'une dalle de marbre gris de façon à pouvoir jeter un coup d'œil à l'intérieur. Il s'attendait à mettre au jour les restes altérés d'un enfant de cinq ou six ans, quelques os noircis rappelant que l'occupant avait jadis été un être humain.

Au lieu de quoi il ne vit rien.

« C'est vide, dit-il.

– Ce n'est pas possible ! s'exclama Schüb, qui le rejoignit et put à son tour constater le fait. Je l'avais placé là moi-même, reprit-il, faisant pour la première fois montre de perplexité. C'était tellement triste que j'en ai encore de la peine quand j'y repense. C'était un gamin si mignon. »

Un réel chagrin perçait dans la voix du vieil homme.

Cotton alla jusqu'à un des deux autres tombeaux. Celui-ci étant en marbre rose pâle, il en conclut que c'était celui d'Eva Braun.

« Elle aimait beaucoup cette couleur », confirma Schüb.

Le couvercle était épais. Cotton pria Jan Bruin de l'aider et, à deux, ils firent pivoter légèrement la dalle sur la gauche, ménageant une ouverture triangulaire au niveau d'un des coins.

« Rien dans celui-ci non plus, indiqua-t-il.

– J'étais présent quand il a été fermé, assura Schüb. Je me charge de l'entretien de ce mausolée depuis des dizaines d'années et je n'ai jamais noté de traces d'effraction.

– Quand êtes-vous venu pour la dernière fois ? demanda Cassiopée.

– Il y a plus de deux ans. Avant mon prétendu décès. »

Cotton et Bruin entrouvrirent le sarcophage de marbre blanc de Bormann. Vide également.

Gerhard Schüb resta un moment muet, plongé dans ses pensées. Il était évident qu'il ne s'était pas du tout préparé à ce genre de chose.

« Ça change tout, déclara-t-il enfin.

– Vous aviez un plan en tête en nous amenant ici, j'imagine ? s'enquit Cotton.

– En effet. Jusqu'à cette surprise. Il va falloir que nous partions en voyage.

– Pour aller où ?

– Là où nous trouverons des réponses à nos questions.

– Vous pourriez être plus précis ? » demanda Cassiopée au vieil homme, qui s'était posté sur le pas de la porte et regardait le cimetière pendant que Cotton et Bruin s'employaient à remettre les couvercles en place.

Des gouttes de pluie avaient commencé à tomber, mitraillant le toit en zinc du mausolée dans un tacatac régulier.

« En Suisse », répondit Schüb en se tournant vers elle.

61

Lugano, Suisse

Lundi 17 juin
14 h

Cotton admirait la vue sur le lac entouré de sommets alpins enneigés que l'on découvrait depuis la terrasse de la villa. Les Italiens nommaient Ceresio la grande nappe d'eau indigo, dont la rive sud appartenait à leur pays ; les Suisses, tenants de la rive nord, l'appelaient Lugano. Au loin, enveloppée d'une brume cotonneuse, la cime tourmentée du mont San Salvatore semblait mordre le ciel telle une énorme canine.

La propriété de Gerhard Schüb occupait six hectares de rivage immaculé au sud-ouest de Lugano. La façade en brique jaune pâle de la maison était ornée d'un décor peint superflu qui ne parvenait pas à déparer sa noble élégance. Des vasques en marbre noir débordaient de pervenches et de lierre. Depuis les encadrements de portes Renaissance jusqu'aux lambris dorés en passant par les luxueuses tapisseries et les sols dallés de tommettes, tout s'accordait pour conférer au lieu une atmosphère résolument méditerranéenne. Cotton, Schüb, Cassiopée et Jan Bruin étaient arrivés à Lugano à bord d'un avion militaire qui avait ensuite transporté ces deux derniers à Munich. Selon le programme qu'ils avaient établi, Cassiopée irait parler à Marie Eisenhuth avec Bruin, celui-ci constituant la preuve irréfutable propre à convaincre la chancelière de la réalité des faits et de la stratégie à adopter.

Cotton concentra un instant son attention sur une zone lumineuse à la surface du lac, réverbérée par les pics qui se dressaient à l'arrière-plan, un miroitement éblouissant qui se déplaçait lentement sur l'eau calme. Toujours tendu et un peu dérouté, il cherchait à se rassurer en s'imprégnant de la tranquillité des lieux. Il suivit des yeux deux écureuils en train de courir de-ci de-là parmi les pommes de pin qui jonchaient la berge boueuse.

Une porte s'ouvrit et Schüb sortit sur la terrasse.

Il se dirigea vers l'endroit où se tenait Cotton, près de la balustrade. Celle-ci couronnait un mur bas en ciment dont les vaguelettes du lac venaient lécher mollement le pied. Au fur et à mesure que l'Allemand approchait et que devenait plus distincte la fente étroite de ses yeux, Cotton lut dans son regard doux une anxiété qui faisait écho à la sienne.

« Ici, on me connaît sous le nom de Simon Tengelmann, un ressortissant autrichien qui profite agréablement de sa retraite. Ce qu'il y a de merveilleux, avec les Suisses, c'est qu'ils posent peu de questions et respectent la vie privée des gens.

– Vous n'avez pas choisi l'endroit le plus moche pour passer votre mort.

– Le fait que cette ville suisse soit tournée vers le sud a quelque chose de symbolique. Dans les années 1960, les Italiens affluaient ici pour échapper à l'impôt et aux communistes. L'Italie du Nord abritait à l'époque le plus important parti marxiste du monde occidental. Étant donné le poids du vote ouvrier, le danger de voir les bolcheviques arriver au pouvoir était réel. Les riches accouraient donc ici pour mettre leur or, leurs devises et leurs actifs à l'abri, le plus souvent en fraude. Les banques poussaient comme des champignons et elles étaient toutes très accommodantes. Bien moins tatillonnes que celles de Genève ou de Zurich. Une réglementation réduite à sa plus simple expression. Et c'est encore vrai aujourd'hui.

– C'est à cette époque-là que vous êtes venu ?

– Oui. Bormann tenait à cacher son argent en Suisse. Il me donnait carte blanche pour les détails. Bien plus tard, quand j'ai décidé de faire le mort et de quitter l'Afrique du Sud, j'ai naturellement choisi de m'installer ici.

– Vos années de service semblent vous avoir bien profité. Cette villa a dû coûter cher.

– J'avais la haute main sur tous les fonds que Bormann contrôlait à l'origine.

– De l'argent nazi ?

– Oui. Mais c'est toujours de l'argent.

– Et qu'étiez-vous censé en faire ?

– Tout devait revenir à Theodor.

– Mais vous avez décidé que ce n'était pas une si bonne idée que ça.

– Je lui ai procuré près de trois cent cinquante millions d'euros d'actifs liquides.

– Ce qui signifie en gros que vous lui avez donné ce qui était traçable. Les parts dans les mines de diamants, l'immobilier, les actions, ainsi qu'une somme symbolique prélevée sur le capital thésaurisé. »

Un sourire se dessina sur le visage fané à la peau jaunie et gaufrée comme un vieux parchemin.

« Exactement. Il n'avait aucun moyen de contester. J'étais le seul à connaître l'état des comptes.

– Combien restait-il ?

– Difficile à dire. Mais beaucoup. Peut-être cinq milliards d'euros. »

Un chiffre tout à fait plausible si l'on songeait aux sommes fabuleuses qu'avaient rapportées non seulement l'Holocauste, mais aussi les pillages consécutifs aux actions militaires elles-mêmes.

Cotton regarda une statue d'éphèbe nu qui ornait la terrasse. Les membres étaient un peu bancals. Le sculpteur avait manifestement pris des libertés avec les canons naturels de la beauté. D'autres statues occupaient des niches en marbre creusées dans les murs. Son hôte n'avait pas dû lésiner sur la rétribution des artisans à qui avaient été confiés la décoration de la villa et son aménagement.

« Le fait de connaître l'origine de tous ces biens ne vous empêche pas de dormir ?

– Il y a longtemps que j'ai cessé d'avoir une conscience. Et ce n'est pas en philosophant que je vais améliorer les choses. Ce n'est pas moi qui ai volé cet argent ni tué les gens à qui il appartenait.

– Non, vous vous êtes contenté de profiter du butin… »

Schüb demeura un moment impassible, comme s'il analysait la remarque de Cotton, puis une expression empreinte de tristesse et de remords passa sur ses traits fatigués.

Des cloches se mirent à carillonner au loin.

« Mon fils me répète depuis des années ce que vous avez dit à l'instant. Tout ce que je demande, ce n'est pas le pardon ni la compréhension, mais seulement d'avoir l'occasion de me racheter avant de disparaître. Vous avez raison. J'ai une dette envers les victimes, et le temps est venu pour moi de la régler. »

Lugano se situait au fond d'une baie profonde encadrée au nord par le mont Brè et au sud par le San Salvatore. La route permettant d'accéder à la ville serpentait à travers un paysage alpin mouvementé que jalonnaient des oliviers mélancoliques aux tons gris, des maisons blanches à arcades et de pittoresques auberges. La lumière déclinante du soleil, déjà caché derrière les pics, donnait au lac la couleur froide du plomb. Le centre de l'agglomération ne laissait pas indifférent, avec ses alignements de palmiers, cyprès et autres araucarias qui bordaient des arcades grouillantes d'activité. L'allure de l'endroit évoquait davantage le sud de la Californie que celui de la Suisse.

Le chauffeur les déposa, Schüb et lui, devant un bâtiment néoclassique de la très passante via Nassa. Seuls les barreaux protégeant les fenêtres et une discrète plaque en bronze – E. ORELLI & CIE, BANQUIERS – signalaient la nature de l'établissement.

« Il s'agit d'une institution privée, dit Schüb. En vertu de quoi ils ne sont pas tenus de rendre publics leurs livres de comptes et leur bilan. Même les agents locaux du fisc les laissent tranquilles. »

L'intérieur regorgeait de meubles d'époque et de portraits ternis éclairés par des lustres en cristal de Bohème. Édouard Orelli en personne attendait Schüb. C'était un petit homme aimable, au teint rose, qui dégageait une forte odeur de cigare. Il échangea quelques civilités avec Schüb, puis les conduisit au sous-sol, où ils franchirent un sas blindé pour se retrouver à l'entrée d'une salle des coffres se présentant comme un couloir illuminé a giorno et bordé de portes en acier inoxydable. Orelli prit congé et Cotton suivit Schüb jusqu'à l'une des portes.

« Édouard m'a été d'un grand secours, au fil des ans, déclara le vieil homme tout en tapant un code sur un clavier encastré. Il a créé pour moi des fonds de placement, acheté des titres, m'a prodigué ses conseils en matière d'impôts... »

La serrure s'ouvrit avec un déclic et il poussa le battant en ajoutant :

« Et il m'a procuré de l'or en barres. »

La pièce aveugle où ils pénétrèrent mesurait quatre ou cinq mètres carrés. Son sol en dalles grises disparaissait presque sous une bonne douzaine de piles de lingots posées sur des palettes, chaque côté comptant plusieurs couches de dix unités rangées côte à côte sur une hauteur appréciable. Cotton s'approcha et contempla l'un des tas.

« Il doit y en avoir pour plusieurs centaines de millions de dollars, estima-t-il.

– Un peu plus d'un milliard, en fait.

– C'est ça, le trésor d'Hitler ?

– Ce qu'il en reste. Bien sûr, j'ai fait fructifier le capital de départ grâce à des investissements avisés. »

Cotton n'avait jamais vu une telle quantité d'or.

« Les Orelli sont très habiles dans le négoce des lingots, poursuivit Schüb. C'est l'une des activités qui ont fait la réputation des banques de Lugano. Il n'est pas exagéré de dire que l'or est éternel. C'est une valeur sûre. »

Cotton prit un des lingots. Il évalua son poids à une quinzaine de kilos. Il en examina la face supérieure, s'attendant presque à voir une croix gammée gravée dans le métal. Mais il n'y avait rien d'autre qu'une inscription indiquant un degré de pureté de 99,999.

« Des palettes chargées de lingots sont aussi mentionnées dans un compte rendu d'événements ayant eu lieu il y a quelques années, au Chili. Ceux auxquels ont été mêlés deux agents américains, Jonathan Wyatt et Christopher Combs.

– Un leurre monté de toutes pièces. Une mise en scène. C'est moi qui ai tout organisé d'ici, avec l'aide d'Ada sur place. Seuls quelques-uns de ces lingots étaient véritables. Nous avions confectionné les autres avec du tungstène. Une pratique courante qui ne présente aucune difficulté. Nous nous sommes donné beaucoup de mal cette fois-là. Les Américains nous serraient de bien trop près. J'étais même allé jusqu'à faire fabriquer de faux sarcophages sur le modèle de ceux que vous avez vus hier. L'opération terminée, nous avons tout débarrassé avant d'incendier la maison pour éliminer des traces éventuelles. Malheureusement, un ancien officier SS qui appartenait à l'équipe chilienne m'a trahi. Il a abattu l'un des deux Américains, Christopher Combs. L'autre, Jonathan Wyatt, a fait office de messager, et nous l'avons discrédité par la suite.

– Une bonne partie de ce qui m'a été raconté et des documents que j'ai eus entre les mains recoupe ce dont Wyatt fait état dans son rapport.

– C'est moi qui avais tout fourni à Ada. On a montré à Wyatt certaines de mes lettres. Des faux calqués sur les originaux. On lui a aussi communiqué des choses que je savais sur Bormann. Des éléments similaires à ceux auxquels vous avez eu vous-même accès. Il était plus simple de partir de la vérité que d'inventer un pur mensonge. Mais l'histoire qui a été racontée à Combs et à Wyatt différait légèrement de celle que vous connaissez. Dans cette version-là, Gerhard Schüb était le fils d'Hitler. Bien sûr, l'assassinat d'Isabel en cours de route n'avait pas été prévu. Il a été la touche personnelle de Theodor à notre plan.

– Et Ada ne l'a pas oublié.

– Je le sais bien. Tout est resté calme depuis lors. Jusqu'à maintenant. En dressant son piège, Theodor a fourni à ma tante l'occasion qu'elle guettait, et je n'ai rien fait pour la dissuader d'agir. Malheureusement, il ne connaît que la violence pour arriver à ses fins. »

Schüb s'interrompit un instant pour souffler.

« Lui et moi étions encore en bons termes, à l'époque. Les choses ont changé après ce qu'il a fait, et j'ai décidé que le moment était venu pour moi de "mourir". »

Il y eut un assez long silence avant que le vieil homme ne reprenne :

« Bormann avait la faiblesse humaine profondément en horreur. Tous ceux qui le connaissaient en étaient conscients. Il ne tolérait ni fragilité ni émotion, n'avait aucune indulgence pour ce qu'il jugeait mauvais ni aucune pitié pour ceux qui lui avaient nui. Il vouait ses ennemis à tous les diables et leur réservait une place à part dans l'enfer de son cœur. En un mot comme en cent, c'était un enragé. Et Theodor est exactement pareil.

– Pourtant, vous avez servi Bormann jusqu'à sa mort. »

Schüb fit quelques pas entre les palettes en regardant d'un air triste les lingots qui luisaient dans la lumière blanche et froide dispensée par les néons du plafond.

«Je l'ai servi, c'est vrai. J'ai même profité de lui. Tout cet or provient d'objets qui ont été fondus. On y a imprimé des estampilles d'avant-guerre pour en dissimuler l'origine, et personne n'est au courant des agissements maléfiques qui expliquent sa présence ici. Je suis désormais prêt à faire ce qu'il faut pour redresser au moins quelques-uns de mes torts.

– Comment comptez-vous vous y prendre ? Nous ne pouvons rien prouver. Nous n'avons aucun corps dont l'ADN pourrait être testé. Rien, à part cet or et votre parole.

– Ce n'est pas tout à fait exact.

– Instruisez-moi », dit Cotton, son intérêt soudain en éveil.

Schüb désigna un coin de la chambre forte. Cotton, qui s'était jusque-là concentré sur ce qu'il y avait de plus visible, n'avait pas remarqué une caisse en bois poussée contre le mur du fond. Il suivit Schüb et regarda ce qu'elle contenait.

«Je vous ai expliqué que, vers la fin de sa vie, Bormann communiquait plus fréquemment avec Theodor, reprit Schüb. Pour préparer ces échanges, il s'est mis à jeter ses idées sur le papier. Ce n'était pas nouveau, il avait déjà fait ça à l'époque où il était au service d'Hitler. C'était un obsédé du pense-bête. “Le salut de l'administrateur”, répétait-il. Il rédigeait méticuleusement des carnets à l'intention de Theodor. Il les appelait des manuels. Nous en avons même utilisé quelques-uns, contrefaits, pour tromper Combs et Wyatt, au Chili. Nous les avions confectionnés quelques années auparavant pour déjouer les manœuvres d'une autre équipe de petits curieux. L'avantage, avec les faux, c'est qu'on peut faire en sorte qu'ils soient découverts, pour ensuite totalement décrédibiliser quiconque essayerait de les faire passer pour authentiques.

– À condition que les faussaires ne vendent pas la mèche.

– Aucun n'a vécu assez vieux pour ça… »

Pas besoin d'un dessin pour comprendre l'allusion.

« Je retire ce que je vous ai dit, au cimetière de Christiana. Vous n'êtes pas un drôle de type, vous êtes dangereux.

– J'ai eu pour maître l'un des hommes les plus impitoyables que la terre ait portés, et j'ai beaucoup appris de lui », assura Schüb.

Cotton n'eut aucun mal à le croire.

« Après la mort de Bormann, j'ai remis beaucoup de ses carnets – les vrais – à Theodor, mais j'en ai conservé un bon nombre pour moi. La Veuve, elle aussi, s'épanchait dans des journaux intimes qu'elle me confiait pour que je les cache. Ils racontent son histoire bien mieux que je ne pourrais le faire moi-même. Elle n'y parle que d'Hitler, de Bormann et des vicissitudes que le sort lui réservait. Les écrits de Bormann, en revanche, sont beaucoup plus riches. »

Il y avait dans la caisse une impressionnante collection d'opuscules de différentes tailles, formes et couleurs, tous reliés en cuir et en excellent état.

« J'ai pris grand soin de leur conservation. Ils sont entreposés là depuis des décennies. Je peux vous garantir que ce sont des originaux à même d'être reconnus comme tels par des experts. Il serait facile de trouver des manuscrits certifiés de la main de Bormann et de Braun à des fins de comparaison. Et l'encre, de même que le papier, est d'époque. »

Cotton prit un des carnets, l'ouvrit et examina la calligraphie appuyée, clairement masculine. Il parcourut le début du premier chapitre. Bormann y déplorait la politique de Krouchtchev et affirmait que le communisme n'avait pas d'avenir.

« Il a écrit ça dans les années 1950 ? demanda-t-il.

– Pas du tout. Bormann a rédigé la plupart de ces notes après 1970, mais son style et sa syntaxe créent une illusion de contemporanéité. N'oubliez pas qu'il cultivait son mythe. C'était un boucher, un assassin qui se prenait pour un visionnaire et donnait l'impression d'en être un en formulant des prévisions après coup.

– Ce qui fait que Pohl voyait en lui un génie ?

– Quelque chose dans ce goût-là. Je me suis bien amusé en lisant ces pages qui confirment quel cuistre il était.

– Donc, ces carnets n'ont aucun intérêt du point de vue historique, dit Cotton en rejetant dans la caisse celui qu'il tenait. Est-ce que vous ne seriez pas en train de me manipuler, moi aussi ?

– Le temps des mensonges est révolu. C'est pour vous montrer tout ça que je vous ai amené ici et vous êtes la première personne à jouir d'un tel privilège. Je voulais également vous faire lire un passage d'un de ces cahiers en particulier. »

Le vieil homme se pencha et sortit un autre livret.

« Encore de la fiction ? demanda Cotton.

– Non. Cette fois, c'est bien de réalité qu'il s'agit, affirma Schüb. Je me rappelle avoir acheté ce carnet lors d'un de mes allers-retours hebdomadaires à Johannesburg. Je devais à chaque voyage en prendre une demi-douzaine, tous différents, et jamais tous dans la même boutique. J'ai trouvé celui-ci dans une librairie près de la poste pendant l'hiver 1956. Il y a longtemps qu'il attend là, au sommet de la pile. Le passage en question est signalé », ajouta-t-il en lui tendant l'objet.

Cotton s'en saisit et l'ouvrit avec précaution à la page indiquée. Le cuir de la reliure craqua en se pliant. Le feuillet était rempli de la même écriture masculine à présent familière.

Il commença à lire.

« J'ai vu de mes yeux Bormann rédiger ces mots », précisa Schüb.

Cotton continua sa lecture, s'arrêta, revint en arrière, parcourut de nouveau les lignes qu'il venait de déchiffrer, puis leva les yeux, sidéré.

« Ce n'est pas possible ! souffla-t-il.

– Comme je vous le disais, l'heure de la franchise a sonné. Ce que vous voyez là n'est pas seulement possible ; c'est la pure vérité. »

62

Munich, Allemagne

20 h 30

Marie Eisenhuth s'efforçait de concentrer son attention sur l'opéra. La salle quadrangulaire du Residenztheater, où elle avait pris place, était un bijou de style rococo, avec ses colonnades dorées et ses loges tarabiscotées qui remplissaient l'espace du sol au plafond. Mozart lui-même avait dirigé des orchestres dans ce théâtre maintenant national qui avait longtemps été celui de la cour royale de Bavière. Le spectacle, une représentation de gala donnée une fois par an, était de ceux auxquels on assiste en tenue de soirée et le public comptait certaines des personnalités les plus riches d'Allemagne méridionale. L'ambiance était gaie et animée. Theodor Pohl et elle, qui avaient été invités en raison de la proximité des élections, se trouvaient tous les deux dans la salle. Ce serait l'une de leurs rares apparitions communes avant les débats télévisés. Mais l'événement s'affichait comme une œuvre de charité exempte de toute arrière-pensée politique.

Ce qui lui convenait tout à fait : ce n'était pas de la politique qu'elle avait l'intention de faire ce soir.

La musique enflait et retombait par vagues mélodiques, sombrait dans des accords étouffés avant d'éclater de nouveau, portée par la voix de la basse profonde. L'opéra était en trois actes, chacun plus sombre que le précédent. Le symbolisme, évident, la fit presque sourire. Une méchante comtesse et sa nièce drapées toutes les deux dans des châles en soie ; la nièce jetant le sien – s'affranchissant, en clair, du joug de l'aristocratie – pour redevenir, explicitement, une honnête jeune fille de la bourgeoisie.

Aussi intéressant que prophétique.

Elle regarda Pohl, placé de l'autre côté de la salle obscure. Ils étaient tous les deux assis sur les mêmes fauteuils de velours rouge, au même niveau, avec le même angle de vue sur la scène. Contre le mur à la droite de Pohl se détachait une statue de la Vierge debout sur un croissant de lune sous lequel se tortillait un diable en pleine déconfiture. Elle avait pour l'heure l'impression d'être dans une position analogue à celle de ce pauvre démon opprimé, qui avait toute sa sympathie. Son adversaire, droit comme un I et immobile sur son siège, avait les yeux tournés vers la scène. Elle se demanda à quoi il pensait. Rien, dans ce qu'elle avait lu ou entendu dire à son sujet, n'indiquait qu'il eût un penchant prononcé pour les arts. Comprenait-il seulement l'intrigue ?

Elle laissa son regard errer autour de la salle.

Aussi étrange que cela pût paraître, elle se sentait moins d'affinité avec les riches mécènes assis là qu'avec les vieilles dames essoufflées du vestiaire, avec leur nœud dans les cheveux, les retraités en redingote chargés d'ouvrir les loges, les jeunes gens en frac qui conduisaient les spectateurs jusqu'à leur place et, surtout, la brave ménagère de l'accueil qui prenait soin de tous ces bienfaiteurs cousus d'or comme s'ils étaient des amis intimes. Ces hommes et ces femmes-là étaient la colonne vertébrale du pays. Les petites mains qui se donnaient de la peine pour que puisse vivre une culture prestigieuse.

Elle ne devait jamais les oublier.

Pohl avait raison sur un point. Aucune de ces personnes n'avait de responsabilité directe dans ce qui s'était passé entre 1933 et 1945. Ces horreurs étaient attribuables au coup de folie d'une génération antérieure, dont il restait trop peu de survivants pour qu'on s'en inquiète. Le fardeau que portaient les gens présents dans la salle et les Allemands en général était autre : ils devaient faire en sorte que de tels événements ne se reproduisent plus jamais. Or le personnage qui était assis en face d'elle, le regard toujours braqué sur la scène, était lui-même un lien direct avec ce passé exécrable.

Il fallait mettre fin à ses agissements.

Ce soir.

Dès que le rideau tomberait.

Marie Eisenhuth pénétra dans la salle de réception adjacente au théâtre. Un buffet était disposé le long d'un des murs, surchargé de plats débordant de charcuteries, viandes, saumon fumé et salades diverses. Faisant abstraction de sa faim, elle contourna la file d'attente pour se diriger discrètement vers un de ses conseillers. Le jeune homme, aussitôt à l'écoute, prit mentalement note de ce qu'elle voulait. Puis il acquiesça et se fondit dans la foule qui se pressait autour d'elle. Elle avait été informée plus tôt dans la soirée que, pour plus de sérénité, les médias n'auraient pas accès à la manifestation et cela lui avait donné une idée.

Le conseiller reparut quelques minutes plus tard et lui glissa à l'oreille :

« M. Pohl vous fait dire qu'il sera ravi d'avoir un entretien avec vous en privé. »

Elle patienta un petit moment pour laisser à Pohl le temps de quitter la salle, puis elle prit congé et monta par un escalier de marbre au deuxième étage, où se trouvait la pièce qu'elle avait fait réserver – un local où les acteurs attendaient avant de descendre sur scène.

Elle entra.

Theodor Pohl se retourna pour la saluer.

« Votre requête m'a surpris, mais suffisamment intrigué pour que je l'accepte », déclara-t-il.

Elle referma derrière elle.

Étrange situation, songea-t-elle. Pohl et elle s'affrontaient dans un des combats politiques les plus acharnés de l'histoire récente du pays, se tiraient dessus quotidiennement à boulets rouges, et pourtant ils se connaissaient à peine. Avant la campagne, ses contacts avec Pohl s'étaient limités à quelques échanges banals dans le cadre d'événements mondains. L'éloignement de leurs points de vue, leurs positions diamétralement opposées ne pouvaient qu'engendrer une relation conflictuelle entre eux.

« J'ai estimé nécessaire que nous ayons une conversation, monsieur Pohl.

– C'est ce que j'avais compris. Qu'y a-t-il de si essentiel que vous désiriez m'en entretenir ?

– Je sais qui étaient vos parents.

– Mon père et ma mère étaient des gens honorablement connus en Hesse, dit son adversaire avec un haussement d'épaules.

– Je ne parle pas des Pohl, mais de vos parents biologiques, Martin Bormann et Eva Braun. »

Il eut un petit rire.

« Auriez-vous bu, par hasard ?

– J'ai récemment été destinataire de certaines informations, répondit-elle, ignorant la pique grossière. Mais je ne vous apprends rien, bien sûr, étant donné que c'est vous qui les avez fait fuiter.

– Tout ceci est captivant au possible ! Continuez, je vous en prie.

– Vous êtes né dans l'État libre d'Orange, en Afrique du Sud, en même temps qu'un jumeau. Eva Braun, votre mère, est morte en couches. On s'est arrangé pour que les Pohl vous adoptent. Votre frère a vécu avec Bormann jusqu'en 1955, date à laquelle il s'est tué en faisant une chute de cheval. C'est alors que votre père naturel, Martin Bormann, a ressurgi dans votre vie, dont il a fait partie jusqu'à son décès, en 1981. »

Pohl alla s'asseoir sur une causeuse en velours.

« Si j'ai pu sous-estimer votre imagination, je le regrette. Vous avez un authentique talent de scénariste ! »

Elle s'était attendue à ce genre de fanfaronnade et ne releva pas.

« Quand j'ai été informée de ce qui vous liait à Bormann et Braun, j'ai d'abord cru à un canular. Puis j'ai fini par apprendre ce qu'il en était réellement. Il s'agissait d'un piège, d'un leurre pour m'inciter à conduire une enquête qui me mènerait à ma propre perte.

– Et comment êtes-vous arrivée à cette conclusion ? »

Elle alla ouvrir la porte.

Cassiopée Vitt et Jan Bruin entrèrent.

Elle referma et les présenta à Pohl.

« Le père de M. Bruin est un certain Gerhard Schüb, dont je me suis laissé dire que vous le connaissez très bien.

– D'où tenez-vous cela ?

– De Gerhard Schüb lui-même, qui n'est pas décédé il y a deux ans, mais est encore bien vivant. »

Elle guetta une éventuelle réaction de Pohl. Voir Vitt et Jan Bruin surgir devant lui alors qu'il croyait l'une disparue dans un bombardement et l'autre assassiné lui avait sûrement causé un choc. Et la nouvelle de la résurrection de Gerhard Schüb avait dû lui sembler pour le moins déconcertante.

Mais il resta de marbre.

Il était bon acteur, on ne pouvait pas lui retirer ça.

« Nous ne nous sommes jamais croisés, dit Bruin, mais mon père m'en a beaucoup appris à votre sujet. En revanche, j'ai eu l'occasion de rencontrer votre bras droit,

Josef Engel, qui est venu chez moi pour m'abattre. Comme vous pouvez le constater, il a échoué.

– J'ignore totalement de quoi vous parlez, déclara Pohl avec gravité.

– Josef Engel est votre employé, intervint Cassiopée. Il a commis quatre meurtres au Chili, dont nous avons connaissance. Il a aussi, vraisemblablement, tué une femme qui s'appelait Hanna Cress, ici, en Allemagne. Quel est le surnom qu'on vous donne, déjà, dans l'intimité ? Le Kaiser ? Eh bien, c'est le dernier mot qu'a prononcé Hanna Cress avant de mourir.

– J'aimerais savoir… Comment comptez-vous prouver ce que vous avancez là ? Je suis tout à fait prêt à me soumettre aux tests qu'il vous plaira de réclamer. Prise de sang, ADN… Tout ce que vous voudrez.

– Une bonne volonté qui vous honore, commenta Marie Eisenhuth. Surtout compte tenu du fait que les tombes de Bormann, de Braun et de votre frère sont vides et qu'il n'existe donc rien avec quoi on puisse comparer votre ADN de façon probante. Ce qui vous arrange bien.

– Ah, parce que vous avez trouvé des tombes ?

– Oui, répondit Cassiopée. Sans rien dedans. Mais ça, vous le saviez déjà. »

Au lieu de répliquer, Pohl se tourna vers la chancelière.

« Eh bien, écoutez, je vous invite à rendre tout ceci public. Je vous en conjure, même. C'est précisément le genre de chose que les gens ont besoin d'entendre. Après que vous avez vainement tenté de me faire passer pour un dangereux fanatique, il est temps pour le pays de se rendre compte que vous êtes une cinglée de la théorie du complot.

– Pour que vous puissiez riposter en aiguillant la presse vers l'enquête en cours sur les sociétés appartenant à ma famille ? Votre but était que nous trouvions ces documents bancaires. Vous avez tout mis en œuvre pour que nous tombions dessus. Mais ce que vous ignoriez, c'est que Gerhard Schüb était vivant. Vous avez utilisé son nom dans les courriels que vous m'avez fait adresser pour rendre votre leurre plus attractif. Mais votre piège s'est refermé sur vous.

– En admettant qu'il y ait quoi que ce soit de vrai dans ce que vous racontez, qu'avez-vous l'intention de faire ?

– Rien du tout, répondit-elle, catégorique.

– Dans ce cas, pourquoi cet entretien ?

– Pour que vous soyez informé de ce que je sais, c'est tout. Nous tous, dans cette pièce, sommes conscients que je ne bluffe pas. À vous de décider de la suite. Quel que soit votre choix, il mènera à notre destruction mutuelle assurée. Vous, moi et nos partis respectifs sombrerons ensemble. Aucun de nous deux ne gagnera la chancellerie. Aucun de nous deux n'exercera plus de responsabilités politiques. »

Un silence pesant s'installa, rompu au bout d'un moment par Pohl.

« J'imagine que vous avez ce… Gerhard Schüb sous la main, prêt à confirmer vos allégations ?

– Il est tout près d'ici, en effet, avec Cotton Malone, que votre bras droit n'a pas non plus réussi à tuer.

– Encore un de ces anciens nazis qui essayent de faire parler d'eux, déclara Pohl en secouant la tête. Pitoyable. Bon, c'en est assez, je m'en vais.

– *Herr* Pohl ? appela Marie Eisenhuth comme il se dirigeait vers la porte. Encore une chose… »

Il s'arrêta et lui fit face.

« Ai-je prétendu que Gerhard Schüb était un nazi ? J'ai simplement affirmé que vous le connaissiez bien. Qu'est-ce qui vous a donné l'impression que j'avais dit autre chose ? »

Elle n'avait pas pu s'en empêcher.

Pohl demeura impassible.

« *Lügen haben kurze Beine* », ajouta-t-elle tranquillement.

Les mensonges ne mènent pas loin.

Son adversaire quitta la pièce.

63

Marie Eisenhuth sortit dans la fraîcheur de la nuit.

Près de deux heures s'étaient écoulées depuis son entrevue avec Pohl. Si le Hessois avait été troublé par leur face-à-face, il l'avait bien caché par la suite en affichant avec constance une jovialité extraordinaire. Souriant, disert, il avait mis à profit le temps de la réception en se faisant photographier en compagnie d'un mécène après l'autre. Elle aussi avait fait la tournée des gens d'influence, cultivant ses contacts avec la ténacité d'une responsable politique déterminée à l'emporter.

Leurs chemins ne s'étaient pas croisés, et c'était tant mieux.

Elle n'avait rien à ajouter à ce qu'elle lui avait dit.

Pohl, parti un instant avant elle, s'était engouffré dans une Mercedes dernier modèle en ignorant la presse. Cassiopée Vitt avait observé la scène avec attention, espérant peut-être voir Josef Engel dans la berline, mais seul un chauffeur anonyme était présent dans le véhicule. Marie Eisenhuth avait donné congé à son propre chauffeur, et c'était à présent Jan Bruin qui l'attendait au volant d'un coupé BMW noir. La portière arrière s'ouvrit et elle monta. Deux gardes du corps rouleraient devant dans une autre voiture. Elle n'avait pas pu se débarrasser d'eux.

Elle était sortie du théâtre sous des rafales de flashes. Parqués sur le trottoir derrière des barrières de sécurité, les photoreporters s'efforçaient de tirer profit de l'unique occasion qui leur était donnée d'immortaliser l'instant. Des journalistes lui crièrent quelques questions qu'elle écarta d'un geste poli de la main en refermant la portière.

« Allons-y », dit Cassiopée Vitt, assise à l'avant à côté de Bruin.

Celui-ci démarra en douceur et ils se dirigèrent vers la sortie sud de Munich pour prendre la route des lacs et de la demeure ancestrale des Herzog.

« Pensez-vous que Pohl a mordu à l'hameçon ? demanda Marie Eisenhuth.

– Il n'a pas le choix, répondit Vitt. Que vous disposiez ou non de preuves, il ne peut pas courir le risque de vous laisser agir. Il a compris qu'il était vulnérable, maintenant. »

L'idée avait été d'alarmer Pohl en lui faisant part de ce qu'ils savaient, en lui donnant à entendre qu'ils en savaient encore plus et en l'informant que tous les gens qu'il avait crus morts étaient bien vivants. En jouant sur ses peurs irrationnelles, ils l'inquiéteraient peut-être suffisamment pour le forcer à commettre une erreur.

« Il va commencer par s'en prendre à Engel, dit Bruin. Son sbire lui a évidemment menti en prétendant m'avoir éliminé et il ne le lui pardonnera pas. Ça devrait entraîner une certaine confusion.

– Il voudra aussi des explications sur le fait que Cotton et moi sommes encore là, ajouta Vitt. Ça va le mettre hors de lui, mais il a encore besoin d'Engel. Plus que jamais.

– Nous voilà tous transformés en cibles, à présent, marmonna Marie Eisenhuth.

– Tout à fait, confirma Bruin. Il se retrouve face à l'éternel dilemme de tout despote entouré d'ennemis trop nombreux : choisir lesquels combattre en priorité. »

Ils avaient maintenant laissé les lumières et la circulation de Munich derrière eux et, suivant la voiture des gardes du corps, ils roulaient dans la nuit sur une route à deux voies qui s'élevait en pente régulière dans les contreforts des Alpes.

« Avez-vous eu des nouvelles de M. Malone ? s'enquit-elle.

– Aucune », répondit Vitt.

Schüb, Marie Eisenhuth ne l'ignorait pas, avait tenu à se faire accompagner par Malone en Suisse, sans doute pour lui montrer quelque chose d'important qu'il ne souhaitait plus garder pour lui seul. Ce silence prolongé avait donc quelque chose de préoccupant.

« Mon père est un homme très secret, dit Bruin. Il a attendu que j'aie près de trente ans pour me révéler la vérité sur sa vie. On lui a appris à se taire.

– Mon père était pareil », déclara Marie Eisenhuth.

Elle pensa à son cher papa. Il avait été le descendant d'une vieille lignée d'aristocrates réactionnaires passionnés dans leurs convictions, mais pragmatiques quand il s'agissait de les mettre en œuvre. Son mariage avec la future mère de ses enfants, la fille d'un bourgmestre, avait été arrangé. Fidèle à son héritage familial, il avait pris la tête du mouvement antipolonais qui s'était répandu comme une traînée de poudre en Allemagne au début des années 1930 et avait fini par lever des fonds auprès des industriels pour combattre la république honnie de Weimar. Au moment de l'accession au pouvoir d'Hitler, il avait acquis le contrôle d'une agence de publicité et avait vendu aux nationaux-socialistes à des prix défiant toute concurrence des espaces éditoriaux et informatifs, aidant les chemises brunes à se hisser du rang de terroristes à celui d'hommes d'État. Il avait ensuite lancé un groupe de presse et dirigé le Parti populaire national allemand, qui, à travers une alliance avec les nazis, avait contribué à la chute de la république de Weimar. Son père était toujours resté très fier de cette réussite. Il avait eu deux fils et une fille. Aucun des deux garçons n'avait vu la fin de la guerre. L'un avait été tué en Russie, l'autre en France. La paix rétablie, il était devenu l'un des innombrables désenchantés qui niaient avoir commis une erreur en concourant à faire d'Hitler ce qu'il avait été. Il avait dû renoncer à tous ses journaux. Par chance, ses cimenteries, papeteries et raffineries de pétrole étaient indispensables, en vertu de quoi tout le monde avait oublié, sinon pardonné, ses péchés. Tout le monde, mais pas elle.

C'était le seul point de désaccord qui ne s'était jamais estompé entre eux. Son père avait été un nazi. Il avait cru en Hitler et s'était obstinément refusé à voir quels errements avait contenus en germe la folie de cet homme.

Elle-même, contrairement à lui, avait toujours été pleinement consciente du problème.

« Madame la chancelière ? »

Elle revint brusquement à la réalité. Cassiopée Vitt était en train de lui parler.

« Il est impératif que nous renforcions votre sécurité.

– J'en conviens, mais, si Pohl projette d'attaquer, il ne doit pas pouvoir soupçonner que nous sommes en mesure d'anticiper ses coups. Il faudra que ce nouveau dispositif de sûreté soit secret. »

Elle se replongea dans ses souvenirs.

Environ un an avant l'attentat contre l'avion, son père leur avait causé une frayeur. Il était tombé gravement malade et on l'avait engagée à venir sans tarder au château, où elle était arrivée en début de soirée pour se précipiter aussitôt dans la chambre où il se trouvait.

« Papa », murmura-t-elle en lui prenant la main après s'être agenouillée près du lit.

Le vieil homme ouvrit les yeux et un sourire se dessina sur ses lèvres desséchées. Peut-être subsistait-il en lui une étincelle de vie.

« Je souhaitais te voir avant de…

– Ne raconte pas de bêtises. Il ne faut jamais renoncer.

– Bien dit. Je veux que tu sois forte. »

Il parlait d'une voix si languissante qu'elle devait faire un effort pour le comprendre.

« Papa ! Tu n'as pas envie de vivre ? »

Les yeux de son père s'embuèrent. Son regard chassieux avait quelque chose de déconcertant. Que se passait-il dans son esprit ?

Il secoua lentement la tête.

« Tu ne veux pas mourir, quand même ?

– Je suis mort depuis longtemps.

– Comment ça ?

– Mon univers est mort depuis longtemps, et moi avec lui. Tu es tout ce qui en reste. »

Elle comprit l'allusion. Ses deux frères tués à la guerre sans s'être mariés, elle était l'unique héritière du nom. Elle s'apprêtait à prononcer des paroles de réconfort, mais elle sentit se relâcher l'étreinte de la vieille main sur la sienne et elle se contenta d'observer la poitrine de son père, qui se soulevait irrégulièrement.

Soudain, il écarquilla les yeux, son regard bleu semblant fixer un point derrière elle. Puis il ouvrit la bouche et, dans un souffle, articula « Heil… Hitler ».

Des frissons lui parcouraient l'échine chaque fois qu'elle évoquait l'odieuse formule qu'avait proférée son père. Elle l'avait aimé de tout son cœur en même temps qu'elle le haïssait pour sa dévotion à un mal absolu. Il prononçait rarement le nom d'Hitler, mais, face à la mort, il s'était senti obligé de faire acte d'allégeance.

Personne d'autre qu'elle ne l'avait entendu. Pas même sa mère. Dieu merci.

Après qu'il s'était rétabli, elle lui avait rappelé l'épisode. Il s'était dédouané en parlant de délire dû à la maladie, d'un effet secondaire des antidouleurs.

Peut-être était-ce vrai. Peut-être pas.

La famille Herzog avait été littéralement anéantie pendant la guerre. Presque toutes ses tantes, ses oncles et ses cousins avaient péri. À part quelques parents éloignés, il n'y avait pratiquement plus personne. Comme elle n'avait pas d'enfant elle-même, l'extinction de la lignée était une certitude.

« Mon univers est mort. Tu es tout ce qui en reste. »

Des décennies après que son père avait chuchoté ces mots, son univers à elle n'était pas en très bon état non plus. Ses parents disparus, Kurt devenu guère plus qu'un étranger, il ne lui restait que l'Allemagne. Mais le fait de savoir que Theodor Pohl était le rejeton d'un monstre lui insufflait une énergie renouvelée pour défendre sa cause.

Ce n'était pas la mort qu'elle craignait.

C'était l'échec.

64

Lugano, Suisse

21 h 30

Cotton composa le numéro sur son portable. Il se trouvait dans sa chambre, au premier étage de la villa de Schüb. Voulant être sûr de ne pas commettre d'erreur, il avait retardé le moment de passer ce coup de fil. Mais il avait fini par comprendre qu'il n'arriverait pas à lever le doute qui le faisait hésiter.

« Cette histoire a pris une dimension que nous ne soupçonnions pas au départ, dit-il.

– Je vous écoute », répondit Danny Daniels.

Il rapporta à l'ex-président tout ce qu'il avait appris jusque-là, sans omettre la dernière découverte qu'il avait faite dans la salle des coffres quelques heures plus tôt.

« Stupéfiant ! commenta Danny quand il eut terminé.

– À qui le dites-vous !

– Et tout ça est formellement établi ?

– Non, bien entendu. Mais mon instinct me porte à croire que c'est vrai.

– Des suggestions ?

– Pour commencer, je vais me rendre en Allemagne. Ensuite, nous aviserons. Chaque chose en son temps.

– Vous mesurez, j'imagine, que cette affaire pose d'énormes enjeux de sécurité. Y compris au niveau international. Il faut éviter que tout ça s'ébruite.

– Autant essayer d'arrêter un ouragan.

– Peut-être, mais, pour le moment, seuls vous et ce vieil homme êtes au courant. Et c'est vous qui êtes sur le terrain. Donc, à vous le soin. »

Cotton ne rechignait pas à prendre ses responsabilités. Toutefois…

« Monsieur le président…

– Oui, je sais. La prochaine fois que j'ai un service à demander, j'appelle quelqu'un d'autre. »

Il descendit au rez-de-chaussée.

Schüb était assis dans une imposante bibliothèque qui donnait sur le lac. Réflexe professionnel, le regard de Cotton s'attarda sur les rayonnages. Il distingua un texte rare de Sénèque et un recueil manuscrit des œuvres de Virgile que côtoyaient des classiques anglais de théologie et de droit. Schüb était apparemment un lecteur averti ou un collectionneur plein de discernement. L'Allemand était installé tranquillement devant une cheminée de marbre. Un mastiff de bonne taille somnolait à ses pieds.

« Je me suis entretenu avec mon supérieur, dit Cotton en prenant place près de lui. Il me laisse carte blanche.

– L'ex-président Daniels ?

– Vous êtes bien informé.

– C'est ce qui m'a permis de vivre longtemps.

– Jusqu'où s'étend votre réseau d'indicateurs ?

– Assez loin pour que je sache ce que j'ai besoin de savoir. »

Dans ce cas, pourquoi ne pas faire appel aux lumières du vieil homme ?

« Alors, vous pourrez peut-être me dire qui a tué Hanna Cress dans le commissariat de Partenkirchen ?

– C'est Pohl qui a fait ça. Ou plutôt son exécuteur des basses œuvres, Josef Engel. À mon avis, il a pensé que la mort de la messagère arrêtée sur ordre de la chancelière donnerait davantage de poids au message qu'elle était chargée de faire passer. La mission de Cress consistait sûrement à transmettre ces documents et à stimuler l'enquête qui suivrait. La tuer était simplement une bonne manière d'attiser un peu plus la curiosité. Ada observait les événements de près, au Chili. L'intention première de Pohl et Engel était vraisemblablement de manipuler le détective envoyé là-bas par Eisenhuth, mais Danny Daniels s'en est mêlé et, en faisant appel à vous et à Mlle Vitt, il leur a fourni un moyen encore plus efficace d'atteindre leur but.

– Il est toujours agréable d'être reconnu à sa juste valeur. Malheureusement, le détective y a laissé la vie.

– Je sais. C'est affreux, admit Schüb, maître dans l'art de l'euphémisme. Ada m'a averti que Theodor se servait de mon nom pour appâter la chancelière. Je ne voyais pas très bien comment tout ça allait finir, et, pour être honnête, je n'y vois pas plus clair maintenant.

– D'où venaient les documents sur Bormann qui ont été remis à Marie Eisenhuth ? Je les ai parcourus. Certains portaient le tampon des archives soviétiques.

– C'est moi qui en avais fait l'acquisition, il y a quelques années. J'avais acheté tout un lot d'originaux à Moscou, quand les Russes ont déclassifié les archives soviétiques pour se débarrasser du dépôt. *Das Leck* était une réalité. Il y avait bien un espion soviétique dans le bunker du Führer. Staline était informé de tout ce qui s'y passait. C'est ce qui lui a permis de tromper les Occidentaux en les laissant croire qu'Hitler était peut-être toujours vivant. Mais j'avais moi-même sélectionné et remis à Theodor il y a longtemps une partie de ce que vous avez lu – les récits de mes tête-à-tête avec Bormann. Je lui avais aussi fait cadeau de quelques pièces des archives soviétiques à l'époque où nous étions encore en bons termes.

– Il ne connaissait pas l'existence de Jan ?

– J'ai toujours veillé à ce que mes deux vies ne se télescopent pas. Il connaissait l'existence de Jan, si. Mais ça n'allait pas plus loin. Quant à Jan, il savait seulement ce que je voulais bien lui dire. De toute façon, même si Pohl était au courant que j'avais un fils, il ne s'intéressait qu'à lui-même. En fait, je n'ai eu aucun mal à m'arranger pour qu'ils ne se rencontrent pas. »

Schüb avait sur ses genoux les photos de l'hacienda, l'album et les lettres confiées par Ada. Cotton lui avait donné l'ensemble quand ils étaient revenus de la banque.

« Vous vous plongez dans vos souvenirs ? »

Le vieil homme acquiesça.

« C'est vous, sur cette photo ?

– Oui. C'est moi jeune. J'avais à peine vingt ans quand je suis parti pour le Chili avec ma mère et Ada, après la guerre. Un rejeton plein de promesses. C'est mon père qui m'avait acheté l'uniforme. Beaucoup de gens nourrissaient l'espoir que le nazisme renaîtrait de ses cendres. Mais, avant même les années 1950, cet espoir s'était envolé, remplacé par l'instinct de conservation. Hollywood et certains romanciers ont beau prétendre le contraire, le nazisme n'a pas survécu. Le mouvement s'est tout simplement éteint, comme ils le font tous, faute de meneurs. En ce bas monde, voyez-vous, il y a les chefs et les subalternes. Les premiers commandent, les seconds suivent. Bormann se prenait pour le chef, mais il n'était que le subalterne qui dit oui.

– Ce n'est pas tout à fait comme ça que les historiens le dépeignent.

– Je le sais bien, dit Schüb avec un petit rire. Et je donnerais cher pour voir comment il réagirait aux portraits qu'on a faits de lui. Hitler le présentait comme son "camarade de parti le plus loyal" et affirmait paraît-il qu'il ne pourrait pas gagner la guerre sans lui… Un exemple parmi tant d'autres de l'incapacité du Führer à jauger ses contemporains, ajouta-t-il en secouant la tête.

– Vous connaissiez certainement Bormann mieux que quiconque.

– En effet. Il est devenu pour moi l'objet d'étude de toute une vie. Peu de gens ont remarqué qu'il avait rejoint le parti nazi sur le tard. Seulement en 1926. Pour cela, les “anciens combattants”, les *alte Kämpfer*, membres de la première heure, le méprisaient. Or mépriser Martin Bormann était une erreur fatale. Il excellait à œuvrer dans l'ombre et c'était un grand tacticien, appliqué, déterminé, organisé, rusé et doué d'une mémoire phénoménale. C'était lui qui transformait les ordres confus d'Hitler en consignes cohérentes. Ainsi que je vous l'ai déjà dit, il m'a beaucoup appris. Mais j'ai surtout retenu trois de ses enseignements : toujours rejeter la faute sur les autres ; ne laisser aucune trace de ce qu'on fait ; aider ceux qui sont susceptibles de vous servir comme ceux qui peuvent vous nuire – on en retire le même profit.

« Ce qui l'intéressait, en fin de compte, c'était l'argent, et il en avait le contrôle absolu. Malheureusement pour tous les fuyards apeurés qui s'étaient réfugiés en Amérique du Sud, c'était lui qui tenait les cordons de la bourse. Ce salopard d'Eichmann a essayé de le compromettre avant d'être pris et pendu par les Israéliens, mais en vain. »

Le vieil homme parlait enfin, remplissant les blancs que Cotton avait espéré pouvoir combler.

« Pourquoi Bormann vous a-t-il choisi ?

– Il ne m'a pas choisi. Mon père m'avait recommandé à lui et, au début, je m'étais acquitté à sa satisfaction de quelques tâches secondaires. Par bonheur, il avait beaucoup de besoins... Il savait amadouer ses supérieurs tout en abusant de son pouvoir sur ses subordonnés. C'est ainsi qu'il s'était attiré les bonnes grâces d'Hitler. Connaissant son mode opératoire, il ne m'a pas été difficile de m'attirer les siennes. Bien sûr, j'étais avantagé par le fait qu'il était entièrement dépendant de son entourage. Il ne pouvait pas faire grand-chose par lui-même sans risquer d'être démasqué. Seuls moi et quelques autres savions d'ailleurs qu'il était vivant. Et, au bout de quelque temps, il n'est plus resté que moi. »

Il se tut et contempla d'un œil humide la photo de celui qu'il avait été plus d'un demi-siècle auparavant.

« Dire qu'Ada a gardé cette photo pendant tout ce temps… C'est un cœur fidèle. Je regrette qu'elle n'ait jamais rencontré Jan. J'aimerais corriger ça. »

Il reposa la photo sur les lettres qu'il avait envoyées à sa sœur, puis il sembla se raidir, comme si son sens du devoir l'emportait sur ses émotions.

« Je m'intéresse de près à ce qui se passe en Europe, reprit-il. La nouvelle droite gagne du terrain tous les jours. Exactement comme Bormann le prédisait… »

Cotton attendit la suite.

« Il m'a souvent expliqué en quoi Hitler s'était trompé. Il me répétait que l'Allemagne aurait facilement pu faire de la campagne de Russie un triomphe politique, alors qu'une victoire militaire était exclue. Sur un territoire aussi vaste, il était impossible d'assurer l'approvisionnement d'une armée suffisamment nombreuse pour vaincre. Mais les gens du cru haïssaient Staline. Bien traités, ils auraient accueilli les Allemands en libérateurs et auraient même fourni des effectifs pour battre les communistes. Au lieu de quoi, Hitler les a massacrés par milliers et ils en sont venus à détester les Allemands encore plus que Staline. Une ânerie, disait Bormann.

– Ne faisait-il pas lui-même partie de la chaîne de commandement à l'origine de ces décisions ? Je crois me souvenir que l'une de ses attributions était de superviser les gouverneurs locaux, les *Gauleiter*, qui agissaient directement sous son autorité.

– Il n'a jamais reconnu une quelconque responsabilité. Il affirmait que toutes les décisions étaient prises par Hitler.

– Du pipeau.

– Je suis bien d'accord avec vous. Mais je n'argumentais pas avec Bormann, je l'écoutais seulement parler. Hitler et lui ont tous les deux donné les ordres qui ont conduit des millions de gens à la mort. Et c'est là que réside la véritable absurdité de leur action. Aucun impératif de salut national n'obligeait à assassiner les Juifs, les Tsiganes, les prêtres, les Slaves et les malades mentaux. Hitler n'était pas un conquérant, comme Alexandre ou Napoléon. C'était un meurtrier de masse. Et c'était indubitablement sa plus grande faiblesse.

– Bormann avait d'autres idées ?

– Plutôt une autre façon de voir les choses. Il pensait qu'il était possible de s'arroger le pouvoir et de le garder si l'on prêtait une attention scrupuleuse à l'organisation et aux détails. Et, après tout, c'est ce qu'il a réussi à faire avec Hitler. Ses armes n'étaient pas les bombes ou les fusils, mais les mots. Il a exterminé des millions de personnes par la seule force de ses notes de service. Il adhérait religieusement à une conception qu'avait énoncée Hitler un jour en ces termes : "Les masses n'ont pas le temps de réfléchir. Et l'homme moderne fait preuve d'une disposition stupéfiante à la crédulité !" Plus tard, il a inculqué cette idée à Theodor Pohl avec tout autant de ferveur qu'il l'avait appliquée lui-même.

– De son point de vue, il avait raison. C'est en s'inspirant de tels principes que tous les despotes parviennent à s'approprier le pouvoir.

– À l'heure actuelle, en France, en Italie, en Autriche, en Belgique, au Danemark, en Hollande et même ici, en Suisse, l'électorat est mûr pour un glissement vers la nouvelle droite. Et quand je dis nouvelle droite, je ne parle pas des conservateurs classiques, mais des extrémistes. Ces gens-là sont en train de gagner en influence et je crois que Pohl veut faire de l'Allemagne le fer de lance de cette révolution. De tous les candidats européens dans son genre qui visent à accéder rapidement au pouvoir, il est le mieux placé, car il est le seul, pour le moment, qui soit en passe d'obtenir un consensus national. Son but est certainement de peser sur les élections au Parlement européen, qui doivent se tenir dans quelques mois. C'est à ce niveau-là qu'il espère prendre un véritable ascendant. Une phrase qui revenait souvent dans la bouche de Bormann était que l'histoire ne se répète jamais telle quelle. Toutefois, il peut y avoir des analogies. Rien, il est vrai, ne permet d'affirmer que l'Allemagne s'apprête à retomber dans la barbarie, mais il faudrait être aveugle pour ne pas voir que les Bormann en puissance qui sont parmi nous bénéficient d'un terrain favorable pour prospérer. Pohl pourrait être le catalyseur qui amorcera leur émergence.

– Mais que peut-il faire concrètement ?

– Le sentiment anti-immigrés est au cœur des mouvements extrémistes dans tous les pays que je citais. Au même titre que l'antisémitisme. Je parlais il y a peu avec un de mes associés français. Il m'expliquait qu'une synagogue avait récemment été incendiée dans une ville de province sans que cela suscite une réaction particulière de la part des autorités. La haine a un nouveau visage, à présent. Les responsables des violences d'aujourd'hui sont soit des néofascistes, soit de jeunes musulmans endoctrinés qui s'en prennent aux Juifs de leurs quartiers pour punir les prétendus péchés d'Israël. En France, comme ailleurs en Europe, la société est morcelée, chaque communauté se repliant sur elle-même. La nouvelle droite exploite ce phénomène en s'en servant pour instiller la peur. Paradoxalement, certains Juifs français voient même dans la nouvelle droite une alternative souhaitable au gouvernement actuel qu'ils accusent d'en faire trop peu pour les protéger ! N'importe quoi ! Une position aussi irresponsable que dangereuse.

– Cela rappelle ce qu'a fait Hitler en jouant sur la crainte du chômage et le sentiment d'humiliation après la défaite dans la Première Guerre mondiale pour rassembler les gens derrière lui. C'est ce que vous voulez dire ?

– Tout à fait. La nouvelle droite européenne n'exhortera personne à la violence ou au génocide. Au contraire, elle s'opposera – du moins publiquement – à toute forme de brutalité. Elle préconisera des politiques plus subtiles, plus classiques. Par exemple, la préférence nationale en matière d'emploi, d'accès au logement conventionné ou à la couverture santé. L'obligation pour les étrangers de contracter une assurance maladie privée de façon à économiser l'argent du contribuable. La sortie de l'euro. Le recrutement de policiers supplémentaires. La construction de nouvelles prisons. Le rétablissement de la peine de mort. La réécriture des livres d'histoire visant à préserver une prétendue mémoire patriotique. La tenue de grandes fêtes civiques auxquelles tout un chacun serait requis de participer. L'imposition d'une langue, voire d'une religion unique. Voilà le genre d'orientations que proposeront nos despotes dernier cri, et les gens approuveront, car aucune ne paraît a priori inacceptable. »

Il fallait bien avouer que l'argumentation de Schüb était plutôt convaincante.

« L'affaiblissement récent de l'Union européenne a fait le lit de ces réactionnaires. Tous les États membres ont en commun des racines culturelles incluant de fortes tendances nationalistes. Et aucun d'eux n'a jamais intégré d'éléments islamiques. Au contraire, l'histoire européenne fourmille d'épisodes où l'islam a pu être perçu comme un danger. Prenez l'Espagne et le Portugal, occupés pendant des siècles. Ou l'Europe orientale, sous la menace constante d'une invasion islamique. Par conséquent, jamais les Européens n'accepteront en leur sein la présence d'une composante islamique forte et organisée. Et la nouvelle droite joue habilement sur la crainte d'une réémergence de l'islam.

– C'est ce que Bormann a appris à Pohl ?

– Ça et bien d'autres choses. Bormann était un brillant stratège. Il possédait l'art de manipuler les masses.

Il mesurait aussi l'importance du "timing" en politique. Il répétait à l'envi que la maîtrise des horloges était un point crucial. »

Une opinion difficilement contestable.

« Le temps est venu de nous rendre en Allemagne pour parler à Theodor Pohl et à Marie Eisenhuth, poursuivit Schüb. Mais, avant cela, nous avons encore une chose à faire… »

Cotton interrogea son hôte du regard.

« Dans les Alpes autrichiennes, près de la frontière allemande, se trouve une maison qui appartenait jadis à Bormann, mais dont le titre de propriété est maintenant au nom d'un de mes pseudos. Nous devons faire une halte là-bas avant de continuer notre route.

– Vous avez l'intention de m'expliquer pourquoi ?

– Je préfère vous montrer. »

65

Löwenberg

Mardi 18 juin
10 h

Pohl ouvrit doucement la lourde porte en chêne et pénétra dans la tour d'angle dont les murs extérieurs, datant du XVe siècle, faisaient face au sud-est. Chacun des trois étages de cette dernière était occupé par une pièce, la plus haute étant l'ancienne salle d'armes du château. Il était rentré de Munich quelques minutes plus tôt après avoir appelé en chemin pour arranger l'entrevue et il n'avait passé qu'un bref instant dans son cabinet de travail avant de gagner la tour.

Il grimpa tout en haut de l'escalier en spirale éclairé par des meurtrières et entra dans l'armurerie reconvertie dont il referma la porte à clé derrière lui.

Engel l'attendait, debout près de la cheminée de style gothique. Le décor n'était plus constitué de panoplies et de cuirasses. Les murs à colombages étaient nus, l'espace vide essentiellement réservé au stockage. Une lumière verte fantasmagorique filtrait à travers les carreaux encrassés des fenêtres. L'air froid semblait chargé d'effluves du temps jadis. Il traversa la salle, ses semelles crissant sur les dalles poussiéreuses, sortit de sa poche le pistolet qu'il avait pris dans le tiroir de son bureau et pointa le canon sur le front d'Engel.

« Donnez-moi une bonne raison de ne pas vous abattre sur-le-champ, dit-il.

– Quelle que soit la faute que j'ai pu commettre, elle pèse peu au regard des services que je peux vous rendre, répondit son collaborateur sans se démonter.

– Vous n'êtes qu'un salopard arrogant ! Je vous avais ordonné d'éliminer Vitt, Malone et Jan Bruin, et non seulement ils sont toujours vivants, mais ils sont à mes trousses !

– Vitt et son partenaire sont morts. J'étais présent quand le pilote chilien a annoncé avoir détruit la maison alors qu'ils se trouvaient à l'intérieur, déclara Engel, toujours imperturbable, comme s'il énonçait un fait avéré.

– Eh bien, il se trompait, répliqua Pohl sans baisser son arme, le doigt sur la détente.

– Quoi ? Vous les avez vus ? demanda Engel, manifestant cette fois une certaine surprise.

– Vitt et Bruin, oui. En chair et en os. Racontez-moi ce qui s'est passé avec Jan Bruin. Et pas de bobards !

– Il m'attendait. Je n'étais pas d'accord avec votre décision dès le départ. Et mon analyse de la situation était la bonne, en fin de compte. Bruin avait vu venir le coup et il était prêt. Nous aurions mieux fait de le laisser tranquille. Au lieu de quoi nous l'avons tiré du sommeil qu'il s'était lui-même imposé.

– Je ne vous permets pas de contester mes ordres.

– Je ne les conteste pas. Je constate seulement que votre choix était malavisé. Bruin m'a conseillé de rentrer et de vous faire part de sa mort, de sorte qu'il n'ait plus à s'inquiéter. Comme j'étais d'accord avec cette idée, je n'ai vu aucune raison de ne pas lui donner satisfaction.

– Bruin vous a menti. Il s'est moqué de vous. Il est ici, en Allemagne. Et c'était précisément pour éviter ça que je vous avais commandé de le tuer. Vous n'êtes pas indispensable, vous savez, dit Pohl en agitant son arme. Beaucoup de gens seraient prêts à remplir vos fonctions.

– Sauf que le temps vous manque pour les recruter et les former. »

Il abaissa son pistolet. Engel voyait juste, Pohl ne pouvait pas se débarrasser de lui, même s'il en brûlait d'envie.

Mais ce n'était que partie remise.

« L'imposture de Bruin est fâcheuse, reprit Engel, conciliant. Mais il m'a paru sincère, sur le moment. Après tout, il y avait des années qu'il gardait pour lui ce qu'il savait et je n'avais aucune raison de penser qu'il ne continuerait pas. D'autre part, il m'a accueilli en compagnie de gardes armés. Je n'avais guère d'autre choix que d'obtempérer.

– Vous auriez au moins pu me dire la vérité.

– Vous ne souhaitiez pas l'entendre. »

Pohl leva brusquement son automatique et fit feu. La balle frôla l'oreille gauche d'Engel avant d'aller ricocher contre le mur de pierre brute. Son subordonné ne bougea pas d'un pouce et ce sang-froid doucha sa propre détermination.

« Tous mes plans ont échoué. Vitt, Bruin, Malone et même le vieux Schüb sont là. »

Il n'avait pas l'habitude de se retrouver coincé, et cela lui causait une impression très désagréable.

« Schüb est vivant ? s'étonna Engel. Que s'est-il passé ? »

Pohl abaissa de nouveau le pistolet et informa son employé de l'entrevue à l'opéra de Munich.

« Eisenhuth a tenté de me faire sortir de mes gonds, mais elle en a été pour ses frais, conclut-il.

– Elle essayait de susciter une riposte de votre part.

– Elle cherchait à me prouver que nous n'avions pas d'autre issue que de nous détruire mutuellement. Mais, si elle souhaite une riposte, nous allons combler ses espérances. Et tout de suite. Avant qu'elle ait le temps de se préparer.

– C'est exactement ce qu'elle attend.

– À cause de vous et de vos erreurs, je n'ai plus le choix. Désormais, c'est elle ou moi. Nous sommes entrés dans une lutte à mort. Vous avez certainement sous la main des gens prêts à régler le problème et à assumer leurs responsabilités.

– Nos alliés chinois sont plus que désireux d'intervenir, comme je vous l'ai déjà dit il y a des mois. Ils détestent la chancelière, qui fait systématiquement bloc contre eux avec les Américains. Ils ont proposé leur aide à de nombreuses reprises. »

La Chine était le plus important partenaire commercial de l'Allemagne. Près de deux cents milliards d'euros d'échanges pour la seule année précédente. La relation remontait au premier traité sino-prussien de 1861. Les rencontres diplomatiques à un haut niveau entre les deux pays étaient une banalité, de même que leur coopération mutuelle. Mais les rapports des Chinois avec Eisenhuth étaient de plus en plus tendus. Au point qu'ils avaient pris langue avec lui en sous-main pour exprimer leur souhait de voir se produire des changements à la tête de la chancellerie – changements qu'ils se disaient prêts à favoriser soit financièrement, soit par tout autre moyen. Pohl avait eu de très nombreux contacts avec les autorités de Pékin quand il était parlementaire et les avait toujours trouvées ouvertes à la discussion. Mais, reculant devant l'idée de leur être redevable, il avait préféré avoir recours à son plan grandiose consistant à faire usage de ses relations en Amérique du Sud pour mettre au jour le scandale financier qui coulerait Eisenhuth.

Et ce plan lui avait paru sans faille.

Jusqu'à la nuit dernière.

Il lui fallait maintenant changer son fusil d'épaule.

« Est-il possible de relancer les Chinois ?

– Rien de plus facile.

– Alors faites-le. Dans les plus brefs délais. Je souhaite une attaque éclair.

– Et pour Cassiopée Vitt ?

– Éliminez-la, elle aussi.
– Et Jan Bruin ?
– Pareil.
– Gerhard Schüb ? »
Pohl ne répondit pas.
« Et Cotton Malone ? » ajouta Engel.
Pohl comprit.
« Bon, d'accord, je vois où vous voulez en venir : beaucoup trop de monde à supprimer, c'est ça ? Dans ce cas, contentons-nous d'Eisenhuth pour l'instant. Mais il faudra aussi s'occuper des autres par la suite. Ils en savent trop. L'important est que rien ne permette de remonter jusqu'à nous.
– Si l'information concernant vos origines faisait surface, cela pourrait se révéler très gênant. Or il est tout à fait envisageable que des descendants des familles Bormann et Braun soient retrouvés. Bormann a eu beaucoup d'enfants, lesquels ont à leur tour eu des enfants et des petits-enfants. Et des membres de la famille Braun peuvent, eux aussi, être identifiés. Il serait alors possible de pratiquer des tests ADN.
– Pas sans ma coopération.
– Que vous pourriez difficilement refuser. Donc, je suis d'accord, la meilleure solution est d'éliminer tous les protagonistes à terme. Mais ces opérations devront être planifiées avec soin.
– Pourquoi croyez-vous que je vous paye si grassement ? À vous de résoudre le problème. »
Une phrase qu'avait prononcée Eisenhuth lors de leur entrevue à l'opéra lui trottait dans la tête.
« Nous bénéficions de l'aide d'un Américain, Cotton Malone, qui est en train de rassembler des preuves supplémentaires avec Schüb. »
Et qu'avait-elle répondu quand il avait ironisé sur l'endroit où pouvait se trouver Schüb ?
« Tout près d'ici. »
Le cerveau de Pohl se mit à tourner à plein régime.

Bien sûr ! Pourquoi n'y avait-il pas pensé plus tôt ?

« Nous allons peut-être bénéficier d'une occasion en or d'avoir Schüb et Malone », dit-il.

Il songea aux années lointaines où Schüb venait d'Afrique du Sud pour le voir. Vers la fin des années 1970, celui-ci faisait le voyage plusieurs fois par an et lui apportait toujours des carnets remplis de conseils avisés. Pohl en était même arrivé à apprécier le vieil Allemand efflanqué. Ils ne se retrouvaient pas en Allemagne, mais dans les Alpes autrichiennes, tout près de la frontière avec la Haute-Bavière, dans une élégante maison de campagne située dans une jolie vallée.

« Il se pourrait bien que Malone et Schüb soient en Autriche, ajouta-t-il.

– Comment pouvez-vous en être sûr ?

– Ce n'est qu'une intuition, mais elle me semble juste.

– Que souhaitez-vous que je fasse ?

– Demandez à nos amis chinois de vérifier, et, si mon flair ne m'a pas trompé, passez à l'action. Sans tarder. »

66

Château des Herzog

11 h

Marie Eisenhuth fut étonnée d'apprendre par sa femme de chambre que Kurt était déjà rentré à la maison. D'habitude, quand ils s'étaient querellés, il ne reparaissait pas avant une semaine au moins. Leur conversation, l'autre soir, à Francfort, avait-elle produit ses effets ? Elle n'avait eu aucune nouvelle de lui depuis, et ce silence n'augurait rien de bon. Elle aurait dû s'atteler à la préparation de son premier débat avec Pohl, éplucher les pages d'informations compilées pour elle par son équipe, mais elle ne parvenait pas à se concentrer. La situation s'était retournée. Pohl était lui aussi en danger, à présent.

Qu'allait-il faire ?

Il fallait absolument qu'elle le sache. Malheureusement, les seuls éléments incriminants en sa possession étaient les affirmations de Gerhard Schüb, et, comme Pohl l'avait fait remarquer à juste titre, celles-ci étaient fortement sujettes à caution. Quant à l'enquête du BND sur l'argent sale, elle n'avait pas encore fuité dans la presse, mais ce n'était qu'une question de temps. Quoi qu'il en soit, elle ne devait pas se laisser déstabiliser par ces incertitudes pour le moment. Sa priorité était de parler à Kurt.

Elle descendit tout de suite au rez-de-chaussée et trouva son mari dans le salon des glaces, ainsi nommé à cause des centaines de miroirs qui renvoyaient des images fractionnées du décor baroque sous tous les angles imaginables. La lumière du soleil qui entrait à flots par les portes-fenêtres se reflétait sur les surfaces biseautées pour rejaillir en éclats de toutes les couleurs du spectre. Elle n'avait jamais aimé cette pièce. La beauté irrationnelle des images réfractées la perturbait parce qu'elle tenait plus de l'illusion que de la réalité. Et les fragments bigarrés du sol en granito ne faisaient que renforcer l'impression de confusion. Son père, en revanche, avait adoré ce salon, qui avait toujours été richement décoré de son vivant. Elle l'avait vidé de tous ses meubles, le considérant davantage comme une curiosité que comme une partie fonctionnelle de la maison.

« Je suis surprise que tu sois déjà là », dit-elle en entrant.

Kurt se détourna du miroir qu'il était en train de contempler – un objet délicat recouvert d'une résille d'or. Il portait un costume en prince-de-Galles à trois boutons et des chaussures de ville en cuir de chez Bally. Une tenue un peu trop sport pour aller au travail. Mais alors, d'où venait-il ?

« On ne va pas passer notre temps à se bagarrer, ça n'a pas de sens », répondit-il.

Il lui arrivait d'adopter cette attitude apparemment magnanime après une querelle. Comme s'il était sans rancune.

« Qu'as-tu appris de neuf, au bureau ? demanda-t-elle.

– Ni bonjour ni comment vas-tu ? *Qu'as-tu appris de neuf ?* C'est tout ?

– Désolée si je te semble sèche, mais il me tarde de savoir ce que révèlent nos archives, à supposer qu'elles révèlent quoi que ce soit. Ça peut se comprendre, non ?

– En valeur, un peu plus de trois cent soixante-dix millions d'euros ont été virés sur nos comptes depuis 1965. Des transferts d'importance très variable, irrégulièrement répartis dans le temps. Le BND a passé deux jours à fouiller dans les dossiers du siège, à Francfort. Il est normal que nous n'ayons rien soupçonné étant donné que des milliers de virements de ce genre nous arrivent chaque année en provenance de banques du monde entier, comme je te l'ai déjà expliqué.

– Donc, papa devait être au courant, dit-elle, s'adressant plus à elle-même qu'à Kurt.

– Indubitablement. En fait, près de la moitié de l'argent a été versée entre 1965 et 1972. C'est-à-dire à l'époque où nos sociétés étaient à la peine à cause de l'inflation et des communistes, tu t'en souviens sûrement. Ce n'est qu'au début des années 1980 que le redressement s'est opéré. »

Un argumentaire qu'elle connaissait par cœur.

Kurt, prétendait-il lui-même, avait sué sang et eau pendant près de dix ans pour contrecarrer les mesures protectionnistes prises par son père. Il avait, à l'entendre, consolidé et rééchelonné la dette, renégocié les accords salariaux, prospecté de nouveaux marchés… Bref, il leur avait épargné la honte du dépôt de bilan. Erwin Brümmer, pour sa part, considérait comme quantité négligeable le rôle qu'avait pu jouer Kurt. À ses yeux, la plupart des améliorations étaient attribuables au décollage spectaculaire de l'économie qui avait propulsé l'Allemagne de l'Ouest au premier rang des puissances industrielles. Les entreprises Eisenhuth et Herzog faisaient simplement partie des nombreux conglomérats qui s'étaient trouvés au bon endroit au bon moment.

« Ces fonds, en avons-nous tiré bénéfice ?

– Ils ont contribué au maintien à flot de nos sociétés, à la régularité de leur fonctionnement, à leur expansion…

– Savais-tu d'où ils provenaient ?

– Qu'est-ce que ça change ? »

Il se dérobait de nouveau et elle n'aimait pas ça.

« Comment peux-tu poser une question pareille ? Avoir utilisé des capitaux qui étaient le fruit de ces atrocités est tout bonnement innommable. Va faire un tour à Dachau, comme moi. Regarde les fours ! L'idée même que j'aie pu tirer profit de ça d'une façon ou d'une autre heurte profondément tout ce à quoi je crois. Et je pensais qu'il en allait de même pour toi.

– Mais enfin, pour qui me prends-tu ?

– Ça suffit, maintenant, Kurt ! siffla-t-elle entre ses dents, réprimant un frisson de colère. Étais-tu, oui ou non, au courant de la provenance de cet argent ? Assez joué !

– Oui ! répondit-il. J'étais au courant. »

Avait-elle bien entendu ? Elle resta un instant interdite, digérant l'aveu.

« Ce n'est pas ce que tu m'as affirmé à Francfort.

– J'ai menti », admit-il, apparemment indifférent à la peine qu'il lui causait.

Elle sentit les larmes lui monter aux yeux, mais parvint à les contenir. Elle se devait d'être forte, même si toutes les craintes qu'elle avait nourries au sujet de Kurt semblaient se confirmer.

« Qu'est-ce que ça veut dire ? » souffla-t-elle, s'efforçant de maîtriser ses émotions.

Il s'approcha d'elle.

« C'est pourtant évident : on m'a proposé cet argent et je l'ai accepté.

– Qui te l'a proposé ?

– Ça va être dur à entendre, je te préviens... »

Elle se tint prête.

« C'est ton père.

– Comment ça, mon père ? demanda-t-elle, son désir de comprendre perçant le brouillard où l'avait plongée le choc.

– Au cours des années qui ont précédé sa mort, nous avons beaucoup parlé, lui et moi. Il m'a fait connaître l'existence de ces fonds, leur origine et la manière d'y avoir accès. Je tiens à préciser que j'ai résisté un certain temps à la tentation avant d'y céder. L'argent s'est révélé très utile, en définitive. Dépensé judicieusement, il a été d'un excellent rapport. »

La voix de Kurt ne tremblait pas. Le ton était neutre, détaché. Aucun remords. Aucune honte.

« Mon père savait tout ça ?

– Marie, ton père était un nazi. Tu auras beau te voiler la face, nier l'évidence, il n'en reste pas moins qu'il vouait un culte à Adolf Hitler. »

Comme indépendamment de sa volonté, sa main droite se leva et elle le gifla. Pour toute réaction, Kurt s'écarta d'elle et se frotta la joue.

« Émotion brute… Violence… Tu es donc un être humain, en fin de compte. »

Elle lui en voulut de ce diagnostic. Jamais elle n'aurait imaginé faire un tel geste. Elle sentit la sueur perler sur son front.

« Mon père était quelqu'un de bien, affirma-t-elle, vibrante d'indignation. Il avait peut-être des convictions politiques peu orthodoxes, mais ce n'était pas un assassin nazi.

– Donc, le fait qu'il n'ait jamais tué personne le rend différent des autres ? Tu crois vraiment ce que tu dis ? Il était d'accord avec tout ce qu'Hitler préconisait. Il détestait les Juifs, les communistes, les Américains… Il a levé des millions pour financer les nazis et les a activement soutenus. Il a eu recours au travail forcé en toute connaissance de cause. Alors, non, il n'a tué personne. Par ses contributions, il a seulement permis à Hitler, Bormann, Himmler et consorts de le faire à sa place pendant qu'il profitait de leurs agissements. »

Refusant d'en entendre davantage, elle lui tourna le dos et se dirigea vers la porte, mais il lui empoigna le bras et la contraignit à lui faire face.

« Ah non ! Tu ne vas pas me planter là ! Pas cette fois !

– Lâche-moi, ordonna-t-elle d'une voix bien trop faible au regard de la menace qu'elle lisait dans les yeux de son mari.

– J'en ai par-dessus la tête de te voir te pavaner dans le rôle de la rédemptrice qui nous sauvera tous ! Tu es prompte à donner des leçons à tout le monde. Mais pourrais-tu t'en donner à toi-même ?

– Je n'ai rien fait de mal.

– Et ton père ? Es-tu capable de le juger aussi sévèrement que tu juges Theodor Pohl ?

– Mon père était inoffensif, assura-t-elle, mais le mot avait un goût amer.

– Vraiment ? Tous les Juifs qui sont morts dans les camps ne seraient peut-être pas d'accord avec ça. Ce sont des hommes comme ton père qui ont mis les nazis au pouvoir, et qui ont tout fait pour les y maintenir.

– Tu es le plus méprisable des salauds. Tu me donnes envie de vomir. »

Il la plaça de force devant une des glaces. Son reflet la fixait, répliqué par d'autres miroirs sous des angles bizarres.

« Regarde-toi, Marie. Les gens sont très tolérants à l'égard de leurs dirigeants. Ils sont prêts à les absoudre pour leurs vols, leur incompétence ou leur libertinage. Mais il y a deux choses qu'ils ne pardonnent pas : l'arrogance et l'hypocrisie. Et toi, ma chère, ils te percevront comme souffrant des deux défauts à la fois. Personne ne supportera plus d'entendre tes sermons en sachant ce dont ton père s'est rendu coupable. Ce n'est pas moi, Marie, mais toi qui vas devoir te justifier. »

Elle se libéra brutalement et fit volte-face.

« Fais ce que tu crois juste, Kurt. N'hésite pas. Toi et Pohl, n'hésitez pas. Je suis prête.

– Toi, tu es peut-être prête, Marie. Mais qu'en est-il de ton parti ? De ses sympathisants ? Tu vas leur coûter cher… »

Elle s'abstint de réagir. À quoi bon se lancer dans un nouveau duel avec lui ? Il n'y avait rien à y gagner.

Elle sortit en claquant la porte.

67

Alpes autrichiennes

17 h

Cotton ralentit pour négocier un virage en épingle à cheveux. Schüb était assis à côté de lui dans la Mercedes. En contrebas, les lacets de la route qui serpentait entre des murets à travers les alpages semblaient s'amenuiser, adoucis par la perspective. La descente vers la large vallée encadrée de pentes abruptes était aussi raide que l'avait été la montée quelques minutes plus tôt. Des bosquets de peupliers et d'épicéas dessinaient des motifs de broderie sur les flancs déchiquetés des montagnes qui, vierges des habituelles pistes de ski, offraient le spectacle réconfortant d'un lieu à l'écart de toute agitation. Les sommets les plus hauts, encapuchonnés de sombres nuages, étaient laqués de neige. Dans quelques mois, le blanc manteau s'étendrait jusqu'au fond de la vallée.

Quelques gouttes de pluie maculèrent le pare-brise et il mit les essuie-glaces. Schüb pointa un doigt vers l'est, désignant une maison qui venait d'apparaître à travers la brume.

Pendant le voyage, le vieil homme avait expliqué qu'elle avait été construite juste après la Première Guerre mondiale par un Juif allemand. Amoureux des toits en saillie, des pierres liées au mortier et des murs de galets à colombages typiques des fermes de la Forêt-Noire, celui-ci s'en était fait bâtir une réplique dans les Alpes autrichiennes. Les nazis avaient saisi la propriété et l'avaient occupée pendant toute la durée du conflit. Elle avait été restituée à la famille au début des années 1950, mais, l'entretien étant trop onéreux, les héritiers l'avaient revendue. Bormann, qui s'en souvenait pour l'avoir fréquentée pendant la guerre, l'avait jugée parfaite et avait autorisé Schüb à l'acquérir sous un de ses nombreux pseudonymes.

« Les Autrichiens posent peu de questions. Comme les Suisses. C'est un plaisir de faire affaire avec eux », assura-t-il.

La route, de moins en moins pentue à l'approche du fond de la vallée, se transformait en une piste rocailleuse qui serpentait entre des arbres touffus. Ils traversèrent quelques jolis hameaux tyroliens de carte postale, tout en crépi blanc et poutres anciennes. Comme ils approchaient enfin de leur destination, Cotton constata que les volets de la maison étaient clos. L'espace entre le bâtiment et les bosquets de résineux qui le bordaient était jonché d'aiguilles et de branches.

Aucun signe que l'endroit était habité.

« Il y a longtemps que personne n'est venu, commenta Schüb. J'ai quelqu'un à Salzbourg qui passe de temps en temps s'assurer que tout va bien. »

Ils se garèrent, descendirent de voiture et se dirigèrent vers l'entrée sous la pluie. La maison de deux étages occupait une superficie d'environ trois cents mètres carrés. Il y avait l'électricité. Une bonne chose, les pièces baignant dans une pénombre glauque à cause du temps couvert et de l'heure tardive. Schüb alluma, révélant un intérieur rustique chaleureux et accueillant.

« Je vois que le gardien a veillé à ce que tout reste propre, dit-il.

– Vous veniez souvent ici ?

– Quatre ou cinq fois par an. C'est ici que Theodor et moi nous retrouvions. Nous avons passé beaucoup de temps en tête-à-tête entre ces murs. »

Cotton suivit l'Allemand à l'étage. Sous les combles se trouvait un salon meublé de fauteuils et d'un petit canapé couverts d'ouvrages brodés au charme désuet. Des kilims, un sitar indien et un panier tressé contenant ce qui ressemblait à des œufs d'autruche complétaient l'ensemble.

« J'ai rapporté la plupart de ces objets d'Afrique. Des cadeaux de Bormann à son fils. Très décoratifs. »

Schüb alla jusqu'à la fenêtre et regarda la pluie tomber dans la lumière déclinante.

« Nous nous sommes plus d'une fois installés dans cette pièce, reprit-il. Je donnais à Theodor des nouvelles de son père et il lisait les derniers carnets. J'aimais bien ce garçon dans son jeune âge. Il était beau, bien bâti. Tout à fait comme sa mère. Il avait ses yeux, sa bouche… J'avais l'impression de la voir. Avez-vous entendu parler du *heimliche Kaiser* ? demanda-t-il en se retournant vers Cotton.

– L'empereur secret ? Non. Qu'est-ce que c'est ? »

Schüb lui conta l'histoire de Frédéric Barberousse, l'un des premiers empereurs romains germaniques dont le prestige était tel qu'il constituait un défi pour toute la chrétienté. Malheureusement, il mourut en 1190, alors qu'il était en route pour la croisade, et ne put jamais aller au bout de ses rêves. Mais une légende affirmait qu'il était seulement endormi au sein d'une montagne et attendait qu'on le tire de son sommeil pour arracher l'Allemagne à sa mauvaise fortune et la mener de nouveau vers la gloire.

« Ce n'est pas par hasard qu'Hitler avait baptisé l'invasion de l'URSS opération Barbarossa. Il connaissait parfaitement la fable du *heimliche Kaiser*. Comme l'ont toujours fait les nazis, il se servait des mythes pour susciter l'espoir. Nous autres Allemands avons une fâcheuse tendance à perdre de vue les réalités politiques pour leur préférer les songeries romantiques et la nostalgie. »

Cotton avait lu la même analyse sous la plume de nombreux historiens.

« Bormann lui aussi a exploité cette utopie. Il expliquait à Theodor comment utiliser la puissance du folklore. Il revenait selon lui à ce fameux *heimliche Kaiser,* cet empereur caché, d'éradiquer les vestiges de la civilisation occidentale pour faire des Allemands un peuple sain. C'est ce qu'avait tenté de faire Hitler, mais il avait échoué. Parce qu'il n'était pas le véritable empereur caché, assurait Bormann… »

Schüb secoua la tête avant de poursuivre.

« Les Allemands se sont toujours laissé griser par les fables. Nous n'avons jamais pris conscience de ce qu'elles peuvent avoir de destructeur.

– Pohl était-il capable de faire la part des choses ?

– Loin de là ! Il adhérait totalement à ces mirages. Comme l'avait prédit Bormann avec justesse, les légendes maintenaient l'intérêt de Theodor en éveil.

– Avez-vous essayé de lui ouvrir les yeux ?

– Deux fois. En vain. Theodor adorait son père, le plaçait sur un piédestal. Ce qui était curieux, étant donné que Bormann n'avait jamais fait avancer en quoi que ce soit l'idéologie nazie. Il se contentait de naviguer à vue entre les dominants et les dominés. Les actes lui importaient bien plus que les théories… C'est son beau-père qui l'a le plus précisément cerné, après la guerre, en disant : “Martin Bormann n'a pas supporté l'air raréfié une fois au sommet du pouvoir ; ça l'a rendu fou.” En revanche, je parlais beaucoup à Theodor de sa mère.

– Vous la connaissiez mieux que n'importe qui, j'imagine.

– Hitler la bafouait. Il prétendait qu'un homme intelligent devait avoir une femme stupide pour qu'elle ne puisse jamais l'orienter dans ses décisions. Mais elle ne l'en aimait pas moins. Sincèrement. Dieu sait pourquoi. Si elle a fui le bunker et s'est conformée aux exigences de Bormann, c'est uniquement parce que son mari le lui avait ordonné. C'était une personne attentionnée qui ne souhaitait de mal à personne alors qu'elle était entourée de monstres. Elle était comme ce meuble, dit Schüb en montrant un coffre peint de couleurs vives contre le mur du fond, jolie à regarder, muette, impuissante à influer sur le cours des choses.

– Quand vous êtes-vous rendu compte que vous étiez amoureux d'elle ? demanda Cotton, guidé par son intuition.

– Je me suis souvent posé la question. J'étais très jeune, à l'époque. C'était une belle femme. J'étais seul, dans un pays inconnu… »

Cotton observa le vieil homme. Sa longue expérience d'agent de terrain lui avait enseigné certaines choses que ses années de retraite n'avaient pas effacées. Entre autres, il savait discerner le moment où quelqu'un était prêt à se confier.

« Dites-moi ce que vous vouliez me révéler en me faisant venir ici. »

68

Schüb était allongé nu près d'Eva Braun, assouvi après s'être perdu en elle par deux fois. Dehors, le ciel africain continuait à déverser des cataractes de pluie.

« Je te suis vraiment reconnaissante d'être là, lui murmura-t-elle à l'oreille en se pelotonnant contre lui.

– C'est réciproque.

– Martin doit-il toujours rentrer demain ?

– Il a été retenu à la mine, à Kimberley.

– En clair, sa dernière maîtresse en date a voulu passer une nuit de plus avec lui. »

Il sourit. Elle connaissait Bormann sur le bout du doigt. Rien d'étonnant, d'ailleurs, après six années de vie commune.

« Je ne me mêle pas de ses frasques.

– Oh, Gerhard ! s'exclama-t-elle en riant. Quelle loyauté ! Martin a fait le bon choix quand il t'a pris à son service. Il ne s'en est pas rendu compte, mais il a eu le nez creux.

– Je fais ce qu'il me demande, rien de plus.

– C'est lui qui te demande de coucher avec moi ?

– Non, ça, c'est de ma propre initiative.

– Il ne m'estime pas digne d'avoir des rapports avec lui. Il ne m'approche que rarement. Quand ça l'arrange. »

L'idée le révulsait, mais il ne fit pas de commentaire. Il était mal placé pour ça. Il se mettait dans son tort en agissant comme il le faisait. Il l'avait su dès le début, un an auparavant, et il se répétait chaque nouvelle fois que c'était la dernière.

Pourtant il revenait toujours.

Bormann était-il au courant ? Probablement pas.

Il veillait avec une jalousie maladive sur ce qui lui appartenait, et Eva Braun était ce qu'il possédait de plus précieux. Ils étaient prudents et ne se retrouvaient que quand Bormann était loin. Par chance, personne d'autre qu'eux trois n'habitait la ferme et les domestiques avaient interdiction de rester après la tombée de la nuit.

Une des nombreuses règles édictées par Bormann.

Ils étaient étendus là, immobiles. Schüb aimait reposer nu entre les draps quand il pleuvait. Combien de fois s'était-il trouvé ainsi dans son propre lit, en train d'écouter les bruits nocturnes en se demandant si elle était avec Bormann.

« Remercie le ciel qu'il ne rentre pas, dit-il enfin.

– C'est ce que je fais.

– Mieux vaut ne pas l'indisposer. Il y a un grand feu qui couve en lui.

– C'est surtout un imbécile qui ne serait arrivé à rien sans mon Adolf. »

Elle utilisait toujours le prénom d'Hitler lorsqu'elle parlait de lui. Avait-elle fait de même quand le Führer partageait sa vie et qu'elle s'adressait à lui ? Schüb ne lui avait jamais posé la question. Il ne voulait rien savoir de ses autres amants.

« Bormann est quelqu'un de résolu. Ne le considère pas comme quantité négligeable.

– Je le méprise. Si je reste ici, c'est parce que je n'ai nulle part où aller.

– Nous sommes tous dans la même situation.

– Tu ne peux pas plus retourner au Chili que moi en Allemagne, dit-elle comme si elle avait lu dans ses pensées. L'histoire a fait de nous deux des prisonniers, d'une façon aussi étrange que perverse. »

Elle se serra contre lui et l'entoura de ses jambes avant d'ajouter :

« Je suis contente de t'avoir. »

Il aurait pu en dire autant. Bien qu'elle eût onze ans de plus que lui, elle lui laissait prendre tout en charge. C'était de ça qu'elle avait besoin. Physiquement, elle était adulte ; affectivement, c'était encore une adolescente. Elle était dépendante, et c'était là son plus grave défaut. Mais c'était également ce qui les avait rapprochés.

Le déluge continuait ses assauts sur le toit en tôle.

Malgré lui, son désir se réveilla au contact d'Eva. Et elle s'en aperçut.

« Oui, Gerhard, chuchota-t-elle. Moi aussi j'ai envie de toi. »

Cotton écouta Schüb terminer le récit de sa liaison avec Eva Braun. Quelques jours plus tôt, il avait remarqué que la voix du vieil homme se brisait quand il avait évoqué la mort de la Veuve et la manière dont Bormann s'était désintéressé d'elle pour faire son choix entre les deux nouveau-nés. Tout était plus clair, à présent.

« C'est pour ça que vous l'avez enterrée avec tant de cérémonie.

– C'était ma façon de rendre hommage à celle que j'appelais ma puce. Nous avions besoin l'un de l'autre.

– Combien de temps a duré votre relation.

– Pendant les deux dernières années de sa vie.

– Et Bormann ne se doutait de rien ?

– Si oui, il n'a jamais abordé le sujet. En fait, après le décès d'Eva, il n'a plus du tout parlé d'elle. Elle n'était rien pour lui. Un simple outil qu'il a utilisé, puis mis au rebut. Il avait beaucoup de mal avec la notion de vérité. "La franchise n'est nécessaire que s'il existe des raisons suffisantes pour la justifier", disait-il souvent. »

Schüb fit une pause, un sourire amusé sur les lèvres, avant de poursuivre.

« Elle adorait se moquer de lui. Il était court sur pattes et cela le complexait. Comme elle était plus grande que lui, il évitait de se tenir debout à côté d'elle. Alors elle prenait un malin plaisir à se rapprocher de lui, surtout en public.

Elle aimait danser. Et elle fumait comme un pompier. Ah, et les chaussures à hauts talons ! Elle en faisait ses délices. Je lui en ai rapporté une paire de Johannesburg, une fois.

– C'est pour me raconter ça que vous m'avez fait venir ici ? »

Schüb sembla s'extraire de ses souvenirs, puis, comme en réponse à la question, il passa près de Cotton et redescendit au rez-de-chaussée. Cotton le suivit dans la cuisine, où le vieil homme s'arrêta devant un placard en bois de pin aux étagères chargées de gobelets et d'assiettes en étain.

« Nous cuisinions peu, ici, dit-il, mais il m'arrivait de faire du pain. »

Il glissa une main à l'intérieur du vaisselier.

Un déclic se fit entendre dans le silence et l'ensemble se mit à pivoter sur lui-même, apparemment autour d'un axe central.

« C'est le propriétaire précédent qui avait ajouté cet aménagement, indiqua Schüb. De ce que j'ai appris, il avait caché là les objets précieux de sa famille en sentant venir la guerre. Malheureusement pour lui, son trésor a été découvert. »

L'Allemand tendit le bras dans le noir et actionna un interrupteur à chaînette. Une ampoule nue s'alluma. La pièce au-delà n'était guère plus qu'un cagibi de quelques mètres de longueur sur la largeur du vaisselier. Le mur du fond était entièrement tapissé de rayonnages en bois.

Tous vides.

Schüb lâcha un juron.

« J'avais entreposé ici les journaux intimes de la Veuve, expliqua-t-il. Je comptais en partager les secrets avec Theodor un jour. J'avais dans l'idée qu'il aurait peut-être envie de s'informer sur elle. Elle s'exprimait beaucoup dans ces carnets. Elle leur confiait ses tendres pensées, ses sentiments. Un fils doit savoir ces choses à propos de sa mère.

– Quand êtes-vous venu ici pour la dernière fois ?

– Il y a quatre ans.

– Qui d'autre que vous connaissait l'existence de ce réduit ?

– Seulement Theodor.

– Eh bien, on peut se dire que la vie de sa mère n'a plus de secrets pour lui, maintenant.

– Il n'est pas au courant de tout. »

Schüb éteignit la lumière et remit le vaisselier en place.

« Vous voulez bien me confirmer ce que je crois avoir déjà deviné ?

– Je suis le père de Theodor Pohl.

– Aucun doute ?

– Pas le moindre.

– Braun en était consciente ?

– Oui. C'est l'unique raison qui l'a poussée à mener la grossesse à son terme. Il n'était pas question pour elle de mettre au monde l'enfant de Bormann. Bien sûr, elle ne soupçonnait pas qu'il pût y en avoir deux, et en ce temps-là il n'existait aucun moyen de s'en rendre compte. La gémellité est fréquente dans ma famille.

– Cela a dû vous faire une peine immense de confier ce nouveau-né aux Pohl.

– Plus grande que je me l'étais imaginé jusqu'au moment où ça s'est produit. Après avoir vu mourir une femme que j'aimais dans d'atroces souffrances et été contraint d'accepter les décisions de Bormann, j'ai dû abandonner mon fils à des inconnus. C'était presque insoutenable. Mais il y a pire encore : il m'a fallu regarder ce monstre maltraiter mon second fils. Et, pour finir, j'ai dû enterrer ce pauvre garçon.

– Qu'auriez-vous pu faire d'autre ?

– C'est bien le plus douloureux dans tout ça. Je n'avais pas le choix. Parce que je l'avais décidé. Et j'ai passé ma vie à le regretter.

– Pohl ne sait rien ?

– Je n'ai jamais trouvé le bon moment pour lui en parler.

– Il me semble que l'heure est venue de tout lui révéler, dit Cotton, comprenant que la donne avait radicalement changé.

– C'est bien mon avis. »

69

Hildesheim, Allemagne

18 h 30

Cassiopée n'aimait pas du tout la tournure que prenaient les choses sur le parvis de la cathédrale. La foule qui attendait l'intervention de Marie Eisenhuth, prévue une demi-heure plus tard, grossissait à vue d'œil. La situation n'était guère meilleure à l'intérieur, où une nuée de prêtres, de religieuses et d'employés du diocèse s'affairait pour préparer les lieux. Cette étape avait été programmée des semaines auparavant. Elle constituerait une des rares incursions de la chancelière dans le centre du pays, pour l'essentiel résolument conservateur, dont une grande partie avait appartenu à la RDA. L'attente fiévreuse qui se lisait sur les visages n'était pas très rassurante.

Avant qu'elle prononce son discours, Eisenhuth et la presse se verraient offrir une visite guidée du somptueux monument. Une façon pour le bourgmestre, très apprécié, de se montrer en compagnie de la dirigeante à qui il avait promis d'apporter publiquement son soutien lors des festivités de la soirée. Un simple show médiatique, avait conclu Cassiopée. Mais aussi la première chance que Theodor Pohl pourrait se risquer à saisir.

Céderait-il à la tentation ?

Mordrait-il à l'appât qu'ils lui avaient volontairement mis sous le nez après l'avoir acculé dans une impasse pour lui forcer la main ?

Cassiopée n'était encore jamais venue à Hildesheim. Une inspection des rues étroites l'avait confirmée dans son impression que la petite ville saxonne se résumait à une vaste exposition à ciel ouvert d'architecture médiévale. Le trajet de son hôtel à la cathédrale lui avait donné l'occasion d'admirer les façades peintes aux frises finement ciselées ainsi que les inscriptions pittoresques portant des dates de construction antédiluviennes. La cathédrale elle-même était imposante, même si elle n'égalait pas en magnificence l'église Saint-Michel toute proche, où Marie Eisenhuth avait prévu de prendre la parole le lendemain.

Les autorités locales avaient insisté pour que le sanctuaire reste ouvert pendant la visite et le discours. Ne souhaitant pas priver les gens de leur lieu de culte ni éveiller les soupçons de la presse quant à un éventuel problème de sécurité, Eisenhuth s'était pliée à cette exigence. Cassiopée l'avait avertie que la situation pourrait rapidement dégénérer, sans toutefois préciser la nature pourtant évidente du danger, à savoir que Theodor Pohl était peut-être tapi dans l'ombre, attendant son heure pour frapper. En conséquence, Eisenhuth avait consenti à porter exceptionnellement un gilet pare-balles sous son tailleur bordeaux.

Il aurait été préférable d'établir un poste de contrôle à la porte principale de l'église et de fouiller tous les entrants, mais la chancelière avait catégoriquement refusé une telle disposition. Cassiopée s'était donc rabattue sur un système de surveillance discret reposant sur un groupe de policiers en civil qui faisaient en ce moment la ronde à l'intérieur de l'édifice.

Elle-même circulait sans avoir l'air de rien dans les marges de la foule pendant que les gens s'installaient sur les bancs dans la longue nef ou déambulaient dans les bras du transept. Les coins d'ombre et les piliers omniprésents constituaient d'excellentes cachettes potentielles pour un assaillant. Eisenhuth et les journalistes se trouvaient pour l'heure dans le cloître, où on leur faisait admirer le rosier millénaire, une curiosité locale assez connue. Cassiopée, équipée d'une minuscule oreillette et d'un micro attaché sous sa veste, était en contact permanent avec les policiers, auxquels elle avait enjoint d'éviter les communications inutiles. Tous étaient armés et prêts. Son rôle à elle était de demeurer mobile, d'évaluer les éventuelles menaces et de prendre les décisions. Les services de sécurité n'avaient pas apprécié sa présence. Mais Eisenhuth leur avait ordonné de coopérer, si bien qu'elle pouvait aller et venir à sa guise.

Son attention fut attirée par un remue-ménage à l'extrémité de la nef.

Des lumières aveuglantes et des caméras apparurent, signalant l'entrée de la chancelière. Un murmure s'éleva de l'assistance, forte de quelques centaines de personnes, quand les reporters s'avancèrent lentement vers l'autel, précédant la candidate.

Cassiopée tourna son regard vers l'accès principal, où le public continuait d'affluer. De nombreux arrivants s'arrêtaient à la hauteur du bénitier pour se signer. Détecter un danger dans ces conditions était quasi impossible.

D'autant qu'un éventuel agresseur ne se présenterait sûrement pas sabre au clair.

Eisenhuth gravit les marches jusqu'à la sainte table. Les photographes s'accroupirent devant les premiers bancs pour ne pas boucher la vue aux gens déjà assis. Quelqu'un était en train d'accrocher un micro sans fil à la veste de la chancelière. Elle s'apprêtait apparemment à improviser un petit laïus hors programme et ce n'était pas pour déplaire à Cassiopée, l'imprévu étant sa meilleure arme compte tenu des circonstances.

« Si vous voulez bien m'accorder un instant d'attention », dit Eisenhuth, dont la voix fut répercutée dans toute l'église par des haut-parleurs situés au niveau du plafond.

Les conversations se turent peu à peu.

« Je remercie chacun et chacune d'entre vous d'être là ce soir, reprit-elle. Je m'exprimerai plus longuement dehors, tout à l'heure, mais je tenais à adresser quelques mots à vous tous qui êtes entrés. »

Cassiopée se rapprocha de l'autel en se faufilant entre les gens qui écoutaient debout dans la nef. Par bonheur, la foule n'était pas compacte et elle pouvait avancer sans difficulté. Elle s'en voulait d'avoir laissé ce scénario se mettre en place. Comment avait-elle pu se croire à même de sécuriser un endroit si facilement accessible ? Mais Pohl essayerait-il vraiment d'assassiner la chancelière ? Les complots de cette ampleur échouaient toujours. Recourir à une telle extrémité serait excessif et inconsidéré. Il n'en restait pas moins que, lors de leur unique rencontre, Pohl lui avait semblé du genre à ne reculer devant rien. Et elle ne perdait pas de vue qu'il était le fils d'un certain Martin Bormann.

« Cette cathédrale est une source d'inspiration, poursuivit Eisenhuth. Comme l'est votre ville. Votre maire me racontait les ravages causés par les bombardements pendant la dernière guerre. Mais votre collectivité a su renaître, preuve de votre résilience. Et c'est cette qualité que nous autres Allemands avons tous en commun. »

Des applaudissements qu'on pouvait penser approbateurs accueillirent cette profession de foi patriotique.

La plupart des prêtres et des religieuses avaient interrompu leurs occupations pour se concentrer sur le discours. Cassiopée partageait son attention entre eux et le reste de l'assistance. Se frayant un chemin entre les spectateurs les plus proches du transept, elle parvint à l'épais cordon en velours rouge qui barrait la nef et cantonnait la foule en deçà de l'autel. Elle se faufila dessous pour gagner le bas-côté plongé dans l'ombre. Les deux gardes en uniformes en faction de part et d'autre de la table liturgique la virent, mais demeurèrent à leur poste.

Eisenhuth parlait toujours.

Les allées et venues continuaient à l'arrière de la cathédrale, la rumeur des pas formant un fond sonore sur lequel se détachait la voix de la chancelière. Cassiopée aperçut un homme qui passait furtivement près du bénitier. Petit, teint pâle, cheveux blond roux. Son expression avait quelque chose d'étrangement sérieux, une fixité qu'elle trouva inquiétante. Elle revint vers l'autel en zigzaguant entre les gens qui écoutaient et vit de nouveau Poil de Carotte sur sa droite. Lui aussi avançait au milieu de l'assistance plus clairsemée dans le bas-côté sud.

Puis il s'arrêta. Debout, comme tout le monde, il suivait le discours. Sans rien faire.

Un autre homme suscita sa curiosité. Allure franchement proche-orientale, sans doute turc. Elle fixa son attention sur lui alors que de timides applaudissements retentissaient. Il avait la main droite dans sa poche de pantalon, la gauche pendant contre sa jambe. La position semblait bizarre. Il avait un regard anxieux qui la mit mal à l'aise. Elle hésita à donner l'alerte, mais décida d'attendre un peu plus longtemps.

« J'ai une cible, fit une voix d'homme dans son oreille. Une femme. Agitée. Elle fait des commentaires.

– Où ça ? chuchota-t-elle.

– Transept nord. Premier rang. Proche de l'autel. »

Elle regarda dans la direction indiquée et localisa d'abord son agent, puis la trublionne. Brune. Expression butée. Air furibond.

« Vous nous menez à la ruine ! s'écria soudain celle-ci à l'adresse d'Eisenhuth, qui lui fit face. Vous nous faites sombrer dans l'anarchie ! »

Deux gardes du corps s'interposèrent aussitôt. Assurée qu'ils maîtrisaient la situation, elle se tourna de nouveau et constata que le Turc n'était plus là. Elle fouilla la foule des yeux, mais ne le vit pas. La perturbatrice continuait à vociférer. Les deux gorilles lui immobilisèrent les bras et commencèrent à l'entraîner vers la sortie. C'est alors que le Turc reparut, émergeant d'un groupe massé près de l'autel.

Elle s'avança en jouant des coudes.

« Un homme. À droite de l'autel. Peut-être turc. Attitude pas nette », dit-elle dans son micro.

Elle pria le ciel qu'un policier soit plus près du suspect, dont elle était séparée par une quinzaine de mètres et une multitude de gens. Le Turc avait manifestement pu progresser rapidement en profitant de ce que la foule était moins dense dans le transept.

Elle bouscula les derniers spectateurs pour atteindre le cordon de velours qui bloquait l'accès à l'autel. Le Turc se trouvait toujours sur sa droite, mais il s'était immobilisé. Aucun agent n'était en vue dans les environs immédiats. Elle posa la main sur la crosse de l'automatique qu'elle portait dans son holster à la ceinture. Elle n'était plus qu'à trois mètres de l'homme quand une femme s'approcha de lui et l'embrassa sur la joue. Il sursauta, à l'évidence surpris, puis il la reconnut et lui sourit. Visiblement ravis de se rencontrer, ils se mirent à bavarder avant de s'éloigner bras dessus bras dessous vers la sortie.

« Fausse alerte », annonça-t-elle dans le micro.

Eisenhuth avait repris le fil de son discours.

C'est alors que son œil fut attiré par un nouveau détail troublant. L'un des prêtres. Blond, teint clair, rasé de près, expression déterminée, il se glissait lentement entre ses collègues, le regard rivé sur l'estrade où se tenait Eisenhuth. Aucun des autres ecclésiastiques ne cherchait à se déplacer pour mieux voir. Tous écoutaient sans bouger, attentifs. Sauf lui. Il avançait méthodiquement, délibérément.

Soudain, il bouscula les gens devant lui, faisant tomber plusieurs personnes, et se rua dans l'espace entre l'autel et les bancs. Puis il sauta le cordon de velours délimitant le *no man's land* à défendre à tout prix. C'était l'unique emplacement de la cathédrale que Cassiopée avait cru pouvoir protéger sans trop de risque. Eisenhuth seule d'un côté ; la foule enserrant les trois autres.

Le prêtre fonça droit devant lui tout en ouvrant sa soutane, révélant un torse nu ceint de pains de plastic et de sacs en nylon remplis de mitraille. De quoi produire une explosion susceptible de semer la mort dans un rayon de trente mètres ou plus. Il poursuivit sa course et sa main se leva vers une courte longueur de fil électrique qui pendait de son harnachement.

Le détonateur.

Écartant le pan de sa veste, Cassiopée saisit son arme. Le type était maintenant à moins de dix mètres d'Eisenhuth, qui s'était arrêtée de parler pour le regarder approcher. L'un des deux policiers présents à côté de l'autel se lança vers l'assaillant tandis que l'autre se précipitait vers la chancelière.

Elle comprit tout de suite qu'aucun des deux n'atteindrait son but.

Elle dégaina et se cala sur ses jambes pour tirer. Les doigts du prêtre se refermèrent sur le fil de mise à feu. Elle visa, mais se rendit compte que la balle arriverait trop tard. Elle-même, Eisenhuth et une bonne partie des personnes présentes seraient mortes avant que le kamikaze puisse être neutralisé.

Soudain, la tête de l'homme explosa. Son visage se transforma en une bouillie rouge et son cuir chevelu, encore intact une fraction de seconde, se fendit tel un fruit mûr pour se désintégrer dans un geyser de sang, d'os et de cervelle. Emporté par son élan, il poursuivit sa trajectoire, ses deux bras se tendant en avant dans un réflexe instinctif. Puis il s'affala mollement sur le sol comme un drap après un coup de vent. Il y eut un moment de silence absolu, ou ressenti comme tel, puis l'air résonna d'une cacophonie de cris et de hurlements. Cassiopée courut jusqu'au corps sans vie et pointa son arme sur lui.

« Sortez-la d'ici ! » ordonna-t-elle d'une voix assez forte pour couvrir le tumulte.

Les policiers entraînèrent rapidement Eisenhuth loin de l'autel pendant que la foule paniquée fuyait en direction du grand portail.

Elle s'agenouilla brièvement près du cadavre en poussant un soupir de soulagement. Des flashes se mirent à crépiter, saturant l'espace d'une lumière éblouissante. Elle s'écarta et regarda vers le fond de l'église. Là, à une quinzaine de mètres du sol, debout devant une balustrade en pierre et se détachant sur la cascade rutilante des tuyaux d'orgue, se tenait Jan Bruin, fusil en main.

« Joli coup ! » lui dit-elle dans son micro.

Le malabar sud-africain la remercia du compliment en inclinant le canon de son arme vers elle.

« Malheureusement, répondit-il dans l'oreillette, ce pauvre type ne nous apprendra rien. »

70

Alpes autrichiennes

19 h

Cotton écoutait le vent et la pluie. Le soleil s'était couché, plongeant la vallée dans une obscurité presque totale. Debout sous l'auvent qui protégeait l'entrée de la maison, il scrutait les bois environnants en essayant de déterminer ce qui avait pu lui échapper. Il lui était souvent arrivé, dans les endroits les plus divers, de flairer des signes annonciateurs d'événements longtemps avant que ceux-ci ne se produisent. Il avait vainement tenté de comprendre quelle disposition particulière de son cerveau pouvait expliquer ce phénomène perceptif. Son esprit avait simplement la capacité d'analyser un paysage et de déduire que la réalité n'était pas ce qu'elle semblait être.

Comme maintenant.

L'orage passait sur la vallée comme une caresse. Le vent hululait et la pluie fouettait le sol. Mais ce n'était pas un déluge violent et destructeur. Plutôt un crachin persistant secoué par une forte brise. Partout, des frémissements signalaient l'omniprésence des arbres. Seul le rectangle de lumière ambrée projeté par la porte ouverte tranchait sur le noir environnant. Schüb lui avait appris que la majeure partie de la vallée lui appartenait et que les voisins les plus proches habitaient à plusieurs kilomètres, ce qui expliquait en partie pourquoi Bormann avait choisi cet endroit. Il rentra dans la maison, où Schüb était en train d'éteindre les lampes.

« Nous devons partir. Tout de suite », dit-il.

Il aurait fallu qu'il appelle Cassiopée afin de lui rapporter les confessions de Schüb concernant sa paternité, et aussi ce qu'il avait vu à Lugano. Mais ceci devrait attendre qu'ils aient une conversation face à face.

« Avez-vous décidé où aller ? ajouta-t-il.

– En Hesse. C'est là que vit Theodor et j'ai été informé hier qu'il était chez lui jusqu'à demain.

– À votre avis, comment réagira-t-il quand vous lui révélerez que vous êtes son père ?

– Vu son admiration pour Bormann, il refusera de l'admettre. Mais, grâce au ciel, il existe des façons de prouver une filiation, de nos jours. Il n'y a aucun doute dans mon esprit. Et Evi n'en avait pas non plus. J'imagine que personne ne s'offusquera d'apprendre qu'il est mon fils. En revanche, le fait qu'Evi soit sa mère pourrait lui poser un problème. »

Encore ce diminutif affectueux – Evi. Schüb semblait prendre plaisir à le prononcer.

« Quoi qu'il en soit, je vais mettre un terme à un mensonge qui n'a que trop duré, déclara le vieil homme, manifestement déterminé à dénouer dans les vingt-quatre heures à venir le douloureux imbroglio qu'avait été sa vie entière. Avez-vous des enfants ?

– Un garçon.

– Êtes-vous fier de lui ?

– Très. Il a la tête sur les épaules. Plus que moi, parfois. Je n'ai jamais vraiment connu mon père, qui a été tué quand j'avais dix ans, et je ne tiens pas à ce que mon fils subisse la même épreuve. »

Cotton ignorait ce qui l'avait poussé à dire cela. Était-ce l'inquiétude diffuse qui s'était emparée de lui depuis un moment ?

« Avoir un bon fils est un bienfait du ciel, déclara l'Allemand. Mon Jan est un enchantement. Mais Theodor… C'est le diable en personne. Mon châtiment pour une vie passée à n'en faire qu'à ma tête.

– Que serait-il arrivé si Eva Braun avait survécu à l'accouchement ?

– Nous aurions continué comme avant. Nous étions pris au piège, et ni elle ni moi n'avions le courage de nous évader. Curieusement, la jeunesse qui nous donne vigueur et énergie nous dénie la sagesse nécessaire pour opérer les bons choix. J'ai échoué à faire ce que j'aurais dû, *Herr* Malone. Je présume que vous aussi avez fait des choix, au cours de votre existence. Certains bien inspirés, d'autres moins. »

Assurément, songea Cotton. Mais les premiers l'emportaient-ils sur les seconds ? C'était à voir. Enfin, au moins il était vivant, établi en Europe, et exerçait un métier dont il avait toujours rêvé. Sans oublier qu'il était amoureux, ce qui n'était pas rien. Puis la réalité se rappela à son bon souvenir : il se trouvait pour l'heure au fond d'une vallée alpine isolée, en compagnie d'un homme imprévisible et dangereux qui détenait le pouvoir de faire dérailler le processus électoral allemand, voire d'ébranler l'Europe entière. Et son sentiment de malaise refit surface.

« Il faut vraiment que nous partions, maintenant », répéta-t-il.

Schüb s'apprêtait à actionner l'interrupteur de la dernière lampe quand, se tournant vers la porte ouverte, Cotton vit soudain des phares surgir dans la nuit et foncer vers la maison.

« Éteignez ! Tout de suite ! » s'écria-t-il en fermant le battant à la volée.

Un vrombissement de moteur se fit entendre. De plus en plus fort. Il jeta un coup d'œil par la fenêtre. Les phares se rapprochaient. Ils venaient droit sur la ferme. À vitesse constante.

Cotton se précipita sur Schüb et le déséquilibra, les propulsant tous les deux vers le fond de la pièce. Ils atterrirent ensemble sur le parquet à la seconde même où le mur implosait sous l'impact d'un véhicule. Le bâtiment était apparemment bien construit, car les cloisons intérieures ne s'effondrèrent pas sous le poids des étages.

« Ça va ? » chuchota-t-il.

Schüb remua sous lui.

« Mes vieux os sont encore assez résistants. »

Cotton désigna l'arrière de la maison.

« Allez par-là. En silence et sans vous redresser. »

Le vieil Allemand, remarquablement souple pour un nonagénaire, parvint à se remettre sur ses pieds et à gagner la cuisine, courbé en deux. La façade du bâtiment n'existait plus. Cotton perçut des crissements dehors, se détachant sur le fond sonore de la pluie. Immobile, il tendit l'oreille.

Des voix.

Deux hommes.

Il sortit son arme et fit signe à Schüb de reculer un peu plus. Les attaquants se taisaient, à présent, ce qui ne facilitait pas leur localisation. D'autant que le bruit du vent masquait celui qu'ils pouvaient faire en se déplaçant. Il se glissa à l'extérieur par une brèche du mur. Sous la pluie, il distingua un des assaillants, qui portait un fusil automatique. Ces messieurs pensaient sûrement avoir réglé le problème avec le coup de la voiture bélier. Parfait.

Il siffla quelques notes d'un jingle publicitaire.

L'homme se tourna brusquement vers lui, mais il lui tira dans les jambes avant qu'il ait eu le temps d'aller au bout de son mouvement.

Le type roula sur le sol détrempé.

Par souci d'efficacité, Cotton n'avait pas visé la poitrine. Ces gaillards avaient manifestement préparé soigneusement leur intervention et avaient sans doute pris la précaution d'enfiler des gilets en Kevlar. Le blessé, qui se tortillait de douleur, trouva quand même le moyen de braquer son arme, prêt à lâcher une rafale.

Pas ce soir, Édouard.

Cotton lui expédia une balle dans le crâne.

Problème résolu.

Mais le vacarme avait sûrement alerté l'autre assaillant.

Cotton se rapprocha de la façade écroulée et cria en allemand : « Je l'ai eu », en espérant que la ruse réussirait.

Un bruit lui parvint de l'angle de la maison et il se prépara à faire feu. Mais il sentit soudain un contact contre l'arrière de sa tête. Dur. Perturbant.

Le canon d'un pistolet.

Un troisième porte-flingue ?

Adieu l'avantage.

« Lâche ton arme ! ordonna en anglais une voix masculine derrière lui tandis qu'apparaissait devant lui, venant de l'autre côté de la ferme, un quidam équipé d'un fusil automatique. Je t'ai dit de lâcher ton arme ! »

Cotton n'en fit rien. Le canon restait appuyé contre sa nuque. Le gars au fusil approchait, face à lui.

La manœuvre allait être délicate.

La pluie tombait sans discontinuer et le vent soufflait des montagnes en hurlant.

Il patientait. Calme. Immobile.

Et tout à coup…

Il se baissa brusquement, se garant du pistolet braqué sur son occiput, tout en envoyant de toutes ses forces son coude gauche dans les côtes du lascar qui le tenait en joue. Simultanément, sa main droite, toujours armée, décrivit un arc de cercle et il tira sur celui qui avançait vers lui. L'homme bascula en arrière, atteint en pleine poitrine. L'autre, dans le dos de Cotton, se remettait déjà du coup qu'il avait reçu, mais, déséquilibré, le souffle coupé, il était momentanément vulnérable.

Une détonation retentit dans le noir.

Le type s'écroula dans la boue.

Une forme sombre émergea du rideau de bruine.

Schüb.

Un fusil de chasse entre les mains.

Dont le canon se leva et cracha le feu une nouvelle fois.

Cotton fit volte-face.

Le blessé, derrière lui, avait tenté de se remettre debout, mais Schüb venait d'y mettre bon ordre.

Le vieil homme abaissa son arme.

« J'ai toujours gardé des carabines, ici, déclara-t-il. Par chance, ceux qui ont volé les carnets ne s'y sont pas intéressés. Apparemment, Theodor est arrivé à la conclusion que j'étais encore de ce monde et que j'étais revenu à la ferme. Personne d'autre que lui ne connaît cet endroit, à part moi. »

Cotton examina les trois hommes à terre. Blancs. Pas de papiers sur eux. Morts, assurément.

Ils retournèrent dans la maison, à l'abri de la pluie.

Schüb posa son fusil.

Cotton sortit son portable.

« Il faut filer, dit-il. Et sans traîner. »

71

Hildesheim, Allemagne

22 h 40

Marie Eisenhuth était assise dans un fauteuil, au calme. Le tollé provoqué par les événements de la cathédrale, quelques heures plus tôt, n'était pas près de s'apaiser. C'était la première fois qu'un kamikaze était filmé en action, et la tentative d'assassinat dont elle avait été victime avait été enregistrée de bout en bout. Les images dramatiques tournaient en boucle depuis des heures sur les chaînes d'information, que ce soit en Allemagne ou dans le reste du monde. Les commentateurs y allaient tous de leur opinion sur le pourquoi et le comment. Le tir mortel avait été attribué à un sniper de la police, mais la chancelière savait qui remercier.

Elle était seule dans sa chambre d'hôtel.

Cassiopée Vitt avait exigé qu'elle demeure confinée là, sous la protection d'une équipe de sécurité, jusqu'à ce que la menace ait pu être évaluée dans son intégralité. Jugeant qu'elle avait déjà suffisamment mis la patience de Vitt à l'épreuve pour une journée, elle avait obtempéré. Son attaché de presse la harcelait pour qu'elle donne une interview : les gens se posaient des questions, et en y répondant elle rassurerait la nation sur son sort. Ses conseillers étaient tous surexcités. Quoi de mieux qu'une menace sur la vie d'une candidate pour la rendre sympathique aux yeux du public ? Ils flairaient là une occasion à ne pas manquer.

Et elle ne pensait pas différemment.

Mais pour une autre raison qu'eux.

Elle avait bien vu son assaillant au moment où il se précipitait vers elle.

Teint clair. Blond. Aryen.

L'enquête révélerait qu'il n'était pas prêtre, elle en était certaine. En revanche, il avait probablement des accointances avec la nouvelle droite et les extrémistes. Il serait facile d'établir des liens en cascade entre lui et les conservateurs purs et durs, entre ceux-ci et Pohl, puis entre Pohl et Bormann pour aboutir à Hitler lui-même. Peut-être cette tentative d'assassinat suffirait-elle à tirer de sa léthargie la société allemande, à l'alerter sur la persistance du mal en son sein. Après tout, l'aspirant meurtrier n'était pas un étranger. Le cancer du fanatisme n'était pas éradiqué et son avatar actuel avait les traits de Theodor Pohl. Demeurait toutefois le problème des fonds que son père et son mari avaient acceptés. Elle entendait encore Kurt, dans le salon des glaces. « Marie, ton père était un nazi. Tu auras beau te voiler la face, nier l'évidence, il n'en reste pas moins qu'il vouait un culte à Adolf Hitler. »

Kurt avait raison.

Son père et son mari avaient sciemment profité du IIIe Reich. C'était indiscutable. Et personne, elle en était consciente, ne croirait jamais qu'elle ait pu l'ignorer jusqu'à maintenant.

Une injustice désolante qui la faisait bouillir d'indignation.

À la manière d'un virus, l'idéologie hitlérienne du « Reich de mille ans » continuait de circuler parmi la population allemande. Et il semblait impossible d'éradiquer ce fléau. Les tentatives qu'elle avait elle-même effectuées pour y porter remède pendant ses seize années au pouvoir étaient peut-être condamnées à prendre fin dans les jours à venir. Les médias la taxeraient d'hypocrisie, rendant son message désormais inaudible.

Maudit soit Hitler !

Maudits soient-ils tous !

Elle se leva et s'approcha d'une table sur laquelle son équipe avait déplié une carte d'Allemagne pour établir l'itinéraire optimal entre les villes où elle devait faire halte.

Elle contempla son pays étalé sous ses yeux.

Hildesheim n'était qu'à quelques kilomètres au nord-est de la Hesse voisine. Löwenberg, le château où Pohl avait élu domicile, se trouvait juste de l'autre côté de la frontière. Elle suivit la route avec le bout de son doigt et estima la durée du trajet à moins d'une heure.

Elle n'avait pas le choix. Elle devait agir.

D'ailleurs, qu'avait-elle à perdre alors qu'elle n'avait déjà plus rien ?

Sa carrière était terminée.

Elle alla ouvrir la porte et ordonna à un des agents de sécurité qui montaient la garde de faire immédiatement venir un véhicule à l'arrière de l'hôtel. Elle ne tenait pas plus à attirer l'attention de la presse que celle de son équipe.

« Vous partez ? demanda l'homme.

– Ce n'est pas votre affaire. Occupez-vous de me procurer une voiture, c'est tout. »

Cassiopée monta l'escalier quatre à quatre jusqu'au deuxième étage. Un des agents postés au rez-de-chaussée venait de lui apprendre qu'Eisenhuth avait demandé qu'on mette à sa disposition une voiture à l'arrière du bâtiment. Les deux gardes en faction devant la chambre de la chancelière l'informèrent que celle-ci était encore là et s'apprêtait à quitter les lieux.

Elle entra sans frapper.

« Vous avez mis le temps, déclara Eisenhuth, qui sortait de la salle de bains vêtue d'un pantalon léger et d'un pull noir à col roulé. J'avais ordonné qu'on ne vous prévienne pas, mais je me doutais bien que la consigne ne serait pas respectée.

– Où comptez-vous vous rendre ?

– Chez Theodor Pohl.

– C'est de la folie !

– Sans doute. Mais étant donné que je ne serai sûrement plus à la tête de ce pays dans deux jours, j'y vais quand même.

– Qu'espérez-vous en faisant ça ? Ce type vient tout de même de commanditer votre assassinat.

– Que peut-il faire ? Me tuer dans sa propre maison ? Un peu de sérieux ! N'oubliez pas que lui aussi a un gros problème politique.

– Ça ne rime à rien ! Imaginez les répercussions si la presse a vent de votre visite !

– De toute façon, ces virements d'argent sur les comptes de sociétés de mon père signeront la fin de ma carrière, quelle que soit la filiation de Pohl. J'en ai par-dessus la tête des calculs politiciens. Cette démarche, c'est pour moi que je l'entreprends.

– Bon. Je vous accompagne.

– Ce n'est pas votre combat.

– Peut-être. Mais quoi qu'il en soit je doute que les messieurs qui veillent dans le couloir vous autorisent à vous rendre là-bas toute seule.

– J'en suis consciente. Je ne vous demande qu'une chose : quand nous serons sur place, ne vous mêlez de rien. »

Pohl éteignit la télévision. Cela faisait plus de deux heures qu'il regardait les bulletins d'information sans désemparer. Apparemment, Marie Eisenhuth était saine et sauve à Hildesheim, le kamikaze mort et une enquête approfondie déjà en cours.

Il consulta sa montre. Bientôt 23 heures.

Il avait fait une déclaration une heure auparavant pour condamner l'attentat et exprimer son soulagement que la chancelière soit indemne. Il avait déploré le contexte actuel, où la violence semblait être la seule réponse à toutes les difficultés, et appelé les Allemands à se prononcer sans ambiguïté dans les urnes pour envoyer un message clair aux terroristes. Bref, des éléments de langage efficaces pour se tirer d'une situation désastreuse.

Que s'était-il passé ?

Engel l'avait assuré que les Chinois ne demandaient qu'à apporter leur concours. Il avait réitéré la promesse d'une coopération plus étroite entre les deux pays une fois le nouveau gouvernement aux commandes. Mais le kamikaze n'était pas originaire du Moyen-Orient, comme Pohl s'y était attendu. Ce n'était même pas un étranger, mais un Allemand bon teint. Et cela posait un énorme problème. L'enquête mettrait certainement au jour des corrélations avec la nouvelle droite. Les villes et villages d'Allemagne étaient remplis de jeunes en colère, tel ce prétendu prêtre. Les idées jusqu'au-boutistes qu'ils professaient rencontraient l'approbation de certains, mais elles faisaient peur à beaucoup de monde. Il craignait que les gens n'établissent un lien entre lui et l'événement, puisqu'il n'avait jamais dénoncé ouvertement aucune organisation extrémiste. Et comment aurait-il pu les dénoncer alors qu'elles constituaient une large part de ses soutiens ? Il allait peut-être se trouver contraint d'adopter une posture qui lui aliénerait son socle électoral, et, malgré tous leurs talents, ses conseillers en communication n'arriveraient jamais à rectifier le tir.

Il secoua la tête.

La situation était vraiment catastrophique.

Comment les choses avaient-elles pu se détériorer à ce point ? Deux mois plus tôt, il avait le vent en poupe. Quelques jours auparavant, après le fiasco d'Eisenhuth à Dachau, les intentions de vote en sa faveur étaient à la hausse. Et voilà que tout semblait compromis à présent.

La porte de la pièce s'ouvrit et Engel entra.

« Mais enfin, qu'est-ce qui s'est passé ? demanda Pohl à son bras droit en s'efforçant de garder son calme.

– Apparemment, les Chinois ont saisi l'occasion que nous leur offrions pour vous couler en même temps qu'Eisenhuth, répondit Engel après avoir pris place dans un fauteuil en face de lui. J'imagine que notre réticence initiale à accepter leur soutien les a incités à conclure un accord plus favorable avec un autre camp. Vous et la chancelière mal en point, l'électorat pourrait se laisser tenter par une troisième option. On vient de m'apprendre que le kamikaze appartenait au Parti conservateur aryen. »

Pohl fit une grimace en entendant ce nom on ne pouvait plus allemand. Et, complication supplémentaire, ce groupuscule avait été évoqué en relation avec plusieurs attentats non élucidés.

« Je croyais que les Chinois souhaitaient voir un ami à la tête de notre gouvernement.

– C'est le cas. Seulement ils ne veulent ni d'elle ni de vous. Ils ont manifestement décidé de miser sur un autre cheval.

– Et vous n'avez rien soupçonné quand vous avez négocié avec eux.

– Ils semblaient très impatients de nous prêter assistance. Comment aurais-je pu deviner qu'ils mentaient ?

– Vous n'avez pas l'air de mesurer la gravité de la situation. L'abruti qui s'est fait descendre au pied de l'autel, à Hildesheim, n'était pas un immigrant. Il était allemand.

– C'est vous qui avez donné l'ordre d'agir sans tarder. Personnellement, j'aurais temporisé. La précipitation est mauvaise conseillère et engendre trop d'incertitude. Dans un délai si bref, il était impossible d'éventer un coup tordu de la part des Chinois.

– J'aurais mieux fait de vous abattre, hier. »

Engel ne répondit pas, et son silence agaça Pohl au plus haut point.

« J'ai prévu d'ouvrir les hostilités contre Eisenhuth demain en évoquant ses liens avec le trésor d'Hitler, reprit-il. Mais ce n'est pas ça qui entamera son capital de sympathie. L'attaquer là-dessus risque même de la rendre encore plus populaire. Il suffirait qu'elle présente ces virements d'argent comme un complot monté de toutes pièces par la droite. Comme une agression de plus, à ajouter à la tentative d'assassinat. L'intention des Chinois était peut-être de lui faire perdre la chancellerie, mais ils viennent sans doute de la lui servir sur un plateau. Et du côté de l'Autriche ? Schüb et l'Américain étaient-ils à la ferme ? Ont-ils été éliminés ?

– Je n'ai encore reçu aucun rapport.

– Qu'est-ce que ça signifie ? demanda Pohl en se penchant en avant dans son fauteuil.

– Que je n'ai pas de nouvelles. »

Il se força à inspirer profondément pour contrôler sa rage. S'énerver ne mènerait à rien.

Le téléphone fixe sonna sur une table à l'autre bout de la pièce, rompant le silence. Engel alla répondre. Il parla un instant à mi-voix puis raccrocha avant d'annoncer :

« Kurt Eisenhuth est en bas.

– Il ne manquait plus que ça !

– Que souhaitez-vous que je fasse ? »

Une idée germa aussitôt dans l'esprit de Pohl. D'une logique imparable. Il se tourna vers son adjoint.

« Allez me chercher ce débile. »

72

Cotton se pencha pour taper sur l'épaule du pilote. L'hélicoptère volait quelque part au-dessus du sud-est de l'Allemagne, en direction du nord-ouest et du château de Pohl, en Hesse.

« Mettez-le en communication », dit-il dans son casque, faisant allusion à Danny Daniels, qui était en attente sur un canal direct de la radio.

Il regarda sa montre. 23 h 20.

Il avait appelé Danny Daniels deux heures plus tôt et celui-ci avait obtenu le prêt d'un aéronef de l'armée de l'air autrichienne qui les transporterait – Cotton et Schüb – où ils voudraient. Ils n'avaient pas eu beaucoup de temps pour parler d'autre chose que des arrangements pratiques et l'ex-président était sûrement impatient d'en apprendre davantage.

« Cotton, fit la voix de Danny à travers le sifflement du récepteur, j'aimerais savoir pour quelle bonne raison j'ai dû me coller à dos la moitié du personnel de l'OTAN pour que vous puissiez faire un tour en hélicoptère.

– La filiation n'est pas celle que nous pensions, répondit-il. Le père est Schüb, pas l'autre. »

Il devait veiller à ne pas être trop explicite, même si la communication était brouillée. En plus de Schüb, il y avait deux pilotes autrichiens dans la cabine et, malgré le bruit du rotor et le fait qu'ils avaient à présent ôté leurs casques, ils pouvaient l'entendre parler dans le micro qu'il avait autour du cou.

« Très bien. Mais concernant l'autre truc, celui que vous avez évoqué la dernière fois, c'est toujours d'actualité ?

– Absolument.

– Les choses bougent, en Allemagne. Eisenhuth a fait l'objet d'une tentative d'attentat dans la cathédrale d'Hildesheim, ce soir. Vous pourrez dire à Schüb que son fils Jan est une fine gâchette.

– La chancelière est sauve ?

– Tout à fait. Mais à l'heure où je vous parle, elle est en route pour aller voir Pohl chez lui.

– Pourquoi fait-elle ça ? s'exclama Cotton, plus que surpris.

– Elle veut l'affronter.

– C'est de la folie !

– À plus d'un titre. Rendez-vous vite là-bas. Cassiopée est avec elle. Elles devraient arriver à Löwenberg dans à peu près une demi-heure.

– Et nous dans trois quarts d'heure. La situation est en train de déraper dans les grandes largeurs.

– À qui le dites-vous ? Mais c'est vous qui êtes aux manettes. Alors à vous d'agir.

– Je suis à la retraite.

– Bienvenue au club. »

Et la communication s'interrompit.

Pohl regarda Kurt Eisenhuth entrer dans le bureau. Il remarqua tout de suite une flamme étrange dans les yeux du visiteur. Un phénomène plutôt inattendu chez une lavette de cet acabit.

« C'est vous qui l'avez fait, hein ? s'écria Kurt. C'est vous qui avez essayé de tuer Marie !

– Malheureusement, la tentative a échoué », répondit Pohl, qui ne voyait aucune raison de nier.

La main droite de Kurt jaillit de sa poche de veste, armée d'un petit Sig Sauer automatique. Il braqua le canon court sur Pohl, qui n'éprouva aucune peur.

« Vous avez l'intention de m'abattre ?

– Je rendrais un grand service à la nation en vous supprimant sur-le-champ. »

Deux heures plus tôt, le ministère de l'Intérieur avait proposé à Pohl d'assurer sa protection. Mais la présence de gardes du corps indiscrets à même de surveiller ses moindres faits et gestes était bien la dernière chose qu'il jugeait souhaitable. Il avait donc poliment décliné l'offre, alléguant qu'il veillerait à renforcer son propre dispositif de sécurité privé. Il n'en avait bien entendu rien fait, une telle mesure ne s'imposant pas, et pour cause. Maintenant, pourtant, devant le pistolet pointé sur lui, il se prit à regretter de ne pas avoir affecté un homme à la fouille des visiteurs. Toutefois, il en était convaincu au fond, l'aimable plaisantin qui lui faisait face ne constituait pas une véritable menace. Il s'apparentait plutôt à ces gros chiens qui dévalent le perron en montrant les crocs et en grognant, mais ne s'aventurent jamais dans la rue, où le danger d'une déroute est bien réel.

« Si c'est vraiment ce que vous pensez, ne vous gênez pas, dit-il. Appuyez sur la détente et faites réélire votre incapable de femme à la tête du pays.

– Je n'ai jamais donné mon accord pour qu'on attente à sa vie.

– Non, vous m'avez seulement permis de la mener à sa ruine, à condition, bien sûr, de ne pas en subir vous-même les conséquences. »

Il narguait Kurt, mais il croyait connaître suffisamment ses faiblesses.

« Quand accepterez-vous de regarder la réalité en face, poursuivit-il. Je suis tout ce qui nous reste. Tuez-moi, et tout meurt une seconde fois. »

La main qui tenait l'arme commença à trembler.

Pohl faillit sourire. Il avait touché le point sensible.

« Il arrive qu'il soit nécessaire de faire des victimes, affirma-t-il.

– Oui, mais pas elle. »

Il le perçut tout de suite. Après des années passées à épier les visages, amis ou ennemis, il savait reconnaître les signes. Ce n'était pas tant visuel qu'intuitif. Même les mieux entraînés à dissimuler leurs émotions se trahissaient. Un battement de paupières. Un pli à peine distinct qui se dessinait sur le front. Le frémissement d'une lèvre. Les indices variaient selon la personne, mais il y en avait toujours un.

Comme celui qu'il venait de déceler et qui ne pouvait avoir qu'une interprétation : Kurt Eisenhuth en savait plus qu'il ne le disait.

Il se maudit d'avoir sous-estimé le bonhomme. Il aurait dû se rendre compte de la chose bien avant. Mais, bien sûr, il n'avait jamais pris cet imbécile vraiment au sérieux.

Il s'approcha de Kurt, qui n'avait pas abaissé son Sig Sauer, et s'arrêta à quelques centimètres du canon toujours braqué sur sa poitrine.

« Vous êtes au courant, n'est-ce pas ? » demanda-t-il.

Pour toute réponse, Kurt hocha la tête et ses yeux s'embuèrent.

« C'est bien, dit Pohl. Je suis content. »

Il tendit le bras et lui ôta tout doucement le pistolet de la main.

Une larme coula, aveu de défaite.

« Venez avec moi, Kurt, reprit-il en glissant l'arme dans sa poche revolver. Je crois que je peux vous montrer quelque chose, maintenant. »

Il descendit l'escalier en colimaçon, Kurt derrière lui. Au sous-sol, il actionna le commutateur.

« Mon Dieu ! » souffla Kurt en découvrant les premières pièces de la collection.

Un drapeau d'unité SS – une *Sturmbann Fahne* – aux couleurs vives était disposé sur la droite. Au centre de la bannière rouge figurait une grande croix gammée noire inscrite dans un cercle blanc. Dans un des coins supérieurs, brodé avec du fil argenté, apparaissait le nombre 14, correspondant au quatorzième bataillon SS des transmissions de Vienne.

Kurt avait l'air fasciné.

« Je le tiens d'un ancien combattant autrichien qui a eu la bonne idée de bien emballer le tissu, indiqua Pohl.

– Il est impeccable. On dirait qu'il a été cousu hier.

– C'est pour ça que je l'ai placé là, à l'entrée. J'en ai beaucoup d'autres, mais peu sont aussi bien conservés… Venez, j'ai encore des choses à vous montrer. »

Ils passèrent devant une profusion d'objets divers. Uniformes, casques, coiffures, insignes, armes, affiches, écussons, médailles, jouets, céramiques, verrerie. Uniquement des souvenirs du prétendu Reich de mille ans. Des reconstitutions étaient également exposées. L'une d'elles, une table entourée de chaises peintes en blanc et couverte d'une nappe de la même couleur, parut intéresser particulièrement Kurt, qui s'arrêta pour l'examiner.

« Ce sont des pièces authentiques qui viennent de Berchtesgaden, expliqua Pohl. Plus précisément d'un des chalets où étaient logés les généraux et les officiels du parti quand Hitler séjournait là. Il y avait des salons de jardin de ce genre sur chacune des terrasses. Un adhérent du coin a réussi à dérober celui-ci avant que les Américains ne brûlent tout. »

La table était mise pour quatre personnes avec verres à pied en cristal, couverts en argent massif décorés d'une minuscule croix gammée et service en porcelaine blanche ornée d'un délicat motif floral.

« On imagine facilement les haut gradés assis là en train de déguster une soupe, une bonne bouteille ou des viennoiseries en discutant de la guerre dans l'attente d'être appelés devant leur Führer. Vous ne trouvez pas ? »

Kurt ne semblait pas pouvoir détacher son regard du mobilier.

« Je n'avais jamais mesuré la profondeur de votre dévotion, dit-il enfin.

– De la dévotion ? répéta Pohl en riant. Je n'en ai aucune.

– Mais... Tous ces objets... Pourquoi les acquérir si ce n'est par dévotion ?

– Mon cher Kurt. Les gens collectionnent des choses pour toutes sortes de raisons. Certains pour la valeur qu'elles représentent. D'autres pour satisfaire une obsession. D'autres encore pour le plaisir. En ce qui me concerne, je n'appartiens à aucune de ces catégories. À vrai dire, j'éprouve une aversion viscérale pour le IIIe Reich. C'est un modèle d'échec que je n'ai pas l'intention d'imiter. »

Il s'approcha d'un piédestal sur lequel était présentée une tenue d'exercice camouflée avec un motif à pois. Les pattes d'épaule portaient des galons d'*Obersturmführer.* D'autres décorations étaient accrochées à la poche de poitrine au-dessus d'une barre de ruban. Une croix de fer noir et argent pendait du col.

« Regardez cet uniforme. Avec ça sur le dos, un soldat aurait eu l'air bien étrange. Un treillis camouflé avec des rubans et des médailles ! Seul un nazi bouffi d'orgueil aurait été fier d'arborer un tel étalage. Ces gens-là étaient vraiment bizarres. Ils n'ont pas leur place dans notre nouvelle Allemagne.

– Pourtant, vous collectionnez leurs symboles.

– C'est pour me souvenir de leur impéritie que j'ai rassemblé tout ce bric-à-brac ici. Mais continuons. Vous n'avez pas tout vu. »

Il se remit en marche et Kurt le suivit le long du couloir carrelé. Son invité, visiblement émerveillé, faisait halte de temps en temps pour admirer un objet, tâter l'étoffe rêche d'un uniforme, épousseter respectueusement la visière cirée d'une casquette ou caresser avec précaution un bibelot en porcelaine.

Ils arrivèrent à la porte en bois.

« Qu'y a-t-il, là-dedans ? s'enquit Kurt en s'arrêtant.

– Ouvrez et vous verrez. »

Kurt tira sur la poignée et le battant pivota sans un bruit sur ses gonds.

La vaste salle au-delà baignait dans un éclairage indirect dispensé par des appliques. Au fond, des vitrines accolées aux murs étaient illuminées individuellement par des spots fixés au plafond. Les étagères en chêne étaient remplies de cahiers de tous formats et couleurs alignés en longs rangs serrés. Les dos des carnets luisaient dans la lumière. Mais ce qui attirait surtout le regard était les trois sarcophages de marbre disposés au centre de la pièce, chacun inondé d'un halo blanc tirant sur le bleu. Deux étaient de taille identique, l'un rose, l'autre gris ; le troisième, beaucoup plus petit, était gris à reflets bruns.

Kurt entra et alla droit aux tombeaux.

« Qui repose là ? s'enquit-il.

– Ma mère, mon père et mon frère.

– Pourquoi les garder ici ?

– Parce que c'est le seul endroit où ils ne risquent rien.

– Vos parents ne souffraient d'aucun discrédit. Qui pourrait vouloir s'en prendre à leurs sépultures ?

– Mon père était Martin Bormann, ma mère Eva Braun », asséna fièrement Pohl, qui n'avait pas souvent eu le plaisir de prononcer ces paroles.

Kurt Eisenhuth le dévisagea avec stupéfaction.

« Vous racontez n'importe quoi ! s'exclama-t-il.

– Vous croyez ? répondit Pohl en se dirigeant vers les vitrines. Ces journaux intimes, eux, ne racontent pas n'importe quoi. Ils ont été rédigés par ma mère et par mon père, de leur propre main. (Il s'arrêta devant une étagère.) Ils relatent l'histoire de leur vie à partir de l'après-guerre. J'ai beaucoup appris en les lisant. »

Kurt restait coi.

« Je suis sur le point d'accomplir ce que mon père et ses contemporains n'ont pas pu mener à bien. D'un bout à l'autre du continent, des dirigeants sont prêts à passer à l'offensive. Les citoyens n'ont besoin que d'une étincelle, et cette étincelle, c'est l'Allemagne qui l'allumera. Mon élection sonnera le signal de l'attaque. Ce sera la révolution de la nouvelle droite. L'Europe reprendra possession d'elle-même au détriment de tous ceux qui ont essayé de diluer notre civilisation. Quand nous en aurons terminé, les modérés et les gauchistes n'existeront plus, et une ère de puissance et de gloire s'ouvrira pour la nouvelle Europe unifiée. »

Il s'approcha de Kurt avant d'ajouter :

« Et maintenant, s'il vous plaît, dites-moi tout ce que vous savez. »

73

MERCREDI 19 JUIN
0 H 10

Cassiopée vit le château dont les murs gris sale étaient éclaboussés d'une lumière orangée par des lampes au sodium. L'ensemble se détachait sur un ciel de velours. Löwenberg offrait un spectacle impressionnant. La forteresse se dressait comme un défi aux basses terres environnantes. Jadis sans doute siège d'une baronnie locale, elle était à présent le bastion d'un homme lié à un passé innommable.

Marie Eisenhuth n'avait pas ouvert la bouche depuis leur départ d'Hildesheim. Cassiopée l'avait laissée ruminer ses pensées en se demandant comment les choses tourneraient quand elle se retrouverait en face de Pohl. Il y avait peu de chances que celui-ci confesse avoir commandité la tentative d'assassinat. En fait, leur visite à Löwenberg soulèverait davantage de questions qu'elle apporterait de réponses. Mais la chancelière avait refusé d'en démordre, insistant pour parler à son adversaire cette nuit même. Et c'était précisément ce qui allait se passer.

Elle engagea la voiture dans la côte qui montait jusqu'à un portail dans la courtine. Un garde solitaire vêtu d'un caban était de faction à l'entrée.

Elle avança au ralenti et stoppa à sa hauteur.

« Nous sommes là pour voir M. Pohl, dit-elle.

– Il est minuit passé.

– Il nous a appelées pour nous prier de venir. Cette dame est la chancelière. J'imagine que vous la reconnaissez. »

L'homme jeta un coup d'œil à travers la fenêtre ouverte de Cassiopée. Le visage de Marie Eisenhuth ne lui était évidemment pas étranger.

« M. Pohl m'a effectivement téléphoné dans la soirée et a demandé à me rencontrer, confirma la chancelière d'un ton courtois. Il nous attend. »

Le garde hésita un instant puis leur fit signe de passer.

Le truc fonctionnait à tous les coups. Il suffisait de parler clair, avec autorité, et de n'accepter aucune réflexion pour que la plupart des gens baissent pavillon. Surtout quand on avait le chef de l'État dans la voiture.

Elles franchirent le portail et pénétrèrent dans une vaste cour intérieure. Enclose par les murs de plusieurs bâtiments, celle-ci semblait faire office de parking. Des lumières brillaient à travers quelques-unes des fenêtres à meneaux, mais l'obscurité régnait partout ailleurs. Cassiopée observa les alentours silencieux en long et en large, prête à toute éventualité, puis se gara entre un coupé Volvo et un minivan Mercedes.

« Il y a un porche éclairé, là-bas, dit-elle quand elles furent toutes les deux sorties dans la douceur de la nuit claire. Ça doit être l'entrée. »

Elles traversèrent la cour pavée, où d'autres véhicules étaient rangés dans l'ombre. Comme elles arrivaient près du porche, Marie Eisenhuth s'immobilisa soudain, le regard rivé sur une BMW dont la carrosserie lustrée reflétait la lumière.

« Qu'y a-t-il ? » demanda Cassiopée.

La chancelière s'approcha de la berline puis en fit le tour et scruta l'intérieur à travers la vitre avant côté conducteur.

« C'est la BMW de mon mari, s'exclama-t-elle, l'air stupéfait, en désignant une vignette d'identification sur le pare-brise. Cet autocollant appartient à notre société. Il indique que c'est son véhicule personnel.

– Que fait là sa voiture ?

– Qu'est-ce que *lui* fait là, vous voulez dire ! »

Le visage de Marie Eisenhuth exprimait un désarroi sans nom, le sentiment d'une trahison absolue.

Et Cassiopée elle aussi s'interrogeait : que venait faire Kurt Eisenhuth dans ce château ?

Le regard de la chancelière se fit déterminé, puis elle marcha d'un pas assuré jusqu'à la porte et entra sans frapper ni s'annoncer de quelconque manière.

Cassiopée la suivit.

Engel se tenait près d'une fenêtre du premier étage. Il avait vu Marie Eisenhuth et Cassiopée Vitt arriver en voiture et gagner la seule entrée éclairée. La chancelière s'était arrêtée en chemin pour examiner la BMW et il en avait déduit qu'elle était à présent consciente de la présence de son mari dans le château. Il avait également vu Pohl conduire Kurt Eisenhuth dans la salle souterraine. Une initiative inattendue de la part de son patron, qui avait jusqu'ici protégé jalousement son secret.

L'apparition de la chancelière était déconcertante.

Quelles que soient les intentions de Pohl, les choses étaient visiblement en train de bouger.

Il alla prendre le téléphone sur la table de chevet et tapa le code du réseau interne.

La sonnerie aiguë du téléphone dans la salle souterraine eut l'effet d'une douche froide sur Pohl, tout entier concentré sur la réponse qu'allait faire Kurt.

« Un instant », dit-il en levant une main.

Il alla à grands pas jusqu'au combiné mural et décrocha d'un geste brusque.

« Nous avons une nouvelle visite », annonça Engel.

Pohl écouta son second lui expliquer ce qui se passait en haut. Incroyable ! La chancelière en personne chez lui ! Il jeta un coup d'œil en direction de Kurt, à l'autre bout de la salle. Il existait peut-être encore un moyen d'éliminer sa concurrente de la course et de préserver ses propres chances. Il se tourna vers le mur.

« Faites-la venir ici, chuchota-t-il.

– Et Cassiopée Vitt ?

– Amusez-la.

– Compris. »

Il raccrocha et rejoignit son invité.

« Je vous écoute », dit-il.

Engel sortit de la chambre et parcourut en silence les couloirs de l'étage. Il s'arrêta légèrement en retrait de la balustrade qui bordait la mezzanine pour épier sans se faire voir le vestibule en contrebas. Cassiopée Vitt et Marie Eisenhuth étaient là, en train de regarder à droite et à gauche et d'admirer le décor luxueux. Les domestiques étaient partis pour la nuit. Dans le plan initial, il était prévu que Pohl se retire tôt, prétendument bouleversé à l'annonce de la mort d'Eisenhuth. Plus tard, les employés témoigneraient avoir assisté à la scène qu'ils dépeindraient comme douloureuse, empreinte de tristesse, de stupéfaction et de désarroi.

Seulement les choses ne s'étaient pas déroulées comme prévu.

Il s'avança jusqu'à la balustrade et lança un « *Guten Abend* » qui fit se lever les têtes des deux femmes.

« Qui êtes-vous ? demanda Eisenhuth.

– Josef Engel, répondit Vitt.

– Pour vous servir, dit-il.

– Où est Theodor Pohl ? s'enquit la chancelière.

– Montez au second et suivez le couloir devant vous jusqu'à sa chambre. Vous verrez une porte ouverte donnant sur un colimaçon qui descend. Vous trouverez M. Pohl au pied de l'escalier.

– Mon mari est-il là, lui aussi ?

– Tout à fait. »

Eisenhuth pointa son doigt vers lui et se tourna vers Vitt.

« Cet homme est un meurtrier. Saisissez-vous de lui ! » ordonna-t-elle.

Et elle s'éloigna d'un pas décidé.

Cassiopée regarda Engel, perché sur la mezzanine.

« Ada m'a priée de vous abattre, dit-elle.

– Je n'en doute pas, répondit-il avec un petit rire. Après tout, c'est vrai, j'ai tué sa vieille amie. Je suis un meurtrier, comme l'a affirmé la chancelière. »

Elle saisit son arme, glissée dans son holster. La main d'Engel, jusque-là dissimulée par la balustrade de pierre, apparut au-dessus de l'appui, tenant un pistolet. Tout en dégainant le sien, elle pivota sur la droite et se jeta sur le sol dur, s'écartant de la ligne de mire de l'Allemand. Puis elle roula sur elle-même et braqua son automatique à deux mains vers l'endroit où se trouvait Engel.

Il avait disparu.

74

Cotton observait Löwenberg depuis l'hélicoptère, qui s'en approchait à basse altitude. À l'intérieur d'une enceinte, il distingua divers bâtiments qui avaient dû abriter des appartements, un donjon, une chapelle, des logements pour les domestiques, une remise, une cuisine… Tous avaient dû être érigés au fil des siècles par une succession de propriétaires qui disposaient de temps et de gros moyens. Les fenêtres à meneaux, en encorbellement et autres chiens assis ne manquaient pas. Une lumière douce prodiguée par des lampes à arc conférait aux murailles médiévales une beauté farouche.

Il remarqua des voitures garées dans une immense cour pavée. Peut-être l'emplacement d'un village jadis agrégé au château tel un récif de corail à un rocher pour profiter de la protection qu'offraient à l'époque les épais remparts de pierre. Personne en vue, à l'exception d'un garde en faction à l'entrée de cette esplanade.

Il fit signe au pilote de descendre. Celui-ci coiffa ses écouteurs et l'interrogea du regard.

« Posez-vous sur la route à l'extérieur du mur », ordonna-t-il dans son micro-casque.

Pendant que l'officier entamait sa manœuvre, Cotton se tourna vers Schüb qui était assis à côté de lui et ne portait pas d'équipement de communication.

« La chancelière et Cassiopée sont sûrement à l'intérieur, à l'heure qu'il est, dit-il hors micro au vieil homme en forçant la voix pour couvrir le vacarme du moteur.

– Je dois m'occuper de Theodor à ma façon.

– Quelle est votre idée ?

– Ça ne concerne que lui et moi. »

Cotton n'insista pas. Des décennies de mauvais choix avaient conduit l'ancien guerrier jusqu'à ce lieu rébarbatif au centre de l'Allemagne. Les agissements d'un misérable fou nommé Martin Bormann pour sauver sa peau avaient mené à la naissance d'un fils et d'un mouvement politique auxquels aucune réalité ne ferait jamais entendre raison. Alors Schüb n'avait peut-être pas tort : il était préférable que le sort de Pohl fût laissé à l'appréciation de son père.

L'hélico toucha le sol. Les deux hommes en descendirent.

Cotton ouvrait la marche. Il plissa les paupières pour se protéger du souffle du rotor quand l'appareil redécolla avant de disparaître en direction de l'est, les abandonnant au silence.

Ils s'approchèrent du garde solitaire qui se tenait devant une grille encadrée par deux pilastres.

« Nous venons voir M. Pohl, dit Cotton en allemand. Nous appartenons au cabinet de la chancelière.

– On ne m'a pas averti que d'autres collaborateurs devaient arriver en hélicoptère. »

Le planton portait un pistolet à la ceinture, comme Cotton et Schüb.

« C'est un oubli. Comme vous avez pu le constater, nous avons été déposés par un appareil militaire. Il nous a transportés directement ici sur ordre de la chancelière elle-même.

– Il faut que je vérifie. »

Le garde se tourna vers une guérite où se trouvait un téléphone. Peu désireux de se faire annoncer, Cotton le tira violemment en arrière et l'envoya d'un crochet à la mâchoire rouler sur le pavé froid.

« C'était brutal, commenta Schüb.

– Mais nécessaire, répliqua Cotton, qui montra le château. On y va ? »

Cassiopée s'élança dans un couloir au bout duquel se trouvait une porte ouverte sur un espace sombre. Josef Engel l'attirait dans un piège, c'était évident, mais elle n'avait pas d'autre choix que de le suivre.

Elle s'immobilisa près du seuil.

Aucune lumière ne brillait au-delà.

Ayant pour principe de ne jamais foncer tête baissée dans une pièce obscure, elle se glissa rapidement dans l'embrasure et se retrouva dans ce qui avait dû être une vaste salle des chevaliers bordée tout autour par des colonnades. Des drapeaux alignés aux couleurs vives pendaient du plafond. Le plus grand, faiblement éclairé par de rares veilleuses, était celui de l'ancien empire allemand – un pavillon noir, rouge et or blasonné d'une aigle. De hautes vitrines jalonnaient deux des côtés, chacune contenant une armure. De toute évidence une galerie d'apparat utilisée par les barons d'antan pour impressionner leurs invités en affirmant leur autorité impériale. Pohl appréciait visiblement ce genre d'étalage.

Ce qui n'avait rien de surprenant.

Elle scruta la pénombre, une arche après l'autre.

Elle s'était postée au bord de l'une d'elles, juste au-delà du rectangle que découpait sur le plancher la lumière du couloir. Engel était-il là, au rez-de-chaussée ? En train de l'épier depuis la galerie supérieure ? À droite ? À gauche ? Quelque part au fond de l'immense salle ?

Une détonation retentit. Une balle ricocha sur le sol dallé, à sa droite. Elle plongea sur la gauche et s'abrita derrière une des vitrines.

« Vous risquez d'avoir plus de mal à m'attraper que vous ne pensez », fit la voix d'Engel.

Cotton remarqua que la seule porte permettant d'entrer dans le château par la cour était entrouverte. Il avait auparavant touché le capot d'un coupé Mercedes de couleur claire et constaté que le moteur était encore chaud. Probablement la voiture que Cassiopée et Marie Eisenhuth avaient prise pour venir. Schüb, qui marchait devant, s'était apparemment aperçu lui aussi que la porte était entrebâillée. Il alla tout droit jusqu'au porche éclairé et pénétra dans le bâtiment.

Cotton le suivit.

Un coup de feu claqua quelque part à l'intérieur.

Le regard de Cotton se porta sur la balustrade en pierre d'une mezzanine qui dominait le vestibule, du côté gauche.

« Je passe par-là, déclara Schüb, qui s'avança lentement vers un large couloir.

– Moi, je monte », dit Cotton en montrant l'escalier.

75

Marie Eisenhuth trouva sans mal la chambre de Pohl. Dans d'autres circonstances, jamais elle ne se serait aventurée ainsi dans l'intimité de quelqu'un, mais son mari était là et il fallait absolument qu'elle sache pourquoi.

La première chose qu'elle remarqua en entrant dans la pièce fut le lit monumental aux pieds ventrus de style jacobéen. Au-dessus, à la tête, était accroché un énorme tableau qui représentait l'archange saint Michel indiquant de son épée le chemin du paradis à des pèlerins empressés. Le symbole sautait aux yeux. Pohl avait décidément un penchant pour les anges et assimilés : les appliques lumineuses étaient soutenues par des nymphes ailées en bois sculpté.

Puis elle vit le panneau mobile.

Au fond de la chambre. Dans un réduit qui la prolongeait.

Un pan de mur pivotant. Ouvert.

Exactement ce qu'avait dit Engel.

Elle s'avança jusque-là, franchit le seuil et vit un colimaçon revêtu d'un tapis d'escalier.

« Vous trouverez M. Pohl au pied de l'escalier », avait indiqué Engel.

Elle descendit prudemment les marches pour se retrouver au départ d'un couloir dallé d'ardoise polie, face à un drapeau nazi. Son regard se porta plus loin et elle découvrit d'autres objets du même genre soigneusement mis en valeur comme dans un musée. Abasourdie, elle s'engagea au sein de cet univers sinistre. Des souvenirs d'enfance affluaient dans son esprit avec une netteté hallucinante : des photos de son père arborant des brassards à croix gammées, une veste aperçue un jour dans son placard, exactement semblable à celles qu'elle voyait là, une paire de gants à crispin, une cartouchière, un hausse-col de la Feldgendarmerie et, plus bouleversant que tout, un chiot basset en porcelaine identique à celui qui avait été innocemment exposé sur une étagère dans le bureau de son père pendant des années. Elle avait appris plus tard que ces figurines étaient confectionnées à Allach, près de Munich, par des prisonniers de Dachau.

Elle s'arrêta devant la statuette en biscuit brillant et les larmes lui vinrent aux yeux.

Son père. Ce pauvre idiot égaré qu'elle avait tant aimé pour sa douceur, tant détesté pour ses choix idéologiques. Par bonheur, il n'avait jamais cherché à l'endoctriner. Il parlait d'ailleurs rarement politique. Mais le *Heil Hitler* qu'il avait lancé en croyant sa mort prochaine l'avait confirmée dans les soupçons qu'elle nourrissait depuis longtemps à son sujet.

Des voix se firent entendre dans le silence.

Des chuchotements. Tels de légers froissements de papier.

Elle essuya ses larmes et se remit en marche sans bruit, aussi prudemment que si elle foulait du verre pilé, le ventre noué par l'angoisse. Au détour d'un angle, une porte ouverte apparut au bout du couloir.

Les voix reprirent.

Celles de Kurt et de Pohl.

Ses jambes la soutenaient à peine. Elle avait les mains moites. Une peur débilitante s'empara de l'ensemble de son être, comme le jour où elle avait enterré ses parents.

Elle parcourut à pas de loup la distance qui la séparait de la porte et stoppa net sur le seuil.

Puis elle écouta ce que disait son mari.

Bormann regarda Eva Braun se contorsionner en hurlant de douleur. La garce luttait contre la délivrance alors que la sage-femme l'avait exhortée à se détendre. Une nouvelle contraction lui tenailla le ventre et ses jambes se raidirent. Elle n'avait été qu'une source d'ennuis au cours des derniers mois. Et leurs déplacements continuels n'avaient pas facilité les choses.

Ils avaient fini par se rejoindre à Barcelone.

Lui était arrivé par le nord, via le Danemark et les Pays-Bas, elle par le sud en passant de Suisse en Italie par le train avant de traverser une partie de la France. La maison de Barcelone avait servi pendant la guerre et restait sûre. Mais, pour ne prendre aucun risque, ils s'étaient enfoncés plus loin en territoire espagnol et s'étaient établis dans un coin perdu qu'il avait lui-même choisi. Le Führer était mort ; c'était lui le chef désormais.

Et tout allait changer.

Braun cria de nouveau.

Il en avait assez de l'entendre geindre. Les femmes étaient décidément des êtres ineptes et faibles. Ce n'était pas par hasard qu'aucune force armée au monde ne les mettait à contribution, sauf pour remplir des tâches subalternes. Elles n'étaient bonnes qu'à une besogne, celle qu'Eva Braun était précisément en train d'accomplir : procréer.

Encore un hurlement.

« Ça va durer longtemps comme ça ? demanda-t-il à la sage-femme, une Espagnole qui, Dieu merci, parlait l'allemand.

– Le bébé est presque là. »

Il se tenait derrière elle. Elle était penchée entre les jambes de Braun, maintenues écartées par des sangles attachant ses chevilles aux montants du lit. La parturiente tirait fort sur les liens, mais les épais barreaux tenaient bon.

« Dépêchez-vous !

– Pour ça, voyez avec Dieu », répliqua la sage-femme sans quitter des yeux le bassin de Braun, agité de spasmes.

Un autre glapissement déchira l'air. Par chance, la ferme était isolée.

L'Espagnole tendit les bras.

« Maintenant, poussez de toutes vos forces ! » ordonna-t-elle à Braun, qui serrait les dents.

Celle-ci souleva la tête de l'oreiller. L'espace d'un instant, son regard rencontra celui de Bormann. Intéressant. L'expression ne trahissait aucune crainte. Plutôt de la détermination. Alors, pourquoi gâcher cette belle vertu en capitulant devant la douleur ? Il voulait lui enjoindre de se taire et d'en finir, mais la conclusion semblait proche. Les mâchoires contractées, le visage grimaçant, elle paraissait à présent résolue à expulser l'enfant de son ventre.

« ¡ Sí ! ¡ Sí ! » encouragea la sage-femme.

Eva Braun poussa encore plus fort. Elle haletait. Son front était nappé de sueur. La matrone s'escrimait entre ses cuisses. Il vit émerger une tête, puis des épaules, des bras, un torse, des jambes et, enfin, le fœtus entier.

« Quel sexe ? » demanda-t-il.

La sage-femme l'ignora. Elle concentrait toute son attention sur le nouveau-né, qu'elle tenait à présent contre elle, encore relié à l'utérus par le cordon ombilical. Allongée sur le lit, muscles relâchés, Braun semblait avoir perdu connaissance.

Il s'approcha pour mieux voir l'enfant.

« Alors ? Quel sexe ? Vous allez me le dire ?

– Une fille.

– Une fille ? répéta-t-il, croyant avoir mal entendu.

– Ça a l'air de vous surprendre. »

Il se reprit. Personne ne devait savoir ce qu'il avait en tête.

« Non, je pensais simplement à la joie qu'elle procurera à sa mère.

– C'est bien d'avoir une fille. »

La sage-femme s'était de nouveau tournée vers Braun et surveillait l'expulsion du placenta.

Il s'éloigna pour prendre la mesure de la situation.

La fille d'Hitler.

Il se rappela ce que lui avait dit le chef suprême dans le Führerbunker *après que Braun avait révélé sa grossesse. Hitler n'avait manifesté ni colère ni allégresse. Juste de la résignation à l'annonce d'une déconvenue supplémentaire. Mais il avait exprimé le souhait que l'enfant survive dans l'espoir que sa descendance ferait un jour renaître le mouvement. Il avait donc libéré Bormann de son engagement à se suicider en lui confiant la tâche de veiller à la subsistance d'Eva Braun et du bébé. S'il avait accepté cette corvée, c'était uniquement parce qu'elle lui permettrait de quitter Berlin, où il était à peu près sûr d'être tué. Il avait rechigné dès le début à rester dans la capitale et avait pressé Hitler de fuir vers le sud pour gagner la « redoute nationale », dans les Alpes autrichiennes.*

Mais ce fanatique borné avait refusé.

Il pensait vraiment pouvoir rassembler des forces suffisantes pour stopper l'avance des Russes et des Américains qui étaient en train d'envahir l'Allemagne !

De la démence !

Bormann vit que la sage-femme avait lié et coupé le cordon. L'enfant se mit à pleurer et elle essuya le minuscule visage avec un chiffon humide.

« Elle est très jolie, dit-elle.

– Pas de malformations ?

– Rien de visible. Elle est parfaite. »

Pas ce qu'il avait envie d'entendre. Mais, au moins, c'était une fille.

« Donnez-la-moi. »

Elle lui tendit la nouveau-née qui hurlait. Celle-ci avait de rares mèches noires collées au crâne et elle manifestait sa présence au monde en criant bouche grande ouverte. Il se demanda ce qu'aurait pensé Adolf Hitler s'il s'était trouvé là, sa fille entre les bras, en train d'admirer le fruit de ses amours avec Eva Braun. Cet imperturbable imbécile n'aurait vraisemblablement rien éprouvé du tout, se contentant de féliciter sa femme d'avoir fait son devoir en produisant une nouvelle citoyenne loyale au Reich. Aurait-il été déçu que ce ne soit pas un garçon ? Sans doute. Pour autant, il n'aurait sûrement pas renouvelé l'expérience pour en avoir un. Hitler avait toujours été attiré par les enfants, mais seulement parce qu'ils constituaient un arrière-plan idéal à l'image idéale qu'il voulait donner de lui-même. Difficile de se fâcher avec un dirigeant qui s'entourait de petits êtres innocents. Pour l'heure, en regardant la fille qu'Hitler ne connaîtrait pas, il était plus convaincu que jamais de ce qu'il devait faire.

Il posa l'enfant sur le lit près d'Eva Braun encore inconsciente. Il dégaina le Luger qu'il portait en permanence depuis qu'il était sorti du bunker et tira une balle dans la tête de la sage-femme.

Le corps tomba lourdement sur le sol.

Eva Braun ne bougea même pas.

L'épuisement avait fait son œuvre.

Il lui raconterait que l'enfant était mort-né et qu'il avait abattu l'Espagnole pour la punir de son incompétence. Elle ne protesterait pas. Pourquoi l'aurait-elle fait ? Ils étaient désormais liés l'un à l'autre. Leurs destins entremêlés à jamais.

Et c'était très bien comme ça.

Il ne la trouvait pas franchement vilaine, et, au mieux, les occasions de conquêtes féminines allaient se faire rares pour lui dans les années à venir. Il se montrerait prudent, toutefois. Il savait à quel point le sexe faible pouvait mener un homme à sa ruine et ce n'était pas à lui que ça arriverait. Eva Braun aurait intérêt à obéir, faute de quoi il lui logerait une balle dans le crâne à elle aussi.

Il reprit l'enfant sur le lit et quitta la pièce. Dehors, un homme était assis à l'ombre d'un auvent qui protégeait l'entrée de la ferme. Bormann lui donna le bébé.

« Élevez-la comme si c'était la vôtre, ordonna-t-il.

– C'est sa fille ? demanda le visiteur, de la fierté dans son regard embué.

– Absolument.

– J'ai entendu un coup de feu.

– La sage-femme.

– Je comprends. Pas de témoins…

– À part vous et moi, mon vieil ami.

– Je l'éduquerai bien.

– Ce n'est plus de mon ressort, affirma Bormann. Ma mission consistait à faire ce que j'ai fait, puis à vous passer le relais. »

Il mentait, bien sûr. Il était censé élever l'enfant lui-même. Seulement il avait d'autres projets auxquels Adolf Hitler n'avait aucune part. Il aurait été plus simple de la tuer. Cela aurait évité la survenue d'éventuels problèmes plus tard. Mais il n'aurait pas eu grand-chose à y gagner. Autant l'épargner. Personne ne saurait jamais de qui elle était la fille, de toute façon.

L'homme se leva.

« Longue vie à vous, mon vieux compagnon, dit Bormann.

– À vous aussi. »

Comme le visiteur s'éloignait en direction d'une voiture garée sous de grands ormes, il le héla :

« Comment comptez-vous l'appeler ? »

Albert Herzog se retourna.

« Marie. Le prénom de ma grand-mère. »

Pohl écouta le récit de Kurt Eisenhuth en y ajoutant à part lui quelques éléments manquants pour compléter le tableau de ce qui s'était passé dans le nord de l'Espagne en janvier 1946.

« Qui vous a mis au courant ? s'enquit-il quand Kurt eut terminé.

– Albert. Juste avant de mourir.

– Il a bien gardé son secret.

– Il considérait comme un honneur d'élever la fille d'Hitler.

– Et vous, vous sentez-vous honoré de l'avoir prise pour femme ?

– Oui. Elle a été une bonne épouse, répondit Kurt, de la douceur dans la voix. Elle semble avoir hérité du caractère de sa mère. Mais elle doit son tempérament de leader à son père biologique.

– Soyez sans crainte, je dirigerai ce pays avec toute la force nécessaire.

– Pourquoi ces sarcophages sont-ils là ?

– Pour que nous nous souvenions.

– De quoi ? » demanda Kurt, l'air perplexe.

Marie Eisenhuth restait là, pétrifiée. L'échange qu'elle venait de surprendre entre son mari et Pohl donnait corps à l'impensable.

À l'insondable.

Elle était la fille d'Adolf Hitler et d'Eva Braun.

Elle regarda ses mains, ses bras, ses jambes… Chaque fibre de son être était-elle donc génétiquement liée à un mal innommable ? Elle qui avait consacré toute sa vie d'adulte à combattre ce que le IIIe Reich avait représenté. Qui avait toujours dit pis que pendre d'Hitler et de ses hommes liges. Dont les conceptions politiques reposaient sur une détestation viscérale de ce qu'avait été le national-socialisme. Qui avait constamment affiché son dégoût et son mépris sans réserve du nazisme quand d'autres défendaient les prétendus côtés positifs de cette doctrine immonde tout en affectant d'en rejeter les mauvais. Qui, pour ces diverses raisons, avait pu prononcer en toute bonne conscience son discours de Dachau quitte à provoquer la colère des électeurs – parce qu'il était important qu'ils entendent la vérité et, surtout, qu'ils n'oublient pas.

Et maintenant…

Albert Herzog n'avait pas été son vrai père. Elle avait été adoptée. Ou plutôt abandonnée.

Donnée à quelqu'un d'autre.

Rassemblant tout son courage, elle se força à faire un pas vers la porte. Elle se devait de franchir le seuil, d'affronter les deux hommes. Ses muscles semblaient s'être atrophiés sous le choc de la révélation stupéfiante.

Encore un pas.

Il fallait qu'elle soit forte. Qu'elle ne montre aucune faiblesse.

Quelques pas de plus.

Elle entra.

Kurt était debout au centre d'une salle sans fenêtres, le dos tourné vers elle, à côté de trois tombeaux en marbre surélevés. Pohl, qui lui faisait face, se tenait devant une rangée de vitrines remplies de livres reliés en cuir.

Il la vit tout de suite.

Elle fit son possible, mais ne put se donner l'air de n'avoir rien entendu de la conversation.

« Ah, enfin ! s'exclama Pohl. Vous voilà ! »

Kurt fit volte-face et marmonna :

« Oh, mon Dieu !

– Approchez ! Approchez, madame la chancelière ! dit Pohl, apparemment très content de lui. Après tout, nous sommes parents, vous et moi. Et il est grand temps que vous rendiez hommage à notre mère commune. »

76

Cassiopée, accroupie contre le flanc de la vitrine, ne se faisait aucune illusion sur la protection qu'offrait le meuble. En fait, elle se trouvait exactement à l'endroit où Engel avait choisi qu'elle soit. Elle avait toujours son arme à la main, mais celle-ci ne lui était pas d'une grande utilité puisque son adversaire avait la maîtrise des hauteurs. Elle avait repéré l'éclair du coup de feu quand Engel avait tiré, et en avait conclu qu'il était posté au-dessus d'elle, dans une galerie obscure avec une vue plongeante sur la salle entière.

« Venez donc me chercher ! lança Engel, dont la voix, dans cet espace à l'acoustique exécrable, semblait sortir de partout.

– C'est bien mon intention, répliqua-t-elle.

– Décidément, vous me plaisez, *Fraülein* », dit-il en riant.

Cotton entendit une détonation et dégaina l'automatique qu'il avait prélevé sur l'un de ses assaillants en Autriche. Il s'approcha d'une porte ouverte d'où lui parvenait l'écho d'une discussion entre Cassiopée et un homme. Leurs voix résonnaient, suggérant qu'ils parlaient dans une salle aux proportions monumentales. La vive lumière jaune du couloir qu'il suivait se diffusait jusque dans la pénombre au-delà du seuil. Ne voulant pas dévoiler sa présence, il s'arrêta afin de jauger la situation et se mit à couvert contre une haute vitrine où étaient exposées des épées. Le côté opposé du couloir était moins bien éclairé, l'applique la plus proche se trouvant à plus de trois mètres derrière lui. Quelques toiles de Claude Gellée et Lucas Cranach décoraient le mur de pierre en avant de l'entrée, leurs couleurs obscurcies dans le demi-jour.

Il traversa le corridor à la dérobée. Puis, longeant le mur, il dépassa les tableaux pour s'immobiliser dans l'angle contigu au jambage de la porte. De là, il aperçut Cassiopée tapie dans l'ombre derrière la première d'une rangée de vitrines contenant chacune une armure. Elle le vit aussi et lui fit comprendre par signes que la menace venait d'en haut. Levant les yeux, il perçut un mouvement dans la galerie surplombant la salle.

Josef Engel ?

Qui d'autre ?

Par gestes, il indiqua à Cassiopée qu'il allait monter. Elle acquiesça de la tête. C'était une des qualités qu'il respectait le plus chez elle. Un mélange de pragmatisme, de calme en situation de stress et d'esprit d'équipe.

Il se coula à l'intérieur et se dirigea vers un escalier qui menait à l'étage, sur sa droite. Toujours collé au mur, il avança jusqu'à la première marche.

Il y avait partout des recoins sombres, des décrochements où pouvait se nicher le danger.

Engel avait toutes les cartes en main. Il dominait la position de Cassiopée Vitt et rien n'obstruait la vue panoramique qu'il avait de la grande salle. Seules les arcades du rez-de-chaussée faisaient écran, mais, le personnel étant absent jusqu'au matin, il risquait peu de voir surgir quelqu'un de l'une d'elles. Il connaissait chaque centimètre carré des lieux et pouvait manœuvrer Vitt à sa guise.

Parfait. C'était là sa mission.

Occuper l'intruse pour que son patron ait le temps de mener à bien le plan qu'il avait en tête. Mais la chancelière avait changé la donne en enjoignant à Vitt de « se saisir de lui ». Un ordre que cette dernière semblait prendre très au sérieux. Il avait jeté son dévolu sur la salle des chevaliers parce qu'elle était immense et qu'il y faisait sombre. Debout dans un renfoncement de la galerie supérieure, au-dessus de l'endroit où s'achevait la parade d'armures et de drapeaux du rez-de-chaussée, il réfléchissait à la tournure des événements.

La présence de Marie Eisenhuth à Löwenberg n'était absolument pas prévue au programme.

Mais il devait partir du principe que Pohl savait ce qu'il faisait.

Compte tenu de ses propres échecs récents, il décida d'apporter sa pierre à l'édifice.

Il se déplaça silencieusement dans la galerie en prenant soin de rester bien en retrait de la balustrade et il choisit un nouveau poste d'observation.

En bas, tout était calme. Cela lui allait.

L'idée n'était-elle pas de gagner du temps ?

Cassiopée était bien consciente d'être en mauvaise posture. Le salopard était au-dessus d'elle et elle se sentait comme un rat coincé dans un piège sans issue. Elle devait pourtant donner à Cotton le temps de prendre position…

Tout en se refusant à rester recroquevillée derrière une vitrine en attendant qu'Engel prenne l'initiative. Et d'ailleurs, qu'allait-il faire ? La tuer ? Avec la chancelière d'Allemagne dans les lieux ? Peu crédible. Comment Pohl expliquerait-il sa mort ? La réponse était simple : il ne le pourrait pas. Non, Engel était en train de la promener. Apparemment, sa présence n'était pas souhaitée à l'endroit où se terraient Pohl et Kurt Eisenhuth.

Mais elle était d'accord avec Marie Eisenhuth sur un point : il fallait mettre un terme aux agissements d'Engel.

Alors, autant le provoquer tout de suite et voir jusqu'où irait ce petit jeu. Elle pivota donc sur son séant en tenant son arme d'une main, se bascula sur son côté droit et tira une fois en direction de la galerie haute. Ce qui lui permit de gagner les quelques instants nécessaires pour achever sa roulade et se réfugier derrière la vitrine suivante.

* * *

Engel vit Cassiopée Vitt se déplacer dans l'ombre, puis un éclair jaillit quand elle tira une balle vers la galerie supérieure. Heureusement, il était très loin de l'endroit qu'elle avait visé.

Il fit donc feu à son tour, faisant voler en éclats la vitrine derrière laquelle elle se cachait.

* * *

Cassiopée ne s'était pas attendue à un répit bien long une fois passé l'effet de surprise qu'elle avait sûrement suscité chez Engel.

Elle ne fut pas déçue. Dans la seconde qui suivit, la vitrine à côté d'elle explosa sous un impact. Un peu trop proche à son goût.

Elle reprit appui sur ses pieds et plongea dans l'obscurité qui enveloppait la base des murs. La première arche de la galerie supérieure était à environ dix mètres. Elle scruta les ombres de l'étage en essayant de localiser Engel. L'éclair correspondant au premier tir de l'Allemand avait jailli à l'autre bout de la salle. S'il se trouvait toujours au même endroit, il avait devant lui l'espace dégagé nécessaire pour faire feu de nouveau.

Puis elle comprit.

Il s'était déplacé.

Elle leva la tête et parcourut du regard les murs qui s'enténébraient au fur et à mesure qu'ils s'élevaient vers le plafond à caissons.

Il était là. Dans la galerie. Juste au-dessus d'elle.

Cotton, aux aguets, atteignit le haut de l'escalier. Une nouvelle détonation retentit, suivie d'un tintement de verre brisé. En montant, il avait discerné Cassiopée qui quittait sa cachette en roulant sur elle-même dans l'ombre. Elle cherchait manifestement à détourner l'attention d'Engel pour lui donner le temps de poursuivre son approche.

Le mur extérieur de la galerie était rythmé par des alcôves, chacune apparaissant comme un trou noir. Et la galerie elle-même n'était guère plus éclairée. Sa vision ne s'était pas encore entièrement ajustée, mais il perçut un mouvement en face de l'endroit où il se tenait. Tirant avantage de l'obscurité, il parcourut sans bruit toute la longueur de la salle, tourna à gauche au bout puis traversa en direction de l'autre côté, où Engel avait, semblait-il, pris position. Il s'arrêta à mi-chemin, à l'abri d'une arcade, coula un regard au-delà du pilier et vit qu'Engel se trouvait maintenant à la verticale de l'emplacement qu'occupait Cassiopée la dernière fois qu'il l'avait aperçue. Il profita de ce que l'Allemand concentrait son attention sur elle pour avancer subrepticement. L'espace d'un instant, il eut l'impression d'être ramené de quelques années en arrière, dans un autre château allemand où il avait connu une situation identique. À cette différence près qu'il avait bénéficié d'une aide, cette fois-là. Pas ce soir. Il était seul, et la femme qu'il aimait était en danger.

« Engel ! appela Cassiopée, sa voix répercutée par l'écho. C'est terminé.

– Ce n'est pas comme ça que je conçois les choses.

– C'en est fini de l'élection pour les deux candidats. Et donc vous aussi vous êtes fini. »

En diagonale au-dessus du vide, il distingua Engel, en retrait dans l'ombre d'une des arcades, hors d'atteinte d'un tir direct.

« Vous n'irez nulle part, reprit Cassiopée.

– Vous vous trompez, *Fraülein*, c'est vous qui ne sortirez pas d'ici. »

Se détachant soudain de l'obscurité, Engel s'approcha de la balustrade, leva son arme et la pointa vers l'endroit d'où venait la voix de Cassiopée.

Cotton fit feu.

Frappé en pleine poitrine, l'Allemand partit en arrière, s'écartant du garde-corps. Cotton termina le travail en tirant une seconde fois. Engel chancela, puis s'abattit sur le sol avec un bruit sourd.

En bas, Cassiopée apparut.

« Je priais pour que tu ne le rates pas, dit-elle.

– Moi aussi, répondit-il en abaissant son pistolet.

– La chancelière est partie en vadrouille dans le château.

– Pareil pour Gerhard Schüb.

– À mon avis, il vaudrait mieux qu'on les retrouve. »

77

Marie Eisenhuth s'efforçait d'assimiler le spectacle incroyable qui s'offrait à elle. Après être passée par une sinistre exposition souterraine de souvenirs nazis, voilà qu'elle se retrouvait dans ce qui ressemblait fort à une chambre funéraire. Et qu'avait dit Pohl ? « Nous sommes parents, vous et moi. Et il est grand temps que vous rendiez hommage à notre mère commune. » Kurt la regardait, l'air incrédule. Elle était sûrement la dernière personne qu'il s'était attendu à voir. Elle l'ignora et continua de s'absorber dans la contemplation des trois tombeaux.

« Celui de gauche contient la dépouille mortelle de votre mère, indiqua Pohl. Eva Anna Paula Braun Hitler Bormann. C'est aussi elle qui m'a donné le jour. Mais, comme vous le savez sans doute à présent, nous n'avons pas eu le même père. »

Elle se tourna vers Kurt.

« C'est papa qui t'a révélé ce que tu viens de raconter ?

– Tu as entendu ?

– Tout. »

Il eut un instant d'hésitation, puis acquiesça.

« Tu es effectivement la fille du Führer. La descendante d'Hitler. Son héritage. Il n'y a aucun doute. »

Il avait prononcé ces paroles avec une telle fierté dans la voix qu'elle eut un haut-le-cœur. Elle crut réentendre les mots de son père sur ce qu'il pensait être son lit de mort :

« Mon univers est mort depuis longtemps, et moi avec lui. Tu es tout ce qui en reste. »

Elle comprenait l'allusion, maintenant.

« Hitler a écrit la phrase suivante dans son testament, dit Pohl. "Je pars le cœur content, conscient que germera de nouveau la graine d'où renaîtra le mouvement national-socialiste triomphant." Eh bien, cette graine, c'était vous. »

Elle se sentit mal.

« Vous vous apprêtiez à m'attaquer sur ma filiation, poursuivit-il. Aurez-vous les mêmes exigences vis-à-vis de vous-même ? Les Allemands sont-ils en droit d'apprendre qui étaient vos parents à vous ?

– Je ne sais pas, Theodor, fit une voix derrière elle. La chose mérite peut-être un examen plus approfondi. »

Elle fit volte-face et vit un vieillard tout racorni debout sur le pas de la porte. Son visage exprimait la tristesse et le remords, mais ses yeux – deux points noirs flottant sur de l'huile – étaient pétillants de vie. Elle devina tout de suite qui il était.

Gerhard Schüb.

Il entra.

Elle se retourna vers Pohl. Celui-ci regardait le nouveau venu avec, semblait-il, un mélange de curiosité et d'appréhension.

« On dirait qu'un cadavre de plus a ressuscité, déclara-t-il enfin. Je te croyais mort depuis deux ans.

– Un stratagème pour échapper à ta surveillance. Déjà, à l'époque, j'avais compris que tu mijotais quelque chose. J'ai donc décidé de m'effacer pour pouvoir t'observer sans que tu puisses en faire autant.

– Tu me connais bien.

– Trop bien, je le crains. »

Le regard de Marie Eisenhuth allait d'un homme à l'autre. Tout entiers concentrés sur leur échange, ils paraissaient tous les deux ignorer ce qui les entourait. La tension entre eux était palpable, nourrie par des sous-entendus qu'eux seuls pouvaient comprendre. Comme entre elle et Kurt.

« Que fais-tu là ? demanda Pohl.

– Je voulais te voir. Te rendre une petite visite, comme si souvent par le passé. »

Schüb considéra la décoration de la pièce, finissant par les trois sarcophages.

« Alors, c'est ici que tu les as transportés, reprit-il. Dans quel but ?

– Ils méritaient mieux qu'une sépulture anonyme quelque part en Afrique. Ce sont mes parents. »

Schüb s'approcha du tombeau en marbre rose. Celui d'Eva Braun.

« Elle serait atterrée, commenta-t-il.

– Ça, c'est ton avis.

– Parce que tu l'as connue ? Tu lui as parlé ? Comment pourrais-tu savoir ce qu'étaient ses volontés ? Tu ignores tout d'elle, Theodor. »

Pohl désigna d'un grand geste circulaire les vitrines alignées derrière lui.

« En tout cas, je n'ai pas oublié ce que j'ai lu dans ses carnets. Ses pensées y sont clairement exprimées, rédigées de sa propre main. Alors, oui, c'est comme si je l'avais connue.

– Ce qu'elle a écrit dans ces cahiers est bien différent de ce qu'elle pensait.

– Ils m'ont appris qui elle était, affirma Pohl, comme s'il n'avait pas entendu la remarque. Et aussi qui était mon père.

– Ils ne t'ont rien appris du tout, cracha Schüb. Ce qu'elle te dit là-dedans est seulement ce qu'elle voulait que tu saches. Et je peux te garantir que ce n'est pas grand-chose.

– Je me souviens des conversations que nous avons eues, tous les deux, répondit Pohl sans paraître s'offusquer de la réprimande. Tu me parlais d'elle avec fierté. Toi aussi, tu m'as expliqué beaucoup de choses sur elle. Et sur lui.

– Comme elle, je t'ai dit uniquement ce que je voulais que tu saches. »

Pohl fonça d'un pas rageur sur le vieil homme, qui le regarda approcher, impavide.

« Je te le redemande, éructa Pohl. Qu'est-ce que tu fais ici ?

– Je suis venu te dire quelque chose.

– Alors dis-le et va-t'en !

– Je m'intéresse de près à ton cas depuis des années. Et j'en ai appris encore davantage sur ton compte ces derniers jours. C'est un piège très ingénieux que tu as conçu. »

Schüb se tourna vers Marie Eisenhuth et reprit :

« C'est Theodor qui vous a transmis l'information que vous savez en se servant de mon nom. Il me croyait mort, le procédé lui a donc paru sans danger. Il avait la certitude que votre code moral et vos principes vous contraindraient à mener une enquête. Et c'est ce qu'il voulait. Bien sûr, l'idée était de vous faire découvrir les transferts d'argent, et non qui étaient ses parents, ou les vôtres. Mais ma sœur Ada a chamboulé ce plan en aiguillant Mlle Vitt et M. Malone vers moi et l'Afrique. »

Il adressa à Pohl un regard calculateur.

« J'ai ouï dire que tu avais reçu la nouvelle de ma mort avec grand plaisir.

– Il ne faut pas croire tout ce qu'on entend, répliqua Pohl avec un ricanement.

– Là-dessus, je suis bien d'accord avec toi. J'ai suivi ton ascension politique et je me demandais quand tu finirais par passer à l'acte. J'étais au courant des virements sur les comptes des entreprises Herzog et Eisenhuth. Bormann leur donnait son aval de son vivant, et j'en ai autorisé beaucoup moi-même après sa disparition. »

Schüb noua ses mains derrière son dos.

« Madame la chancelière, tout n'était qu'artifice, éléments hors contexte destinés à vous leurrer. Il n'y a jamais eu de photos d'Eva Braun avec ses enfants. Et encore moins de Bormann en leur compagnie. Le sous-directeur de la police chilienne qui a lancé l'enquête vous concernant était payé par Theodor. Malheureusement pour lui, il est devenu gênant et n'a pas vécu assez longtemps pour profiter de la récompense qui lui avait été promise. Martin Bormann se plaisait à répéter qu'on ne gagne pas une guerre en attaquant les forces de l'ennemi, ses villes, ses lignes de ravitaillement ou ses industries d'armement, mais en déjouant ses plans. Et c'est ce qu'a fait Theodor. Afin de remporter l'élection, il vous a envoyée sur une fausse piste qui vous mènerait à votre perte. Cependant, il a commis deux erreurs. La première a été d'assassiner une amie très chère de ma sœur il y a quelques années, la seconde d'avoir oublié que j'existais. »

Schüb parlait d'une voix hachée, gutturale. Pour finir, lèvres serrées, il pointa un doigt accusateur sur Pohl avant d'ajouter :

« Tu as mal calculé ton coup en tuant Isabel. Très mal. »

Pohl restait muet, bien que nerveux, à l'évidence. C'était à présent son univers à lui qui s'effondrait, et Marie Eisenhuth observait la scène avec intérêt.

« Et il y a une dernière chose que tu dois savoir, continua Schüb. Je suis ton père. »

Pohl le dévisagea avec un rictus sardonique.

« Et puis quoi encore ? siffla-t-il entre ses dents.

– Eva Braun méprisait Bormann, poursuivit le vieil homme sans paraître se formaliser de l'affront. Elle ne restait avec lui que par nécessité. Elle cherchait du réconfort auprès d'autres personnes que lui. Vers la fin de sa vie, c'est auprès de moi qu'elle trouvait une consolation. »

Le visage de Pohl avait blêmi.

« Si elle a mené la grossesse à son terme, c'est uniquement parce qu'elle était certaine d'être enceinte de moi, et non de Bormann. Ça ne faisait aucun doute pour elle. Elle m'a avertie dès qu'elle l'a su. Après sa mort en couches, je suis resté au service de ce salaud à seule fin de veiller sur ton frère. Il s'agissait de mon fils et je me devais de le protéger contre ce psychopathe. À mon grand désespoir, je n'ai pas été à la hauteur de ma tâche et il est mort quand même. Après ça, il a fallu que je m'occupe de toi. »

Schüb désigna le plus petit tombeau.

« Cet enfant était un ange. Il ne méritait pas de disparaître si jeune. Mais il y a une chose dont je ne t'ai jamais parlé. Au moment de l'accouchement, quand Bormann a vu que vous étiez deux, il a pris la décision de n'en garder qu'un avec lui. Je t'ai toujours raconté qu'il avait agi ainsi parce qu'il aurait été trop compliqué d'élever deux enfants en Afrique en ce temps-là. Et lui-même t'a servi la même version. Mais ce qu'il a omis de préciser, c'est qu'il a soigneusement choisi celui qu'il désirait conserver, et rejeté l'autre.

– J'ai été envoyé en Allemagne pour être éduqué comme un Allemand. C'est ce que vous m'avez affirmé tous les deux.

– Une fable de plus pour ne pas froisser ton amour-propre d'enfant. En réalité, tu étais celui dont il ne voulait pas. Jusqu'à ce que ton frère meure, bien sûr.

– Tu mens. Tu mens comme tu respires.

– Si tu pouvais dire vrai ! Mais il existe aujourd'hui des tests ADN susceptibles de confirmer notre lien de parenté de façon indiscutable. Au début, quand tu étais plus jeune, j'en étais venu à me prendre d'affection pour toi. Puis tu t'es mis à ressembler de plus en plus à Bormann et je n'ai plus supporté de te voir. Tu avais, quoi, trente ans lorsqu'il est mort ? Un adulte qui était devenu son clone. Malheureusement, malgré tout le regret que j'en ai, tu es mon descendant et non le sien. »

Pohl semblait chercher une réplique appropriée, mais, sans lui laisser le loisir de répondre, Schüb se tourna vers Marie Eisenhuth.

« Cependant, c'est peut-être à vous, ma chère, qu'est réservé le sort le moins enviable. Alors que ce misérable, dit-il en désignant Pohl, se voit accorder une grâce politique en n'étant pas le fils de qui il croyait, vous jouissez du triste privilège d'être la fille d'un des individus les plus abjects que la terre ait jamais portés. »

Elle sentait un vertige la gagner au fur et à mesure que les mots du vieil homme prenaient racine en elle, la ramenant une fois de plus à l'insoutenable réalité.

« Des tests ADN pourront également attester votre propre filiation. Et j'en suis sincèrement navré, car, d'après tout ce que j'ai lu, vous semblez être quelqu'un de bien, une femme de cœur qui a su diriger ce pays avec un talent admirable, dit Schüb, à l'évidence très ému. Hélas, rien de tout cela ne vous sera d'un grand secours. La génétique vous condamnera à un opprobre sans fin. »

L'esprit engourdi, Marie Eisenhuth n'était plus que confusion et angoisse. Gerhard Schüb exposait indubitablement la vérité. L'homme qu'elle avait pensé être son père l'avait trompée. Comme son mari qu'elle avait cru aimer, du moins dans un passé lointain. Le destin lui-même semblait l'avoir abandonnée.

Elle était la fille d'Adolf Hitler.

Debout près du tombeau de Bormann, Pohl était devenu étrangement silencieux.

« Tu n'aurais pas dû m'abuser, Gerhard, dit-il enfin d'une voix éteinte.

– Pourquoi pas ? Ta vie entière n'a été qu'un mensonge. Il n'y a rien de vrai en toi. Tu es une pure fiction. »

La chancelière entendit des pas et se retourna. Cassiopée Vitt et Cotton Malone firent irruption dans la pièce, tous les deux armés de pistolets.

« Que s'est-il passé ? demanda-t-elle à Cassiopée.

– Engel est mort.

– Très bien, commenta Schüb. C'est lui qui avait tué Isabel. Ada sera ravie… Voici celui à qui vous devez votre récent périple, ajouta-t-il en montrant Pohl. Par chance, vous avez pu prendre de l'avance sur lui et découvrir la vérité sans qu'il s'en aperçoive. »

Marie Eisenhuth décela dans le regard de Malone ce que des années d'observation des comportements humains lui avaient enseigné à détecter.

« Vous savez qui je suis, n'est-ce pas ? demanda-t-elle.

– Oui. Je l'ai appris dans la salle des coffres d'une banque suisse en lisant un passage d'un journal intime écrit par Bormann. Il évoquait le voyage d'Eva Braun d'Allemagne en Espagne. Et aussi la façon dont vous avez été confiée à Albert Herzog tout de suite après votre naissance. Si l'on combine cela au témoignage de première main de Gerhard Schüb, je crois pouvoir affirmer qu'il n'y a pas de doute : vous êtes la fille d'Hitler. »

Cassiopée la regarda bouche bée.

« C'était donc ça ? s'exclama-t-elle.

– Apparemment, tout le monde était au courant, sauf moi, dit la chancelière.

– Maintenant, reste à savoir ce qu'il y a lieu de faire, demanda Malone.

– C'est très simple », déclara Schüb.

Plongeant la main sous sa veste, il dégaina le pistolet qu'il portait. Puis il visa Pohl, qui se tenait à quelques pas de lui, et pressa trois fois la détente. Pohl recula en titubant sous l'impact des balles, qui le traversèrent avant de fracasser les vitrines derrière lui. Schüb leva de nouveau l'arme et tira deux projectiles supplémentaires dans la tête de son fils. Pris de court par la soudaineté de l'attaque, celui-ci n'avait pas eu le temps de prononcer un mot. Son regard se voila à mesure que la vie se retirait de lui. Enfin, ses jambes fléchirent et il s'effondra tel un sac vide sur un tapis d'éclats de verre ensanglantés.

Personne ne fit un geste.

Schüb jeta le pistolet sur le sol.

« Voilà. J'ai mis un terme au problème que j'avais contribué à créer. Il n'y aura plus de résurrection. »

78

Cotton regarda Schüb. Il venait d'assister à un meurtre qu'il aurait jugé répugnant dans des circonstances habituelles, mais il ne pouvait pas s'empêcher de se réjouir.

« Plus de résurrection. »

Schüb avait raison.

La mort était la seule solution pour mettre un point final nécessaire au problème. Même en dehors de tout lien génétique, Pohl, à l'instar de Bormann, était doué d'un instinct de survie qui régentait sa moindre pensée. Certes, le monde avait changé. Pourtant, à bien des égards, il restait ce qu'il avait été quatre-vingt-cinq ans plus tôt. La haine subsistait. Comme l'instrumentalisation des intolérances. Les foules n'étaient pas moins crédules qu'avant. Mais, au moins, un maître en tours de passe-passe politiques avait cessé de nuire.

« Il faut partir, maintenant », dit Cassiopée à la chancelière.

Schüb quitta la pièce et disparut dans le couloir-musée. Kurt Eisenhuth fit un pas vers sa femme et voulut lui prendre le bras.

Elle se dégagea d'une secousse.

« Ne m'approche pas ! s'écria-t-elle. Ne me touche plus jamais. Tu entends ? »

Kurt ouvrit la bouche pour dire quelque chose, mais elle l'arrêta d'un geste.

« Va-t'en. Tout de suite », ordonna-t-elle d'un ton qui tenait davantage de la supplique que du commandement.

Apparemment résigné, Kurt obéit. Seuls Cotton, Cassiopée et la chancelière demeuraient à présent dans la pièce.

« J'aimerais que vous me laissiez, maintenant, dit celle-ci.

– Il faut partir », insista Cassiopée.

Marie Eisenhuth secoua la tête.

« Votre mission est accomplie. Je n'ai plus besoin de vos services. Soyez gentils de remercier Danny de ma part pour toute l'aide qu'il m'a apportée.

– Ce qui vient de se passer aura des répercussions, remarqua Cassiopée.

– À n'en pas douter. Mais elles ne me concernent pas », assura Marie Eisenhuth d'une voix teintée de tristesse et de regret.

Cotton commençait à comprendre.

« Parce que tout est fini pour vous aussi ? »

La chancelière posa les mains sur le tombeau d'Eva Braun et ses doigts se crispèrent sur le marbre rose.

« Bien sûr. Je suis la fille d'Adolf Hitler. Avez-vous idée du nombre de personnes qui se réjouiraient de l'apprendre ? Tous les Allemands qui le considèrent encore comme un grand homme d'État seraient à mes pieds. Et, croyez-moi, il ne manque pas d'imbéciles dans ce pays pour lui vouer un culte sans oser l'avouer. »

Elle les dévisagea d'un air provocateur et ajouta :

« Même vous, vous pensez à lui quand vous me regardez, n'est-ce pas ?

– C'est vrai, convint Cotton, incapable de mentir. Mais je vois aussi la personne que vous êtes, ce que vous représentez. Vous n'avez pas grand-chose en commun avec lui.

– Malheureusement, peu de gens feront la distinction. Aux yeux de la plupart, je resterai sa fille et rien d'autre. Le produit de ses amours avec la répugnante putain qui gît sous ce marbre. Car, ne vous y trompez pas, c'est exactement ce qu'elle était : une traînée, purement et simplement. Elle s'est gorgée du sang de millions de victimes tout en professant son adoration pour le fou furieux qui perpétrait les crimes. Je n'ai aucune envie non plus d'être le réceptacle de ses gènes à elle.

– Alors, que comptez-vous faire ? demanda Cassiopée. Vous retirer de la course à la chancellerie ? Renoncer ? »

Marie Eisenhuth alla ramasser le pistolet que Gerhard Schüb avait jeté par terre.

« Je compte terminer ce que Gerhard Schüb a commencé à faire et mettre un terme au problème.

– Vous plaisantez ! s'exclama Cassiopée, visiblement sidérée.

– Pas du tout. L'homme que j'appelais mon père était un nazi. J'ai nié l'évidence toute ma vie, mais c'est précisément ce qu'il était. À ses yeux, élever la fille d'Adolf Hitler devait passer pour un grand honneur. Et ça aussi, ça me dégoûte. »

Cotton épiait le visage de la chancelière – un véritable kaléidoscope d'émotions violentes. Tout prenait fin un jour ou l'autre. Il avait pu le vérifier personnellement à plusieurs reprises, concernant sa carrière militaire, son emploi au service du ministère de la Justice, son mariage ou la période de son existence qui s'était écoulée en Géorgie. Et la femme qui se tenait là, devant lui, et dirigeait un pays de quatre-vingt-trois millions d'habitants était, elle aussi, en train d'opérer un choix radical.

Un choix sans commune mesure par ses enjeux avec ceux qu'il avait pu effectuer au cours de sa vie à lui, mais un choix tout de même.

Il s'approcha d'elle en tendant la main vers le pistolet. Elle dut lire dans ses yeux qu'il ne cherchait pas à intervenir, mais seulement à l'aider, car elle lui remit l'arme. Il éjecta le chargeur et constata qu'il était vide.

Schüb avait tiré toutes les balles.

Il lui donna son propre automatique.

« *Bitte, Herr* Malone, dit-elle. Avec un peu de chance, l'histoire sera charitable envers moi.

– Je n'en doute pas un instant. »

Elle lui adressa un pâle sourire.

« C'est très gentil à vous. »

Elle exhala un long soupir et parut se préparer, la révolte faisant place en elle à de la détermination.

« Maintenant, si vous pouviez me laisser. Je dois faire ça à ma façon. Seule. »

Il se dirigea vers la sortie en faisant signe à Cassiopée de le suivre. Elle ne discuta pas. Cela n'aurait rien changé.

Ils quittèrent la pièce et il ferma doucement la porte.

Schüb et Kurt Eisenhuth attendaient à l'extrémité du couloir sinueux, au pied de l'escalier en spirale creusé dans la roche. Ils semblaient l'un et l'autre repliés sur eux-mêmes, perdus dans leurs méditations.

« Où est Marie ? demanda Kurt.

– Elle a quelques affaires à régler, répondit Cotton.

– Là-dedans ? De quel genre d'affaires parlez-vous ?

– Du genre qui aurait dû être résolu depuis longtemps, intervint Schüb, manifestement conscient de ce qui se passait. Quelle ironie ! Il y a quelques années, quand j'échafaudais un plan pour échapper aux regards, j'avais envisagé une fin de ce type. Mais ça n'avait aucune réalité à l'époque. Ce n'était qu'un scénario, une comédie. Tandis que maintenant… »

Il y eut une détonation étouffée, comme l'éclatement d'un ballon sous une couverture.

« Qu'est-ce que c'était que ce bruit ? » demanda Kurt.

Cotton imagina la scène dans la chambre aux sarcophages. La mort dans l'âme, il lui fallut bien accepter l'évidence. Marie Eisenhuth avait imité son vrai père en mettant fin à ses jours de sa propre main. Pourtant, la différence entre les deux était frappante. Là où Hitler s'était tué par lâcheté, pour ne pas avoir à payer le prix des souffrances qu'il avait infligées, c'est guidée par son courage que sa fille avait fait ce choix. Le suicide était souvent considéré comme une faiblesse née d'un cerveau malade ou d'un cœur meurtri. Dans le cas de Marie Eisenhuth, c'était l'unique moyen logique d'arrêter un processus délétère commencé il y avait bien longtemps.

Son acte résorbait tout.

National-socialisme. Fanatisme politique. Campagnes électorales. Carrières. La vie elle-même. Tout.

Alors que dire pour répondre à la question de Kurt Eisenhuth, sinon la vérité ?

« *Das Ende*, murmura Cotton. La fin. »

79

Garmisch, Allemagne

mardi 2 juillet
11 h 05

Cotton et Cassiopée descendirent de la voiture. Deux semaines s'étaient écoulées depuis la mort de Marie Eisenhuth.

Vers le sud, visible à des kilomètres, la cime déchiquetée de la Zugspitze était plantée comme un couteau dans un ciel d'azur. La Münchner Haus – le refuge construit au sommet de la montagne – se confondait avec les arêtes de granit enneigées. Ils se trouvaient à l'extrémité d'une vallée, au nord de Garmisch, dans le cimetière attenant à l'abbaye d'Egern. Celui-ci renfermait peu de sépultures. Uniquement celles des bénédictins qui étaient morts à cet endroit en servant leur ordre, ainsi que quelques rares autres, réservées aux plus généreux bienfaiteurs du monastère.

Tels les Herzog.

Albert Herzog, son épouse et sa fille adoptive reposaient là tous les trois désormais.

En terre bavaroise.

Cotton fourra les mains dans les poches de sa veste et, côte à côte, ils suivirent un sentier en pente légère qui montait en se faufilant entre les tombes. Les funérailles officielles avaient réuni des dignitaires du monde entier. Le pays avait pleuré *Oma* avec sincérité. L'inhumation proprement dite avait eu lieu à l'abbaye, à l'issue d'une cérémonie toute simple. Les deux prétendants à la chancellerie étant décédés de mort violente – un assassinat et un suicide –, il n'avait pas été possible de farder la réalité des faits.

Le monde entier avait donc été informé de ce qui s'était véritablement passé.

Dans les moindres détails ou presque.

Les journaux intimes de Bormann et de Braun avaient tous été confiés à des experts, la chambre souterraine de Löwenberg ouverte aux photographes ainsi que la chambre forte de la banque suisse, et l'or avait été confisqué. Des tests ADN avaient confirmé toutes les filiations. Schüb avait mis à disposition les fonds qu'il contrôlait encore, soit un total qui se chiffrait en milliards d'euros en comptant les lingots. Danny Daniels, qui jouissait d'un grand crédit en tant qu'ex-président des États-Unis, avait contribué à valider les informations en racontant tout lui-même lors d'une conférence de presse. À en juger par les premières réactions, l'histoire serait peut-être charitable envers Marie Eisenhuth en définitive. Les gens voyaient en elle une victime qui avait ignoré toute sa vie durant de quels gènes elle avait hérité et personne ne l'accusait d'avoir profité du butin nazi. Tout le monde regrettait qu'elle ait choisi de se donner la mort, mais trouvait le geste compréhensible au vu des circonstances.

Ils s'approchèrent de la tombe. La terre remise en place était sombre, comme mouillée. Une modeste stèle de granit portait le nom de Marie Eisenhuth et une simple épitaphe en allemand : OMA, DIRIGEANTE DE L'ALLEMAGNE PENDANT 16 ANS.

Ils se recueillirent en silence un moment.

« Quel dommage, tout de même ! dit Cassiopée.

– Oui. Malheureusement, les stigmates du passé étaient indélébiles.

– Elle ne méritait pas ça. »

Non, elle ne méritait pas ça. Toute une vie dédiée à la raison, à l'idéal et à la bonne cause rattrapée en un instant par la vengeance, le fanatisme et le destin. Cotton se rappela les mots de Voltaire : « Mais souvent le prudent succombe sous sa destinée, loin de la faire ; c'est le destin qui fait les prudents. »

Gerhard Schüb s'était de nouveau évanoui dans la nature. Son rôle comme assassin de Theodor Pohl avait été passé sous silence. Cela avait été jugé préférable, car se prononcer sur son cas aurait pu se révéler problématique : sans être à proprement parler un criminel de guerre, il n'était pas non plus un simple spectateur. Certes, il avait froidement exécuté Pohl, mais un procès n'aurait fait qu'envenimer la plaie ouverte. Ils avaient donc inventé une fable selon laquelle Josef Engel avait abattu Pohl avant de l'être à son tour par Cotton, Marie Eisenhuth se tuant elle-même d'un coup de pistolet. Autant, en effet, confirmer que la chancelière s'était suicidée, cela renforçant l'opinion déjà bien implantée qu'elle n'était coupable de rien. Quant à Kurt Eisenhuth, qui avait été témoin de tout, il avait gardé le silence et promis de continuer à se taire. Il pleurait sa femme, se repentait de ses fautes et voulait qu'on le laisse tranquille.

Danny Daniels s'était montré très reconnaissant, remerciant à plusieurs reprises Cotton et Cassiopée et leur assurant qu'il se sentait en dette vis-à-vis d'eux. Et pas qu'un peu.

Ils sauraient s'en souvenir.

Bien sûr, ils auraient pu jeter l'éponge à n'importe quel moment, mais ni lui ni elle ne l'avaient fait. Ce n'était pas dans leur nature. De plus, s'il détestait les risques inhérents à ce genre d'affaires, Cotton adorait relever les défis et, dans son for intérieur, il était ravi qu'on lui ait donné une fois de plus l'occasion de prendre part au jeu. Comme l'avait observé un jour Stéphanie Nelle : « Même perdant, on peut toujours se refaire, à condition de ne pas abandonner la partie. »

Très juste.

Une chose était certaine, toutefois.

Le décès de Marie Eisenhuth refermait un chapitre.

Le temps avait fini par purger le monde de toutes les âmes égarées qu'avait engendrées l'Allemagne au cours des années 1930 et 1940. Les protagonistes de la première heure étaient tous morts, leur héritage discrédité. Le dernier vestige d'un projet aussi dément que démesuré reposait à présent dans cette tombe, devant eux.

Cotton songea à ce qui s'était passé en ce dimanche d'août 1933 où les Allemands avaient été appelés aux urnes pour choisir un nouveau dirigeant. Comme toutes les élections depuis lors, y compris celle qui venait d'être reportée, celle-là avait été précédée par des flots de rhétorique cacophonique d'où il ressortait surtout que tout un chacun devait se prononcer en faveur d'Hitler. Mais ce qui fut occulté par la victoire d'Hitler ce jour-là, ce que les livres d'histoire ne mentionnaient qu'en passant, c'est qu'il se trouva quatre millions d'Allemands pour dire *nein*. Et pourtant, quel courage admirable il avait fallu à ces quatre millions de citoyens pour aller jusqu'au bout et voter non malgré leurs incertitudes vis-à-vis de l'avenir et leur crainte des représailles !

« Il est temps de partir », dit-il.

Il retourna vers la voiture, Cassiopée à son côté.

Elle était si jolie, avec ses cheveux bruns tirés en arrière. Elle ne lui avait pas plu, la première fois qu'ils s'étaient vus, son attitude hautaine laissant présager des conflits qu'il valait mieux fuir à l'âge qu'il avait. Mais il avait pris conscience avec le temps que c'était une femme bien. L'avoir près de lui était un vrai plaisir. Dieu merci, elle n'était pas du genre collant.

Et comme il ne l'était pas non plus, tout allait bien.

Quand ils furent arrivés à la voiture, il s'imprégna du paysage spectaculaire qui les entourait. Des montagnes barrant l'horizon au sud, des prés fauchés enserrés par des bois de pins, un lac qui scintillait dans la lumière éclatante… L'air était frais et salubre, comme un signal envoyé par la nature que les maladies du passé n'étaient plus à craindre, qu'un jour nouveau était venu. Dans quelques mois, la neige recouvrirait tout de son manteau, puis le printemps ferait disparaître le linceul blanc, permettant au soleil d'opérer de nouveau sa magie.

Un cycle.

Comme il s'en rencontrait aussi en politique.

Le mal succédant au bien, puis le bien au mal et ainsi de suite.

Quand il avait pris sa retraite, il avait déclaré à Stéphanie en avoir par-dessus la tête de la démence qu'il côtoyait en permanence. Il devait bien exister un endroit tranquille quelque part où mener une vie différente qui lui permettrait de voir le monde sous un autre angle ? Elle avait souri de sa naïveté avant de lui expliquer que tant qu'il y aurait des hommes sur terre, il n'y aurait jamais d'endroit tranquille. Que les cartes étaient les mêmes partout. Que seuls les joueurs changeaient. Pas les règles, ni les mises, ni les risques, uniquement les joueurs.

Et une fois de plus elle avait eu raison.

Il ouvrit la portière pour Cassiopée.

Mais, avant qu'elle ne s'asseye, il l'attira contre lui. Elle posa ses mains à plat sur son torse et, les remontant doucement, elle les lui glissa autour du cou. Puis elle nicha sa tête au creux de son épaule.

Une sensation merveilleuse.

Il se pencha pour lui murmurer à l'oreille :

« Je t'aime. »

NOTE DE L'AUTEUR

L'écriture de ce livre s'est nourrie des nombreux voyages qu'Elizabeth et moi avons effectués en Allemagne, en Autriche et en Suisse. Nous ne nous sommes rendus ni au Chili ni en Afrique du Sud. Ce n'est que partie remise. Toutefois, certains de mes proches qui ont visité ces deux pays ont pu m'en apprendre beaucoup à leur sujet. Quoi qu'il en soit, les lieux représentés ici le sont fidèlement, que ce soit Cologne, la région des Lacs chilienne, Santiago, la Hesse, Brême, l'État libre, Worms, Munich, Francfort ou Lugano. Les lecteurs avertis auront noté des similitudes entre le présent ouvrage et *The Devil's Gold*, une nouvelle que j'ai publiée en 2011 et dans laquelle j'introduisais le personnage de Jonathan Wyatt. À l'époque, cette nouvelle était conçue comme un préambule à mon roman *Le Code Jefferson.* Mais j'avais toujours eu dans l'idée qu'elle pourrait servir de « présuite » à une tout autre histoire.

Cette tout autre histoire est celle que vous venez de lire.

Faisons à présent la part de la réalité et de la fiction.

La croix gammée dépeinte au chapitre 6 est inspirée d'un modèle qui a vraiment existé dans une forêt isolée du nord-est de l'Allemagne, constitué d'arbres plantés vers 1938. Vus du ciel, ceux-ci, devenus adultes, dessinaient, chaque automne, distinctement la forme en question en raison de leur couleur vive. Ils attirèrent l'attention pour la première fois en 1992 et furent abattus en 2000.

Tout ce qui concerne les élections allemandes (chapitres 12 et 35) est exact. Le système politique de ce pays diffère beaucoup de celui des États-Unis.

La catastrophe aérienne due à un attentat terroriste évoquée au chapitre 38 s'est effectivement produite – non le 14 juin, mais le 8 septembre 1974.

Le livre intitulé *Les Cinq Langages de l'amour* (chapitre 13) n'est pas une invention de ma part. Écrit par Gary Chapman et publié une première fois en 1992, il a été numéro 1 sur la liste des best-sellers du *New York Times*. Il demeure très populaire et apparaît encore de temps à autre dans des palmarès de ce genre. Par parenthèse, Elizabeth et moi avons fait le test proposé à la fin de l'ouvrage et obtenu les mêmes résultats que Cotton et Cassiopée.

Dachau, au nord de Munich, a abrité le premier camp de concentration de l'époque hitlérienne. Tous les détails figurant au chapitre 21 sont authentiques, y compris ceux qui concernent les articles de journaux, le soutien accordé au camp par la population locale, le mépris d'une partie de celle-ci à l'égard des prisonniers et les écrits niant l'Holocauste.

Les lettres envoyées de l'État libre d'Orange et décrivant la vie qu'on menait là dans les années 1940 et 1950 sont inspirées de chroniques existantes (chapitres 29, 33 et 39).

La relation des événements à l'intérieur du bunker du Führer (chapitre 8) se fonde sur des archives historiques. Il est toutefois important de noter que leur déroulé exact ne nous sera jamais connu. Les témoins oculaires ont tous fini par se contredire les uns les autres et nombre d'entre eux sont revenus sur leurs dépositions. La source qui fait autorité sur le thème – *Les Derniers Jours d'Hitler*, de Hugh Redwald Trevor-Roper (1947) – est elle-même sujette à caution. Trevor-Roper s'appuie en effet essentiellement sur des comptes rendus de missions communiqués par des officiers de renseignements britanniques, américains et canadiens. Il n'a jamais interrogé personne qui se soit réellement trouvé dans le bunker, exception faite de quelques Allemands détenus par les Américains et qui avaient toutes les raisons de mentir. Il n'avait pas non plus accès aux archives soviétiques, ouvertes au public seulement après 1991. Des enquêtes ultérieures ont démontré qu'une bonne partie de ce que rapporte Trevor-Roper était peut-être erronée.

Hitler a-t-il péri dans son bunker ?

Certains prétendent que non.

J'ai opté pour le oui dans ce roman. Mais l'allusion à une robe bleue qui apparaît d'abord mouillée puis sèche quelques instants plus tard est une invention de ma part (chapitre 8). La présence d'une taupe soviétique – *das Leck* – dans les lieux est une hypothèse soutenue par certains historiens depuis des décennies (chapitres 8 et 64). J'ai décidé de les suivre. Car un tel postulat prouverait assurément que Staline savait pertinemment qu'Hitler était mort.

Ce sont les Russes qui prirent le *Führerbunker* en mai 1945 et découvrirent les corps calcinés d'Hitler et d'Eva Braun enterrés dans la cour de la chancellerie. Le dentiste d'Hitler, Hugo Blaschke, son assistante, Käthe Heusermann, et un prothésiste, Fritz Echtmann, confirmèrent que les dents des cadavres appartenaient à Hitler et à Braun. Les Soviétiques ensevelirent alors secrètement les dépouilles à Magdebourg, en Allemagne orientale, ainsi que celles de Joseph et Magda Goebbels et de leurs six enfants. Vingt-cinq ans plus tard, le 4 avril 1970, une équipe du KGB exhuma cinq cercueils en bois sur le site et les brûla avant de jeter les cendres dans la Biederitz.

Pourquoi avoir fait cela ?

Personne ne le sait.

Ce que l'on sait, en revanche, c'est que l'absence de documents et de preuves matérielles permettant de corroborer les conclusions des investigations soviétiques conduites dans la plus grande opacité donna l'occasion à Staline d'induire en erreur les Occidentaux en affirmant qu'Hitler s'était échappé et était en fuite. Ce qui engendra chez ceux-ci une crainte et leur fit baisser la garde à l'égard du Kremlin. Il est notoire, par exemple, que le FBI et les toutes jeunes agences de renseignements américaines de l'époque se mirent à chercher activement Hitler aux quatre coins de la planète. En 2000, un fragment de crâne censé appartenir à Hitler fit surface à Moscou (chapitre 10). Mais des tests ADN effectués en 2009 révélèrent qu'il provenait d'une femme et non d'un homme. Cette femme aurait-elle pu être Eva Braun ? Peu vraisemblable. Le crâne en question présentait un trou à l'évidence produit par un projectile ; or il n'existe aucune preuve que l'épouse d'Hitler se soit tiré une balle dans la tête. À ce jour, donc, aucun élément décisif ne démontre qu'Hitler et Braun moururent le 30 avril 1945. Un excellent livre retrace tout cet épisode : *Grey Wolf*, de Simon Dunstan et Gerrard Williams.

Les collections de souvenirs nazis, comme celles que conserve Ada en Amérique du Sud ou Pohl dans son château, n'ont rien d'insolite (chapitres 22 et 72). Il ne manque pas d'objets de ce genre ni de nostalgiques pour s'y intéresser. En juin 2017, une cache contenant soixante-quinze reliques nazies exceptionnelles fut découverte dans un local secret de la banlieue de Buenos Aires (chapitre 19). Il y avait là un poignard commémoratif, un médaillon encadré à l'effigie d'Hitler en bas-relief, des statues, des insignes, des trophées, diverses productions provenant de camps de concentration (chapitre 75), des photos et un buste imposant du Führer. Figurait aussi parmi les curiosités un pied à coulisse à la règle fixe ornée d'une croix gammée noire sur fond blanc qui servait à déterminer si un crâne était ou non « aryen ».

Martin Bormann est une énigme. Tout ce qui est dit ici de son milieu et de ses activités est documenté (chapitres 9, 10, 20 et 64), comme l'est son surnom d'éminence brune (chapitre 25). Il ne fait aucun doute qu'il a fui le bunker du Führer après le suicide d'Hitler. Une version veut qu'il ait été tué à Berlin et que son corps, enseveli sous les décombres, ait été retrouvé en 1972 (chapitre 10). Il fut déclaré mort au regard de la loi en 1973, avec cette réserve que son décès n'était pas « formellement établi » (chapitre 19). Le squelette découvert fut soumis à des tests ADN en 1998. Ceux-ci confirmèrent qu'il s'agissait de Bormann, mais la recherche sur l'ADN était encore balbutiante en ce temps-là et, curieusement, les os furent brûlés en 1999 et les cendres dispersées en mer Baltique (chapitre 10), interdisant toute analyse ultérieure.

L'évasion d'Eva Braun et de Bormann du bunker (chapitres 20 et 54) est imaginaire. Les témoignages de personnes prétendant avoir croisé Bormann dans les années 1950 et 1960, comme ceux évoqués au chapitre 19, étaient une banalité à l'époque. Martin Bormann a-t-il ou non survécu à la guerre ? Le débat n'est pas clos à ce jour. Ce qui est certain, en revanche, c'est qu'il tenait les cordons de la bourse nazie. Il a également planifié les opérations dites « Terre de Feu » et « envol de l'aigle » (chapitres 10, 26 et 54), et s'occupait de gérer le « trésor d'Hitler », plus officiellement connu sous le nom de « fonds de l'industrie allemande » (chapitre 22). Les cotisations à cette caisse étaient le prix à payer par les entreprises pour avoir leur place dans l'économie du IIIe Reich. Le total des sommes versées était si élevé qu'Hitler était devenu l'homme le plus riche d'Europe en 1945. De nombreuses sociétés allemandes dégagèrent des profits énormes en alimentant l'effort de guerre. Certaines eurent même recours au travail forcé, et on peut s'étonner que beaucoup d'entre elles existent encore aujourd'hui. En outre, quantité de firmes étrangères traitaient régulièrement avec le IIIe Reich. L'industrie suédoise, par exemple, vendait à l'Allemagne pendant le conflit du minerai de fer et des roulements à billes que celle-ci payait en or ou en francs suisses. La Suisse, avec ses comptes numérotés et ses lois protectrices de la confidentialité, devint une plaque tournante du blanchiment d'argent et la planche de salut d'Hitler. Aussi incroyable que cela paraisse, même des entreprises et des banques américaines firent affaire avec l'Allemagne jusqu'en 1942, date à laquelle le Congrès interdit ces transactions.

La réunion du 10 août 1944, en France, entre un émissaire de Bormann et des patrons allemands a bien eu lieu (chapitre 26). À la suite de cette entrevue, des masses colossales d'argent liquide, métaux précieux, diamants, brevets et autres actifs passèrent d'Allemagne en Amérique du Sud. Bormann créa près de mille sociétés à l'étranger, principalement dans des pays neutres comme le Portugal, l'Espagne, la Suède, la Turquie et la Suisse. Il y en avait plus de cent uniquement en Argentine. Toutes servaient à recueillir des actifs et à les blanchir. Cette fuite hors d'Allemagne concernait également les gens eux-mêmes, dont beaucoup traversèrent l'Atlantique pour s'établir en Amérique latine, et surtout en Argentine et au Chili, que ce soit pendant la guerre ou après (chapitre 27). Aujourd'hui, sur quarante-cinq millions d'Argentins, près de quatre millions sont d'origine allemande.

Le lac Girasol (chapitre 33) est né de mon imagination, mais on trouve dans le sud du Chili beaucoup de lacs qui lui ressemblent. La maison décrite au chapitre 34 appartient elle aussi au domaine de la fiction. Elle est toutefois inspirée d'un modèle réel : la résidence Inalco, située près de la ville de San Carlos de Bariloche et de la frontière chilienne, en Argentine. Inalco est un manoir comprenant dix chambres, construit au bord d'un lac et caché à la vue par deux îlots dotés de tours de guet. Pas exactement l'idée qu'on peut se faire d'un gîte touristique.

Ce n'est pas d'hier que la Patagonie constitue une terre d'accueil pour les Allemands. Des milliers d'immigrés venus d'Allemagne se sont installés là au début du XXe siècle. Avant même 1939, soixante mille d'entre eux vivaient déjà dans cette région coincée entre les Andes et l'Atlantique Sud et grande comme une fois et demie le Texas. Des fichiers d'adhérents saisis après la guerre montrent que l'Argentine comptait à elle seule cent mille membres du parti nazi. La pointe sud de la Patagonie s'appelle en espagnol Tierra de Fuego – Terre de Feu. C'est pour cette raison que Bormann baptisa « opération Terre de Feu » son plan de fuite des capitaux hors d'Allemagne. Son idée était de créer un refuge secret où des gens vivraient en autarcie dans un lieu isolé. Il ne voulait pas voir se reproduire ce qui s'était passé en 1919, avec la mise en coupe réglée de l'Allemagne. Il entendait sauvegarder toutes les richesses de la nation. L'accession au pouvoir en Argentine d'un germanophile, Juan Perón, au début des années 1940 lui facilita les choses. Dès 1942, tous les pays d'Amérique, du Nord comme du Sud, avaient rompu leurs relations avec le Japon, l'Allemagne et l'Italie, sauf le Chili et l'Argentine (cette dernière finissant tout de même par imiter les autres, du moins sur le papier, en 1944).

La ville de San Carlos de Bariloche devint le centre de ce havre de paix pour exilés. Aujourd'hui encore, ne serait-ce qu'en raison de son apparence, la région baigne dans une atmosphère alpestre. Il est de notoriété publique que de nombreux criminels de guerre y élurent domicile après 1945, et, selon une rumeur persistante, Hitler et Eva Braun eux-mêmes y auraient trouvé refuge et auraient été un temps les hôtes de la résidence Inalco.

Vrai ? Faux ?

Nous n'en saurons jamais rien.

Eva Braun, la maîtresse d'Hitler devenue sa femme pour quelques heures, est, elle aussi, un personnage entouré de mystère. Tout ce qui est dit de sa biographie dans le roman est exact (chapitre 20), y compris ce qui se rapporte à son surnom d'Evi (chapitre 27). Elle n'était qu'une note en bas de page dans le livre d'histoire qui s'écrivait alors, mais elle n'en était pas moins une pièce centrale dans un jeu maléfique. Elle détestait Bormann et aimait se moquer de lui quand il avait le dos tourné (chapitre 54). Contrairement à ce qui est raconté ici, elle n'eut pas d'enfants. En revanche, elle retourna bel et bien à Berlin de son propre chef le 15 avril 1945, en dépit de l'avancée des troupes soviétiques. Pourquoi ? On l'ignore. Et la question de savoir si elle survécut à la guerre restera à jamais sans réponse.

Ce roman traite des progrès de la nouvelle droite partout en Europe. Un problème préoccupant, et qui continue à prendre de l'ampleur (chapitre 64). L'antisémitisme et le ressentiment à l'égard des immigrants ne cessent de croître (chapitre 57). Les partis nationalistes rassemblent des adeptes de plus en plus nombreux dans l'ensemble du continent.

La cause de ce phénomène est multiple.

Le plus important déplacement de populations depuis le début du XXe siècle, constituées par les réfugiés d'Europe de l'Est, de Turquie, d'Afrique et du Proche-Orient, pèse lourdement sur des économies déjà en berne depuis une décennie. Et le déclin de la protection sociale d'antan n'a fait qu'exacerber les tensions. Par ailleurs, une génération de dirigeants aguerris mais âgés est en train de disparaître, remplacée par des populistes bien moins compétents et de plus en plus sceptiques à l'égard de l'Union européenne. Ces derniers soutiennent que l'UE n'est plus un espace de coopération où règnent la paix, la prospérité et l'harmonie.

Et nombreux sont ceux qui partagent cette opinion.

Ce qui facilite la tâche aux fourriers du nationalisme.

Facteurs aggravants, l'apathie généralisée de l'électorat et une incapacité intrinsèque des gouvernants à contrer l'extrémisme.

Il s'ensuit qu'au lieu de s'étioler, le fanatisme est florissant.

Malheureusement, le souvenir de la Seconde Guerre mondiale, de l'Holocauste ou du Goulag s'estompe de jour en jour. Les caciques de la nouvelle droite font miroiter le retour d'un État providence puissant, mais en prévenant que les prestations seront accordées selon des critères ethniques. Ils éructent leurs élucubrations paternalistes, racistes et homophobes en les agrémentant d'allusions à la pureté et à l'honneur de la nation pour les rendre plus présentables.

Et ce faisant, ils gagnent des élections.

Plus important, ils imposent leurs thématiques de façon à jouer sur leur terrain.

Or chacun sait que jouer sur son terrain est un gage de victoire.

Hélas, les paroles que prononça Hitler il y a des lustres résonnent encore aujourd'hui.

Les masses n'ont pas le temps de réfléchir.
Et l'homme moderne fait preuve d'une disposition stupéfiante à la crédulité !

REMERCIEMENTS

Une fois encore, mes sincères remerciements à John Sargent, directeur général de Macmillan, à Sally Richardson, qui préside aux destinées de St Martin's Publishing, à Jen Enderlin, qui veille à la bonne marche de St Martin's, et à mon éditeur chez Minotaur Books, Andrew Martin. Je renouvelle également l'expression de toute ma gratitude à Hector DeJean, du service promotion, et à Jeff Dodes, de même qu'à tous les collaborateurs du département commercialisation – et plus particulièrement à Paul Hochman et Danielle Prielipp –, à Anne-Marie Tallberg, la magicienne des éditions de poche, David Rotstein, qui a réalisé la couverture, et Mary Beth Roche, ainsi qu'à son équipe audio si inventive.

Pareillement, un grand salut à Simon Lipskar, mon agent et ami.

Un chaleureux merci à Madeline Houpt, qui remue ciel et terre pour moi chez Minotaur. Je n'oublie pas non plus Meryl Moss et son extraordinaire escouade de publicitaires (avec une mention spéciale pour Deb Zipf), ni Jessica Johns et Esther Garver, qui continuent de veiller au fonctionnement sans accroc de ma société Steve Berry Enterprises.

Comme toujours, bien sûr, ma femme Elizabeth occupe une place particulière parmi tous ceux dont je suis l'obligé.

Voici sept ans maintenant que Kelley Ragland est ma responsable d'édition. Quand j'ai quitté Random House pour Macmillan, en 2014, j'étais rempli d'appréhensions. Au bout de treize années passées dans la même maison, au côté du même éditeur, de la même équipe, je m'étais installé dans le confort de la routine et craignais le changement.

Et changement il y eut, effectivement.

Mais pour le meilleur encore.

Et ce grâce à Kelley.

Kelley est une femme adorable, aussi chaleureuse et gentille que son sourire est communicatif. Jamais chez elle une parole au-dessus de l'autre ni la moindre saute d'humeur. Jamais dans sa bouche un mot blessant, un commentaire désobligeant.

Ce qui ne l'empêche pas d'avoir ses opinions.

Des opinions dont je tiens toujours compte quand elle m'en fait part. Sept années m'ont permis d'apprendre ce que d'autres avant moi savaient déjà : elle est toute intelligence et finesse. Bref, la très grande classe.

Alors, ce livre, je vous le dédie, Kelley.

Merci.

Pour tout.

MIXTE
Papier issu de sources responsables
FSC® C003309

L'éditeur de cet ouvrage s'engage dans une démarche de certification FSC® qui contribue à la préservation des forêts pour les générations futures.

Pour en savoir plus :
www.editis.com/engagement-rse/

Achevé d'imprimer en juin 2021
par Normandie Roto Impression s.a.s. à Lonrai
N° d'impression : 2102714

Imprimé en France